Le destin des Stanislaski

NORA ROBERTS

Le destin des Stanislaski

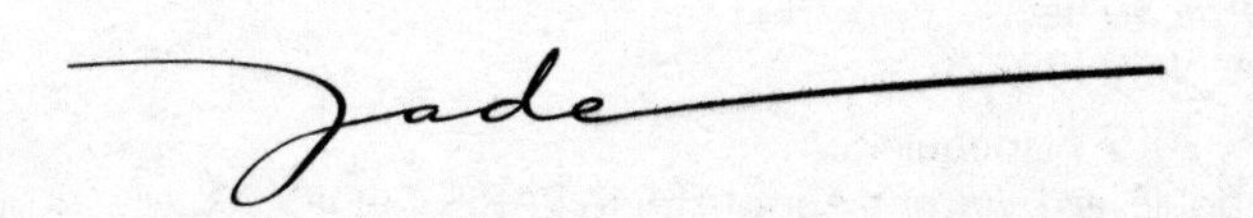

Titre original :
THE STANISLASKIS

Première partie : *Luring a Lady*
Traduction française de LIONEL ÉVRARD

Deuxième partie : *Convincing Alex*
Traduction française de FABRICE CANEPA

Photo de couverture
Tulipes : © BOTANICA / JUPITER IMAGES

83-85, boulevard Vincent-Auriol 75646 PARIS CEDEX 13.

ISBN 978-2-2808-3532-9 — ISSN 1773-7192

PREMIÈRE PARTIE

Un bonheur à bâtir

1

Sydney Hayward n'avait pas la patience pour vertu principale et attendre, comme elle était en train de le faire, suffisait à la mettre d'une humeur massacrante.

Pour tenter de se calmer, elle arpentait d'un pas nerveux la moquette épaisse de son bureau directorial tout neuf, situé dix étages au-dessus du centre de Manhattan. Son apparence était en parfait accord avec l'ordonnancement méticuleux et l'élégance raffinée de la pièce. L'ensemble de lin écru qu'elle portait seyait merveilleusement à sa silhouette longiligne. Un rang de perles, des boucles d'oreilles assorties, une fine montre en or complétaient sa tenue. Une barrette en or retenait sur sa nuque ses cheveux auburn. Le tout d'un luxe discret et de bon goût, comme il convenait à une Hayward.

Pendant les heures de bureau, Sydney préférait ne paraître ni trop jeune ni trop vulnérable. Elle avait donc appliqué une touche de fond de teint sur ses joues afin de dissimuler ses taches de rousseur. Sa bouche délicatement formée et volontiers boudeuse, de grands yeux bleus un peu brumeux conféraient à ses traits une fausse candeur, à laquelle beaucoup se laissaient prendre. A vingt-huit ans, son visage reflétait l'éducation et les bonnes manières qu'on lui avait inculquées — hautes pommettes aristocratiques, menton volontaire et pointu, petit nez droit légèrement retroussé.

Une fois encore, Sydney consulta sa montre d'un mouvement impatient du poignet. L'Interphone se mit à bourdonner et elle marcha droit vers son bureau.

— Oui ? dit-elle en pressant une touche.

Dans le haut-parleur, la voix de sa secrétaire semblait embarrassée.

— J'ai en face de moi un jeune homme qui insiste pour rencontrer le responsable de notre immeuble de Soho. Et votre rendez-vous de 16 heures…

— Faites-le donc entrer. Il est déjà 16 h 15 ! s'écria-t-elle d'un ton irrité.

— Bien. Mais il ne s'agit pas de M. Howington. Celui-ci vient d'appeler pour prévenir que…

D'un geste sec, Sydney coupa la communication, sans laisser à Janine le temps d'achever sa phrase.

Ainsi, se dit-elle, le patron de Howington & Co n'avait pas jugé bon de se déplacer en personne, préférant envoyer un subalterne en délégation.

Elle s'assit derrière son bureau, croisa les doigts sur son sous-main et attendit, un petit sourire aux lèvres. D'humeur vengeresse, elle était bien décidée à ne faire qu'une bouchée de cet émissaire.

Quand la porte s'ouvrit pour livrer passage au visiteur, elle dut faire appel à toute sa volonté pour ne rien laisser paraître de sa surprise. L'inconnu s'avança, exactement comme s'il était décidé à prendre son bureau d'assaut. D'ailleurs il avait vraiment le physique de l'emploi avec ses cheveux longs, noirs et bouclés, attachés en catogan, qui lui donnaient l'air d'un pirate se lançant à l'abordage d'un vaisseau…

Son visage étroit, au front haut et à la mâchoire volontaire, était taillé à la serpe. Sa peau mate avait la couleur d'une pièce d'or vieillie. Ses yeux furibonds étaient à peu près aussi noirs que ses cheveux et une barbe naissante bleuissait ses joues, renforçant encore l'impression de virilité qui émanait de lui.

D'un œil glacial, Sydney détailla son jean déchiré, son T-shirt taché, ses boots à coquilles d'acier, qui laissaient sur la moquette neuve des traces de pas poussiéreuses.

Ainsi, non content de ne pas se déplacer en personne, Howington lui envoyait un ouvrier qui n'avait même pas eu la correction de se changer avant le rendez-vous…

— C'est vous, Hayward ?

Bien plus que l'insolence du ton employé, ce fut le léger accent slave de l'inconnu qui la frappa aussitôt. Avec un physique pareil, elle n'avait aucun mal à l'imaginer en cosaque grimpé sur son cheval, l'air farouche et un poignard entre les dents…

— Oui, répondit-elle sèchement. Quant à vous, je ne sais pas qui vous êtes, mais vous êtes en retard.

Ses yeux plissés se réduisirent à deux minces fentes, tandis qu'il l'observait de l'autre côté du bureau.

— Vous avez peut-être du temps à perdre, reprit-elle sur le même ton, mais ce n'est pas mon cas. Vous gagneriez peut-être à vous offrir une montre, monsieur…

— Stanislaski.

Sans façon, l'homme glissa ses deux pouces dans les passants de sa ceinture et dit d'un ton laconique :

— Sydney est un nom d'homme.

Sa remarque la fit sourire.

— Manifestement, vous vous y êtes laissé prendre…

Sydney lisait à livre ouvert dans son regard agacé. De toute évidence, l'homme était du genre à considérer que les affaires sérieuses ne se discutent qu'entre hommes.

— En fait, répliqua-t-il, je m'attendais à trouver derrière ce bureau un grand chauve avec une fine moustache blanche.

— Vous faites sans doute allusion à mon grand-père.

— Peut-être… Mais dans ce cas, c'est à lui que je veux parler.

— Je crains fort que cela soit impossible. Voilà deux mois qu'il est décédé.

Elle crut déceler une lueur de compassion dans les yeux du visiteur.

— Toutes mes condoléances, marmonna-t-il. Je suis désolé pour vous.

Sydney n'aurait su dire pourquoi, mais de tous les témoignages de sympathie qu'elle avait reçus, celui-ci était le plus touchant à ses yeux.

— C'est très gentil à vous, monsieur Stanislaski.

De la main, elle désigna un des sièges qui occupaient le devant de son bureau et l'invita à s'y asseoir.

— A présent, reprit-elle, nous pourrions peut-être nous mettre au travail…

— J'ai envoyé à votre grand-père de nombreuses lettres, expliqua l'inconnu en s'asseyant. Peut-être se sont-elles perdues étant donné… les circonstances.

Sydney, qui s'était attendue à une tout autre entrée en matière, dévisagea quelques instants son vis-à-vis. Enfin, d'une voix parfaitement neutre, elle demanda :

— Puis-je savoir quelle position vous occupez ?

Sa question amena sur les lèvres de son visiteur un sourire ravageur, révélant une dentition éclatante de blancheur.

— Bien sûr, mademoiselle Hayward. Je travaille le bois.

— Vous êtes charpentier ?

— Cela m'arrive.

— Cela vous arrive…, répéta Sydney d'un air songeur. Peut-être pourriez-vous m'expliquer pourquoi M. Howington m'envoie un charpentier occasionnel pour le représenter dans cet entretien ?

— Je le pourrais sans doute, répliqua l'homme sans cesser de sourire. Si je connaissais M. Howington.

Il fallut à Sydney quelques secondes pour comprendre qu'il ne plaisantait pas.

— Vous n'êtes pas employé par Howington & Co ?

— Absolument pas. J'habite un des immeubles que gère votre firme — celui de Soho pour être précis.

Très à l'aise, le jeune cosaque mit sa chaussure boueuse sur son genou poussiéreux.

— Quant à Howington & Co, reprit-il, si vous envisagez de faire affaire avec eux, je vous suggère d'y réfléchir à deux fois. Je les ai vus à l'œuvre sur un chantier. Je peux vous assurer que si leurs prix sont bas, la qualité n'est pas au rendez-vous.

— Excusez-moi…

Sydney appuya d'un doigt impatient sur la touche de l'Interphone.

— Janine ? demanda-t-elle sans le quitter des yeux. M. Stanislaski vous a-t-il annoncé qu'il représentait la société Howington ?

— Pas du tout, répondit la secrétaire, embarrassée. Il a juste demandé à vous voir. Je m'apprêtais à vous dire que M. Howington avait reporté son rendez-vous quand vous m'avez…

— Merci, Janine.

Sydney s'enfonça dans son fauteuil et prit le temps d'étudier son visiteur qui la dévisageait avec un sourire parfaitement exaspérant.

— Apparemment, dit-elle, il s'agit d'un malentendu.

— Si vous voulez dire par là que vous vous êtes trompée, je suis d'accord avec vous. Je suis ici pour vous parler des réparations urgentes à effectuer dans votre building de Soho. De nombreux locataires…

— Monsieur Stanislaski, dit-elle sans le laisser finir, vous savez sans doute qu'en matière de réclamations les locataires doivent suivre certaines procédures qui…

A son tour, il lui coupa la parole en haussant le ton.

— L'immeuble vous appartient, oui ou non ?

— Oui, mais…

— Alors, vous avez le devoir d'en assumer la responsabilité !

Derrière son bureau, Sydney le fusilla du regard.

— Je suis parfaitement consciente de mes responsabilités, monsieur Stanislaski. A présent, si vous voulez bien me laisser…

La voyant se lever, il l'imita et s'appuya de ses deux poings sur le bureau pour se pencher vers elle d'un air menaçant.

— Votre grand-père nous a fait des promesses, mademoisellle Hayward. Pour honorer sa mémoire, vous vous devez de les tenir.

— Pour honorer sa mémoire, répondit-elle en s'efforçant de rester calme, je me dois surtout de gérer correctement cette société.

Et en dépit de ce qu'imaginait son entourage, ajouta Sydney pour elle-même, elle faisait tout son possible pour y parvenir.

— Je suis consciente de l'état de vétusté d'une partie de notre parc immobilier, reprit-elle. Vous pouvez annoncer à ceux qui vous envoient que nous étudions les moyens d'y remédier. L'immeuble de Soho sera réhabilité quand son tour sera venu.

Loin de l'amadouer, cette précision ne fit que renforcer la colère de son interlocuteur, dont l'expression trahissait une grande défiance.

— Nous sommes fatigués d'attendre notre tour, gronda-t-il. Nous voulons ce qui nous est dû. Maintenant.

— Si vous me faites parvenir une liste de…

— Cela a déjà été fait ! Trois fois…

Sydney serra les dents et compta jusqu'à cinq pour se calmer.

— Dans ce cas, reprit-elle posément, je vous promets d'étudier le dossier dès que possible.

— Le dossier !

D'une voix grondante, l'homme lâcha quelques mots dans une langue que Sydney n'avait pas besoin de connaître pour comprendre qu'ils devaient être particulièrement grossiers.

— Vous êtes là, maugréa-t-il, avec vos comptables, vos conseillers, vos avocats, assise toute la journée dans votre joli bureau, à potasser vos foutus dossiers…

De la main, il fit un geste éloquent qui les envoyait au diable, elle et tout ce qu'elle représentait.

— Mais vous ne savez rien ! conclut-il avec véhémence. Rien du tout ! Ce n'est pas vous qui avez froid quand la chaudière tombe en panne, ni qui devez vous farcir cinq étages à pied quand l'ascenseur est en dérangement. Vous n'avez pas à vous inquiéter parce que l'eau n'est pas assez chaude pour le bain du bébé. Vous ne craignez pas tous les soirs en rentrant chez vous de retrouver votre appartement en flammes, parce que l'installation électrique est si vieille qu'elle doit dater d'Edison lui-même.

Tétanisée par la colère, Sydney entendait son cœur battre à ses oreilles comme un tambour. Personne n'avait jamais osé lui parler ainsi. Personne…

— Vous vous trompez !

Sa voix était aussi tranchante que le regard qu'elle dardait sur lui.

— Je prends toutes ces choses très au sérieux. Et j'ai à cœur de faire le nécessaire pour y remédier au plus vite.

L'homme laissa fuser un rire cinglant.

— Voilà une promesse que j'ai entendue souvent !

— Certainement pas, s'offusqua-t-elle, puisque c'est moi qui vous la fais !

— Et je suis supposé vous croire sur parole, vous qui êtes trop paresseuse ou trop négligente pour venir constater par vous-même dans quelles conditions déplorables vous faites vivre vos locataires ?

Sydney se sentit pâlir et dut se retenir pour ne pas le gifler.

— Monsieur Stanislaski, je crois avoir eu mon compte d'insultes pour aujourd'hui. Si vous êtes incapable de trouver votre chemin vers la sortie, je peux appeler la sécurité pour vous y aider.

— Je serai parti dans une seconde, assura-t-il. Mais avant, je veux vous dire ceci : vous avez deux jours pour commencer à tenir les promesses qui nous ont été faites. Faute de quoi, je me ferai un plaisir d'avertir la presse et la commission d'hygiène et de sécurité.

Sydney attendit que la porte eût claqué violemment derrière lui pour se rasseoir. Lentement, elle ouvrit un tiroir et en tira une liasse de papiers à en-tête, qu'elle se fit un devoir de réduire en minuscules confettis. Ensuite seulement, elle pressa la touche de l'Interphone et demanda d'une voix calme :

— Janine ? Pourriez-vous m'apporter tout ce que vous trouverez sur notre immeuble de Soho ?

Une heure plus tard, Sydney repoussa l'épaisse pile de dossiers posée sur son bureau et décrocha son téléphone pour passer deux coups de fil. Le premier pour prévenir qu'elle serait sans doute en retard au dîner auquel elle était invitée ce soir-là, le second pour demander à Lloyd Bingham — administrateur de la société et bras droit de son défunt grand-père — de passer la voir le plus rapidement possible.

— Vous avez de la chance de m'avoir trouvé, lança-t-il en pénétrant dans son bureau sans s'être annoncé. Quand vous m'avez appelé, j'étais sur le point de partir. Que puis-je pour vous ?

Lloyd Bingham était un homme ambitieux et séduisant, qui affichait une préférence marquée pour les tailleurs italiens et la cuisine française. A quarante ans, il en était déjà à son deuxième divorce ; cela en raison de son incapacité à résister aux femmes de la bonne société qu'attiraient sa blondeur lisse et ses bonnes manières.

Depuis ses débuts chez Hayward, au bas de l'échelle hiérarchique, il avait travaillé comme un forcené pour arriver au poste éminent qu'il occupait. Sydney savait que pendant les longs mois qu'avait duré la maladie de son grand-père, Bingham avait eu en main tous les leviers de commande de la société. Elle savait aussi qu'il lui en voulait d'avoir pris sa place dans ce bureau qu'il estimait devoir logiquement lui revenir.

— Pour commencer, répondit-elle, expliquez-moi pourquoi rien n'a été fait concernant la réhabilitation des appartements de Soho.

Il prit un air étonné et sortit une cigarette d'un étui doré.

— Le vieil immeuble de Soho ? dit-il. Il est prévu au planning des prochaines réhabilitations.

Avec un regard glacial, Sydney le vit allumer nonchalamment sa cigarette. Dès son arrivée, elle avait proclamé son bureau « zone non-fumeurs », ce que Bingham ne pouvait ignorer.

— Cela fait même dix-huit mois qu'il y est, précisa-t-elle sèchement. La première lettre de réclamation des locataires, listant vingt-sept dysfonctionnements, date de deux ans exactement.

— Puisque vous êtes si bien renseignée, dit-il en soufflant sa fumée vers le plafond, vous devez savoir que bon nombre d'entre eux ont déjà été traités.

— Un ***petit nombre*** d'entre eux… Comme la chaudière, qui a été réparée à de nombreuses reprises, alors que les locataires demandaient son remplacement.

Bingham fit un geste vague de sa main manucurée.

— On voit que vous êtes nouvelle dans le métier… Bientôt, vous saurez que les locataires réclament ***toujours*** du neuf, même quand ce n'est pas nécessaire.

— En l'occurrence, dit-elle en consultant ses notes, je ne suis pas persuadée que faire réparer tous les deux mois une chaudière de trente ans d'âge représente une économie sur le long terme.

Avant qu'il ait pu protester, elle l'interrompit en levant la main devant elle.

— J'ai noté également les points suivants : rampe d'escalier brisée, peintures en lambeaux, chauffe-eau insuffisant, ascenseur défectueux, sanitaires fendus… Je pourrais continuer ainsi longtemps, mais cela ne me semble pas nécessaire. J'ai retrouvé une note de mon grand-père vous demandant d'effectuer les réparations indispensables dans cet immeuble…

Levant les yeux, elle eut la satisfaction de le voir blêmir.

— Vous savez bien que la maladie de votre grand-père a perturbé pendant des mois la bonne marche de cette société. Ce complexe de Soho est un parmi tant d'autres — et pas le plus prestigieux ni le plus rentable.

— Vous avez tout à fait raison. Mais je sais également que nous avons une responsabilité, tant légale que morale, vis-à-vis de nos locataires, qu'ils habitent Soho ou Central Park West.

Pour clore le débat, Sydney referma son bloc-notes, croisa les doigts sur la couverture, et fixa Bingham droit dans les yeux.

— Ne le prenez pas mal, Lloyd, mais c'est moi qui m'occuperai dorénavant de cet immeuble.

— Pour quelle raison ?

Avant de répondre, Sydney s'autorisa un sourire caustique.

— Disons que j'ai décidé de mettre les mains dans le cambouis, et que ce dossier me permettra de faire mes premières armes. Puisque vous êtes là, j'en profite pour vous remettre les réponses à notre appel d'offres concernant le programme de réhabilitation.

Ce disant, elle lui tendit une épaisse chemise bourrée à craquer.

— Soyez gentil de les étudier pour me faire vos premières recommandations. Nous nous verrons vendredi matin à 10 heures, pour en discuter.

Bingham, qui s'était levé sans un mot pour saisir le dossier, cherchait du regard un cendrier. En désespoir de cause, il secoua sa cendre sur l'épaisse couverture cartonnée. Puis, après l'avoir saluée d'un bref hochement de tête, il gagna d'un pas raide la porte du bureau et se retourna.

— Sydney ? dit-il d'un ton mielleux. Ne le prenez pas mal, mais… une jeune femme qui a passé sa vie à courir les boutiques de luxe me paraît mal placée, dans un business comme le nôtre, pour faire du profit.

Sydney le prit très mal mais n'en montra rien.

— C'est bien pourquoi, répondit-elle, je compte mettre les bouchées doubles pour apprendre les ficelles du métier. Je ne vous retiens pas. Bonsoir, Lloyd.

Debout devant son établi, Mikhail considérait d'un œil morne la pièce de merisier qui attendait son bon vouloir. Dans un accès de découragement, il se dit qu'il aurait mieux fait sans doute de renoncer à travailler. Depuis son retour, il n'avait pas le cœur à ce qu'il faisait. Aucun de ses efforts pour ne plus penser à la jeune femme qui l'avait reçu n'avait abouti. Rien d'étonnant à cela. Sydney Hayward était à n'en pas douter le prototype même de la personne dont la suffisance et l'orgueil suffisaient à le faire sortir de ses gonds.

Bien que sa famille eût trouvé asile aux Etats-Unis alors qu'il était encore enfant, Mikhail ne pouvait nier son héritage culturel. Cent pour cent américain de cœur, il n'en assumait pas moins ses origines. Ses ancêtres, de fiers bohémiens, rebelles par principe à toute autorité, avaient sillonné l'Ukraine durant des siècles, au gré de leurs envies.

Une fois l'inspiration revenue, les copeaux commencèrent à tomber sur le sol, au rythme de ses coups de ciseau. Une grande partie de son espace vital était réservée à son travail. Parfaitement rangés, ses outils couvraient la moitié d'un mur. Blocs, planches et racines de diverses essences de bois occupaient le moindre recoin disponible, entre les œuvres achevées et celles en cours de finition. Dans un coin se trouvait un tour de potier surmonté de sa motte de terre glaise, dans un autre, un chevalet de peintre et son assortiment de tubes pressurés. Il flottait dans l'air une odeur d'huile de lin et de térébenthine, bien plus caractéristique d'un atelier d'artiste que d'un appartement.

Bien sûr, s'il l'avait souhaité, Mikhail aurait pu vivre dans un quartier plus résidentiel. Son succès grandissant, les commandes qui n'avaient cessé de pleuvoir au cours des deux ans écoulés lui assuraient déjà un revenu confortable. Mais il aimait cet endroit, avec son voisinage chaleureux et bruyant, la boulangerie qui faisait le coin, l'épicerie chinoise en face, et cette ambiance de souk qui régnait au bord du canal, à quelques rues de là. Il aimait entendre les femmes de l'immeuble discuter entre elles en balayant leur palier, et se joindre à leurs hommes pour prendre le frais en refaisant le monde sur le perron.

Il n'était pas de ces artistes à qui il faut un loft de deux cents mètres carrés moquetté d'un mur à l'autre pour créer. Tout ce dont il avait besoin, c'était un toit étanche, une douche pourvue d'eau chaude, et une cuisine équipée d'un réfrigérateur digne de ce nom. Et puisqu'il n'avait pour le moment, en dépit du loyer qu'il payait, rien de tout cela, Mlle Sydney Hayward, dans son joli bureau design, n'avait pas fini d'entendre parler de lui.

Trois coups brefs frappés contre sa porte lui firent tourner la tête, le tirant de ses pensées. Reconnaissant la façon de s'annoncer de sa voisine de palier, il sourit et lui cria d'entrer. Keely O'Brian referma le battant derrière elle, s'y adossa un instant d'un air mystérieux, puis se mit à danser une petite gigue frénétique.

— Je l'ai ! s'exclama-t-elle en traversant la pièce pour se pendre au cou de Mikhail. J'ai le rôle !

Avec fougue, elle lui donna deux gros baisers sur les joues.

— Et alors ? dit-il, l'air faussement étonné. Qu'est-ce que cela a d'extraordinaire ? Je t'avais bien dit que tu l'aurais. Va nous chercher à boire, il faut absolument fêter ça…

Keely marcha jusqu'au réfrigérateur, dont elle tira deux cannettes de bière.

— J'étais si nerveuse avant l'audition, expliqua-t-elle, que j'en ai attrapé le hoquet. Alors, quand mon tour est arrivé, j'ai avalé une pleine bouteille d'eau et je me suis avancée tête baissée dans le studio.

Après avoir dévissé les deux capsules, elle les lança adroitement dans la poubelle et rejoignit Mikhail.

— Et c'est comme ça que j'ai eu le rôle ! s'exclama-t-elle, les yeux brillants et les joues rouges. Un téléfilm en trois parties, diffusion hebdomadaire. Ça ne devrait pas me rapporter plus de soixante ou soixante-dix billets, mais je ne suis pas assassinée avant le troisième épisode.

Keely avala en hâte une gorgée de bière, leva le visage vers le plafond et poussa un hurlement à glacer le sang.

— C'est le cri que je dois pousser quand le serial killer me rattrape et me règle mon compte au fond de la ruelle. Je pense, ajouta-t-elle fièrement, que c'est grâce à lui que j'ai eu le rôle.

Elevant sa bière en son honneur, Mikhail but à son tour et conclut :

— Je crois qu'il n'y a aucun doute là-dessus…

Comme chaque fois qu'ils se voyaient, la présence vive et joyeuse de Keely le réjouissait. Elle avait vingt-trois ans, un corps à rendre fou de désir n'importe quel homme, de pétillants yeux verts et un cœur aussi large que le Grand Canyon. S'il n'avait été pour elle, depuis toujours, une sorte de grand frère protecteur, nul doute qu'il l'aurait invitée à partager son lit.

Tout sourires, Keely proposa :

— Ça te dirait de manger une pizza avec moi ? J'en ai une congelée, mais mon four est encore en panne.

L'innocente remarque suffit à réveiller la mauvaise humeur de Mikhail.

— Je suis allé rendre visite à Hayward, annonça-t-il en se renfrognant.

Keely marcha jusqu'à la fenêtre ouverte, au bord de laquelle elle s'assit du bout des fesses, tout en balançant négligemment ses longues jambes fuselées.

— Tu as fait ça ! s'exclama-t-elle, visiblement impressionnée. A quoi il ressemble ?

— Il est mort.

Sous le coup de la surprise, la jeune femme faillit s'en étrangler avec sa bière.

— Mort ? murmura-t-elle. Tu ne l'as pas...

Mikhail ne put s'empêcher de rire de sa candeur. Son goût inné pour le drame était une des nombreuses choses qu'il appréciait chez sa voisine.

— Non, répondit-il. Ce n'est pas ma faute s'il est mort, mais j'ai quand même envisagé un instant de faire un sort à sa petite-fille.

— Le nouveau proprio est une femme ? De mieux en mieux ! A quoi elle ressemble ?

— Très belle. Très froide. Très élégante. Les cheveux très roux. La peau très blanche. Les yeux très bleus et très glacés. Quand elle parle, c'est tout juste si de la buée ne sort pas de ses lèvres...

A ce portrait, Keely fit la grimace.

— Seuls les gens riches peuvent se payer le luxe de prendre les autres de haut.

— En partant, conclut Mikhail, je lui ai donné deux jours avant d'alerter les journalistes et la Commission.

Cette fois, ce fut à elle de se mettre à rire. Mikhail savait que Keely le trouvait naïf d'imaginer pouvoir régler leurs problèmes par la négociation.

— Eh bien, bonne chance ! lança-t-elle. Mais je me demande si l'idée de Mme Bayford d'une grève des loyers ne serait pas plus...

A cet instant, quelque chose dans la rue attira son attention. Keely se pencha par la fenêtre et cria :

— Hey ! Vise un peu cette bagnole... Ce doit être au moins une Lincoln — avec chauffeur, bien entendu. Ça alors ! Elle s'arrête au bas de chez nous. Attends un peu — il y a une femme qui en sort...

Un long soupir, d'admiration bien plus que d'envie, s'échappa de ses lèvres.

— L'Executive Woman, tendance *Harper's Bazar*, dans toute sa splendeur…

Keely se retourna vers lui, radieuse.

— Mikhail, je crois que ta princesse de glace est venue s'encanailler chez nous…

Consciente des regards que les hommes assis sur les marches du perron faisaient peser sur elle, Sydney tenta de les ignorer. Plantée au bord du trottoir, elle leva la tête pour s'imprégner du charme du vieil immeuble. On eût dit, songea-t-elle, une vieille dame qui aurait réussi à maintenir en dépit des ravages du temps sa dignité et un soupçon de sa beauté passée.

La brique rouge avait viré au rose, sali de-ci de-là par la pollution urbaine. Les boiseries ne gardaient plus de leur peinture d'origine que de vagues traces craquelées, mais elles paraissaient saines, et il était facile d'y remédier. Ouvrant son calepin, Sydney commença à prendre quelques notes.

L'endroit était plutôt bruyant. Des fenêtres ouvertes lui parvenaient les échos d'une vie domestique agitée — télés, radios, pleurs de bébés, scènes de ménage, cris d'enfants pris par leurs jeux. Les petits balcons accrochés à la façade regorgeaient de jardinières fleuries, de vélos, de linge en train de sécher dans l'air surchauffé. Plaçant sa main en visière pour protéger ses yeux du soleil, Sydney les passa en revue.

C'est en parvenant aux derniers d'entre eux qu'elle remarqua les deux silhouettes penchées à une fenêtre. Mikhail Stanislaski, torse nu, se tenait presque joue contre joue à côté d'une blonde pulpeuse guère plus habillée que lui. Avant d'en revenir à ses notes, elle le salua d'un petit hochement de tête, amusée que sa visite ait pu interrompre les tourtereaux dans leurs ébats.

Son inspection de la façade achevée, Sydney gagna non sans une certaine appréhension la porte d'entrée. Avec soulagement, elle vit l'attroupement d'hommes aux visages fermés s'écarter pour la laisser passer. Dans le hall régnaient une chaleur et une obscurité qui faillirent la faire reculer, ainsi qu'une tenace odeur de moisissure. Au sol, le parquet défoncé était d'évidence à changer.

Quant à l'ascenseur, il semblait aussi vieux que le bâtiment lui-même. Sur la porte, un plaisantin avait écrit : ***Vous qui entrez ici, abandonnez tout espoir***... Dès qu'elle eut enfoncé le bouton d'appel, un tintamarre de grincements et de soupirs poussifs se fit entendre. Agacée, elle passa sa mauvaise humeur en couvrant son calepin de notes rageuses. Lorsque enfin le silence revint, les portes coulissèrent sur Mikhail Stanislaski, rhabillé et sans sa blonde amie.

— Vous vous êtes décidée à venir inspecter les ruines de votre empire ?

Délibérément, Sydney attendit d'avoir fini d'écrire pour lever les yeux sur lui. S'il avait fait l'effort de se vêtir, nota-t-elle aussitôt, le débardeur blanc déchiré par endroits qu'il portait ne dissimulait pas grand-chose de son torse. D'un regard, elle lui désigna l'ascenseur.

— Etes-vous téméraire ou simplement suicidaire ?

— Ni l'un ni l'autre, répondit-il. Juste fataliste. Ce qui doit arriver finit toujours par arriver...

— Libre à vous. Mais je préfère que nul n'utilise cet ascenseur tant qu'il n'aura pas été changé ou réparé.

Les mains plongées au fond de ses poches, Mikhail s'appuya de l'épaule contre le mur.

— Parce qu'il va l'être ? dit-il l'air étonné.

— Oui, répondit-elle avec un sourire contraint. Le plus vite possible...

Ils s'observèrent quelques instants en silence, comme deux lutteurs prêts au combat.

— Puisque vous avez pris la peine d'attirer mon attention sur cet immeuble, reprit enfin Sydney, vous pourriez peut-être m'offrir une visite guidée ?

Avec une galanterie affectée et un sourire narquois, Mikhail s'inclina devant elle et lui désigna d'une main tendue l'escalier. Dès les premières marches, Sydney nota que la main courante, pièce de bois poncé solidement fixée dans le mur, était manifestement neuve.

— D'après mon dossier, s'étonna-t-elle, je ne me rappelle pas que nous ayons fait changer les rampes…

— C'est moi qui ai remplacé les pires d'entre elles, répondit Mikhail dans son dos.

Arrivée sur le premier palier, elle se tourna vers lui.

— Vous ? Pour quelle raison ?

— Il y a dans cet immeuble quelques personnes âgées et de nombreux enfants, mademoiselle Hayward.

La simplicité et l'évidence de cette réponse suffirent à lui faire honte. Heureusement, Mikhail frappait déjà du doigt contre une porte, ce qui la dispensa de tout commentaire. Partout, il fut accueilli à bras ouverts. Sydney devait se contenter de la part des locataires d'une politesse distante, mais étant donné la vétusté des appartements, elle ne pouvait le leur reprocher. A l'évidence, Stanislaski n'avait rien exagéré en exposant ses griefs.

Les familles se rassemblaient pour le repas du soir. A chaque étage flottaient des odeurs de cuisine. Avec générosité, on leur offrit du strudel, des brownies, du goulash, des ailes de poulet. Comment il était possible de cuisiner dans une telle fournaise était un mystère pour Sydney. Au troisième, elle refusa une assiette de spaghettis aux boulettes de viande mais accepta un verre d'eau, notant au passage les gémissements de tuyauteries qui semblaient prêtes à rendre l'âme. Avant d'avoir atteint le quatrième, elle n'aspirait plus qu'à rejoindre le confort de son appartement climatisé. Dans la dernière volée de marches, alors que la chaleur était encore montée d'un cran, elle sentit la tête lui tourner et ses jambes faiblir.

Aussitôt, le bras de Mikhail se referma solidement autour de ses épaules. Sans lui laisser le loisir de protester, il l'aida fermement à gravir les dernières marches et poussa du pied une porte sur le dernier palier. L'instant d'après, elle se retrouva assise sur une chaise face à un ventilateur qui lui soufflait dans le visage une brise bienfaisante.

Elle ne remarqua la présence de la jeune femme qu'elle avait aperçue à la fenêtre que lorsque Mikhail s'adressa à elle.

— Keely ? Tu peux apporter un verre d'eau, s'il te plaît ?

— Tout de suite…

— Buvez ! ordonna-t-il sans aménité quand elle lui tendit le verre. Et par pitié, ôtez donc cette veste ! Vous n'êtes pas dans votre bureau climatisé de Manhattan.

Joignant le geste à la parole, il déboutonna en un tournemain le vêtement et le fit glisser le long des épaules de Sydney. Le souffle coupé, elle se raidit sur son siège et se débattit pour lui échapper. Il n'y avait rien eu d'équivoque dans son geste, mais le simple contact de ses doigts avait suffi à l'électriser.

— Monsieur Stanislaski ! protesta-t-elle vivement. Vous êtes bien l'homme le plus insupportable et le plus dépourvu de bonnes manières que j'aie jamais eu à fréquenter…

— Mike ! renchérit la jeune femme debout à côté d'elle. Un peu de douceur, par pitié… Regarde comme elle est pâle ! Voulez-vous une serviette humide, pour vous rafraîchir ?

Avec reconnaissance, Sydney se tourna vers elle.

— Merci, dit-elle. Ce ne sera pas nécessaire.

La jeune femme lui offrit une franche poignée de main assortie d'un sourire timide.

— Keely O'Brian, se présenta-t-elle. La voisine… J'habite au 502, de l'autre côté du palier.

— Son four ne fonctionne plus, maugréa Mikhail. Elle n'a plus d'eau chaude et le toit fuit.

— Seulement quand il pleut ! précisa Keely.

Constatant que son humour ne faisait rire personne, elle commença à battre en retraite vers la porte.

— Bien, lança-t-elle, une fois sur le seuil. Je crois que je vais vous laisser. Ravie de vous avoir rencontrée !

Lorsqu'ils furent seuls, Sydney évita de croiser le regard de son hôte. Vidant à petites gorgées son verre d'eau tiède, elle laissa ses yeux fureter autour d'elle. Stanislaski n'avait rien réclamé pour lui-même, mais au premier coup d'œil, elle avait mesuré l'ampleur des dégâts. Rien que dans la cuisine, le linoléum était à changer, ainsi que le réfrigérateur, minuscule et manifestement hors d'âge. Quant au reste de l'appartement, elle n'avait tout simplement plus le courage d'y jeter un coup d'œil.

Appuyé contre le comptoir de la cuisine, les bras croisés, Stanislaski la dévisageait d'un air renfrogné. Certes, depuis le début son attitude n'était pas des plus courtoises, mais cela n'enlevait rien au fait qu'il avait raison, et que la compagnie qu'elle dirigeait avait tort.

— Vous voulez manger quelque chose ? proposa-t-il sur un ton bourru. Je ne dois avoir qu'un sandwich à vous proposer, mais cela vous aiderait à récupérer.

Sa question rappela à Sydney qu'à l'heure qu'il était, une table devait déjà l'attendre dans le très sélect restaurant Le Cirque réservé aux célibataires fortunés et que sa mère avait sélectionné à son intention.

— Non, je vous remercie, répondit-elle.

D'un geste déterminé, elle se leva, plia sa veste sur son avant-bras et gagna la porte ; sur le seuil, elle se retourna.

— Vous m'avez dit être charpentier, n'est-ce pas ?

— C'est exact.

— Travaillez-vous à votre compte ?

Les yeux de Mikhail devinrent deux minces fentes. Sydney le vit hocher lentement la tête.

— Dans ce cas, poursuivit-elle, vous devez être en relation avec d'autres entrepreneurs, de tous les corps de métier ?

— Oui. Pourquoi cette question ?

— Présentez-moi d'ici une semaine un devis global pour réaliser dans cet immeuble *toutes* les rénovations qui s'imposent.

Mikhail ne trahit pas la moindre surprise.

— Et ensuite ?

— Ensuite vous n'aurez plus qu'à vous retrousser les manches. Vous êtes embauché, monsieur Stanislaski.

2

— Maman ! protesta Sydney. Je t'assure que je n'ai vraiment pas une minute à perdre…

— Ridicule, ma chérie ! Ce n'est jamais perdre son temps que de prendre le thé.

Ce disant, Margerite Rothchild Hayward Kinsdale LaRue versa le liquide fumant dans les deux tasses de porcelaine de Chine.

— J'ai acheté moi-même ces délicieux sandwichs chez le meilleur traiteur de Manhattan ! protesta-t-elle. Accorde-moi au moins cinq minutes…

Avec un soupir résigné, Sydney quitta son bureau pour la rejoindre à la table de conférence. Peut-être, en lui donnant satisfaction, parviendrait-elle à échapper plus rapidement aux sollicitudes maternelles…

— Ta visite me fait très plaisir, assura-t-elle. Mais je suis vraiment prise par le temps aujourd'hui.

Haussant les épaules, sa mère leva les yeux au ciel.

— Je ne parviens pas à saisir pourquoi tu t'en fais autant ! lança-t-elle d'un ton péremptoire. Il aurait été tellement plus simple d'embaucher un administrateur. Certes, je comprends qu'assumer ces fonctions ait pu te divertir un moment, mais l'idée de te voir faire carrière dépasse l'entendement.

— Vraiment ? rétorqua Sydney avec amertume. Tu me prends donc pour une incapable ?

La main de Margerite s'envola au-dessus de la table pour flatter brièvement celle de sa fille.

— Ma chérie, dit-elle d'un air peiné, je suis persuadée que tu peux parfaitement réussir tout ce que tu entreprends, mais là n'est pas le problème. Le problème, c'est que tu pourrais perdre ainsi bien des opportunités qui s'offrent à toi ! Les femmes de pouvoir ne sont pas du goût des hommes...

D'un geste plein de grâce, Margerite saisit un petit sandwich triangulaire, dans lequel elle croqua du bout des dents, prenant garde à ne pas ruiner son rouge à lèvres. Quelques instants, Sydney contempla sa mère en silence. A cinquante ans passés, elle en paraissait dix de moins, et bien des femmes auraient envié sa ligne irréprochable, moulée dans un tailleur Chanel.

— Maman, répondit-elle enfin, de nos jours, une femme peut avoir d'autres ambitions que de sacrifier sa vie à un homme.

Margerite se mit à rire gaiement et tapota affectueusement la main de sa fille. Sydney remarqua alors qu'elle ne portait plus son alliance à l'annulaire.

— Ne fais pas l'enfant ! protesta-t-elle. Qui te parle de sacrifier quoi que ce soit ? Tu ne dois pas te laisser décourager par ton divorce avec Peter. Souvent, un premier mariage sert de ballon d'essai.

— Est-ce ainsi que tu considères ton mariage avec papa ? demanda Sydney. Un ballon d'essai ?

Très dignement, Margerite éleva sa tasse à ses lèvres, la reposa et tamponna délicatement les coins de sa bouche avant de répondre :

— Ton père et moi nous sommes beaucoup enrichis au contact l'un de l'autre. Mais en toute chose, il faut savoir tirer l'essentiel et aller de l'avant. A présent, parlons plutôt de ta soirée avec Channing... Raconte-moi vite : comment était-ce ?

— Assommant.

Une lueur d'agacement passa dans les yeux de Margerite.

— Sydney, vraiment...

Pour se donner l'assurance qui lui manquait, Sydney se réfugia dans la dégustation de son thé. Pourquoi fallait-il qu'elle se sente en perpétuel décalage avec celle qui lui avait donné le jour ? se demandait-elle avec découragement.

— Tu veux la vérité, oui ou non ? Le fait est que Channing et moi n'avons rien à faire ensemble.

D'un revers de main, Margerite balaya l'argument.

— Ridicule ! Vous êtes faits l'un pour l'autre... Channing Warfield est un jeune homme intelligent, plein d'avenir, et issu d'une des meilleures familles de New York.

— Peter l'était aussi.

Avec un bruit inquiétant de porcelaine malmenée, Margerite reposa la tasse dans sa soucoupe.

— Tu ne vas pas passer ta vie à comparer chaque homme que tu rencontres avec Peter !

— Je ne compare Channing avec personne, s'entêta Sydney. Mais je le trouve guindé, ennuyeux et par-dessus le marché prétentieux. Quoi qu'il en soit, établir une relation avec un homme ne fait pas partie de mes priorités. Laisse-moi d'abord faire quelque chose de moi-même...

— Quelque chose de toi-même, répéta Margerite, incrédule. Tu es une Hayward, cela ne te suffit pas ? Pour l'amour de Dieu, Sydney ! Cela fait quatre ans que Peter et toi avez divorcé. Il est plus que temps de te mettre en quête d'un nouveau mari. Dois-je te rappeler que tu as une place dans la société, une responsabilité envers notre nom à assumer ?

Sydney repoussa sa tasse devant elle, l'estomac noué par une angoisse familière.

— Ça, maugréa-t-elle, je ne risque pas de l'oublier.

Satisfaite de ce qu'elle prenait sans doute pour une marque de bonne volonté, sa mère sourit largement et conclut :

— Si Channing ne fait pas l'affaire, ce ne sont pas les prétendants qui manquent. Mais tu aurais tort de l'écarter si rapidement. Moi-même, si j'avais vingt ans de moins...

Sur ce sous-entendu, Margerite lança un coup d'œil affolé à sa montre Cartier et se leva brusquement.

— Mon Dieu ! s'écria-t-elle. Je vais être en retard chez mon coiffeur. Tant pis — il attendra que je me sois repoudré le nez...

Quand elle se fut éclipsée dans le cabinet de toilette attenant, Sydney rejoignit son bureau et tenta de se remettre au travail, l'esprit en proie au doute et à la culpabilité. Comment aurait-elle pu convaincre sa mère que l'échec de son premier mariage n'était pour rien dans sa volonté de se tenir éloignée des hommes alors qu'elle n'en était elle-même pas convaincue ?

Pour avoir grandi ensemble, Peter et elle avaient toujours été les meilleurs amis du monde. Cela n'avait hélas pas suffi à faire éclore entre eux cet amour sans lequel un mariage n'est que simulacre. Leur union s'était imposée à eux presque naturellement, sous la pression familiale, alors qu'ils étaient trop jeunes pour réaliser l'erreur qu'ils commettaient. Ils avaient ensuite passé deux ans à tenter de faire tenir leur couple vaille que vaille. Sans succès.

Le plus triste, songea-t-elle en fermant son dossier d'un claquement sec, n'était pas tant le divorce que ce qui en avait résulté. Dans cette mésaventure, Peter et elle avaient perdu l'amitié qui les avait toujours unis. Et s'il lui était impossible de former un couple stable avec un homme qu'elle appréciait, avec qui elle avait tant de choses en commun, il était à craindre qu'elle ne fût pas faite pour cela. Tout ce qui lui importait, à présent, c'était de mériter la confiance que son grand-père avait placée en elle. D'autres responsabilités, un challenge différent lui étaient offerts. A elle de faire en sorte, cette fois, de ne pas faillir.

Le bourdonnement de l'Interphone sur son bureau la tira de ses pensées.

— Oui, Janine ? répondit-elle.

— M. Stanislaski est là. Il n'a pas rendez-vous mais prétend avoir des papiers urgents à vous remettre.

Réalisant que son impétueux locataire se manifestait deux jours avant le terme fixé, Sydney ne put s'empêcher de sourire.

— C'est exact, dit-elle en se redressant sur son siège. Faites-le entrer.

Cette fois, nota-t-elle au premier coup d'œil, il avait pris la peine de se raser. Une chemise écossaise remplaçait le débardeur troué, mais de larges déchirures effrangées dans son jean révélaient ses genoux. Après avoir refermé la porte, il s'y adossa et rendit à Sydney le long regard scrutateur qu'elle lui lançait.

Avec un humour un peu féroce, Mikhail songea que la princesse de glace semblait aussi raide et guindée qu'à leur première rencontre. Ce jour-là, elle portait un luxueux ensemble gris perle, constellé de minuscules boutons dorés qui semblaient former un chemin jusqu'à sa gorge longue, tendre et blanche, dont la seule vue suffisait à lui donner une faim de loup. Prudemment, il préféra reporter son attention sur le service à thé et les sandwichs dans leur plateau.

— J'interromps votre déjeuner ?

— Pas du tout.

Sans prendre la peine de se lever ou de lui sourire, elle lui fit signe d'approcher d'un geste de la main.

— Avez-vous le devis que je vous ai demandé ?

— Le voici, répondit-il en le laissant tomber sur le bureau devant elle.

— Vous travaillez vite.

Un sourire narquois joua sur les lèvres de Mikhail.

— J'ai une bonne connaissance de ce *dossier*...

Il flottait dans la pièce un mélange de parfums qui attira son attention. Celui de Sydney, subtil et discret, se trouvait supplanté par un autre, plus capiteux.

— Vous avez de la compagnie ?

Surprise, Sydney releva les yeux.

— Qu'est-ce qui vous fait croire cela ?

— Je sens ici un parfum qui n'est pas le vôtre.

Qu'il fût capable de reconnaître le parfum qu'elle portait suscita en Sydney un trouble qu'elle s'efforça d'ignorer. Mikhail haussa les épaules et désigna le devis qu'elle étudiait.

— Vous trouverez en tête ce qui *doit* être fait, et ensuite seulement ce qui *pourrait* l'être. Dans l'idéal.

— Je vois.

Mais ce que Sydney voyait surtout, c'était cette imposante présence masculine, à deux pas d'elle, dont la chaleur et le magnétisme, pour une raison qui lui échappait, la troublaient autant qu'ils la réconfortaient.

— Vous avez joint les devis des sous-traitants ? demanda-t-elle.

— Vous les trouverez en annexe, répondit-il.

Au grand soulagement de Sydney, Mikhail s'éloigna pour aller étudier d'un air méfiant sur le plateau les petits sandwichs de pain de mie triangulaires.

— Quelle est cette chose verte, à l'intérieur ?

— Du cresson, répondit-elle sans lever le nez.

Avec une grimace de dégoût, Mikhail reposa le sandwich dans l'assiette de porcelaine.

— Quelle idée de manger un truc pareil !

Cette fois, Sydney releva la tête. Le sourire qui illuminait son visage cueillit Mikhail de plein fouet.

— Je ne vous le fais pas dire !

Elle n'aurait jamais dû lui sourire, songea-t-il en plongeant les mains au fond de ses poches. Lorsqu'elle souriait, elle était une autre femme. Ses yeux et ses lèvres s'adoucissaient, ses traits se détendaient. Quand elle souriait, sa beauté n'était plus froide, inaccessible, mais radieuse et irrésistible. Quand elle souriait, elle lui faisait oublier qu'il n'était pas le moins du monde attiré par le type de femme qu'elle représentait.

— Puis-je vous poser une autre question ?

Sans quitter des yeux le devis dont elle détaillait les différents postes, Sydney hocha la tête. Le document était d'une parfaite limpidité, et elle aimait ce qu'elle y découvrait.

— Pourquoi portez-vous des couleurs si ternes ? reprit Mikhail. Des couleurs lumineuses vous iraient bien mieux.

Sydney tressaillit. Incapable de masquer sa surprise, elle releva le menton et le dévisagea longuement. Nul ne s'était jamais permis d'émettre le moindre doute quant à ses goûts. Aux yeux de certains, il lui arrivait même de passer pour un modèle d'élégance.

— Etes-vous charpentier ou styliste ?

— Je suis un homme. Cela suffit.

Mikhail souleva la théière pour en humer le contenu avec circonspection.

— Du thé ! s'exclama-t-il. Il fait bien trop chaud pour en boire. Vous n'avez rien de plus frais ?

Secouant la tête avec agacement, Sydney enfonça une touche de l'Interphone.

— Janine ? lança-t-elle. Pourriez-vous apporter une boisson fraîche à M. Stanislaski, je vous prie ?

Puis, reportant son attention sur le devis, elle conclut :

— Nous allons commencer par ce qui *doit* être fait, et nous nous offrirons un peu plus tard une partie de ce qui *pourrait* l'être. Si tout va bien, vous aurez un contrat en bonne et due forme en fin de semaine.

Mikhail vint prendre place sur le siège qui faisait face à son bureau et la considéra d'un air pensif.

— Je ne suis pas le seul à travailler vite, dites-moi.

— Vous ne m'avez pas trop laissé le choix, non ? A présent, expliquez-moi pourquoi il vous semble indispensable de changer les fenêtres. Je n'étais pas arrivée à cette conclusion lors de ma visite.

— Elles ne sont pas équipées de double vitrage.

— Certes, mais…

La porte du cabinet de toilette, s'ouvrant à la volée, interrompit Sydney.

— Ma chérie, s'exclama sa mère en surgissant dans la pièce, tu devrais changer l'éclairage là-dedans… Ce néon est vraiment trop impitoyable !

Apercevant le visiteur assis face au bureau de sa fille, Margerite se figea sur place.

— Oh, pardon ! s'excusa-t-elle. Tu aurais dû me prévenir que tu attendais quelqu'un.

Avant que Sydney ait pu faire les présentations, Mikhail se leva et s'inclina vers elle.

— Vous devez être la mère de Sydney, je suppose.

Margerite fronça les sourcils et le détailla de la tête aux pieds. Elle n'approuvait pas la familiarité, surtout venant d'un homme coiffé d'une queue-de-cheval et vêtu d'un pantalon troué.

— En effet, répondit-elle d'un air pincé. Comment l'avez-vous deviné ?

— Il y a comme un air de famille entre vous. Et les véritables beautés s'épanouissent avec le temps...

Sydney vit le sourire de sa mère se réchauffer et ses paupières battre timidement.

— Vous n'êtes qu'un flatteur ! protesta-t-elle en se portant à la rencontre de Mikhail. Mais c'est quand même gentil.

— Maman, intervint Sydney, je suis désolée mais M. Stanislaski et moi avons encore bien des choses à discuter ensemble.

— Bien sûr, ma chérie !

Margerite rebroussa chemin pour aller embrasser le vide à dix centimètres des joues de sa fille.

— De toute façon, reprit-elle, je suis déjà en retard. Tu n'oublies pas notre déjeuner la semaine prochaine, n'est-ce pas ?

D'un pas décidé, elle gagna la porte.

— Monsieur Stanislaski, murmura-t-elle en se retournant pour dévisager Mikhail, pourquoi ai-je l'impression de vous avoir déjà vu quelque part ?

Sous le coup d'une vive émotion, Margerite porta la main à son cœur et écarquilla les yeux.

— Oh, mon Dieu ! Vous êtes Mikhail Stanislaski, n'est-ce pas ?

Mikhail la considéra avec étonnement.

— C'est exact. Nous nous sommes déjà rencontrés ?

— Hélas non, mais j'ai pu voir votre portrait dans *Art/World*. Je suis une de vos plus ferventes admiratrices !

Le visage éclairé par un sourire radieux, Margerite contourna le bureau et rejoignit Mikhail pour étreindre chaleureusement ses mains dans les siennes. A ses yeux, la queue-de-cheval et le jean troué, dorénavant excentriques, dénotaient un tempérament d'artiste.

— Votre travail est magnifique ! s'enthousiasma-t-elle. Tout simplement magnifique... J'ai acheté deux de vos œuvres lors de votre dernière exposition. Vous ne pouvez savoir comme je suis heureuse de vous rencontrer.

— A présent, c'est vous qui me flattez...

— Pas le moins du monde ! insista-t-elle. Chacun s'accorde à reconnaître en vous l'un des talents majeurs de cette décennie.

Puis, se tournant vers sa fille ébahie, elle lui demanda :

— Tu t'intéresses à l'œuvre de M. Stanislaski, ma chérie ? C'est une excellente idée !

— Je..., marmonna Sydney. En fait, il...

— Je suis très heureux, l'interrompit Mikhail, de pouvoir travailler avec votre fille.

— Et vous m'en voyez ravie ! assura Margerite en se décidant à lui lâcher les mains. Accepteriez-vous de participer à une petite réception que je donne vendredi soir ? Ne me dites pas que vous êtes déjà pris, j'en serais anéantie...

Pour faire bonne mesure, elle lui adressa de derrière ses longs cils battants un regard implorant. S'efforçant pour garder son sérieux d'ignorer le regard sévère que Sydney dardait sur eux, Mikhail répondit :

— Je m'en voudrais de décevoir une jolie femme...

— Fantastique ! exulta Margerite. Sydney passera vous prendre. Je vous attends vers 20 heures.

Après avoir d'une main distraite remis en place sa chevelure, Margerite lança un dernier regard absent à sa fille et se pressa vers la porte. Janine, qui pénétrait dans la pièce pour apporter à Mikhail un verre dans lequel flottaient quelques glaçons, la croisa sur le seuil. Sydney attendit qu'ils soient de nouveau seuls, pour lancer d'un ton accusateur :

— Pourquoi m'avez-vous dit que vous êtiez charpentier ?

— Parce que je le suis, répondit Mikhail en sirotant tranquillement son verre. Mais il m'arrive aussi de sculpter le bois quand je ne le taille pas.

Sydney serra les poings sous son bureau. S'il avait voulu se moquer d'elle, il ne s'y serait pas pris autrement. Elle dut fournir des efforts surhumains pour résister à la tentation de ne pas réduire son devis en confettis avant de le lui jeter à la figure.

— J'aimerais savoir à quoi vous jouez, Stanislaski...

Mikhail joua l'étonnement avec conviction.

— Vous m'avez offert de travailler sur un chantier qui représente beaucoup pour moi, je vous ai fourni un devis. Un point c'est tout. Je ne vois pas où est le problème ?

— Le problème est que vous m'avez menti.

— Certainement pas ! Je travaille dans le bâtiment depuis l'âge de seize ans. Quelle différence cela fait-il pour vous si l'on s'arrache à présent ma sculpture ?

— Aucune, en effet, admit Sydney en haussant les épaules.

Mikhail Stanislaski était bien trop rustre pour être un véritable artiste, décida-t-elle en son for intérieur. Si des amateurs d'art, friands de nouveauté, s'étaient entichés de lui, ce devait être parce qu'il produisait d'horribles pièces grossières et primitives. Tout ce qui comptait, c'était qu'il puisse mener à bien le chantier qu'elle voulait lui confier. Il n'en demeurait pas moins qu'elle détestait être bernée. Pour le lui faire payer, elle s'acharna dans l'heure qui suivit à lui faire perdre son temps — et à perdre le sien — en épluchant point par point son devis.

— Tout me paraît en ordre, conclut-elle enfin en refermant le dossier devant elle. Votre contrat devrait être prêt à la signature vendredi.

— Très bien, répondit-il en se levant et en se frottant les mains d'un air satisfait. Vous n'aurez qu'à l'apporter en passant me prendre. Inutile de vous préciser l'adresse... Disons vers 19 heures ?

A son tour, Sydney se leva de son siège.

— Je vous demande pardon ? dit-elle, interloquée.

Un sourire rusé joua sur les lèvres de Mikhail.

— La réception de votre chère maman... Vous avez déjà oublié ?

Comme un chat fondant sur une souris, il marcha jusqu'à son bureau, sur lequel il posa ses deux poings, avant d'approcher avec une éprouvante lenteur son visage de celui de Sydney. Pendant une effrayante et délicieuse seconde, elle fut convaincue qu'il allait l'embrasser, mais il se contenta de palper doucement entre l'index et le pouce le revers de son tailleur.

— Vous devriez vous décider à porter des couleurs plus vives…

D'une petite tape sur la main, Sydney le fit cesser, se dirigea vers la porte et lança par-dessus son épaule :

— Je n'ai pas l'intention de vous accompagner vendredi à cette réception !

— Vous avez peur de vous retrouver seule avec moi, lança-t-il, non sans une certaine fierté.

Piquée au vif, Sydney fit volte-face.

— Certainement pas !

— Votre réaction en est pourtant la preuve.

Sans la quitter des yeux, Mikhail la rejoignit près de la porte.

— Une femme aussi bien éduquée que vous l'êtes, reprit-il sur un ton doucereux, ne se montrerait pas si véhémente sans raison.

— Je n'aime pas vos manières, monsieur Stanislaski. Cela vous paraît-il une raison suffisante ?

La question de Sydney le fit sourire. Mikhail leva la main pour jouer distraitement avec son collier.

— Non. Dans votre milieu, on apprend à se montrer poli en toute circonstance. Si vous ne m'aimiez pas, vous n'en seriez que plus aimable avec moi.

— Cessez immédiatement ce petit jeu.

Mikhail se mit à rire et laissa les perles glisser de ses doigts. A n'en pas douter, songea-t-il, la peau de Sydney devait être aussi douce et satinée.

— Au moins, constata-t-il, je suis arrivé à amener un peu de couleur sur vos joues…

En silence, ils se dévisagèrent un instant avant que Mikhail ne reprenne :

— Soyez raisonnable… Comment allez-vous expliquer à votre charmante mère le fait que vous arriviez seule à sa réception ?

Sur son visage, Mikhail vit passer un reflet du conflit intérieur qui l'agitait.

— Piégée par vos bonnes manières, murmura-t-il.

— Voilà qui ne risque pas de vous arriver, rétorqua-t-elle entre ses dents serrées.

— Vendredi, conclut-il en effleurant sa joue de l'index. 19 heures.

Satisfait, Mikhail se retourna pour gagner la porte. Avant qu'il ait pu l'ouvrir, Sydney l'interpella :

— Monsieur Stanislaski ?

— Oui ? fit-il en se retournant.

Savourant sa vengeance, Sydney prit le temps de lui adresser un sourire aimable avant de suggérer :

— Si possible, essayez de trouver pour vendredi dans votre garde-robe un vêtement non troué…

Comme à son habitude, Sydney avait soupesé le moindre détail de sa tenue pour tendre à une élégance discrète et raffinée. Délibérément, elle s'était habillée tout en noir. Pour rien au monde elle n'aurait donné à cet effronté de Stanislaski la satisfaction de suivre ses conseils. Elle avait opté pour un simple fourreau en crêpe de soie et choisi de laisser flotter librement ses cheveux sur ses épaules.

En frappant à la porte de Mikhail, elle fut surprise de reconnaître le grand air de *Carmen* à plein volume dans l'appartement. Persuadée que personne n'avait pu l'entendre, Sydney cogna de plus belle et vit le battant pivoter sur ses gonds, révélant à ses yeux la pulpeuse voisine, habillée d'un short et d'un T-shirt trop courts.

— Hello ! lança gaiement celle-ci.

Nerveusement, Keely croqua le glaçon qu'elle venait de porter à sa bouche et l'avala.

— J'étais venue emprunter un peu de glace, expliqua-t-elle. Mon freezer a rendu l'âme ces jours-ci…

Keely réussit à sourire à la visiteuse et résista à l'envie de tirer sur ses vêtements. En sa présence, elle se trouvait aussi gauche et empruntée qu'une paysanne devant l'héritière du trône… Avant de regagner son appartement, elle lança par-dessus son épaule :

— Mike ! Ton rendez-vous est arrivé…

Le terme *rendez-vous* fit tiquer Sydney mais elle n'eut pas le temps de s'en offusquer. Surgissant de la chambre encore ruisselant de la douche qu'il venait de prendre, Mikhail cria :

— Tu disais, Keely ?

Pour tout vêtement, il portait une petite serviette blanche, nouée dangereusement bas sur ses hanches. Avec une autre serviette identique, il se frottait énergiquement les cheveux. Quand il eut repéré Sydney dans le living-room, il se figea sur place. Une lueur brilla dans son regard tandis que ses yeux couraient le long de sa silhouette galbée par le fourreau noir.

— Je suis en retard, dit-il après être allé baisser la musique.

Sydney n'était pas certaine d'avoir su dissimuler le trouble qui s'était emparé d'elle à la vue de Mikhail. Sous sa peau couleur bronze, tous les muscles jouaient avec aisance. Les gouttelettes qui coulaient sur son corps en soulignaient encore les reliefs. La température dans la pièce, déjà insupportablement élevée, semblait avoir grimpé de quelques degrés supplémentaires depuis qu'il y était entré. Ne sachant que faire d'autre, elle marcha jusqu'à une table basse et y déposa le dossier dont elle s'était munie.

— Votre contrat…

— Merci, répondit-il. Je l'étudierai plus tard.

Sciemment, Mikhail s'attarda une minute sur le seuil de sa chambre, immobile. Le regard éloquent qu'il avait surpris dans les yeux de sa visiteuse quand il y était apparu le comblait d'aise. C'était le genre de regard d'envie qu'un homme ne pouvait qu'être flatté de découvrir dans les yeux d'une femme.

— Faites comme chez vous, conclut-il avant de s'éclipser. Je n'en ai pas pour très longtemps.

Dès qu'elle fut seule, Sydney ferma les yeux et se força à respirer profondément, maudissant la faiblesse qui s'était emparée d'elle. Pourquoi fallait-il que cet homme, débarrassé de ses vêtements, eût sur elle un effet aussi dévastateur ? Quand elle fut certaine d'avoir récupéré son self-control, elle rouvrit les yeux et observa avec curiosité l'appartement auquel elle n'avait jeté jusqu'alors qu'un coup d'œil distrait. Des pièces de bois de toutes dimensions s'y trouvaient entreposées. Une panoplie complète d'outils de sculpteur occupait tout un mur. Sur un établi posé près d'une fenêtre, elle laissa son doigt caresser les reliefs de ce qui devait être une œuvre en cours d'achèvement. Primitive et grossière, songea-t-elle avec un sourire vengeur, exactement comme elle l'avait prédit…

Puis elle se retourna pour se trouver en face d'une étagère surchargée de statuettes de toutes tailles et son sourire se figea sur ses lèvres. Il y avait là d'abstraites colonnes de bois, merveilleusement polies, accrochant le regard autant que la lumière. D'autres œuvres, plus réalistes, tendaient à l'abstraction par la farouche énergie qui leur avait donné forme. Elle reconnut un profil de femme aux longs cheveux flottants, un visage d'enfant surpris en plein rire, un couple d'amants enlacés dans l'attente d'un baiser qui ne viendrait jamais.

Fascinée, Sydney ne pouvait s'empêcher de toucher, de caresser, de suivre du doigt les contours. L'art de Mikhail explorait tous les registres, de la passion au charme, de la force expressive à la délicatesse des sentiments. Sur l'étagère la plus basse, elle découvrit une série de miniatures qui la troubla plus encore. Il lui était difficile d'imaginer qu'un homme pourvu de manières aussi rudes, d'une aussi mâle arrogance, pût avoir la patience et la sensibilité nécessaires pour créer d'aussi petites merveilles de tendresse et d'humour.

Avec un rire de ravissement, Sydney installa sur la paume de sa main un petit kangourou. Sous son doigt, il paraissait aussi poli et fragile que le verre. Ce n'est qu'en l'observant de plus près qu'elle remarqua la minuscule tête de bébé qui émergeait de sa poche ventrale. En le reposant à regret, elle ne put s'empêcher de s'emparer d'une ravissante figurine de Cendrillon s'enfuyant du bal à minuit, affolée et ayant déjà perdu son soulier. Mikhail avait réussi à la rendre tellement vivante qu'il lui sembla un instant voir les larmes briller dans ses yeux peints.

— Vous aimez ?

Sydney sursauta puis se redressa vivement, serrant toujours la statuette entre ses mains.

— Oui. Je suis désolée…

Les bras croisés, Mikhail s'appuya contre le chambranle de la porte. Il avait enfilé un pantalon cintré couleur sable, ses cheveux, encore humides, étaient coiffés en arrière et caressaient l'encolure de sa chemise blanche.

— Ne le soyez pas, dit-il. Vous n'êtes heureusement pas la seule à aimer mon travail.

Sydney se baissa pour remettre la statuette en place.

— C'était pour avoir touché à vos œuvres que je m'excusais.

Mikhail hocha la tête et sourit largement. Il trouvait fascinante la manière qu'avait Sydney de passer en l'espace d'un clin d'œil du ravissement enfantin à la politesse la plus glacée.

— Mieux vaut se laisser toucher, murmura-t-il, que de rester sur un piédestal à se faire admirer. Qu'en pensez-vous ?

Sydney se raidit. Impossible de ne pas relever dans ses paroles un sens caché ni dans ses yeux la lueur de désir qui y avait flambé.

— Cela dépend, dit-elle froidement.

Alors qu'elle s'avançait pour regagner le hall, il se redressa et se plaça devant elle, juste à temps pour lui barrer le passage.

— Cela dépend de quoi ? demanda-t-il en caressant sa joue d'un doigt distrait.

Sydney parvint à ne pas rougir, à ne pas frémir, à ne pas battre en retraite. Soutenant son regard sans ciller, elle répondit tranquillement :

— Cela dépend de qui vous touche.

Mimant la surprise, Mikhail s'étonna :

— Je pensais que nous parlions sculpture…

Sydney laissa échapper un soupir résigné.

— Un point pour vous ! lança-t-elle. Maintenant, si nous ne voulons pas être en retard, nous devrions vraiment y aller, monsieur Stanislaski…

— Faites-moi plaisir : appelez-moi Mikhail.

De sa joue, sa main avait glissé vers son oreille et jouait avec le saphir qui s'y trouvait. Avant qu'elle ait pu protester, son regard vint se river au sien. Prise au piège de ses yeux si sombres, elle eut l'impression de s'y noyer comme dans un lac sous un ciel d'hiver.

Profitant de son avantage, Mikhail laissa ses doigts s'aventurer sur la nuque de Sydney et murmura :

— Vous ressemblez à un jardin anglais à l'heure du thé — très belle, très attirante, et juste un petit peu trop sévère.

Il faisait bien trop chaud, songea Sydney au bord de l'affolement. C'était la raison pour laquelle elle avait du mal à respirer. Cela n'avait rien à voir avec lui, rien à voir avec le fait qu'il se tenait bien trop près…

— Vous me bloquez le passage, dit-elle.

— En effet, répondit-il sans bouger d'un pouce. Laissez-moi étudier votre profil…

Sans tenir compte de son mouvement de recul, Mikhail saisit le menton de Sydney entre le pouce et l'index et lui fit tourner la tête dans un sens, puis dans l'autre.

— Votre beauté approche la perfection, commenta-t-il, mais sans l'atteindre tout à fait. Ce qui, pour un artiste, est plus intéressant encore à capter…

— Je vous demande pardon ?

— Vos yeux sont trop grands, et votre bouche est juste un petit peu plus large qu'elle devrait l'être.

D'une petite tape sèche, Sydney lui fit lâcher prise. Elle était aussi furieuse qu'embarrassée de s'être attendue de sa part à une admiration sans réserve.

— Mes yeux et ma bouche ne vous concernent pas.

— Vous vous trompez, corrigea-t-il avec un sourire satisfait. Ils me concernent, puisque je vais sculpter votre buste.

Mikhail remarqua qu'une double ligne verticale se creusait entre ses sourcils quand elle les fronçait, et se dit qu'il aurait aimé pouvoir l'effacer avec ses lèvres.

— Vous allez faire quoi ?

— Votre buste, répéta-t-il sur le même ton serein. En palissandre ou peut-être en ébène, je ne sais pas encore, mais avec vos cheveux dénoués, comme ceci.

De nouveau, il tendit la main pour enrouler autour de son index une mèche de ses cheveux. De nouveau, Sydney le repoussa.

— Si vous me proposez de poser pour vous, lança-t-elle, sachez que je ne suis pas intéressée.

— Peu importe, répondit-il. Moi je le suis et cela suffit. A présent, j'ai votre image gravée en moi et je n'ai nul besoin que vous posiez.

Comme si le débat était clos, il la saisit par l'avant-bras pour l'entraîner vers la porte.

— Vous imaginez peut-être que je suis flattée…

— Pourquoi devriez-vous l'être ? l'interrompit-il en ouvrant la porte. Vous êtes née avec ce visage. Il ne doit rien à votre mérite. Vous pourriez être flattée si je vous avais dit que vous chantez bien, que vous dansez bien, que vous embrassez bien…

Mikhail s'effaça sur le seuil de l'appartement pour la laisser passer et referma la porte derrière eux. Puis, comme pris par un remords, il ajouta d'un air mutin :

— C'est le cas ?

Agacée par ce jeu de ping-pong verbal, Sydney fit volte-face.

— Pour l'amour du ciel, de quoi parlez-vous ?

— Ai-je raison d'imaginer que vous embrassez divinement bien ?

Le visage de Sydney se figea. Au-dessus de ses yeux emplis de réserve hautaine, ses sourcils étaient deux arches de pur dédain.

— Le jour où vous le saurez, lança-t-elle sèchement, c'est vous qui pourrez vous estimer flatté !

Satisfaite et vengée, Sydney se décida à descendre l'escalier sans l'attendre. Mais à peine avait-elle fait un pas qu'elle se retrouva plaquée contre le mur, emprisonnée dans l'étau de ses bras, les deux mains de Mikhail reposant de chaque côté de son visage. Pourtant — elle l'aurait juré — c'était à peine s'il l'avait touchée. Pour ne rien arranger, elle se sentait bien plus inquiète et effrayée que révoltée par le traitement qu'il lui infligeait.

Mikhail était conscient de dépasser les bornes, et cette certitude l'emplissait d'une sombre jouissance. Leurs lèvres étaient à deux doigts de se toucher. Leurs corps s'épousaient l'un l'autre autant qu'ils se repoussaient. Leurs souffles se mêlaient — le sien profond et régulier, celui de Sydney bref et saccadé. Il sentait monter en lui une puissante vague de désir pour cette femme dont tout le portait à croire qu'elle lui resterait à jamais inaccessible. Mais s'il était homme à ne pas rester insensible à son charme, il était bien de taille à maîtriser le désir qu'elle lui inspirait, bien de taille à lui résister.

— A mon avis, dit-il d'une voix rêveuse, vous avez encore tout à apprendre de l'art du baiser, mais votre bouche semble en tout cas faite pour cela.

Du regard, il caressa quelques instants les lèvres de Sydney avant de poursuivre :

— Avant d'en arriver à vous embrasser, il faudrait pourtant bien de la patience à un homme pour réchauffer le sang qui court dans vos artères. Hélas, je n'ai aucune patience.

Mikhail la vit tressaillir, avant que ses yeux ne se mettent à cracher des flammes. Sur le même ton doucereux que le sien, de la même voix pleine de sous-entendus, elle lui répondit :

— Monsieur Stanislaski, je suis certaine que vous embrassez comme un dieu. Mais avant de pouvoir le constater, il faudrait à une femme beaucoup d'indulgence pour passer outre à cet ego surdimensionné qui est le vôtre. Heureusement, je n'ai aucune indulgence en ce qui vous concerne.

Pendant un long moment, Mikhail ne bougea pas d'un pouce, pratiquement décidé à vérifier laquelle de leurs théories était la bonne. Puis il comprit que sa victoire serait plus parfaite et son plaisir plus grand s'il avait la patience de les différer. Oui, conclut-il pour lui-même, il était bien de taille à se mesurer à la belle, à la sublime Sydney Hayward. Où et quand il l'aurait décidé…

— Mademoiselle Hayward, un homme peut apprendre la patience, murmura-t-il avec un sourire espiègle, et une femme se montrer indulgente avec un homme — dès lors que son propre désir ne lui laisse pas le choix…

Le cœur battant, Sydney le vit approcher son visage du sien, les yeux brillants, les lèvres fendues en un sourire conquérant. Comme un chat pris au piège, elle se pressa contre le mur, prête à mordre et griffer pour se défendre. Sa surprise n'en fut que plus grande de voir Mikhail se reculer brusquement et lui tendre le bras, comme si de rien n'était.

— Pouvons-nous y aller, à présent ?

— Oui.

Un peu chancelante, Sydney se laissa entraîner à sa suite dans l'escalier. Du soulagement ou du désappointement, elle aurait été bien en peine de dire ce qui l'emportait en elle…

3

Bien consciente de posséder un atout majeur avec la venue d'un artiste aussi prestigieux et secret que Mikhail Stanislaski, Margerite n'avait pas ménagé ses efforts pour assurer le succès de sa réception. Comme un général avant la bataille, elle avait tenu à inspecter le moindre détail, des arrangements floraux au menu, en passant par le plan de table et l'ameublement des terrasses. Lorsque tout fut terminé, chaque domestique, chaque fournisseur pestait contre elle dans son dos, mais la maîtresse de maison, elle, était satisfaite.

Depuis que les premiers invités avaient commencé à franchir le seuil de sa luxueuse propriété de Long Island, Margerite ne cessait de consulter sa montre à la dérobée. Elle n'en aurait pas voulu à sa fille d'être en retard si celle-ci n'avait été chargée d'amener avec elle celui qui devait constituer le clou de la soirée.

Vive et enjouée, elle n'en virevoltait pas moins parmi les convives dans une robe mousseuse d'un bleu turquoise. Il y avait là le mélange habituel d'hommes politiques, d'hommes d'affaires, d'artistes du théâtre et du music-hall, d'habitués de la jet-set new-yorkaise…

Mais ce soir-là, le plus illustre d'entre eux serait sans conteste ce sculpteur ukrainien dont le nom courait déjà sur toutes les lèvres, et que tous brûlaient d'approcher. Et pour avoir eu l'occasion de se frotter à sa mâle prestance, la maîtresse de maison elle-même n'était pas la moins impatiente. Pour elle, l'amour de l'art n'excluait pas celui des hommes séduisants, et les nécessités du savoir-vivre celles du flirt.

Dès l'instant où elle vit Mikhail paraître dans le grand hall illuminé, Margerite fut à son côté. Après un regard de reproche voilé à sa fille, elle s'exclama :

— Monsieur Stanislaski ! Quel plaisir de vous accueillir chez moi…

Parce qu'il connaissait les règles du jeu et qu'il ne détestait pas y jouer de temps à autre, Mikhail s'inclina vers elle et s'empara de sa main droite, qu'il porta à ses lèvres.

— Appelez-moi Mikhail, s'il vous plaît… Comment pourrai-je me faire pardonner d'être en retard ? Votre fille n'y est pour rien — c'est moi qui l'ai fait attendre.

La main posée sur son avant-bras dans un geste possessif, Margerite joua des paupières.

— Une femme avisée, dit-elle avec un petit rire crispé, sait se montrer patiente avec les hommes qui le méritent. Laissez-moi vous présenter à mes amis. Tout le monde brûle d'impatience de vous connaître.

Passant son bras sous celui de Mikhail, Margerite l'entraîna vivement, glissant à Sydney par-dessus son épaule :

— Ma chérie, tu connais nos invités…

En se laissant guider par la maîtresse de maison, Mikhail se coula avec aisance parmi la bonne société new-yorkaise. Tout naturellement, il trouva les mots, les gestes, le ton juste pour remplir le rôle qui lui était assigné. Mais aucun de ses nouveaux « amis » n'aurait pu se douter qu'il aurait à cet instant tout donné pour partager une bière avec ses voisins sur le perron de l'immeuble de Soho, ou un café avec son frère Alex dans la cuisine de leur mère à Brooklyn.

Docile en tout, il but du champagne, écouta patiemment compliments et conseils, admira la maison et ses murs blancs, percés de hautes fenêtres, complimenta Margerite sur sa collection d'œuvres d'art. Et tout en parlant, buvant et souriant, jamais il ne perdait totalement de vue Sydney Hayward.

Il aurait parié que le cadre doré de Long Island aurait fourni à sa beauté sophistiquée un écrin parfait, et pourtant ce n'était pas le cas.

Certes, elle souriait et se mêlait aux invités avec autant de grâce et d'aisance que sa mère. Certes, sa robe noire, discrète mais sortie de l'atelier du meilleur créateur, était aussi élégante que bien d'autres créations plus colorées dans l'assemblée. Même ses discrets saphirs semblaient briller bien mieux que bien des rivières de diamants. C'était dans ses yeux qu'il manquait quelque chose. Ils n'étaient pas pleins de rire et d'excitation. Un observateur attentif aurait pu y deviner ennui et impatience, comme si elle se pliait de mauvaise grâce à cette comédie mondaine, pressée de revenir à des choses plus sérieuses.

Cela fit sourire Mikhail derrière sa flûte à champagne. Et lorsqu'il se rappela qu'il aurait tout le long trajet jusqu'à Soho pour la taquiner sur ce point, son sourire s'épanouit encore. Il se fana brusquement quand un grand jeune homme blond, habillé d'un smoking et doté d'épaules de footballeur, surgit auprès d'elle et l'embrassa légèrement sur la bouche.

D'abord surprise, Sydney sourit en reconnaissant la paire d'yeux bleus qui la considéraient sévèrement sous d'épais sourcils blonds.

— Hello, Channing…

Pour toute réponse, son vis-à-vis hocha la tête et lui tendit une flûte pleine.

— Vous avez manqué une merveilleuse première, l'autre soir. On dirait bien que Sondheim est parti pour faire un nouveau triomphe…

Sydney se réfugia dans la dégustation de son verre et marmonna vaguement :

— J'étais occupée…

— C'est ce que vous m'avez fait savoir, en effet.

D'autorité, Channing glissa son avant-bras sous le sien et l'entraîna en direction de la salle à manger.

— Dites-moi, ma chère, lui glissa-t-il en chemin, quand allez-vous vous lasser de jouer les femmes d'affaires et vous décider à faire un break ? Je me rends chez les Hampton pour le week-end. Ils seraient ravis autant que moi de votre compagnie…

Sydney serra les dents. Inutile d'en vouloir à Channing de s'imaginer qu'elle faisait joujou avec la société qu'elle venait d'hériter de son grand-père… Tout le monde était de cet avis.

— Désolée, lui dit-elle simplement. Je ne peux pas quitter New York pour l'instant.

En silence, elle prit place à son côté à la longue table dressée dans l'immense salle à manger. Rideaux et fenêtres étaient grands ouverts, de sorte que le jardin semblait déverser dans la pièce ses profusions de roses précoces, de tulipes tardives et d'ancolies.

— J'espère, reprit Channing d'une voix prudente, que vous ne prendrez pas mal ce petit conseil…

Sydney se retint de soupirer. Alors que la première entrée était servie, dans le cliquetis des verres et des fourchettes, l'ambiance à table était conviviale et détendue. Elle s'en serait voulu de la gâcher. Alors, avec son plus gracieux sourire, elle se tourna vers son voisin de table et assura :

— Bien sûr que non…

Sérieux comme un pape, les yeux dans les yeux, Channing expliqua doctement :

— Vous pouvez diriger une affaire ou laisser cette affaire vous diriger…

A grand-peine, Sydney parvint à ne pas rire et à saluer cette pensée profonde du hochement de tête qui s'imposait. Channing avait pour habitude d'énoncer les poncifs comme d'autres enfilent des perles. Elle avait beau le savoir, elle n'y était pas encore habituée. Prudemment, elle accrocha un sourire absent à ses lèvres et laissa son esprit vagabonder.

— Croyez-en mon expérience, insista-t-il. De plus, je déteste vous voir crouler sous le poids des responsabilités. Sans compter que vous êtes novice dans ce monde de brutes qu'est l'immobilier.

La gourmette en or gravée à son monogramme tinta sur le poignet de Channing lorsqu'il tendit la main pour la poser sur celle de Sydney. Ses yeux et l'expression de son visage témoignaient de l'inquiétude réelle et sincère qu'il se faisait pour elle.

— Ne vous en faites pas pour moi, lui dit-elle avec une mimique rassurante. J'aime ce métier.

— Pour le moment ! Mais quand la réalité vous rattrapera, vous ne serez que trop heureuse de déléguer vos responsabilités. Pourquoi attendre, Sydney ? Laissez donc le pouvoir à ceux qui savent l'exercer.

Channing avait parlé sur un ton tellement condescendant que Sydney l'aurait giflé.

— Mon grand-père, rétorqua-t-elle, croyait suffisamment en moi pour me confier sa société…

Avec un sourire indulgent, il lui tapota la main.

— La vieillesse est un naufrage. Les personnes âgées confondent souvent raison et sentiment.

Sydney serra les dents et se força à lui sourire. S'il s'avisait de proférer une autre sentence de ce genre, elle se voyait déjà avec délices lui renverser par inadvertance un verre d'eau sur le pantalon. Il était plus que temps de faire diversion.

— Soyez gentil, Channing… Parlez-moi de cette comédie musicale. Sondheim est donc à présent le roi de Broadway ?

A l'autre bout de la table, coincé entre Margerite Hayward et Mme veuve Anthony Lowell — de la prestigieuse branche des Lowell de Boston —, Mikhail couvait Sydney et son cavalier d'un œil ombrageux. Ce joli cœur ne cessait de la toucher pour un oui pour un non — sa main longue et fine, ses épaules rondes et blanches, scandaleusement mises à nu par le fourreau. Sydney, quant à elle, se laissait faire avec un plaisir évident, ne cessant de sourire en hochant la tête, sous le charme de son voisin de table. Manifestement, songea Mikhail, la princesse de glace n'était plus aussi réticente au contact physique lorsque la main qui la touchait était aussi blanche et lisse que la sienne… Sans même s'en rendre compte, il jura en ukrainien entre ses dents.

— Vous disiez, Mikhail ?

Au prix d'un gros effort, Mikhail parvint à se tourner vers son hôtesse et à lui sourire aimablement.

— Je disais que ce faisan était excellent.

— Vous êtes trop aimable…

— Dites-moi, reprit Mikhail, qui est cet homme à côté de votre fille ? Il me semble l'avoir déjà rencontré.

— Channing Warfield ? s'étonna-t-elle. C'est le fils de vieux amis de la famille.

— De vieux amis…, répéta Mikhail, soulagé.

Avec un air de conspiratrice, Margerite se pencha vers lui plus que nécessaire, masquant sa bouche de sa main.

— En toute confidence, murmura-t-elle, je peux vous dire que Wilhemina Warfield et moi espérons les voir annoncer leurs fiançailles avant la fin de l'été. Ne forment-ils pas un merveilleux couple, tous les deux ? Et puisque le premier mariage de Sydney est à présent un lointain souvenir…

Mikhail se jeta sur cette bribe d'information comme un chien sur un os.

— Votre fille a déjà été mariée ?

— Oui, murmura Margerite d'un air pensif. Peter et elle étaient des amis d'enfance. Trop jeunes et trop inexpérimentés pour que ce mariage réussisse… Mais Sydney et Channing sont deux adultes responsables. Nous prévoyons leur mariage pour le printemps.

Le visage rembruni, Mikhail saisit son verre, dans lequel un grand bordeaux jetait des reflets rubis. Une sensation curieuse lui bloquait la gorge, que même le vin ne parvint pas à faire disparaître.

— Que fait ce Channing Warfield ? demanda-t-il.

— Que fait-il ? répéta Margerite avec perplexité. Sa famille est dans la banque depuis toujours. Aussi je suppose qu'il est banquier. Mais il est surtout champion de polo.

Le juron ukrainien que Mikhail laissa échapper fut cette fois si retentissant qu'Helena Lowell s'en étouffa sur sa bouchée de faisan. Avec obligeance, il assena une vigoureuse tape entre ses omoplates et lui tendit un verre d'eau dont elle s'empara en rougissant.

Quand elle eut repris son souffle, Helena demanda, des images de hordes cosaques plein la tête :

— Vous êtes d'origine russe, n'est-ce pas ?

— Je suis né en Ukraine, précisa Mikhail.

— C'est cela, oui ! renchérit Helena, tout émoustillée. Je crois avoir lu quelque chose à propos de votre famille passant clandestinement les frontières quand vous étiez enfant… Est-ce exact ?

— Nous nous sommes enfuis d'Ukraine dans une charrette, pour gagner la Hongrie en traversant les montagnes et de là l'Autriche, avant d'émigrer aux Etats-Unis.

— Dans une charrette…, répéta Margerite avec un soupir rêveur. Comme c'est romantique !

Bouillant de colère, Mikhail s'abstint de répondre. En guise de romantisme, il ne se rappelait que le froid, la peur, la faim. Toutes choses que ces bonnes dames de la haute société new-yorkaise, nichées dans leurs salons dorés de Long Island, ne connaîtraient jamais…

A l'issue d'un interminable repas, Mikhail ne fut que trop heureux d'échapper aux opinions définitives et ridicules de ses voisines de table en matière d'art moderne. Au son d'un quatuor à cordes, romantique et discret, les invités se répandirent dans les jardins et sur les terrasses caressés par la lumière de la lune. La maîtresse de maison ne cessait de voleter autour de lui comme un papillon attiré par la lumière d'un phare.

Les incessantes et manifestes tentatives de flirt de Margerite ne gênaient pas Mikhail. Aussi superficielle qu'on pouvait l'être dans son milieu, elle était gentille et ne manquait pas de charme. Après avoir compris qu'elle ne partageait avec sa fille que l'apparence, il avait décidé qu'il ne coûtait rien de rester poli avec elle. Aussi, lorsqu'elle lui offrit de lui faire les honneurs de la plus haute des terrasses de la maison, la suivit-il sans rechigner.

Le vent qui les y accueillit était plaisant et chargé d'odeurs délicieuses. Il était surtout reposant après les bavardages incessants qui avaient assailli Mikhail durant tout le dîner. De la rambarde, on découvrait la mer, l'anse d'une plage, les silhouettes élégantes des demeures voisines nichées dans leurs jardins bordés de hauts murs. En se penchant un peu, Mikhail découvrit également Sydney arrivant au bras de son cavalier sur la terrasse emplie d'ombres située immédiatement en contrebas.

— C'est mon troisième mari qui a bâti cette maison, expliquait Margerite. Il est architecte. Quand nous avons divorcé, j'ai dû choisir entre cette demeure et notre villa de Nice. Naturellement, avec tous mes amis et tous mes souvenirs ici, je n'ai pas hésité.

Appuyée du coude contre la rambarde, elle se tourna pour lui faire face.

— Je dois dire que j'adore cet endroit, ajouta-t-elle. Lorsque j'y reçois, les invités peuvent s'égailler sur tous les niveaux. C'est convivial et très intime à la fois. Vous joindrez-vous à nous au cours d'un week-end, cet été ?

— Peut-être…, répondit vaguement Mikhail.

Les faits et gestes de Sydney l'intéressaient bien plus que le babillage de sa mère. Le clair de lune accrochait à sa chevelure d'acajou des reflets qui le fascinaient.

Comme pour se rappeler à son bon souvenir, Margerite s'accouda à la rambarde et se hissa sur la pointe des pieds, juste assez pour que leurs hanches se frôlent. Autant surpris qu'amusé de la manœuvre, Mikhail se déplaça imperceptiblement en souriant pour ne pas la heurter.

— J'aime votre maison, dit-il. Elle vous ressemble.

Les yeux brillants, Margerite répondit aussitôt :

— J'adorerais visiter votre studio, connaître l'endroit où vous créez.

Mikhail partit d'un rire grinçant.

— J'ai bien peur que vous ne trouviez la visite ennuyeuse !

— Impossible…

Avec un sourire malicieux, Margerite griffa du bout d'un ongle laqué le dos de sa main.

— Rien de ce qui vous concerne ne peut m'ennuyer.

Seigneur ! songea Mikhail, abasourdi. Cette femme aurait pu être sa mère, mais cela ne l'empêchait en rien de se jeter sur lui comme une jeune vierge pressée de faire le grand saut… Se retenant de soupirer, Mikhail se redressa et prit sa main entre les siennes.

— Margerite, murmura-t-il en portant ses doigts à ses lèvres, vous êtes une femme charmante, mais je… je ne suis pas digne de vous.

Margerite libéra sa main et l'éleva vers le visage de Mikhail pour caresser sa joue.

— Vous vous sous-estimez.

Non, songea-t-il amèrement. C'était elle qu'il avait gravement sous-estimée…

Pendant ce temps, sur la terrasse en contrebas, Sydney s'efforçait de trouver une façon élégante de repousser les avances de Channing. Comme à son habitude, il se montrait avec elle empressé, attentif, attentionné… et désespérément ennuyeux.

Bien sûr, se reprochait-elle en l'écoutant vaguement discourir, tout était sa faute à elle. N'importe quelle femme normalement constituée aurait été sous le charme d'un homme tel que Channing. Il y avait aussi, pour inciter à la romance, le clair de lune, la musique romantique, les fleurs, la petite brise chargée d'odeurs marines qui faisait chanter la ramure.

En vantant les mérites de Paris, Channing lui caressait doucement le dos. Sydney aurait souhaité être chez elle, seule, une pile de dossiers urgents à portée de main. Décidée à lui dire une fois pour toutes qu'il lui faudrait chercher ailleurs l'âme sœur, elle prit une profonde inspiration et tourna le visage vers lui. Mais dès qu'elle aperçut sur la terrasse supérieure Mikhail qui portait la main de Margerite à ses lèvres, il n'y eut plus en elle que rage et détermination. Ainsi, après avoir tenté d'abuser d'elle, l'infâme personnage s'en prenait à présent à sa mère…

Lorsque leurs regards se croisèrent, instantanément la guerre fut déclarée entre eux. Sans lui laisser le temps de réaliser ce qui lui arrivait, Sydney se pendit amoureusement au cou de Channing.

— Embrassez-moi ! ordonna-t-elle dans un souffle.

Et pour faire bonne mesure, elle l'agrippa par les revers de sa veste et l'attira vers elle. Channing, le premier effet de surprise passé, la saisit aux épaules et se prêta au baiser, ravi par ce revirement d'humeur. Ses lèvres étaient douces, chaudes et patientes. Sa bouche gardait le goût des chocolats à la menthe d'après-dîner. Son corps épousait parfaitement le sien. Et pourtant, cette étreinte et ce baiser n'inspiraient rien d'autre à Sydney qu'un vague dégoût. Entre ses bras, elle ne ressentait que rage, tristesse et désespoir.

— Sydney chérie, murmura Channing contre ses lèvres, laissez-vous faire, vous n'avez rien à craindre de moi.

En s'efforçant de se détendre entre ses bras, Sydney songea que non, décidément, elle n'avait rien à craindre de Channing Warfield…

La limousine roulait sans à-coups vers New York. Sur le siège arrière, protégé du chauffeur par une vitre teintée, Sydney se tenait droite comme un i à un bout de la banquette. Mikhail, de son côté, profitait de tout l'espace disponible. Depuis leur départ de Long Island, ils n'avaient pas échangé une seule parole. Tandis que Mikhail bouillait d'une rage difficilement contenue, Sydney se rigidifiait dans un mépris glacial.

Ainsi, songeait Mikhail, elle l'avait fait exprès pour le mettre en colère, et c'était tout à fait intentionnellement, sachant qu'il n'en perdrait pas une miette, qu'elle avait laissé cette espèce de banquier la dévorer de baisers. Le plus énervant était de constater à quel point il en souffrait. Pourquoi devait-il en souffrir ? Après tout, elle n'était rien pour lui… Si, corrigea-t-il aussitôt en se renfonçant dans son coin pour bouder. Qu'il le veuille ou non, Sydney Hayward était déjà devenue quelque chose pour lui. Le plus difficile était de déterminer quoi exactement…

Manifestement, pensait Sydney dans son coin, cet homme n'avait aucune morale, aucune dignité, aucune pudeur. Après avoir abusé d'une hospitalité généreusement offerte, le voilà qui jouait le taciturne abîmé dans ses pensées… Les sourcils froncés, elle préféra se perdre dans la contemplation de son reflet pâle sur la glace obscurcie plutôt que d'avoir à le regarder. Mais elle avait beau s'y efforcer, le prélude de Chopin que diffusait la stéréo glissait dans ses oreilles sans y laisser de trace. Les mêmes questions revenaient sans cesse lui tarauder l'esprit.

Comment ce Stanislaski avait-il osé flirter ouvertement avec une femme de vingt ans plus âgée que lui, qui plus est sous les yeux de sa fille, à qui il avait fait des avances au cours de la même soirée ? A quel jeu jouait-il ? Et qu'est-ce qui avait bien pu lui prendre, à elle, de l'embaucher sur un coup de tête ? Elle le regrettait amèrement à présent. Elle avait laissé son désir de bien faire obscurcir son jugement au point d'introduire dans sa famille un charpentier russe amoral et assoiffé de sexe. Mais si ce joli cœur pensait pouvoir jouer les don Juan avec sa mère sans qu'elle réagisse, il se trompait !

Après avoir pris une profonde inspiration, Sydney tourna les yeux vers lui et le toisa de toute sa morgue hautaine. En captant ce regard assassin, Mikhail aurait juré que la température avait brutalement chuté de plusieurs degrés dans l'habitacle.

— Vous avez intérêt à vous tenir à l'écart de ma mère.

Après avoir haussé les sourcils d'un air surpris, Mikhail croisa ses longues jambes devant lui.

— Je vous demande pardon ?

— Vous m'avez parfaitement entendue, Mikhail ! Si vous croyez que je vais vous laisser tranquillement faire main basse sur ma mère, vous vous trompez. Elle est seule, vulnérable. Son dernier divorce l'a marquée bien plus qu'elle ne veut le dire et elle ne s'en est pas encore remise.

Mikhail lâcha dans sa langue natale un mot bref et percutant, puis posa la tête sur la banquette et ferma les paupières. La colère fulgura en Sydney, qui bondit sur le siège pour lui saisir le bras sans douceur.

— Ayez au moins le courage de me le dire en face ! lança-t-elle avec véhémence. Et en anglais…

— Vous voulez une traduction ? rétorqua Mikhail sur le même ton. La plus polie est : « Foutaises ! » A présent laissez-moi dormir, vous me fatiguez…

Cette fois, Sydney vit rouge.

— Vous pensez vous en tirer ainsi ? s'écria-t-elle. Je vous garantis que vous allez retirer vos sales pattes de ma mère, sans quoi je transforme ce building qui vous est si cher en parking !

Sydney eut la satisfaction de voir luire un soupçon de colère dans les yeux de Mikhail. Mais le ton moqueur sur lequel il lui répondit acheva de l'exaspérer.

— Une bien grande menace pour une si petite femme…

La tranquille effronterie de Mikhail n'était qu'une façade. Sydney se tenait bien trop proche de lui pour ne pas le déstabiliser. Les effluves de son parfum lui troublaient les sens, mêlant à sa fureur un besoin plus urgent, plus basique et plus sauvage de l'embrasser.

— De toute façon, reprit-il, vous feriez mieux de vous concentrer sur votre « costard trois pièces » et de laisser votre mère se débrouiller seule — elle me paraît bien de taille à le faire.

— Le costard ? répéta Sydney, abasourdie. De quoi parlez-vous ?

— De ce banquier qui n'a cessé de vous peloter durant toute la soirée !

Un flot de sang empourpra les joues de Sydney.

— Vous prêtez vos travers à d'autres ! Channing est trop bien élevé pour se conduire ainsi. De toute façon, mes relations avec lui ne regardent que moi.

Mikhail laissa fuser un rire grinçant.

— Ainsi, conclut-il, vous avez vos petites affaires et moi les miennes. Voyons à présent ce qui nous rassemble…

Avant que Sydney ait pu se rendre compte de quoi que ce soit, elle se retrouva juchée sur les genoux de Mikhail et emprisonnée solidement entre ses bras. Elle eut beau se débattre, plus elle repoussait de ses deux mains sa poitrine, plus il la serrait contre lui.

— Comme vous le dites si bien, murmura-t-il avec une lueur de triomphe dans les yeux, je n'ai aucun sens des bonnes manières…

Renonçant à se débattre, Sydney releva fièrement le menton et lança :

— Que pensez-vous pouvoir faire ?

Mikhail aurait bien aimé le savoir. Entre ses bras, Sydney était aussi froide et figée qu'un iceberg, mais il y avait quelque chose d'inéluctable dans la façon dont leurs deux corps s'épousaient. Elle était un iceberg contre lequel il semblait écrit qu'il viendrait un jour faire naufrage. Tout en se maudissant de le faire, il raffermit encore sa prise, jusqu'à sentir ses seins palpiter contre sa poitrine au rythme de son souffle, jusqu'à goûter l'enivrante fraîcheur de son haleine contre ses lèvres. Jamais aucune femme ne lui avait fait pareil effet. Et s'il avait une leçon à lui donner, c'était qu'on ne le défiait jamais sans danger.

— J'ai décidé de vous apprendre à embrasser, dit-il d'une voix grondante de désir. D'après ce que j'ai pu observer chez votre mère, vous en avez besoin.

Le choc et la fureur réduisirent Sydney au silence. Pour rien au monde, décida-t-elle, elle ne lui ferait le plaisir de crier, de se débattre ou de montrer sa peur. Ses yeux étaient terriblement proches des siens, emplis d'un orgueilleux défi. Lucifer sur le seuil de l'enfer, songea-t-elle, n'aurait pas eu un autre regard…

— Espèce de voyou prétentieux ! fulmina-t-elle. Il n'y a rien que vous puissiez m'apprendre. Rien !

A cet instant, Mikhail se demanda s'il ne ferait pas mieux de l'étrangler tout de suite. Mais il n'était pas homme à refuser un challenge, surtout de cette nature.

— Vraiment ? dit-il. C'est ce que nous allons voir. Ce cher Channing vous a prise par les épaules comme ceci, n'est-ce pas ?

Joignant le geste à la parole, Mikhail posa ses mains sur la peau nue de Sydney, qui ne put réprimer un frisson.

— Que se passe-t-il, milady ? Auriez-vous peur ?

— Ne soyez pas ridicule !

Mais en dépit de ses protestations, c'était bien une peur intense et irraisonnée qui faisait trembler Sydney.

— Remarquez, poursuivit Mikhail d'un air matois, sentir une femme trembler entre ses bras est plutôt bon signe pour un homme. Ce bon vieux Channing n'a pas eu cet honneur, n'est-ce pas ?

Piquée au vif, Sydney se cantonna dans un silence prudent. Mikhail se rendait-il compte que son accent était devenu plus soutenu, depuis quelques instants ? Le pire, c'était qu'elle ne pouvait s'empêcher de trouver cela infiniment érotique et troublant…

— Il est vrai que je suis plus doué que lui, conclut-il en fondant sur elle. Je vais vous le prouver.

Mikhail referma ses doigts sur la nuque de Sydney, attira fermement son visage à lui. Il l'entendit retenir son souffle, puis pousser un petit cri, une fraction de seconde avant que leurs lèvres se touchent. Ni l'un ni l'autre ne baissèrent les paupières, et le spectacle de ses grands yeux bleus, partagés entre panique et plaisir, emplit son champ de vision. Ignorant le besoin qui le poussait à approfondir le baiser, Mikhail suivit son instinct et laissa libre cours à son inspiration.

Lorsque les lèvres de Mikhail quittèrent les siennes pour déposer le long de sa mâchoire une série de baisers, Sydney ne put retenir un hoquet de surprise. Spontanément, elle leva la tête afin de lui présenter la colonne de chair hypersensible de son cou. La bouche affamée de Mikhail s'y engagea aussitôt et elle sentit sa raison chavirer. Pourquoi ne pouvait-il se contenter d'un baiser, qu'ils en finissent ? Sydney sentit la fierté combattre en elle l'urgence de son désir, l'orgueil tenter en vain de mettre un terme à la rébellion de son corps. C'était déjà beaucoup trop mais elle en voulait plus. Il avait passé les bornes, mais ne l'emmènerait pourtant jamais assez loin. Elle allait le tuer pour cela. Elle allait l'écraser, le rayer de son existence… aussitôt qu'elle aurait fini de frémir sous ses assauts.

Sous les lèvres de Mikhail, la peau de Sydney avait un goût enivrant, un goût de matin de printemps, lorsque la brume flotte encore sur l'herbe et que les fleurs sont à peine écloses. Entre ses bras, il la sentait frissonner, à deux doigts de se rendre, le corps toujours sur la défensive mais la tête rejetée en arrière en un sensuel abandon. Glace ou feu, qui était-elle ? Lentement, il laissa ses lèvres remonter le long de son cou pour venir titiller du bout des dents le lobe de son oreille, bien décidé à le découvrir.

Entre les bras de Mikhail, sous les caresses de sa bouche experte, Sydney se sentait mourir et renaître. Un million de sensations délicieuses faisaient le siège de son corps. Pourtant, jamais ses lèvres ne venaient se poser sur les siennes, là où elle aurait eu à cet instant le plus besoin de les sentir. On eût dit qu'il évitait sciemment de lui donner ce plaisir, pour mieux la provoquer, pour mieux la torturer et se venger d'elle.

Alors que Mikhail repartait à l'assaut de sa gorge, Sydney sentit quelque chose se briser en elle. N'y tenant plus, elle s'empara de sa tête, les doigts enfouis dans ses boucles brunes, pour mieux l'embrasser à pleine bouche. Tout son être n'était plus qu'un brasier qu'il lui fallait tenter d'éteindre en se jetant sans réserve entre les bras de cet homme qui avait si bien su l'embraser. Enfin ! Enfin elle goûtait à sa bouche, savourait ses lèvres, se repaissait du contact houleux de son corps contre le sien.

Comme emporté par l'impétuosité de son propre désir, Mikhail était à présent aussi déchaîné qu'elle l'était elle-même. Nul besoin sur cette peau de parfum sophistiqué. De lui s'élevait une affolante odeur virile dont Sydney se grisait. Les mots fous qu'il murmurait contre ses lèvres étaient incompréhensibles mais sonnaient bien plus comme des menaces que comme de tendres serments.

Sa bouche n'était pas douce, chaude et patiente comme celle de Channing, mais rude, brûlante et impitoyable. Ses doigts n'étaient ni hésitants ni habiles, ils étaient forts et pressés. Soudain, Sydney comprit que cet homme pourrait prendre d'elle tout ce qu'il voudrait, où et quand il le voudrait. Loin de l'affoler, cette certitude l'emplit d'une impatience plus grande encore.

Aveuglé par la passion, Mikhail glissa les doigts sous le fourreau de la robe qu'il baissa d'un coup sec. Sydney se cabra et cria son nom lorsqu'il engloba ses deux seins ronds et fermes de ses mains calleuses. A présent, songea-t-il, il était perdu… La glace avait fondu et il allait se noyer en elle. Albâtre, soie et pétales de rose — tout ce qu'un homme pouvait convoiter de plus doux et de plus précieux se trouvait rassemblé sous ses doigts, sous ses yeux, à sa merci.

Sans même se rendre compte de ce qu'il faisait, il se redressa et soudain Sydney reposa allongée sous lui. Coulée de cuivre fondu, sa chevelure se répandit sur le cuir noir de la banquette. Son corps ondulait comme une mer agitée par la houle. Ses seins blancs bougeaient en rythme. Incapable de résister à l'attrait de ces fruits mûrs, Mikhail se fit un devoir d'y goûter.

Quand ses lèvres se refermèrent avec avidité sur les pointes durcies de ses seins, Sydney se cabra violemment sur le siège. Pour ne pas sombrer, elle laboura de ses ongles sous la chemise de Mikhail la chair de son dos. Une cuisante et délicieuse douleur pulsait au plus intime de son corps, là où la chaleur était la plus forte, là où elle se sentait la plus douce, la plus accueillante, là où elle voulait le sentir glisser en elle. Aussi, ce fut sans le moindre embarras qu'elle murmura, d'une voix aussi suppliante que l'étaient ses yeux :

— Mikhail ! S'il vous plaît…

La supplique de Sydney porta dans les veines de Mikhail le sang à ébullition. Avec une rage désespérée il en revint à sa bouche, l'assaillant sans relâche, la dévorant de baisers. Fou de désir, il saisissait le haut de sa robe avec l'intention de l'en dépouiller quand ses yeux tombèrent sur son visage. Alors seulement, il découvrit ses grands yeux effrayés, ses lèvres tremblantes, sa poitrine nue soulevée par un souffle précipité. La succession rapide d'ombre et de lumière sur ses traits lui donnait l'apparence d'un fantôme. Livrée entre ses mains, elle tremblait de tous ses membres comme une feuille malmenée par le vent.

D'un coup, il prit conscience du bruit du trafic qui continuait à s'écouler autour d'eux, ce qui suffit à lui faire reprendre brutalement ses esprits. Se redressant d'un bond sur le siège, il secoua la tête pour se clarifier les idées, respirant par saccades comme un plongeur trop longtemps immergé. Ils traversaient la ville. Leur intimité se résumait à la vitre teintée qui les séparait du chauffeur. Ce qui ne l'avait en rien empêché de se jeter sur Sydney tel un malade assoiffé de sexe, tel un adolescent incapable de refréner ses ardeurs…

Il aurait voulu s'excuser mais en fut incapable. Les mots restèrent coincés au fond de sa gorge. « Je vous prie de m'excuser… » ou « Je ne sais pas ce qui m'a pris » auraient de toute façon sonné faux, étant donné les circonstances. Maladroitement, en détournant le regard, il remit en place le haut de la robe de Sydney et se renfonça prudemment dans son coin, le souffle court et les reins douloureux. En silence, elle le laissa faire et regagna sa place elle aussi. A son côté, il se sentait l'âme vile d'un barbare libidineux assoiffé de massacre, de butin et de viol…

Murmurant entre ses dents des imprécations contre lui-même, Mikhail se réfugia dans la contemplation de la vitre. Ils n'étaient plus qu'à quelques blocs de son appartement. Dire qu'il avait été sur le point de… Non. Ce qu'il avait été sur le point de faire, il préférait encore ne pas y penser.

— Nous y serons bientôt.

Dans l'habitacle, la voix de Mikhail avait claqué comme un coup de fouet. Contenant vaillamment ses larmes, Sydney haussa les épaules. Qu'avait-elle donc bien pu faire pour lui déplaire, aujourd'hui ? Il n'avait cessé de lui reprocher sa froideur, mais on pouvait dire qu'elle s'était cette fois autorisée à désirer, à exprimer son désir. Elle l'avait même désiré et exprimé au-delà de toute mesure, comme il ne lui était jamais arrivé de le faire. Durant quelques minutes, la passion l'avait submergée au point qu'elle s'était sentie prête à rejeter orgueil et préjugés pour se livrer à lui. Il fallait croire que cela n'était pas assez. Découragée, Sydney ferma les yeux et posa sa joue brûlante contre la vitre. Ce n'était jamais assez. Entre ses bras elle n'avait fait que se ridiculiser. Elle se retrouvait rejetée, plus seule et plus glacée que jamais ! Frileusement, elle serra ses bras contre elle, à la recherche d'un peu de chaleur.

Mikhail aurait tout donné pour qu'elle lui adresse une seule fois la parole. Pour quelle raison ne se décidait-elle pas à dire quelque chose ? Il méritait d'être insulté, remis à sa place, écrasé comme l'insecte nuisible qu'il était, et elle se contentait de rester là, silencieuse, comme si sa faute était au-delà même de tout reproche, de toute condamnation...

En remâchant sa colère, il lui vint soudain à l'esprit qu'il n'avait pas été le seul à passer les bornes. Sydney ne s'était-elle pas montrée aussi déchaînée que lui ? Elle n'avait pas soustrait à ses caresses ce corps affolant qui était le sien. Elle l'avait rendu fou avec ses lèvres si tendres, si chaudes et habiles. Elle lui avait agité sous le nez ce satané parfum, mêlé à celui de sa peau, jusqu'à ce qu'il en soit totalement grisé.

Mikhail commençait à se sentir mieux. S'il était coupable dans cette affaire, elle l'était au moins autant que lui... Après tout, ils avaient été deux à se jeter à la tête l'un de l'autre sur la banquette arrière.

— Ecoutez, Sydney...

A peine s'était-il tourné vers elle, à peine lui avait-il adressé la parole qu'elle avait sursauté, se renfonçant comme un animal pris au piège dans son coin.

— Ne me touchez pas !

Dans ses paroles, Sydney espéra qu'il entendrait la menace, et non les larmes qu'il lui tardait de verser.

— Très bien.

De nouveau, la culpabilité de Mikhail atteignit des sommets. Un coup d'œil par la vitre lui apprit que la voiture était sur le point de se garer au bas de chez lui.

— Puisque vous le prenez ainsi, reprit-il sèchement, je me garderai dorénavant de poser mes *sales pattes* sur vous, Hayward. Appelez quelqu'un d'autre quand vous prendra l'envie d'un impromptu sur la banquette arrière.

Sydney serra les poings, pour juguler sa colère autant que pour s'empêcher de pleurer.

— Stanislaski ! lança-t-elle en le voyant se préparer à descendre. J'étais sérieuse à propos de ma mère...

Mikhail ouvrit la portière d'un coup sec. Un flot de lumière blanche inonda son visage, transformant son sourire caustique en rictus haineux.

— Moi aussi, rétorqua-t-il. Merci pour la soirée…

La portière claqua violemment derrière lui. Dès qu'elle fut seule, Sydney ferma les yeux pour retenir les larmes qui menaçaient de couler le long de ses joues. Pour rien au monde, elle ne se laisserait aller à pleurer. Une seule larme parvint à franchir le barrage de ses paupières, vite essuyée d'un geste rageur.

Non, comprit-elle tandis que la voiture redémarrait, elle ne pleurerait pas, mais elle ne parviendrait jamais à oublier.

4

Plus que jamais, Sydney se réfugia dans le labeur. Entre ses heures de présence au bureau, les déjeuners d'affaires, les soirées passées chez elle à étudier ses dossiers, sa semaine de travail devait approcher des soixante heures. En s'autorisant une pause de deux heures juste avant que la journée du vendredi ne se termine, elle songea avec amusement qu'elle n'avait jamais été aussi heureuse et impatiente de voir arriver le week-end…

Tout au long de sa vie d'adulte, chaque jour passé lui avait semblé plus ou moins identique à ceux qui le suivaient ou l'avaient précédé. Bien sûr, entre œuvres de charité, obligations mondaines et shopping, elle n'était jamais restée inactive. Mais il n'y avait jamais eu d'emploi du temps serré pour la contraindre, et les week-ends n'avaient été pour elle qu'une occasion supplémentaire de sortir ou de faire la fête.

En se remettant au travail, Sydney songea à quel point les choses avaient changé. Elle commençait à comprendre pourquoi son grand-père lui avait toujours semblé si serein et plein de vie. Il avait un but dans l'existence, une fonction pour justifier l'emploi de ses journées. Et à présent, ce but et cette fonction étaient à elle. Dieu merci…

Bien sûr, l'apprentissage de son métier ne se ferait pas en un jour. Elle dépendait encore grandement de son staff sur bien des aspects techniques, et du soutien de son conseil d'administration pour la signature de nouveaux contrats. Signe encourageant, elle commençait à apprécier — et même à savourer — ce grand jeu d'échecs à l'échelle d'une ville qu'était à ses yeux le monde sans pitié de l'immobilier.

Entourant d'un cercle rouge sur le contrat qu'elle étudiait une formulation peu claire, Sydney répondit à l'Interphone qui venait de retentir sur son bureau.

— Oui ?

— M. Bingham souhaiterait vous parler, annonça Janine.

— Faites-le entrer, répondit-elle distraitement.

Quand Lloyd pénétra dans la pièce quelques instants plus tard, Sydney était toujours plongée dans la lecture attentive du contrat. Pour se donner le temps de finir, elle lui fit signe de la main de patienter.

— Désolée, Lloyd, dit-elle enfin en refermant la chemise cartonnée. Si je perds ma concentration au milieu d'un de ces contrats, je dois tout recommencer.

Rapidement, elle griffonna un Post-it qu'elle colla sur le dossier, croisa les doigts sur son bureau et adressa à son visiteur un sourire engageant.

— Que puis-je pour vous ?

— La réhabilitation de Soho, répondit-il de manière laconique. Elle est en train d'échapper à tout contrôle.

Le sourire se fana sur les lèvres de Sydney. Penser à l'immeuble de Soho ramenait immédiatement à sa mémoire Mikhail et le souvenir cuisant de leur retour de Long Island. Face à un adversaire aussi résolu que Bingham, il lui fallait pourtant oublier ses sentiments personnels et faire face.

— De quelle manière ? demanda-t-elle sèchement.

— De toutes les manières possibles, répondit-il sur le même ton.

Avec une fureur à peine contenue, Bingham se mit à faire les cent pas dans son bureau, les mains croisées derrière le dos.

— Un quart de million ! s'exclama-t-il en stoppant brusquement sa course sans but. Vous avez engagé un quart de million de dollars dans cette réhabilitation !

— Vous ne m'apprenez rien, répondit-elle avec le plus grand calme. Mais étant donné l'état du bâtiment, la proposition de M. Stanislaski n'avait rien d'exagéré.

— Qu'en savez-vous ? rétorqua-t-il avec un rire cinglant. Vous avez lancé un appel d'offres ?

Sydney sentit la flèche siffler à ses oreilles et s'efforça de ne pas s'emporter. Cela lui était difficile mais elle ne devait pas oublier que cet homme avait gravi péniblement tous les échelons hiérarchiques pour en arriver là où il était, alors qu'elle avait elle-même été propulsée sans effort directement au sommet.

— Non, reconnut-elle posément. Dans cette affaire, étant donné l'urgence, j'ai jugé préférable de suivre mon instinct.

Les yeux presque clos, le visage fermé, Bingham la dévisagea un instant, sans prendre la peine de masquer le mépris qu'elle lui inspirait.

— Cela fait quelques mois que vous êtes dans ce métier, reprit-il d'une voix sifflante, et vous avez déjà de l'instinct…

— Je n'ai pas que cela, ajouta Sydney. Je sais aussi que les devis de menuiserie, charpente, plomberie et électricité dans cet immeuble sont comparables à ceux qui ont été acceptés par le groupe ces dernières années pour d'autres opérations du même type.

Lloyd Bingham traversa la pièce et vint se pencher sur elle, les deux poings serrés posés sur son bureau au bout de ses bras tendus. Sydney ne put se retenir de sourire. A leur première rencontre, Mikhail avait eu ce genre d'attitude, lui aussi, mais de manière nettement plus convaincante…

— Savez-vous ce que nous rapporte cet immeuble chaque année ?

A la plus grande surprise de Lloyd, Sydney eut la satisfaction de lui citer tranquillement la somme, au dollar près. Profitant de son avantage, elle passa à la contre-attaque.

— Ne me dites pas qu'il faudra plusieurs années pour rentabiliser l'opération, je le sais. Mais je sais aussi que le niveau d'investissement dans ce bâtiment n'a pas été à la hauteur des besoins depuis des années, et que nous avons le devoir de fournir à nos locataires le minimum de confort et de sécurité.

— Vous mélangez le business et les sentiments.

— En effet, répondit tranquillement Sydney. Le droit et la morale sont à mes yeux aussi importants que le retour sur investissement.

Furieux de la voir si calme et arrogante derrière ce bureau qu'il considérait comme devant être le sien, Bingham se redressa et reprit sa déambulation.

— Votre naïveté frise l'incompétence ! lança-t-il avec mépris.

— Libre à vous de le penser, reconnut Sydney. Mais aussi longtemps que je dirigerai cette compagnie, c'est à moi de déterminer le cap qu'elle doit suivre.

— Diriger cette compagnie ? répéta Lloyd avec un sourire caustique. Parce que vous signez deux ou trois contrats et passez quelques coups de fil ? Vous m'avez vous-même affirmé que ce projet allait vous permettre de faire vos premières armes, mais vous n'hésitez pas à y injecter un quart de million de dollars sans même vérifier ce que ce Stanislaski est en train d'en faire. Qui vous dit qu'il ne se remplit pas les poches en économisant sur les matériaux utilisés ?

— Absurde ! M. Stanislaski est un homme honnête.

Un rire cinglant ponctua cette affirmation.

— C'est bien ce que je disais, railla-t-il. Vous êtes naïve. Tellement naïve que vous confiez à un artiste russe sans aucune référence chez nous un projet majeur sans prendre la peine de superviser le chantier.

Cette fois, la flèche atteignit sa cible et Sydney se sentit rougir. Avant que Bingham ait pu tirer avantage de la situation, elle s'empressa de reconnaître :

— Vous avez tout à fait raison, Lloyd. J'ai été un peu débordée ces jours-ci, mais je vais remédier à cela aujourd'hui même. Autre chose ?

Peu disposé à lâcher prise, son interlocuteur se planta devant elle, les bras croisés.

— Vous avez commis une erreur, Sydney. Une erreur coûteuse... Cela m'étonnerait que les membres du conseil d'administration laissent passer cela.

Les mains ancrées aux accoudoirs de son siège pour les empêcher de trembler, Sydney hocha la tête d'un air pensif.

— Vous espérez sans doute les convaincre que vous me remplaceriez avantageusement dans ce fauteuil ?

— Vous oubliez que pour nos actionnaires, ce sont les dividendes qui priment. La légitimité dont vous bénéficiez en tant que dauphine désignée par votre grand-père pourrait ne pas faire le poids.

Au prix d'un gros effort, Sydney parvint à ne pas trahir, ni par la voix ni par le regard, la fureur qui l'habitait.

— Encore une fois, dit-elle d'une voix posée, vous avez parfaitement raison. Mais si j'arrive à obtenir le soutien du conseil, je n'accepterai de votre part qu'une seule attitude — la loyauté, ou la démission. Il ne peut y avoir d'entre-deux. A présent, si vous voulez bien m'excuser…

Quand la porte eut claqué violemment derrière lui, Sydney se précipita pour se calmer sur un trombone, qu'elle tordit entre ses doigts, puis sur un deuxième, et sur un autre encore, jusqu'à ce qu'elle eût épuisé le plus gros de sa colère. Alors seulement, l'esprit plus clair, elle put examiner sereinement la situation.

A l'évidence, songea-t-elle, Lloyd Bingham était à présent un ennemi déclaré. Et qui plus est, un ennemi qui ne manquait ni d'habileté ni d'influence. Une brusque appréhension s'empara d'elle. Allait-elle perdre tout ce que son grand-père lui avait transmis pour une simple maladresse ? Pourtant, même si elle avait agi avec trop de précipitation à Soho, elle ne regrettait pas sa décision. Il allait cependant lui falloir être irréprochable sur ce dossier — elle pouvait compter sur Lloyd pour ne rien laisser passer.

Dans le confort climatisé de sa voiture, Sydney regardait défiler les rues de New York derrière la vitre. En dépit de l'approche du soir, le ciel semblait chauffé à blanc. Au cours des jours précédents, la canicule n'avait brièvement reflué que pour mieux submerger la cité aux petites heures du jour ce matin-là, noyant Manhattan sous une moiteur tropicale. Accablés de chaleur, les piétons déambulaient sur les trottoirs, s'agglutinaient aux carrefours. Autour des vendeurs de rue dépassés par les événements, des petits groupes de femmes et d'hommes en tenue légère se formaient, en quête de boissons fraîches ou de crèmes glacées.

Quand le véhicule s'immobilisa devant l'immeuble de Soho, Sydney descendit et sentit la chaleur humide s'abattre sur elle comme un coup de poing. Pour ne pas faire attendre son chauffeur dans la fournaise, elle le remercia d'un sourire et lui donna congé pour le week-end. Puis, la main en visière pour protéger ses yeux du soleil, elle fit volte-face et examina la façade. Derrière l'échafaudage, des fenêtres flambant neuves miroitaient, encore munies de l'étiquette de leur fabricant. Au quatrième étage, la vue d'une vieille dame grattant laborieusement l'une d'elles sur ses carreaux la fit sourire.

Sur le perron, une signalisation voyante prévenait le passant des travaux en cours. Par la porte ouverte s'échappaient le bruit des marteaux, le cri strident des scies circulaires, des échos de rock'n roll déversés dans la cage d'escalier par un poste de radio. Au coin de la rue, près d'une fourgonnette de plombier et d'un petit camion à plateau chargé de menuiseries neuves, un groupe de spectateurs attentifs gardait les yeux rivés sur le sommet de l'immeuble. Suivant la direction de leurs regards, Sydney sentit son cœur s'emballer en découvrant Mikhail, torse nu, bravant le vide sur une planche étroite de l'échafaudage.

Paniquée à l'idée de le voir s'écraser sur le trottoir, Sydney se rua dans le hall. Là, découvrant l'ascenseur occupé par deux plombiers qui en déchargeaient leurs outils et matériaux, elle se lança à l'assaut de l'escalier. Elle ne prêta attention ni aux plâtriers qui la sifflèrent au passage, ni aux bruits du chantier qui se mêlaient à ceux de la vie quotidienne. D'une traite, elle gravit tous les étages et parvint sur le palier de Mikhail sans s'être arrêtée. Du pied, elle poussa la porte entrouverte et pénétra en trombe dans l'appartement, manquant de s'étaler lorsque ses jambes vinrent buter contre un ouvrier accroupi près d'une caisse à outils.

Souriant, l'homme aux cheveux gris se redressa et lui lança un regard bienveillant. Râblé et de petite taille, il croisa sur son torse deux bras impressionnants sculptés de muscles noueux.

— Désolée, marmonna Sydney. Je ne vous avais pas vu.

— Aucun problème, répondit l'homme. Ce n'est pas moi qui vais me plaindre de voir de jolies femmes tomber à mes pieds…

Sydney nota l'accent slave et une idée folle lui traversa l'esprit. Peut-être tous les ouvriers travaillant sur ce chantier étaient-ils russes ; peut-être Mikhail faisait-il travailler toute sa famille à moindre prix…

La voyant scruter désespérément la pièce, l'homme suggéra d'une voix douce et chantante :

— Je peux vous aider ?

— Non ! Enfin peut-être…

La main posée sur le cœur, Sydney dut faire une pause pour reprendre son souffle avant de lancer :

— Où est Mikhail ?

Désignant la fenêtre, l'homme la dévisagea d'un air intrigué.

— Il est dehors, dit-il. Nous avons presque terminé. Asseyez-vous donc en l'attendant…

D'une voix suppliante qu'elle ne se connaissait pas, Sydney s'entendit demander :

— S'il vous plaît, faites-le rentrer ! Il va tomber…

Avant que l'homme ait pu lui répondre, tous deux virent le torse bronzé et ruisselant de sueur de Mikhail s'encadrer dans la fenêtre à guillotine. Après s'être agilement introduit dans la pièce, il lança dans sa langue natale une phrase enjouée ponctuée d'un éclat de rire. Mais lorsqu'il se retourna et aperçut Sydney, son rire s'éteignit et son visage se rembrunit.

— Hayward…, grogna-t-il.

— Que faisiez-vous dehors ? lança Sydney sur un ton accusateur.

— Ce que je faisais ? s'étonna Mikhail. Mon boulot. Celui pour lequel vous me payez. Où est le problème ?

Soudain consciente de s'être conduite comme une idiote, Sydney détourna le regard.

— Il n'y a pas de problème, répondit-elle à mi-voix. J'étais juste inquiète… de voir où en était le chantier.

— Si vous me donnez une minute, reprit-il en se dirigeant d'un pas ferme vers la salle de bains, je vais vous le montrer.

Un bruit de robinet se fit entendre. En se retournant, Sydney vit que l'homme aux cheveux gris la considérait d'un air mi-curieux, mi-amusé. D'une voix forte, il lança à Mikhail, dans cette langue étrangère aux inflexions chantantes, une question brève, à laquelle celui-ci répondit par « Tak ! ».

Puis Mikhail les rejoignit et Sydney dut prendre garde à ne pas trahir le trouble qui l'avait envahie. Demi-nu, la peau tannée par le soleil encore ruisselante de ses ablutions, il s'essuyait énergiquement le visage et les cheveux avec une grande serviette blanche.

— Mon fils n'est pas un gentleman, se lamenta le vieil homme en secouant la tête d'un air sévère. Il me semblait pourtant l'avoir élevé mieux que ça.

— Votre fils ? répéta Sydney.

Interloquée, elle fit volte-face pour observer plus attentivement les traits et les larges mains de travailleur manuel que Mikhail partageait incontestablement avec son père.

— Monsieur Stanislaski ! s'exclama-t-elle en se portant vers lui pour lui serrer la main. Comment allez-vous ?

— Parfaitement bien, répondit celui-ci en gardant sa main entre les siennes. Et si vous voulez me faire plaisir, appelez-moi Yuri. Moi non plus je ne suis pas très poli de m'être adressé à Mikhail dans une langue que vous ne pouvez comprendre. Je lui demandais simplement si vous étiez de la famille Hayward à qui appartient cet immeuble.

— En effet.

— C'est un bon immeuble, poursuivit Yuri avec un sourire radieux. Juste un peu malade. Et nous sommes là pour le soigner…

Lâchant enfin la main de Sydney, il se tourna vers son fils pour suggérer :

— Pourquoi ne nous rejoindrais-tu pas à la maison avec cette jeune dame ? Tu sais que ta mère cuisine toujours pour dix…

Sydney s'apprêtait à refuser poliment l'invitation quand Mikhail la prit de vitesse.

— Ce soir je suis pris, papa.

Yuri haussa les épaules avec agacement et s'empara de la main de Sydney pour y déposer un baiser.

— Ce fut un plaisir de faire votre connaissance, dit-il avec galanterie.

— Un plaisir partagé, monsieur Stanislaski.

Après un dernier regard courroucé à son fils, Yuri se retourna pour gagner la porte et lança par-dessus son épaule :

— Passe-toi au moins une chemise !

— Votre père est très sympathique ! dit Sydney quand la porte se fut refermée derrière lui.

Plus renfrogné que jamais, Mikhail répondit par un vague grognement et saisit sur un fauteuil un T-shirt qu'il avait dû y abandonner dès le matin.

— Ainsi, dit-il en le passant sur ses épaules, vous vous êtes décidée à venir inspecter les travaux…

— Oui, répondit prudemment Sydney. Ce n'est pas que je ne vous fasse pas confiance, mais je dois…

— Les nouvelles fenêtres sont toutes posées, l'interrompit Mikhail. L'électricité est en bonne voie, de même que la plomberie. Nous devrions pouvoir passer aux finitions en fin de semaine prochaine. Suivez-moi.

Sans plus se soucier d'elle, il la précéda sur le palier et pénétra sans s'annoncer dans l'appartement voisin.

— C'est ici qu'habite Keely, l'informa-t-il. Elle est sortie.

Il régnait dans la pièce principale surchauffée une impressionnante variété de couleurs et de parfums qui la rendaient agréable et féminine en dépit de la vétusté de l'ameublement. La cuisine, quant à elle, ressemblait à un vaste chantier. De larges saignées dans les murs mettaient à jour les gros tubes de plastique gris de la nouvelle installation électrique.

— Ces travaux ne doivent pas être très drôles pour les locataires, dit Sydney compatissante.

Mikhail émit un petit rire grinçant.

— Croyez-moi, depuis le temps qu'ils les attendent, ils en supporteraient dix fois plus avec le sourire…

Puis, la voyant se pencher sur le lacis de tuyaux qui serpentait le long des murs, il précisa :

— C'est du PVC conforme aux normes en vigueur. La précédente installation n'était même pas sous gaine et devait dater au moins d'une quarantaine d'années… C'est un miracle qu'il n'y ait pas eu d'incendie !

Sydney hocha la tête d'un air grave et s'empressa de prendre note sur son calepin des informations qu'il venait de lui donner. Mikhail se serait laissé aller à en sourire si elle n'avait pas senti aussi dangereusement bon. Avec prudence, il préféra faire un pas de côté pour éloigner toute tentation.

— Dès que l'inspection de conformité aura été faite, conclut-il, les murs seront remis à neuf. Il n'y a rien d'autre à voir ici. Suivez-moi.

D'étage en étage, Mikhail entraîna Sydney dans son sillage pour lui montrer tous les détails du chantier en cours. Comme si rien ne s'était passé lors de leur dernière rencontre, elle prenait des notes à n'en plus finir, très à l'aise et apparemment insensible au trouble qui s'était emparé de lui dès son arrivée.

Sur le palier du deuxième étage, il lui désigna un morceau de contreplaqué qu'il avait dû poser pour boucher un trou béant dans le sol.

— Certains parquets devront être changés, dit-il en lui désignant la réparation de fortune. Mais la plupart pourront être récupérés après sablage et vitrification.

Sydney hocha la tête et se pencha sur son calepin pour en prendre note. L'exposé de Mikhail était si clair et si complet qu'elle ne posait que de rares questions. Songeant à Bingham et à ses insinuations, elle sentit la colère monter en elle. A l'évidence, cet homme n'était pas un escroc, ce dont elle n'aurait pas juré en ce qui concernait l'ex-bras droit de son grand-père…

En ce jour de paie hebdomadaire, la plupart des ouvriers étaient déjà partis. Dans la cage d'escalier, le niveau sonore avait considérablement baissé, de sorte qu'il leur était possible d'entendre les mille et un petits bruits de la vie quotidienne derrière les portes closes. Un puissant saxophone ténor lança les premières notes de ***Rhapsody in Blue***, Sydney se retourna pour lancer à Mikhail un regard interrogateur.

— C'est Will Metcalf, expliqua-t-il avec un sourire. Cinquième à gauche. Il joue dans un orchestre et il est plutôt bon.

Dressant l'oreille pour écouter quelques mesures de l'œuvre de Gershwin, Sydney renchérit :

— Il est même plus que bon…

En silence, ils recommencèrent à descendre l'escalier. Sous la main de Sydney, la rampe neuve était ferme et douce. Pensive et émue, elle songea qu'il n'avait pas hésité à la tailler, à la poncer, à la fixer lui-même, sans en attendre aucun bénéfice, uniquement parce que tous les habitants de cet immeuble, hommes ou femmes, jeunes ou vieux, étaient chers à son cœur. Il savait qui jouait du saxophone. Il pouvait dire qui cuisinait du poulet. Il connaissait le nom du bébé qui se mettait à pleurer. Partout, il était accueilli en ami et en frère.

— Etes-vous satisfait de l'évolution du chantier ? demanda-t-elle enfin d'une voix absente.

Surpris, Mikhail lança un regard dans sa direction, ce qu'il avait jusqu'alors évité de faire. Deux ou trois mèches de cheveux avaient échappé à sa barrette en nacre pour venir lui chatouiller les tempes. Sur les ailes de son nez, il remarqua un semis de taches de rousseur dont l'existence lui avait échappé.

— C'est plutôt à vous qu'il faut demander ça.

De mauvaise grâce, Sydney laissa leurs regards se rencontrer et Mikhail fut surpris d'y lire tant de solitude et de tristesse.

— Pas du tout, insista-t-elle. Cet immeuble est à vous et à ceux qui l'occupent. Moi, je n'en suis que la propriétaire — celle qui signe les chèques.

— Sydney…

— J'en ai vu assez pour savoir que vous faites du bon travail, l'interrompit-elle.

Sydney se retourna pour se remettre à descendre en toute hâte les dernières marches qui la séparaient du hall.

— En ce qui concerne le deuxième acompte, lança-t-elle par-dessus son épaule, n'hésitez pas à contacter mon bureau le moment venu.

— Bon sang ! s'écria Mikhail dans son dos. Attendez un peu…

Il la rattrapa sur le palier du premier et l'agrippa aux coudes.

— Vous pouvez me dire ce qui se passe ? demanda-t-il d'un air sévère. D'abord vous surgissez chez moi essoufflée et pâle comme une morte, et à présent voilà que vous détalez à toutes jambes, les yeux pleins de tristesse…

Incapable de supporter plus longtemps le regard de Mikhail, Sydney détourna les yeux. Comment aurait-elle pu lui expliquer que venait de lui apparaître clairement le désert affectif qu'était devenue son existence ? Contrairement à lui, elle n'avait ni famille soudée ni communauté d'amis. Son meilleur ami avait été Peter. En l'épousant puis en divorçant, elle en avait fait un étranger sinon un ennemi. Sa vie se déroulait en solitaire, en marge des milieux qu'elle fréquentait. Elle n'était d'aucun groupe, d'aucune coterie, et elle enviait l'ambiance chaleureuse et l'amitié qui régnaient dans cet immeuble.

— Je ne détale pas à toutes jambes, répondit-elle en se libérant des mains de Mikhail. Et je vous assure que vous n'avez pas à vous en faire pour moi.

Vaillamment, Sydney se força à soutenir son regard sans ciller. Il lui tardait de partir, mais il lui fallait le faire dans la dignité. Avec un soupir, elle croisa les bras et se planta solidement devant lui pour expliquer :

— Je prends cette réhabilitation très à cœur. C'est le premier projet d'envergure dont je m'occupe depuis que je dirige cette société. Je tiens à ce que tout soit…

La voix de Sydney mourut dans un murmure. Dans son dos, il lui avait semblé entendre une voix faible appeler au secours. Attentive, elle tendit l'oreille et, n'entendant plus rien, pensa qu'elle avait rêvé, mais la plainte retentit de nouveau, plus forte, pitoyable et angoissée.

— Mikhail, murmura-t-elle en posant la main sur son avant-bras. Vous avez entendu ?

— Entendu quoi ?

Comment diable aurait-il pu entendre quoi que ce soit, songea-t-il, alors qu'il ne pensait plus qu'à la prendre dans ses bras pour l'embrasser ?

Inquiète, Sydney colla son oreille contre la porte.

— Là, chuchota-t-elle en désignant une porte du doigt. Quelqu'un appelle.

Cette fois, Mikhail avait lui aussi entendu la faible plainte. Ecartant Sydney sans ménagement, il tambourina vigoureusement contre le battant.

— Madame Wolburg ? cria-t-il. C'est Mike…

En réponse, une voix chevrotante et désespérée cria de l'intérieur :

— A l'aide ! Je suis blessée…

Déjà, Mikhail enfonçait la porte à vigoureux coups d'épaule. Celle-ci céda au troisième assaut, dans un craquement sinistre.

— Dans la cuisine…, appela Mme Wolburg entre deux sanglots. Mike, Dieu merci !

Mikhail se rua dans l'appartement décoré de papier à fleurs et de dizaines de napperons brodés et trouva la vieille dame allongée de tout son long au milieu de la cuisine. Il était habitué depuis longtemps à la silhouette de Mme Wolburg, petit bout de femme tout en os, mais la voir ainsi effondrée sur le sol la faisait paraître plus vulnérable encore. Son visage ridé était crispé de douleur. Ses cheveux blancs, habituellement coiffés de manière impeccable, étaient trempés de sueur.

— Je n'y vois plus, gémit-elle lorsqu'il s'accroupit près d'elle. J'ai perdu mes lunettes…

Mikhail lui prit le poignet pour chercher son pouls et étudia attentivement ses yeux fiévreux.

— Ne vous inquiétez pas, lui dit-il doucement. Nous allons appeler une ambulance. Sydney ? Vous pouvez vous en occuper ?

Elle ne lui répondit pas mais un bruit de voix venu de la pièce voisine lui fit comprendre qu'elle avait pris les devants. Avec son plus chaleureux sourire, Mikhail s'employa à rassurer la blessée.

— Les secours sont en route, madame Wolburg. Jusqu'à l'arrivée des ambulanciers, vous ne devez pas bouger. Vous rappelez-vous ce qui s'est passé ?

— Ma hanche…, murmura-t-elle faiblement. Je me suis cassé la hanche en tombant. Je n'y voyais plus. Je ne pouvais plus bouger. Avec tout ce bruit, personne ne m'a entendue crier. Cela doit faire deux heures, trois peut-être. Je me sens si faible…

— Ça va aller maintenant…

Pour les réchauffer, Mikhail prit les mains osseuses de la vieille dame dans les siennes.

— Sydney ! cria-t-il par-dessus son épaule. Vous pourriez apporter…

— Tout de suite !

Comme si elle avait pu deviner ses pensées, Sydney apparut sur le seuil, chargée d'un oreiller et d'un plaid écossais. En s'accroupissant près d'elle, elle souleva doucement la tête de Mme Wolburg et la reposa sur l'oreiller. En dépit de la chaleur caniculaire, la vieille dame frissonnait et claquait des dents. Tout en lui expliquant d'une voix douce ce qu'elle était en train de faire, Sydney étendit le plaid sur son corps.

— Encore quelques minutes de patience, murmura-t-elle lorsqu'elle eut terminé.

Une petite foule curieuse et inquiète s'était rassemblée sur le pas de la porte. Mikhail se redressa.

— Je vais m'occuper des voisins, expliqua-t-il en quittant la pièce. Essayez de lui parler. Il faut qu'elle reste consciente jusqu'à l'arrivée des secours.

— D'accord.

Le cœur empli d'appréhension, Sydney s'efforça de sourire aimablement à la vieille dame.

— Votre appartement est très agréable, lui dit-elle. Brodez-vous ces napperons vous-même ?

Un sourire empli de fierté apparut sur les lèvres tremblantes de Mme Wolburg.

— Cela fait soixante ans que je manie l'aiguille. J'ai commencé quand j'étais enceinte de ma première fille.

— Ils sont splendides ! Vous avez d'autres enfants ?

— Six. Trois filles, trois garçons. Ils m'ont donné vingt petits-enfants. Et cinq arrière-petits…

La suite se perdit sur ses lèvres décolorées. Le visage tordu par la douleur, elle ferma les yeux et gémit tout bas avant d'ajouter d'un air inquiet :

— Ils disent que je suis trop vieille pour vivre seule mais j'aime avoir ma maison, ma propre vie. Maintenant, ils vont vouloir me mettre dans un foyer…

A cela, Sydney ne sut que répondre. Mme Wolburg ferma les yeux. Deux larmes perlèrent au coin de ses paupières.

— Si je n'avais pas perdu mes lunettes, conclut-elle avec amertume, cela ne serait pas arrivé. La vieillesse est quelque chose de terrible, ma petite… Ne laissez personne vous dire le contraire. Je me suis pris le pied dans un trou du lino. Je sais bien que Mike m'a dit de le cacher sous un tapis. Mais il était plus que temps de nettoyer ma cuisine…

Un sourire brave apparut sur les lèvres de la vieille dame, qui rouvrit les paupières et tourna la tête pour regarder Sydney.

— Au moins, plaisanta-t-elle, je suis tombée sur un sol propre !

— L'ambulance est en bas ! annonça Mikhail en surgissant dans la pièce.

Envahie par un sentiment de honte et de culpabilité, Sydney se contenta de hocher la tête, de peur que sa voix ne la trahisse.

Affolée par l'imminence de son départ, la blessée adressa à Mikhail un regard implorant.

— Tu peux prévenir mon petit-fils, Mike ? Il habite un peu plus haut dans l'avenue, au 81…

— Ne vous inquiétez pas, madame Wolburg. Je m'en occupe.

Dix minutes plus tard, Sydney regardait deux brancardiers porter dans l'ambulance la civière chargée du corps assoupi de Mme Wolburg.

— Vous avez pu joindre son petit-fils ?

— Non, répondit Mikhail. J'ai laissé un message sur son répondeur. Où est votre voiture ?

— Au garage. Je ne pouvais pas faire attendre le chauffeur dans cette fournaise. Je vais essayer de héler un taxi.

Le déclenchement de la sirène d'ambulance la fit sursauter. Au bord du trottoir, ils regardèrent les gyrophares se fondre dans le trafic.

— Sydney ? fit Mikhail lorsque l'ambulance eut disparu au bout de l'avenue. Je vous raccompagne chez vous si vous le souhaitez.

Sans le regarder, Sydney secoua tristement la tête.

— Je dois d'abord passer à l'hôpital.

— Vous n'avez nul besoin de faire cela…

Elle se tourna vers lui et Mikhail, durant le bref instant où leurs yeux se croisèrent, fut bouleversé par l'émotion qu'il lut dans son regard. Il ne dit rien quand elle réussit à capter l'attention d'un taxi jaune, et elle n'en dit pas plus lorsqu'il s'installa sur la banquette arrière à son côté.

Les souvenirs des derniers jours de son grand-père étaient encore trop vivaces pour que Sydney pût se sentir à l'aise dans un hôpital. S'efforçant d'ignorer l'angoisse qui s'était emparée d'elle depuis qu'elle avait franchi au côté de Mikhail les portes des urgences, elle gagna d'un pas résolu le comptoir des admissions.

— Bonjour, dit-elle à l'employé absorbé dans la consultation d'un écran d'ordinateur. Mme Wolburg vient d'être admise en urgence ici.

— En effet. Vous êtes de la famille ?

— Non, je…

— Nous allons avoir besoin qu'un membre de la famille signe les formulaires d'admission. La patiente a déclaré ne pas être assurée.

Voyant Mikhail, à deux doigts d'exploser, se pencher sur le comptoir pour dire à l'employé sa façon de penser, Sydney s'empressa de préciser :

— C'est le groupe Hayward qui prend en charge les frais d'hospitalisation de Mme Wolburg. Mon nom est Sydney Hayward et je dirige cette société.

Ce disant, elle glissa ses papiers sur le comptoir, sous le nez de l'employé dépassé par les événements. Après l'avoir laissé prendre note des informations qui lui manquaient et après avoir répondu à ses questions, Sydney insista d'une voix glaciale :

— A présent, pouvez-vous m'indiquer où se trouve Mme Wolburg ?

Piqué au vif, l'employé se raidit sur son siège.

— On lui fait des radios.

D'un signe de tête, il leur désigna deux rangées de sièges entourant une rachitique plante verte et une table basse chargée de revues.

— La salle d'attente est ici. Le Dr Cohen vous donnera son pronostic dès que possible.

Ainsi attendirent-ils, s'abreuvant de mauvais café et observant les entrées et sorties de blessés plus ou moins graves. Finalement, Sydney laissa aller sa tête contre le mur et ferma les yeux, se plongeant dans une méditation morose sur les ravages de la vieillesse.

Mikhail, quant à lui, aurait bien aimé croire que Sydney n'était là que pour assurer ses arrières. Cela lui aurait été tellement plus confortable de ne voir en elle qu'une femme d'affaires ! Mais il ne pouvait ignorer la gentillesse et l'efficacité dont elle avait fait preuve avec la vieille dame, ni le regard empli de compassion et de culpabilité qu'elle lui avait lancé sur le trottoir.

— Elle s'est pris le pied dans un trou du linoléum, murmura Sydney.

C'était la première phrase qu'elle prononçait depuis plus d'une heure, et Mikhail tourna la tête pour l'observer. Le visage pâle, elle n'avait pas ouvert les yeux et avait les traits tirés.

— Elle ne faisait que laver sa cuisine, reprit-elle d'une voix misérable. Elle ne serait pas tombée si le sol avait été en bon état.

Sydney laissa échapper un long soupir. Mikhail tendit la main pour entremêler ses doigts aux siens.

— Vous avez fait ce que vous aviez à faire, dit-il fermement. Personne ne peut vous en demander plus.

Sydney ouvrit les paupières et tourna la tête vers lui. Le respect qu'elle lut dans son regard fit bien plus pour apaiser sa conscience que ses paroles.

— Merci, dit-elle avec un sourire tremblant.

Il leur fallut attendre en silence une heure supplémentaire avant que le petit-fils de Mme Wolburg ne pénètre en trombe dans le hall des urgences. Mikhail, en quelques phrases simples et claires, eut tôt fait de le mettre au courant de toute la triste histoire.

Enfin, quatre heures après leur arrivée, un médecin surmené vint leur annoncer que sa patiente souffrait d'une fracture de la hanche et d'une légère commotion. Le grand âge de Mme Wolburg rendait la fracture préoccupante, mais son excellent état de santé jouait en sa faveur. Sydney le remercia chaudement et lui laissa ses coordonnées, ainsi qu'au petit-fils de Mme Wolburg, insistant pour être tenue au courant.

Il faisait nuit noire lorsqu'ils se retrouvèrent sur le parvis de l'hôpital. Ebranlée physiquement autant que moralement par les heures qu'elle venait de vivre, Sydney sentit la tête lui tourner et dut s'accrocher au bras que Mikhail lui offrait.

— Vous avez besoin de manger, dit-il.

— Pardon ? Non, je vous assure que non. C'est juste un peu de fatigue. Cela va passer.

Sans tenir compte de ses dénégations, il lui agrippa fermement l'avant-bras et l'entraîna dans une brasserie voisine. Sydney ne protesta pas quand Mikhail prit place à côté d'elle sur la banquette. Mais lorsqu'il posa le bras sur le dossier, dans son dos, le contact de son flanc contre le sien la fit frémir.

— Je crois que vous feriez mieux de vous asseoir en face, dit-elle en le fixant droit dans les yeux.

A son grand étonnement, Mikhail s'exécuta sans se faire prier.

— C'est mieux ainsi ?

Sydney hocha la tête et se laissa aller contre le dossier. Après la journée qu'elle venait de vivre, elle ne se sentait pas le courage de faire front à une nouvelle entreprise de séduction. Comme s'il avait pu lire dans ses pensées, Mikhail posa la main sur la sienne. A cet instant, il y avait dans ses yeux tant de tendresse que Sydney dut détourner le regard pour ne pas pleurer.

— Vous avez eu une dure journée, murmura-t-il. Je ne voudrais pas en rajouter.

— Vous...

Trahie par sa voix, Sydney dut s'éclaircir la gorge et boire un verre d'eau avant de pouvoir reprendre :

— Vous ne croyez pas si bien dire. Ce fut une dure journée du début à la fin. Alors faisons en sorte de la terminer en beauté...

— Marché conclu ! s'exclama Mikhail en riant.

En examinant le menu posé devant elle, Sydney comprit alors qu'elle était affamée comme il ne lui était plus arrivé de l'être depuis longtemps.

5

Sydney ne sut jamais comment la presse eut vent de l'accident de Mildred Wolburg. Dès le mardi après-midi, une foule de journalistes faisait le siège de son téléphone. Les plus entreprenants l'attendirent même à la sortie de l'immeuble Hayward ce soir-là, la poursuivant jusqu'à sa voiture pour l'accabler de questions.

Le lendemain, le bruit courait les rédactions que le groupe Hayward allait devoir faire face à un procès, avec plusieurs millions de dollars de dommages et intérêts à la clé. Dans la foulée, Sydney dut calmer la colère de certains membres du conseil d'administration qui lui reprochaient d'avoir implicitement reconnu la responsabilité du groupe en prenant en charge les frais médicaux de Mme Wolburg.

Ne connaissant d'autre chemin que le plus direct pour affronter les problèmes, Sydney prit le dossier à bras-le-corps. Le mercredi soir, un communiqué de presse avait été diffusé et un conseil d'administration extraordinaire convoqué pour le surlendemain. Dès le vendredi suivant, songeait-elle en longeant les couloirs de l'hôpital, elle saurait si elle pouvait rester à la tête du groupe ou si elle devrait se contenter dorénavant d'un rôle de figuration.

Un choix de magazines sur un bras et une plante en pot sur l'autre, Sydney fit halte devant la porte close de Mme Wolburg. C'était la troisième fois qu'elle rendait visite à la vieille dame et elle savait que celle-ci était très entourée. Cette fois, outre deux de ses enfants, elle trouva à son chevet Keely et Mikhail.

— Madame Wolburg, annonça celui-ci lorsqu'il l'eut repérée, vous avez de la visite…

— Sydney !

Derrière les verres épais de ses précieuses lunettes, les yeux de la vieille dame étincelèrent d'une joie sincère.

— Encore de la lecture ! s'exclama-t-elle en riant.

— Votre petit-fils m'a dit que vous aimiez lire.

Un peu embarrassée d'être le centre de tous les regards, Sydney marcha jusqu'à la table de nuit pour y déposer ses présents et serrer entre les siennes la main que Mme Wolburg lui tendait.

— Mon petit Harry dit toujours que je préfère la lecture à la nourriture, expliqua-t-elle en pressant ses doigts affectueusement. Mais j'adore aussi tout ce qui pousse. Merci beaucoup, cette plante est magnifique…

La fille de Mme Wolburg, avec un clin d'œil à son frère, s'exclama gaiement :

— On est en train de nous la gâter ! Après cela, nous aurons bien de la chance si nous avons encore droit de temps à autre à quelques cookies.

Radieuse contre ses oreillers, Mme Wolburg prit le temps de lisser soigneusement son drap devant elle avant de répondre sur le même ton :

— Au contraire ! Vous n'allez plus savoir qu'en faire… Un four tout neuf vient d'être installé dans ma cuisine, en hauteur, pour que je n'aie plus à me baisser.

Mikhail, occupé à admirer les nombreux bouquets de fleurs répartis aux quatre coins de la pièce, se retourna pour se mêler à la conversation.

— Puisque c'est moi qui l'ai posé, lança-t-il à la vieille dame, je réclame l'exclusivité de la première fournée. Avec des pépites de chocolat, bien entendu…

Keely, assise sur le rebord de la fenêtre, posa la main sur son estomac et fit mine de défaillir.

— Pitié, je suis à la diète ! Je dois être assassinée la semaine prochaine, et je tiens à être à mon avantage.

Notant le regard interloqué que Sydney lui lançait, Keely sourit et précisa :

— Le tournage de *Poursuite mortelle* débute lundi. Mon premier téléfilm… Je suis la troisième victime du tueur en série. Il m'étrangle dans un petit négligé de soie du plus bel effet. J'ai hâte de l'essayer…

Plaisante et détendue, la conversation roula ainsi quelques minutes d'un visiteur à l'autre. Gênée de ne pas se sentir à sa place, Sydney profita de la première occasion venue pour prendre congé.

Mikhail lui accorda dix secondes d'avance. Puis, saisissant une rose jaune dans un vase, il envoya de la main un baiser d'adieu à Mme Wolburg depuis le seuil de la chambre et s'élança dans le couloir. En quelques enjambées, il rejoignit Sydney devant les portes de l'ascenseur. Sortant la fleur de derrière son dos, il la lui tendit avec un sourire.

— On dirait que vous avez bien besoin de ceci…

Sydney s'efforça de sourire bravement et porta la rose à ses narines.

— Merci, dit-elle. Vous êtes gentil.

— C'est vrai. Et comme je le suis, si vous me disiez ce qui vous chagrine, je pourrais peut-être vous aider.

— Je ne suis pas chagrinée.

Sydney appuya avec insistance sur le bouton d'appel de l'ascenseur. Pour capter son regard, Mikhail lui saisit le menton entre le pouce et l'index.

— Savez-vous qu'on ne triche pas avec un artiste ? Dans ces beaux yeux, je vois beaucoup de fatigue, de chagrin, d'inquiétude et de contrariété.

Soulagée, Sydney entendit la sonnerie annonçant l'ouverture des portes de l'ascenseur. Mais en voyant Mikhail la suivre dans la cabine bondée, elle comprit qu'elle ne pourrait pas lui échapper. Coincée entre une grosse dame trop parfumée et le corps tout aussi imposant mais infiniment plus troublant de Mikhail, elle s'efforça de se faire aussi petite que possible.

Enfin les portes coulissèrent au rez-de-chaussée et Sydney s'empressa de sortir. Naturellement, Mikhail lui emboîta le pas, les mains croisées derrière le dos.

— Le chantier avance bien, lui dit-il.

— Tant mieux !

Sydney avait répondu plus sèchement qu'elle ne l'aurait voulu, mais il lui était difficile pour l'heure d'entendre parler de l'immeuble de Soho sans penser à l'épée de Damoclès suspendue au-dessus de sa tête.

— L'installation électrique a été inspectée et agréée, poursuivit Mikhail sur le même ton détaché.

En l'absence de réponse, il jeta à la dérobée un coup d'œil au visage fermé de Sydney et conclut d'un air détaché :

— En ce qui concerne la toiture, j'ai pensé que des tuiles en crème glacée pourraient faire l'affaire.

Ils étaient en train de passer les portes à tambour de l'entrée. Quand ils émergèrent sur le perron, Sydney se tourna vers Mikhail et se mit à rire, gaie et détendue l'espace d'un instant.

— Très original, lança-t-elle avec un clin d'œil, mais sans doute un peu risqué en cette saison…

Satisfait, Mikhail hocha la tête et l'entraîna par le bras sur le parvis.

— Ainsi, vous m'écoutiez tout de même…

— Plus ou moins, je dois le reconnaître.

Parvenus sur le trottoir, ils attendirent que le chauffeur les rejoigne. Avec un long soupir, Sydney ferma les yeux et massa ses tempes douloureuses.

— Je suis désolée, murmura-t-elle en cherchant le regard de Mikhail. J'ai beaucoup de choses en tête ces jours-ci.

— Racontez-moi ça.

A sa grande surprise, Sydney comprit qu'elle se serait volontiers confiée à lui. Dans son entourage, elle n'avait personne à qui parler de ses problèmes. Un reste d'orgueil l'en dissuada pourtant. La limousine, qui venait de se garer au bord du trottoir devant eux, lui fournit le prétexte rêvé pour couper court à la conversation.

— Ce serait trop long, dit-elle. J'ai à faire et mon chauffeur m'attend.

Mikhail hocha la tête d'un air pensif. Si elle croyait qu'il allait la laisser s'enfuir ainsi, elle le connaissait mal.

— Cela vous embêterait de me déposer chez moi ?

Sydney fronça les sourcils. Le souvenir du trajet en voiture depuis Long Island était encore présent dans sa mémoire. Pourtant, Mikhail lui souriait avec tant de chaleur et de franchise qu'elle se sentit flancher. Après tout, l'immeuble de Soho n'était qu'à quelques blocs.

Avant de pénétrer dans l'habitacle, elle lança par la vitre ouverte au chauffeur :

— Donald, nous déposerons M. Stanislaski chez lui à Soho avant de rentrer.

Quand la voiture eut démarré, redoutant le silence qui s'était établi entre eux, Sydney prit l'initiative de relancer la conversation.

— Mme Wolburg semble récupérer rapidement.

Mikhail hocha la tête. Cette fois, nota-t-il distraitement, le fond musical feutré qui baignait l'habitacle était une œuvre de Mozart.

— Heureusement, elle est forte comme un chêne.

— Le Dr Cohen dit qu'il lui sera bientôt possible de rentrer chez elle, ajouta-t-elle sur un ton neutre.

— Grâce à vous ! renchérit-il. Si vous n'étiez pas prête à payer les visites du kinésithérapeute à domicile elle ne pourrait pas sortir.

Piquée au vif, Sydney fit volte-face.

— Comment le savez-vous ? fit-elle sèchement.

— C'est elle qui me l'a confié, expliqua Mikhail. Elle m'a dit aussi qu'une garde-malade s'occuperait d'elle à domicile jusqu'à son complet rétablissement. C'est très généreux de votre part et elle vous en est très reconnaissante.

Le regard de nouveau perdu dans le spectacle de l'agitation citadine, Sydney bougonna :

— Si c'est ce que vous croyez, je ne joue pas au bon Samaritain. J'essaie juste de me conduire en être humain et de faire ce qui me semble juste.

— Je m'en rends compte. Je constate également que vous vous inquiétez sincèrement pour elle. Mais il y a autre chose qui vous chagrine. Ne serait-ce pas ce que l'on peut lire dans les journaux, par hasard ?

Leurs regards se croisèrent et Mikhail vit une lueur de colère briller dans celui de Sydney.

— Monsieur Stanislaski ! s'écria-t-elle. Je n'assume pas ses frais médicaux pour me faire de la publicité, bonne ou mauvaise. Et je ne…

— Je le sais parfaitement, l'interrompit-il avec un sourire conciliant. N'oubliez pas que j'étais là. Ce n'est pas moi qui risque de mettre en doute votre sincérité…

La voiture commençait à ralentir. Comprenant avec soulagement qu'ils arrivaient chez Mikhail, Sydney leva les yeux pour observer l'évolution des travaux.

— Je vois que vous avez bien avancé sur le toit…

— Entre autres choses.

La limousine vint se garer en douceur au bord du trottoir. Parce qu'il était loin d'en avoir terminé avec elle, Mikhail se pencha et tendit le bras pour ouvrir la portière du côté de Sydney. Pendant un court instant, ils furent si proches l'un de l'autre qu'elle dut résister à l'impulsion de lever la main pour caresser la joue de Mikhail.

— J'aimerais que vous montiez, lui dit-il, les yeux dans les yeux. J'ai quelque chose pour vous.

— Il est pratiquement 18 heures et je dois…

Pour la faire taire, Mikhail posa l'index sur ses lèvres.

— Accordez-moi une heure, murmura-t-il avec son sourire le plus charmeur. Votre chauffeur repassera vous prendre. S'il vous plaît… Je vous assure que vous ne le regretterez pas.

Sydney se laissa convaincre, autant par lassitude que pour échapper au contact troublant du doigt de Mikhail sur sa bouche et à son sourire ravageur.

— Soit, dit-elle en sortant du véhicule. Ainsi, vous pourrez me faire de vive voix votre compte rendu de chantier.

— Asseyez-vous, lança Mikhail en pénétrant à la suite de Sydney dans l'appartement.

D'un air perplexe, elle laissa ses yeux courir à travers la pièce principale, au centre de laquelle tous les meubles avaient été rassemblés, sans doute pour faciliter le travail en cours. Chaises, tables et fauteuils étaient empilés en désordre. Sous un drap, l'établi de Mikhail, hérissé de sculptures finies ou en voie d'achèvement, offrait un spectacle saisissant.

— Volontiers, répondit Sydney, mais où ?

Sur le chemin de la cuisine Mikhail s'arrêta net et fit volte-face. Après réflexion, il s'approcha du tas de meubles empilés et en retira sans effort un rocking-chair de bois. Sans un mot, il le déposa près de la fenêtre. Puis, d'un geste galant de la main, il invita Sydney à s'y asseoir avant de quitter la pièce.

Sous les doigts de Sydney, la surface du bois se révéla aussi douce que du satin. Curieuse de l'essayer, elle s'y assit et eut immédiatement l'impression que des bras accueillants se refermaient autour d'elle.

Quand Mikhail revint de la cuisine, le rocking-chair se balançait en grinçant doucement sur le parquet. Les yeux clos, abandonnée sur le siège, Sydney souriait de bien-être.

— Il y a bien des années que j'ai fabriqué ce siège, expliqua-t-il en s'approchant d'elle. Je l'ai offert à ma sœur aînée, qui venait d'avoir un bébé.

La voix de Mikhail, empreinte de tristesse, avait perdu son allant habituel.

— Le bébé s'appelait Lily, poursuivit-il. La mort subite du nourrisson l'a emportée à l'âge de quelques mois à peine. C'est dans ce rocking-chair que Natasha allaitait son enfant. Quand elle a quitté New York, elle n'a pas pu se résoudre à l'emporter.

Sydney ouvrit brusquement les yeux. Sur ses lèvres, le sourire s'était figé et elle avait cessé de se balancer.

— C'est horrible, murmura-t-elle. Je suis tellement triste pour elle…

Puis, se rappelant les paroles de Mikhail dans son bureau lors de leur première rencontre, elle ajouta :

— Et triste pour vous aussi. Il n'y a pas pire douleur que de perdre un membre de sa famille. Et, pour un parent, pas pire injustice que de perdre prématurément son enfant. Comment va votre sœur aujourd'hui ?

— Nat porte toujours sur le cœur la cicatrice de la mort de Lily. Mais elle a eu trois autres enfants depuis. Ainsi la joie adoucit la souffrance, le présent équilibre le passé, la mort s'efface devant la vie.

Au prix d'un sourire forcé, Mikhail revint au présent et tendit à Sydney le verre d'eau et les cachets d'aspirine qu'il était allé chercher dans la cuisine.

— Prenez-les ! ordonna-t-il. Il est temps de soigner votre migraine.

Docilement, Sydney lui obéit, non sans s'étonner de sa clairvoyance. Comment avait-il fait pour deviner que sa tête était sur le point d'exploser, alors qu'elle-même ne s'en était pas rendu compte ?

— Merci, dit-elle en lui tendant le verre vide. J'ai effectivement un peu mal au crâne. Comment l'avez-vous su ?

Mikhail posa le verre sur l'appui de fenêtre et contourna le rocking-chair pour masser doucement les tempes douloureuses de Sydney.

— Je l'ai vu dans vos yeux, répondit-il. Et cela n'a rien d'une petite migraine. Détendez-vous…

Sydney reposa la tête contre le dossier. Malgré elle, ses paupières s'abaissèrent et un soupir lui échappa. A n'en pas douter, il aurait été plus raisonnable de lui demander d'arrêter tout de suite. D'ailleurs, se dit-elle, elle n'allait pas tarder à le faire. Dès qu'elle aurait trouvé le courage de renoncer au bien-être que les doigts habiles de Mikhail faisaient naître en elle.

— Est-ce ce que vous me réserviez ? s'entendit-elle murmurer. Un remède contre la migraine ?

Sa voix était si lasse, si prête de s'éteindre, que Mikhail sentit son cœur s'envoler vers elle.

— Non, dit-il. J'ai autre chose pour vous. Mais cela peut attendre que vous vous sentiez mieux. Dites-moi ce qui ne va pas, que je puisse vous aider.

— Vous ne pouvez rien pour m'aider. Il s'agit de quelque chose dont la responsabilité m'incombe entièrement.

— Je n'en doute pas, convint Mikhail. Mais en quoi cela vous empêche-t-il de m'en parler ?

Sydney sentit sa résolution fléchir. Il était tentant de tout lui dire, de partager avec lui l'espace d'un instant le fardeau qui pesait sur ses épaules, d'avoir sur la question un point de vue extérieur. Dans un soupir, fermant les yeux, elle se décida à tout lui confier.

— Ma position au sein du groupe Hayward est compromise, dit-elle d'une traite. En ma faveur, je n'ai que mon nom et la volonté exprimée par mon grand-père que je lui succède. La publicité faite autour de Mme Wolburg me met en difficulté. J'ai pris sur moi d'endosser la responsabilité de l'accident, et le conseil d'administration risque de ne pas me le pardonner.

Fermes et patients, les doigts de Mikhail avaient délaissé ses tempes pour masser la base de son cou. A grand-peine, Sydney retint un grognement de plaisir.

— Au sein du conseil, reprit-elle, le point de vue dominant est que quelqu'un de plus expérimenté aurait traité toute cette affaire de manière plus discrète et moins dommageable pour le groupe. Pour faire face aux critiques, j'ai convoqué un conseil d'administration extraordinaire vendredi midi. Une majorité des participants risque de réclamer ma démission.

Mikhail poussa un soupir d'exaspération.

— Vous comptez les laisser faire ?

— Je n'en sais rien.

A présent, il massait méticuleusement ses épaules. Entre ses doigts, Sydney se sentait fondre comme de la cire au contact d'une flamme.

— Je pourrais me battre, poursuivit-elle, mais cela signifierait entraîner la société, après la mort de son fondateur, dans de nouvelles turbulences. De plus, il me faut compter sur l'opposition d'un vice-président prêt à tout pour me remplacer. Il est convaincu — à juste titre peut-être — qu'il est plus qualifié que moi pour diriger la société.

Sydney laissa échapper un rire amer.

— Parfois, il m'arrive de regretter qu'il ne soit pas déjà parvenu à ses fins.

— Ne dites pas de bêtises ! protesta Mikhail.

Depuis quelques instants, il devait résister à l'envie pressante de laisser ses lèvres s'égarer dans le cou si long, si doux, si parfumé de Sydney.

— A l'évidence, reprit-il, rien ne vous plaît plus que de diriger cette société. Il me semble même que vous êtes sacrément douée pour cela…

Le cœur battant, Sydney rouvrit les yeux et tourna la tête pour le fixer droit dans les yeux.

— Sérieusement ? s'étonna-t-elle. Vous êtes bien le premier à me dire cela. Dans mon entourage, la plupart des gens s'imaginent au mieux que je fais joujou avec le groupe Hayward, au pire que j'ai perdu la tête.

Contournant le rocking-chair, Mikhail prit ses mains et s'accroupit devant elle pour la regarder dans les yeux.

— Alors, dit-il avec conviction, c'est que personne autour de vous ne vous connaît.

La gorge serrée, Sydney hocha la tête. Du flot d'émotions qui se bousculaient en elle, la joie d'être enfin comprise était la plus merveilleuse.

Mikhail s'abîma dans la contemplation des mains de Sydney, aux doigts longs et dépourvus de bagues, aux poignets fins sillonnés sous la peau si blanche de fines veines bleues. Il aurait plus que tout voulu trouver les mots pour la consoler, mais il lui devait avant tout franchise et honnêteté.

— Je ne sais que vous conseiller, avoua-t-il enfin. Je ne connais pas grand-chose dans ce domaine, mais ce que je sais, c'est que vous ferez pour le mieux, parce que vous avez bon cœur et que vous êtes intelligente.

A peine consciente d'avoir entremêlé ses doigts à ceux de Mikhail, Sydney lui sourit. A cet instant, il n'y avait pas que leurs mains jointes pour les rapprocher. Cet homme croyait sincèrement en elle, en ses capacités. Il comprenait ses doutes et ses problèmes, et semblait même plus certain qu'elle-même de sa capacité à les surmonter. Ce lien entre eux était si fort, tellement nouveau, qu'elle commença à s'en effrayer et lui lâcha les mains.

— Merci, murmura-t-elle en baissant le regard. Merci pour tout…

— C'est moi qui vous remercie. De votre confiance.

Doucement, il lui saisit le menton de manière à pouvoir observer ses yeux.

— Votre migraine a disparu, constata-t-il.

Surprise, Sydney se redressa et se massa les tempes.

— Vous avez raison ! s'exclama-t-elle.

En fait, après avoir bénéficié de ses massages, elle se sentait plus détendue qu'elle ne l'avait jamais été.

— Vous pourriez faire fortune avec ces mains-là si vous le vouliez…

Leurs regards se rencontrèrent et Sydney, rougissante, fut la première à baisser les yeux. Mikhail, quant à lui, savait parfaitement ce qu'il aurait aimé faire à cet instant de ses deux mains.

Précipitamment, Sydney se leva du rocking-chair.

— Je ferais mieux d'y aller, lança-t-elle.

— Déjà ! protesta-t-il en s'emparant de ses mains de nouveau. Je n'ai même pas eu le temps de vous donner votre cadeau…

— Mon cadeau ?

Lentement, il l'attira vers lui. Sydney ne se sentait pas la force de résister. Elle avait sa bouche à hauteur des yeux, une bouche pleine et rouge, ensorcelante et tentatrice. Il ne lui restait plus qu'à pencher la tête, plus que quelques centimètres à parcourir, pour que leurs lèvres s'unissent. Sydney ne se rappelait pas avoir un jour désiré et redouté quoi que ce soit à ce point.

Pour briser le charme qui l'ensorcelait, elle détourna le regard et demanda :

— N'étiez-vous pas censé me donner votre rapport hebdomadaire ?

Mikhail se mit à rire, de ce rire de cosaque, franc et massif, qui lui arrachait chaque fois des frissons.

— Je vous l'enverrai par la poste, promit-il. Pour l'instant j'ai autre chose en tête.

— Autre chose…

La voix de Sydney avait trahi le trouble qui l'avait envahie à l'idée de ce que Mikhail pouvait avoir en tête, ce qui ne fit que redoubler l'hilarité de celui-ci. Il le savait, il aurait pu à cet instant sans rencontrer de résistance laisser libre cours à l'envie de l'embrasser à perdre haleine qui ne le quittait plus. Pourtant, il lui lâcha les mains et se dirigea d'un pas décidé vers l'établi recouvert de son drap qu'il rejeta d'un geste.

Un instant plus tard, il était de retour auprès de Sydney, à qui il tendait la petite statuette de Cendrillon qu'elle avait admirée à sa première visite chez lui.

— J'aimerais vous faire cadeau de ceci.

— Oh ! Mais je…

Les yeux rivés sur la figurine de bois peint, Sydney cherchait en vain les mots pour refuser poliment le présent. Haussant un sourcil, Mikhail s'inquiéta :

— Que se passe-t-il ? Vous ne l'aimez pas ?

— Non…, bégaya-t-elle. Enfin je veux dire : si, je l'adore, mais… pourquoi me faire ce cadeau ?

Ses doigts caressaient les contours de la statuette qu'elle serrait contre elle.

— Parce qu'elle me fait penser à vous, répondit-il sans hésiter. Adorable, fragile, et si peu sûre d'elle…

La description arracha à Sydney une grimace.

— On voit que vous me connaissez mal, dit-elle en ouvrant son sac pour ranger le présent. Quoi qu'il en soit, même si je n'ai rien de commun avec Cendrillon, j'accepte avec plaisir la statuette. Elle est magnifique et je vous remercie.

Désarçonné par son revirement d'humeur, Mikhail recula d'un pas et se passa une main dans les cheveux.

— De rien, dit-il d'un air perplexe. A présent, si vous ne voulez pas faire attendre Margerite, vous devriez y aller. Je vous raccompagne en bas.

— Rien à craindre ! répondit-elle en se dirigeant vers la sortie. Maman est toujours en retard…

Mais à mi-chemin de la porte d'entrée, elle se figea sur place et fit volte-face. Comment Mikhail savait-il qu'elle dînait ce soir-là avec sa mère, alors qu'à aucun moment elle ne le lui avait dit ?

— Comment se fait-il que vous soyez au courant ?

Surpris, Mikhail haussa les épaules.

— C'est elle qui m'en a parlé, il y a deux jours, quand nous avons pris un verre en ville.

Les yeux de Sydney lançaient à présent des éclairs. Si elle n'avait pas déjà rangé la statuette au fond de son sac, elle la lui aurait volontiers jetée à la figure.

— Ne nous étions-nous pas mis d'accord pour que vous laissiez ma mère tranquille ?

Bras croisés, Mikhail laissa échapper un soupir excédé. Il aurait pu clore le débat en lui expliquant qu'il n'avait fait que céder, au troisième coup de fil, à de pressantes sollicitations de Margerite. Mais à quoi bon compromettre sa mère à ses yeux ?

— Nous ne nous étions mis d'accord sur rien du tout, rétorqua-t-il. De toute façon, nous n'avons fait que boire un verre, et j'en ai profité pour lui faire comprendre qu'il ne pouvait y avoir entre nous autre chose que de l'amitié. Surtout depuis que je porte un intérêt très personnel à sa fille...

Surprise, Sydney tressaillit et s'en voulut aussitôt, ce qui ne fit que décupler sa colère.

— Certainement pas ! s'emporta-t-elle. Tout ce qui vous intéresse, c'est de flatter votre vanité de macho...

Une lueur inquiétante au fond des yeux, Mikhail s'avança d'un pas.

— En fait, susurra-t-il, c'est vous qui me connaissez bien mal. Vous voulez que je vous montre ce qui m'intéresse vraiment ?

Sydney leva le bras devant elle.

— Inutile ! lança-t-elle en hâte. Mais je voudrais que vous ayez la décence de ne pas jouer avec ma mère à vos petits jeux de séduction.

Un sourire désabusé flotta un instant sur les lèvres de Mikhail. Comment aurait-il pu lui faire comprendre que c'était Margerite qui cherchait une aventure sans lendemain avec un homme plus jeune qu'elle, ce dont il lui avait fait comprendre qu'il ne voulait pas ?

— Sydney, commença-t-il avec lassitude, je m'en voudrais de réveiller une migraine que j'ai mis tant d'énergie à combattre, aussi je vais tenter d'être aussi clair que possible. Je n'ai l'intention de me lier d'aucune manière que ce soit — romantique, physique ou émotionnelle — avec une femme qui pourrait être ma mère. Cela vous convient-il ?

— Cela me conviendrait si je pouvais vous croire.

Mikhail ne trahit pas la moindre réaction mais elle le sentit prêt à exploser.

— Je n'ai pas l'habitude de mentir, répliqua-t-il à voix basse.

S'efforçant de paraître plus glaciale que jamais, Sydney hocha la tête d'un air dubitatif.

— Contentez-vous de faire ce pour quoi je vous ai embauché, conclut-elle, et tout ira pour le mieux. Inutile de me raccompagner, je connais le chemin.

*
* *

A midi pile, Sydney prit place au bout de la longue table en noyer du conseil d'administration. De chaque côté étaient assis dix hommes et deux femmes qui murmuraient entre eux en attendant que commence le conseil. Les lourdes draperies de velours avaient été tirées au maximum pour dégager l'immense baie vitrée, sans faire entrer plus de lumière. Le ciel était lourd, ce jour-là, de gros nuages noirs qui déversaient sur Manhattan leurs rideaux de pluie. Régulièrement, un éclair zébrait l'horizon, et le tonnerre parvenait à percer les murs épais. Cette ambiance de fin du monde convenait parfaitement à Sydney. En cet endroit, à cette heure, elle se faisait l'impression d'être une collégienne prise en faute et sommée de s'expliquer devant le conseil de discipline…

Lentement, son regard parcourut les visages des membres du conseil. L'idée que certains d'entre eux siégeaient déjà à cette table avant sa naissance était troublante. Sans doute seraient-ils les plus difficiles à convaincre, eux qui l'avaient connue quand elle n'était qu'une petite fille que son grand-père faisait sauter sur ses genoux.

Sur sa droite, au milieu de la table, les yeux de Sydney s'arrêtèrent sur Lloyd Bingham. Il semblait si confiant, si sûr de sa victoire qu'elle l'en aurait giflé. Mais lorsque son ennemi tourna la tête pour soutenir quelques instants son regard, elle ne fut plus habitée que par la volonté farouche de le combattre, de toutes ses forces. Et de le vaincre.

— Mesdames et messieurs ! lança-t-elle en claquant dans ses mains. Avant que nous ne commencions à discuter du sujet qui nous préoccupe aujourd'hui, j'aimerais faire une déclaration.

— Vous avez déjà fait connaître votre point de vue dans la presse ! l'interrompit Lloyd. Tout le monde ici est au courant de ce que vous pensez.

Un murmure s'éleva autour de la table. Beaucoup approuvaient. Peu s'offusquaient. Sydney laissa le silence revenir avant de poursuivre :

— En tant que présidente et détentrice du principal portefeuille d'actions du groupe Hayward, j'ai le droit et le devoir d'introduire les débats.

Consciente que tous les regards étaient à présent fixés sur elle, Sydney sentit sa gorge se serrer. Si elle voulait convaincre, il lui fallait passer à la contre-offensive. Et vite… Prenant une longue inspiration, elle se lança :

— Je comprends les réticences soulevées au sein du conseil par le montant des sommes engagées dans la réhabilitation de notre immeuble de Soho. Je sais aussi qu'il est d'un rapport relativement faible en comparaison d'autres propriétés plus prestigieuses du groupe. Mais je vous demande de prendre en compte le fait que ce building, au cours des dix dernières années, n'a pas bénéficié de la maintenance nécessaire.

Sydney aurait voulu faire une pause pour avaler une gorgée d'eau mais s'en abstint, redoutant que son geste ne trahisse la nervosité qui l'habitait.

— D'autre part, poursuivit-elle, je considère que le groupe Hayward a le devoir, par obligation morale autant que légale, d'assurer le confort et la sécurité de ses locataires.

— Cet immeuble, intervint Lloyd avec véhémence, aurait pu être amené au minimum de confort et de sécurité pour la moitié de la somme engagée !

— Vous avez parfaitement raison, répondit Sydney sans prendre la peine de le regarder. Mais je suis sûre que mon grand-père avait pour le groupe d'autres ambitions que le minimum requis. En tout, pour tous, il voulait le meilleur — et vous le savez mieux que moi. Je ne vais pas vous accabler de chiffres et de tableaux. Ils sont dans les dossiers qui vous ont été remis, et nous pourrons en discuter plus tard. Ce que je tenais à affirmer, c'est que si le budget concernant l'immeuble de Soho est élevé, c'est parce que nos critères de qualité le sont.

Howard Keller, l'un de ces anciens qu'elle redoutait tant, prit la parole avec une gentillesse exagérée.

— Sydney, lança-t-il en la fixant droit dans les yeux, personne ici ne remet en cause vos motivations ou votre enthousiasme. Ce qui nous préoccupe, ce sont vos décisions récentes concernant le dossier Wolburg. La publicité faite ces jours-ci autour de cette affaire a fait chuter notre cote boursière de plus de trois points. Nos actionnaires sont inquiets — à juste titre.

— Le « dossier Wolburg », répondit-elle sans ciller, est une vieille femme de quatre-vingts ans qui s'est fracturé la hanche parce que le plancher non entretenu de sa cuisine était dangereux.

— Vous voyez ! s'exclama Lloyd, triomphant. C'est exactement le genre de déclaration imprudente qui expose le groupe à des poursuites coûteuses ! Surtout depuis que la presse s'est emparée de cette affaire et…

— Précisément ! l'interrompit Sydney d'une voix glaciale. Il pourrait être intéressant de savoir comment les journalistes ont pu si rapidement s'intéresser à une vieille femme inconnue victime d'un simple accident…

— J'imagine, répondit-il sur la défensive, qu'elle s'est chargée elle-même de prévenir la presse.

— Vraiment ? dit Sydney avec un sourire caustique.

— Peu importe qui les a prévenus ! intervint Mavis Trelane. Ce qui compte, c'est que les journalistes ont monté cette affaire en épingle, plaçant le groupe dans une situation difficile.

Sydney se raidit sur son siège. Elle allait répliquer vertement lorsque quelques coups frappés à la porte l'en empêchèrent.

— Je vous prie de m'excuser, murmura-t-elle en s'empressant d'aller ouvrir.

Dans l'entrebâillement de la porte, Sydney vit sa secrétaire lui adresser un sourire radieux, contrastant avec la mine sombre qu'elle affichait ces derniers jours. Dès l'instant où elle avait appris le détail de ce qui s'était passé à Soho, Janine avait pris fait et cause pour elle.

— Désolée de vous interrompre, chuchota-t-elle. Je viens de recevoir un appel d'un ami qui travaille sur Channel 6. Mme Wolburg leur a accordé une interview qui doit passer au journal de midi. D'une minute à l'autre maintenant…

Après un instant d'hésitation, Sydney hocha la tête et lui rendit son sourire.

— Merci, Janine.

Sydney referma doucement la porte et regagna sa place avec une nouvelle détermination, consciente que la chance était peut-être en train de tourner.

— On vient de m'informer que Mme Wolburg est sur le point de faire une déclaration, lança-t-elle en pointant la télécommande vers le téléviseur accroché en hauteur. Je suis sûre que nous sommes tous curieux d'apprendre ce qu'elle a à dire.

Laissant Lloyd Bingham protester contre ce qu'il appelait une manœuvre de dernière minute, Sydney choisit le bon canal et haussa le son. Après un dernier écran de publicité suivi d'un jingle, la chambre emplie de fleurs de Mme Wolburg apparut à l'écran.

La journaliste, une jolie jeune femme d'une vingtaine d'années aux yeux vifs et à la langue acerbe, commença l'interview en demandant à la vieille dame de raconter son accident. En l'entendant expliquer comment elle s'était pris le pied dans un trou du plancher, plusieurs membres du conseil d'administration hochèrent la tête et grognèrent leur mécontentement. Convaincu que le navire de Sydney était en train de prendre l'eau définitivement, Bingham souriait aux anges.

— Aviez-vous fait part, insista la journaliste, de la nécessité de réparer le sol au groupe Hayward ?

— Plus d'une fois ! répondit Mme Wolburg avec indignation. C'est Mike, le gentil jeune homme du cinquième, qui s'est chargé d'écrire plusieurs lettres de réclamation au nom de tous les locataires.

— Suite à ces lettres, rien n'a été fait ?

— Rien du tout. Les Kowalski, le jeune couple du 101, ont même reçu un jour sur la tête un morceau du plafond de leur salon !

— Ce qui a forcé les propriétaires à intervenir ?

— Non. Mike a réparé le plus gros des dégâts.

— Vous voulez dire que les locataires ont été forcés de réparer eux-mêmes les dégâts dus à la négligence du groupe Hayward ?

Autour de la table du conseil d'administration s'élevèrent de nouveaux murmures indignés.

— Oui, fit tranquillement Mme Wolburg. Jusqu'à ces dernières semaines.

— Et que s'est-il passé, ces dernières semaines ?

La vieille dame regarda un court instant la caméra, et Sydney, jusqu'alors un peu inquiète, vit passer dans ses yeux myopes protégés par les verres épais un courant de sympathie qui lui fit chaud au cœur.

— Sydney Hayward a pris les choses en main, dit-elle avec un beau sourire. C'est la petite-fille du fondateur de la société qui gère notre immeuble. On m'a dit que son grand-père, le pauvre homme, avait été fort malade avant de mourir. M'est avis que les choses lui ont un peu échappé... Quoi qu'il en soit, Mike est allé la voir et elle est venue se rendre compte par elle-même de la situation. Deux semaines plus tard, l'immeuble était plein d'ouvriers ! Du jour au lendemain, tout ce que Mike avait réclamé en vain pendant des années dans ses lettres a été accepté...

— Madame Wolburg, intervint la journaliste, pouvez-vous nous préciser si ces travaux ont débuté *avant* ou *après* votre accident ?

— Avant ! répondit-elle sèchement. D'ailleurs, ce sont les bruits de construction qui ont empêché qu'on m'entende appeler à l'aide quand je suis tombée. Je dois vous dire aussi que c'est Sydney, alors qu'elle était venue faire une inspection du chantier, qui m'a entendue la première. Elle et Mike m'ont porté secours. Elle s'est occupée de moi et m'a réconfortée jusqu'à ce qu'arrive l'ambulance. Elle est venue me voir à l'hôpital, aussi. Trois fois. Et elle a proposé d'elle-même de payer tous mes frais médicaux.

— Selon vous, reprit la journaliste, qui est responsable de ce qui vous arrive ?

La vieille dame hocha longuement la tête avant de répondre. Suspendue à ses lèvres, Sydney retint son souffle.

— La fatalité, répondit-elle enfin. De mauvais yeux et un trou dans le sol sont la cause de mon accident.

— Pourtant, légalement vous pourriez…

— Je ne peux que répéter ce que je ne cesse de dire à ces avocats qui nous harcèlent, moi et ma famille. Je n'ai aucune raison, ni aucune envie, de poursuivre le groupe Hayward. Grâce à Sydney, le nécessaire a été fait pour me venir en aide dès la première minute, et il serait malhonnête de demander plus. Sydney est une femme juste, qui a des principes. Aussi longtemps qu'elle dirigera cette société, je serai heureuse et fière de vivre dans un immeuble qui lui appartient.

Après avoir éteint le téléviseur, Sydney resta un long moment immobile en bout de table, les yeux embués, incapable de parler.

— On ne peut acheter une telle loyauté, commenta Mavis Trelane d'une voix rêveuse.

— Ni rêver meilleure publicité, ajouta Howard Keller.

Autour de la table, Bingham, effondré dans son fauteuil, fut le seul à ne pas approuver.

— Vos méthodes ont beau être inhabituelles, reprit Mavis, l'un dans l'autre je pense que nos actionnaires ne pourront qu'être satisfaits des suites données à ce dossier…

Une demi-heure plus tard, après un conseil d'administration abrégé par l'interview explosive de Mme Wolburg, Sydney retrouvait son bureau.

La première chose qu'elle fit, après avoir embrassé Janine et lui avoir raconté l'issue heureuse du conseil, fut de décrocher son téléphone. La sonnerie retentit douze fois avant que quelqu'un ne se décide enfin à décrocher.

— Ouais ? fit une voix éraillée à l'autre bout du fil.

— Mikhail ?

— Faites erreur. L'est en bas, dans le hall.

— Oh ! Dans ce cas je…

— Quittez pas. J'l'appelle…

Avec le sentiment de se conduire comme une idiote, Sydney patienta en tambourinant du bout des ongles sur son bureau. Sentiment qui ne fit que se renforcer lorsque Mikhail aboya dans l'écouteur :

— Allô !

— Mikhail… C'est Sydney.

En entendant la voix de la jeune femme, Mikhail, instantanément radouci, coinça le combiné sur son épaule et ouvrit le réfrigérateur pour y saisir une bouteille d'eau glacée.

— Comment allez-vous ?

— Bien, depuis le journal télévisé… Je suppose que vous êtes au courant ?

— J'y ai jeté un œil durant la pause.

Comprenant que Sydney hésitait à poser sa question suivante, Mikhail sourit et but longuement.

— J'imagine, reprit-elle enfin, que je vous dois ce petit miracle ?

— Je n'ai fait que raconter à Mme Wolburg ce que vous m'aviez confié, expliqua-t-il modestement. C'est elle qui a eu l'idée de l'interview télévisée. Une sacrée bonne idée…

— Oui, approuva Sydney. Une sacrée bonne idée. Et moi, je vous dois une fière chandelle.

— Ah oui ? Dans ce cas, vous ne pouvez pas refuser mon invitation.

— Je vous demande pardon ?

— Payez vos dettes, Hayward… Je vous invite à dîner dimanche. A la bonne franquette, d'accord ? Je viens vous chercher à 16 heures.

— A 16 heures ? Pour dîner ?

— Exactement.

Décidé à ne pas relâcher la pression, Mikhail posa la bouteille et sortit de sa poche son crayon de charpentier.

— Où dois-je passer vous prendre ?

Avec application, il nota sur le mur l'adresse qu'à contrecœur Sydney lui indiquait.

— Un numéro de téléphone, en cas d'imprévu ?

Après l'avoir noté, Mikhail entoura le tout d'un grand cœur percé d'une flèche.

— Mikhail, reprit Sydney à l'autre bout du fil, je voudrais qu'il soit clair que…

— Vous m'expliquerez ça quand je passerai vous prendre. Je suis en plein travail et c'est vous qui payez les factures. A dimanche, patron…

6

D'un œil critique, Sydney étudia son reflet dans la psyché. En se préparant, elle s'était maintes fois répété que ce n'était pas comme si elle avait à s'habiller pour un rendez-vous galant. C'était par obligation, pour remercier Mikhail de lui avoir sauvé la mise dans l'affaire Wolburg, qu'elle avait accepté son invitation. « A la bonne franquette », avait-il dit. Sur ce plan-là, elle s'était fait un devoir de le prendre au mot.

La petite robe qu'elle portait était on ne peut plus simple. Le décolleté, les fines bretelles étaient des concessions à la chaleur ambiante ; la taille cintrée, la jupe courte et ample visaient au confort et non à mettre en valeur sa silhouette. Le tissu, très léger, était de couleur citron vert. Elle aimait ce ton depuis toujours, ce n'était donc pas pour suivre le conseil de Mikhail de porter des teintes plus vives qu'elle l'avait choisie. Certes, la robe était neuve. La veille, elle avait fait les boutiques durant deux heures avant de jeter son dévolu sur elle. Mais c'était uniquement parce que rien dans sa garde-robe ne lui avait semblé convenir à une telle occasion.

La fine chaîne en or à son cou, les anneaux à ses oreilles étaient d'une élégance sans prétention. Si elle avait passé un peu plus de temps que d'habitude à son maquillage, c'était uniquement à cause d'un nouveau fard à paupières dont la nuance l'avait déconcertée. Après mûre réflexion, elle avait laissé ses cheveux flotter librement, ce qui avait nécessité plus de travail pour les mettre en forme sur ses épaules que si elle avait opté pour une coiffure plus élaborée.

Un dernier regard à son miroir, et Sydney sourit à son reflet, satisfaite de ce qu'elle voyait. Tout compte fait, songea-t-elle, ses efforts de simplicité la mettaient plus à son avantage que bien des toilettes recherchées. Non pas qu'elle eût dans l'idée de séduire Mikhail, mais une femme pouvait bien se permettre, après tout, de céder de temps à autre à sa vanité personnelle... Une dernière touche de parfum, et elle serait prête. Et tant pis s'il montait à la tête de son cavalier d'un soir, décida-t-elle en débouchant le flacon de cristal. C'était pour elle qu'elle le portait.

Après avoir vérifié une dernière fois le contenu de son sac, Sydney se leva de sa coiffeuse et consulta sa montre. Constatant qu'elle était prête avec une bonne heure d'avance, elle s'assit lourdement sur son lit et soupira. Pour la première fois de son existence, elle aurait eu besoin d'un verre pour se calmer...

Lorsque Mikhail parut sur le seuil de son appartement, avec un quart d'heure de retard, il parut évident à Sydney qu'il n'avait pas dû passer autant de temps qu'elle à se préparer. Ce qui n'enlevait rien, bien au contraire, au charme puissant qui émanait de lui. Son jean était propre mais délavé ; ses bottines en cuir à hautes tiges étaient juste un peu moins éraflées que ses sempiternelles chaussures de travail.

Contrairement à son habitude, il avait boutonné sa chemise en coton gris fumée et l'avait rentrée dans son pantalon. Ses cheveux étaient si denses, si noirs, si bouclés, qu'aucune femme au monde n'aurait pu résister au désir d'y enfouir les doigts. Avec ce sourire mystérieux qui jouait sur ses lèvres tandis qu'il la détaillait, les yeux mi-clos, Mikhail Stanislaski ressemblait à ce qu'il était — un homme solide, séduisant, un peu sauvage... et terriblement dangereux.

Mikhail la surprit en tirant brusquement de derrière son dos une grosse tulipe jaune qu'il lui tendit. La beauté de Sydney lui coupait le souffle. Ainsi habillée et apprêtée, elle paraissait aussi rafraîchissante et délicieuse qu'un sorbet au citron arrosé de vodka dans une coupe de cristal...

— Je suis en retard, s'excusa-t-il. Je travaillais sur votre visage.

— Mon visage ? répéta-t-elle en acceptant la fleur.

Mikhail sourit de son étonnement. Pinçant son menton entre le pouce et l'index pour faire doucement pivoter sa tête vers la lumière, il expliqua :

— J'ai enfin trouvé le bloc de bois de rose dans lequel je vais sculpter votre buste.

Tout en parlant, Mikhail ne put s'empêcher de laisser courir ses doigts le long de son visage, en quête des informations qui lui manquaient.

— Vous ne me faites pas entrer ? murmura-t-il.

Sydney tressaillit et se recula pour briser le contact.

— Bien sûr, balbutia-t-elle. Juste le temps de mettre ceci dans l'eau.

Quand elle eut disparu, Mikhail soupira et croisa les mains derrière le dos pour observer la pièce dans laquelle il se trouvait. Ce qu'il découvrit lui plut. Loin du cadre design et luxueux auquel il aurait pu s'attendre, Sydney avait su donner du caractère à son intérieur et l'ambiance en était chaleureuse. A l'évidence, elle avait investi ce lieu, l'avait marqué d'une part de sa personnalité qu'elle prenait soin de cacher au regard des autres. Les couleurs douces et les textures variées des tissus d'ameublement se mariaient habilement pour donner une impression de confort douillet. Quelques pièces de mobilier Art nouveau suffisaient à contribuer à l'originalité de la décoration. Près d'une fenêtre, mise en valeur sur un guéridon, il remarqua la statuette de Cendrillon qu'il lui avait offerte et se sentit flatté.

Sydney revint chargée d'un soliflore en pâte de verre multicolore, parfaitement adapté à la tulipe.

— Voulez-vous boire quelque chose ? proposa-t-elle en déposant le vase près de la statuette.

— Je ne bois jamais avant de conduire.

Surprise, elle fit volte-face et s'étonna :

— Vous conduisez ?

— Cela m'arrive. Vous aimez les balades en voiture, Sydney ?

— Je…

Pour que ses mains ne restent pas inactives, Sydney alla prendre son sac. Pour rien au monde elle n'aurait voulu lui laisser croire qu'elle se sentait aussi nerveuse qu'une midinette à l'heure de son premier rendez-vous.

— En ville, reprit-elle en se dirigeant d'un pas décidé vers la porte, je n'en ai guère l'opportunité.

Avec un temps de retard, Mikhail la suivit sur le palier et Sydney se sentit troublée à la perspective de se retrouver seule en voiture avec lui. Pour masquer son trouble, elle gagna la cabine d'ascenseur et appuya deux ou trois fois sur le bouton d'appel.

— Je ne savais pas que vous possédiez une voiture.

Mikhail attendit que l'ascenseur s'ébranle vers le deuxième sous-sol pour lui répondre.

— Il y a quelques années, expliqua-t-il d'un air détaché, lorsque mes œuvres ont commencé à se vendre, je me suis offert une petite folie. Un rêve de gamin devenu réalité. Je crois que j'ai dû payer depuis en parking et gardiennage plus que ce qu'elle m'a coûté au départ… Mais ne dit-on pas que les rêves n'ont pas de prix ?

Dans le parking, Mikhail déverrouilla la portière passager d'une vieille Aston Martin décapotable rouge et crème.

— Cela ne vous ennuie pas de rouler avec la capote baissée ? s'enquit-il.

En prenant place sur le confortable siège en cuir, Sydney songea d'abord au temps qu'elle avait passé à se coiffer, puis au plaisir qu'elle aurait à sentir le vent gonfler ses cheveux.

— Pas du tout ! répondit-elle. Au contraire.

Tout en souplesse, Mikhail s'installa derrière le volant et mit le contact. Après avoir pris dans la boîte à gants une paire de lunettes de soleil, il manœuvra habilement pour sortir la voiture du garage et s'insérer dans le flot chaotique de la circulation.

La radio était réglée sur une station qui diffusait du rock non-stop. La sensation de se laisser porter par un petit bolide et de sentir l'air circuler de toute part était grisante. Tandis que l'Aston Martin se dirigeait vers Central Park, Sydney se surprit à sourire.

— Vous ne m'avez pas dit où nous allons, cria-t-elle pour se faire entendre.

— Je connais un petit endroit sympathique et sans prétention où la nourriture est bonne, répondit-il sans quitter la route des yeux. Etes-vous déjà allée en Europe ?

Au souvenir des deux années qu'elle avait passé à voyager après son divorce, Sydney se rembrunit.

— Oui, répondit-elle de manière laconique. J'ai vu Londres, Paris, Saint-Tropez, Monte-Carlo, Venise…

— Vous êtes sûre que vous n'avez pas du sang gitan dans les veines, vous aussi ?

Sydney répondit à sa boutade par un sourire amer. Il n'y avait rien de romantique dans son périple frénétique à travers l'Europe. Juste le besoin de se cacher pour panser ses plaies jusqu'à ce que les plus douloureuses aient cicatrisé.

— Et vous ? renchérit-elle. Y êtes-vous allé ?

— Quand j'étais plus jeune, répondit-il. Bien trop jeune, pour apprécier ce que j'ai vu à sa juste valeur, d'ailleurs. Mais un jour, je referai ce voyage et j'en profiterai pleinement, avec mon regard et ma sensibilité d'adulte.

Prise d'une subite inspiration, Sydney demanda :

— Vous n'avez jamais eu envie de revoir la Russie ?

Elle regretta immédiatement sa question, mais il y répondit, sans réticence apparente.

— Si, bien souvent. Pour revoir l'endroit où je suis né, la maison dans laquelle j'ai vécu. Je suppose que tout cela a disparu à présent… Sauf les collines dans lesquelles j'ai joué étant enfant.

Brièvement, il tourna la tête vers elle et Sydney ne découvrit que son propre reflet dans les verres teintés. Elle aurait pourtant juré que ses yeux devaient être tristes, car sa voix l'était.

— Les choses ont tellement changé là-bas, dit-elle pour le consoler. Aujourd'hui, je suppose que vous pourriez y retourner sans le moindre problème.

— Sans doute, convint-il avec un hochement de tête. Mais je me demande s'il ne vaut pas mieux laisser les souvenirs en paix — certains joyeux, d'autres plus tristes, mais en tout cas colorés par la naïveté d'un regard d'enfant. J'étais très jeune lorsque ma famille s'est enfuie d'Ukraine.

— J'imagine combien cela a dû être dur…

— Oui. Beaucoup plus pour mes parents que pour nous qui n'étions pas vraiment conscients des risques encourus. Ils ont eu le courage de laisser derrière eux tout ce qu'ils avaient toujours connu, de risquer jusqu'à leur vie pour que nous puissions avoir ce bien précieux qu'ils n'avaient jamais eu : la liberté.

Emue par ces paroles, Sydney laissa sa main s'attarder brièvement sur celle de Mikhail posée sur le levier de vitesse. Sa mère lui avait tout raconté de la fuite en charrette à travers les montagnes des Stanislaski. Mais là où Margerite voyait une sorte d'épopée romanesque, elle ne voyait que motif d'effroi et de désolation.

— Vous avez dû mourir de peur…

— J'espère bien ne plus jamais avoir aussi peur de ma vie, soupira Mikhail. Toutes les nuits, le froid et la faim me gardaient longtemps éveillé. J'écoutais mes parents s'encourager l'un l'autre et discuter à mi-voix du trajet qu'il nous restait à accomplir, avec la peur de ne pouvoir faire de même le lendemain… Sur le bateau, en voyant apparaître New York à l'horizon, mon père s'est mis à pleurer. J'ai alors compris que le voyage était terminé.

A l'évocation de ce souvenir, les yeux de Sydney s'étaient embués. Pour laisser le vent les sécher, elle détourna le visage. Puis, songeant à tout un pan de son histoire dont Mikhail ne parlait pas, elle ajouta :

— Pourtant, il n'a pas dû être facile de vous faire une place ici, dans ce pays étranger dont vous ne connaissiez ni la langue ni les coutumes.

Dans le ton de sa voix, Mikhail perçut l'émotion que son récit avait suscitée en elle. Quoique touché de sa réaction, il se dit qu'il lui fallait corriger le tir. Pour rien au monde il n'aurait voulu la rendre triste. Pas par un si beau jour.

— Les jeunes s'adaptent vite, dit-il d'un ton rassurant. Il m'a suffi le premier jour de me colleter au fils de notre voisin pour me sentir chez moi…

Sydney tourna la tête, vit le sourire espiègle sur ses lèvres, et y répondit par un rire joyeux.

— Et cela a suffi, je suppose, à faire de vous deux amis inséparables…

— J'étais témoin à son mariage, il y a deux ans.

Avec un nouveau rire, Sydney secoua la tête et se laissa aller contre le siège, toute mélancolie oubliée. Elle se rendit compte alors qu'ils s'engageaient sur le pont menant à Brooklyn.

— Vous n'avez pas pu réserver à Manhattan ? fit-elle d'un air étonné.

Après avoir ôté ses lunettes, Mikhail lui fit un clin d'œil assorti d'un sourire mystérieux.

— J'ai préféré vous faire connaître un endroit plus typique, dit-il. Vous allez adorer.

Quelques minutes plus tard, l'Aston Martin ralentit au bout d'une rue du vieux quartier populaire, bordée d'arbres ombrageux et de façades austères de brique rouge. Sur les trottoirs jouaient des enfants de tous âges. Quelques personnes âgées prenant le frais sur leur perron les dévisagèrent avec intérêt. Au carrefour près duquel Mikhail finit par se garer, deux adolescents échangeaient avec animation des cartes de base-ball.

— Hey, Mike ! s'exclamèrent-ils de concert en le voyant descendre de voiture. T'arrives trop tard pour le soft ball. On a fini y a plus d'une heure…

— Pas grave, répondit-il en allant leur serrer la main. Je me rattraperai la semaine prochaine.

Du coin de l'œil, il vit que Sydney ne l'avait pas attendu pour descendre elle aussi et qu'elle observait le voisinage avec circonspection. Avec un clin d'œil aux deux gamins, il ajouta à mi-voix :

— En fait, ne le dites à personne, mais j'avais un rendez-vous…

Avec des yeux ronds, mi-fascinés mi-terrifiés, les garçons observaient Sydney comme une apparition miraculeuse. Stupéfaits, ils réussirent à bredouiller :

— Ouais… Cool !

Tout sourires, Mikhail les abandonna et alla prendre la main de Sydney pour l'entraîner sur le trottoir de béton, soulevé çà et là par les racines noueuses de vénérables chênes.

— Je ne comprends pas…, commença-t-elle en se laissant remorquer à sa suite sur les marches d'un perron. Est-ce un restaurant ?

— Non, répondit-il calmement. C'est une maison.

— Mais vous m'aviez dit…

— … que je vous invitais à dîner.

D'un geste théâtral, Mikhail ouvrit la porte, passa la tête à l'intérieur et huma l'air avec délices.

— Vous avez de la chance, ajouta-t-il. On dirait que ma mère a préparé du poulet à la Kiev…

— Votre mère !

Sous l'effet de la panique, Sydney faillit se libérer de son emprise et redescendre quatre à quatre les marches du perron.

— Que se passe-t-il ? demanda-t-il l'air faussement étonné. Vous n'aimez pas le poulet à la Kiev ?

— Non ! lança-t-elle. Je veux dire si… Enfin bref, là n'est pas la question. Je ne m'attendais pas à…

— Alors, vous entrez ? s'écria la voix du père de Mikhail depuis l'intérieur. Vous êtes en retard… Est-ce que tu vas te décider à nous présenter cette jolie dame, oui ou non ?

— Elle ne veut pas me suivre ! lança Mikhail en dardant sur Sidney un regard amusé.

Les yeux de la jeune femme lancèrent des éclairs. D'une petite tape sur l'avant-bras, elle le fit taire.

— Comment osez-vous ! chuchota-t-elle, mortifiée. Je n'ai jamais dit cela. Mais vous auriez pu me prévenir afin que je puisse… Oh, et puis après tout, laissez tomber !

Sans plus se préoccuper de lui, elle pénétra dans le hall et gravit avec le sourire les quelques marches qui menaient au living-room. Yuri Stanislaski se leva de son fauteuil pour l'accueillir.

— Monsieur Stanislaski ! s'exclama-t-elle. C'est tellement gentil de votre part de m'accueillir chez vous…

En serrant vigoureusement entre les siennes la main qu'elle lui tendait, le père de Mikhail lui adressa un sourire charmeur.

— Soyez la bienvenue ici. Et faites-moi le plaisir de m'appeler Yuri. S'il vous plaît…

— Entendu.

En un aparté théâtral, il se pencha vers elle.

— Nous sommes ravis que Mikhail fasse preuve pour une fois d'un peu de bon sens, murmura-t-il. Sa maman et moi n'aimions pas beaucoup la danseuse aux cheveux blonds qui vous a précédée.

Sydney sentit le bras de Mikhail lui entourer les épaules et dut lutter contre l'envie de s'en libérer.

— Merci, papa, dit-il comme si de rien n'était. Où sont les autres ?

— Maman et Rachel sont dans la cuisine. Alex a prévenu qu'il serait en retard.

Le bras posé sur l'avant-bras de Sydney, Yuri précisa en riant :

— On dirait que mon deuxième fils s'est mis en tête de sortir avec toutes les femmes de la terre…

A cet instant émergea de la cuisine une femme de petite taille, au beau visage expressif sillonné de rides et aux cheveux gris, serrant dans son tablier une grosse poignée de couverts.

— Yuri ! lança-t-elle d'un air de reproche. Tu n'as pas encore sorti les poubelles…

Le père de Mikhail décocha dans le dos de son fils une tape affectueuse à le faire tomber par terre.

— J'attendais Mikhail pour qu'il s'en occupe.

— Et moi, précisa celui-ci, je vais attendre Alex…

Haussant les épaules, celle qui devait être la mère de Mikhail alla jusqu'à la table couverte d'une nappe brodée, sur laquelle elle déposa son chargement d'argenterie avant de revenir saluer Sydney. Ses yeux noirs et mobiles semblaient prendre sa mesure, sans hostilité aucune mais avec une tranquille autorité. Et lorsqu'elle se haussa sur la pointe des pieds pour embrasser son invitée sur les deux joues, Sydney sentit une agréable odeur d'épices et de beurre fondu lui flatter les narines.

— Je suis Nadia, dit-elle. La mère de Mikhail. Nous sommes heureux de vous avoir parmi nous.

— Merci, madame. Votre maison est ravissante.

Sydney avait parlé par pur automatisme, mais sans aucune politesse gratuite. Car dès l'instant où ces mots franchirent le seuil de ses lèvres, elle réalisa qu'ils étaient le reflet de la réalité. La maison des Stanislaski aurait pu tenir dans le hall de la demeure de Margerite à Long Island et leur mobilier semblait bien plus usé qu'ancien. Pourtant, on ressentait, dès qu'on en passait le seuil, un sentiment de bien-être et de confort tranquille.

Une multitude de coussins et de napperons brodés, aussi jolis que ceux de Mme Wolburg, égayaient la pièce. Le papier peint était fané, mais cela ne faisait que rendre plus touchantes encore les roses dont il était semé. Le soleil d'été rentrait à flots par la fenêtre, révélant chaque cicatrice d'un appartement où l'on avait beaucoup vécu. Ses rayons faisaient luire d'un éclat sans défaut chaque surface de bois lustré.

Du coin de l'œil, Sydney enregistra un mouvement sur le sol et se retourna. Sous une chaise, une boule de fourrure grise se tortillait en jappant plaintivement.

— Je vous présente Ivan ! lança joyeusement Yuri. Ce n'est encore qu'un bébé…

Un soupir à fendre l'âme lui échappa. Le père de Mikhail croisa les bras.

— Il a remplacé mon vieux Sacha, expliqua-t-il, mort il y a six mois à l'âge de quinze ans. C'est Alex qui l'a sauvé de la fourrière où on l'avait chargé de le convoyer.

Mikhail s'agenouilla près de la bête apeurée pour lui flatter le poitrail. Ivan battit de la queue, sans cesser de jeter à Sydney des coups d'œil nerveux.

— On dirait que mon frère t'a sauvé d'un mauvais pas, pas vrai, Ivan ?

Levant la tête vers Sydney, Mikhail précisa :

— On l'a baptisé ainsi à cause d'Ivan le Terrible, mais ce n'est qu'un trouillard…

— Ne dites pas cela…, protesta-t-elle. Il est juste timide.

A son tour, Sydney céda à l'envie de s'accroupir près du chiot pour le caresser. Adolescente, elle avait toujours rêvé d'un animal de compagnie, ce que les collèges huppés qu'elle avait fréquentés dès le plus jeune âge interdisaient formellement.

— De quelle race est-il ?

Yuri hocha la tête et répondit gravement :

— Il a du sang de chien de traîneau dans les veines.

— Par de très lointains ancêtres ! intervint une voix féminine depuis le seuil de la cuisine.

Par-dessus son épaule, Sydney aperçut une jolie jeune femme aux cheveux courts d'un noir de jais et aux yeux fauves.

— Je me nomme Rachel, dit celle-ci en s'avançant à sa rencontre. Une des deux sœurs de Mikhail. Et vous, vous devez être Sydney…

— Enchantée de faire votre connaissance…

Sydney se redressa et saisit la main tendue vers elle, se demandant quel miracle génétique avait doté tous les Stanislaski de la même beauté ensorceleuse.

— Dîner dans dix minutes ! lança Rachel à la cantonade.

Le même léger accent slave que conservaient tous les membres de la famille colorait sa voix aussi douce et sombre que du velours noir.

— Mikhail, reprit-elle, tu peux mettre la table.

Avec une grimace, Mikhail choisit de deux maux celui qui lui paraissait le moindre.

— Je dois sortir les poubelles.

— Laissez-moi mettre la table.

L'offre impulsive de Sydney fut accueillie favorablement. Elle était presque venue à bout de sa tâche lorsque Alex jaillit tout essoufflé dans la pièce.

— Salut, p'pa ! Désolé d'être en retard, je…

Les mots moururent sur ses lèvres dès qu'il remarqua la présence de Sydney.

— A présent, conclut-il avec un sourire ironique, je suis vraiment désolé de ne pas être arrivé plus tôt ! Bonjour…

— Hello…

Sydney lui rendit son sourire et sentit son cœur chavirer. Il aurait fallu être morte pour rester insensible au charme romantique du frère de Mikhail.

Celui-ci, qui revenait de la cuisine chargé d'une lourde poubelle, évalua la situation d'un coup d'œil. En passant devant lui, il grogna à l'intention de son cadet :

— Je te présente Sydney. Bas les pattes !

Sans se laisser impressionner, Alex marcha jusqu'à elle et s'inclina pour lui faire le baisemain.

— Je préfère vous prévenir tout de suite, murmura-t-il en se redressant, que c'est moi le plus gentil des deux. Et également celui qui a la situation la plus stable…

Sydney ne put s'empêcher d'éclater de rire.

— Je vous promets de m'en souvenir, dit-elle.

— Parce qu'il est flic, s'amusa Mikhail, mon frère pense que le monde lui appartient… Va donc te laver les mains, terreur ! Le dîner est prêt.

Sydney ne se rappelait pas avoir jamais vu autant de nourriture rassemblée sur une seule table. Le poulet farci délicatement parfumé était accompagné d'énormes bols de petites pommes de terre dorées. De larges plats couverts de légumes grillés que Nadia cultivait dans son jardin circulaient de convive en convive.

Entre deux gorgées du vin dont Yuri emplissait généreusement les verres — servi en même temps que de petits verres de vodka ! —, Sydney ne perdait pas une miette de ce qui se passait autour d'elle. Car la profusion des mets n'était rien en comparaison de la richesse des conversations. Rachel et Alex se chamaillaient au sujet d'un homme nommé Goose. C'est ainsi qu'elle apprit que Rachel était depuis peu avocate au bureau d'assistance judiciaire de New York, tandis qu'Alex faisait ses premières armes dans les services de police de la ville, le dénommé Goose étant un petit malfrat que l'un avait arrêté et que l'autre était chargée de défendre.

Yuri et Mikhail, de leur côté, étaient engagés dans une discussion animée sur le base-ball. Grâce à Nadia, assise à côté d'elle, qui lui fournissait une traduction simultanée, Sydney comprit que le père était un supporter inconditionnel des Yankees, tandis que le fils soutenait sans réserve les Mets. A l'anglais se mêlaient des expressions ukrainiennes et de grands gestes des mains pour soutenir les points de vue. De temps à autre, un éclat de rire complice ramenait la paix entre eux, avant qu'une nouvelle remarque ne relance les hostilités.

— Rachel est une idéaliste, s'exclama soudain Alex en prenant Sydney à témoin.

Les coudes sur la table, le menton posé sur ses deux mains, le frère de Mikhail l'observait en souriant.

— Et vous ? ajouta-t-il. L'êtes-vous aussi ?

Sydney lui rendit son sourire avant de répondre :

— Je suis trop avisée pour prendre parti dans une querelle opposant une avocate à un policier...

Alex et Rachel se jetèrent un coup d'œil et partirent de concert d'un grand rire.

— Alex ! gronda Nadia. Enlève tes coudes de la table, s'il te plaît...

Puis, se tournant vers Sydney, elle poursuivit :

— D'après Mikhail vous êtes une femme d'affaires intelligente, honnête et avisée...

Tant d'éloges de sa part la surprirent tellement que Sydney faillit s'en étouffer avec le vin qu'elle était en train de boire.

— J'essaie de l'être...

Avec un aplomb que Sydney lui envia, Rachel vida d'un trait son verre de vodka et se tourna vers elle.

— Avec cette affaire Wolburg, dit-elle, le groupe Hayward était dans de sales draps ces temps-ci. Vous vous en êtes tirée avec brio. Vous connaissez mon frère depuis longtemps ?

La question était posée de manière si naturelle que Sydney n'y vit pas malice.

— Non, répondit-elle. Nous avons fait connaissance le mois dernier, quand il a débarqué dans mon bureau prêt à réduire en bouillie n'importe quel Hayward qui lui tomberait sous la main…

Le doigt levé, l'intéressé corrigea doctement :

— Je suis resté poli.

— Pas du tout ! protesta Sydney. Vous vous êtes montré très désagréable au contraire.

Voyant que Yuri, amusé, ne perdait pas une miette de cet échange, elle précisa à son intention :

— Il était mal habillé, couvert de poussière, fou de rage et prêt à se battre.

— Il a hérité du sale caractère de sa mère, confessa Yuri d'un air peiné. C'est ma croix…

Les poings serrés sur la table, Nadia poussa un soupir exaspéré.

— Tout cela, s'écria-t-elle, parce que je lui ai lancé un jour la salière en pleine tête. Il s'en souvient encore !

— Je ne risque pas de l'oublier, grommela Yuri. J'ai encore la cicatrice…

Désignant son épaule gauche, il ajouta :

— Et là, j'ai toujours celle que tu m'as faite quand tu m'as lancé ta brosse à cheveux en acier.

— Tu n'avais qu'à pas dire que ma nouvelle robe était laide !

Avec un haussement d'épaules, Yuri croisa les bras d'un air têtu.

— Je ne pouvais pas dire autre chose, puisqu'elle l'était !

— Assez ! fulmina la maîtresse de maison en se levant. Sinon, notre invitée va finir par me prendre pour un vrai tyran…

Avec un sourire angélique, Yuri se tourna vers Sydney et lui confia avec un clin d'œil :

— *C'est* un vrai tyran…

Nadia, qui avait tout entendu, commença à empiler rageusement les assiettes.

— Dans ce cas, conclut-elle, le tyran t'ordonne de l'aider à débarrasser la table pendant que les enfants discutent ! Il est temps de passer au dessert.

Alors que l'Aston Martin de Mikhail s'engageait sur le pont de Brooklyn pour regagner Manhattan, Sydney s'amusait encore des détails de ce merveilleux repas. Peut-être avait-elle bu un ou deux verres de trop. Sans doute n'aurait-elle pas dû se resservir de ce délicieux ***kissel*** — le pudding aux abricots que Nadia servait avec une cuillère de crème fraîche. Mais elle se sentait si bien et si détendue qu'elle ne se rappelait pas avoir passé au cours de son existence de dimanche après-midi plus réussi ni plus joyeux.

Blottie contre son siège, Sydney s'étira et tourna la tête pour étudier le profil de Mikhail.

— Faut-il croire tout ce que votre père nous a dit ? demanda-t-elle. A propos de ces choses que votre mère lui jette ?

— Vous pouvez le croire, assura-t-il en accélérant pour se fondre dans le trafic. C'est une manie chez elle. Un jour où j'avais osé lui manquer de respect, elle a lancé sur moi un plat entier de spaghettis carbonara.

Leurs rires se mêlèrent quelques instants avant que Sydney ne reprenne :

— Oh ! comme j'aurais voulu être là pour le voir… Vous vous êtes écarté à temps ?

Une grimace comique étira les lèvres de Mikhail.

— Presque…

Sydney laissa échapper un soupir d'envie.

— Moi, constata-t-elle en reprenant son sérieux, je n'ai jamais rien jeté à la tête de personne… J'imagine que cela doit être très libérateur, très jouissif. En tout cas, vos parents sont merveilleux. Toute votre famille l'est en fait. Vous avez bien de la chance…

La voyant se perdre dans ses pensées, Mikhail laissa retomber le silence entre eux.

— Ainsi, dit-il au bout d'un moment, ma petite surprise vous a plu ?

Prise de court par la question, Sydney tressaillit et se redressa sur son siège.

— Beaucoup ! Mais vous auriez tout de même pu me dire où nous allions…

— Seriez-vous venue, si je vous l'avais dit ?

Sydney ouvrit la bouche pour lui répondre, puis se ravisa en comprenant qu'elle n'en savait rien.

— Je ne sais pas, avoua-t-elle honnêtement.

Nouveau silence.

— Dites-moi, reprit-elle enfin. Pour quelle raison m'avez-vous emmenée chez eux ?

La réponse jaillit, aussi spontanée qu'incompréhensible aux oreilles de Sydney.

— Je voulais vous voir dans ce cadre-là. Peut-être aussi voulais-je que vous m'y voyiez…

Perplexe, Sydney se tourna vers lui et le dévisagea longuement. Dans quelques minutes, songea-t-elle, ils seraient arrivés, partiraient chacun de leur côté, et il serait trop tard pour en savoir plus. Pour une raison qui lui échappait, il lui sembla soudain vital de parvenir à percer ce mystère.

— Je ne comprends pas, avoua-t-elle.

— Quoi donc ? s'étonna Mikhail.

— Je ne comprends pas en quoi il était important pour vous de me voir chez eux.

Mikhail haussa les épaules.

— Alors, dit-il, c'est que vous n'êtes pas aussi perspicace que vous le paraissez.

Piquée au vif, Sydney le fusilla du regard.

— Je comprendrais peut-être mieux si vous vous expliquiez.

— Vous savez, grogna-t-il, je ne suis qu'un manuel plus à l'aise avec le bois qu'avec les mots…

Agacé par son incompréhension autant que par son incapacité à lui expliquer, Mikhail préféra se cantonner dans un silence prudent. Sydney ne comprenait-elle pas que son satané parfum dans l'espace confiné du véhicule le rendait fou, de même que la façon qu'elle avait de rire sans bouder son plaisir, ou ses cheveux malmenés par le vent de la course ? C'était pire à présent qu'il l'avait vue à l'œuvre chez ses parents. Il n'oublierait pas de sitôt le regard de vénération pure que lui avait arraché ce pauvre corniaud d'Ivan…

En se résolvant à amener Sydney à Brooklyn, il avait craint de commettre une erreur. Il avait redouté qu'elle ne s'ennuie, qu'elle ne snobe sa famille, qu'elle se montre glaciale et désagréable comme elle savait l'être. Il n'en avait été que plus surpris de voir sa carapace fondre aux premiers sourires, aux premières attentions sincères. Comme une vieille habituée de leurs repas de famille, elle avait ri avec Yuri, plaisanté avec Alex, discuté politique avec Rachel, essuyé la vaisselle en échangeant des recettes avec Nadia.

Soudain, elle n'était plus la femme inaccessible qu'elle était jusque-là demeurée pour lui. Rien à part leurs susceptibilités respectives ne se dressait plus entre eux. Il était plus que temps pour lui d'ouvrir les yeux et d'accepter de regarder les choses en face. Mais comment diable était-il censé expliquer à Sydney qu'en si peu de temps il avait réussi à tomber amoureux d'elle ?

7

De retour dans le parking souterrain, Mikhail coupa le contact d'un geste rageur. Au fur et à mesure qu'ils s'étaient éloignés de Brooklyn, il avait senti toute la réserve glaciale de Sydney revenir en force. Il pouvait le sentir à la façon qu'elle avait de se tenir raide sur son siège. Il aurait été bien en peine de dire quelle mouche l'avait piquée, mais il n'était pas décidé à se laisser faire.

— Je vous raccompagne, marmonna-t-il en claquant sa portière derrière lui.

Désarçonnée par son attitude, Sydney descendit à son tour de voiture. Elle n'avait aucune idée de ce qui avait pu gâter une soirée aussi bien engagée, mais elle était prête à lui en imputer l'entière responsabilité.

— Ce n'est pas nécessaire, répondit-elle.

— Je vous raccompagne ! répéta-t-il sur un ton qui n'admettait pas de réplique.

Sans lui laisser le loisir de protester, il l'entraîna par l'avant-bras jusqu'aux cabines d'ascenseur. Tandis qu'il appuyait sur le bouton d'appel, Sydney se libéra de son emprise et croisa les bras sur sa poitrine.

— A votre aise..., murmura-t-elle d'un air buté.

Ni l'un ni l'autre ne décrochèrent le moindre mot pendant que la cabine s'élevait avec une lenteur éprouvante. Sydney rongeait son frein. Dès que les portes coulissèrent, elle se rua dans le couloir, les clés de son appartement déjà en main.

Tout en déverrouillant sa porte, elle lança par-dessus son épaule, avec une politesse exagérée :

— J'ai été ravie de faire la connaissance de votre famille. Surtout, remerciez-les encore de ma part. S'il y a le moindre problème sur le chantier, vous pourrez me joindre au bureau durant toute la semaine. Bonsoir.

Mikhail parvint de justesse à retenir la porte du plat de la main avant qu'elle ne se referme sur son nez.

— Pas de dernier verre ? fit-il mine de s'étonner.

Consciente qu'il était inutile de chercher à lutter contre lui pour refermer le battant contre son gré, Sydney haussa les épaules et le laissa entrer.

— Un peu tôt pour une tisane et un peu tard pour un café, murmura-t-elle.

Avec suffisamment de force pour faire trembler le miroir vénitien pendu au mur, Mikhail claqua la porte et s'avança dans le hall. Bien qu'elle eût pris soin de ne pas broncher, Sydney sentit un nœud se former dans son ventre.

— Il est plutôt impoli pour un homme de s'imposer ainsi dans l'appartement d'une femme…

Avec assurance, Mikhail plongea les mains dans ses poches et s'avança sans l'attendre dans le living-room.

— Vous savez que j'ai de très mauvaises manières.

— Cela doit être dur pour vos parents ! rétorqua Sydney en le suivant dans la pièce. Ils ont fait tout leur possible pour élever correctement leurs enfants, mais manifestement avec vous ils ont échoué…

Mikhail fit volte-face et la crucifia du regard. Bien moins rassurée qu'elle tentait de le paraître, Sydney se figea sur place.

— Vous les aimez vraiment, demanda-t-il, ou n'est-ce qu'un pieux mensonge dicté par vos excellentes manières ?

L'indignation et la colère eurent instantanément raison du flegme affiché par Sydney. S'il avait voulu l'insulter, il pouvait se vanter d'avoir réussi son coup.

— Je les aime vraiment ! s'écria-t-elle. Et je ne vous permets pas d'en douter. Pourtant, j'en arrive à me demander comment deux êtres aussi charmants ont pu concevoir un fils aussi désagréable. A présent, puisque tout est clair entre nous, je ne vous retiens pas.

— Rien ne sera clair entre nous, s'emporta Mikhail, tant que vous ne m'aurez pas expliqué pourquoi vous êtes si différente de celle que vous étiez il y a une heure à peine.

Sydney secoua la tête d'un air intrigué.

— Je ne vois pas de quoi vous voulez parler.

— Chez mes parents, s'entêta-t-il, vous étiez chaleureuse, attentive, enjouée, souriante. A présent que nous sommes seuls, vous revoilà aussi figée et glaciale qu'un iceberg !

Tournant la tête vers lui, Sydney força sur ses lèvres un sourire qui ressemblait bien plus à une grimace.

— Voilà votre sourire, dit-elle. Satisfait ?

Prêt à exploser, Mikhail marcha sur elle, les yeux étincelants de fureur contenue.

— Non ! cria-t-il. Je suis insatisfait depuis que j'ai mis les pieds dans votre bureau… Vous jouez à me faire souffrir, et je déteste ça !

Sydney s'essaya à un rire grinçant qui s'acheva dans un couinement apeuré. Plus qu'un pas ou deux, et Mikhail l'aurait rejointe. S'avisant qu'elle ne s'était pas encore débarrassée de son sac à main, elle saisit le prétexte d'aller le poser sur une table basse pour mettre un peu de distance entre eux.

— Ecoutez, plaida-t-elle en le fixant droit dans les yeux. Cette conversation est fort instructive, mais nous pourrions peut-être la remettre à plus tard ?

Pour toute réponse, Mikhail écarta une chaise de son chemin et fit un nouveau pas vers elle, l'obligeant à se glisser sur le côté pour ne pas se retrouver acculée contre un mur. Toute dignité oubliée, Sydney faisait à présent retraite en marche arrière devant lui.

— Comme je l'ai déjà dit, gémit-elle, j'ai passé un excellent après-midi. A présent, si vous vouliez bien arrêter de me poursuivre, je pourrais en conserver un bon souvenir. Je ne sais pas ce qui a pu vous passer par la tête pour vous mettre dans cet état, mais…

— C'est vous qui me mettez dans cet état, gronda-t-il. Chaque fois que je vous vois. Chaque fois que vous faites semblant d'ignorer ce que je veux.

Sydney trouva refuge derrière une table ronde et en profita pour cesser sa fuite absurde.

— Très bien ! s'exclama-t-elle avec détermination. Alors finissons-en et dites-moi ce que vous voulez.

— Vous ! Vous savez parfaitement que c'est vous que je veux.

Le cœur de Sydney fit un bond dans sa poitrine.

— Vous mentez, lui dit-elle en détournant le regard. Et je n'aime pas ce jeu que vous jouez avec moi.

— Un jeu ! rugit Mikhail hors de lui. N'est-ce pas plutôt vous qui jouez avec moi lorsque vous soufflez le chaud et aussitôt après le froid ? Quand je lis dans vos yeux passion et tendresse et la minute suivante le dédain le plus glacial ? Et cessez donc de me traiter de menteur, Sydney. C'est vous que je veux, et non votre mère ou qui que ce soit d'autre. Je vous désire depuis le premier instant…

En guise de bonne foi, il éleva ses mains devant lui, puis, sous l'effet de la frustration, les laissa lourdement retomber sur la table, la faisant sursauter.

— Je ne…

Comprenant qu'elle était à bout de souffle, incapable d'achever sa phrase, Sydney battit en retraite derrière une chaise, à laquelle ses doigts s'accrochèrent fermement. Lorsqu'il avait violemment frappé la table de ses mains, elle avait commis l'erreur de relever la tête, surprenant dans son regard un désir sans fard qui lui avait bouleversé les sens.

— Pourtant, parvint-elle enfin à articuler, vous ne donniez pas l'impression de me désirer beaucoup… la dernière fois.

— La dernière fois ? répéta Mikhail, incrédule. Pour l'amour du ciel, de quoi parlez-vous ?

Le rouge au front, Sydney s'obligea à ne pas le quitter des yeux. Les jointures de ses doigts verrouillés sur le dossier de la chaise étaient blanches.

— Lorsque nous sommes revenus de Long Island, précisa-t-elle. Nous étions...

Ne sachant comment poursuivre, Sydney ravala péniblement sa salive. En deux pas, Mikhail la rejoignit et abattit ses mains sur ses épaules.

— Vous en avez trop dit ou pas assez, dit-il d'une voix ferme. Expliquez-vous !

En un sursaut d'orgueil, Sydney redressa le menton. D'une secousse de ses épaules, elle se libéra des mains de Mikhail.

— Très bien ! lança-t-elle fièrement. Mettons cartes sur table, afin de ne pas avoir à y revenir. Dans la voiture ce soir-là, vous avez... commencé quelque chose. Quelque chose que je n'avais pas encouragé. Quelque chose que vous n'avez pas mené à son terme parce que...

Pour être certaine que sa voix ne tremblerait pas, elle prit le temps d'une profonde inspiration et conclut :

— Parce que vous vous êtes rendu compte, je suppose, que je n'étais pas à la hauteur de vos espérances.

Pendant une longue minute, Mikhail ne put que la contempler stupidement, sans pouvoir parler. Puis la colère déforma si brutalement ses traits que Sydney n'eut pas le temps de s'en effrayer. La chaise malmenée s'en alla valser sur le sol et plus rien ne les sépara. De ses lèvres serrées s'échappa un chapelet de jurons en ukrainien. Sydney n'avait pas besoin de connaître cette langue pour comprendre le sens général de ces paroles. Sans lui laisser le temps de battre en retraite, il la saisit par les avant-bras et recommença à crier. Pendant une seconde, elle craignit de subir le même traitement que la chaise, mais Mikhail se contenta de la serrer fermement entre ses mains et de la houspiller.

— Ça, c'est le bouquet ! cria-t-il. Comment une femme aussi intelligente que vous peut-elle dire des choses aussi stupides ?

— Je n'ai pas l'intention de subir plus longtemps vos insultes !

Bien sûr, la protestation n'était que de pure forme. Tant qu'il ne se serait pas décidé à la lâcher, elle était à sa merci.

— Dire la vérité n'est pas une insulte ! s'insurgea-t-il. Voilà des semaines que je m'efforce de me conduire en gentleman…

— Vraiment ! s'exclama-t-elle avec un rire grinçant. Je n'ose imaginer ce que cela aurait donné dans le cas contraire !

— Je me disais que vous aviez besoin de temps pour apprendre à me connaître, poursuivit Mikhail. J'étais tellement désolé de m'être laissé emporter par la passion dans votre voiture… J'avais peur que vous me preniez pour un barbare, pour un homme qui abuse de sa force afin d'obtenir coûte que coûte d'une femme ce qu'il désire.

Un sourire de triomphe apparut sur les lèvres de Sydney.

— N'est-ce pas exactement ce que vous êtes en train de faire ? Je vous ordonne de me lâcher !

Sans se laisser impressionner, Mikhail raffermit sa prise et se rapprocha encore pour mieux la dévisager.

— Vous pensiez vraiment ce que vous m'avez dit ? demanda-t-il d'une voix radoucie. Vous croyez que c'est parce que je ne vous désirais plus que je me suis dérobé dans la voiture ?

— Inutile de remuer le couteau dans la plaie, murmura Sydney. Je suis bien consciente que ma sexualité n'est pas ce qu'elle devrait être.

Mikhail, qui n'avait pas la moindre idée de ce dont elle voulait parler, redoubla de persuasion pour la convaincre.

— Mais bon sang ! Nous étions dans une voiture, au beau milieu de la ville, avec votre chauffeur à l'avant… Et moi, j'étais prêt à fendre votre robe en deux et à vous prendre là, comme si nous étions seuls au monde. Ne pouvez-vous pas comprendre que c'est ce qui m'a mis en colère contre moi, et contre vous, qui m'aviez conduit à m'oublier ainsi ?

Sydney chercha en vain une réponse. Mikhail l'avait attirée contre lui et ses mains lui caressaient les épaules, le cou, s'égaraient dans ses cheveux. La colère qui avait fait briller son regard s'était transformée en quelque chose d'autre, quelque chose qui lui coupait le souffle et lui faisait battre le cœur.

— Chaque jour, murmura-t-il, chaque nuit, ces souvenirs me hantent. J'attends avec impatience que la femme qui répondait à mes caresses avec tant d'ardeur revienne à moi. Mais je crois que vous préférez encore étouffer cette femme en vous plutôt que de vous mettre en danger. Et moi, j'en ai plus qu'assez d'attendre !

Fermement, Mikhail fit de ses doigts mêlés aux cheveux de Sydney une prise pour lui incliner la tête, exposant sa bouche à ses baisers. La chaleur, une chaleur intense, instantanée, la transperça tout entière, de l'épiderme à la moelle des os. Affolée, elle entendit un impudique grognement de plaisir monter de sa gorge. Consentantes, désespérément consentantes, ses lèvres s'ouvrirent à lui. Son cœur fit de nouveau des bonds dans sa poitrine, mais c'était à présent sous l'effet du bonheur et de l'anticipation du plaisir à venir.

Avec un gémissement désespéré, Mikhail s'arracha aux lèvres de Sydney. Cette fois encore, songea-t-il, elle n'avait rien demandé, rien encouragé. Pourtant, jamais femme entre ses bras n'avait paru si ouverte à ses caresses, si désireuse de se fondre en lui. Tant qu'il en était encore temps, avant d'avoir définitivement perdu tout self-control, il lui fallait le vérifier.

— Emportez-moi au paradis ou condamnez-moi à l'enfer, lança-t-il d'une voix haletante. Mais faites-le *maintenant*.

Sans hésiter, Sydney referma les bras autour de son cou et les y verrouilla fermement. Elle n'avait qu'un mot à dire, et il l'aurait laissée là sur-le-champ, seule avec ce désir lancinant qu'il avait si bien su éveiller en elle. De la même façon, il n'attendait qu'une parole de sa part pour plonger avec elle dans cet océan de félicité au bord duquel ils se tenaient.

Faisant définitivement taire en elle la petite voix apeurée qui lui conseillait le silence, Sydney dit en le fixant droit dans les yeux :

— Mikhail, je vous désire moi aussi. Oh, comme je vous désire ! Par pitié, arrêtez de me tourmenter. Faisons l'amour…

Aussitôt, la bouche de Mikhail fondit de nouveau sur la sienne. Exigeantes, possessives, affamées, ses mains coururent le long de son corps, y propageant un incendie qui menaçait de l'emporter tout entière. Elle le savait, il était à présent trop tard pour reculer. Avec une urgente maladresse, ses doigts s'ancrèrent aux épaules de Mikhail, remontèrent se perdre dans ses cheveux. A travers le mince rempart de coton de sa chemise, elle sentait pulser rapidement le cœur de cet homme. Et, merveille de toutes les merveilles, le cœur de cet homme battait pour elle…

Grisé par le parfum de Sydney, Mikhail se sentit gagné par une frénésie érotique. Les splendeurs que ses doigts découvraient ne faisaient qu'exacerber sa faim d'en découvrir plus. Avec une impatience fébrile, il fit glisser les fines bretelles de sa robe, cassant l'une d'elles dans sa hâte à en venir à bout. Sans perdre une seconde, il surligna du bout des lèvres la courbe émouvante de son épaule, tandis que ses doigts baissaient la fermeture Eclair dans son dos. L'instant d'après, la robe n'était plus qu'un chiffon vert citron à leurs pieds.

En dessous, Sydney ne portait qu'une mince combinaison de soie blanche sans bretelles qui ne cachait plus grand-chose des trésors qu'elle protégeait.

— Où est la chambre ? fit Mikhail sans cesser de la dévorer du regard. J'espère pour vous qu'elle n'est pas trop loin…

Avec un petit rire nerveux, Sydney indiqua le couloir et n'eut que le temps de s'agripper à son cou lorsqu'il la souleva de terre dans ses bras. Aucun homme — pas même son ex-mari — ne l'avait jamais portée ainsi et elle fut heureuse que Mikhail fût le premier à oser ce geste romantique.

Tandis qu'il la déposait sur le lit aux montants de cuivre, elle vit les derniers rayons du couchant frapper sa fenêtre et demanda :

— Ne devrions-nous pas fermer les…

Un halètement de surprise l'empêcha de conclure. Penché au-dessus d'elle, Mikhail s'était mis sans attendre à lui faire des choses, des choses incroyables et merveilleuses, qui la laissaient pantelante sur le lit. Il n'était plus question dès lors de pudeur ou de timidité.

Il n'y avait plus de place dans cette chambre que pour l'urgence de leur désir, que pour leur plaisir, à prendre et à donner.

Rien n'avait préparé Sydney à imaginer que l'amour entre un homme et une femme pût ressembler à cela. Elle avait toujours pensé que faire l'amour était au pire un acte mécanique, au mieux une douce détente. Jamais elle n'avait partagé avec aucun homme de passion aussi impérieuse et dérangeante. Les mains larges et rudes de Mikhail modelaient indifféremment la soie ou la chair, sculptaient les reliefs, approfondissaient les creux. Entre ses doigts, il lui semblait n'être qu'une pâte humaine, malléable et docile, qu'il se serait mis en tête de remodeler à son gré. Et quand ses mains semblèrent s'être rassasiées de caresses, sa bouche à son tour prit le relais pour un parcours plus affolant encore.

Mikhail se sentait totalement perdu en elle, inextricablement mêlé à elle. Même l'air qu'il respirait embaumait de ce parfum subtilement transformé par sa peau et qui n'appartenait qu'à elle. Plus son corps semblait fondre sous ses caresses, plus se fortifiait en lui son désir de la faire sienne. N'y pouvant plus tenir, il porta sa bouche à hauteur de ses seins et ne prit même pas la peine d'écarter le mince voile de soie pour titiller de ses lèvres l'émouvant téton rose qui y dardait. D'une main passée entre ses cuisses, il partit à la découverte du plus intime d'elle-même et eut la récompense de la trouver plus que prête à l'accueillir.

Dès que se mirent en action les doigts et la langue de Mikhail, Sydney crut mourir de plaisir. Sous l'effet de ses délicieuses et savantes tortures, son corps s'arc-bouta sur le lit. De toutes ses forces, elle s'accrocha aux barreaux de cuivre pour ne pas se mettre à crier. Aussi brûlant que la lave, aussi rapide que le vent, le plaisir montait en elle. Soudain, la peur et le désir lui parurent si intimement mêlés qu'elle ne sut si elle devait le supplier d'arrêter ou l'implorer de poursuivre. Il lui sembla que tout son être se ramassait en une balle infiniment petite, puis la balle explosa en une formidable déflagration de plaisir. Sydney ne se rendit compte qu'elle s'était mise à crier son nom, encore et encore, que lorsque Mikhail la fit taire d'un baiser.

Excité au-delà de toute mesure, ému de la découvrir tellement bouleversée, Mikhail regarda la marée de plaisir refluer sur ce visage aux lèvres pleines comme des fruits mûrs, aux yeux brillants rendus plus sombres par l'orgasme, aux pommettes empourprées. D'un geste, il acheva de la dénuder et festoya tout à son aise sur ce corps livré à lui. Pour elle, pour lui, pour revivre encore cet instant unique, il s'accorda la faveur de tout recommencer. D'inlassables caresses la conduisirent vers d'autres extases, d'autres sommets. Même lorsque Sydney commença à tirer maladroitement sur ses vêtements pour le dénuder à son tour, il ne cessa pas de lui donner plus que ce qu'elle aurait jamais pensé recevoir de la part d'aucun homme.

Enfin, lorsqu'ils furent l'un et l'autre nus et qu'il n'y put plus tenir, lorsqu'il sentit Sydney, frémissante et couverte de sueur, prête à le recevoir, il s'enfonça en elle avec un râle auquel le sien fit écho.

Sydney était au-delà de tout plaisir. Il n'y avait pas de nom pour le flot d'émotions qui irriguait son être. Instinctivement, comme s'il n'obéissait qu'à lui-même, son corps se mit à bouger avec celui de Mikhail. Bien vite, ils trouvèrent le rythme qui n'appartenait qu'à eux, aussi bienfaisant, aussi vivifiant, aussi naturel que le souffle qui les faisait vivre. Dans un brouillard de larmes, elle sut qu'il lui parlait, qu'il bredouillait dans un mélange de langues des mots étranges et beaux. Elle ne savait plus où elle était, mais elle savait qu'il s'y trouvait avec elle, aussi captif d'elle qu'elle l'était de lui. Et quand un nouvel orgasme la fit basculer au-delà de toute raison, il fut tout ce qui restait pour elle — tout ce qui comptait.

Sydney était si belle dans son sommeil que Mikhail avait de la peine à détourner les yeux. Ses cheveux lui masquaient la moitié du visage. Sa main fine reposait sur l'oreiller, près de ses lèvres pleines. Le drap, tirebouchonné par leurs ébats de la nuit, épousait au plus près son corps assoupi, sans rien cacher de la courbe parfaite d'un sein épanoui.

Mikhail détestait l'idée de devoir la tirer du sommeil, mais il connaissait suffisamment Sydney pour savoir qu'elle lui en voudrait de ne pas l'avoir fait. Tendrement, il écarta les cheveux de sa joue, se pencha et lui couvrit le visage de baisers.

— Sydney ? murmura-t-il tout contre son oreille.

Le grognement par lequel elle lui répondit réveilla aussitôt son désir assoupi.

— C'est l'heure, reprit-il en se retenant de sauter dans le lit avec elle. Réveille-toi au moins pour me dire au revoir…

Sydney dut lutter contre ses paupières récalcitrantes jusqu'à ce qu'elles acceptent enfin de s'ouvrir. Dans un demi-sommeil, elle vit tout près d'elle le visage de Mikhail, ombré d'un voile de barbe, et se mit à sourire. Pour satisfaire une vieille envie, elle tendit la main et se râpa les doigts le long de son menton. Tout sourires, Mikhail se redressa et Sydney fit de même, prenant appui sur un coude.

— Tu es déjà habillé ? s'étonna-t-elle.

— Il me semble que c'est la tenue la plus appropriée pour aller travailler… Il est presque 7 heures. Je me suis permis d'utiliser ta douche et de faire du café.

Machinalement, Sydney hocha la tête. Elle pouvait sentir sur lui ces odeurs matinales — savon et café frais — ce qui souleva en elle une vague de désir.

— Tu aurais dû me réveiller…

— Je ne t'ai pas laissée beaucoup dormir la nuit passée, répondit-il. Tu viendras chez moi ce soir ? Je te préparerai à dîner.

— Avec plaisir.

Sydney se redressa dans le lit, noua ses mains autour de la nuque de Mikhail, lui sourit d'un air ingénu. Elle n'avait rien fait pour retenir le drap qui avait glissé jusqu'à ses hanches. Satisfaite, elle vit ses yeux plonger jusqu'à ses seins, les muscles de sa mâchoire se contracter, une lueur de désir flamber dans son regard. Patiemment, elle attendit qu'il relève la tête pour déposer sur ses lèvres un baiser léger, puis un autre plus approfondi, puis un autre encore, jusqu'à lui arracher un gémissement de protestation. Alors seulement, elle se fit un devoir de déboutonner sans se presser sa chemise.

— Sydney…, protesta Mikhail en retenant sa main. Je vais être en retard.

Avec un petit rire insouciant, elle fit glisser la chemise et se pencha pour lui mordiller l'épaule.

— Ne t'inquiète pas, murmura-t-elle. Je m'arrangerai avec ton patron…

Deux heures plus tard, Sydney pénétrait dans les bureaux directoriaux de Hayward chargée d'une pleine brassée de fleurs. D'humeur radieuse, elle avait revêtu un tailleur jaune vif et laissé ses cheveux libres sur ses épaules. Janine, qui levait les yeux de son moniteur pour lui adresser son bonjour habituel, la regarda approcher avec des yeux ronds.

— Mademoiselle Hayward, murmura-t-elle, vous paraissez en pleine forme, ce matin !

— Merci, Janine, répondit Sydney en lui tendant l'énorme bouquet. C'est exactement l'effet que je me fais. Tenez ! C'est pour vous…

— Je… Pour moi ? balbutia-t-elle en serrant les fleurs contre sa poitrine. Merci. Merci beaucoup…

— A quelle heure est mon premier rendez-vous ?

— 9 h 30. Avec MM. Brinkman, Lowe et Keller.

— Cela nous laisse vingt minutes. J'aimerais vous parler dans mon bureau.

— Bien, répondit Janine.

Après avoir déposé les fleurs, elle s'empara de son bloc-notes et s'apprêta à la suivre.

— Vous n'aurez pas besoin de prendre de notes, précisa Sydney.

Sa secrétaire sur ses talons, elle déverrouilla sa porte. Quand elles eurent pris place de part et d'autre du bureau, Sydney se laissa aller en arrière dans son fauteuil et contempla son assistante d'un air pensif.

— Depuis combien de temps travaillez-vous pour Hayward ? s'enquit-elle.

— Cinq ans en mars dernier.

Sydney hocha la tête sans cesser de la dévisager curieusement. D'une beauté pleine de caractère, Janine soignait son apparence et possédait de beaux yeux gris francs et directs. Ses cheveux châtain foncé, coupés court et toujours impeccablement coiffés, rendaient plus doux un visage un peu allongé, au menton volontaire. Son maintien parfait en toute circonstance était pour elle un autre atout. Car si l'apparence n'était pas tout, elle comptait pour beaucoup dans ce que Sydney avait en tête.

— Dans ce cas, reprit-elle, vous avez dû arriver très jeune ici.

— Vingt et un ans, répondit Janine avec un mince sourire. Au sortir de l'école de commerce.

— Faites-vous ici ce que vous désiriez faire ?

Le sourire se figea sur les lèvres de la secrétaire.

— Je vous demande pardon ?

— Ce travail de secrétariat vous satisfait-il ou avez-vous d'autres ambitions ?

De plus en plus mal à l'aise, Janine résista à l'envie de se tortiller dans son fauteuil.

— J'espère un jour pouvoir devenir chef de service, mais je suis heureuse de travailler pour vous.

— Vous avez cinq ans d'expérience de plus que moi et pourtant vous appréciez de travailler sous mes ordres ? Dites-moi pourquoi.

— Pourquoi ? répéta Janine avec stupéfaction. Eh bien… Etre l'assistante du P.-D.G. est un poste important, et je pense être efficace et utile dans mon emploi.

Consciente de la mettre sur des charbons ardents, Sydney lui adressa un sourire rassurant.

— D'accord avec vous sur ces deux points, dit-elle avant de se lever pour aller prendre appui sur le coin de son bureau. Jouons franc-jeu… Je suis sûre que personne ici ne s'attendait à me voir rester plus de deux mois en fonction, la plupart étant persuadés que je passerais mon temps à me limer les ongles et à bavarder avec mes amies au téléphone.

Voyant les joues de sa secrétaire s'empourprer, Sydney comprit qu'elle avait visé juste.

— En conséquence, poursuivit-elle, il fut décidé avant mon arrivée de me doter d'une super-secrétaire susceptible de suppléer à mon incompétence. Exact ?

— C'est ce que colportent les ragots de bureau…

Après avoir baissé les yeux, Janine se redressa et soutint tranquillement le regard de Sydney. Si sa patronne voulait se débarrasser d'elle, songea-t-elle, elle lui montrerait qu'elle savait partir dans la dignité.

— J'ai accepté ce poste, reprit-elle, parce qu'il représentait une promotion ainsi qu'un tremplin pour une évolution dans l'entreprise.

— Et vous avez fort bien fait de profiter de cette opportunité. Depuis que nous travaillons ensemble, j'ai toutes les raisons d'être satisfaite de votre travail. Vous êtes déjà là quand j'arrive le matin et repartez le soir bien souvent après moi. Quand je vous réclame une information, vous me l'apportez ou vous vous débrouillez pour l'obtenir. Quand j'ai besoin que l'on m'explique, je peux compter sur vous, ce qui ne vous empêche en rien d'obéir comme un petit soldat si nécessaire.

— Je n'aime pas que les choses soient faites à moitié, mademoiselle Hayward.

Un sourire bienveillant éclaira le visage de Sydney. C'était exactement ce qu'elle avait besoin d'entendre à ce stade de leur conversation.

— De plus, poursuivit-elle, vous avez de l'ambition et la volonté de vous perfectionner. Pourtant, lorsque ma position à la tête du groupe était si compromise la semaine dernière, vous n'avez pas hésité à me soutenir. Interrompre ce conseil d'administration pour me venir en aide était la meilleure façon de vous mettre à dos un ennemi puissant qui aurait pu briser votre carrière au sein de cette société.

Embarrassée, Janine détourna le regard et haussa modestement les épaules.

— Je travaille pour vous, pas pour M. Bingham, et je sais où doit aller ma loyauté. De toute façon, dans cette affaire, c'est vous qui étiez dans le vrai.

— La loyauté est une qualité essentielle à mes yeux, Janine. Les fleurs sont pour vous remercier, à titre personnel, de ce que vous avez fait pour moi. Mais, en tant que P.-D.G. du groupe Hayward, j'aimerais que vous acceptiez de devenir mon bras droit. Je vous offre le poste de directrice exécutive, avec salaire et avantages correspondants.

Sous le coup de l'émotion, Janine porta la main à sa bouche et resta quelques instants à la fixer, les yeux humides.

— J'espère que vous accepterez ma proposition, insista Sydney avec gravité. Je vous la fais après mûre réflexion, en toute sérénité, et dans notre mutuel intérêt. J'ai besoin d'avoir auprès de moi quelqu'un en qui j'aie confiance, quelqu'un que je respecte, quelqu'un qui sache comment faire tourner la boutique. Et ce quelqu'un, ce ne peut être que vous. Sommes-nous d'accord ?

Sydney se leva et tendit la main pour la lui offrir. Janine la regarda quelques secondes, avant de se lever à son tour pour venir la serrer chaleureusement entre les siennes.

— Mademoiselle Hayward…

— Sydney…, l'interrompit-elle. Nous voilà embarquées dans le même bateau.

— Sydney…, reprit Janine. J'espère ne pas être en train de rêver.

— Vous ne rêvez pas ! confirma-t-elle en regagnant son bureau. Et vous n'aurez pas l'occasion de le faire avant la fin de la journée. Votre premier travail à ce poste va consister à convoquer Lloyd Bingham ici même aussitôt que possible. Faites les choses dans les règles. La chasse est ouverte ! Il ne faut lui laisser aucune prise…

Il lui fallut attendre jusqu'à 16 h 15, mais Sydney sut se montrer patiente. Ce délai lui permit de réexaminer une dernière fois la situation et d'être certaine qu'elle ne prenait pas de décisions d'une telle importance sous le coup de l'émotion.

Quand bourdonna enfin l'Interphone et que Janine lui annonça l'arrivée de Bingham, elle était prête et tout à fait sûre d'elle-même.

— Mauvais jour pour une causerie ! bougonna-t-il en surgissant dans la pièce.

— Asseyez-vous, Lloyd.

Impassible, Sydney le regarda prendre place dans le fauteuil et sortir une cigarette de son étui.

— Je n'abuserai pas de votre temps, reprit-elle. Le mien est aussi compté que le vôtre, mais il me semblait impossible de remettre à plus tard cette discussion.

A travers un écran de fumée, Bingham lui sourit d'un air narquois.

— Un problème sur l'un des projets ?

— Non. Il n'y a rien dont je ne puisse venir à bout moi-même à présent. C'est l'organisation interne de nos services qui me pose problème, et j'ai décidé d'y remédier.

L'air suffisant, son vis-à-vis croisa les jambes et se cala dans son fauteuil.

— Remanier un organigramme n'est pas une mince affaire, minauda-t-il. Etes-vous sûre d'avoir les reins assez solides pour vous y risquer ?

— Je ne vais pas m'y risquer, rétorqua Sydney, je vais le faire. J'attends votre lettre de démission sur ce bureau pour demain 17 heures.

Bingham jaillit de son siège comme une fusée.

— Bon sang, mais de quoi parlez-vous !

— De démission, Lloyd. Ou de licenciement. A vous de choisir…

Fou de rage, Bingham serra le poing et réduisit sa cigarette en miettes au-dessus de la corbeille à papier.

— Vous croyez pouvoir me virer ? lança-t-il d'une voix sifflante. A peine aux commandes depuis trois mois et vous vous imaginez pouvoir congédier comme un valet un pilier de l'entreprise depuis douze ans ?

— Le temps ne fait rien à l'affaire, rétorqua Sydney calmement. Mon grand-père vous a donné votre chance il y a douze ans, mais moi je suis une Hayward depuis toujours. C'est moi qui le remplace derrière ce bureau. J'assume de plein droit les pouvoirs et les responsabilités qu'il m'a légués. Je ne peux tolérer plus longtemps que mon principal collaborateur agisse dans l'ombre pour saper mes positions. Il est clair que vous n'êtes plus heureux dans cette société depuis que j'en ai pris la tête. Comme je suis certaine d'y rester un long moment encore, je ne peux que vous suggérer de partir. C'est votre intérêt autant que le mien.

— Nous verrons ce qu'en pensera le conseil…

— Libre à vous de vous en remettre à lui. Mais si vous le faites, je vous garantis que j'userai de tout mon pouvoir pour limiter votre liberté d'action au minimum tant qu'il n'aura pas statué sur votre cas.

A l'instinct, Sydney abattit son atout majeur.

— Laisser filtrer l'accident de Mme Wolburg dans la presse a porté tort au groupe Hayward bien plus qu'à moi-même. En tant que vice-président, votre devoir est d'être loyal à cette entreprise, pas de comploter parce que vous êtes mécontent de travailler sous mes ordres.

Figé au milieu de la pièce, Bingham avait pâli. Il n'en fallut pas plus à Sydney pour comprendre qu'elle ne s'était pas trompée sur son compte.

— Vous bluffez ! fulmina-t-il. Vous n'avez aucune preuve de ce que vous avancez.

Effectivement elle bluffait, mais il n'avait quant à lui aucune possibilité de le vérifier.

— Vous voulez parier ? le nargua-t-elle. Rien n'est plus traître de nos jours que les télécommunications. Tout appel laisse des traces. Et certaines traces sont bien compromettantes… Je vous ai dit il y a quelques jours que si le conseil me soutenait je voulais votre loyauté ou votre démission. Nous savons tous les deux que votre loyauté est hors de question.

— Je vais vous dire ce que vous allez avoir !

Il y avait dans sa voix une nuance de mépris, mais il était clair que sous son élégant costume gris Bingham transpirait à présent à grosses gouttes.

— Quand j'aurai pris votre place dans ce fauteuil, poursuivit-il sur un ton menaçant, vous aurez tout le temps nécessaire pour courir en Europe d'un palace à un autre !

La menace n'inspira à Sydney qu'une vague pitié.

— Non, Lloyd. Jamais vous n'aurez votre place dans ce fauteuil. En tant que principale actionnaire de Hayward, j'y veillerai personnellement. Je n'ai pas jugé jusqu'à présent nécessaire d'informer le conseil des multiples manquements à vos devoirs que l'on peut vous reprocher. Mais si vous y tenez, je peux encore le faire. Et dans le contexte actuel, je peux vous garantir que de nous deux ce n'est pas vous qui l'emporterez.

— Ne croyez pas vous en sortir à si bon compte, marmonna-t-il à mi-voix. Je gagnerai la partie !

— Vous feriez bien d'y parvenir ! lança Sydney d'une voix glaciale. Parce que, dans le cas contraire, je peux vous garantir que vous ne trouverez *jamais* de situation comparable à celle que vous occupez, chez *aucun* de nos concurrents… Et ne vous imaginez pas que je n'ai pas l'influence ou le courage nécessaires pour y parvenir. Il vous reste vingt-quatre heures pour examiner le choix qu'il vous reste à faire et pour me transmettre votre démission. Je ne vous retiens pas. La discussion est close.

Comme un somnambule, Bingham fit un pas vers Sydney. A voir ses poings serrés, il était clair qu'il aurait bien aimé s'en servir contre elle.

— Espèce de sale garce !

Sydney se dressa sur ses jambes à l'instant où il atteignait son bureau. Et cette fois, ce fut elle et non lui qui, les bras tendus devant elle, se pencha pour le foudroyer du regard.

— Allez-y ! lança-t-elle bravement. Frappez donc, que j'aie la joie de me défendre…

— Nous n'en avons pas terminé tous les deux.

Sur cet adieu en forme de menace, Lloyd Bingham tourna les talons et quitta son bureau en faisant claquer violemment la porte derrière lui.

Après avoir pris trois longues inspirations, Sydney se laissa glisser dans son fauteuil, assez satisfaite d'elle-même et de ses réactions. D'accord, songea-t-elle, elle tremblait bien un peu… Mais c'était bien plus sous l'effet d'une juste et saine colère, réalisa-t-elle, que sous l'effet de la peur. D'un geste machinal, elle ouvrit son tiroir avant de comprendre qu'elle n'avait nul besoin de torturer des trombones ou de déchiqueter du papier. En fait, conclut-elle pour elle même, à la réflexion, il y avait longtemps qu'elle ne s'était pas sentie aussi bien…

8

D'un geste large, Mikhail versa dans la poêle le mélange de viandes, de tomates et d'épices. Tout en remuant le tout à l'aide d'une spatule, il jeta par la fenêtre de la cuisine un coup d'œil distrait dans la rue. Derrière lui, dans le living-room, *Le Mariage de Figaro* en était aux dernières mesures. Après avoir longuement humé le contenu de la poêle, il le goûta du bout du doigt et se décida à rajouter une rasade de vin rouge.

Rapidement, Mikhail consulta sa montre et observa de nouveau la rue en contrebas, se demandant pour la millième fois quand son invitée se déciderait à arriver. Puis, laissant le plat mijoter à feu doux, il gagna son poste de travail et se mit à étudier le bloc de bois de rose d'où émergeait peu à peu le visage de Sydney.

Il y avait dans cette bouche une douceur qu'il avait su capter. Entre le pouce et l'index, il vérifia les proportions d'un œil critique et se souvint comment ses lèvres avaient frémi sous les siennes, le goût qu'elles avaient eu pendant l'amour — caramel brûlant enrobé de sucre glace. De quoi vous rendre fou…

Ses pommettes hautes, aristocratiques, pouvaient être celles d'une gamine facétieuse et l'instant d'après celles d'une amazone inflexible. Rêveur, il laissa son doigt courir sur la ligne pure et élancée de la mâchoire et songea combien la peau de Sydney était à cet endroit douce et sensible.

Quant aux yeux, il avait tout de suite su qu'il rencontrerait des problèmes avec eux. Pas avec leur forme en amande, non — c'était l'enfance de l'art d'en rendre le contour —, mais avec les ombres qui les habitaient. Il y avait encore tant de choses qu'il avait besoin d'apprendre à son sujet, tant de mystères à percer. Les jambes pliées pour se mettre à hauteur de l'œuvre, Mikhail approcha son visage du buste à demi sculpté et fronça les sourcils.

— J'y arriverai, dit-il. Un jour je t'apprivoiserai.

Trois coups frappés à sa porte ne suffirent pas à le distraire de sa contemplation.

— C'est ouvert ! cria-t-il.

Vêtue d'un T-shirt à pois roses et d'un mini-short pailleté de même couleur, Keely jaillit dans la pièce.

— Tu n'aurais pas quelque chose de frais à me prêter ? lança-t-elle. Mon frigo a définitivement rendu l'âme.

— Sers-toi, répondit-il distraitement. Je te mettrai en tête de liste pour la prochaine livraison.

— Mike, mon héros…

Dans la cuisine, Keely fit une pause devant la poêle.

— Seigneur ! Que ça sent bon…

Incapable d'y résister, elle ramassa une cuillère et goûta le plat.

— A se damner… Dis-moi, j'ai l'impression qu'il y en a trop pour toi tout seul.

— Normal, marmonna Mikhail dans l'autre pièce, puisque c'est pour deux.

Tout en ramassant une boîte de soda glacé dans le réfrigérateur, Keely s'exclama gaiement :

— Oh, oh ! Je vois…

Près de quitter la cuisine, elle lança un coup d'œil envieux à la poêle dont le fumet la faisait saliver.

— Dis-moi, reprit-elle d'un air dégagé, il y en a aussi beaucoup pour deux.

Dans le living-room, avec un sourire indulgent, Mikhail cria par-dessus son épaule :

— Je t'en prie, sers-toi. Mais tu as intérêt à le laisser mijoter encore un peu chez toi.

— Mike, tu es un prince…

A la recherche d'un récipient adéquat, Keely se mit à fouiller les placards.

— Alors ? dit-elle ce faisant. Qui est l'heureuse élue ?

— Sydney Hayward.

Les yeux de Keely s'agrandirent sous l'effet de la surprise. La cuillère qu'elle s'apprêtait à plonger dans la poêle s'arrêta à mi-parcours.

— Tu veux dire la riche héritière qui se promène avec ce sac à six cents dollars qui m'a fait baver d'envie l'autre jour à la devanture de chez Saks ? Elle vient ici pour dîner et tout le reste ?

— Exactement ! répondit Mikhail en partant d'un grand éclat de rire.

Quant à lui, il était on ne peut plus impatient d'en arriver à « tout le reste »...

En finissant de remplir son bol, Keely se rembrunit. Elle n'était pas sûre quant à elle de partager la gaieté de son ami à cette nouvelle. Les riches étaient une race à part. Elle en était fermement convaincue. Bien sûr, elle savait que Mikhail commençait à bien gagner sa vie avec ses sculptures, mais elle ne pourrait jamais le classer parmi les riches. Pour elle, il était juste Mike, le type sexy d'à côté, toujours partant pour déboucher un évier, écraser une araignée ou partager une bière.

Portant son bol comme le saint sacrement, Keely regagna le living-room et nota ce que Mikhail était en train d'observer.

— Oh, oh ! fit-elle de nouveau.

Mais cette fois, ce n'était plus qu'un murmure d'envie. Que n'aurait-elle pas donné pour avoir de semblables pommettes ?

— Tu aimes ? s'enquit-il sans la regarder.

— J'adore. Comme tout ce que tu fais.

A la dérobée, Keely observa Mikhail qui n'avait pas quitté des yeux la sculpture depuis qu'elle était entrée. Ce qu'elle découvrit dans son regard ne fit que renforcer le malaise qui s'était emparé d'elle.

— Je... euh, balbutia-t-elle. Je suppose qu'il y a bien plus entre vous qu'une simple relation de travail.

Surpris, Mikhail se redressa, les pouces dans les passants de sa ceinture, et chercha le regard troublé de son amie.

— Oui, reconnut-il. Cela te pose problème ?

— Non, non ! protesta-t-elle en se mordillant la lèvre inférieure. Pas du tout. C'est juste que… Bon sang, Mike, elle est tellement… étrangère à notre monde.

Comprenant de quoi il retournait, Mikhail lui sourit et caressa tendrement ses cheveux.

— Tu t'en fais pour moi, n'est-ce pas ?

— Et alors ? dit-elle d'un air bravache. Ne sommes-nous pas amis ? N'est-ce pas à cela que servent les amis — à vous empêcher de commettre des erreurs ?

— Comme celle que tu as commise la semaine dernière avec ce crétin d'acteur ?

Avec un haussement d'épaules agacé, Keely leva les yeux au ciel.

— Cela n'a rien à voir ! s'emporta-t-elle. Moi, je n'étais pas amoureuse de lui. Ou alors juste un peu…

— N'empêche que tu as pleuré.

— Bien sûr ! Je suis une vraie fontaine. Tu sais bien que c'est grâce à ça que j'ai pu avoir cette pub pour les mouchoirs jetables.

Fascinée par ce qu'elle découvrait, Keely reporta son attention sur le buste posé sur l'établi. Lentement, elle en approcha ses doigts puis renonça in extremis, comme si elle redoutait de se brûler.

— Prends garde à toi, dit-elle d'une voix songeuse. M'est avis qu'une femme comme elle pourrait conduire l'homme le plus sensé à s'engager par dépit dans la Légion étrangère…

Mikhail se mit à rire et lui ébouriffa affectueusement les cheveux.

— Ne t'inquiète pas, plaisanta-t-il. Quand je me serai engagé, je t'enverrai des cartes postales.

Quelques coups brefs à la porte vinrent les interrompre. Donnant au passage à Keely une tape amicale sur l'épaule, Mikhail alla ouvrir.

— Hello !

Le visage de Sydney s'illumina dès l'instant où elle vit Mikhail s'encadrer dans la porte. Un petit sac de voyage pendu à un bras, une bouteille de champagne posée sur l'autre, elle tendit les lèvres pour l'embrasser et le suivit dans l'appartement en devisant gaiement.

— Je me doutais que cette odeur délicieuse venait de chez toi ! Dès le troisième étage, j'en avais l'eau à la bouche et je…

Les mots se tarirent sur ses lèvres aussitôt qu'elle eut aperçu la voisine de Mikhail debout devant l'établi.

— Bonjour, murmura timidement celle-ci. Je m'apprêtais à partir.

Aussi mal à l'aise que Sydney, Keely fit un détour par la cuisine pour y récupérer son soda glacé. Sydney, qui avait mis à profit ce délai pour poser discrètement son sac et sa bouteille, la gratifia d'un beau sourire à son retour dans la pièce.

— Heureuse de vous revoir, dit-elle. Comment s'est passé votre… assassinat ?

— Bien, répondit nerveusement Keely. Il n'a fallu que trois prises pour que le tueur m'étrangle en beauté.

Avec un nouveau sourire gêné, elle traversa la pièce et s'empressa de s'éclipser.

— Je vous souhaite une bonne soirée, lança-t-elle depuis le seuil. Mike, merci pour tout…

Déjà, la porte se refermait derrière elle. Ebahie, Sydney la contempla un instant d'un air pensif avant de demander :

— S'en va-t-elle toujours aussi vite ?

— Seulement quand tu es là.

Avec une souplesse de fauve, Mikhail la rejoignit et entoura sa taille de ses bras.

— Elle se fait du souci pour moi, expliqua-t-il. Elle a peur que tu me séduises, que tu abuses de moi, puis que tu me jettes.

— Oh, vraiment ! s'amusa Sydney. Et toi, qu'en penses-tu ?

Mikhail pencha la tête pour effleurer ses lèvres.

— Je n'ai rien contre les deux premières parties de ce programme.

Pour bien le lui faire comprendre, il l'embrassa avec plus de fougue et sentit Sydney s'abandonner entre ses bras.

— Tu as faim ? murmura-t-il entre deux baisers.

Avec délices, les mains de Sydney s'égarèrent dans le dos de Mikhail, sous sa chemise qu'il avait laissée flotter sur ses hanches. Sous ses caresses précises, elle sentit ses muscles durcir et son souffle s'affoler.

— Je suis affamée, répondit-elle. Ce midi, il m'a fallu sauter le déjeuner.

— Donne-moi dix minutes.

A regret, Mikhail relâcha son étreinte. S'ils ne passaient pas tout de suite à table, comprit-il, il leur faudrait attendre beaucoup, beaucoup plus longtemps pour dîner…

Sur le chemin de la cuisine, il ramassa la bouteille et découvrit l'étiquette avec un sifflement admiratif.

— C'est trop d'honneur pour mon humble goulasch.

— J'ai eu une excellente journée au bureau, expliqua-t-elle. Je voulais fêter ça.

— Tu vas tout me raconter ?

— Dans le détail.

— Bien ! Alors essayons de trouver deux verres dont ce champagne n'aura pas à rougir…

Sydney était sous le charme. Mikhail avait installé une petite table ronde et deux chaises sur le minuscule balcon du living-room. Au milieu trônait une grosse pivoine rouge dans un flacon de verre ancien. De la musique parvenait par la fenêtre entrouverte pour couvrir le bruit du trafic. Dans de grands bols de faïence bleus, le goulasch épicé faisait leurs délices. Avec le champagne, une corbeille d'un pain noir et épais complétait le menu.

Tout en mangeant, Sydney expliqua à Mikhail la promotion de Janine et l'éviction de Lloyd Bingham.

— Tu le laisses s'en sortir à bon compte, dit-il. Tu aurais dû le virer !

— C'est un peu plus compliqué que cela.

Ravie de ses succès, Sydney éleva sa flûte à hauteur des yeux pour observer dans la lumière du couchant le pétillement du dom-pérignon.

— Mais l'important est qu'il s'en aille, conclut-elle. S'il commet l'erreur de ne pas démissionner, il me faudra porter l'affaire devant le conseil d'administration. Ce ne sont pas les motifs de licenciement qui manquent. Prends cet immeuble, par exemple…

Reposant son verre, elle tapota affectueusement la brique du vieux mur à côté d'eux.

— J'ai retrouvé des mémos de mon grand-père datant de plus d'un an avant sa mort donnant l'ordre formel à Lloyd d'effectuer les réparations nécessaires.

Avec un sourire amusé, Mikhail vida son verre.

— Alors, dit-il, je devrais peut-être le remercier. S'il s'était montré plus efficace, je n'aurais pas eu la chance de débarquer comme un fou dans ton bureau, et tu ne serais pas là ce soir…

Sydney tendit le bras et saisit la main de Mikhail posée sur la table, qu'elle porta à sa joue. Puis, étonnée de sa propre audace, elle la retourna et embrassa tendrement sa paume.

— Tu as raison, renchérit-elle. Au lieu de réclamer sa démission, j'aurais peut-être dû l'augmenter…

— Je préfère quand même remercier le destin. Je ne veux rien devoir à un type qui a osé se montrer menaçant à ton égard. Heureusement que tu es de taille à te défendre…

— Oui, murmura-t-elle d'une voix rêveuse. Heureusement.

Pendant que Mikhail vidait dans leurs deux flûtes les dernières gouttes de champagne, Sydney laissa son regard errer sur la façade de l'immeuble d'en face, où du linge séchait aux balcons, où l'on voyait des gens aller et venir par les fenêtres ouvertes, ou rester assis dans leurs fauteuils devant la télévision. Sur le perron, des hommes en T-shirt refaisaient le monde, pendant que des enfants sur les trottoirs profitaient en jouant des dernières heures du jour. Il y avait là pour elle tout un monde inconnu, avec ses codes, ses coutumes, mais où elle se sentait à présent mystérieusement à l'aise.

Quand la main de Mikhail se posa sur la sienne, la tirant de ses pensées, elle lui sourit et serra étroitement ses doigts entre les siens.

— Aujourd'hui, expliqua-t-elle, je me suis sentie sans doute pour la première fois à ma place. Jusqu'à présent, j'ai l'impression d'avoir mené ma vie en me conformant à ce que d'autres pensaient qu'il était bon pour moi de faire. Accepter ces responsabilités que mon grand-père a décidé de me confier n'était qu'une étape. J'ai franchi aujourd'hui définitivement le pas en prenant le risque de les assumer quoi qu'il puisse m'en coûter. Tu vois ce que je veux dire ?

— Ce que je vois, répondit Mikhail en la couvant du regard, c'est une femme qui se décide enfin à croire en elle. A présent, il ne te reste plus qu'à croire en moi.

Frappée par ses paroles, Sydney tourna la tête et retint son souffle. Certes, sa beauté était à faire se pâmer la plus insensible des femmes, mais il y avait plus pour la bouleverser qu'un simple attrait sensuel, même s'il lui faisait encore un peu peur de le constater. Mue par un élan irrésistible, elle quitta sa chaise pour aller se lover tendrement sur ses genoux. Mikhail la serra contre lui, caressa ses cheveux, lui murmura tout bas des mots vibrants, dans cette langue de son pays natal qui lui demeurait incompréhensible. Avec un soupir de bien-être, Sydney renversa la tête en arrière pour faciliter le ballet délicieux de ses lèvres le long de son cou.

— Bientôt, dit-elle, il faudra que je me décide à acheter un dictionnaire…

— Ecoute bien, murmura-t-il entre deux baisers. Ceci est facile à comprendre.

Deux mots doux et chantants s'échappèrent de ses lèvres. Sydney se leva, saisit son verre et entraîna par la main Mikhail à l'intérieur.

— Facile à comprendre pour toi ! protesta-t-elle en riant. Qu'est-ce que ça veut dire ?

Mikhail, les yeux pétillants de malice, vint trinquer avec elle. Ils burent d'un trait et Sydney, après une courte hésitation, l'imita en envoyant par-dessus son épaule la flûte à champagne, qui alla s'écraser contre un mur. Intriguée par son mutisme, elle l'emprisonna entre ses bras et insista gentiment :

— Tu ne m'as pas répondu… Que veulent dire ces deux mots ?

Lentement, Mikhail se pencha pour venir effleurer sa bouche de ses lèvres.

— Je t'aime, répondit-il enfin.

Dans les yeux de Sydney, il vit la panique succéder au choc puis à l'espoir.

— Mikhail, je…

— Pourquoi avoir peur de les entendre ? l'interrompit-il. L'amour n'est pas une menace.

— Je ne m'attendais pas à cela.

Comme pour remettre une distance entre eux, elle posa ses mains sur sa poitrine et baissa les yeux.

— Je pensais que tu…, commença-t-elle.

Sydney se mordit la lèvre inférieure. Comment dire ces choses-là de manière délicate ?

— En fait, corrigea-t-elle, je t'imaginais…

— … motivé uniquement par le sexe ? acheva-t-il à sa place.

Mikhail laissa le silence retomber entre eux, puis reprit avec passion :

— Je ne nierai pas que ton corps m'intéresse. Mais ce n'est pas tout ce qui m'attire en toi. Ne comprends-tu pas qu'il s'est passé la nuit dernière entre nous quelque chose de spécial ?

— Bien sûr que si ! protesta-t-elle en relevant les yeux. C'était merveilleux…

Sydney avait désespérément besoin de s'asseoir. Elle se sentait comme si elle venait d'atterrir sur la tête après avoir sauté du haut d'une falaise. Mais à la gravité qu'affichait le visage de Mikhail, à la façon qu'il avait de la retenir entre ses bras, elle comprit que le moment était malvenu pour tenter de lui échapper.

— Faire l'amour est important pour le corps et la paix de l'esprit, reprit-il, mais ne suffit pas à combler les besoins du cœur. Nos cœurs ont besoin d'amour, et c'est exactement ce dont ils étaient emplis cette nuit.

Les bras de Sydney retombèrent le long de son corps.

— Je ne… je ne sais pas, bredouilla-t-elle. Tu me parais bien plus expert que moi en la matière.

— Vraiment ? s'étonna Mikhail, les sourcils levés. Tu n'étais pourtant pas vierge. Et tu as déjà été mariée.

— Oui, admit-elle en laissant une nouvelle fois son regard s'échapper. J'ai déjà été mariée.

Et c'était précisément, songea-t-elle avec découragement, ce qui lui laissait un voile d'amertume sur le cœur.

— Ecoute, plaida-t-elle en cherchant son regard. Ne suffit-il pas de constater que nous sommes heureux ensemble, que je ressens pour toi quelque chose que je n'ai jamais ressenti auparavant ? Je n'ai pas trop envie d'analyser ce qui nous arrive. J'en suis incapable pour le moment. J'ai besoin de temps.

Cela fit sourire Mikhail, qui déposa un baiser léger sur ses lèvres.

— T'imagines-tu que je suis quelqu'un de patient ?

— Non, répondit-elle sans hésitation.

— Bien ! Dans ce cas, tu peux te faire une idée du délai que je t'accorde…

Regagnant le balcon, Mikhail commença à rassembler la vaisselle et haussa le ton pour se faire entendre.

— Ton premier mari t'a-t-il fait du mal ?

— Un mariage raté fait toujours mal, répondit-elle à contrecœur. Mais, s'il te plaît, je ne tiens vraiment pas à en parler ce soir…

Sa silhouette se découpant sur le ciel crépusculaire, il se redressa et la dévisagea quelques instants.

— D'accord pour ce soir, dit-il. Parce que ce soir, je voudrais que tu ne penses qu'à nous deux.

Sans l'attendre, la laissant achever de débarrasser la table, Mikhail gagna la cuisine chargé de vaisselle.

Avant de l'y rejoindre, Sydney s'accorda le temps de récupérer ses esprits en s'accoudant au balcon. Ses mots d'amour résonnaient encore dans sa tête. Il lui était impossible de les mettre en doute. Elle le savait, Mikhail était homme à dire ce qu'il pensait — ni plus, ni moins. Mais il lui était impossible de savoir ce que l'amour signifiait pour lui. Surtout en ne sachant pas ce qu'il signifiait pour elle…

Sydney s'imaginait vaguement que l'amour devait être quelque chose de fort et de doux à la fois, qui durait toujours et qui n'arrivait qu'aux autres. On ne pouvait dire qu'elle avait été à bonne école, dans sa famille, pour en apprendre plus. Jamais elle n'avait connu ses parents amoureux. Son père, à sa manière, lui avait témoigné de l'affection. Mais elle n'avait connu que de rares instants de bonheur avec lui dans sa prime jeunesse. Et après le divorce, alors qu'elle n'avait que six ans, ils avaient complètement cessé de se voir. Quant à sa mère, Sydney ne pouvait douter qu'elle l'aimait — à sa façon distante et superficielle. Bien sûr, il y avait eu Peter, et ce lien avait été fort et important pour elle, jusqu'à ce qu'on leur mette en tête de devenir mari et femme. Mais ce n'était pas l'amour d'un ami que Mikhail lui avait offert. Le sachant, elle se retrouvait écartelée entre un bonheur sans fond et une absolue terreur.

L'esprit en proie au doute et à la confusion, Sydney ramassa sur la table ce qui y restait et rejoignit Mikhail dans la cuisine. Penché sur l'évier, il avait les avant-bras plongés jusqu'aux coudes dans l'eau savonneuse.

— Tu es fâché contre moi ? demanda-t-elle.

— Un peu, répondit-il sans se retourner.

Mikhail se sentait aussi blessé dans son amour-propre, mais pour rien au monde il ne l'aurait avoué.

— En fait, reprit-il, je suis surtout perplexe. Etre aimée devrait te faire plaisir, te réchauffer le cœur.

Ramassant un torchon au passage, Sydney s'approcha et commença à essuyer la vaisselle. A présent, décida-t-elle, c'était à elle de se montrer sincère et convaincante, Mikhail avait mérité de connaître la vérité.

— Une part de moi-même s'en réjouit, expliqua-t-elle. Mais, en même temps, je suis effrayée par le risque de tout perdre en allant trop vite et de gâcher cette relation si nouvelle et si précieuse pour moi. Toute la journée, je me suis languie d'être avec toi, de pouvoir te parler, te faire partager mes succès. Il me tardait aussi d'entendre ta voix, de savoir comment tu réagirais. Je savais que tu me ferais rire, que mon cœur se mettrait à battre la chamade dès notre premier baiser…

En posant sur la table, avec un luxe de précautions inutiles, le bol qu'elle essuyait depuis un bon moment, Sydney capta le regard ébahi que Mikhail lui lançait par-dessus son épaule.

— Que se passe-t-il ? demanda-t-elle. Pourquoi me regardes-tu ainsi ?

Mikhail secoua la tête et revint à sa tâche en cours.

— Tu es tellement peu sûre de tes sentiments, répondit-il, que tu ne sais même pas que tu es *déjà* amoureuse de moi !

D'un geste déterminé, il lui tendit le deuxième bol.

— Mais ça ne fait rien ! conclut-il gaiement. Cela viendra…

— Ton arrogance m'étonnera toujours ! protesta-t-elle avec une feinte indignation. En fait, je n'arrive pas à déterminer si j'apprécie ou si je déteste ce trait de caractère chez toi…

— Tu aimes ça, parce que ça te permet de réagir.

— Je suppose que selon toi je devrais me sentir flattée que tu m'aimes…

— Bien sûr, répondit-il avec un sourire triomphant. L'es-tu ?

Sydney fit mine d'y réfléchir. Après avoir posé le second bol sur le premier, elle s'empara de la poêle qu'il lui tendait.

— Je suppose que oui. La vanité est dans la nature humaine. Et puis tu es…

Intrigué, Mikhail se retourna.

— Je suis quoi ?

Sydney soutint son regard interrogateur et reprit :

— Tu es tellement sexy !

Le sourire se figea sur les lèvres de Mikhail et son regard se durcit. Achevant de rincer l'évier, il secoua ses mains en marmonnant quelques paroles en ukrainien.

— Je t'ai vexé ? demanda-t-elle avec un rire joyeux.

Sans lui répondre, il lui arracha le torchon pour s'essuyer les mains, la mine renfrognée et le regard sombre. Amusée, Sydney enserra son visage en coupe entre ses mains et le fixa droit dans les yeux.

— Pas de doute, s'amusa-t-elle. Tu es vexé. Et pourtant, je n'ai dit que la vérité.

De nouveau, Mikhail se mit à grommeler, cette fois en anglais. Comprenant qu'il s'apprêtait à lui échapper, Sydney se pendit à son cou.

— La première fois que je t'ai vu, dit-elle, je me suis dit que tu paraissais aussi indomptable, aussi ténébreux qu'un pirate d'autrefois…

A sa grande joie, un sourire fugace vint tempérer la moue boudeuse de Mikhail.

— Peut-être à cause de tes cheveux, poursuivit-elle en y plongeant les doigts. Ou à cause de tes yeux, si sombres, si dangereux…

Les mains de Mikhail se refermèrent soudain sur ses hanches, en un geste possessif.

— Méfie-toi, la prévint-il. Je commence à me sentir dangereux…

— Ou alors, renchérit-elle, peut-être à cause de ta bouche…

Comme pour prouver ses dires, Sydney posa ses lèvres sur les siennes, s'amusant à en suivre du bout de la langue le pourtour sans le quitter des yeux.

— Pas une femme au monde ne résisterait à des lèvres pareilles, conclut-elle.

Contre elle, Mikhail frissonna et resserra l'emprise de ses bras.

— Tu cherches à me séduire ?

Les doigts de Sydney descendirent jusqu'aux boutons de sa chemise, qu'ils se mirent à déboutonner avec une savante lenteur.

— Chacun son tour, répondit-elle d'un air mutin. Quand je t'ai vu torse nu, à notre deuxième rencontre, j'ai eu un véritable choc…

Après avoir ôté le dernier bouton, Sydney promena ses mains le long du torse de Mikhail, faisant glisser la chemise sur ses épaules.

— Tu étais ruisselant de sueur, et puis il y avait tous ces muscles, si durs, sous cette peau, si douce…

Le souffle court, prise à son propre jeu, Sydney massa doucement les épaules de Mikhail, ses biceps durs comme l'acier. Leurs yeux se croisèrent et elle découvrit dans ceux de Mikhail une telle passion que les mots se tarirent sur ses lèvres.

— Sais-tu l'effet que tu me fais ? demanda-t-il d'une voix blanche.

Les mains tremblantes, il s'attaqua aux minuscules boutons de nacre de son chemisier. Dans l'échancrure apparut bientôt la dentelle d'un soutien-gorge couleur de nuit, que la blancheur de lait de ses seins rendait plus noir encore. Dans sa poitrine, son cœur battait à coups redoublés. Le sang pulsait dans tout son corps comme un fleuve en crue. Incapable de détacher son regard des trésors de peau nue que ses doigts révélaient, Mikhail comprit qu'il ne se lasserait jamais de réinventer sous ses caresses le corps de Sydney.

— Sais-tu à quel point je ne peux me passer de toi ? reprit-il d'une voix étranglée par l'émotion,

Pour le faire taire, Sydney posa l'index sur ses lèvres et murmura :

— Inutile de me le dire. Tu n'as qu'à me le montrer.

Et durant une bonne partie de la nuit qui suivit, alors que les éclairs et le tonnerre d'un orage qui ne se décidait pas à éclater envahissaient le ciel, c'est ce que Mikhail se fit un plaisir de faire.

La pluie ne se décida pas à tomber avant le lendemain après-midi. En pleine conférence téléphonique, Sydney regardait tout en parlant les rideaux de pluie s'abattre sur les tours de Manhattan dans un ciel zébré d'éclairs, ce qui seyait à merveille à son humeur du moment.

Malgré la présence de Janine, elle prenait de temps à autre des notes de son côté. Grâce au travail acharné qu'elles avaient toutes deux fourni dans la matinée, elle avait à portée de main toutes les informations nécessaires pour faire triompher son point de vue auprès de ses interlocuteurs.

Enfin, après les salutations d'usage, elle raccrocha et se tourna vers son assistante d'un air anxieux.

— Alors ? demanda-t-elle.

Janine lui répondit par un sourire rassurant.

— Ces trois requins doivent encore se demander ce qui vient de leur arriver, dit-elle. Ils semblaient persuadés au début de l'entretien de ne faire qu'une bouchée de vous, et vous avez réussi à retourner la situation de main de maître. Félicitations...

Sydney regroupa ses notes et hocha la tête d'un air satisfait. Sans le moindre tremblement et sans verser la moindre goutte de sueur, elle venait de mener à bien une transaction de sept millions de dollars... Au prochain conseil d'administration, elle serait fière de pouvoir annoncer la nouvelle.

— Ne nous endormons pas sur nos lauriers, lança-t-elle à Janine. Il nous faut encore finaliser l'avant-projet avant ce soir. Pourriez-vous aller chercher les dossiers qui nous manquent ?

— J'y vais...

Alors qu'elle se levait pour s'exécuter, le téléphone sonna sur le bureau de Sydney. Par pur automatisme, Janine décrocha et répondit, avant de poser la main sur le combiné.

— M. Warfield, annonça-t-elle à mi-voix.

Sydney se raidit sur son siège et ne put empêcher un soupçon de lassitude de transparaître dans sa voix.

— Je le prends, répondit-elle. Merci, Janine.

Dès qu'elle fut seule, elle inspira profondément et se lança :

— Hello, Channing !

— Sydney ! Cela fait trois jours que je désespère de pouvoir vous joindre. Où vous cachiez-vous ?

En songeant aux bras accueillants de Mikhail, elle eut un petit sourire nostalgique.

— Désolée, Channing. J'étais... occupée.

Un soupir désapprobateur retentit dans l'écouteur. Sachant ce qui allait suivre, Sydney serra les dents.

— Trop de travail ! protesta-t-il. Et pas assez de distractions. Je vous propose d'y remédier. Que diriez-vous de déjeuner avec moi, au Lutèce, demain midi ?

Pour donner le change, Sydney feuilleta à grand bruit les pages de son agenda.

— Quel dommage ! s'exclama-t-elle. J'ai un rendez-vous prévu de longue date.

— Les rendez-vous sont faits pour être reportés…

— Non, je ne peux vraiment pas. Et au train où vont les choses ici, je crains fort de ne pouvoir quitter mon bureau avant la fin de la semaine prochaine…

— Vous ne pouvez me faire ça ! protesta Channing. J'ai promis à Margerite de vous sortir de votre réclusion. Et je suis un homme de parole…

Découragée, Sydney se demanda pourquoi il lui était si difficile de se débarrasser de Channing Warfield, après avoir mené de main de maître une négociation de plusieurs millions de dollars…

— Je vais devoir raccrocher, improvisa-t-elle en désespoir de cause. Je suis en retard pour mon rendez-vous suivant.

— Les jolies femmes ont le devoir de se faire attendre, reprit-il. A défaut de déjeuner, laissez-moi venir vous prendre demain soir chez vous. Nous allons au théâtre avec un petit groupe d'amis.

— Cela m'est impossible, Channing. J'espère que vous passerez une excellente soirée. A présent je dois vraiment vous laisser. Ciao !

Raccrochant sans tenir compte de ses protestations, Sydney se demanda pourquoi elle ne lui avait pas tout simplement annoncé qu'elle était engagée auprès d'un autre homme. Sans doute, comprit-elle, par crainte qu'il ne révèle aussitôt la nouvelle à Margerite. Elle souhaitait garder pour elle seule son bonheur tout neuf. Mikhail l'aimait… Le même mélange d'allégresse et d'effroi que la veille l'assaillit à cette idée. Peut-être, avec le temps, finirait-elle par comprendre qu'elle l'aimait elle aussi sans craindre de se tromper. Après tout, n'avait-elle pas imaginé faussement jusqu'alors qu'elle était frigide ? Découvrir que ce n'était pas le cas n'était qu'une étape. Il lui fallait prendre patience jusqu'à l'étape suivante.

Trois coups frappés à sa porte la tirèrent de ses pensées. Porteuse d'une lettre à en-tête de la société, Janine pénétra dans la pièce.

— M. Bingham vient de faire porter ceci, dit-elle en posant le courrier devant elle. J'ai pensé que vous souhaiteriez y jeter un coup d'œil tout de suite.

Sydney parcourut la lettre en diagonale. Bien que formulée de manière à masquer la rage et l'amertume de Lloyd, il s'agissait d'une lettre de démission en bonne et due forme, avec effet immédiat.

— Sydney ? fit Janine derrière son épaule. Entre-t-il dans mes nouvelles attributions de vous donner franchement mon avis ?

— Vous en avez non seulement le droit mais aussi le devoir !

— Surveillez vos arrières, reprit son assistante. Cet homme ne me semble pas du genre à accepter sportivement sa défaite…

Sans attendre de réponse, Janine gagna la porte.

— Je reviens dans quelques minutes, annonça-t-elle sur le seuil. J'ai presque fini de rassembler les dossiers qui nous manquent pour finaliser l'avant-projet.

Sur le point de sortir, elle sursauta en se retrouvant nez à nez avec Mikhail. Les cheveux dégoulinants de pluie, il portait un simple T-shirt blanc détrempé, collé comme une seconde peau à son torse.

— Désolée, s'excusa Janine sans se départir de son calme habituel. Mlle Hayward est…

— Laissez, Janine ! intervint Sydney en se levant pour accueillir son visiteur. J'attendais M. Stanislaski.

Dès qu'ils furent seuls, elle se haussa sur la pointe des pieds et tendit les lèvres pour réclamer un baiser.

— Jamais entendu parler des parapluies ?

Les mains dans le dos, Mikhail l'embrassa du bout des lèvres et expliqua piteusement :

— Je préfère ne pas te toucher pour ne pas tremper ton tailleur. Tu n'aurais pas une serviette ?

Après une incursion dans le cabinet de toilette, Sydney la lui tendit et le regarda d'un œil intéressé se frictionner vigoureusement les cheveux.

— Que fais-tu en ville si tôt dans l'après-midi ? s'étonna-t-elle.

— La pluie a interrompu le travail sur le chantier, expliqua-t-il. J'ai mis à jour une pile de paperasses en retard jusqu'à 16 heures, puis je n'ai plus résisté à l'envie de venir te voir.

— Il est si tard que ça ?

Le regard de Sydney se porta sur l'horloge murale, dont les aiguilles indiquaient 16 heures.

— Tu es occupée, constata Mikhail d'un air sombre.

— Un petit peu…

— Quand tu auras terminé, cela te dirait d'aller au ciné avec moi ?

— Rien ne pourrait me faire plus plaisir. Tu me laisses une heure ?

Comme une éclaircie dans l'orage, le sourire revint sur son beau visage.

— Super ! lança-t-il. Ça me laisse le temps d'aller me changer.

Quelques instants, il s'amusa à jouer avec les perles de son collier. Sydney aurait juré qu'il hésitait à parler, ce qui ne lui ressemblait guère.

— J'ai autre chose à te demander, déclara-t-il enfin.

— Je suis tout ouïe.

— Toute ma famille se rend pour un barbecue chez ma sœur, le week-end prochain. Ça te dirait d'en être ?

— J'adore les barbecues ! Quand partons-nous ?

— Vendredi soir, après le travail. A quelle heure peux-tu être prête ?

— Vers 6 heures, 6 h 30…

— Parfait.

Mikhail lui posa les mains sur les épaules et la tint soigneusement à l'écart de ses vêtements trempés pour l'embrasser.

— Natasha va t'adorer…

— Je l'espère bien.

Un nouveau baiser, puis :

— Je t'aime…

— Je le sais, répondit-elle, la gorge serrée.

— Et tu m'aimes toi aussi, reprit-il avec un clin d'œil. Tu es simplement trop têtue pour le reconnaître.

Sifflotant un air joyeux, Mikhail tourna les talons et ouvrit la porte.

— Mikhail ?

— Oui ? répondit-il, la main posée sur la poignée.

— Ta sœur… Tu ne m'as pas dit où elle habite.

Un large sourire d'enfant facétieux, heureux d'avoir joué un bon tour, illumina son visage.

— Shepherdstown, Virginie-Occidentale… Prépare un sac pour le week-end !

9

Affolée, Sydney jeta un coup d'œil à sa montre. Si elle continuait ainsi, elle ne serait jamais prête à temps. Habituellement sûre de ses choix quant à sa garde-robe, elle avait déjà fait, défait et refait deux fois son sac de voyage.

Que fallait-il emporter pour un week-end en Virginie-Occidentale ? Quelques jours en Martinique ou un voyage rapide à Rome ne lui auraient pas posé de problème, mais un week-end chez la sœur de Mikhail la plongeait dans des affres insurmontables.

D'un geste décidé, Sydney boucla son bagage pour la troisième fois et décida que ce serait la dernière. Pour être sûre de ne pas faiblir, elle emporta le sac dans le hall et revint dans la chambre se préparer pour le voyage. Elle venait juste de passer un pantalon de coton grège et un chemisier sans manches vert menthe — en se préparant déjà à les ôter pour essayer autre chose — lorsque trois coups furent frappés à sa porte.

Il faudrait que cela aille ainsi, décida-t-elle en allant ouvrir. De toute façon, ils arriveraient tellement tard à destination que sa tenue importerait peu à ses hôtes. Devant le miroir vénitien, elle remit en place ses cheveux d'une main nerveuse, se demandant si elle devait prévoir un foulard pour la route. Puis, pour ne pas faire attendre Mikhail plus longtemps, elle se pressa d'aller ouvrir.

Son sourire se figea sur ses lèvres quand elle découvrit sa mère sur le seuil.

En robe longue à sequins qui la faisait paraître plus mince que jamais, Margerite pénétra dans le hall et embrassa sa fille à sa manière distante et froide.

— Sydney, ma chérie !

Une fois revenue de sa surprise, Sydney s'étonna :

— Maman ? Je ne m'attendais pas à ta visite ce soir.

— Mais bien sûr que si ! Qu'est-ce que tu racontes ?

Sans y être invitée, Margerite s'assit sur une chaise, croisa dignement les jambes, et posa ses deux mains jointes sur son genou.

— Channing t'a bien mise au courant ? reprit-elle, agacée de voir sa fille indécise. Notre petite soirée au théâtre, entre amis. J'ai déjà retenu une table pour un souper léger après le spectacle.

— C'est vrai, avoua piteusement Sydney. Channing m'en a parlé mais j'avais oublié.

— Sydney, se lamenta sa mère en secouant la tête, sais-tu que tu m'inquiètes beaucoup ?

Sans même y penser, Sydney se rendit au bar pour lui préparer un verre de son sherry préféré.

— Tu n'as pas besoin de t'inquiéter. Je vais bien.

Margerite balaya l'argument d'un geste méprisant de sa longue main manucurée.

— Tu déclines toutes les invitations, tu ne trouves même pas deux heures pour faire du shopping avec ta mère, tu t'enterres vivante dans ce bureau à longueur de journée, et tu voudrais que je ne m'inquiète pas ?

La chose la plus curieuse, réalisa soudain Sydney, était qu'elle avait été sur le point de murmurer des paroles d'excuse, tant était ancrée en elle l'habitude de se plier aux injonctions maternelles. Au lieu de cela, elle alla lui tendre son verre et s'assit face à elle sur l'accoudoir d'un sofa.

— Maman, dit-elle en la fixant droit dans les yeux, j'apprécie beaucoup ton invitation, mais comme je l'ai déjà expliqué à Channing, j'ai d'autres plans pour la soirée.

L'agacement dans les yeux de Margerite fit place à une colère à peine voilée.

— Si tu t'imagines que je vais te laisser seule ici avec tes chers dossiers, gronda-t-elle, tu...

— Je n'ai pas l'intention de travailler ce week-end, l'interrompit Sydney. En fait, je quitte la ville pour...

De nouveaux coups sonores frappés à la porte l'empêchèrent de conclure.

— Si tu veux bien m'excuser, dit-elle à sa mère en se levant, j'en ai pour une minute.

La porte à peine ouverte, Sydney tendit la main devant elle pour bloquer le passage.

— Mikhail, murmura-t-elle, ma...

Manifestement, Mikhail n'était pas décidé à discuter avant de l'avoir embrassée, ce qu'il fit longuement sur le seuil. Pâle et figée, Margerite se dressa sur ses jambes, observant la scène avec autant de répugnance que d'indignation. Il était clair pour elle que c'était là le genre de baiser qu'échangent deux amants.

— Mikhail, protesta Sydney en reculant d'un pas dans le hall, ma mère est là.

Mikhail fit volte-face et se rangea à son côté, lui entourant la taille d'un bras protecteur.

— Bonjour, Margerite, dit-il en hochant la tête.

— N'y a-t-il pas une règle qui interdit qu'on mélange travail et plaisir ? lança-t-elle d'une voix méprisante. De toute façon, s'il y en avait une, vous vous empresseriez de la violer, n'est-ce pas, jeune homme ?

— Certaines règles sont importantes, répondit-il d'une voix parfaitement égale, d'autres non. L'honnêteté est importante à mes yeux. Et je me suis montré honnête avec vous.

Refusant d'en entendre davantage, Margerite croisa les bras d'un air buté et leur tourna le dos.

— J'aimerais te parler seule à seule, ma petite...

Une douleur sourde fulgura aux tempes de Sydney. Un regard à sa mère figée dans une posture hautaine suffisait pour comprendre qu'une explication orageuse se préparait.

— Mikhail ? demanda-t-elle, au bord des larmes. Pourrais-tu charger mon sac dans la voiture ? Je te rejoins dans quelques minutes.

Indécis quant à la conduite à tenir, Mikhail lui saisit le menton, sonda son regard, et n'aima pas ce qu'il y découvrit.

— Je reste avec toi, dit-il d'une voix décidée.

— Non, reprit-elle fermement. Il vaut mieux que tu nous laisses seules un instant.

Puisqu'elle ne lui offrait pas d'autre choix, Mikhail s'empara du bagage et sortit, non sans lui avoir donné au passage un autre baiser.

Dès que la porte se fut refermée sur lui, Margerite pivota sur ses talons et se déchaîna. Sydney était prête au pire. Il était rare que sa mère se laisse aller à faire une scène ; mais quand cela arrivait, c'était avec les mots les plus durs et les plus blessants.

— Espèce d'idiote ! cracha-t-elle en la crucifiant du regard. Il a fallu que tu couches avec lui…

— Je ne vois pas en quoi cela te concerne, répondit tranquillement Sydney, mais c'est vrai, oui.

— Tu t'imagines peut-être avoir l'habileté et l'expérience nécessaires pour mettre un homme tel que lui dans ton lit ?

D'un trait, Margerite vida son verre et l'envoya rageusement se briser sur le sol.

— Cette sordide petite liaison pourrait ruiner tous les efforts que j'ai accomplis pour réparer les dégâts provoqués par ton inconséquence. Il ne t'a pas suffi de divorcer de Peter, au moment où je me démène pour te sortir de ce mauvais pas il faut encore que tu compromettes tout pour une partie de jambes en l'air d'un week-end dans quelque motel !

Pour ne pas se mettre à hurler elle aussi, Sydney serra les poings et se mordit la langue. Elle le savait par expérience, dans ce genre de scène la surenchère était un piège à éviter.

— Il n'y a rien de sordide dans les relations que j'entretiens avec Mikhail, s'entendit-elle répondre d'une voix étrangement sereine. Quant à Peter et au divorce, je n'ai aucune intention d'en discuter avec toi.

Les yeux lançant des éclairs, Margerite fondit sur elle comme l'orage sur la vallée.

— Depuis le jour où tu es née, s'écria-t-elle, j'ai usé de tous les moyens à ma disposition pour être certaine que tu bénéficierais des avantages qu'une Hayward est en droit d'attendre de la vie — les écoles les plus prestigieuses, les amis les plus charmants et les mieux éduqués, et même le mari idéal. Et à présent, tu voudrais que je te laisse rejeter sur un coup de tête tous ces sacrifices, tous ces plans que j'ai faits pour toi ?

Hors d'elle, elle se mit à déambuler en tous sens, emplissant la pièce de gestes désordonnés tandis que Sydney, réfugiée sur le seuil, se tenait immobile et ne pipait mot.

— Crois-moi, reprit-elle, je connais la séduction que ce type d'homme opère sur les femmes. J'ai moi-même caressé l'idée d'une brève aventure avec lui. Lorsque l'on est comme moi libre de toute attache, on peut se permettre une folie avec un beau mâle de temps à autre… Sans compter que son talent et sa réputation sont à son avantage. Mais ce Stanislaski n'est rien dans la vie — des paysans et des bohémiens pour ancêtres ! Comment peux-tu prendre le risque d'une liaison avec lui alors que tu es sur le point d'annoncer tes fiançailles… Comment réagirait Channing, à ton avis, s'il venait à l'apprendre ?

— Cela suffit !

Pâle d'indignation, Sydney rejoignit sa mère et lui prit l'avant-bras.

— Toi qui te dis si fière de porter notre nom, reprit-elle, si soucieuse de le préserver, tu devrais avoir honte de tenir des propos pareils ! J'ai toujours fait en sorte de ne rien faire qui puisse nuire à notre famille. Ces temps-ci, je travaille même d'arrache-pied pour que le nom des Hayward demeure aussi irréprochable qu'il l'a toujours été. Mais ma vie privée, ce que je fais de mes nuits, avec qui je décide de les passer — tout cela ne regarde que moi !

Margerite repoussa la main de sa fille d'un geste brusque. Pas une fois, depuis qu'elle était née, Sydney ne s'était risquée à lui parler ainsi.

— Comment oses-tu me parler sur ce ton ? lança-t-elle d'une voix grondante de colère. Es-tu à ce point aveuglée par la luxure que tu en oublies le respect dû à ta mère ?

— Absolument pas ! rétorqua-t-elle. Mais ce n'est pas te manquer de respect que de me protéger de tes intrusions incessantes dans ma vie privée…

Sydney était à présent aussi surprise que Margerite de l'audace qui lui avait permis de sortir ces mots, de l'urgence avec laquelle ils avaient jailli de ses lèvres.

— Quant à Channing Warfield, reprit-elle sur le même ton, je n'ai jamais été sur le point d'annoncer mes fiançailles avec lui. C'est toi qui voudrais me pousser dans ses bras. Et, crois-moi, je n'ai nullement l'intention de commettre à cause de toi la même erreur qu'avec Peter. Si cela pouvait me débarrasser définitivement de lui, je suis prête à me payer une page de publicité dans le *Times* pour mettre toute la ville au courant de ma liaison avec Mikhail ! Tu ne sais rien de lui et de sa famille. Tu n'es jamais allée au-delà des apparences en ce qui le concerne.

Margerite releva le menton d'un air de défi.

— Parce que toi, tu l'as fait ?

— Parfaitement, je l'ai fait ! Mikhail est un homme intègre, un homme bon et généreux, qui sait ce qu'il veut dans la vie et qui se donne les moyens de l'obtenir. Il m'aime et…

Le reste jaillit en elle, lumineux comme un rayon de soleil, clair et rafraîchissant comme une source :

— … je l'aime aussi.

Sous le choc, Margerite écarquilla les yeux et battit en retraite.

— A présent, murmura-t-elle, il est clair pour moi que tu as complètement perdu l'esprit. Es-tu donc assez bête pour croire tout ce qu'un homme peut dire au fond d'un lit ?

— Je crois ce que me dit Mikhail, répondit Sydney sans la moindre hésitation, parce que je n'ai aucune raison de douter de sa loyauté. A présent, si tu veux bien m'excuser, il m'attend et nous avons une longue route à faire.

D'un pas très digne de reine outragée, Margerite marcha jusqu'à la porte. Avant de sortir, elle lança à sa fille un dernier regard consterné par-dessus son épaule et conclut :

— Cet homme va te briser le cœur et te ridiculiser dans le monde des affaires. Mais après tout, peut-être as-tu besoin de cette leçon pour grandir.

Quand la porte claqua derrière elle, Sydney sentit ses jambes la lâcher et dut se laisser glisser pour ne pas tomber sur l'accoudoir du sofa. Mikhail avait déjà beaucoup attendu, mais il lui faudrait patienter encore.

Mikhail tournait comme un lion en cage. Les mains plongées au fond de ses poches, les idées aussi noires qu'un ciel d'orage, il faisait dans le parking souterrain les cent pas devant les portes d'ascenseur. Dès que celles-ci coulissèrent pour livrer passage à Sydney, pâle et défaite, il se précipita à sa rencontre.

— Tu vas bien ? s'inquiéta-t-il en serrant son visage entre ses mains. Non, je vois bien que non…

— Je t'assure que ça va aller, tenta-t-elle de le rassurer avec un faible sourire. Cela n'a pas été très plaisant, mais les disputes de famille le sont rarement.

Mikhail hocha la tête d'un air dubitatif. Chez les Stanislaski, les disputes n'étaient pas rares, mais elles ne le laissaient jamais vidé de toute énergie.

— Remontons, suggéra-t-il. Nous partirons demain, quand tu te sentiras mieux.

Sydney secoua la tête avec conviction.

— Je t'assure que ça n'est pas nécessaire. Le week-end sera court. Je veux que nous partions tout de suite.

Elevant les mains de Sydney à ses lèvres, Mikhail les embrassa avec ferveur.

— Je suis désolé, murmura-t-il. Désolé d'avoir été la cause d'une dispute entre ta mère et toi.

— Je t'assure que tu n'as pas à l'être…

Parce qu'elle en avait besoin, Sydney posa la joue contre la poitrine de Mikhail, soupirant de bonheur quand ses bras se refermèrent autour d'elle.

— Ma mère et moi avons de vieux comptes à régler qui ne te concernent pas. Je préfère ne pas en parler…

Une ombre passa sur le visage de Mikhail.

— Il y a tant de choses dont tu ne veux pas parler…

Tendrement, elle lui caressa la joue.

— Je m'en rends compte, s'excusa-t-elle. Et j'en suis désolée. Mais il est une chose que tu dois savoir…

Pour ne pas avoir à soutenir son regard, Sydney ferma les yeux. Des centaines de papillons semblaient avoir pris leur envol dans son estomac. Sa gorge était aussi brûlante et sèche qu'un désert. Pourtant, les mots semblèrent éclore spontanément sur ses lèvres.

— Je t'aime, Mikhail.

Les mains qui lui caressaient le dos se figèrent. Soulagée, Sydney rouvrit les paupières et découvrit comme deux astres sombres et étincelants les yeux de Mikhail rivés aux siens.

— Ainsi, dit-il, tu as fini par ouvrir les yeux…

Comme chaque fois que l'émotion l'emportait en lui, il avait parlé d'une voix teintée d'un accent slave beaucoup plus prononcé. Et lorsque ses lèvres avec tendresse se posèrent sur les siennes, Sydney comprit qu'elle n'aurait pu rêver plus beau serment d'amour.

— Viens, dit-il en l'entraînant par le bras. Il faudra que tu me le redises pendant que je conduirai. Encore et encore. Je crois que je ne m'en lasserai jamais…

*
* *

Il était minuit passé quand l'Aston Martin se gara devant la vieille demeure en brique de Natasha et Spencer, à Shepherdstown. Sur le siège passager, la tête posée sur son poing serré, Sydney dormait paisiblement. En l'observant, Mikhail sentit son cœur s'envoler vers elle et dut se retenir de la prendre dans ses bras pour la serrer contre lui, afin de la bercer encore et encore pour qu'elle oublie tout ce qui dans sa vie ou dans son passé la faisait encore souffrir.

Il avait l'impression d'avoir toujours su qu'il aimerait ainsi la femme de sa vie, avec autant de certitude et d'intensité. Il s'imaginait sans difficulté se réveiller chaque matin à son côté, dans la grande chambre à coucher de la vieille maison qu'ils achèteraient pour y abriter leur amour. Il pouvait déjà la voir rentrer chaque soir, dans un de ses impeccables tailleurs de femme d'affaires, et lui conter avec excitation ou lassitude les petites défaites et les grandes victoires de sa journée de travail. Un jour, il en était certain, son ventre s'arrondirait et il aurait la joie et l'émotion de sentir leur enfant bouger sous ses doigts. Alors, leur maison s'emplirait des cris des enfants qu'ils se feraient un bonheur d'y regarder grandir.

Mikhail émergea de sa songerie, haussa les épaules. Le bras tendu, il remit en place sur le front de Sydney quelques mèches rebelles. Il ne servait à rien de brûler les étapes, décida-t-il. Chaque petit pas franchi était à savourer pleinement, et malgré tous les obstacles, malgré tout ce qui aurait dû les séparer, ils en avaient déjà franchi beaucoup tous les deux…

Sydney émergea du sommeil avec la douce sensation des lèvres de Mikhail effleurant les siennes, de ses doigts caressant sa joue. Par la vitre entrouverte une brise nocturne lui apportait le parfum des roses et du chèvrefeuille, presque aussi émouvant et délicieux que le désir qui déjà lui aiguillonnait le ventre.

— Où sommes-nous ?

— Shepherdstown, répondit-il en lui mordillant les lèvres. En plein cœur de la Virginie-Occidentale.

Sydney se prêta avec plus de fougue au baiser et se contorsionna sur le siège pour l'enlacer. Après un grognement de plaisir, Mikhail se mit à gémir lorsque le levier de vitesse percuta une partie sensible de son anatomie.

— Je dois me faire vieux, pesta-t-il en grimaçant. J'étais plus doué autrefois pour séduire une femme dans ma voiture…

— Mm, grommela Sydney en s'étirant. Je trouve que tu ne t'en sortais pas si mal.

Assailli par une série d'images aussi troublantes qu'explicites, Mikhail faillit se laisser tenter avant de secouer la tête et d'ouvrir sa portière pour se précipiter à l'extérieur.

— Nous sommes attendus, dit-il. Dépêchons-nous de trouver ta chambre, que je puisse t'y rejoindre au plus vite…

Sydney se mit à rire et sortit à son tour. Au premier regard, la vieille demeure en brique entourée d'arbres et protégée de la rue par des haies de buis lui plut. Les lumières brillaient encore à quelques fenêtres du rez-de-chaussée. Mikhail la rejoignit avec leurs bagages et ils commencèrent à gravir les marches de pierre qui serpentaient au milieu de la pelouse en pente douce qui entourait la maison.

Dans l'obscurité, Sydney devina les buissons de roses et de chèvrefeuille dont les fragrances l'avaient accueillie au réveil. Fleurs et buissons semblaient dans ce jardin pousser comme bon leur semblait, ce qui à ses yeux ajoutait encore à son charme. Au pied du porche, avant qu'ils n'en montent les marches, elle remarqua un tricycle renversé non loin d'un parterre de pétunias méticuleusement saccagé.

Mikhail, qui avait suivi la direction empruntée par son regard, plaisanta gaiement :

— M'est avis qu'Ivan a déjà fait des siennes. Quand Nat verra ça, il ferait bien de se faire oublier jusqu'au départ s'il ne veut pas finir en hot dog…

Sur le porche, venus des fenêtres entrouvertes, des rires et des accords de piano les accueillirent.

— On dirait qu'ils sont toujours debout, s'étonna Sydney. Je pensais qu'ils ne nous auraient pas attendus.

— Nous n'avons que deux jours à passer ensemble, expliqua Mikhail. Il est hors de question de les gâcher à dormir…

Du pied, il repoussa la moustiquaire et ils pénétrèrent dans un grand hall illuminé. Après avoir déposé les sacs au pied d'un escalier monumental, Mikhail prit la main de Sydney et l'entraîna vers une double porte entrebâillée. Après la parenthèse intimiste du voyage en voiture, Sydney sentait toute sa réserve habituelle lui revenir. Difficile d'échapper à toutes ces années de formation dans des écoles très strictes où on lui avait appris à ne rien manifester de ses sentiments et à saluer les étrangers d'une poignée de main impersonnelle et d'un tiède : « Comment allez-vous ? »…

Elle en était encore à appréhender la rencontre à venir que Mikhail pénétrait déjà en la remorquant à sa suite dans un grand salon empli de musique.

— Nat ! s'exclama-t-il en fondant sur une belle jeune femme de taille moyenne, habillée d'une robe pourpre et dotée d'une magnifique chevelure de boucles brunes.

Suspendue à son cou, elle l'embrassa bruyamment sur les deux joues avant de déposer un baiser léger sur sa bouche.

— Tu es toujours en retard ! lui reprocha-t-elle en le dévorant du regard. Alors, que m'as-tu apporté ?

— Tu verras bien, répondit-il mystérieusement. Peut-être ai-je quelque chose au fond de mon sac pour toi, ou peut-être pas…

Reposant Natasha sur le sol, Mikhail se tourna vers l'homme qui venait de cesser de plaquer des accords sur le clavier du grand piano à queue.

— Quant à toi, dit-il en lui assenant une vigoureuse claque sur l'épaule, j'espère que tu as pris soin d'elle !

Visiblement sans rancune, l'homme se leva et vint donner l'accolade à Mikhail.

— Heureusement, te voilà ! s'exclama-t-il. Cela fait une heure que Nat ne tient plus en place à l'idée de te voir.

— N'exagère pas ! protesta Natasha avec une petite tape sur l'avant-bras de son mari.

Puis, incapable de brider plus longtemps sa curiosité, elle se tourna vers la femme que son frère voulait leur présenter. Spontanément, un sourire de bienvenue lui monta aux lèvres, même si la réserve hautaine dans laquelle se maintenait leur visiteuse ne laissait pas de l'inquiéter. Ainsi donc, cette jeune femme distante, froide et élégante était celle dont ses parents affirmaient que Mikhail était tombé amoureux ?

— Mikhail ? fit-elle en cherchant le bras de son frère. Tu ne nous as pas présenté ton amie…

Un peu gêné de voir Sydney se maintenir en retrait, Mikhail vint lui passer le bras autour des épaules pour la pousser gentiment vers leurs hôtes et faire les présentations.

— Sydney Hayward, Natasha Kimball…

— Très heureuse de vous rencontrer, dit Sydney en tendant la main à la sœur de Mikhail. Et désolée pour le retard, qui est entièrement ma faute.

— Je plaisantais, la rassura Natasha en lui serrant la main. Vous êtes la bienvenue ici. Je crois que vous connaissez déjà le reste de la famille…

Comme si leur dernière rencontre remontait à des mois, tous les autres Stanislaski s'assemblaient autour de Mikhail pour le saluer avec enthousiasme.

— Il me reste à vous présenter Spence, mon mari, reprit la maîtresse de maison.

— Sydney ? fit celui-ci d'une voix étonnée. Sydney Hayward ?

Avec un sourire de circonstance, Sydney fit volte-face et ouvrit des yeux ronds dès qu'elle eut reconnu l'homme qui s'avançait vers elle.

— Spencer Kimball ? murmura-t-elle en le laissant serrer chaleureusement ses mains dans les siennes. Ça alors ! Ma mère m'avait dit que vous aviez déménagé dans le Sud et que vous vous étiez remarié, mais si j'avais pu me douter…

— Manifestement, vous vous connaissez, constata Natasha en échangeant un regard intrigué avec Nadia, qui faisait circuler un plateau chargé de petits verres de vodka.

— J'ai connu Sydney alors qu'elle n'était pas plus âgée que Freddie, expliqua Spencer en faisant allusion à sa fille aînée. Nous ne nous étions pas revus depuis…

Sa voix mourut dans un murmure gêné quand il se rappela qu'ils s'étaient rencontrés pour la dernière fois à l'occasion du mariage de Sydney. Sa présence auprès de Mike indiquait que cette union n'avait pas duré.

Sydney, qui avait saisi l'origine de son trouble, s'empressa de voler à son secours.

— Nous ne nous sommes plus revus depuis très longtemps, conclut-elle.

Un verre de vodka à la main, l'autre posée avec affection sur l'épaule de son beau-fils, Yuri s'exclama :

— Voyez comme le monde est petit !

Puis il précisa à l'intention de Natasha :

— Sydney est propriétaire de l'immeuble dans lequel habite ton frère. Jusqu'à ce qu'il arrive à ses fins avec elle, il était d'une humeur massacrante…

Après avoir saisi le verre de son père, Mikhail le vida d'un trait et le lui rendit.

— C'est faux ! s'offusqua-t-il. J'ai pris le temps de lui faire la cour. Comme un gentleman… A présent, Sydney est folle de moi !

Avec un sourire féroce, Rachel s'immisça dans la conversation.

— Arrière tout le monde ! Son ego entre de nouveau en expansion…

Vexé, Mikhail fusilla sa jeune sœur du regard et vint entourer la taille de Sydney d'un bras possessif.

— Dis-leur que tu es folle de moi, susurra-t-il. Pour rabattre son caquet à cette langue de vipère…

— Il me semble t'avoir déjà dit que ton arrogance m'étonnerait toujours, répondit-elle en soutenant son regard. En fait, je crois que je commence à m'y faire.

Alex se laissa tomber sur un sofa en éclatant de rire.

— Mike, s'exclama-t-il, elle a vu clair dans ton jeu ! Venez donc vous asseoir près de moi, Sydney. Dans la famille, c'est bien moi le plus modeste et le plus romantique…

— Assez plaisanté pour ce soir ! protesta Nadia en couvant Sydney d'un regard bienveillant. Après ce voyage, vous devez être fatiguée…

— Un peu, répondit-elle. Je…

Aussitôt, la maîtresse de maison fut à son côté.

— Je manque à tous mes devoirs, s'excusa-t-elle. Je vais vous montrer votre chambre.

En précédant Sydney dans le hall, Natasha expliqua par-dessus son épaule :

— Vous pourrez vous coucher tout de suite si vous le désirez, ou nous rejoindre en bas si vous en avez le courage. Je voudrais surtout que vous vous sentiez ici comme chez vous.

A l'étage, Natasha fit entrer Sydney dans une pièce assez petite mais très coquette, dotée d'un étroit lit à baldaquin. Des tapis fanés égayaient un parquet de bois sombre poli comme un miroir. Près de la fenêtre ouverte, dont les rideaux de mousseline ondulaient sous la brise nocturne, un bouquet de gueules-de-loup dans une bouteille de lait ancienne ornait un secrétaire.

— J'espère que vous vous plairez chez nous, dit Natasha en posant le sac de Sydney sur un coffre en merisier au pied du lit.

— Je n'en doute pas, répondit-elle avec un sourire. Je suis très heureuse de connaître enfin la sœur de Mikhail et la femme d'un vieil ami. Enseigne-t-il toujours la musique ?

— Oui. A l'université de Shepherdstown. Il s'est également remis à composer.

— Tant mieux ! Spence est un de nos meilleurs compositeurs contemporains. Je me rappelle qu'il avait une charmante petite fille, Freddie…

Le sourire de Natasha s'épanouit sur ses lèvres.

— Elle est âgée d'une dizaine d'années aujourd'hui. Elle a voulu à toute force attendre Mikhail, mais elle n'a pu résister au sommeil. Je la soupçonne d'avoir embarqué Ivan dans sa chambre avec elle pour le protéger de ma colère. Il a réduit mes pétunias en…

Les sourcils froncés, Natasha dressa l'oreille.

— Quelque chose ne va pas ? s'inquiéta Sydney.

— Ce n'est que Katie, notre bébé, expliqua-t-elle avec un sourire rassurant. C'est l'heure de la tétée de la nuit. Si vous voulez bien m'excuser…

Sur le seuil de la pièce, Natasha se retourna et étudia Sydney avec un sourire énigmatique.

— Moi aussi, assura-t-elle, je suis heureuse de faire la connaissance d'une femme qui compte autant aux yeux de mon frère. Vous savez, vous êtes la première que Mikhail amène ici…

Ne sachant que penser de ces paroles, Sydney retint son souffle et lui rendit timidement son sourire.

— A demain, Sydney, reprit Nat en refermant derrière elle. Et bonne nuit…

Sydney fut réveillée peu après 7 heures par des aboiements joyeux sous ses fenêtres, auxquels firent bientôt écho des rires et des cris d'enfants déchaînés. Avec un grognement de protestation, elle tendit le bras, surprise de trouver le lit vide à côté d'elle. Tard dans la nuit, Mikhail avait honoré sa promesse de l'y rejoindre et il lui semblait qu'ils n'avaient tous deux cédé au sommeil que peu avant l'aube. Après une nuit pareille, s'étonna-t-elle, comment ce diable d'homme faisait-il pour être déjà debout ?

Renonçant à percer ce mystère, Sydney roula sur le côté. La tête enfouie sous l'oreiller pour atténuer le tintamarre qui n'avait pas cessé, elle ne réussit qu'à s'asphyxier. Alors, se résignant à son sort, elle rejeta le drap, posa prudemment un pied sur le sol, puis l'autre, jusqu'à pouvoir se lever et enfiler sa robe de chambre. A peine avait-elle entrebâillé sa porte pour jeter un coup d'œil dans le couloir que Rachel, dans la chambre située face à la sienne, fit de même. Un long moment, les deux jeunes femmes s'observèrent sans mot dire, échevelées et les yeux lourds. La sœur de Mikhail fut la première à éclater d'un rire moqueur, aussitôt imitée par Sydney.

— Quand j'aurai des enfants, dit-elle lorsqu'elle se fut calmée, ils ne seront pas autorisés à sauter du lit avant 10 heures le samedi matin, et pas avant midi le dimanche. Et encore, seulement s'ils m'apportent le petit déjeuner au lit… Vous avez une pièce sur vous ?

Encore à moitié réveillée, Sydney ne s'étonna pas de la question et fouilla de manière automatique dans ses poches.

— Non, répondit-elle d'une voix pâteuse. Désolée…

— Attendez une seconde, lança Rachel en disparaissant dans sa chambre. Je vais en chercher une.

Sydney commençait à s'apercevoir de l'incongruité de la situation quand elle revint, faisant sauter la piécette dans la paume de sa main.

— Pile ou face ?

— Je… Pardon ?

Un sourire espiègle joua sur les lèvres de Rachel.

— Vous gagnez et la douche est à vous. Vous perdez, et vous allez nous chercher un café.

— Oh ! fit Sydney. Dans ce cas, ce sera pile.

Rachel envoya la piécette voler dans les airs et la réceptionna avec adresse, avant de tendre la main vers elle en grimaçant.

— Du lait ? Du sucre ? s'enquit-elle.

— Noir, merci…

— Comptez dix minutes.

Traînant ses chaussons sur le sol, Rachel remonta le couloir, au bout duquel elle s'arrêta.

— Puisque nous sommes seules, lança-t-elle, puis-je vous poser une question indiscrète ?

— Je vous écoute.

— C'est vrai que vous êtes folle de mon frère ?

Sans la moindre hésitation, Sydney répondit :

— Puisque nous sommes seules, oui…

Une demi-heure plus tard, ragaillardie par une longue douche et un café serré, Sydney descendait l'escalier. Au rez-de-chaussée, elle trouva pratiquement toute la famille Stanislaski réunie dans la cuisine.

En short et T-shirt mais toujours aussi éblouissante, Natasha officiait devant ses fourneaux. En bout de table, tout en faisant des mimiques à un bébé en chaise haute qui devait être Katie, Yuri engloutissait crêpe sur crêpe. A côté de lui, la tête entre les mains et les coudes sur la table, Alex semblait bien mal en point. Quand sa mère vint poser devant lui un bol de café fumant, à peine murmura-t-il un faible remerciement.

— Ah ! Sydney, s'exclama Yuri en la découvrant sur le seuil.

— Papa ! gémit Alex, les mains plaquées sur les oreilles. Un peu de pitié pour les agonisants…

Tout en calmant son fils d'une main compatissante, Yuri adressa à Sydney son sourire le plus charmeur.

— Venez vous asseoir près de moi, dit-il. Les crêpes de ma fille aînée sont les meilleures au monde. Après celles de sa mère, bien entendu…

— Bonjour, dit Natasha en s'approchant de Sydney pour lui servir un café. Je dois m'excuser pour le sans-gêne de mes enfants et de cet idiot de chien qui ont réveillé toute la maison.

— Les enfants sont les enfants, expliqua Yuri avec un sourire fataliste. C'est quand on ne les entend pas qu'on commence à s'inquiéter.

La petite Katie, adorable réplique de sa mère dotée des mêmes yeux ensorceleurs et de la même chevelure de gitane, frappa bruyamment son bol de sa cuillère comme pour marquer son approbation.

— Où sont les autres ? s'enquit Sydney.

Prenant le ciel à témoin de la futilité des hommes, Nat leva les yeux au plafond en soupirant.

— Spence a voulu montrer à Mikhail le barbecue qu'il s'est mis en tête de construire. Voilà une demi-heure qu'ils tournent autour en grognant comme des Sioux… Vous avez bien dormi ?

L'innocente question fit rougir Sydney, consciente que toute la maisonnée était sans doute au courant de la migration nocturne de Mikhail dans sa chambre.

— Très bien, répondit-elle d'un air détaché. Merci…

Puis, voyant le père de Mikhail empiler devant elle plusieurs crêpes, elle émit une protestation qu'il fit taire d'un geste.

— Il faut manger, dit-il sur un ton catégorique. C'est bon pour le moral.

Avec un clin d'œil complice, il crut bon d'ajouter :

— Et pour reprendre des forces aussi…

L'arrivée en trombe dans la pièce d'un garçonnet blond aux cheveux frisés dispensa fort heureusement Sydney d'avoir à lui répondre. Yuri l'attrapa au vol et le retint prisonnier de ses bras avec force chatouilles.

— Voici mon petit-fils Brandon, annonça-t-il fièrement. C'est un monstre, et je mange les monstres au petit déjeuner ! Miam-miam-miam…

Sous les coups de dents simulés de son grand-père, le petit garçon hurlait et se tordait de rire.

— Papyu ! s'exclama-t-il quand ils eurent tous deux assez joué. Tu dois venir voir comme je roule bien à vélo ! D'accord ?

La tête posée contre la poitrine de son grand-père, Brandon finit par remarquer la présence de Sydney et lui adressa un long regard curieux, assorti d'un sourire.

— Bonjour ! dit-il. Tu peux venir aussi si tu veux. Tu as de beaux cheveux. Comme ceux de Lucy…

— Ce qui n'est pas un mince compliment, précisa Natasha. Lucy est l'un des deux chats de la maison.

Puis, s'adressant à son fils :

— Sydney viendra te voir rouler à vélo plus tard, mon chéri. Elle n'a pas encore déjeuné.

— Alors c'est toi qui viens, maman !

Incapable de résister à la tentation, Natasha glissa affectueusement ses doigts dans les boucles blondes.

— Bientôt. C'est promis…

— Alors, décréta Brandon en se rabattant sur son grand-père, c'est papyu qui vient !

Sachant ce qu'on attendait de lui, Yuri se leva et le hissa à la force des bras sur ses épaules. Hurlant de plaisir, Brandon s'accrocha fermement à ses cheveux et le duo sortit en trombe de la maison.

— Papa, regarde ! entendit-on crier Brandon dans le jardin. Regarde comme je suis grand !

— Ce gamin ne s'arrête donc jamais de hurler ? se lamenta Alex en achevant son café d'un air morose.

Farouchement protectrice envers ses petits-enfants, Nadia lui cingla l'épaule d'un coup de torchon.

— Toi, s'indigna-t-elle, tu criais dix fois plus que lui jusqu'à l'âge de douze ans !

Compatissante, Sydney se leva pour lui servir un autre café. Alex en profita pour s'emparer de sa main, qu'il porta à ses lèvres.

— Sydney, murmura-t-il, vous êtes un trésor. Partons loin d'ici, tous les deux…

Mikhail, qui pénétrait dans la cuisine par la porte de derrière au même instant, gronda depuis le seuil :

— Va-t-il encore falloir que je te casse le nez ?

Alex répliqua avec un regard de défi :

— Je te prends au bras de fer quand tu veux…

— Les hommes, soupira Rachel en pénétrant à son tour dans la cuisine. Tous des brutes !

— Pourquoi ?

La question émanait d'une petite fée aux cheveux d'or qui arrivait juste derrière Mikhail.

Rachel s'agenouilla près d'elle et l'embrassa sur les deux joues avant de lui répondre.

— Vois-tu, Freddie, pour résoudre leurs problèmes les hommes préfèrent se servir de leurs gros muscles plutôt que de leurs petits cerveaux…

Parfaitement indifférent à sa sœur, Mikhail poussa sans ménagement la vaisselle, s'assit face à son frère, et posa le coude sur la table. Alex répondit au défi en murmurant quelque chose en ukrainien. Les paumes claquèrent l'une contre l'autre. Les doigts se verrouillèrent. Les regards se durcirent dans les visages crispés sous l'effet de la concentration.

Fascinée, Freddie s'approcha de la table, observant tour à tour ses deux oncles.

— Qu'est-ce qu'ils font ? s'étonna-t-elle.

Natasha soupira, s'accroupit pour passer un bras autour de ses épaules et répondit :

— Ils se rendent ridicules…

Puis, se tournant vers Sydney :

— Je vous présente Freddie, mon aînée. Freddie, je te présente Mlle Hayward, l'amie de Mikhail.

Un peu intimidée, Sydney sourit à la petite fille.

— Ravie de te revoir, Freddie. Je t'ai déjà rencontrée il y a très, très longtemps, quand tu n'étais qu'un bébé.

— Vraiment ?

Intriguée, Freddie était partagée entre le spectacle fascinant des biceps de ses oncles en train de grossir démesurément et cette inconnue qui disait la connaître. Sydney ne restait pas elle non plus insensible au bras de fer. Ce que Mikhail, dont le regard s'envolait régulièrement vers elle, n'avait pas manqué de noter.

— Oui, reprit-elle enfin. Je… euh… connaissais ton père quand vous habitiez encore à New York.

Indifférente à la joute en cours, Rachel avait pris place en bout de table et couvait d'un œil gourmand les crêpes empilées devant elle.

— Passe-moi le sirop d'érable ! lança-t-elle sans lever les yeux, le bras tendu vers Mikhail.

De sa main libre et sans relâcher son effort, celui-ci le lui tendit. Saluant l'exploit d'un sourire caustique, Rachel arrosa copieusement le contenu de son assiette.

— Maman ! lança-t-elle en se préparant à manger. Veux-tu que je t'accompagne pour une promenade en ville après le petit déjeuner ?

Nadia, qui préférait voir ses fils mesurer leur force ainsi plutôt que de se battre comme des chiffonniers, chargeait le lave-vaisselle sans s'occuper deux.

— Excellente idée ! répondit-elle. Nat… Veux-tu que nous prenions Katie en promenade avec nous dans le landau ?

Natasha, qui était en train de se laver les mains, hocha la tête et dit :

— Je vous accompagne. J'avais prévu de passer à la boutique aujourd'hui.

A l'intention de Sydney, elle précisa :

— Je suis propriétaire d'un magasin de jouets…

Hypnotisée par le spectacle des deux frères qui avec force grognements et grimaces arrivaient au terme de leur joute, Sydney marmonna vaguement :

— Oh ! Très bien…

A l'évidence, songea Natasha en se séchant les mains, elle aurait pu prétendre posséder une fabrique d'armes sans provoquer chez elle plus d'intérêt.

Voyant Sydney dévorer du regard son champion en titre, Nadia et ses deux filles échangèrent des regards entendus, convaincues d'avoir à accueillir sous peu une nouvelle venue dans la famille.

Avec un grognement de triomphe, Mikhail abattit lourdement l'avant-bras de son frère sur la table, faisant tintinnabuler la vaisselle. Prise dans l'ambiance du moment, Freddie se mit à battre des mains, aussitôt imitée par sa sœur.

Beau joueur, Alex souriait crânement en se massant les doigts.

— Cherche-toi une autre femme ! lui lança Mikhail en se redressant. Celle-ci est à moi…

Sans laisser à Sydney le temps de réaliser ce qui lui arrivait, il la souleva dans ses bras et marcha d'un pas de vainqueur vers la porte, les lèvres soudées aux siennes en un étourdissant baiser.

10

— L'idée que tu aurais pu perdre ne t'a même pas effleuré l'esprit ?

Amusé par l'irritation manifeste dans le ton de sa voix, Mikhail enlaça d'un bras la taille de Sydney et l'attira contre lui, sans ralentir leur allure le long du trottoir inégal qu'ils remontaient.

— Non, répondit-il d'un air ingénu. Pourquoi ?

Pour être sûre de n'être pas entendue du reste de la famille, qui les accompagnait à quelques pas devant et derrière eux, Sydney baissa la voix et poursuivit :

— Cela ne t'a pas gêné non plus de me ridiculiser aux yeux de ta mère en me traitant ainsi…

— Cela t'a plu…

— Certainement pas !

— Cela t'a plu ! insista Mikhail, se remémorant la fascination qu'il avait lue dans ses yeux durant le bras de fer et la passion avec laquelle elle avait répondu à son baiser. Cela t'a plu autant qu'à moi, sinon plus…

Cette fois, Sydney faillit se laisser aller à sourire. Pour rien au monde elle n'aurait admis le trouble qui s'était emparé d'elle à l'idée d'être emportée comme un précieux trophée de guerre dans les bras d'un barbare victorieux.

— Quel plaisir de revoir Spencer ! s'exclama-t-elle, préférant changer de sujet. Quand j'avais quinze ans, j'avais un terrible béguin pour lui…

Les yeux de Mikhail se posèrent sur le dos de son beau-frère devant eux, et Sydney eut la satisfaction de voir y passer une lueur de jalousie.

— Ah oui ? fit-il d'un air soupçonneux.

— Oui ! confirma-t-elle avec entrain. Ta sœur a bien de la chance de l'avoir épousé…

La fierté familiale prit aussitôt le pas sur toute autre considération dans l'esprit de Mikhail.

— Tu te trompes ! C'est *lui* qui a de la chance de l'avoir épousée…

Sydney ne put s'empêcher de rire et conclut :

— Nous avons sans doute raison tous les deux.

Soudain, fatigué de marcher bien sagement à côté de sa mère, Brandon lui lâcha la main et accourut vers eux.

— Tu dois me porter ! lança-t-il à son oncle.

— Je le *dois* vraiment ? s'amusa celui-ci.

Avec un hochement de tête enthousiaste, le petit garçon se mit à escalader la jambe de Mikhail sans autre forme de procès en s'écriant :

— Oui ! Tu dois me porter, comme papyu le fait !

En moins de temps qu'il n'en faut pour le dire, Brandon se retrouva juché sur les épaules de son oncle. Là, les joues roses de plaisir et la bouche ourlée d'un sourire radieux, il regarda Sydney et lui dit :

— J'ai trois ans ! Et je sais déjà m'habiller tout seul.

Un œil sur les chaussettes de couleurs différentes qui s'agitaient à hauteur de ses yeux, Sydney se retint de rire et hocha la tête avec la gravité qui convenait.

— Et je vois que tu t'en sors très bien. Seras-tu plus tard un grand compositeur, comme ton père ?

— Nan ! protesta Brandon d'un air blasé. Moi, j'veux être un château d'eau. Pasque c'est eux les plus grands et les plus beaux…

Sydney n'avait jamais entendu plus grande et plus noble ambition. Charmée par l'innocence et la fantaisie du gamin, elle lui sourit jusqu'à ce qu'il demande tout à trac :

— T'habites avec oncle Mike ?

— Non ! répondit-elle un peu trop vivement.

— Du moins pas encore, intervint Mikhail avec un clin d'œil à son intention.

— Pourtant, poursuivit Brandon sans se décourager, je t'ai vue l'embrasser. Comment ça s'fait que vous avez pas encore de bébé ?

Natasha, alertée par l'absence de son fils, vint fort heureusement à la rescousse.

— Assez de questions pour ce matin ! protesta-t-elle en levant les bras pour récupérer le garçonnet.

— Mais, maman ! Je voulais juste savoir…

— Tout ! l'interrompit Nat. Tu veux toujours tout savoir…

Un gros baiser sur la joue vint étouffer dans l'œuf de nouvelles protestations.

— Mais pour l'instant, reprit-elle, tout ce que tu as besoin de savoir c'est que tu pourras choisir si tu le veux une voiture au magasin.

Ses yeux couleur chocolat brillant de convoitise, Brandon perdit aussitôt tout intérêt pour les bébés.

— N'importe quelle voiture ? s'enquit-il d'un air soupçonneux.

— N'importe quelle *petite* voiture, précisa sa mère.

Laissant Brandon harceler Natasha pour savoir à quel point la voiture serait petite, Sydney et Mikhail se laissèrent distancer.

— Tu vois, murmura Mikhail à l'oreille de Sydney, on dit toujours que la vérité sort de la bouche des enfants… Eh bien, je commence à croire que c'est vrai.

Pour éviter de lui répondre et pour tenter d'ignorer les émotions qui se bousculaient en elle, Sydney se contenta de lui envoyer un coup de coude dans les côtes.

Shepherdstown apparut aux yeux de Sydney comme une charmante petite ville, aux rues sinueuses bordées de boutiques anciennes. *Funny House*, le magasin de Natasha, lui fit forte impression. Quoique petit, il couvrait tout l'éventail des rêves enfantins, de la voiture de course en plastique à la poupée de porcelaine, de la navette spatiale à infrarouge aux boîtes à musique à l'ancienne.

Au sortir du magasin de jouets, Mikhail se montra très coopératif quand elle commença à errer d'échoppe en boutique, tant et si bien qu'ils eurent tôt fait de perdre de vue le reste de la famille. Ce n'est qu'au retour, alors qu'il leur fallait gravir la colline pour retrouver la demeure de Spence et Natasha avec les bras chargés de paquets, qu'il commença à maugréer.

— Pourquoi donc me suis-je imaginé que tu es une femme sensée ?

— Parce que j'en suis une.

Mikhail marmonna quelques mots en ukrainien dont Sydney préféra ne pas demander la traduction.

— Dans ce cas, reprit-il, comment t'imagines-tu que nous allons ramener tout ceci à New York ?

— Tu es tellement intelligent, rétorqua Sydney, je me suis dit que tu trouverais bien une solution.

Mikhail lâcha une nouvelle salve de jurons ukrainiens entre ses dents.

— Tu feras moins la maligne, bougonna-t-il, quand tu devras voyager pendant cinq heures avec tes cartons sur les genoux…

Stoppant net en plein milieu du trottoir, Sydney parvint par un baiser appuyé à le ramener à de meilleures dispositions…

Ils débouchèrent dans le jardin au moment où Ivan, l'air penaud et la queue entre les pattes, contournait le coin de la maison, poursuivi par deux gros chats lancés à ses trousses.

— Ce chien ! se lamenta Mikhail avec un soupir. C'est une véritable honte pour la famille !

Acquise à la cause d'Ivan, Sydney se débarrassa de ses paquets en chargeant un peu plus les bras de Mikhail et s'accroupit.

— Ivan ! appela-t-elle d'une voix engageante. Viens, mon bébé…

Eperdu de reconnaissance, le chien vint se lover dans ces bras accueillants, posant sa tête sur l'épaule amie. Les chats, deux bêtes magnifiques en pleine force de l'âge, s'assirent dignement dans l'herbe pour contempler d'un air dédaigneux ce spectacle incongru.

— Sauvé par une femme ! s'exclama Mikhail. De mieux en mieux…

— Ce n'est qu'un chiot ! protesta Sydney en lui caressant les flancs. Fiche-nous la paix et retourne te mesurer à ton frère…

Mikhail avait à peine disparu sous le porche que Freddie surgit au coin de la maison. Avec un soulagement manifeste, elle se laissa tomber dans l'herbe à côté d'Ivan.

— Enfin le voilà ! s'écria-t-elle. Je le cherchais partout.

— Les chats lui ont fait peur, expliqua Sydney.

— Ils ne font que s'amuser. Tu aimes les chiens ?

— Oui, beaucoup.

— Comme moi, reprit gravement Freddie. J'aime aussi les chats. J'ai eu Lucy et Daisy pour mes six ans. Maintenant qu'ils sont grands, je voudrais bien un jeune chien.

Sans cesser de caresser Ivan, Freddie contempla tristement le parterre de bégonias en piteux état.

— Peut-être que si j'arrangeais ces fleurs…

Sydney, qui savait ce que c'est que d'être une petite fille soupirant après un animal de compagnie, prit ses mains dans les siennes et posa un baiser sur sa joue.

— Cela serait sans doute un bon début, dit-elle. Veux-tu que je t'aide ?

Ainsi Sydney passa-t-elle la demi-heure suivante à sauver ce qui pouvait l'être des bégonias de Natasha. Ou plus exactement, puisqu'elle n'avait aucune notion de jardinage, elle se contenta de suivre à la lettre les instructions de Freddie.

Quand elles eurent terminé, Sydney laissa Ivan aux bons soins de la petite fille et rentra se laver les mains. De retour dans le hall, attirée par des rires et des éclats de voix, elle se glissa dans le salon de musique et se planta devant la grande baie vitrée.

Dans le jardin, une partie de soft ball réunissait toute la famille, sous l'arbitrage de Nadia. Un vague sourire jouant sur ses lèvres, le cœur serré par la mélancolie, Sydney demeura de longues minutes à les regarder jouer. A l'évidence, bien plus que l'attrait du jeu, c'était la joie de se retrouver tous ensemble qui les unissait.

Il ne fallut pas longtemps pour qu'une décision contestée de l'arbitre amène les uns et les autres à se rassembler au centre du terrain pour une dispute générale remplie de hurlements et de grands gestes énervés. Les yeux embués, Sydney se mordit la lèvre inférieure pour se retenir de pleurer. De toute son existence, jamais elle n'avait désiré quelque chose autant que ce simple bonheur familial.

— Chez nous, expliqua Natasha, il est bien rare que les jeux ne se terminent pas par une dispute...

Souriante, encore pleine du bonheur d'avoir allaité Katie avant de la mettre au lit, Nat observa quelques instants derrière l'épaule de Sydney la bataille en cours dans son jardin. Mais quand celle-ci se tourna vers elle et qu'elle aperçut les deux larmes qui coulaient sur ses joues, son sourire se figea.

— Il ne faut pas pleurer pour ça ! protesta Natasha. Vous savez, tout cela n'est pas très sérieux...

Rouge de confusion, Sydney détourna le regard et essuya ses larmes d'un geste brusque.

— Je le sais, murmura-t-elle. C'est juste que... Cela va sans doute vous sembler ridicule ! Mais à les voir tous si soudés, si unis jusque dans leurs disputes, je me suis sentie soudain... émue. Comme devant un tableau magnifique ou une musique harmonieuse.

Natasha n'avait pas besoin d'en entendre davantage. Il lui suffisait de se rappeler ce que Mikhail lui avait confié à propos de Sydney pour comprendre que de telles réjouissances familiales lui étaient inconnues.

— Vous l'aimez beaucoup, n'est-ce pas ?

Posée sur le ton du constat, la question fit tressaillir Sydney. Autant il lui avait été facile de répondre à Rachel le matin même, autant il lui paraissait difficile de se confier à l'aînée des Stanislaski.

— Vous devez penser que je me mêle de ce qui ne me regarde pas, poursuivit celle-ci. Mais il y a depuis toujours un lien spécial entre Mikhail et moi. Et je sens à quel point vous êtes importante pour lui.

Pensive, Natasha contempla son mari qui tentait dans l'herbe de résister aux assauts conjugués de Brandon et de Freddie. A peine quelques années auparavant, se rappela-t-elle, elle avait redouté de se laisser aller à espérer un tel bonheur.

— Mike vous ferait-il un peu peur ? demanda-t-elle, sous le coup d'une subite inspiration.

A sa grande surprise, Sydney s'entendit répondre :

— L'intensité de ses sentiments m'effraie parfois. Il est tellement proche de ses émotions, il est si facile pour lui de les ressentir, de les comprendre et de les exprimer… Il n'en va pas de même en ce qui me concerne. Question de personnalité, ou d'éducation. Il m'arrive de me sentir débordée par ce qu'il ressent pour moi et je crois que c'est ce qui me fait peur.

— Mike vit au plus près de ses émotions, reconnut Natasha. C'est un artiste. Il n'est qu'émotions. Voulez-vous que je vous montre quelque chose ?

Sans attendre de réponse, Natasha entraîna Sydney dans le fond de la pièce, où une bibliothèque en chêne regorgeait de miniatures sculptées et peintes. La plupart étaient d'une minutie et d'une fantaisie telles qu'il semblait impossible qu'aucune main humaine les eût jamais conçues. Une maison de pain d'épice, au toit couvert de biscuits et aux volets de sucre candi. Une haute tour d'argent, au sommet de laquelle une belle déroulait sa longue chevelure dorée. Un lit à baldaquin, suffisamment petit pour tenir dans la paume d'une main, sur lequel dormait une belle princesse que son prince charmant s'apprêtait à réveiller d'un baiser.

— Elles sont magnifiques ! s'enthousiasma Sydney. Des parcelles de rêve devenues réalité…

Les bras croisés, les yeux brillants de fierté, Nat hocha solennellement la tête.

— Mikhail a de la magie dans les doigts, renchérit-elle. Il a sculpté ces figurines pour moi, parce que j'ai appris l'anglais dans un livre de contes de fées. Mais tout son travail est loin d'être aussi charmant. Ses pièces peuvent être tragiques, puissantes, érotiques ou même effrayantes, mais elles sont toujours vraies, parce qu'elles émergent du plus profond de lui autant que de la matière qu'il travaille.

— Ce que vous essayez de me faire comprendre, intervint Sydney avec un sourire timide, c'est que votre frère est un être sensible. Mais c'est inutile, je le sais déjà. Je n'ai jamais rencontré d'homme plus sensible et compatissant que lui.

— Vous ne craignez donc pas qu'il vous fasse du mal...

Les yeux fixés sur les statuettes, Sydney secoua vigoureusement la tête. Comment aurait-il été possible de craindre la violence ou la méchanceté d'un être capable de rendre palpable une telle beauté ?

— Ce que je crains, dit-elle dans un murmure à peine audible, c'est que je puisse *moi* lui faire du mal sans le vouloir.

— Sydney...

Des cris et des bruits de pas venus du hall empêchèrent Natasha de poursuivre, au grand soulagement de Sydney. Se trouver suffisamment en confiance pour livrer à une quasi-inconnue ses sentiments les plus intimes était pour elle une expérience aussi neuve que dérangeante. S'il y avait de la magie dans les doigts de Mikhail, songea-t-elle en la suivant pour retrouver les autres, il y en avait aussi au sein de cette famille unique. Une magie toute simple : une certaine aptitude au bonheur.

A l'heure de commencer à préparer le repas du soir, Nadia décida de faire place nette dans la maison en expédiant manu militari tous les hommes à l'extérieur.

— Comment se fait-il qu'ils se la coulent douce en buvant une bière à l'ombre, protesta Rachel en râpant rageusement des carottes, alors que nous trimons pour leur préparer à manger ?

— Tu sais très bien pourquoi, répondit sa mère en mettant deux douzaines d'œufs à bouillir. Si nous les laissions nous aider, ils resteraient dans nos jambes sans rien faire d'autre que nous retarder...

— C'est vrai. Mais…

— De quoi te plains-tu ? intervint Natasha. Tout à l'heure, leur tour viendra de nettoyer le chantier que nous leur aurons laissé dans la cuisine.

Avec entrain, Rachel s'attaqua à une autre carotte. Femme à aimer faire la cuisine autant qu'à s'attaquer à une plaidoirie difficile, elle ne protestait que pour le plaisir.

— Sydney ? demanda Natasha en se tournant vers elle. Je peux vous demander de laver le raisin ?

Avec application, Sydney passa les grappes sous l'eau, mettant un point d'honneur à éliminer les grains abîmés et à frotter les taches suspectes. Ce faisant, elle ne se berçait pas d'illusions quant à l'utilité de sa tâche. Heureusement que trois ménagères efficaces et expérimentées s'activaient autour d'elle pour nourrir une famille aussi nombreuse et affamée !

Quand chaque grappe fut lavée et séchée, Nadia, la voyant désœuvrée, lui proposa gentiment :

— Vous pouvez préparer les œufs mimosa si vous le voulez. Ils auront bientôt fini de refroidir.

Consternée, Sydney contempla la montagne d'œufs durs que Nadia finissait d'écailler sous le robinet.

— Ce… ce serait avec plaisir, balbutia-t-elle. Mais en fait, je… Eh bien, je dois avouer que je ne sais pas comment faire.

— Votre mère ne vous a jamais appris ?

Nadia avait l'air bien plus incrédule que scandalisée, ce que Sydney pouvait comprendre. Mikhail lui avait expliqué que sa mère avait considéré de son devoir d'apprendre à cuisiner à chacun de ses enfants. Margerite, quant à elle, ne savait même pas cuire un œuf dur et aurait été bien en peine de lui apprendre à préparer des œufs mimosa.

— Eh bien non, avoua-t-elle avec une grimace comique. Elle m'a juste appris à commander dans les restaurants…

S'essuyant les mains à son tablier, Nadia vint vers elle et lui tapota gentiment la joue.

— Quand ils auront complètement refroidi, dit-elle, je vous apprendrai à les préparer exactement comme Mikhail les aime…

Par l'Interphone de surveillance, les pleurs de Katie retentirent dans la pièce. Retenant par la manche sa mère qui se dirigeait vers le hall, Nat demanda :

— Sydney ? Cela vous dérangerait d'aller chercher Katie ? Nous sommes toutes occupées ici…

Croyant avoir mal entendu, Sydney la dévisagea quelques instants.

— Vous voulez que j'aille… m'occuper du bébé ?

— Oui, s'il vous plaît.

Mal à l'aise mais ne voyant pas comment refuser, Sydney hocha la tête et sortit de la cuisine.

— Je suppose, fit Rachel dès qu'elle eut refermé la porte, que tu as quelque chose derrière la tête…

— Sydney est en manque de famille, expliqua-t-elle. J'essaie simplement de l'aider.

Avec un grand éclat de rire, Rachel se leva et vint entourer les épaules de sa mère et de sa sœur.

— Dans ce cas, conclut-elle, elle aura plus que sa part avec la nôtre !

En gravissant les marches comme un condamné monte à l'échafaud, Sydney entendit de plus en plus distinctement les pleurs frénétiques du bébé. Peut-être Katie était-elle malade, songea-t-elle avec un début de panique. Quelle mouche avait bien pu piquer Nat pour lui demander *à elle* de s'occuper d'un bébé en pleurs ? Etant mère de trois enfants, peut-être considérait-elle ces choses comme allant de soi…

Après avoir pris une profonde inspiration, Sydney se redressa et pénétra dans la nurserie. Katie, les cheveux emmêlés autour de son visage rouge et crispé, s'accrochait aux barreaux de son lit pour mieux hurler son désespoir. Soudain, ses jambes l'ayant lâchée, elle se retrouva assise sur son édredon rose. Une expression d'intense surprise se peignit sur son visage tendu vers l'inconnue qui venait de pénétrer dans sa chambre, bien vite remplacée par une autre crise de larmes.

La détresse de l'enfant suffit à effacer instantanément toute trace d'hésitation ou de nervosité dans l'esprit de Sydney.

— Oh ! mon pauvre bébé ! lança-t-elle d'une voix compatissante. Tu pensais que personne ne viendrait ?

Penchée sur le berceau, elle prit Katie dans ses bras. Spontanément, celle-ci compensa son manque d'expérience en se blottissant contre elle en toute confiance.

— Si petite, murmura Sydney. Et tellement jolie !

Avec un soupir de bien-être, Katie redressa la tête pour darder sur elle ses yeux vifs et noirs.

— Mais dis-moi, reprit-elle, tu es tout le portrait de ton oncle !

A ces mots, transmis clairement par l'Interphone un étage plus bas, les trois femmes affairées dans la cuisine gloussèrent gaiement.

— Oh, oh !

Une main glissée sous les fesses de Katie, Sydney venait de prendre conscience de ce qui justifiait la détresse du bébé.

— Tu es toute mouillée, n'est-ce pas ? demanda-t-elle en soutenant son regard curieux. Ecoute… Je suppose que Nat résoudrait le problème en moins de trois secondes, tout comme ta tante ou ta mamie d'ailleurs, mais elles ne sont pas disponibles pour le moment. Et moi, je n'ai jamais changé une couche de ma vie. Ni préparé d'œufs mimosa. Ni même joué au soft ball. Alors, qu'allons-nous faire ?

Pour toute réponse, Katie gazouilla en accrochant ses petits doigts potelés aux cheveux de Sydney, avec lesquels elle se mit à jouer.

— Je vois, murmura-t-elle. Tu n'en as aucune idée toi non plus…

Du regard, Sydney balaya la pièce et s'arrêta sur une drôle de petite table recouverte d'un matelas et équipée d'une étagère pleine de couches et de produits. Avec un luxe infini de précautions, elle alla y allonger Katie et saisit une couche neuve. D'un œil perplexe, elle l'observa quelques instants sous toutes les coutures. Puis, voyant que le bébé ne la quittait pas des yeux, elle lui sourit d'un air confiant et dit :

— Je crois qu'on va y arriver. Tu es prête ?

Au rez-de-chaussée, Mikhail, qui venait de pénétrer bruyamment dans la cuisine, se fit fusiller du regard par trois femmes attentives et courroucées.

— Qu'est-ce qui se passe ? chuchota-t-il, figé sur le seuil.

— Sydney est en train de changer Katie, l'informa Natasha dans un souffle.

Oubliant instantanément la bière qu'il avait pour mission de rapporter dans le jardin, Mikhail s'approcha de l'Interphone et se mit lui aussi à l'écoute.

— Voilà ! s'exclama Sydney avec une confiance grandissante. On y est presque, qu'en penses-tu ?

Les petites fesses de Katie étaient propres, sèches et poudrées. Sans doute un peu trop poudrées, mais elle avait estimé qu'en ce domaine il valait mieux pécher par excès que par défaut... Pour avoir observé avec attention comment était fixée la couche sale, elle n'eut ensuite aucun mal à mettre en place la nouvelle.

— Cela a l'air d'être presque ça, commenta-t-elle en observant d'un œil critique le résultat obtenu. Pas vrai, mon petit cœur ?

Katie gazouilla de bonheur et se mit à battre frénétiquement des jambes.

— Arrête ! protesta Sydney en riant. C'est l'instant critique où il ne faut surtout pas bouger...

Ce qui ne fit évidemment que redoubler l'agitation du bébé et l'envie de Sydney de la chatouiller et de rire avec elle. Au bout de quelques minutes, pourtant, tout fut terminé et Katie lui parut tellement heureuse dans sa couche neuve qu'elle ne put résister à l'envie de la soulever au-dessus de sa tête. De nouvelles salves de rire retentirent dans la pièce. Les jambes dodues tricotèrent dans le vide avec une énergie nouvelle. La couche bougea bien un peu, mais resta en place.

— Bien ! s'exclama Sydney d'un air satisfait. Je crois que ça tient. Que dirais-tu d'aller retrouver ta maman en bas maintenant ?

Les bras tendus vers elle pour se nicher contre son cou, Katie s'écria gaiement :

— Mama !

Un étage plus bas, les quatre adultes émus faisaient leur possible pour paraître indifférents ou occupés…

— Désolée d'avoir été si longue ! s'excusa Sydney à son retour dans la cuisine. J'ai dû la changer…

Dès qu'elle aperçut Mikhail, elle se figea sur place, la joue collée contre celle de Katie. Leurs regards se croisèrent. Sydney se sentit rougir et crut que ses jambes allaient la trahir. En deux enjambées, Mikhail l'eut rejointe. Lui prenant doucement Katie des bras, il l'installa confortablement sur sa hanche et annonça :

— Maintenant, c'est moi qui vais m'en occuper.

Sans lui laisser le temps de réagir, il passa la main derrière la nuque de Sydney et l'attira pour un baiser qui acheva de l'étourdir. Elle n'avait pas encore totalement récupéré ses esprits que Mikhail sortait déjà dans le jardin, faisant claquer la moustiquaire derrière lui.

Avec un sourire ému, Nadia la prit par la main.

— Sydney ? demanda-t-elle. Voulez-vous que je vous montre comment préparer les œufs mimosa ?

Le soleil achevait de se coucher sur le plus beau week-end de sa vie quand Sydney déverrouilla la porte de son appartement. Tout en riant — elle était certaine d'avoir plus ri en ces deux jours qu'au cours de toute son existence — elle alla déposer ses paquets dans un coin du salon, laissant Mikhail refermer la porte.

— Plus de bagages au retour qu'à l'aller ! s'amusa-t-il en déposant sur le sol les derniers paquets et le sac de Sydney.

— Juste une ou deux choses en plus…

Souriante, elle le rejoignit et entoura sa taille de ses bras.

— Mais ce que je rapporte surtout, reprit-elle, c'est une cargaison de merveilleux souvenirs. ***Dyakuyu***…

Dans la voiture, au retour, Mikhail avait commencé à l'initier aux mystères de sa langue.

— C'est moi qui te remercie, dit-il.

Enserrant sa tête entre ses mains, il déposa un baiser sonore sur chacune de ses joues.

— En Ukraine, expliqua-t-il, c'est notre façon traditionnelle de dire au revoir et merci.

Sydney dut se mordre la langue pour ne pas éclater de rire.

— Cela, dit-elle d'un air mutin, j'ai pu le constater.

A leur départ de Shepherdstown, elle avait été chaleureusement embrassée de la sorte par chacun des membres de la famille. Sauf par Alex, qui ne s'était pas contenté de ses joues...

Au prix d'un gros effort pour conserver son sérieux, Sydney parvint à soutenir le regard de Mikhail.

— J'ai aussi constaté que ton frère embrasse comme un dieu, poursuivit-elle d'un air ingénu. Ce doit être de famille...

— J'aurais dû lui botter les fesses comme il le mérite ! fulmina-t-il. Tu as aimé qu'il t'embrasse ?

— Je dois dire qu'il a un certain style...

— Bah ! protesta Mikhail avec dégoût. Ce n'est encore qu'un gamin...

Sa mauvaise foi fit sourire Sydney. Comme elle l'avait appris de la bouche de Nadia, deux ans à peine séparaient les deux frères.

— Ce n'est pas vraiment mon avis, dit-elle. Mais rassure-toi, tu possèdes un léger avantage sur lui.

— Lequel ?

Sydney noua ses doigts serrés derrière sa nuque, laissa ses yeux s'égarer au fond de ses yeux.

— Ce n'est pas à un charpentier que je l'apprendrai, quelques centimètres en plus suffisent parfois pour faire la différence...

Les mains de Mikhail se refermèrent sur ses hanches, l'attirèrent tout contre lui.

— Ainsi, dit-il, tu penses que je suis à la hauteur.

Pour mieux goûter à la douce langueur qui s'emparait d'elle, Sydney ferma les yeux et le laissa parsemer son visage de baisers.

— Et naturellement, reprit-il, j'embrasse mille fois mieux que ce gamin d'Alex...

Sydney soupira. La bouche de Mikhail courant le long de sa mâchoire l'empêchait de penser clairement.

— Eh bien, murmura-t-elle, en fait, je…

Ses lèvres recouvrirent brutalement les siennes, l'empêchant d'en dire plus. Avec un murmure d'approbation, Sydney pencha la tête pour se prêter au baiser. Mais au moment où son sang commençait à entrer en ébullition dans ses veines, il y mit fin et la souleva dans ses bras comme une jeune mariée.

— A présent, dit-il en la fixant d'un air farouche, je vais te prouver à quel point je suis à la hauteur…

Avec un soupir, Sydney se laissa aller contre lui.

— Puisque tu y tiens…

En quelques enjambées, il gagna la chambre et la déposa sans ménagement sur le lit. A peine avait-elle eu le temps de reprendre son souffle que Mikhail, après s'être débarrassé de sa chemise et de ses chaussures, s'apprêtait à déboucler son ceinturon.

— Pourquoi souris-tu ainsi ? s'inquiéta-t-il soudain.

Les yeux brillants, le souffle court, Sydney écarta de son visage une mèche de cheveux.

— De nouveau, dit-elle, il ne te manque qu'un sabre et un bandeau sur l'œil pour ressembler à un pirate…

Les pouces glissés dans les passants de sa ceinture, Mikhail fit porter le poids de son corps sur une hanche et la dévisagea longuement.

— Ainsi, reprit-il enfin, tu penses vraiment que je suis un barbare ?

Sydney caressa du regard son torse nu et musclé, ses boucles brunes cascadant jusqu'aux épaules. Sur son menton et ses joues, une barbe de deux jours prouvait qu'il ne s'était pas rasé du week-end. Et puis ses yeux, sombres, exotiques, dangereux, dans son visage taillé à la serpe…

— Je pense, répondit-elle d'une petite voix émue, que tu es l'homme le plus étourdissant qui soit.

Mikhail se rembrunit. Ce n'était pas exactement ce qu'il avait souhaité entendre, mais Sydney lui parut à cet instant si frêle et si jolie, allongée comme elle l'était sur le lit, qu'il se retint de protester. Il la revit pénétrant dans la cuisine, à Shepherdstown, portant Katie comme le plus précieux des trésors. Il la revit ce soir-là à table, rougissante quand Nadia avait annoncé que c'était elle qui avait préparé les œufs. Il la revit dans les bras de son père au moment du départ. Cela n'avait duré qu'un court instant, mais il avait vu ses doigts s'accrocher à la chemise de Yuri pour mieux s'ancrer à ses épaules. Bien d'autres moments encore témoignaient de son besoin de tendresse et d'amour, dont il n'avait pas pris jusqu'alors l'exacte mesure. Certes, Sydney était une femme forte, intelligente, sensée. Mais elle était aussi une femme dont le cœur n'avait jamais été nourri comme il aurait dû l'être.

Consterné, Mikhail s'assit sur le lit et saisit les mains de Sydney entre les siennes.

— Que se passe-t-il ? s'inquiéta-t-elle d'une voix tremblante. Qu'ai-je fait de mal cette fois ?

Ce n'était pas la première fois que Mikhail avait à s'étonner de cette nuance d'inquiétude dans le ton de sa voix, de cette tendance à douter d'elle-même qui par moments s'emparait de Sydney. Remettant à plus tard les questions qui se pressaient sur ses lèvres, il secoua la tête et lui adressa un sourire rassurant.

— Tu n'y es pour rien, dit-il. C'est moi…

Doucement, il retourna ses mains entre les siennes, embrassa tendrement ses paumes et laissa ses lèvres remonter jusqu'aux poignets, où coulaient de fines veines bleues et où battait un pouls affolé.

— C'est moi, reprit-il, qui ai oublié d'être gentil, romantique et tendre avec toi.

Soulagement et affolement se mêlèrent dans l'esprit de Sydney. En croyant plaisanter, réalisa-t-elle avec consternation, elle avait blessé son ego.

— Mikhail, protesta-t-elle en cherchant à capter son regard, je ne faisais que plaisanter à propos d'Alex ! Je n'étais pas en train de me plaindre…

— Tu aurais pourtant des raisons de le faire.

Sydney se mit à genoux sur le lit et passa ses bras autour du cou de Mikhail. Avec urgence et maladresse elle pressa ses lèvres contre les siennes.

— C'est toi que je désire, murmura-t-elle. Et c'est toi que j'aime... Comment peux-tu encore en douter ?

Même si l'incendie qui couvait au fond de son ventre menaçait de tout emporter, Mikhail prit garde à donner à ses gestes toute la douceur, toute la tendresse nécessaires et lui caressa le visage, encore et encore. Patiemment, il attendit que le baiser qu'il brûlait de lui donner lui vienne du fond du cœur, afin qu'il déborde de tout l'amour qu'il avait pour elle.

Un moment désorientée, Sydney lutta pour ranimer la flamme de leurs étreintes habituelles, de peur qu'elle ne les ait quittés. Mais contre ses lèvres, celles de Mikhail étaient si patientes, si déterminées à la douceur, qu'elle cessa bientôt de lutter. Alors, à défaut de la flamme attendue, ce baiser suscita en elle une chaleur irradiante, si bouleversante qu'elle en eut la gorge serrée. Même lorsque Mikhail approfondit le baiser, il n'y eut plus entre eux qu'un flot ininterrompu de tendresse, qui la fit fondre comme de la cire, en un total abandon.

— Tu es si belle, murmura-t-il en l'incitant à s'allonger sur le lit. Si merveilleusement belle !

Avec une délicatesse d'artiste en train de modeler une œuvre, Mikhail entreprit de la déshabiller. Le soleil couchant accrochait ses derniers reflets à la peau que ses doigts dénudaient. Il comprit alors que cet instant était le plus parfait de ceux qu'il leur avait été donné de vivre durant ces deux jours.

— Je vais te montrer, reprit-il, la gorge serrée par l'émotion. Te montrer tout ce que tu es pour moi.

Ses mains se firent lentes, religieuses, pour lui prouver qu'au-delà de la passion et du désir, l'amour était rencontre et générosité, communion des âmes et des esprits.

Tout, comprit-il en s'allongeant près d'elle. Sydney était dorénavant tout pour lui. Et après cette nuit qu'il allait passer à le lui prouver, il voulait que jamais plus elle ne pût en douter.

11

Il faisait nuit noire et ils dormaient du sommeil du juste quand retentit la sonnerie du téléphone sur la table de chevet. Résolue à l'ignorer, Sydney secoua la tête dans l'oreiller et se lova plus confortablement contre le flanc de Mikhail. Avec un grognement de protestation, celui-ci roula sur le côté pour décrocher. Dès qu'il eut reconnu la voix qui l'interpellait dans l'écouteur, il se redressa d'un bond sur le lit, pleinement réveillé.

— Alexi ? dit-il d'une voix angoissée.

Ce n'est qu'en entendant son frère lui assurer que tout allait bien que Mikhail sentit refluer la panique qui s'était emparée de lui. La pendulette indiquait 4 h 45. Si Alex ne disposait pas d'une excuse valable pour les réveiller à une heure pareille, il allait entendre parler de lui !

La suite lui fit oublier toute autre considération que la nécessité de rentrer au plus tôt chez lui. A peine avait-il raccroché sans prononcer le moindre mot qu'il se ruait hors du lit et partait à travers la pièce à la recherche de ses vêtements. Assise contre les oreillers, le drap serré contre sa poitrine, Sydney, pâle comme une morte, avait allumé la lampe de chevet et l'observait en silence, incapable de parler.

— Tes parents ? finit-elle par demander.

Surpris, Mikhail fit volte-face et s'empressa de la rassurer d'un sourire.

— Non, non, assura-t-il. Ils vont bien. C'est à Soho qu'il est arrivé quelque chose. Des vandales…

Sur le visage aux traits tirés de Sydney, la surprise céda la place à l'appréhension.

— Des vandales ?

— Un des policiers appelés sur place savait que j'habite cet immeuble et connaissait Alex. Il l'a appelé pour lui demander de me prévenir. D'après lui, il y a pas mal de dégâts…

D'un grand geste, Sydney rejeta le drap pour se lever, le cœur battant à coups redoublés à ses oreilles.

— Des blessés ? s'enquit-elle, redoutant la réponse.

— Non, répondit Mikhail. Heureusement, rien que des dégâts matériels. Je dois aller voir ce qu'il en est.

— Tu ne pars pas sans moi ! protesta Sydney en se précipitant vers son armoire. Laisse-moi cinq minutes.

Cela faisait mal. Ce n'était rien que de la brique, du bois, du verre, mais de voir le vieil immeuble ainsi maltraité emplissait de tristesse et de révolte le cœur de Sydney.

Sur le soubassement de grès brun, d'infâmes obscénités avaient été taguées. Trois des fenêtres du rez-de-chaussée étaient brisées. A l'intérieur, l'installation électrique et les cloisons de plâtre remises à neuf avaient été saccagées. Mais le pire était advenu dans l'appartement de Mme Wolburg, noyé sous dix centimètres d'eau. Napperons, coussins, poupées de dentelle détrempés surnageaient à travers les pièces inondées. Enfin, comme si la folie des vandales avait achevé de s'y épuiser, le papier à fleurs n'était plus qu'un catalogue d'insultes haineuses.

Alex, qui la suivait pas à pas tandis qu'elle évaluait l'étendue du désastre, lui désigna l'évier de la cuisine.

— Ils ont bouché tous les conduits d'évacuation, expliqua-t-il, et ouvert en grand tous les robinets. Ils ont terminé par l'appartement du bas où ils ont brisé les fenêtres avant de s'enfuir. C'est ce qui a réveillé la plupart des locataires, mais le mal ici était déjà fait.

— D'autres dégâts ailleurs ?

— L'appartement du dessus a lui aussi été visité. Ils se sont déchaînés à la bombe à peinture, mais sans rien saccager. Peut-être de peur d'attirer l'attention des locataires du troisième...

Voyant Sydney hocher la tête d'un air peiné, Alex posa la main sur son avant-bras, qu'il serra brièvement.

— Je suis vraiment désolé, dit-il. Nous ferons tout pour arrêter les coupables. Des policiers sont en train d'interroger les locataires, mais...

— Mais il faisait noir, compléta Sydney, et tout le monde dormait. Ce serait vraiment un coup de chance que quelqu'un ait remarqué quoi que ce soit.

— Gardons espoir...

Dans le vestibule de Mme Wolburg, où se faisaient entendre les voix des locataires réunis dans le hall de l'immeuble, Alex suggéra :

— Pourquoi n'iriez-vous pas attendre chez Mikhail que les esprits se soient calmés et que les gens rentrent chez eux ?

— Non, répondit-elle sans hésiter. L'immeuble est sous ma responsabilité, ce sont mes locataires, je dois aller leur parler.

Avec un hochement de tête songeur, Alex la dévisagea quelques instants avant de remarquer :

— Etrange qu'ils n'aient rien volé, vous ne trouvez pas ? Sans compter que seuls les appartements vides ont été visés...

Surprise, Sydney redressa la tête et soutint tranquillement son regard. Le frère de Mikhail avait beau ne pas être en uniforme, il n'en restait pas moins flic...

— Dois-je considérer ceci comme un interrogatoire, Alex ?

— Absolument pas ! s'empressa-t-il de préciser. Une simple remarque... Je suppose que vous savez qui chez vous a accès à la liste des locataires.

— Vous supposez juste. Et moi, je crois connaître le responsable de tout ceci... Mais il sera impossible de prouver quoi que ce soit contre lui.

— Et si vous nous laissiez chercher cette preuve ?

Brièvement, Sydney étudia la possibilité de lui confier ses doutes, avant d'y renoncer.

— Il est trop tôt, dit-elle en secouant la tête. Mais dès que j'aurai vérifié certaines choses, vous serez le premier informé… A condition que vous ne disiez pas un mot de tout ceci à Mikhail.

— Vous êtes dure en affaires, dites-moi…

Avec un petit sourire moqueur, elle déposa un baiser sur sa joue.

— Vous connaissez votre frère mieux que moi. Et je suppose que vous ne tenez pas, vous non plus, à ce qu'il fasse justice lui-même…

8 heures n'avaient pas encore sonné que Sydney était installée à son bureau, épluchant dans le moindre détail le dossier personnel de Lloyd Bingham. A 10 heures, elle avait passé des dizaines de coups de fil, avalé de trop nombreuses tasses de café, et mis sur pied un plan dont elle n'était pas peu fière. A 10 heures et quart, elle se sentit prête pour une petite offensive psychologique.

D'un doigt déterminé, Sydney composa le numéro personnel de Bingham, qui décrocha à la troisième sonnerie.

— Allô ?

— Lloyd, Sydney à l'appareil.

Dans l'écouteur retentit le cliquetis d'un briquet. Si cela avait été possible, elle aurait juré l'avoir entendu sourire…

— Un problème ? fit-il en expirant bruyamment la fumée.

— Rien qui ne puisse se réparer. Vous me décevez beaucoup, Lloyd… C'est vraiment pitoyable de votre part.

— Je ne vois pas de quoi vous voulez parler.

— Permettez-moi d'en douter… Un petit conseil : la prochaine fois, montrez-vous plus prudent.

— Ça vous dérangerait d'en venir au fait ?

— Comme vous voudrez. Disons qu'il est question de mon immeuble, de mes locataires, et de votre erreur d'appréciation.

— Un peu tôt pour les devinettes…

La suffisance avec laquelle il lui avait répondu lui fit serrer les mâchoires. Résolue à ne pas s'énerver, Sydney inspira profondément. De son calme et de sa détermination dépendait le succès de son appel.

— Cela n'a rien d'une devinette… Surtout lorsque la solution du mystère apparaît au premier coup d'œil. Vous n'imaginez pas combien les braves gens qui habitent à Soho se lèvent tôt pour partir travailler, ni combien ils se montrent désireux de collaborer avec la police quand on s'attaque à leurs logements.

Avec un sourire satisfait, Sydney entendit son interlocuteur tirer nerveusement sur sa cigarette.

— Si quelque chose est arrivé à votre immeuble, dit-il précipitamment, c'est votre problème. Je n'ai rien à voir dans cette histoire. Personne ne peut m'avoir vu dans les parages.

— Ai-je dit une chose pareille ? s'étonna-t-elle d'un air ingénu. Nous savons tous deux que vous avez toujours été très fort pour déléguer. Mais quand les coupables auront été arrêtés, vous découvrirez vous aussi combien il est important d'être sûr de la loyauté de ses employés.

Un chapelet de jurons proférés à mi-voix retentit à l'autre bout du fil.

— Je ne supporterai pas vos insinuations plus longtemps ! cria-t-il.

— Je ne vous retiens pas, Lloyd. Je sais à quel point vous êtes occupé. Oh ! Surtout, ne les laissez pas vous réclamer une rallonge — ils ont bâclé le travail et ne l'ont pas méritée.

Sydney lui raccrocha au nez avec une immense satisfaction. Si elle s'y était bien prise, songea-t-elle, il ne tarderait pas à retrouver ses hommes de main pour s'assurer de leur silence. Et comme elle avait pris soin de s'en assurer auprès d'Alex, cette petite rencontre entre gens de bonne compagnie ne passerait pas inaperçue auprès de la police…

Se sentant soudain un appétit d'ogre, Sydney appela Janine sur l'Interphone.

— Je meurs de faim, lui dit-elle. Pourriez-vous passer une commande chez le traiteur ? Ensuite, nous verrons ensemble les C.V. des secrétaires qui ont postulé pour vous remplacer.

— C'est comme si c'était fait, répondit Janine. Oh ! Sydney… J'allais justement vous appeler — votre mère est ici.

Le sentiment de triomphe qui l'habitait reflua dans l'esprit de Sydney.

— Dites-lui que je…

Mais bien vite, elle se reprocha sa couardise et se reprit :

— Dites-lui d'entrer.

Avant de se lever pour aller accueillir sa visiteuse, Sydney se composa un visage neutre et prit une longue inspiration. Vêtue d'un tailleur ivoire et laissant dans son sillage une traînée de Chanel N° 5, celle-ci fit son entrée dans la pièce avec sa superbe habituelle.

— Sydney, ma chérie, dit-elle en lui embrassant les joues avec plus de chaleur qu'à l'accoutumée, je suis tellement désolée !

Sydney, qui s'était attendue à devoir faire front à de nouvelles récriminations, en resta bouche bée.

— Je… Pardon ?

— Dire que j'ai dû me morfondre durant ce long week-end avant de pouvoir venir m'excuser…

Remuant nerveusement un petit sac en cuir entre ses doigts, Margerite balaya la pièce d'un œil triste.

— Ma chérie… puis-je m'asseoir ? demanda-t-elle, avec une humilité qui ne lui ressemblait guère.

— Mais bien sûr ! répondit Sydney en lui avançant un siège. Où ai-je la tête ? Tu prends quelque chose ?

— Oui ! fit-elle avec un sourire embarrassé. Une gomme pour effacer totalement de ma mémoire notre dispute de vendredi soir.

— Oh ! Maman…

— Non ! l'interrompit-elle. Laisse-moi finir… Cette démarche n'est pas facile pour moi, comme tu dois t'en douter. Le fait est que j'étais tout simplement jalouse. Je dois le reconnaître et te demander de me pardonner.

A présent aussi embarrassée que sa mère, Sydney prit un siège, vint s'asseoir face à elle et serra ses mains entre les siennes.

— Il n'y a rien à pardonner, dit-elle. Oublions ça…

Margerite ferma les yeux et secoua la tête.

— Ce n'est pas mon avis. Je suis assez grande pour reconnaître mes erreurs. Vois-tu, il me semble être restée assez séduisante, malgré mon âge…

— Tu sais bien que tu l'es…

Un sourire de pure coquetterie flotta un instant sur les lèvres de Margerite.

— Merci, ma chérie… Mais je ne suis pas la meilleure des mères quand je me consume de jalousie en découvrant que l'homme que j'avais espéré séduire a en fait réussi à séduire ma fille… Je regrette vraiment de m'être conduite ainsi, de t'avoir dit toutes ces horreurs !

Margerite laissa échapper un long soupir.

— Voilà, conclut-elle. J'y suis arrivée. Pourras-tu me pardonner ?

— C'est déjà fait, lui assura Sydney. Et moi, je dois m'excuser de t'avoir répondu ainsi.

Baissant le regard, Margerite ouvrit sa pochette pour en extraire un mouchoir de dentelle avec lequel elle tamponna ses yeux pourtant parfaitement secs.

— Je dois admettre, reprit-elle avec un petit rire, que tu m'as stupéfiée. Je ne t'avais jamais vue prendre quelque chose autant à cœur… Ce Stanislaski est un homme magnifique, ma chérie. Je ne peux pas dire que j'approuve votre liaison, mais je peux la comprendre.

En soupirant de nouveau profondément, Margerite rangea son mouchoir et capta le regard de sa fille.

— Vois-tu, conclut-elle, rien n'importe plus que ton bonheur à mes yeux.

— Je le sais, maman, répondit Sydney la gorge serrée. Je le sais.

Ragaillardie par cette assurance, Margerite se leva et fila vers la porte, lançant par-dessus son épaule :

— Pour fêter notre réconciliation, je t'invite à dîner ce soir. 20 heures, au restaurant Le Cirque.

Sydney songea aux douzaines de choses qu'il lui restait à faire, au dîner tranquille, en tête à tête avec Mikhail, auquel elle aspirait déjà.

— S'il te plaît ! insista sa mère en la voyant hésiter. Tu ne peux pas me refuser ça…

— D'accord, consentit-elle à contrecœur.

Une lueur de triomphe passa dans le regard de Margerite, redevenue elle-même. Du bout des doigts, elle lui envoya un baiser et sortit.

A 20 heures précises, Sydney fit son entrée dans le restaurant Le Cirque, reconnue aussitôt par le maître d'hôtel qui la conduisit lui-même à sa table.

En traversant la salle emplie de gens endimanchés et de senteurs exotiques, Sydney songea à Mikhail installé devant son établi avec un bol de goulasch et ne put retenir un petit soupir d'envie. Mais lorsqu'elle aperçut sa mère assise à une table retirée en compagnie de Channing Warfield, la colère d'avoir été dupée balaya en elle toute autre considération.

Convaincue que sa surprise ne pourrait que plaire à sa fille, Margerite frétillait d'excitation en se levant pour l'embrasser.

— Te voilà, ma chérie ! N'est-ce pas merveilleux de se retrouver ici ?

— Merveilleux…

La voix de Sydney démentait ses propos. Channing se leva à son tour pour lui présenter sa chaise et elle ne put s'empêcher de frémir en le voyant se pencher pour déposer un baiser sur sa joue.

— Sydney, lui glissa-t-il à l'oreille, vous êtes très en beauté ce soir…

Dans le seau plein de glaçons, le champagne était déjà débouché. Dès que Channing lui eut empli son verre, Sydney en avala une gorgée mais le vin pétillant ne fit rien pour égayer son humeur.

Se tournant vers lui, elle lui adressa un sourire contraint.

— Mère ne m'avait pas dit que vous vous joindriez à nous…

Pétillante et vive comme le champagne qu'elle venait d'avaler, Margerite éclata d'un rire cristallin.

— Mais, ma chérie ! C'était ma surprise… Mon petit cadeau pour me faire pardonner.

Avec une discrétion toute relative, Sydney vit Channing lui adresser de la main ce qui devait être un signal convenu entre eux. Reposant précipitamment sa serviette et son verre, Margerite se leva.

— Vous avez tant de choses à vous dire, tous les deux ! Je suis sûre que vous ne m'en voudrez pas si je vais me repoudrer le nez…

Elle avait à peine tourné les talons que Channing s'empara de la main de Sydney.

— Vous m'avez tellement manqué, ma chère… Il me semble que cela fait des semaines que nous ne nous sommes vus !

Sydney libéra sa main avant de répondre :

— Peut-être parce que cela fait effectivement des semaines… Comment allez-vous, Channing ?

— Très mal, sans vous…

Channing n'était pas homme à se laisser décourager par sa froideur apparente. Il s'y était attendu. Sydney était une femme qu'il lui fallait conquérir, au même titre que la victoire sur un terrain de polo. Négligemment, il caressa du bout de l'index son bras nu. Sa peau était d'une douceur exquise. Le temps venu, songea-t-il avec un frisson d'excitation, elle serait sa récompense pour s'être montré patient…

— Sydney, reprit-il d'une voix chargée de reproches, quand allez-vous cesser de jouer à cache-cache avec moi ?

— Je ne joue à rien avec vous ! protesta-t-elle avec véhémence. J'ai été débordée de travail.

Channing fronça les sourcils. L'ombre d'un doute ébranla un instant ses certitudes, avant qu'il ne se reprenne. Margerite avait raison, il en était sûr… Dès qu'ils seraient mariés, Sydney serait trop occupée avec lui pour s'encombrer encore d'une carrière. Ce qu'il fallait à présent, c'était aller à l'essentiel.

— Ma chérie… Voilà des mois que nous nous fréquentons. Et, bien sûr, nous nous connaissons depuis des années. Mais les choses ces derniers temps ont bien changé entre nous…

Résolue à avoir enfin avec lui l'explication qui s'imposait depuis longtemps, Sydney s'appliqua à soutenir son regard franchement.

— Vous avez raison, dit-elle. Tout a changé.

Avec un sourire soulagé, Channing lui saisit de nouveau la main sur la table.

— Je n'ai pas voulu vous brusquer, mais je pense qu'il est temps à présent de franchir un nouveau pas. J'ai beaucoup d'affection pour vous, Sydney. Je vous trouve adorable, intelligente, agréable et douce.

— Channing…

D'un geste, il la fit taire et plongea la main dans sa poche, dont il retira un petit boîtier de velours rouge.

— Sydney, je voudrais que vous soyez ma femme.

Le boîtier ouvert fit étinceler aux yeux de Sydney un gros diamant monté sur un anneau de platine.

— Channing, répéta-t-elle, embarrassée.

— Altier et élégant, l'interrompit-il. J'ai tout de suite pensé à vous en le voyant.

Sydney faillit en faire la grimace. Le diamant était également prétentieux, sophistiqué et glacial, et elle espérait bien ne pas lui ressembler à ce point…

— Channing, commença-t-elle d'une voix posée, ce diamant est magnifique, mais je ne peux l'accepter. Tout comme je ne peux être votre femme…

Sous l'effet de la surprise, il eut un mouvement de recul et la dévisagea sans paraître comprendre.

— Nous sommes tous deux adultes et responsables, vous savez… Inutile de jouer les timides.

Sydney se redressa contre le dossier de sa chaise. Cette fois, ce fut elle qui tendit la main pour saisir celle de son vis-à-vis.

— Je vous répète que je ne joue à rien avec vous… J'essaie simplement d'être honnête. Je ne peux vous dire à quel point je suis désolée que ma mère vous ait amené à vous faire tant d'illusions sur moi. Ce faisant, elle nous a placés tous deux dans une situation détestable. Comme vous le dites, soyons adultes et voyons les choses telles qu'elles sont — je ne suis pas plus amoureuse de vous que vous ne l'êtes de moi…

Piqué au vif, Channing se raidit et la foudroya du regard.

— Pourquoi vous offrirais-je le mariage, dans ce cas ?

— Parce que vous me trouvez séduisante, parce que vous êtes persuadé que je ferais une excellente hôtesse pour votre maison, et parce que je viens des mêmes cercles que vous.

Avec un claquement sec, Sydney referma le boîtier, le reposa dans la paume de Channing et referma ses doigts dessus.

— J'ai déjà eu l'occasion de vérifier que je fais une piètre épouse, conclut-elle. Je ne tiens pas à reproduire la même erreur.

Channing y vit une ouverture dont il s'empressa de profiter.

— Je comprends que vous puissiez être encore un peu amère après ce qui s'est passé entre vous et Peter.

— Non, dit-elle sur un ton catégorique. Vous ne pouvez pas comprendre ce qui s'est passé entre Peter et moi. Et pour continuer à être honnête, cela n'a rien à voir avec mon refus de vous épouser. Je ne suis pas amoureuse de vous, Channing. Mais il se trouve que je suis depuis peu très amoureuse d'un autre homme.

Sydney vit son visage s'empourprer violemment, son regard se figer, ses poings se crisper sur la table.

— Tout ce que je peux faire, conclut-elle en se levant précipitamment, c'est m'excuser pour ne pas avoir découragé plus tôt vos avances… Je suis désolée, Channing. Mais je ne doute pas que vous trouverez sous peu une bien meilleure épouse que moi.

Sans attendre de réponse, elle se dirigea vers la sortie d'un pas pressé. Channing ne fit rien pour la rejoindre ou la retenir.

Debout à son établi depuis des heures, Mikhail polissait le buste de bois de rose comme un forcené. Il n'avait pas prévu de travailler si tard, mais Sydney avait émergé sous ses doigts avec tant d'aisance qu'il avait laissé l'inspiration l'emporter.

Il n'aurait su expliquer ce qu'il ressentait. Devant le résultat de ses efforts, il se sentait bien plus humble qu'éperdu de fierté. Il n'avait pas l'impression d'être pour quoi que ce soit dans l'achèvement d'une telle splendeur. Il n'avait plus aucune idée des techniques qu'il avait employées pour obtenir un tel résultat. Seuls ses doigts gourds d'avoir trop travaillé gardaient le souvenir d'avoir taillé, râpé, gratté, poncé.

Sydney était là, sous ses yeux, présente, sereine, fragile, vibrante de beauté — telle qu'à présent il la connaissait. Et en laissant courir ses doigts une fois encore sur les reliefs de son visage, il sut qu'il ne pourrait jamais se séparer de cette pièce, ni de celle qui l'avait inspirée.

Sans quitter le buste des yeux, il alla s'asseoir et s'étira prudemment pour détendre ses muscles noués. Cela avait été une journée interminable, commencée bien avant l'aube. En découvrant ce matin-là ce qui était à ses yeux une profanation, il avait vu rouge, se promettant de faire payer les coupables. Superviser le nettoyage des dégâts et faire en sorte qu'ils puissent être réparés au plus vite lui avait permis d'évacuer le plus gros de sa rage. Le déferlement d'adrénaline lui avait permis de tenir le coup toute la journée, mais il commençait à ressentir le contrecoup de la fatigue. Pourtant, il n'avait aucune envie d'aller se coucher, dans ce grand lit vide qui n'attendait que lui…

Mikhail passa une main lasse sur son visage et se demanda comment Sydney pouvait lui manquer à ce point après seulement quelques heures d'absence. D'où pouvait bien lui venir l'impression qu'elle se trouvait à l'autre bout de la terre, alors qu'elle n'était qu'à l'autre bout de la ville, occupée à faire la paix avec sa mère ? Cette nuit serait la dernière qu'il passerait sans elle, se promit-il en se levant pour arpenter la pièce. Il allait se charger de le lui faire comprendre ! Une femme n'avait pas le droit de se rendre indispensable dans la vie d'un homme pour l'abandonner ensuite, seul, misérable et condamné à ne pas dormir.

Les doigts plantés dans ses cheveux, Mikhail étudia les options qui s'offraient à lui. Il pouvait se coucher et tenter de dormir malgré tout, ce qui semblait être un combat perdu d'avance. Il pouvait aussi passer un coup de fil à Sydney malgré l'heure tardive et essayer de se satisfaire du son de sa voix. Enfin, il lui était possible de débarquer chez elle et de cogner contre sa porte jusqu'à ce qu'elle le laisse entrer.

Instantanément, Mikhail comprit que la troisième option était la bonne — la seule à même de l'apaiser. Il passa rapidement un sweat-shirt sur ses épaules, courut jusqu'à sa porte et l'ouvrit à la volée, découvrant sur le palier une Sydney stupéfaite qui s'apprêtait juste à frapper.

— Tu lis dans mes pensées ? dit-elle avec un sourire triste. Je suis désolée de débarquer si tard, mais j'ai vu qu'il y avait encore de la lumière chez toi et…

Mikhail ne lui laissa pas le loisir d'achever. D'une main, il l'attira dans l'appartement, claqua la porte et l'étreignit si fort que Sydney en perdit le souffle.

— J'allais chez toi, lui murmura-t-il à l'oreille.

— Tu ne m'y aurais pas trouvée, répondit-elle en se lovant avec reconnaissance contre lui. Cela fait des heures que je marche dans les rues.

— Je mourais d'envie de te voir, poursuivit-il. Je n'aurais pas pu…

Réalisant enfin ce qu'elle venait de lui dire, Mikhail s'écarta d'elle pour la dévisager d'un œil anxieux.

— Que faisais-tu dans les rues ? A cette heure de la nuit, ce n'est pas un endroit sûr pour une femme !

— J'avais besoin de réfléchir, dit-elle d'une voix éteinte.

Mikhail essaya de capter son regard. Sydney l'en empêcha en détournant les yeux mais ne put rien pour dissimuler les traces que ses larmes avaient laissées dans son maquillage.

— Tu as pleuré !

Il perçait tant d'indignation dans ces mots qu'elle ne put retenir un petit rire nerveux.

— Les choses… ne se sont pas passées comme je l'imaginais au restaurant.

— Je pensais que tu avais fait la paix avec ta mère.

— Je l'imaginais aussi…

De l'index, Mikhail traça le contour de ses lèvres.

— Elle n'approuve pas notre relation, n'est-ce pas ?

Sydney poussa un soupir et posa sur les lèvres de Mikhail un baiser léger. Retrouver le havre rassurant de ses bras suffisait à lui rendre calme et confiance.

— Là n'est pas le problème, dit-elle. Elle avait pour moi d'autres plans, et ce soir ses plans lui ont explosé à la figure…

— Tu vas me raconter tout ça ?

— Oui.

Rassuré par cette promesse, Mikhail relâcha son étreinte et la laissa pénétrer dans le living-room. Avec l'envie de s'effondrer au plus tôt sur le sofa, Sydney ne put pourtant que tomber en admiration devant le buste brillamment éclairé par une lampe d'architecte. Quand elle eut retrouvé l'usage de la parole, après avoir admiré l'œuvre sous tous les angles, éprouvé du doigt le satiné de la finition, suivi du regard la pureté des lignes, elle s'exclama :

— C'est comme cela que tu me vois !

S'approchant dans son dos, Mikhail posa ses mains sur ses épaules.

— C'est ainsi que tu es. C'est l'image que j'ai de toi.

Avec émotion, elle se dit qu'il la voyait bien plus belle qu'elle n'était en réalité. A moins qu'il n'ait su deviner, avec l'acuité de son regard d'artiste, avec son intuition d'homme amoureux, celle qu'elle pouvait être en réalité.

Mikhail la regarda tendrement.

— Parle-moi, dit-il en scrutant attentivement son visage. Dis-moi ce qui t'a mise dans cet état…

En le laissant plonger au fond de ses yeux, Sydney sut que la plus grande clarté s'imposait entre eux.

— Au restaurant, expliqua-t-elle, maman n'était pas seule. Channing était avec elle…

Une ombre menaçante comme un nuage noir dans un ciel d'orage passa dans le regard de Mikhail.

— Warfield ? demanda-t-il sèchement. Le banquier en costume de pingouin ? Je n'aime pas cet homme. Tu l'as laissé t'embrasser avant moi.

— Peut-être parce que je l'ai connu avant toi…

Dominé par la jalousie, Mikhail écrasa sous sa bouche celle de Sydney, avec une ardeur qui confinait à la violence. Puis, avec la même brusquerie, il mit fin au baiser et la dévisagea d'un air farouche.

— Tu ne le laisseras plus t'embrasser, n'est-ce pas ?

— Non, répondit-elle, plus amusée qu'inquiète.

Doucement, il la guida jusqu'au sofa, sur lequel il l'aida à s'asseoir.

— Bien ! conclut-il. Tu viens de lui sauver la vie.

Dans un grand rire, Sydney se jeta à son cou et posa la tête contre son épaule.

— Ce n'est pas vraiment la faute de Channing, dit-elle à voix basse. C'est ma mère qui l'a entraîné dans ce guet-apens, après l'avoir persuadé que c'était le moment ou jamais de me faire sa déclaration…

Mikhail se redressa et la dévisagea avec inquiétude.

— Sa déclaration ! s'exclama-t-il. Tu veux dire… Ce freluquet veut t'épouser ?

— Il s'imaginait pouvoir le faire… Mais après ce que je lui ai dit ce soir, je doute qu'il m'adresse encore la parole un jour.

Mikhail la repoussa sur le sofa sans ménagement et se mit à faire les cent pas dans la pièce, les bras croisés derrière le dos.

— S'il ne veut pas que je lui coupe la langue, gronda-t-il, il serait en effet bien inspiré de ne plus s'y risquer… Personne d'autre que moi ne t'épousera !

Sydney sentit une boule d'angoisse se former au fond de sa gorge. Les yeux écarquillés sous l'effet de la surprise, elle secoua longuement la tête.

— Non ! dit-elle dans un souffle. Il n'y a aucune raison de s'engager dans…

Incapable de poursuivre, elle se leva d'un bond et conclut :

— Il est tard. Je crois que je ferais mieux de rentrer.

— Tu ne bouges pas ! s'exclama Mikhail, pointant vers elle un index menaçant. J'en ai pour une minute.

Avant qu'elle ait pu protester, il avait disparu dans la chambre, dont il ressortit la seconde suivante avec une petite boîte ancienne couverte de satin bleu.

Comprenant ce qui allait suivre, Sydney tenta de protester :

— Mikhail, je…

— Assieds-toi ! l'interrompit-il après l'avoir rejointe près du sofa.

— Non, je t'en prie, il ne faut…

— Alors reste debout !

D'une pression, il libéra le couvercle de la boîte doublée de velours bleu, au fond de laquelle reposait une bague ancienne, simple anneau d'or ciselé et serti d'un rubis.

— C'est le grand-père de mon père qui l'a faite pour sa femme, expliqua-t-il. C'était un orfèvre réputé, aussi a-t-elle une valeur autre que sentimentale, même si la pierre est petite. En tant que fils aîné, c'est à moi qu'elle est revenue. Je me suis juré de ne l'offrir qu'à la femme de ma vie. Si elle ne te plaît pas, je t'en offrirai une autre.

— Ne dis pas de bêtises ! protesta-t-elle. Elle est magnifique, mais… je ne peux pas l'accepter.

Pour plus de sûreté, Sydney serra les poings et les fit disparaître derrière son dos.

— Je t'en prie, Mikhail, reprit-elle d'une voix misérable. Ne me force pas à te dire non. Ne me demande pas de t'épouser…

— Je te le demande ! rétorqua-t-il avec impatience. Et pas plus tard que maintenant… Donne-moi ta main.

Sans cesser de secouer la tête, Sydney fit un autre pas en arrière.

— Je ne peux pas porter cet anneau, gémit-elle. Je ne peux pas t'épouser.

Mikhail la rejoignit et lui empoigna fermement le bras. Consciente que lui résister n'aurait servi à rien, Sydney le laissa prendre sa main droite et passer l'anneau à l'annulaire.

— Tu vois ! s'exclama-t-il victorieusement. Il te va très bien.

Si les doigts de Mikhail ne s'étaient refermés sur les siens pour l'en empêcher, Sydney aurait ôté sur-le-champ pour le lui rendre cet anneau qui semblait lui brûler la peau.

— Tu ne comprends pas, plaida-t-elle à mi-voix. Et pourtant je ne peux pas te le dire plus clairement : je ne veux pas me marier avec toi.

Brusquement, Mikhail l'attira contre lui, l'emprisonnant entre ses bras. Dans ses yeux brillait une lueur plus intense que l'éclat du rubis.

— Pourquoi ? demanda-t-il simplement.

— Pour ne pas gâcher notre bonheur. J'ai commis une fois l'erreur de me marier. Cela me suffit.

— Le mariage ne détruit pas l'amour, il le fortifie.

— Qu'en sais-tu ? s'emporta-t-elle. Tu n'as jamais été marié. Moi si !

— Ainsi, s'emporta-t-il, quoi que tu en dises ton mari t'a rendu malheureuse. Tu ne verrais pas les choses sous cet angle sinon.

— Tu te trompes ! Nous nous aimions...

La voix de Sydney se brisa sur cet aveu et elle couvrit d'une main ses premières larmes. Partagé entre compassion et jalousie, Mikhail la serra plus fort dans ses bras, lui murmurant à l'oreille des mots doux tout en lui caressant les cheveux.

— Pardonne-moi, dit-il. Je ne crierai plus jamais contre toi. Mais tu dois me comprendre... Je t'aime, Sydney. J'ai besoin de toi dans ma vie, pour la vie. Et si ce n'est pas possible, tu dois me dire pourquoi.

— S'il y avait de nouveau quelqu'un dans ma vie...

Renonçant à poursuivre, Sydney secoua la tête.

— Je ne peux m'investir dans le mariage, reprit-elle en soutenant son regard, parce que la responsabilité du groupe Hayward ne me le permet pas.

— Foutaises ! protesta Mikhail. Jamais tu ne me feras avaler ça...

Rassemblant tout son courage, Sydney rompit leur étreinte et recula d'un pas.

— Fort bien, dit-elle d'un air décidé. La vérité, c'est que je ne pourrai supporter un nouvel échec, ni de perdre encore quelqu'un que j'aime. Le mariage est une épreuve, Mikhail. Il change les gens.

— De quelle manière t'a-t-il changée, toi ?

— J'aimais Peter. Pas autant que je t'aime, mais plus que quiconque avant toi. Il était mon meilleur ami depuis le plus jeune âge. Nous avons grandi ensemble. Quand mes parents ont divorcé, c'est vers lui que je me suis tournée. Il était le seul à qui je pouvais parler. Le seul à se soucier vraiment de ce que je ressentais. Nous pouvions rester des heures assis sur la plage, à nous confier nos secrets...

Incapable de supporter plus longtemps le regard intense de Mikhail posé sur elle, Sydney détourna les yeux. Lui confier à haute voix tout cela ravivait une peine ancienne, qui ne l'avait jamais vraiment quittée.

— C'est ainsi, intervint Mikhail pour l'encourager à poursuivre, que vous êtes tombés amoureux.

— Non, répondit-elle d'une petite voix misérable. Nous ne sommes pas tombés amoureux. Nous nous aimions, comme frère et sœur. Je ne me rappelle pas quand l'idée du mariage s'est imposée à nous. Ce sont les autres, sans doute, qui ont fini par nous la fourrer dans le crâne. La remarque fusait comme une évidence dès qu'on nous voyait ensemble : « Quel joli couple ils feraient tous les deux... » A force de l'entendre, je suppose que nous avons fini par y croire. De toute façon, lui comme moi avions été élevés pour nous conformer à ce qui était attendu de nous.

Perdue dans ses souvenirs, Sydney marcha jusqu'au buste éclairé, qu'elle observa d'un œil songeur.

— Nous avions vingt-deux ans quand nous avons fini par nous marier. Nous pensions tous deux que ce mariage ne pourrait être qu'une réussite. Mais dès le voyage de noces en Grèce, il s'avéra que ce serait un fiasco… Nous passions nos journées à prétendre que nous adorions la douceur hellénique. Et nos nuits à faire semblant d'apprécier la part physique de notre union. Et plus nous faisions semblant, plus se creusait entre nous ce fossé qui allait finir par nous séparer. Ce fut presque avec soulagement que nous sommes rentrés à New York. Peter a pris ses fonctions dans l'entreprise familiale. Je passais mes journées à décorer la maison, à organiser des surprises-parties et à me morfondre.

— C'était une erreur, intervint gentiment Mikhail. Tout le monde commet des erreurs…

— Oui, approuva Sydney. Mais c'était une énorme erreur, dont nous partagions la responsabilité. En me mariant avec lui, j'avais perdu mon meilleur ami. Très rapidement, il n'y eut plus entre nous que disputes, accusations, tromperies. Puisque j'étais frigide, me reprochait Peter, pourquoi n'aurait-il pas été chercher ailleurs ce que je ne pouvais lui donner ? Bien entendu nous sauvegardions les apparences, nous conformant à l'image du couple idéal que les autres projetaient sur nous. Ce qui ne faisait que rendre les choses plus insupportables encore… Et quand nous avons fini par divorcer, il n'y avait plus entre nous que haine, ressentiment et reproches.

Pour la convaincre autant que pour la consoler, Mikhail marcha jusqu'à elle et saisit son visage entre ses mains pour la forcer à le regarder.

— Aussi triste soit-elle, plaida-t-il avec conviction, cette histoire n'est pas la nôtre…

— Tu as raison, reconnut-elle. Et je ferai tout pour qu'elle ne le devienne pas.

— Tu souffres encore de quelque chose qui t'est arrivé, insista Mikhail. Pas de quelque chose dont tu t'es rendue coupable. Il te faut laisser tout cela derrière toi et avoir confiance. En moi. En nous. Je suis prêt à te laisser le temps qu'il faudra.

— Non !

Désespérée de ne pouvoir se faire comprendre, Sydney lui prit les mains pour libérer son visage de son emprise.

— Ne vois-tu pas que c'est exactement la même chose ! s'emporta-t-elle. Tu m'aimes, et tu t'attends à ce que je t'épouse, parce que cela te semble ce qu'il y a de mieux à faire.

— Non pas ce qu'il y a de mieux à faire, répliqua-t-il en secouant la tête, mais ce qui est le plus juste, et le plus bénéfique pour nous deux. Je t'aime et j'ai besoin de partager ta vie, de te faire partager la mienne. Je t'aime et je veux vivre avec toi, faire des enfants avec toi, les regarder grandir. Ne vois-tu pas qu'il y a une famille qui ne demande qu'à sortir de nous ?

Renonçant à argumenter, Sydney secoua la tête et fit retraite vers la porte. Il ne comprendrait jamais, réalisa-t-elle, parce qu'il ne voulait pas comprendre. Quant à elle, jamais elle ne se résoudrait à risquer de perdre l'amour qui les unissait.

— Le mariage et la famille ne font pas partie de mes plans ! lança-t-elle d'une voix glaciale. Il faudra bien t'y faire…

— M'y faire ? tempêta Mikhail. Tu m'aimes autant que je t'aime, et il me faudrait accepter de n'être qu'un amant tout juste bon à te rejoindre au lit ? Tout cela parce que tu as trop peur de changer tes plans ? Tout cela parce que tu as commis l'erreur de te conformer aux règles de la société plutôt qu'aux élans de ton cœur ?

D'une main ferme, Sydney pesa sur la poignée et ouvrit la porte.

— Ce à quoi je me conforme aujourd'hui, répliqua-t-elle, c'est au bon sens et à la raison. Désolée de ne pouvoir te donner ce que tu attends. Bonne nuit, Mikhail…

Pestant à mi-voix, Mikhail saisit son blouson sur une chaise et la devança sur le palier.

— Tu ne rentreras pas seule chez toi !

— Il me semble préférable que nous ne passions pas la nuit ensemble…

Mikhail sortit ses clés et verrouilla sa porte d'un geste rageur.

— Tu veux partir, gronda-t-il, tu pars… Mais je ne prendrai pas la responsabilité de te laisser seule dans les rues à cette heure-ci.

Bien plus tard cette nuit-là, après avoir versé toutes les larmes de son corps au creux de son lit solitaire, Sydney s'aperçut qu'elle avait conservé à l'annulaire l'anneau que Mikhail lui avait offert.

12

Sydney se retrouva débordée de travail au cours des deux jours suivants. Avec une redoutable efficacité, elle mit la dernière main au plus gros contrat immobilier de sa courte carrière. Dans le même temps, après une sélection sévère, elle embaucha la secrétaire de direction parfaite qui allait lui permettre de former, avec Janine, un trio de choc. A la clôture du marché, la veille, la cote de Hayward avait encore grimpé de trois points. Les membres du conseil d'administration ne cessaient de lui présenter leurs félicitations par téléphone.

Pourtant, une insondable tristesse ne la quittait plus depuis son explication avec Mikhail. S'absorber dans le travail était censé être bon pour le moral. Pourquoi le sien restait-il si désespérément bas ?

La sonnerie de l'Interphone sur son bureau la tira brusquement de ses cogitations moroses. La voix de sa nouvelle secrétaire retentit dans le haut-parleur.

— Un appel pour vous, mademoiselle Hayward. Un certain M. Stanislaski, officier de police, demande à vous parler sur la 2.

Au nom de son interlocuteur, son cœur avait bondi. Sa fonction avait suffi à la replonger dans des abîmes de morosité.

— Très bien, Clara, passez-le-moi.

Un déclic dans l'écouteur, suivi d'une voix jeune et enjouée, suffit à ramener un sourire sur son visage.

— Hello, jolie dame !

— Alex ! Qu'est-ce qui me vaut le plaisir ?

— J'ai pensé que vous aviez mérité d'être la première informée de la grande nouvelle, expliqua-t-il avec animation. Votre vieil ami

Lloyd Bingham vient de faire son entrée dans nos locaux, menottes aux poignets, pour interrogatoire.

Le sourire se figea sur les lèvres de Sydney. Cette nouvelle ne suscitait en elle qu'une vague nausée.

— Votre intuition était la bonne, poursuivit Alex. Bingham a retrouvé hier dans un coin discret quelques petites frappes déjà connues de nos services. De gros billets ont rapidement changé de main. Une fois sous les verrous, tout ce petit monde s'est mis à table sans hésitation…

— Heureuse de l'apprendre…

— Plutôt futé de l'avoir percé si vite à jour ! De l'intelligence, du charme, de la beauté…

A l'autre bout du fil, son soupir énamouré faillit presque la faire sourire de nouveau.

— Pour fêter ça, suggéra-t-il d'une voix enjôleuse, pourquoi n'irions-nous pas à la Jamaïque tous les deux ? Histoire de rendre Mikhail définitivement ivre de rage et de jalousie…

Un petit rire amer échappa à Sydney.

— Il me semble qu'il l'est déjà suffisamment…

— Hey ! s'exclama Alex. Le grand méchant Mike ferait-il des siennes ? Racontez tout ça à tonton Al…

Seul le silence répondit, et Alex reprit :

— Mikhail peut avoir ses humeurs… Les artistes, vous savez ce que c'est ! Mais vous n'avez pas à vous en faire : il est dingue de vous.

— Je le sais, Alex.

Nerveusement, les doigts de Sydney jouèrent avec le fil du téléphone.

— A propos de Bingham, suggéra-t-elle d'une voix hésitante, vous pourriez peut-être apprendre vous-même la nouvelle à votre frère ?

— Bien sûr. Un autre message à lui faire passer ?

— Dites-lui…, commença-t-elle avant de se raviser. Non. Ne lui dites rien. Merci de votre appel, Alex.

— Tout le plaisir fut pour moi. Pensez à me faire signe si jamais vous changez d'avis au sujet de la Jamaïque…

Sydney raccrocha, regrettant de ne pas se sentir aussi jeune que le frère de Mikhail. Aussi heureuse. Aussi à l'aise dans l'existence. Mais contrairement à elle, Alex n'était pas amoureux et n'avait pas réduit en miettes ses plus beaux rêves.

Stupéfaite, Sydney repoussa son fauteuil et marcha jusqu'à la fenêtre. Etait-ce donc ce qu'elle avait fait ? Avait-elle saboté ses propres chances de bonheur en toute connaissance de cause ? Non, décida-t-elle avec plus de doutes que de certitudes. Elle avait évité à elle-même et à l'homme qu'elle aimait de commettre une redoutable erreur. Le mariage n'était pas toujours la réponse appropriée. Comme sa propre expérience le prouvait. Ainsi que celle de sa mère. Dès que Mikhail aurait retrouvé ses esprits, il en conviendrait avec elle et tout redeviendrait comme avant.

Mais qui donc, songea-t-elle en laissant ses yeux s'égarer entre les tours de Manhattan, pensait-elle leurrer avec de tels raisonnements ? Mikhail était trop têtu, trop fier et trop persuadé d'avoir raison pour se laisser fléchir un seul instant. Et s'il en venait à lui poser cet ultimatum qu'elle redoutait — le mariage ou rien — que lui répondrait-elle ? Risquer de le perdre en lui disant non n'était pas une perspective plus réjouissante que de risquer de le perdre pour lui avoir dit oui…

Agacée par sa propre irrésolution, Sydney croisa les bras derrière le dos et se mit à arpenter la pièce à grands pas. Si seulement elle avait pu avoir à ses côtés quelqu'un à qui se confier, quelqu'un pour l'aider à y voir clair, quelqu'un qui aurait pu lui prodiguer ses conseils. Autrefois, elle pouvait compter sur Peter pour cela. Mais aujourd'hui…

L'idée la frappa comme une évidence. Comment n'y avait-elle pas pensé plus tôt ? Pour ne pas se laisser le temps d'hésiter, Sydney se rua hors de son bureau et se précipita dans celui de Janine, à qui elle annonça sans préambule :

— Je vais devoir m'absenter durant quelques jours.

Son assistante se redressa derrière son bureau neuf.

— Mais…

— Je sais quels problèmes cela peut poser, mais je ne peux pas faire autrement. Les dossiers urgents ont été réglés ces jours-ci, vous ne devriez pas avoir de mal à assumer la gestion des affaires courantes.

— Sydney, vous avez trois rendez-vous demain…

— Occupez-vous-en. Vous connaissez les dossiers aussi bien que moi, vous savez ce que j'en pense. Dès que je serai arrivée, je vous appellerai.

Janine accourut vers la porte, sur le seuil de laquelle Sydney était sur le point de disparaître.

— Dites-moi au moins où vous allez…

Un sourire nostalgique passa sur les lèvres de Sydney lorsqu'elle répondit :

— Rendre visite à un vieil ami.

Moins d'une heure après le départ précipité de Sydney, Mikhail fit irruption dans les locaux du groupe Hayward, fermement décidé à avoir avec elle la discussion qui s'imposait. Il lui avait laissé deux jours pour reprendre ses esprits. Il était plus que temps qu'elle s'explique à présent sur son refus d'admettre les évidences et de voir la réalité en face.

A la secrétaire qui se tenait derrière le comptoir d'accueil et qu'il n'avait jamais vue, il n'adressa qu'un bref salut du menton avant d'ouvrir à la volée la porte du bureau de Sydney.

— Excusez-moi, dit la jeune femme, affolée, en le rejoignant. Monsieur, vous ne pouvez pas…

— Où est-elle ? l'interrompit Mikhail avec un regard noir.

— Mlle Hayward n'est pas là, répondit-elle d'un air guindé. J'ai bien peur que vous ne deviez…

— Je le vois bien qu'elle n'est pas là ! s'emporta-t-il. Je vous ai demandé où elle était…

— Laissez, Clara, intervint la voix de Janine à la porte de son bureau. Je vais m'occuper de monsieur.

Avec un soulagement visible, la nouvelle secrétaire regagna son poste. Décidé à obtenir des réponses claires à ses questions, Mikhail marcha vers l'assistante de Sydney.

— Mlle Hayward a dû s'absenter, expliqua celle-ci avec un sourire aimable. Y a-t-il quelque chose que je puisse faire pour vous, monsieur Stanislaski ?

— Oui, répondit-il fermement. Me dire où elle est.

— Hélas, cela m'est impossible. Sydney m'a seulement expliqué qu'elle devait s'absenter durant quelques jours. Elle est partie sans me dire où elle allait.

Mikhail lança à travers la pièce un regard au bureau vide de Sydney et secoua la tête d'un air incrédule.

— Cela ne lui ressemble pas de quitter son travail ainsi.

— Je dois admettre que c'est inhabituel. De toute évidence, il doit s'agir d'un cas de force majeure. Elle a promis de m'appeler dès son arrivée. Je serai heureuse de lui transmettre un message de votre part.

Sans tenir compte de sa proposition, Mikhail tourna brusquement les talons, laissant dans son sillage un chapelet de jurons en ukrainien.

— Cela, reprit Janine en s'adressant à la pièce vide, je préfère vous laisser le lui dire vous-même…

Vingt-quatre heures après avoir quitté son bureau, Sydney remontait un trottoir ombragé de Georgetown, dans l'Etat de Washington D.C. Rien n'avait pu briser son élan initial, qui lui avait permis d'arriver jusqu'ici, devant la maison dans laquelle Peter s'était installé après leur divorce.

Le trajet jusqu'à l'aéroport, le court voyage d'une ville à l'autre n'avaient été que de simples formalités. Même le coup de fil passé à son ex-mari pour qu'il accepte de lui consacrer une heure de son temps ne lui avait pas posé de problème particulier. Pourquoi, dès lors, le dernier pas qu'il lui restait à franchir pour se résoudre à sonner à sa porte lui coûtait-il autant ?

Sydney n'avait plus revu Peter depuis trois ans. La dernière fois qu'ils s'étaient rencontrés, cela avait été de part et d'autre d'une large table, en présence de leurs avocats. Bien sûr, ils s'étaient comportés l'un et l'autre de manière polie et civilisée. Comme peuvent le faire deux étrangers…

A présent, au moment de gravir les marches du perron de la maison de Peter, sa démarche lui semblait inopportune. A quoi pourrait bien lui servir de remuer avec son ex-mari les cendres froides de leur mariage ? A rien d'autre, probablement, qu'à rouvrir en eux des plaies à peine cicatrisées… Pourtant, elle se surprit à approcher de la lourde porte en chêne et à laisser retomber le heurtoir de cuivre avec détermination.

Peter vint ouvrir lui-même, si semblable à l'homme qu'elle avait connu et aimé qu'il lui fallut se retenir pour ne pas lui sauter dans les bras. Confortablement vêtu d'un pantalon kaki et d'une chemise en lin, il était resté aussi grand et mince que dans son souvenir. Ses cheveux châtains, savamment décoiffés, lui conféraient ce petit air bohème qu'il affectionnait. Mais il n'y avait aucune chaleur ni aucune joie de la revoir dans ses yeux verts qui se posaient sur elle pour la première fois depuis de si longues années.

— Sydney, dit-il sobrement en s'effaçant sur le seuil pour la laisser entrer.

Le salon dans lequel il la fit pénétrer, confortable et lumineux, témoignait subtilement, de par les tableaux et les meubles qui l'agrémentaient, d'une fortune familiale établie de longue date.

— Je te remercie de me recevoir ainsi à l'improviste, dit-elle en prenant place sur le sofa qu'il lui désignait.

— Tu m'as dit que c'était important…

— Pour moi, ça l'est.

Peter s'assit dans un fauteuil et l'étudia, de ce même œil impassible et froid, avant de lui répondre.

— Alors dis-moi… Que puis-je faire pour toi ?

Le cœur serré, Sydney se réfugia dans la contemplation des motifs du tapis d'Orient. Ils avaient grandi ensemble, avaient été mariés durant près de trois ans, mais se retrouvaient aussi étrangers l'un pour l'autre que peuvent l'être deux inconnus.

— Difficile de savoir par où commencer…

Les coudes posés sur les genoux, Peter se pencha en avant.

— Tire un fil et déroule, suggéra-t-il avec un clin d'œil espiègle.

Surprise, Sydney leva les yeux et lui sourit. Cet écho de leur complicité ancienne et révolue lui donna le courage de se lancer.

— Peter ? demanda-t-elle en soutenant son regard sans ciller. Peux-tu me dire pourquoi tu m'as épousée ?

Le sourire se figea sur ses lèvres et il se renfonça dans son fauteuil. Manifestement, s'il s'était attendu à quelque chose, ce n'était pas à cela…

— Je te demande pardon ?

— Je voudrais savoir, reprit-elle patiemment, pour quelles raisons tu as décidé de m'épouser.

Joignant les mains sous son menton, Peter sembla s'abîmer dans d'intenses réflexions avant de répondre :

— Pour quelques-unes des raisons habituelles qui poussent les gens à se marier, je suppose…

— Tu m'aimais ? insista Sydney.

Une lueur de colère flamboya dans son regard.

— Tu le sais parfaitement.

— Je sais que nous nous aimions l'un l'autre, reprit-elle calmement. Je sais que nous étions amis, que tu étais mon meilleur ami…

— Nous n'étions que des gamins.

— Pas quand nous nous sommes mariés. Nous étions jeunes, mais nous n'étions plus des enfants. Et nous étions restés amis. Je ne sais pas comment les choses se sont gâtées entre nous, Peter, ni ce que j'ai pu faire pour ruiner notre amitié, mais…

— Que veux-tu dire ? l'interrompit-il. Qu'est-ce qui te fait croire que c'est toi qui as tout gâché ?

— Je t'ai rendu malheureux, répondit Sydney sans hésiter. Epouvantablement malheureux. Je sais à quel point je me suis montrée déficiente… au lit. Cela, ajouté au reste, a fini par envenimer notre relation, jusqu'à ce que tu ne puisses plus supporter ma présence.

— Tu ne supportais même plus que je te touche ! s'insurgea-t-il. Bon sang, Sydney ! Faire l'amour avec toi, c'était comme faire l'amour avec…

— … un iceberg, compléta-t-elle à sa place. Je le sais. Tu me l'as déjà dit.

Le visage de Peter s'empourpra violemment et il baissa les yeux, comme rongé par la culpabilité.

— J'ai dit un tas de bêtises à l'époque, confia-t-il à voix basse. Tu en as dit quelques-unes aussi. Je m'imaginais avoir dépassé tout cela, jusqu'à ce que j'entende ta voix au téléphone, cet après-midi.

Raide et digne pour compenser sa fierté blessée, Sydney se leva.

— Je n'ai fait que raviver de tristes souvenirs en venant ici. Je suis désolée, Peter. Je vais m'en aller.

Sans attendre qu'il la raccompagne, elle tourna les talons et traversa la pièce pour sortir. La voix de Peter, comme surgie d'un lointain passé, la fit se figer sur place à mi-chemin.

— Faire l'amour avec toi, reprit-il, c'était comme faire l'amour avec ma sœur. Je n'ai jamais réussi à dépasser cette pénible impression et à te considérer vraiment comme ma femme. Cela me minait. J'ai fini par te le faire payer…

Le cœur battant à coups précipités à ses tympans, Sydney se retourna.

— Je pensais que tu me haïssais.

Tristement, Peter secoua la tête et se leva à son tour pour la rejoindre au centre de la pièce. Dans ses yeux, Sydney crut retrouver le jeune garçon qu'il avait été.

— Il était plus facile pour moi d'essayer de te haïr que de reconnaître mon incapacité à nous satisfaire l'un et l'autre, de reconnaître que je n'étais pas à la hauteur.

— Pas du tout ! protesta Sydney en secouant la tête. C'est moi qui n'étais pas à la hauteur… Dès notre nuit de noces, j'ai compris que je ne pourrais jamais te satisfaire sexuellement. La suite était prévisible. Tu ne pouvais qu'aller chercher ailleurs ce que je ne pouvais t'offrir.

— Je t'ai trahie, constata-t-il froidement. J'ai trahi ma meilleure amie et je lui ai menti… Après toutes ces défaites dans ce qui aurait dû être notre lit conjugal, je ne supportais plus le regard que tu portais sur moi, ni celui que je portais sur moi-même. Alors, je suis allé éprouver ailleurs ma virilité. Pour me rassurer. Et pour te faire de la peine… Quand tu l'as découvert, j'ai fait ce que font tous les hommes en rejetant la faute sur toi. Quelle tristesse ! Nous ne nous parlions plus à l'époque que pour nous lancer des insultes à la figure…

Sydney hocha douloureusement la tête.

— Je me le rappelle. Je me rappelle aussi comment j'ai réagi quand j'ai appris ton infidélité, toutes ces choses affreuses que je t'ai dites… J'ai laissé ma fierté bafouée m'enlever un ami.

Après un instant d'hésitation, Peter prit la main de Sydney dans la sienne et la porta à ses lèvres.

— Tu n'as rien ruiné du tout, Sydney… Ou du moins, pas toute seule. Moi aussi toute cette triste histoire m'a coûté une amie, la meilleure et la plus fidèle que j'aie jamais eue. De toute mon existence, rien ne m'a jamais fait autant de peine…

Du bout du pouce, Peter essuya doucement une larme qui dévalait la joue de Sydney.

— J'ai besoin d'un ami, confia-t-elle dans un souffle. Oh ! Peter, je n'ai jamais eu à ce point besoin d'un ami.

— Tu veux bien me donner une autre chance ?

Sydney hocha la tête, renifla, baissa les yeux. Avec un sourire attendri, Peter prit un mouchoir dans sa poche et le lui tendit.

— Viens, dit-il. Retournons nous asseoir.

Sydney se moucha, sécha ses larmes, et se laissa entraîner avec reconnaissance jusqu'au sofa.

— Est-ce la seule raison pour expliquer l'échec de notre mariage ? demanda-t-elle en s'accrochant à sa main. Cette incapacité à assumer le lit conjugal ?

Une grimace comique déforma le visage de Peter.

— J'imagine, répondit-il, que c'est la principale. En dehors de cela, je pense que nous étions l'un et l'autre bien trop semblables. Du genre à supporter stoïquement les blessures jusqu'à nous retrouver saignés à blanc… Bon sang, Sydney ! Qu'est-ce qui nous a pris de nous marier ?

— Comme d'habitude, répondit-elle sans réfléchir, je crois que nous nous sommes conformés à ce qu'on attendait de nous.

— Voilà ! s'exclama-t-il d'un air guilleret. Il me semble que tu as ta réponse…

Rassérénée, Sydney souleva sa main pour y déposer à son tour un baiser.

— Parlons du présent ! décida-t-elle. Es-tu heureux, Peter ?

— J'apprends à l'être. Et vous, madame le président-directeur général ?

Sydney éclata d'un rire joyeux.

— Cela t'a surpris ? demanda-t-elle.

— Ebahi ! Mais j'ai surtout été si fier de toi…

— Arrête, protesta Sydney, rougissante. Tu vas me faire pleurer de nouveau.

— J'ai une bien meilleure idée !

D'une traction sur son bras, il l'aida à se relever et l'entraîna derrière lui.

— Allons dans la cuisine, suggéra-t-il. Je préparerai quelques sandwichs et tu pourras m'expliquer ce que tu fais de ta vie à part brasser les millions…

Sydney fut surprise de la facilité avec laquelle le contact se renoua entre eux. Même s'ils demeuraient l'un et l'autre prudents, même s'ils s'observaient parfois avec un reste de méfiance, ils communiquaient de nouveau sur l'essentiel, comme autrefois. Ce lien très fort qui les avait unis et qu'elle avait cru brisé dans la débâcle de leur divorce, peut-être au fond ne s'était-il que distendu, peut-être étaient-ils en train de lui rendre sa force…

Entre tartines de pain de seigle et café, elle se décida enfin à aborder le sujet qui lui importait plus que tout.

— As-tu déjà été véritablement amoureux, Peter ?

— Marsha Rosenbloom, répondit-il de manière laconique, entre deux bouchées.

— Nous avions à peine treize ans ! fit remarquer Sydney avec un sourire indulgent.

— Et elle portait déjà un soutien-gorge ! renchérit-il, la bouche pleine. J'étais fou d'elle…

En hâte, Peter avala sa bouchée.

— Plus sérieusement, reprit-il, j'ai échappé jusqu'à présent à cette folie particulière qu'on appelle l'amour.

— Admettons que cela finisse par t'arriver, suggéra Sydney, que tu te retrouves amoureux. Te résoudrais-tu au mariage de nouveau ?

Peter étudia la question d'un air pensif.

— Je ne sais pas, répondit-il enfin. Je suppose que j'y réfléchirais à deux fois après notre expérience malheureuse. Mais je ne peux rien exclure d'emblée. Qui est l'heureux élu ?

Soudain nerveuse, Sydney s'occupa les mains à remplir leurs deux tasses de café.

— C'est un artiste, confia-t-elle enfin, un sculpteur de grand talent. En fait, nous ne nous connaissons que depuis quelques semaines…

— Vous allez vite en besogne, dis-moi…

— C'est une partie du problème, avoua Sydney avec un soupir. Tout va très vite avec Mikhail. Il est tellement intègre, entier, sûr de lui, de ses sentiments… Ce qui transparaît dans ses œuvres, d'ailleurs.

L'expression d'une surprise intense passa sur le visage de Peter.

— Cet homme est d'origine russe, n'est-ce pas ?

— Ukrainienne, corrigea-t-elle.

— Stanislaski, c'est cela ? Mikhail Stanislaski ?

Cette fois, ce fut au tour de Sydney de s'étonner.

— Oui… Comment le sais-tu ?

— Une de ses sculptures est à la Maison Blanche.

— Vraiment ? s'étonna-t-elle, plus amusée que surprise. Je ne le savais pas. Il n'a rien eu de plus pressé que de me présenter sa merveilleuse famille, mais il ne lui est pas venu à l'idée de me dire que son travail avait les honneurs de la Maison Blanche ! Ce qui montre où vont ses priorités.

Peter hocha la tête d'un air entendu.

— Inutile de me dire que tu l'aimes, cela se voit.

Légèrement rougissante, Sydney baissa les yeux.

— C'est vrai, reconnut-elle. Je l'aime et je le crois lorsqu'il me dit qu'il m'aime aussi. Le problème, c'est qu'il ne voit d'autre avenir pour nous que le mariage... Figure-toi que j'ai dû faire face à deux demandes en mariage dans la même soirée ! Une de Mikhail, et une de Channing Warfield...

— Par pitié ! s'exclama Peter avec un grand rire. Pas Channing... Ce n'est vraiment pas ton type d'homme.

— Ah bon ? fit-elle mine de s'étonner, curieuse d'avoir son avis sur le sujet. Pour quelles raisons ?

— Pour commencer, répondit-il, il est totalement dénué d'humour et te ferait périr d'ennui. En plus, ce n'est qu'un fils à papa dont l'habileté en matière de business consiste à emmener les clients de son père déjeuner... Enfin, je crois qu'il n'y aura jamais d'autre amour dans sa vie que son cheval et son club de polo !

Amusée par ce portrait criant de vérité, Sydney éclata de rire à son tour.

— Oh, Peter ! lança-t-elle après s'être calmée. Ce que tu as pu me manquer...

Tendant le bras au-dessus de la table, Peter laissa sa main reposer sur la sienne pour sceller leur complicité retrouvée.

— Et ton grand artiste ? demanda-t-il au bout d'un moment. Comment est-il ?

— Il ne joue pas au polo, n'emmène pas les clients de son père déjeuner et il me fait rire... quand il ne me fait pas hurler de rage.

Je crois que je ne supporterais pas de devoir perdre une fois encore tout cela à cause d'un mariage raté.

Le silence retomba entre eux, troublé seulement par le bruit des cloches d'une église dans le lointain. Lorsque Peter se résolut enfin à le briser, ce fut comme à regret.

— Ce n'est sûrement pas à moi de te dire ce que tu dois faire, commença-t-il prudemment. Et si j'étais toi, je me méfierais des conseils bien intentionnés.

— Ce qui ne va pas t'empêcher de m'en donner un quand même, conclut Sydney avec un sourire espiègle.

Peter lui rendit son sourire et hocha la tête. A cet instant, songea-t-elle avec un pincement au cœur, on aurait pu croire qu'un coup de baguette magique avait aboli toutes ces années de misère. Les équipements rutilants d'une cuisine ultramoderne brillaient autour d'eux, mais ils auraient tout aussi bien pu se trouver sur cette plage où ils avaient autrefois partagé tant de secrets… Enfin, d'une voix chargée d'émotion, Peter se décida à parler.

— Ne te base pas sur notre expérience malheureuse pour décider de ce que tu dois faire, dit-il. Contente-toi de répondre à quelques questions simples. Te rend-il heureuse ? Lui fais-tu confiance ? Comment imagines-tu la vie avec lui ? Comment l'imagines-tu sans lui ?

— Et quand j'aurai trouvé les réponses ?

— Alors, conclut Peter en se levant pour déposer un baiser sur son front, tu sauras ce que tu dois faire.

En appuyant sur le bouton d'appel de l'ascenseur, en bas de chez Mikhail, Sydney songeait qu'il était plus que temps pour elle de répondre à ces questions. Vingt-quatre heures s'étaient écoulées depuis que Peter les avait formulées sans qu'elle se donne la peine d'y réfléchir. En fait, comprit-elle en grimpant dans la cabine qui venait d'arriver, elle n'avait pas eu besoin de le faire. Tout simplement parce qu'elle connaissait déjà les réponses…

Mikhail la rendait-elle heureuse ? Oui, sans l'ombre d'un doute, comme aucun homme ne l'avait fait avant lui. Lui faisait-elle confiance ? Sans réserve aucune. Quelle serait sa vie avec lui ? Une montagne russe d'émotions en tous genres, du rire aux pleurs, de la satiété à la frustration. Sa vie sans lui ? Rien. Le vide… Il lui était tout simplement impossible de l'imaginer. Sans doute continuerait-elle en surface à mener la même vie qu'auparavant, mais au fond d'elle-même, quel sens cette vie-là pourrait-elle avoir ***sans lui*** ?

Ainsi, comme Peter le lui avait prédit, elle savait à présent à quoi s'en tenir et elle savait que faire. A supposer qu'il en fût encore temps…

Sur le palier de Mikhail, l'odeur du bois et du plâtre frais l'accueillit à sa sortie de l'ascenseur. Levant les yeux, elle constata que le plafond avait été changé. Au sol, le plancher réparé et sablé n'attendait plus qu'une bonne couche de vernis. Tout ce qui restait à faire à ce niveau semblait être de la décoration. En faisant confiance à Mikhail, songea-t-elle en passant la main sur la balustrade fraîchement poncée, elle avait fait preuve de discernement. En peu de temps, il avait su redonner à ce vieil immeuble outragé par le temps sa jeunesse perdue. Et à n'en pas douter, ce qui avait été fait l'avait été pour durer…

Une main posée sur son estomac contracté, Sydney tapa du doigt contre sa porte et attendit en priant que les dieux de l'amour soient avec elle… Pas un bruit ne parvenait de l'intérieur. Ni musique ni bruit de pas sur le parquet. Il était à peine 10 heures du soir. Mikhail ne pouvait donc pas être déjà au lit. Un peu inquiète à présent, elle tapa plus longuement et plus fort contre le panneau de bois, n'osant pas encore se résoudre à l'appeler de vive voix. Une porte s'ouvrit dans un grincement. Non pas celle de Mikhail, mais celle de l'appartement voisin, de l'autre côté du palier. Dans l'entrebâillement, le visage de Keely apparut, débarrassé de toute trace de son amabilité coutumière.

— Il n'est pas là, dit-elle sèchement.

Keely n'avait pas besoin de connaître les détails pour comprendre que comme elle l'avait craint cette femme avait fait souffrir son ami. Il n'y avait qu'à le voir errer comme une âme en peine depuis plusieurs jours pour le savoir.

Pesamment, la main de Sydney retomba contre son flanc.

— Oh ! fit-elle sans chercher à cacher sa déception. Savez-vous où il se trouve ?

— Absolument pas.

— Dans ce cas, conclut-elle avec résignation, je vais l'attendre ici.

— Comme vous voudrez, répondit Keely avec un haussement d'épaules.

Mais elle avait beau s'efforcer à l'indifférence, la détresse que trahissaient les yeux de Sydney, si semblable à celle qu'elle avait lue ces jours derniers dans ceux de Mikhail, ne pouvait la laisser de glace.

— A mon avis, dit-elle d'une voix radoucie, il ne devrait pas tarder à rentrer. Voulez-vous boire quelque chose en l'attendant ?

— Non, je vous remercie.

Mal à l'aise, Sydney préféra changer de sujet.

— Vous avez des nouvelles de Mme Wolburg ?

La question ramena sur les lèvres de Keely son sourire habituel.

— Son petit-fils est passé ce matin nous en donner, répondit-elle en s'adossant à la balustrade. Elle va de mieux en mieux. Elle se risque même à marcher avec un déambulateur. Son retour à la maison n'est qu'une question de jours à présent. Nous préparons une petite fête pour la recevoir dignement. Naturellement, vous êtes invitée…

— Je…

Le mécanisme de l'ascenseur entra en action et leur fit tourner la tête en même temps. Avant même qu'il s'arrête à leur étage et que les portes s'ouvrent, Sydney reconnut les deux voix qui chantaient à tue-tête une vieille chanson ukrainienne. Enfin les portes coulissèrent devant Alex et Mikhail qui titubèrent sur le palier, tout à fait ivres et plus que mal en point tous les deux. Le bras passé sur l'épaule l'un de l'autre, il aurait été difficile de déterminer qui soutenait qui.

A la vue du sang qui maculait la chemise blanche de Mikhail, Sydney porta la main à sa bouche.

— Oh ! Mon Dieu, s'exclama-t-elle en examinant avec inquiétude la lèvre et l'arcade sourcilière fendues responsables des dégâts.

Le son de sa voix suffit à dégriser Mikhail et à lui faire redresser la tête tel un loup aux abois.

— Qu'est-ce que tu veux ?

Chargés de hargne et de vodka, ces mots n'avaient rien de très accueillant.

— Qu'est-ce qui t'est arrivé ? s'inquiéta Sydney en se précipitant vers lui. Vous avez eu un accident ?

Alex, qui venait de remarquer sa présence, lui sourit gentiment, malgré ses lèvres tuméfiées et son œil gauche à moitié fermé par un hématome violacé.

— Salut, jolie dame ! s'exclama-t-il gaiement. Nous nous sommes payé une sacrée java. Dommage que vous n'ayez pas été là. Pas vrai, frérot ?

En guise de réponse, Mikhail lui décocha un coup de poing au creux de l'estomac. Sans doute s'agissait-il entre eux d'une marque particulière d'affection, se dit Sydney, car il étouffa tout de suite après son frère dans une étreinte d'ours, avant de saisir sa tête entre ses mains pour embrasser bruyamment ses deux joues.

Pendant que Mikhail, titubant, cherchait désespérément ses clés dans toutes ses poches, Sydney se tourna vers Alex et examina son œil avec inquiétude.

— Qui vous a fait ça ?

— Fait quoi ?

De son œil blessé, Alex se risqua à adresser un clin d'œil à Keely et se mit à gémir.

— A votre avis ? répondit-il à Sydney en tâtant ses paupières enflées avec précaution. Mike a toujours eu une sacrée gauche ! J'ai pu lui en refiler quelques-unes bien placées, mais je n'aurais rien pu faire s'il n'avait pas été soûl. Bien sûr, je l'étais un peu moi aussi…

Laissant son frère batailler en jurant à mi-voix pour trouver un trou de serrure subitement trop petit pour lui, Alex lança un regard d'envie à la porte ouverte de Keely.

— Hey ! douce blonde… Tu n'aurais pas un bon steak pour moi ?

— Non ! répondit-elle sans aménité.

Ce qui ne l'empêcha pas de venir offrir une épaule secourable au frère de Mikhail, qui semblait éprouver des difficultés grandissantes à conserver son équilibre.

— Alors allons danser ! suggéra-t-il en se laissant entraîner vers la cabine d'ascenseur. Tu aimes danser ?

— Je ne vis que pour ça, grommela Keely. Allez, viens, champion ! Je vais te fourrer dans un taxi.

Avant que les portes ne se referment sur eux, elle eut le temps de lancer à Sydney un « bonne chance ! » retentissant, assorti de son plus beau sourire.

De la chance, songea-t-elle en emboîtant le pas à Mikhail qui s'engouffrait dans l'appartement enfin ouvert, elle allait en avoir besoin…

— Tu t'es battu avec ton frère ! dit-elle sur un ton accusateur en refermant la porte derrière elle.

— Et alors ? rétorqua-t-il. Tu aurais préféré que je me batte avec des étrangers ?

Pourquoi fallait-il, songea Mikhail avec colère, que la simple vue de Sydney suffît à le dégriser, le privant du bénéfice de l'oubli qu'en compagnie de son frère et par la grâce de l'alcool il avait mis tant d'énergie à trouver ?

— Oh ! tais-toi donc…

Usant de son avantage provisoire, Sydney le poussa vers une chaise et le força à s'y asseoir. Mais à son retour de la salle de bains, chargée d'une serviette humide et d'un antiseptique en spray, Mikhail s'était relevé. Penché par la fenêtre ouverte, il respirait à pleins poumons l'air de la nuit.

— Tu es malade ?

Par-dessus son épaule, Mikhail eut pour elle un regard dédaigneux.

— Aucun Stanislaski ne s'est jamais rendu malade en buvant de la vodka…

Ou alors juste un tout petit peu, songea-t-il, lorsque la vodka était suivie de nombreux coups au ventre assenés de bon cœur… Un sourire affectueux passa brièvement sur ses lèvres. Alex avait beau manquer de quelques centimètres et de quelques années face à lui, il n'en demeurait pas moins un farouche adversaire…

Du menton, Sydney désigna la chaise vide.

— Assieds-toi, je vais te soigner.

— Je n'ai pas besoin d'une infirmière.

Protestation de pure forme, qui ne l'empêcha pas de s'exécuter. Parce que la tête lui tournait, mais aussi parce qu'il lui tardait de se retrouver enfin près d'elle…

— Ce dont tu aurais besoin, maugréa-t-elle en examinant les plaies, c'est d'un ange gardien… Aller te soûler, te battre avec ton frère — à ton âge, comment peux-tu te conduire de manière aussi stupide, aussi immature ?

Mikhail ferma les yeux, luttant contre l'envie qui s'était emparée de lui de blottir sa tête contre la poitrine de Sydney, si proche et tentatrice.

— Cela nous a plu, répondit-il. A tous les deux.

Avec une prudence et une douceur qui démentaient ses propos, Sydney entreprit de nettoyer les coupures.

— Fantastique ! railla-t-elle. Je ne peux imaginer rien de plus attrayant que de se prendre un poing dans la figure, en effet…

Sans lésiner sur l'antiseptique, Sydney désinfecta les plaies de Mikhail. Celui-ci, le souffle coupé, serra les dents sans broncher. Alors seulement elle remarqua ses deux mains posées sur ses genoux. Aux jointures des doigts, la peau était abîmée et il y perlait quelques gouttes de sang.

— Espèce d'idiot ! s'indigna-t-elle en s'agenouillant pour examiner les dégâts de plus près. Es-tu un artiste ou un imbécile irresponsable ? Quand on a la chance d'avoir un don comme le tien, on n'a pas le droit d'abîmer ses mains ainsi !

Mikhail se surprit à laisser échapper un soupir de bien-être. Avec une tendresse infinie, Sydney massait ses doigts endoloris, prenant garde à ne pas toucher aux éraflures. Il était tellement bon de se faire ainsi cajoler par elle, d'entendre de nouveau le son de sa voix, même si c'était pour se faire réprimander comme un gamin ! Encore un peu, et il en serait réduit à la prendre sur ses genoux pour la supplier de lui pardonner sa conduite…

— Je fais ce que je veux de mes mains, protesta-t-il.

Et à la minute même, il avait une idée très précise de ce qu'il aurait aimé en faire…

Pâle de rage, Sydney se redressa, les poings sur les hanches et les yeux luisants de colère.

— Tu fais ce que tu veux, point final ! s'exclama-t-elle. Y compris te soûler jusqu'à sentir aussi mauvais que le fond d'une bouteille de vodka !

Mikhail n'était plus assez ivre pour ne pas être atteint par l'insulte. Luttant pour sauvegarder ce qui pouvait encore l'être de sa dignité, il se dressa d'un bond et marcha en titubant à peine jusqu'à la chambre. La minute suivante, le bruit caractéristique de la douche parvenait aux oreilles de Sydney.

Ce n'était pas ainsi que les choses étaient censées se dérouler, songea-t-elle en se dirigeant vers la cuisine pour y rincer la serviette humide. Par anticipation, elle s'était vue venir à lui pour lui dire à quel point elle l'aimait, pour lui demander de lui pardonner d'avoir été si stupide. Quant à lui, il était supposé se montrer gentil et compréhensif, la prendre dans ses bras, lui dire qu'elle faisait de lui le plus heureux des hommes… Au lieu de ce doux rêve, elle le retrouvait soûl et désagréable et réagissait de manière cassante et agressive.

Parvenue sur le seuil de la cuisine, avant qu'elle ait pu comprendre ce qu'elle était en train de faire, Sydney lança violemment contre le mur la serviette qu'elle tenait entre ses doigts.

Stupéfaite, elle resta une bonne minute à observer le linge humide, qui était tombé dans l'évier après avoir percuté le mur à grand bruit, puis ses mains vides. Elle l'avait fait… Pour la première fois de son existence, elle avait lancé quelque chose sous l'effet de la colère et elle se sentait merveilleusement bien !

Submergée par une impression de puissance, Sydney s'empara d'un livre de poche qui traînait sur la table et lui fit rejoindre l'évier par le chemin des airs. Une tasse en plastique émit en frappant le mur un petit bruit mat qui la frustra — elle aurait préféré le fracas du verre… Ramassant une vieille tennis sous la table, elle s'apprêtait à la lancer par la fenêtre ouverte quand Mikhail parut sur le seuil. D'instinct, elle rectifia son tir et la chaussure alla frapper sa poitrine nue et encore ruisselante de gouttes d'eau.

— Qu'est-ce que tu fabriques ? grommela-t-il.

— Tu vois. Je lance des choses pour me calmer.

— Tu me quittes, sans un mot pour me dire où tu vas, et tu reviens à l'improviste pour me jeter des chaussures à la figure ?

Surprise de ne pas éprouver le moindre regret pour son geste inconsidéré, Sydney leva fièrement le menton.

— Ça m'en a tout l'air, en effet…

Mikhail plissa les yeux et éprouva dans sa main le poids de la vieille chaussure. Il était tenté, plus que tenté, de vérifier s'il aurait l'adresse nécessaire pour atteindre cet arrogant petit menton pointu qu'elle dardait vers lui… Un reste de sang-froid lui fit rejeter la tennis par-dessus son épaule. Même si elle l'avait amplement mérité, il ne pouvait se résoudre à se montrer violent envers une femme.

— Où étais-tu ? demanda-t-il simplement.

D'un geste, Sydney rejeta ses cheveux en bataille derrière ses épaules.

— Je suis allée rendre visite à Peter.

Par précaution, Mikhail glissa ses mains dans les poches du jean qu'il avait pris le temps de passer.

— Tu me quittes pour aller voir un autre homme, dit-il d'une voix dangereusement calme, et tu reviens pour m'insulter et me lancer des chaussures à la figure ? Donne-moi une seule bonne raison pour m'empêcher de te jeter du haut de cette fenêtre…

— Tu dois comprendre qu'il était important pour moi de le voir, de lui parler. Je…

— Et toi, l'interrompit-il avec violence, tu dois comprendre que tu m'as brisé le cœur !

Mikhail avait encore du mal à admettre cette évidence, mais les mots avaient jailli d'eux-mêmes et lui brûlaient les lèvres.

— Tu t'inquiètes pour un coup de poing, reprit-il sur le même ton, mais tu te fiches pas mal de la souffrance que tu m'as infligée *à l'intérieur* !

Bouleversée, Sydney fit un pas dans sa direction mais s'arrêta en lisant sur son visage qu'elle n'était pas la bienvenue.

— Je suis désolée, murmura-t-elle en cherchant son regard. J'avais tellement peur de te faire encore plus mal en acceptant de te donner ce que tu réclamais… Ecoute-moi, Mikhail, je t'en prie… Avant toi, Peter est la seule personne qui se soit jamais souciée réellement de moi. Mes parents…

Incapable de trouver les mots adéquats, Sydney ferma les yeux et secoua tristement la tête.

— Ils ne ressemblent pas du tout aux tiens, poursuivit-elle. Bien sûr, ils voulaient ce qu'il y a de mieux pour moi, mais pour eux cela signifiait embaucher les meilleures nourrices, acheter les plus beaux vêtements, s'assurer que je fréquente les écoles les plus huppées… Tu ne peux savoir à quel point je me suis sentie seule durant toute mon enfance…

D'un geste rageur, Sydney essuya les larmes qui coulaient le long de ses joues.

— Je n'avais que Peter pour me soutenir, et j'ai fini par le perdre… Ce que je ressens pour toi est tellement plus grand, tellement plus fort, que je ne pouvais envisager de te perdre également sans devenir folle.

Complètement bouleversé, Mikhail devait se retenir d'aller la prendre dans ses bras pour la consoler. Aussi remonté pût-il être contre elle, Sydney avait le don de percer toutes ses défenses pour l'atteindre en plein cœur, où et quand elle le voulait.

— Tu ne m'as pas perdu, Sydney. C'est toi qui es partie.

Avec un petit soupir, elle lui tourna le dos et marcha jusqu'à la fenêtre.

— Je devais le faire, dit-elle. Nous avons tellement souffert, Peter et moi, autrefois… J'étais persuadée que j'avais ruiné notre mariage, que tout était ma faute, et que je risquais en acceptant de t'épouser de te perdre. Le plus drôle dans l'histoire, c'est que Peter lui aussi s'imaginait être responsable du désastre de notre union… En discuter avec lui, renouer l'amitié dont nous aurions toujours dû nous satisfaire m'a permis d'y voir clair. J'ai fini d'avoir peur, fini de me dérober. Je ne me suis enfuie que dans l'espoir de pouvoir te revenir un jour. Définitivement.

Sur ces derniers mots, Sydney s'était retournée. Un sourire tremblant illuminait son visage ravagé par les larmes. Le cœur gonflé d'un espoir fou, Mikhail scruta intensément son regard, n'osant croire encore ce qu'il y découvrait.

— Est-ce le cas ? demanda-t-il. M'es-tu revenue pour toujours ?

— Oui, répondit-elle dans un souffle. Aujourd'hui, je peux répondre oui à toutes tes demandes. Oui, je veux partager ton existence, vieillir à tes côtés, élever avec toi cette famille dont je sens comme toi qu'elle n'attend que nous…

Lentement, sans le quitter des yeux, Sydney éleva ses mains et tira hors de son col la fine chaîne en or pendue à son cou, où se trouvait accroché l'anneau d'or orné d'un rubis qu'il lui avait offert.

Bouleversé, Mikhail traversa la pièce et soupesa la bague dans le creux de sa paume.

— Ainsi, murmura-t-il, tu la portais…

— Je ne pouvais la garder au doigt sans savoir si tu souhaitais encore que je la porte…

Abandonnant l'anneau, les yeux de Mikhail vinrent se mêler à ceux de Sydney pour ne plus les quitter, même lorsqu'il se pencha pour poser sur ses lèvres le plus tendre des baisers qu'il lui eût jamais donné.

— Sydney, dit-il ensuite, veux-tu me donner une seconde chance ? Je m'y suis si mal pris l'autre jour…

— Et moi, donc ! répondit-elle en riant.

— J'étais paniqué, furieux que ce banquier ait osé faire sa demande avant moi.

Les mains en coupe contre ses joues, Sydney tendit les lèvres pour un nouveau baiser.

— Quel banquier ? Je ne connais aucun banquier…

Les doigts tremblants, Mikhail ôta de son cou la chaînette en or et fit glisser l'anneau dans sa main.

— Ce n'est pas du tout comme je l'avais prévu, s'excusa-t-il. Il n'y a pas de musique…

— Tu es sûr ? Il me semble entendre des violons.

— Ni mots d'amour, ni douces lumières, ni fleurs…

— J'ai conservé la rose que tu m'avais offerte.

Religieusement, Mikhail lui passa l'anneau au doigt.

— Je ne t'ai dit que ce que j'attendais de toi, reprit-il. Pas ce que j'ai à t'offrir. Mon cœur est à toi, Sydney, aussi longtemps qu'il battra. Ma vie est à toi aussi… Veux-tu être ma femme ?

Avec un soupir de bonheur, Sydney referma autour du cou de Mikhail l'anneau de ses bras.

— Mais, dit-elle, je le suis déjà.

DEUXIÈME PARTIE

Le scénario truqué

1

Les talons aiguilles de Bess cliquetaient sur le bitume tandis qu'elle faisait les cent pas le long de la portion de trottoir qu'elle s'était attribuée. Ses yeux outrageusement maquillés ne cessaient de surveiller les allées et venues des autres prostituées, comme si elle cherchait à repérer les meilleures techniques d'approche et les endroits les plus prometteurs.

Parfois, certaines de ses collègues devisaient pour tuer le temps, plaisantant et riant à gorge déployée. Mais, sous leur joie superficielle, on sentait poindre un ennui profond impossible à dissimuler réellement.

Parvenant au bout du trottoir, Bess fit demi-tour et rajusta la lanière de son sac à main qui lui sciait l'épaule. Intérieurement, elle bénit la douceur du printemps new-yorkais qui rendait cette attente plus supportable.

Non loin de là, une superbe fille à la peau plus noire que l'ébène alluma une cigarette avant d'interpeller un passant :

— Alors, bébé ? Tu n'as pas envie de te faire du bien ?

L'homme secoua la tête en souriant et poursuivit sa route. La prostituée qui l'avait abordé haussa les épaules : « un de perdu, dix de retrouvés », semblait-elle dire. Ce qui semblait vrai car la soirée était animée et les clients ne manquaient pas.

Bess songea que le printemps devait fouetter le sang des hommes et faire naître en eux un désir sourd qu'ils venaient satisfaire auprès d'elles.

Pourtant, les prostituées qui arpentaient ce trottoir paraissaient totalement hermétiques à l'approche des beaux jours. Sur leurs visages ne se lisaient que l'ennui et une forme de résignation.

— Tu es nouvelle, non ?

Levant les yeux, Bess avisa la jeune Noire sanglée de cuir rouge qui l'avait rejointe.

— Oui, répondit-elle avec un sourire.

— Qui est ton mac ?

— Je n'en ai pas…

— Tu n'en as pas ? répéta la fille en haussant les sourcils d'un air stupéfait. C'est de la folie, tu sais… Une fille ne tient pas quinze jours sur le trottoir sans protecteur.

— C'est pourtant ce que je compte faire, répliqua Bess en soufflant une bulle de chewing-gum rose qu'elle laissa éclater bruyamment.

— Bobby ou Ed vont finir par s'en apercevoir et ils te feront passer un sale quart d'heure, remarqua la fille en haussant les épaules.

— On est libre de faire ce qu'on veut dans ce pays, non ?

— Mais tu planes complètement, ma chérie !

En riant amèrement, elle projeta son mégot de cigarette contre le pare-chocs d'un taxi qui roulait au pas. Des dizaines de questions brûlaient les lèvres de Bess mais elle s'abstint prudemment de les formuler.

— Et toi ? dit-elle simplement. Tu travailles pour qui ?

— Pour Bobby, répondit la fille en détaillant Bess de la tête aux pieds. Tu sais, il t'accepterait sûrement si je lui parlais de toi. Ton cul est un peu maigrichon mais tu es plutôt mignonne…

Bess songea que la fille devait toucher une commission sur ce genre de recrutement.

— Tu as besoin d'être protégée pendant que tu travailles.

— Je suppose que ces deux filles qui se sont fait descendre le mois dernier ne l'étaient pas ? hasarda Bess.

La fille tiqua et une expression douloureuse passa dans ses yeux. Bess y lut du regret et de la tristesse qui furent aussitôt remplacés par la méfiance.

— Dis, tu serais pas flic, par hasard ? demanda-t-elle en fronçant les sourcils.

Bess éclata de rire, ne sachant si elle devait se sentir amusée ou flattée.

— Non, je ne suis pas un flic. Juste une fille qui essaie de survivre. Vous les connaissiez, celles qui sont mortes ?

— Si tu tiens à survivre, sache que nous n'aimons pas les curieuses, ici. Je vais te laisser travailler…

Bess réprima un frisson : cette fille n'était pas seulement belle, elle était futée et particulièrement méfiante. Des qualités qui risquaient de rendre sa tâche plus difficile qu'elle ne l'avait prévu.

Elle se promit de redoubler de prudence… Après tout, elle avait un travail à accomplir, pas question de s'arrêter pour si peu !

Haussant les épaules, elle se détourna et recommença à faire les cent pas en se déhanchant de façon provocante. Avisant deux hommes qui se trouvaient non loin de là, elle se dirigea vers eux, persuadée que celui de gauche, un beau brun ténébreux, se laisserait tenter.

— Mon indic m'a dit que Rosalie, la grande Noire en cuir rouge, connaissait les victimes.

— Alors pourquoi est-ce qu'on ne l'interroge pas directement ? s'étonna Judd Malloy.

Il avait été nommé inspecteur quarante-huit heures auparavant et brûlait d'impatience de passer à l'action. Mais Alex Stanislaski, malgré sa réputation de flic de choc, ne paraissait pas décidé à passer à l'offensive.

— On pourrait même aller trouver son souteneur et lui soutirer des infos, ajouta Judd.

Alex poussa un soupir résigné : pourquoi fallait-il donc toujours qu'il écope des débutants ?

— Nous voulons qu'elle coopère, répondit-il patiemment. Nous allons nous faire passer pour des clients, ensuite nous la bouclerons pour racolage. Comme ça, on pourra discuter tranquillement avec elle sans que Bobby débarque au beau milieu de la conversation pour la faire taire.

— Bon sang ! Si ma femme savait que je passe mes nuits à ramasser des prostituées…

— Règle numéro un : un flic malin ne raconte que le strict nécessaire à sa famille. C'est-à-dire le moins possible, répliqua Alex.

Tandis qu'ils se dirigeaient vers Rosalie, Alex avisa la blonde qui le regardait fixement. Elle avait un visage étrange. Allongé, racé et plutôt fin malgré l'épaisse couche de maquillage. Deux magnifiques yeux verts le transpercèrent, comme si la fille cherchait à lire en lui.

Observant plus attentivement son visage anguleux, Alex trouva qu'elle lui faisait penser à un renard. Les pommettes étaient hautes et bien dessinées, le menton légèrement pointu. Mais son nez était légèrement aquilin, comme s'il avait été cassé. C'était probablement l'œuvre d'un proxénète ou d'un client mécontent.

La bouche, par contre, était pleine et pulpeuse et, malgré lui, il se demanda ce qu'il ressentirait en l'embrassant. Curieusement, il n'eut aucun mal à l'imaginer et un frisson érotique le parcourut.

Le haut moulant et le pantalon de cuir que portait la jeune femme révélaient un corps athlétique, nerveux et musclé : exactement le genre de physique qu'aimait Alex. Mais il réalisa brusquement que cette fille n'était pas le genre de femme à accepter un rendez-vous amoureux. Pour elle, le sexe était un métier.

Bess jeta un coup d'œil à Rosalie qui l'observait attentivement, probablement pour s'assurer qu'elle était bien ce qu'elle prétendait être. Si elle voulait la convaincre de sa bonne foi, elle ne devait pas flancher.

— Alors, chéri, dit-elle d'une voix rauque en s'approchant de l'homme brun. Tu veux te faire du bien ?

— Peut-être, répondit-il en passant un doigt sous la bretelle de son haut moulant. Mais tu n'es pas exactement le genre de fille que je cherchais…

Le cœur battant, Bess posa la main sur le torse musclé de son interlocuteur, constatant sans surprise qu'il paraissait aussi solide que l'acier.

Qu'était-elle censée faire, à présent ?

— Et quel genre de fille cherches-tu, exactement ? demanda-t-elle pour gagner du temps.

L'homme la regarda attentivement et elle eut brusquement l'impression qu'il la déshabillait des yeux, détaillant chaque partie de son corps. Ses doigts étaient toujours posés contre sa peau, juste au-dessus de son cœur, et elle sentait la chaleur qui en émanait.

Son esprit fut soudain envahi par l'image affolante de cet homme, nu, se pressant contre elle dans une chambre d'hôtel anonyme. Curieusement, cette pensée était loin d'être désagréable…

Alex constata que la fille avait rougi jusqu'à la racine des cheveux. C'était bien la première fois qu'il voyait une prostituée réagir ainsi et, l'espace d'un instant, il fut tenté de s'excuser et de retirer sa main. Mais il avait une affaire à régler et ce n'était certainement pas le moment de se trahir.

— Un autre genre, répondit-il simplement en haussant les épaules.

Elle plongea son regard dans le sien et il eut envie d'enlever le maquillage bon marché qu'elle portait pour mieux voir son visage.

— Je peux être tous les genres que tu veux, tu sais, insista-t-elle avec un sourire plein de sous-entendus.

— Hé, frangine ! s'exclama Rosalie en s'approchant d'eux.

Elle passa un bras autour des épaules de Bess et observa attentivement les deux policiers.

— Tu ne vas pas la jouer perso et garder ces deux beaux étalons pour toi toute seule ?

— Eh bien…

Alex regarda Rosalie droit dans les yeux :

— Vous faites équipe, toutes les deux ? demanda-t-il.

— Pour ce soir, oui. Et vous ?

Judd jeta un regard paniqué à Alex qui dut se concentrer pour ne pas éclater de rire.

Son partenaire paraissait vraiment inquiet de la tournure que prenaient les événements, et devait se demander jusqu'où Alex comptait aller.

— Pourquoi pas ? répondit-il pourtant en feignant une assurance qu'il était loin d'éprouver.

Rosalie éclata de rire, s'avança vers Judd et posa une main sur sa joue qu'elle caressa, descendant ensuite le long de son corps de son épaule à son dos jusqu'à ses fesses. Le policier rougit à son tour.

— Apparemment, c'est la première fois que tu fais ce genre de truc, remarqua Rosalie. Laisse-moi prendre les choses en main. Je t'emmènerai directement au septième ciel, tu verras...

— C'est combien ? demanda alors Alex.

— Eh bien... Disons que vous me paraissez sympathiques et plutôt agréables à regarder... Vous pouvez nous avoir toutes les deux pour cent dollars. Une heure... La suite des événements est négociable.

— Je ne sais pas si..., commença Bess.

Mais elle s'interrompit brusquement, sentant les ongles de Rosalie se planter dans son épaule.

— Ce sera parfait, conclut Alex en souriant. Mesdames, vous êtes en état d'arrestation !

Rosalie laissa échapper un flot de jurons en espagnol tandis que Bess faisait l'impossible pour ne pas trahir son soulagement.

Ici tout était plus sale, semblait plus sinistre, remarqua-t-elle avec intérêt. L'ameublement était minimaliste et fonctionnel : des murs blancs sur lesquels étaient accrochées quelques circulaires administratives, de vieux bureaux défoncés datant des années soixante, le sol couvert d'une vieille moquette maculée de café et constellée de brûlures de cigarette...

L'odeur également était particulière : un mélange vaguement écœurant de sueur, de café et de désinfectant industriel. Une rumeur sourde emplissait les pièces, faite de la superposition de nombreuses voix, de la sonnerie entêtante des téléphones, d'éclats de rire, du cliquetis des claviers d'ordinateur et de jurons sonores…

C'était tout simplement merveilleux.

— Dis donc, mon cœur, tu n'es pas là pour jouer les touristes, fit observer Alex en la poussant en avant.

— Désolée, répondit-elle en lui souriant.

L'exaltation qu'il lut dans ses yeux était si déplacée qu'il se demanda si elle n'était pas un peu folle. Haussant les épaules, il lui indiqua la chaise qui était installée devant son bureau.

Il avait décidé de laisser Judd se faire les dents sur Rosalie. Si le jeune policier n'obtenait aucune information, Alex profiterait de sa détention pour lui parler.

— Très bien, dit-il en prenant place derrière son bureau défoncé et couvert de papiers divers. Je suppose que tu connais la chanson…

Bess s'arracha à la contemplation du jeune homme ensanglanté qui était interrogé par un autre policier, non loin de là.

— Je vous écoute, répondit-elle avec un sourire cordial.

Alex plaça un formulaire sur la machine à écrire.

— Nom ?

— Je m'appelle Bess, répondit-elle en lui tendant la main.

Il la regarda avec stupeur et secoua la tête.

— Bess comment ? se contenta-t-il de demander d'une voix peu amène.

— McNee. Et vous ?

— C'est moi qui pose les questions, répliqua Alex. Date de naissance ?

— Qu'est-ce que ça peut vous faire ?

Alex soupira, songeant qu'elle ne tarderait pas à avoir raison du peu de patience qui lui restait.

— Je dois remplir cette ligne, là, répondit-il en tapotant du doigt le formulaire.

— D'accord, d'accord… Ne le prenez pas mal ! J'ai vingt-huit ans. Je suis Gémeaux, née le 1er juin…

Alex calcula rapidement l'année et remplit la case correspondante.

— Lieu de résidence ? demanda-t-il ensuite.

Il réalisa alors que Bess était tranquillement en train de lire les papiers qui se trouvaient sur son bureau et il les réunit nerveusement avant de les poser en tas sur la console qui se trouvait à côté de lui.

— Vous paraissez très agité, remarqua la jeune femme avec calme. Est-ce parce que vous travaillez sous couverture ?

Alex réalisa qu'elle lui souriait. Il y avait dans son expression un mélange d'insolence, de provocation et d'intelligence qui le surprit. Il se demanda brusquement si elle était bien ce qu'elle prétendait être.

Mais il se rappela que c'était elle qui l'avait abordé avec des intentions pour le moins explicites…

— Ecoute, chérie, voilà comment les choses se passent ici : je pose les questions et tu y réponds, d'accord ?

— Je vois : vous êtes un dur. Cynique, insensible et blasé.

— Pardon ?

— Rien… Quelques notes en passant… Vous savez que vous êtes un excellent personnage ?

— Ton adresse ?

Bess soupira et donna une adresse.

— Tu me prends pour un imbécile ? s'exclama Alex.

— Pas du tout, protesta-t-elle. Pourquoi dites-vous ça ?

— Parce que je connais très bien le quartier dont tu viens de parler. Tu es peut-être très douée dans ton domaine… Meilleure même que tu n'en as l'air ! Mais tu ne me feras pas croire que tu gagnes assez d'argent dans la rue pour te payer un loyer dans cette partie de la ville !

Bess fit la moue mais ne releva pas l'insulte : elle était sûre d'être suffisamment attirante pour pouvoir gagner sa vie sur le trottoir. Après tout, elle était beaucoup plus jolie que la plupart des prostituées qu'elle avait vues aujourd'hui.

— C'est pourtant là que je vis, monsieur le flic, répliqua-t-elle vertement.

Elle posa son sac à main sur le bureau et entreprit d'en extraire méthodiquement le contenu.

Alex la regarda avec stupeur tandis qu'elle étalait devant lui bon nombre de produits cosmétiques de luxe qui ne correspondaient guère à ceux que devait utiliser la majorité des prostituées de la ville.

Il semblait y avoir là assez de maquillage pour approvisionner les rayons d'un petit supermarché : six tubes de rouge à lèvres, deux poudriers, quatre eye-liners et plusieurs boîtes de mascara.

Vinrent ensuite un trousseau de clés, une pile épaisse de reçus de carte bleue, des paquets de Post-it de différentes couleurs, une bonne douzaine de stylos, quelques crayons à papier, un bloc-notes, deux livres de poche, des allumettes, un carnet d'adresses en cuir noir marqué des initiales ELM, une agrafeuse, trois paquets de mouchoirs en papier, des documents divers et variés, un enregistreur de poche et… un revolver.

Tendant la main, Alex récupéra l'arme, et constata qu'il s'agissait d'un pistolet à eau.

— Faites attention, prévint Bess en souriant. Il est rempli d'ammoniaque.

— D'ammoniaque ? répéta Alex, passablement surpris.

— Oui. Avant, j'avais une matraque mais l'ammoniaque est beaucoup plus dissuasive ! Tenez, ajouta-t-elle en tirant un portefeuille de son sac.

Alex regarda la photographie agrafée sur le permis de conduire de la jeune femme, stupéfait de découvrir son vrai visage : ses cheveux étaient roux foncé et coiffés de façon très élégante, contrastant nettement avec la perruque blonde de mauvais goût qu'elle arborait ce soir-là.

L'adresse qui figurait sur le document correspondait à celle que lui avait donnée la jeune femme.

— Tu as une voiture ? demanda-t-il, curieux.

— Et alors ?

— Dans cette ville, les femmes qui exercent ta profession n'ont généralement pas de quoi s'en offrir une…

— J'ai un permis de conduire, mais ça ne signifie pas forcément que j'ai un véhicule, remarqua Bess.

— C'est exact. Retire ta perruque…

— Pourquoi ?

Impatient, Alex la lui ôta lui-même, révélant d'épais cheveux roux coupés court et légèrement ondulés.

— Faites attention avec cette perruque, protesta la jeune femme. Je dois la rapporter…

Alex reposa les faux cheveux sur son bureau, convaincu à présent que cette fille n'était pas une prostituée.

— Qui diable êtes-vous ? demanda-t-il en la fixant droit dans les yeux.

Bess hésita quelques instants avant de hausser les épaules.

— Juste une femme qui essaie de gagner sa croûte…

C'était exactement le genre de chose qu'aurait pu dire Jade et, puisqu'elle avait décidé de s'identifier à elle, mieux valait jouer le jeu jusqu'au bout…

Alex secoua la tête et se mit à inventorier le contenu du portefeuille qu'elle lui avait remis. Il contenait l'équivalent en billets de deux mois de salaire d'un policier.

— Est-ce que vous avez vraiment le droit de fouiller dans mes affaires de cette façon ? demanda Bess, suspicieuse.

— Ici, j'ai tous les droits, répondit-il posément.

Poursuivant son inspection, il découvrit plusieurs clichés représentant Bess et d'autres personnes qui devaient être des amis ou des membres de sa famille.

Aucun ne paraissait être le genre de personne à fréquenter une prostituée.

Il passa en revue plusieurs cartes de membre de diverses associations : Greenpeace, WWF, Amnesty International et la WGA, le syndicat des écrivains américains. Cette dernière lui rappela brusquement le magnétophone de poche qui était posé sur le bureau : s'en emparant, il constata qu'il était en marche et avait probablement enregistré l'intégralité de leur conversation.

— Je crois que vous me devez quelques explications, dit-il après avoir arrêté l'enregistrement.

— A quel propos ? demanda-t-elle avec une fausse naïveté qui, en d'autres circonstances, aurait paru très convaincante.

— Que faisiez-vous sur ce trottoir avec Rosalie et les autres ? demanda-t-il en cherchant visiblement à conserver son calme.

— Mon travail, répondit Bess.

Elle vit une lueur de colère passer dans les yeux du policier et songea une fois de plus qu'il était vraiment très séduisant. Il y avait en lui quelque chose de sauvage et d'indomptable qui le rendait tout bonnement irrésistible.

— C'est la vérité, dit-elle avec conviction en se penchant vers lui. Je fais des recherches pour comprendre la double personnalité de Jade. Je voudrais savoir pourquoi elle fait le trottoir le soir, alors que, durant la journée, elle exerce l'honorable profession d'avocat. Vous comprenez, sa rupture avec Brock a fait resurgir certains souvenirs d'enfance qu'elle avait occultés et elle a craqué. Sa double vie est une forme d'autodestruction…

— Mais de qui diable parlez-vous ?

— De Jade Sullivan Carstairs. Vous ne regardez donc jamais la télévision ?

— Non, soupira Alex comprenant soudain quel avait pu être le désarroi d'Alice en arrivant au pays des merveilles.

Dans quelques instants, songea-t-il, Bess allait se changer en lapin blanc et lui déclarer qu'elle était en retard pour son rendez-vous avec le chapelier toqué…

— Vous ne savez pas ce que vous perdez ! s'exclama la jeune femme. Je suis certaine que vous adoreriez cette série. C'est l'histoire d'un policier, Storm… Il est amoureux de Jade mais il ne sait pas comment gérer le trouble émotionnel dont elle est victime. D'autant que Jade est toujours hantée par Brock… En plus, il y a eu cet enlèvement avant et la fausse couche qui en a résulté… Sans compter les propres problèmes de Storm !

— Je n'en doute pas. Mais je ne vois pas vraiment le rapport avec votre cas.

— Ah oui, bien sûr… Excusez-moi ! Je suis l'un des auteurs qui travaillent sur cette série. Cela s'appelle : « Péchés secrets ».

— Vous écrivez des séries télévisées ? s'exclama Alex, atterré.

— Oui. Et j'aime bien me mettre dans la peau de mes personnages pour savoir ce qu'ils éprouvent réellement. Or, comme Jade est l'un de mes préférés, j'ai décidé d'avoir un avant-goût de ce qu'était devenue sa vie.

— Mais vous êtes complètement folle ! s'exclama Alex. Est-ce que vous avez la moindre idée de ce que vous risquiez ? Jusqu'où étiez-vous donc décidée à poursuivre vos investigations ?

— Oh, pas jusqu'au bout, je vous rassure, répondit-elle en riant gaiement.

— Justement ! Cela ne me rassure pas du tout ! Que croyez-vous qu'il serait arrivé si j'avais été un vrai client et pas un flic ?

— J'aurais trouvé quelque chose… C'est mon métier d'inventer toutes sortes d'histoires. D'ailleurs, dès que je vous ai repéré, j'ai compris que vous n'étiez pas dangereux. Vous n'aviez pas l'air d'être le genre de type qui paye pour obtenir les faveurs d'une femme…

Alex la fusilla de nouveau du regard. Plus il était furieux et plus Bess le trouvait séduisant mais elle s'abstint prudemment de le lui faire remarquer.

— Et si vous vous étiez trompée ? s'exclama-t-il en passant nerveusement la main dans ses épais cheveux noirs.

— Inutile d'y penser puisque ce n'est pas le cas, objecta-t-elle. Sur le coup, j'ai eu peur, je l'avoue. Mais tout est bien qui finit bien. J'ai même eu l'occasion de monter dans une voiture de police…

Alex secoua la tête, incrédule. Une telle naïveté frôlait l'inconscience. Mais Bess avait quelque chose de désarmant qu'il n'était pas habitué à rencontrer chez les personnes qu'il interrogeait d'ordinaire.

— Ecoutez, reprit-il en s'efforçant de dominer sa colère, deux prostituées sont mortes récemment dans le secteur où vous vous trouviez…

— Je sais, répliqua-t-elle. C'est l'une des raisons pour lesquelles j'ai choisi cet endroit. Vous voyez, je pense que Jade pourrait…

— Je ne parle pas de Jade mais de vous, l'interrompit Alex. Croyez-vous vraiment qu'il vous suffise d'enfiler un pantalon moulant et de vous couvrir de maquillage pour passer pour une prostituée ? Savez-vous seulement ce que risque un écrivain de pacotille dans votre genre en fréquentant de tels milieux ?

— Un écrivain de pacotille ? s'exclama la jeune femme, vexée. Je ne vous permets pas !

— Vous n'avez rien à me permettre : ici, vous êtes sur mon territoire ! Si vous tenez tant que cela à savoir ce que ressent une prostituée, je vous suggère de vous renseigner dans des livres et pas sur le trottoir !

— Vous n'avez pas le droit de m'interdire de me promener dans la rue, quelle que soit la tenue que je porte !

— Effectivement. Mais j'ai parfaitement le droit de vous boucler pour racolage !

— Mais je vous ai expliqué que…

— Je me fiche de vos raisons : peut-être qu'une nuit en cellule vous aidera à recouvrer vos esprits !

— Vous n'allez quand même pas m'arrêter pour de vrai ?

Alex se contenta de sourire avant d'appeler un policier en uniforme qui escorta la jeune femme jusqu'au bloc de détention.

Elle entreprit ensuite de faire la connaissance de ses compagnons de cellule, leur posant mille questions et prenant de nombreuses notes.

Trente minutes plus tard, Lori la rejoignit, accompagnée d'un policier.

— Bess ! s'exclama-t-elle, amusée. Te voilà enfin dans ton élément…

— C'est vrai, répondit la jeune femme tandis que le policier ouvrait la porte. Je te garantis que ça a été une expérience des plus instructives !

— Dites donc, intervint l'une des prostituées. N'oubliez pas ce que je vous ai dit : cette Vicky est une véritable sorcière et Jeffrey ferait mieux de se débarrasser d'elle ! Il serait beaucoup mieux avec Amelia…

— Je verrai ce que je peux faire, répondit Bess avec un sourire entendu. Au revoir, les filles…

— Ecoute, lui dit alors Lori à voix basse, tu sais que je ne suis pas particulièrement prude et que je n'ai aucun préjugé… Mais je dois admettre que je suis un peu surprise de devoir venir te tirer de prison à 2 heures du matin parce que tu as été arrêtée pour racolage sur la voie publique…

— Je suis désolée de t'embêter avec ça. Mais je t'assure que cette soirée a été très utile !

— Sans doute… Mais je me demande si tu étais vraiment obligée d'aller aussi loin. Je veux dire… Est-ce que tu as vu à quoi tu ressembles ?

— Oui, répondit Bess d'un ton léger alors qu'elles traversaient la pièce dans laquelle Alex l'avait interrogée.

Son bureau était vide et il n'y avait nulle trace de l'inspecteur.

— Excusez-moi, ajouta-t-elle à l'intention du policier qui les escortait. Savez-vous où se trouve votre collègue ? Celui qui travaille à ce bureau ?

— Qui ça ? Stanislaski ?

— Oui…

— Il est en train de procéder à un interrogatoire.

— Ah, bien… Merci.

Elles gagnèrent un comptoir où on rendit à Bess ses effets personnels.

— Stanislaski, dit-elle, songeuse. Tu crois que c'est d'origine polonaise ?

— Comment veux-tu que je le sache ? s'exclama Lori, excédée. Filons d'ici, Bess. Cet endroit ne me dit rien qui vaille…

— Au contraire, c'est un lieu très excitant, protesta Bess. J'y ai glané assez d'idées pour remplir trois saisons entières du feuilleton ! Surtout si Elana est arrêtée pour le meurtre de Reed…

— Je ne suis pas certaine que faire mourir Reed soit une si bonne idée, objecta Lori tandis qu'elles quittaient le commissariat.

— Allons donc ! Tu sais comme moi que Jim ne signera pas pour un an de plus : il veut faire du cinéma, maintenant. Alors, autant en profiter pour le tuer et centrer l'histoire sur Elana.

— Peut-être…

— D'autant que « Nos vies, nos amours » a gagné deux points d'audience, au cours du mois dernier !

Lori acquiesça : toutes deux savaient que ce feuilleton était leur concurrent le plus direct et qu'une guerre sans merci s'était engagée entre eux pour la conquête des téléspectateurs.

— Et ce n'est pas près de s'arrêter, insista Bess : il paraît que le Dr Amanda Jamison va avoir des jumeaux !

— Des jumeaux, soupira Lori, résignée. J'aurais dû m'en douter… Voilà qui ne manquera pas de renforcer la popularité d'Ariel Kirkwood. Dans ce cas, nous n'avons effectivement pas le choix : Reed doit mourir.

Bess ne put retenir un petit sourire de victoire. Des yeux, elle chercha un taxi mais aucun n'était en vue.

— Tu sais, remarqua-t-elle, lorsque j'étais dans cette cellule, j'essayais de m'imaginer l'élégant Dr Elana Warfield Strafford Carstairs dans de telles circonstances… Franchement, ce serait fabuleux, Lori. Et si tu avais vu ce policier…

— Quel policier ?

— Celui qui m'a arrêtée. Il était terriblement sexy…

— Cela ne me surprend pas : il n'y a vraiment que toi pour te faire arrêter par un flic sexy !

— Il était tellement… fascinant, murmura Bess rêveusement. Les cheveux et les yeux très noirs, un visage anguleux et une très belle bouche… Plutôt grand et bien bâti, un peu comme un boxeur.

— Bess…, l'interrompit Lori en riant. Tu recommences !

— Pas du tout, protesta la jeune femme. Je peux très bien trouver un homme sexy et attirant sans tomber pour autant amoureuse !

— Depuis quand ?

— Depuis que je me le suis promis, répondit Bess avec un sourire malicieux. Je ne m'intéresse à ce Stanislaski que pour des raisons purement professionnelles.

Apercevant alors un taxi, la jeune femme lui fit signe et il vint se ranger contre le trottoir. Les deux auteurs prirent place à son bord.

— C'est une occasion inespérée d'étudier le personnage de Storm, reprit Bess après avoir donné leurs adresses au chauffeur. Si j'arrive à m'attirer les bonnes grâces de ce Stanislaski, j'aurai une chance de comprendre comment fonctionne l'esprit d'un policier ! Tu vois, quand Jade se sera fait attaquer par le maniaque de Millbrook, Storm ne pourra plus dissimuler ses sentiments pour elle. Il nous faudra donc approfondir nettement ce personnage. D'autant que si Elana est vraiment arrêtée pour meurtre, cela aura des conséquences sur sa vie personnelle : il y aura un écart de plus en plus grand entre son sens du devoir et sa loyauté envers sa famille…

— Dites, intervint le chauffeur du taxi, vous ne seriez pas en train de parler de « Péchés secrets », par hasard ?

— Si. Vous regardez la série ?

— Ma femme l'enregistre tous les jours. Mais votre visage ne m'est pas familier…

— C'est parce que nous ne jouons pas. Nous sommes les auteurs.

— Ah bon ? Dans ce cas, j'ai deux ou trois choses à vous dire à propos de cette petite peste de Vicky !

Tandis qu'il s'exécutait, Bess se pencha vers lui, attentive. Lori, quant à elle, en profita pour faire un somme et tenter de rattraper ses heures de sommeil perdues.

2

Judd Malloy lança un regard en biais à Alex qui évoluait avec une habileté consommée au milieu de la circulation du centre-ville.

— Tu sais que ma femme a failli devenir folle quand elle a su que nous avions arrêté cette fille ? dit-il enfin. Elle est fan de cette série et l'enregistre tous les jours pendant qu'elle est à l'école pour pouvoir la regarder en rentrant.

— Dans ce cas, elle devait *déjà* être folle, répliqua Alex avec un sourire ironique.

Il s'efforçait autant que possible de ne plus penser à cette fille mais, visiblement, son équipier n'entendait pas lui faciliter la tâche.

— Holly a dit que nous avions eu de la chance de rencontrer une telle célébrité.

— Je ne savais pas que les célébrités faisaient le trottoir, répliqua Alex, ironique.

— Allons, tu sais très bien que ce n'était pas le cas ! C'est même toi qui as décidé d'abandonner les charges qui pesaient contre elle…

— Peut-être… Mais cela ne change rien au fait que cette fille est stupide : tu sais qu'elle trimballait un pistolet à eau rempli d'ammoniaque dans son sac à main ? Je suppose qu'elle avait l'intention d'en arroser copieusement le premier type qui aurait eu le malheur de l'aborder pour lui demander de monter avec lui ! Heureusement que nous l'avons coffrée avant, sinon elle aurait passé bien plus que quelques heures en prison, tu peux me croire !

— En tout cas, nous n'avons pas perdu notre temps. Nous avons obtenu des renseignements précieux grâce à Rosalie !

— Peut-être. Mais tu ferais tout de même mieux de t'habituer à perdre du temps. C'est la règle numéro quatre.

Il se gara en double file devant un immeuble et Judd plaça sur la vitre leur autorisation spéciale de stationnement.

— C'est ce que nous risquons de faire en allant voir ce Domingo, reprit Alex.

— Mais Rosalie a dit...

— Rosalie nous a dit ce que nous voulions entendre pour que nous la relâchions, l'interrompit Alex.

Il inspecta attentivement le bâtiment, notant la disposition des portes et des fenêtres ainsi que le positionnement de l'escalier de secours.

— Peut-être a-t-elle été réglo en parlant de ce Domingo, mais si ça se trouve, il n'existe même pas. C'est ce que j'ai l'intention de découvrir...

L'endroit était plutôt bien entretenu : on ne voyait pas trace de graffitis ni de vitres brisées. Un logement typique de la classe ouvrière, songea Alex. Se dirigeant vers l'entrée, il passa en revue les boîtes aux lettres.

— J. Domingo, 212, lut-il.

Il pressa l'Interphone 110 et attendit en vain avant de passer au 305. Le bourdonnement caractéristique se fit entendre et Alex secoua la tête.

— Les gens ne prennent vraiment aucune précaution, soupira-t-il. Dire qu'ensuite ils se plaignent des cambriolages...

Judd hocha la tête mais, dans ses yeux, son partenaire lut la tension qui l'habitait et qu'il faisait son possible pour réprimer. « Pourvu qu'il soit capable de se contrôler », songea Alex tandis que tous deux gravissaient l'escalier jusqu'au deuxième étage.

Parvenus devant la porte 212, les deux policiers se mirent en position et Judd fit sauter la sécurité de son revolver. Alex frappa et tous deux entendirent quelqu'un pousser un juron à l'intérieur. La porte s'entrouvrit et Alex plaça son pied dans l'interstice pour empêcher qu'elle ne se referme.

— Comment ça va, Jesus ? demanda-t-il à l'homme qui lui faisait face.

Comme l'avait dit Rosalie, il aurait pu ressembler à Clark Gable si une incisive en or n'avait pas déformé le rictus qui lui tenait lieu de sourire.

— Qu'est-ce que vous voulez ? gronda Domingo.

— Juste faire un brin de causette.

— Je n'ai rien à vous dire.

Il tenta de refermer la porte avant de réaliser qu'Alex l'en empêchait. Ce dernier tira son badge et le plaça juste sous son nez.

— Tu ne voudrais pas nous fâcher, observa Alex avec un sourire faussement cordial. Pourquoi ne nous laisses-tu pas entrer ?

— Vous avez un mandat ? répliqua Jesus après avoir copieusement juré en espagnol.

— Je peux en avoir un si tu tiens vraiment à venir nous rendre visite au commissariat, répondit Alex. Mais je ne suis pas convaincu que tes amis voient tout cela d'un très bon œil, n'est-ce pas, Jesus ?

— Je n'ai rien fait, protesta ce dernier en ouvrant la porte.

Il était torse nu et ne portait qu'un short, révélant un corps mince et nerveux.

— Qui a dit le contraire ? s'exclama Alex. Pas toi, Malloy ?

— Non, répondit ce dernier qui commençait visiblement à se sentir plus à l'aise.

L'appartement de Domingo était un véritable hall d'exposition de technologie de pointe. Alex remarqua notamment un home-cinéma muni d'un rétroprojecteur. La plupart des DVD qui trônaient sur les étagères étaient des films classés X.

— Belle piaule, commenta Alex, appréciateur. Toi, au moins, tu sais rentabiliser tes allocations chômage !

— J'ai toujours été doué pour les chiffres, répliqua Domingo en haussant les épaules. Alors ? Qu'est-ce qui vous amène ?

— Nous sommes venus te parler d'Angie Horowitz.

Domingo haussa les épaules, se pencha pour prendre une cigarette dans le paquet se trouvant sur la table basse et l'alluma.

— Jamais entendu parler, répondit-il enfin.

— C'est bizarre... Je me suis laissé dire que tu étais l'un de ses clients les plus réguliers et son fournisseur officiel.

— On vous a raconté n'importe quoi.

— Peut-être ne reconnais-tu pas le nom, observa Alex, compréhensif.

De la poche de son blouson, il tira une enveloppe en papier kraft.

— Jette un coup d'œil là-dessus.

Domingo prit l'enveloppe et en tira la photographie prise par les médecins légistes. Son teint vira brusquement au gris.

— Bon Dieu ! murmura-t-il en tirant nerveusement sur sa cigarette.

— Pas joli à voir, hein, Malloy ! Je t'avais pourtant dit de ne pas apporter cette photo-là...

Judd haussa les épaules en feignant l'indifférence. C'était d'autant plus admirable qu'il avait failli se trouver mal en observant le cliché pour la première fois.

— J'ai dû confondre, répondit-il.

— Ouais... Ce type est un bleu, expliqua Alex en tenant la photographie sous les yeux de Domingo. Il n'arrête pas de faire des bourdes. Tu vois le genre ! En tout cas, la pauvre Angie a été salement charcutée, tu ne trouves pas ? Le légiste a dit qu'elle avait dû recevoir au moins quarante coups de couteau. Je me demande comment il a réussi à les compter étant donné l'état du corps... Ce pauvre Malloy a régurgité son petit déjeuner en regardant cette photo. Mais je suis sûr que c'est à cause de ces saletés de beignets qu'il n'arrête pas d'avaler à longueur de journée. Je lui ai pourtant dit que ce n'était pas bon pour lui...

— Excusez-moi, fit Domingo en se dirigeant vers la salle de bains.

— C'était vraiment mesquin, Stanislaski, commenta Judd.

— Oui, je suis comme ça...

— Je n'ai pas vomi, moi !

— Disons que tu t'es retenu à temps, répondit Alex en souriant.

Se dirigeant vers la porte de la salle de bains d'où provenaient les bruits révélateurs d'une violente nausée, il frappa à la porte.

— Hé, Jesus ? Ça va, mon vieux ? Je suis désolé que tu aies dû voir ça… Je vais te chercher un verre d'eau.

Considérant le grognement de Domingo comme un assentiment, Alex se rendit dans la cuisine et ouvrit le réfrigérateur. Les deux kilos de drogue se trouvaient exactement à l'endroit que Rosalie leur avait indiqué. Alex se retourna vers Domingo qui l'avait suivi.

— Vous n'avez pas le droit ! protesta ce dernier faiblement. Vous n'avez pas de mandat !

— Je voulais juste te trouver un peu de glace, protesta Alex. Mais tu me parais avoir là un bien curieux plateau-télé… Qu'est-ce que tu en penses, Malloy ?

— Je ne sais pas trop… Je ne suis pas un grand consommateur de produits exotiques, répondit Judd en se plaçant entre Domingo et la porte.

— Fils de putes ! s'exclama celui-ci. Vous violez mes droits ! Je serai dehors avant même que vous ayez pu me poser la moindre question !

— Peut-être, concéda Alex en plaçant les sachets de drogue dans un sac réservé aux pièces à conviction. Malloy, est-ce que tu peux lire ses droits à notre ami pendant qu'il s'habille ? Et, pour l'amour de Dieu, Jesus, essuie-toi la bouche…

Sa veste et son chemisier étaient de bien meilleur goût que sa tenue de la veille et ses boucles d'oreilles dansaient tandis qu'elle riait à gorge déployée. Elle était beaucoup plus sexy ainsi, débarrassée de sa couche de maquillage et de sa perruque platine.

Il remarqua ses grands yeux verts qui brillaient au milieu du petit visage pointu aux pommettes constellées de taches de rousseur. Ses cheveux roux foncé étaient de la même couleur que la statue que le frère d'Alex avait sculptée pour lui.

— Alors, j'ai dit au maire que nous essaierions d'arranger ça, expliquait-elle. Et je lui ai demandé s'il ne voulait pas participer au feuilleton pour un épisode.

Du coin de l'œil, elle aperçut Alex qui se tenait non loin de là, les pouces dans les poches de son blouson de cuir. Sur son visage se lisait un mélange de désapprobation et d'amusement.

— Inspecteur Stanislaski, dit-elle en lui décochant un sourire radieux.

— Bonjour…, grogna-t-il avant de se tourner vers ses collègues pour leur lancer d'un ton moqueur : Si le commissaire surgit à l'improviste, je pourrai toujours lui dire que vous n'aviez pas assez de travail et que vous vous êtes portés volontaires pour me donner un coup de main.

— On ne faisait que divertir ton invitée, Stanislaski, répliqua l'un des hommes en riant.

Mais la remarque du commissaire avait apparemment suffi à dégonfler leur enthousiasme et, un à un, ils prirent congé de la jeune femme pour se diriger vers leurs bureaux.

— Que puis-je faire pour vous ? demanda Alex.

— Eh bien…

— Puis-je vous faire remarquer que vous êtes assise sur un de mes dossier ? ajouta-t-il.

— Désolée, dit-elle en s'écartant du bureau.

Sans ses talons aiguilles, elle était plus petite que lui d'une bonne tête.

— Je suis venue vous remercier pour m'avoir remise à ma place hier et pour avoir laissé tomber la plainte…

— On me paie pour remettre les gens à leur place, répondit Alex en haussant les épaules.

Il était pourtant surpris : il s'était attendu à ce qu'elle lui en veuille pour lui avoir fait passer une partie de la nuit en cellule, mais elle semblait ne pas lui en tenir rigueur et lui souriait avec cordialité.

— Néanmoins, sachez que j'apprécie votre geste, lui dit-elle sans se démonter. Ma productrice tolère mes excentricités mais je ne suis pas certaine qu'elle aurait apprécié de voir l'un de ses auteurs condamné pour racolage.

— Je crois qu'elle aurait encore moins apprécié de vous voir faire le trottoir, observa Alex.

— J'effectuais des recherches sur le terrain, lui rappela Bess. Darla, ma productrice, a l'habitude de ce genre de choses. Une fois, j'ai même accompagné un cambrioleur pour voir comment il procédait…

— Je ne suis pas certain d'avoir envie d'entendre ce genre de confidences, remarqua Alex, passablement choqué.

— Oh, ne vous en faites pas ! Ce cambrioleur a raccroché. C'était un personnage fascinant, vous savez. Il m'a montré comment il travaillait mais nous avons fait ça dans mon propre appartement… Ensuite, il m'a gentiment expliqué comment je pourrais me protéger contre les gens comme lui.

— Vous êtes vraiment folle, commenta Alex en secouant la tête.

— Ce n'est pas nouveau, répondit-elle en riant. Dites-moi, est-ce que vous avez un prénom ou est-ce que je dois vous appeler Inspecteur ?

— Alex…

— Alex ? C'est un joli prénom.

Il se débarrassa de son blouson qu'il posa sur le dossier de sa chaise, révélant son holster. Curieuse, la jeune femme passa la main sur la gaine de cuir, se promettant de le convaincre de le lui faire essayer, lorsqu'elle le connaîtrait mieux.

— Bien, déclara-t-elle enfin, je suis également venue pour voir si vous pouviez m'être utile d'une manière ou d'une autre.

Alex la regarda avec une stupeur non dissimulée : cela faisait des années qu'il croyait être revenu de tout mais cette fille n'arrêtait pas de le prendre au dépourvu. Cela commençait même à devenir gênant.

— Vous savez, vous êtes vraiment parfait…

Disant ces mots, elle s'approcha un peu plus, désireuse de mieux voir l'arme de service qu'il portait. Mais elle réalisa brusquement que son visage se trouvait à présent à quelques centimètres seulement de celui d'Alex.

Ce dernier fut soudain entouré par les effluves du parfum de la jeune femme. Une bouffée de désir aussi violente qu'imprévisible le submergea. Bess sentait le soleil et la promesse de mille plaisirs secrets.

— Je suis parfait ? répéta-t-il, mal à l'aise.

— Absolument, répondit-elle en le regardant droit dans les yeux.

Dans son regard, il ne lut aucune ambiguïté : juste un mélange d'attention et d'appréciation qui lui donna brusquement l'impression d'être un article de grand magasin.

— Vous êtes exactement l'homme que je cherchais, ajouta-t-elle.

Alex la fixa en silence, se perdant dans le vert intense de ses yeux. Il remarqua la fossette qui ornait le coin de sa bouche, délicieuse irrégularité dans ce visage pointu et malicieux.

— Et quel genre d'homme cherchiez-vous, au juste ? demanda-t-il d'une voix un peu trop rauque.

— Je sais que vous devez être très occupé et je vous promets que je ne vous prendrai pas beaucoup de temps. Une heure de temps en temps devrait suffire…

— Une heure ? répéta-t-il en tentant de s'arracher à la fascination qu'elle exerçait sur lui. Ecoutez, j'apprécie beaucoup votre intérêt mais…

— Vous n'êtes pas marié, n'est-ce pas ?

— Non, mais…

— Cela facilitera beaucoup les choses.

Bon sang, songea Alex. Jamais il n'avait été victime d'un assaut aussi frontal. Il avait très tôt appris à apprécier les femmes et à s'en méfier. Il parvenait d'ordinaire sans problème à se soustraire à leurs machinations mais, dans ce cas précis, il était totalement pris au dépourvu.

— C'est lourd ? demanda-t-elle en soupesant son holster.

— Je ne sais pas. Au bout d'un moment, on n'y fait même plus attention…

— En tout cas, il faut que vous sachiez que je suis prête à vous dédommager.

— Quoi ? s'exclama Alex, se sentant insulté par cette suggestion. Attendez une minute...

— Je sais que cela ne vous plaît guère, mais j'ai vraiment besoin de vous pour régler ce problème avec Matthew...

— Qui diable est ce Matthew ? s'exclama Alex partagé entre la jalousie et une incompréhension grandissante.

— C'est le vrai nom de Storm : Inspecteur Matthew Warfield, de la brigade de Millbrook.

— Millbrook ?

— Oui, c'est la ville fictive où se situe l'action de la série. Quelque part dans le Middle West... Storm est policier. Professionnellement, c'est un as mais, sur le plan personnel, sa vie est un vrai chaos. Il est intense et parfois brutal, comme vous. Dans la nouvelle saison, j'ai l'intention de me concentrer sur ce personnage, d'approfondir la routine policière, ses frustrations diverses...

— Attendez une minute ! intervint Alex, interloqué. Vous voulez que je vous aide à construire ce personnage ?

— Exactement. Vous pourriez me dire ce que vous ressentez lorsque vous êtes sur une affaire, comment vous la gérez, si vous respectez le système ou faites en sorte de le contourner comme la plupart des personnages de film... Ce sera beaucoup mieux pour moi que de me renseigner dans un livre.

Alex poussa un juron sonore avant de passer nerveusement ses mains sur son visage.

— Vous êtes un sacré phénomène, McNee !

— Vous n'êtes pas obligé de vous décider maintenant, insista-t-elle. J'organise une petite fête, ce soir. Vous n'avez qu'à venir. N'hésitez pas à amener un ami ou votre partenaire : il a l'air adorable.

— Il l'est.

— En tout cas, cela me ferait vraiment plaisir que vous passiez..., conclut-elle en lui tendant sa carte.

— Pourquoi ? demanda-t-il.

— Pourquoi pas ? répliqua-t-elle.

— Alexi ! appela alors quelqu'un derrière lui.

Bess haussa un sourcil. Alexi, songea-t-elle, voilà qui était mieux encore : il y avait quelque chose d'exotique et de terriblement sexy dans ce patronyme qui lui convenait bien mieux que le terriblement banal « Alex ».

Se tournant vers la femme qui l'avait interpellé, elle fut impressionnée : ce n'était pas le genre de personne que l'on pouvait ignorer. Elle dégageait un charme incontestable et trahissait une assurance tranquille qui commandait l'admiration. De plus, elle était enceinte.

— Hello, Rachel ! fit Alex en allant à sa rencontre.

— J'ai besoin de toi, inspecteur. Je tiens à te rappeler quelques notions de droit que tu sembles t'ingénier à ignorer !

— C'est votre sœur ? demanda Bess, curieuse.

— Comment l'avez-vous deviné ?

— Je suis très physionomiste, vous savez. D'ailleurs ce n'est pas très difficile à deviner : vous avez le même type de visage, la même bouche et la même couleur de cheveux… Si vous n'étiez pas frère et sœur, j'imagine que vous seriez cousins.

— Bien vu, commenta Rachel.

Mais elle n'entendait visiblement pas se laisser détourner aussi facilement de l'objet de sa visite.

— Je venais te parler de Jesus Domingo, reprit-elle. Fouille et arrestation illégales. Ça te rappelle quelque chose ?

— Qu'est-ce que c'est que cette salade ? dit Alex en secouant la tête d'un air exaspéré.

— Tu avais un mandat ?

— Je n'en ai pas eu besoin, c'est lui qui nous a invités à entrer.

— Et à fouiller dans ses affaires personnelles, je suppose ?

— Non, admit Alex en décochant un fugace sourire d'excuse à Bess qui assistait à leur conversation, fascinée. Jesus s'est senti mal et je lui ai proposé d'aller lui chercher un verre d'eau. En ouvrant le réfrigérateur, j'ai trouvé les deux kilos de drogue. Tout est dans mon rapport.

— C'est n'importe quoi, Alex ! Tu n'obtiendras jamais une condamnation sur une base aussi fragile.

— Peut-être pas, en effet. Il faudrait que tu voies cela avec le procureur...

— C'est bien ce que je compte faire, répliqua sa sœur en posant sa main sur son ventre dans un geste protecteur. Tu n'avais même pas de présomption !

— Assieds-toi...

— Je ne veux pas m'asseoir, protesta-t-elle énergiquement.

— Fais-le au moins pour le bébé, lui conseilla-t-il gentiment en la poussant vers un siège. Quand est prévu l'accouchement ?

— Pas avant deux mois. Ce qui me laisse tout le temps de m'occuper de cette affaire.

— Rachel, plaida-t-il en posant doucement la main sur sa joue, je me fais déjà assez de souci pour toi comme cela...

— Je vais parfaitement bien, répondit-elle.

— Tu ne devrais même pas être là !

— Eh ! J'attends un bébé. Je ne suis pas malade ! Alors revenons-en à Domingo...

Alex poussa un juron qui exprimait clairement ce qu'il aurait souhaité faire de ce dernier.

— Parles-en au procureur, répéta-t-il. Mais, franchement, je crois que quelques semaines de congé ne te feraient pas de mal.

— Moi, je trouve que vous avez l'air en pleine forme, objecta Bess.

— Merci, répondit Rachel. Le problème, c'est que tous les hommes qui m'entourent veulent me protéger. C'est charmant mais un peu agaçant, parfois.

— Je crois au contraire que Muldoon n'est pas assez protecteur, objecta Alex.

— Je n'ai pas besoin qu'il le soit ! D'ailleurs, tu te trompes : entre Nick et lui, je dois me battre pour garder un semblant d'autonomie. Quoi qu'il en soit, ajouta Rachel en se tournant vers Bess, puisque mon frère n'est pas assez poli pour nous présenter, je vais le faire moi-même. Je suis Rachel Muldoon.

— Bess McNee. Vous êtes avocate ?

— Exactement. Je travaille au bureau des aides juridictionnelles.

— Vraiment ? Je serais curieuse de savoir…

— Ne l'encourage pas, intervint Alex. Elle est capable de te faire raconter ta vie sans même que tu t'en aperçoives ! Ecoutez, McNee, je ne voudrais pas être impoli mais nous avons du travail, Rachel et moi…

— Pas de problème, je comprends ! Nous nous verrons ce soir, de toute façon. Ce fut un plaisir de faire votre connaissance, Rachel.

— Un plaisir partagé, répondit celle-ci.

Bess se dirigea vers la sortie, suivie des yeux par Alex et sa sœur.

— On ne peut pas dire que ta façon de la congédier était très polie, fit observer Rachel.

— C'est la seule façon de lui faire comprendre quelque chose, je t'assure…

— En tout cas, c'est une fille intéressante. Comment l'as-tu rencontrée ?

— Ne me le demande surtout pas, soupira Alex en secouant la tête d'un air abattu.

— Une soirée ? Franchement, j'admire ta décontraction : ce n'est pas tous les jours que j'ai l'occasion d'aller manger des canapés chez une célébrité !

Alex s'abstint de commenter cette dernière remarque. Il se demandait encore pourquoi il avait décidé de répondre à l'invitation de Bess. Et surtout, il s'en voulait d'en avoir parlé à Judd. Ce dernier, comme il aurait dû s'y attendre, n'avait pas manqué de prévenir sa femme qui avait aussitôt insisté pour qu'ils y aillent tous les trois.

Au fond, songea-t-il, cela importait peu : il trouverait bien un prétexte pour s'éclipser rapidement. Il avalerait une bière et quelques petits-fours et prétendrait qu'il avait encore du travail.

Les portes de l'ascenseur s'ouvrirent, révélant l'entrée de l'appartement de Bess. Deux des murs étaient ornés d'une gigantesque fresque représentant la ville. On y voyait Time Square, le Rockefeller Center, Harlem, Little Italy et Broadway. En face, une double porte donnait sur un salon d'où leur parvenaient des bruits de conversation, des rires et de délicieuses odeurs de cuisine.

— Mon Dieu, comme c'est beau ! s'exclama Holly en entraînant son mari dans cette direction.

Alex les suivit, observant attentivement ce qui l'entourait. La pièce de réception était pleine de gens richement vêtus qui se tenaient par petits groupes près des buffets artistiquement décorés. Certains avaient pris place sur l'immense canapé couleur saphir ou sur les marches de l'escalier circulaire qui menait au niveau supérieur.

Car la pièce comportait une sorte de demi-étage qui dominait la partie basse et était entouré d'une rambarde en bronze décorée de chérubins du même métal. Leur classicisme contrastait avec les peintures résolument modernes qui ornaient les murs couleur ivoire. Toutes éclataient de couleurs vives et représentaient des scènes surréalistes.

Alex aperçut Bess au milieu de la pièce en train de danser avec un homme très distingué. Elle portait une robe prune très courte qui révélait ses longues jambes au galbe parfait et était échancrée dans le dos, laissant apparaître ses épaules délicates. Elle ne portait aucun bijou à l'exception de deux boucles d'oreilles en rubis. Elle s'était débarrassée de ses chaussures pour être plus à son aise.

Elle est tout simplement splendide, se dit Alex qui sentit une pointe de désir l'envahir.

— Oh, regardez ! s'exclama alors Holly, juste derrière lui. Il y a Jade… Et Storm et Vicky ! Et Amelia…

— Je vois que tu n'es pas en terrain inconnu, ironisa Alex.

— Mais comment connais-tu tous ces gens ? s'étonna Judd.

— Ce sont tous les acteurs de « Péchés secrets », expliqua Holly sans se démonter.

— Il y a aussi de vraies personnalités, commenta Judd. Par exemple, l'homme qui danse avec notre hôtesse est Lawrence D. Strater, le propriétaire de Strater Industries. C'est une des cinq cents personnes les plus riches du pays d'après le magazine *Fortune*. Il y a aussi le maire qui discute avec Hannah Loy, la star de Broadway…

Alex les écoutait d'une oreille distraite, indifférent à la prestigieuse assemblée. Ses yeux ne quittaient pas Bess qui était en train de murmurer quelque chose à l'oreille de son compagnon. Ce dernier éclata de rire et déposa un léger baiser sur les lèvres de la jeune femme.

Se retournant alors, elle avisa brusquement leur présence. S'excusant auprès de Strater, elle se dirigea vers eux, se mouvant avec grâce au milieu du salon bondé.

— Vous avez pu vous libérer ! s'exclama-t-elle joyeusement avant d'embrasser Judd et Alex sur les deux joues. Ravi de faire votre connaissance, ajouta-t-elle à l'intention de Holly.

— Je vous présente ma femme, Holly, lui dit Judd. Holly, je te présente Bess McNee.

— Merci de nous avoir invités, murmura Holly qui paraissait avoir perdu toute son assurance et rougissait comme une écolière face à son professeur.

— Plus on est de fous, plus on rit, répondit gaiement Bess. Venez, nous allons vous trouver quelque chose à boire.

Elle les entraîna vers le buffet. Alex eut la surprise alors de découvrir qu'en plus des traditionnels amuse-gueules, il y avait là de grands plats de pâtes et de véritables montagnes de pain à l'ail.

— C'est une soirée italienne, expliqua Bess en leur tendant des assiettes. Il y a du vin et de la bière, ainsi que divers alcools dans le bar. Les desserts se trouvent sur l'autre buffet, en face.

Avisant Holly qui observait les acteurs de « Péchés secrets », la jeune femme sourit.

— Si vous voulez, suggéra-t-elle, je peux vous présenter.

— Avec plaisir, répondit Holly, radieuse.

— Bien, excusez-nous, messieurs. Alexi, n'hésitez pas à vous servir…

— Cette fille est vraiment étonnante, commenta Judd qui avait commencé à manger avec appétit.

— C'est le moins qu'on puisse dire, répliqua son partenaire en s'emparant d'une assiette sur laquelle il commença à disposer diverses entrées à base de fruits de mer.

Il n'avait pas l'intention de s'attarder mais les plats étaient vraiment très tentants. Et mieux valait manger que rester les bras ballants à contempler tous ces gens qu'il ne connaissait pas. Tous évoluaient dans un univers si différent du sien : la plupart ne devaient avoir aucune idée de ce qui se passait à cet instant même dans les rues en contrebas…

Tandis que Judd rejoignait sa femme en pleine conversation avec un acteur, Alex alla s'installer sur l'un des sièges qui se trouvaient près de la baie vitrée dominant la ville.

Quelques minutes plus tard, Bess le rejoignit et s'assit dans le fauteuil qui lui faisait face.

— C'est l'endroit que je préfère ici, dit-elle en observant la rue.

— Vous avez un appartement magnifique, commenta Alex, d'un ton admiratif.

— Oui, je l'adore. Si vous voulez, je vous le ferai visiter un peu plus tard.

Elle se pencha pour prendre un bout de gâteau dans l'assiette d'Alex.

— Ce traiteur est vraiment un génie, soupira-t-elle.

— C'est vrai, reconnut Alex.

Il avisa alors la miette du gâteau sur la lèvre de la jeune femme et, avant même d'avoir réalisé le caractère déplacé de son geste, tendit la main pour la lui ôter.

Bess frémit malgré elle, frappée par l'intimité de ce geste qui éveillait en elle un écho de sensualité inattendu. Nerveusement, elle passa la langue sur ses lèvres, goûtant l'odeur d'Alex. Un silence gêné pesa entre eux et elle se força à parler pour chasser le malaise grandissant qui s'installait.

— La femme de votre partenaire est charmante… Je suis certaine que ce doit être un excellent professeur.

— Vous devriez l'interroger sur son métier, elle sera ravie de vous répondre, suggéra Alex non sans une pointe d'ironie.

— C'est ce que j'ai fait, répliqua Bess qui commençait à recouvrer un semblant de décontraction. Et j'espère que vous vous montrerez aussi coopératif. Après tout, nos métiers sont peut-être différents mais ils ont un point commun : une certaine curiosité nécessaire pour la nature humaine. D'ailleurs, je vous ai observé : vous n'avez pas cessé de parcourir des yeux la petite foule rassemblée ici, comme si vous cherchiez à deviner qui étaient les uns et les autres et les raisons de leur présence ici.

— C'est vrai, avoua Alex. Par contre, je ne connais toujours pas les raisons de *ma* présence en ces lieux.

Il porta son verre de vin à ses lèvres sans quitter son interlocutrice des yeux. Il y avait en lui une vigilance de tous les instants, comme s'il sollicitait continuellement son sens de l'observation et de la déduction.

C'était quelque chose qu'elle aimait en lui : il ne se laissait jamais aller, ne baissait jamais sa garde et rayonnait à chaque instant d'une énergie contenue et maîtrisée. Il attendait, faisant preuve d'une patience dont elle-même se sentait trop souvent dépourvue.

— Vous étiez peut-être curieux, suggéra-t-elle enfin.

— Un peu, admit-il.

Bess croisa les jambes et Alex ne put s'empêcher de remarquer que sa robe remontait légèrement, révélant un peu plus ses cuisses splendides.

— Je suis prête à vous dire tout ce que vous voudrez en échange de votre aide. Vous voyez ce type superbe, là-bas, avec la blonde pendue à son bras ?

— Oui. Je ne sais pas s'il est superbe mais je le vois.

— Vous n'êtes pas une femme, inspecteur. Mais je vous assure qu'il ne laisse aucune d'elles indifférente. En tout cas, il joue Storm Warfield, la brebis galeuse du clan riche et respecté des Warfield. C'est le frère d'Elana Warfield Strafford Carstairs. Il s'est récemment arraché à l'emprise de Vicky, la blonde qui est à son côté. Dans la vie, ils sont en couple mais, à l'écran, Storm est follement amoureux de Jade, une fille éthérée et tragique qui est partagée entre ses sentiments pour Storm et la fascination qu'exerce sur elle Brock Carstairs, un véritable salaud qui ne cherche qu'à la manipuler. Brock est le demi-frère de Maxwell Carstairs, le mari d'Elana. Maxwell était autrefois marié à Flame, la sœur de Jade, qui est morte au cours d'un tremblement de terre au Pérou, peu de temps après avoir accouché. On ne sait pas si cet enfant est bien celui de Maxwell. De plus, le corps de Flame n'a jamais été retrouvé…

— Je ne sais pas si c'est le vin, mais j'avoue que j'ai un peu de mal à vous suivre, dit Alex avec un sourire moqueur.

Bess hocha la tête et posa une main sur le genou d'Alex qui retint à grand-peine un frisson de désir.

— Cela n'est pas très grave. Ce que vous devez savoir, c'est que j'ai besoin de vous pour renforcer le personnage de Storm. Vous seriez consultant technique, en quelque sorte… Ma productrice est prête à vous payer pour vos services. D'autant que nos parts de marché commencent à diminuer. Nous sommes restés en tête durant plus de neuf mois mais la concurrence est rude et nous devons absolument nous renouveler pour relancer l'intérêt des téléspectateurs. Bien… Je vous laisse réfléchir pendant que je vais remplir mes devoirs d'hôtesse…

Avant qu'Alex ait eu le temps de lui répondre, elle s'éclipsa pour aller parler à un groupe d'amis qui lui faisaient signe depuis quelques minutes.

Tout en discutant avec ses invités, Bess ne cessait de surveiller Alex du coin de l'œil. Il avait apparemment décidé de se détendre un peu et ne tarda pas à se mêler aux autres convives, éveillant un intérêt certain auprès des femmes présentes dans l'assistance.

Vraisemblablement, il était coutumier du fait et flirtait légèrement avec celles qui l'abordaient. Plusieurs d'entre elles d'ailleurs firent à

Bess l'éloge de son invité, mais le plus surprenant fut que Lori elle-même sembla conquise.

— C'est vraiment lui qui t'a arrêtée ? demanda-t-elle à un moment.

— Oui, qu'est-ce que tu en penses ?

— Miam miam !

— Je suppose que tu ne parles pas de mon buffet…

— Effectivement. Cet Alex est à croquer ! Et le mieux, c'est qu'il n'est pas acteur.

— Tu n'es toujours pas remise de ta rupture, on dirait ? demanda Bess, compatissante.

Lori jeta un coup d'œil à la dérobée vers Steven Marshall qui jouait le personnage de Brock Carstairs dans la série.

— J'essaie de ne plus y penser, soupira-t-elle. De toute façon, aucune femme n'est capable de satisfaire l'ego d'un acteur.

— Tu as probablement raison, reconnut Bess en souriant.

— Venant de la reine des tombeuses, cela me rassure…

— Eh ! Je ne suis pas une tombeuse !

— Vraiment ? Pourtant, lorsque j'organise une fête chez moi, j'ai rarement deux ex-fiancés dans la pièce.

— C'est une grande fête… Et puis, je n'ai jamais été fiancée à Lawrence.

— Tu parles ! Il t'a offert une bague de la taille d'une voiture !

— C'était une marque d'affection, se défendit Bess. Je n'ai jamais envisagé de l'épouser. Quant à Charlie, nous n'avons été fiancés que quelques mois et je suis toujours convaincue que Gabrielle est l'épouse idéale pour lui.

— Je dois dire que je ne connais pas beaucoup de femmes qui aient accepté d'être témoin au mariage de leur ancien fiancé. Je ne sais pas comment tu arrives à faire cela… Tu n'en veux jamais à tes ex et eux ne semblent pas te garder la moindre rancune.

— C'est parce que je m'arrange pour devenir leur amie, expliqua Bess. Ce n'est pas un rôle que la plupart des femmes aiment tenir, mais j'avoue qu'il me convient parfaitement.

— Et tu comptes devenir amie avec ce policier ?

Bess observa Alex qui dansait de façon très sensuelle avec une petite brune.

— A mon avis, ce n'est pas gagné, dit-elle. Je crois qu'il ne m'apprécie pas beaucoup. Mais je compte bien le faire changer d'avis.

— Tu n'as jamais échoué à ce petit jeu, reconnut Lori. Je doute qu'il te résiste très longtemps. Bon, je vais devoir y aller… On se voit lundi ?

— Pas de problème, répondit Bess qui suivit des yeux son amie tandis qu'elle se frayait un chemin en direction de la sortie.

Puis elle avisa Steven qui observait également Lori. Dans son regard se lisait une profonde détresse. Lui aussi était perdu dans ses contradictions amoureuses, songea la jeune femme avec une pointe de compassion. La plupart des gens considéraient leur vie sentimentale comme une chose très compliquée et très douloureuse.

Bess, au contraire, se contentait de suivre son instinct, profitant des bons moments et évitant les tragédies. Comme tout le monde, il lui arrivait de tomber amoureuse mais elle en guérissait généralement assez vite pour éviter que les choses ne s'enveniment.

Levant la tête, la jeune femme aperçut Alex qui la contemplait pensivement. Curieusement, les battements de son cœur s'accélérèrent l'espace de quelques instants. Puis quelqu'un l'invita à danser et elle oublia ce trouble passager.

3

— Vous recevez toujours autant de gens chez vous ? demanda Alex après avoir vidé la tasse de café que Bess lui avait offerte.

La jeune femme avait insisté pour qu'il reste un peu plus longtemps afin qu'ils puissent poursuivre leur conversation interrompue. Après quelques instants d'hésitation, Alex avait accepté et tous deux étaient maintenant assis dans l'immense salon désert.

— Oh, ça m'arrive lorsque la fantaisie m'en prend, répondit-elle évasivement.

Elle jeta un coup d'œil à la pièce dévastée et sourit. Elle adorait ce décor d'apocalypse des fins de soirées réussies. Il témoignait du fait que ses invités s'étaient amusés. Quant au rangement, il ne prendrait guère de temps. Bess avait eu la sagesse d'engager une équipe de nettoyage pour le lendemain.

— Vous voulez un peu de salade de pâtes ? demanda-t-elle.

— Non merci.

— Moi, je vais en prendre, dit-elle en se dirigeant vers le buffet. Je n'ai presque rien mangé et je suis affamée.

Elle se servit et revint s'asseoir sur le canapé, en face d'Alex.

— Alors ? Que pensez-vous de Bonnie ?

— Qui ça ?

— Bonnie, la petite brune avec laquelle vous dansiez. Celle qui vous a glissé son numéro de téléphone dans la poche.

— Ah, Bonnie… Elle a l'air sympathique.

— Elle l'est, acquiesça Bess en posant les pieds sur la table basse qui se trouvait devant elle.

Elle ne paraissait pas incommodée le moins du monde par les hurlements de la chaîne hi-fi qui continuait à déverser un flot ininterrompu de rock endiablé.

— Je suis heureuse que vous soyez resté.

— Oh, je n'avais aucun impératif, vous savez…

— Tout de même, vous n'étiez pas obligé de le faire. Mais, puisque vous êtes là, laissez-moi vous expliquer mon idée.

Alex hocha la tête, fasciné par la vitesse avec laquelle elle mangeait son plat de pâtes.

— Jade a une double personnalité, expliqua la jeune femme. Cela s'explique par un traumatisme qu'elle a subi dans son enfance. Je n'entrerai pas dans les détails…

— Dieu merci, intervint Alex en souriant.

— Mais l'alter ego de Jade est Josie, poursuivit imperturbablement Bess. C'est une prostituée entraînée dans un processus d'autodestruction. Storm est fou de Jade et cela complique encore les choses, d'autant que la jeune femme traverse une phase difficile…

— A cause de Brock ?

— Vous voyez que vous suivez ! Bref, Storm est éperdument amoureux mais il a énormément de travail pour résoudre le cas du maniaque de Millbrook.

— Mon Dieu, murmura Alex en secouant la tête. Où allez-vous chercher tout ça ?

— Dans les journaux à sensation. Les tueurs en série font toujours les gros titres. En tout cas, ce psychopathe se promène en ville et étrangle des femmes avec une écharpe rose. C'est du fétichisme mais, là encore, je vous épargne les détails…

— Alléluia !

— Bien… La presse se met à harceler Storm, en lui demandant quand et comment il compte résoudre cette épineuse affaire. Toute cette pression et ses difficultés sentimentales commencent à devenir insupportables. C'est là que vous intervenez. Je dois comprendre comment vous séparez votre vie privée de votre vie professionnelle dans un métier où l'on doit s'impliquer autant. Comment faites-vous pour traquer un tueur ? Comment évitez-vous que votre jugement ne soit obscurci par des considérations d'ordre personnel ?

— C'est vraiment ce genre de choses qui vous intéresse ?

— Pour commencer, oui.

— Je vois… Eh bien, d'abord, je ne sépare pas ma vie professionnelle et ma vie privée, en tout cas pas comme vous l'entendez. Un policier doit être capable de réagir en tant que tel à n'importe quel moment, même lorsqu'il n'est pas en service.

— Attendez une minute, je reviens ! s'exclama Bess.

Elle reposa son assiette et alla chercher un calepin dans un tiroir. Elle se rassit et se tint prête à prendre des notes.

— Vous voulez dire que si vous recevez un appel de votre commissariat, vous êtes obligé d'y répondre quoi que vous soyez en train de faire ?

— C'est exact.

— C'est une attitude plutôt schizophrénique… Comment pouvez-vous basculer sans cesse du mode personnel au mode professionnel ?

— C'est une question de survie, expliqua Alex. En fait, il n'y a pas de technique spécifique : c'est plus un état d'esprit qu'autre chose. Il faut être toujours prêt, comme les scouts… Mais que cela ne vous induise pas en erreur : les policiers ne ressemblent guère à ceux que l'on voit dans les films. Nous passons la majeure partie de notre temps à nous occuper de paperasses diverses. D'autant que toute méprise dans un procès-verbal ou un rapport est susceptible d'être exploitée par la défense, lorsque nous arrêtons quelqu'un. Nous n'avons pas droit à l'erreur.

— Et lorsque vous êtes dans la rue ?

— Là aussi, la plupart du temps, nous suivons une certaine routine : nous procédons à des interrogatoires, suivons des pistes qui s'avèrent être des culs-de-sac, arrêtons des petites frappes qui seront relâchées le soir même. Par contre, le danger peut surgir à tout moment. Et il ne faut jamais baisser sa garde si l'on veut rentrer chez soi entier, ce qui est le premier devoir d'un policier qui se respecte. Il faut être concentré à chaque instant et il est impossible de penser à ses problèmes personnels. Peu importe que vous vous soyez disputé avec votre femme, que vous ayez trop de factures à régler ou que votre enfant fasse ses premières dents ! Il faut vivre pleinement au présent sous peine de ne pas avoir d'avenir.

Alex avait parlé d'une voix détachée, comme si tout cela était parfaitement anodin. Pourtant, Bess sentit qu'il était terriblement sérieux.

— Et vous n'avez jamais peur ?

— Tout le monde a peur. L'essentiel, c'est de s'y habituer et de ne pas laisser la peur obscurcir votre jugement.

— Et si une personne à laquelle vous tenez est impliquée ? Quelqu'un que vous aimez, par exemple ?

— Alors, il faut redoubler d'attention et s'en tenir strictement à la procédure. Si vous n'êtes pas capable de le faire, vous risquez de tout faire échouer et de mettre votre vie et celle de votre équipier en danger.

— C'est aussi simple que cela ?

— Non. Les sentiments ne sont jamais simples à gérer.

— Si je comprends bien, un bon policier doit faire passer son devoir avant tout et réprimer ses propres sentiments. Il doit faire passer sa vie privée au second plan. Il doit se plier à une routine ennuyeuse de peur de commettre la moindre erreur. En résumé, ce doit être quelqu'un de complètement frustré. Une véritable Cocotte-Minute prête à exploser à tout moment.

— C'est assez juste.

— Alors comment faites-vous pour évacuer cette tension ? s'enquit Bess. Vous, Alexi, comment faites-vous ?

— Je frappe dans un sac de sable, éluda Alex en haussant les épaules.

— Vous trouvez ma question trop personnelle ?

— Non, répondit-il, agacé de se sentir aussi mal à l'aise. C'est sérieux : je fais énormément de sport. Rien ne vaut quelques heures de gymnastique pour se débarrasser de ses frustrations quotidiennes.

— Parfait, commenta Bess.

Tendant la main, elle tâta l'un de ses biceps et émit un petit sifflement admiratif.

— Apparemment, ces frustrations sont nombreuses, dit-elle avec ironie. J'ai beau faire beaucoup de sport, moi aussi, je n'arrive pas au même résultat.

— Vous m'avez l'air assez athlétique, remarqua Alex.

— Merci. Vous voulez faire un bras de fer ?

— Non, répondit-il en riant. Cela ne me réussit pas. Il y a quelques années, j'ai fait un bras de fer avec mon frère pour savoir qui se marierait avec sa fiancée et c'est lui qui a gagné…

— C'est ainsi que vous réglez vos différends chez les Stanislaski ?

— Cela arrive, répondit Alex en se levant.

En pensant à Bonnie, il avait brusquement réalisé combien Bess était différente : ce n'était certainement pas le genre de personne avec laquelle il pouvait espérer avoir une liaison.

— Je dois y aller, s'excusa-t-il.

Bess parut hésiter puis hocha la tête, se levant à son tour pour le raccompagner jusqu'à la porte.

— A ce propos, votre nom, Stanislaski, c'est polonais ?

— Non, russe. Nous sommes originaires d'Ukraine.

— Près des Carpates ?

— Exactement, confirma Alex.

Sa famille s'était échappée par ces montagnes, lorsqu'il était encore bébé.

— Et vous y êtes déjà allé ?

— Seulement en imagination, répondit Alex en enfilant sa veste de cuir.

— Vous savez, dit-elle en posant les mains sur son col pour le rajuster, lorsque j'étais en cours, j'ai toujours été très mauvaise en géographie. Mais je suis fascinée par les pays lointains…

Sous ses doigts, elle sentait la douceur du col en mouton qui contrastait avec le cuir très rêche sur lequel glissaient ses paumes.

Une odeur troublante se dégageait de lui, terriblement masculine et envoûtante.

Tous deux étaient très proches l'un de l'autre et Bess pouvait sentir un étrange courant circuler entre eux. Elle décida brusquement qu'elle ne pouvait pas laisser passer une telle occasion.

— Est-ce que nous nous reverrons ? demanda-t-elle tout à coup.

Alex l'observa avec attention, s'efforçant de maîtriser l'envie irrésistible qu'il avait de laisser ses mains courir sur le corps de la jeune femme. Quelque chose lui disait que cela n'aurait pas été sage…

— Vous savez où me trouver, répondit-il posément. Si j'ai un peu de temps, je serai ravi de vous aider.

— Merci, répondit-elle en se dressant sur la pointe des pieds.

Lentement, elle rapprocha son visage de celui d'Alex, lui laissant tout le temps de reculer si tel était son désir. Mais il n'en fit rien et leurs bouches se frôlèrent bientôt. Ce baiser fut aussi léger que l'effleurement d'une aile de papillon, mais il suffit à éveiller en eux une passion sourde qui leur laissa une déchirante sensation d'inachèvement.

Bess sentait son sang bourdonner joyeusement dans ses veines, charriant une joie simple et profonde. Elle pouvait encore sentir le goût d'Alex contre ses lèvres : un goût de vin et d'épices avec quelque chose de doux et de sucré qui ressemblait à une promesse.

— Bonne nuit, Alexi, dit-elle.

Ce dernier hocha la tête. Il n'était pas vraiment convaincu de pouvoir articuler une réponse plus adéquate, pris de court par ce baiser inattendu. Lentement, comme à contrecœur, il se détourna et traversa le hall pour gagner l'ascenseur.

Se retournant, il vit que la jeune femme se tenait toujours sur le seuil de l'appartement et le contemplait avec un sourire rêveur. Elle lui adressa un petit salut de la main et entreprit de refermer la porte. Mais il ne lui en laissa pas le temps.

Répondant à une brusque impulsion, il revint vers Bess.

— Vous avez oublié quelque chose ? demanda-t-elle.

— Oui.

Avec une lenteur délibérée, il s'approcha d'elle. Surprise elle-même par sa réaction, Bess recula, intimidée par l'expression qu'elle lisait dans ses yeux. Elle avait l'impression d'être un lapin qui se retrouve nez à nez avec un chasseur.

— J'ai oublié que j'aimais bien garder le contrôle de la situation, ajouta-t-il.

Sans lui laisser le temps de répondre, il la prit dans ses bras et pencha son visage vers le sien. Mais son baiser n'eut rien de conquérant, comme elle l'avait redouté. Il était au contraire très doux et ce fut elle qui se pressa contre lui, incapable de résister à cette délicieuse tentation. Elle sentit sa main se poser doucement au creux de ses reins et se cambra légèrement pour mieux s'offrir à lui.

La sentant s'abandonner, Alex la serra plus intimement encore et ses lèvres se firent plus audacieuses. Elle sentit une vague de chaleur sourdre en elle et se répandre dans tous ses membres, la faisant frissonner convulsivement.

Jamais encore un simple baiser ne lui avait fait un tel effet et elle se sentait emportée toujours plus loin par un plaisir grandissant. Le bourdonnement de son sang contre ses tempes semblait s'accorder au rythme frénétique de son désir tandis que le reste du monde paraissait se fondre en un flou à la périphérie de sa vision.

Durant toute la durée de leur étreinte, Alex ne la poussa jamais plus loin qu'elle n'était prête à aller, se contentant de savourer ce qu'elle lui offrait, prenant tout son temps avec une sorte de gourmandise. Mais Bess ne trouvait pas la force de protester. Comment aurait-elle pu repousser cet homme qui savait lui faire tant de bien ?

Pour la première fois de sa vie, elle était complètement séduite et sa volonté farouche s'effaçait devant l'exigence de son corps lui-même.

Alex réalisait enfin le rêve qu'il caressait depuis plusieurs heures. Mais, tout en prenant un plaisir immense à ce baiser qui paraissait devoir durer l'éternité, il savait au fond de lui-même qu'il venait de commettre une énorme erreur. Car ce que Bess lui donnait appelait d'autres envies plus impérieuses encore.

Et elle n'était pas son type.

C'était aussi simple que cela et son instinct le lui soufflait avec force. Il s'efforça donc de contenir aussi longtemps qu'il le put la passion qui grandissait en lui, sachant qu'y céder ne déboucherait que sur un prodigieux désastre pour lui comme pour elle.

Lorsque son corps tout entier ne fut plus qu'une fournaise incontrôlable, il recula, repoussant avec force l'envie qu'il avait de déshabiller la jeune femme pour lui faire l'amour sur-le-champ.

Lorsqu'elle ouvrit enfin les yeux, il constata que ses pupilles étaient dilatées et son regard flou. Serrant les poings, il se força à maîtriser sa respiration et les battements erratiques de son propre cœur. Elle était dangereuse, songea-t-il, et tout bon policier savait que l'on ne gagnait rien à flirter délibérément avec le danger.

Bess, quant à elle, s'efforçait désespérément de ne pas vaciller. Elle se sentait vidée et passablement désorientée, ayant le plus grand mal du monde à comprendre ce qui venait de se passer.

— Eh bien…, murmura-t-elle d'une voix qu'elle ne reconnut pas.

Alex ne répondit pas et se détourna brusquement pour gagner l'ascenseur. Intérieurement, il pria pour que ce dernier soit toujours à l'étage. Malgré ses bonnes résolutions, il n'était pas certain d'avoir la force de l'attendre très longtemps.

Heureusement, les portes s'ouvrirent instantanément devant lui et il pénétra dans la cabine.

— Bonsoir, McNee, lança-t-il avec une décontraction affectée. A un de ces jours…

Les portes se refermèrent sur lui sans que Bess trouve quoi que ce soit à répondre.

Il n'avait pas envie de penser à la jeune femme et essayait de se concentrer sur son travail. Ils étaient en train de suivre les quelques maigres pistes que leur avait fournies Domingo et devraient se montrer particulièrement habiles s'ils voulaient avoir la moindre chance d'en tirer quelque chose.

— Résumons ce que nous avons appris, dit-il en fronçant les sourcils. Angie Horowitz avait trouvé un client régulier. Il était bien habillé, payait rubis sur l'ongle et l'avait engagée deux mercredis de suite.

— Et c'est justement un mercredi qu'elle s'est fait tuer, exactement comme Rita Shaw, conclut Judd.

— D'accord, le tueur agit peut-être uniquement ce jour-là. Mais cela ne nous aide pas vraiment…, soupira Alex.

Ils avaient passé plusieurs heures à interroger les employés des hôtels de passe où les meurtres avaient été commis. Hélas, aucun n'avait pu leur apprendre quoi que ce soit d'utile : comme tous les membres de leur profession, ils n'avaient rien vu, rien entendu et, officiellement, ne savaient rien des activités de ces filles.

Quant aux prostituées qui les avaient connues, elles ne faisaient pas assez confiance à des policiers pour leur révéler quoi que ce soit.

— Demain, c'est mercredi. Crois-tu que nous allons avoir droit à une nouvelle agression ?

— Comment veux-tu que je le sache ? répliqua rageusement Alex.

Il était furieux de ne tenir toujours aucune piste. A travers le pare-brise de la voiture, il avisa alors la dernière personne au monde qu'il aurait souhaité voir à cet instant. Pestant intérieurement, il se rangea contre le trottoir le plus proche et descendit du véhicule de service.

— Je me doutais bien que vous n'étiez pas l'une des nôtres, remarqua la jeune prostituée en hochant la tête.

Elle tira une longue bouffée de sa cigarette, songeant à l'usage qu'elle ferait des cinquante dollars que venait de lui glisser son interlocutrice.

— Et vous voulez savoir en quoi consiste notre métier ? reprit-elle.

— Oui, confirma Bess. Je suis intéressée par tout ce que vous voudrez bien me dire à ce sujet. Je ne veux ni vous juger ni vous arracher des confidences personnelles, Rosalie. Je veux juste connaître votre parcours, savoir en quoi consiste exactement votre vie de tous les jours, me faire une idée de l'ambiance qui règne dans la rue…

— Et vous espériez vous en faire une idée en vous déguisant comme vous l'avez fait l'autre soir ?

— Je reconnais que c'était un peu naïf, avoua Bess en souriant. Mais j'ai appris quand même plusieurs choses : qu'il est éprouvant de faire les cent pas sur le bitume avec des chaussures à talons inconfortables. Qu'une femme exerçant ce métier doit faire abstraction d'elle-même. Qu'elle ne doit pas regarder l'apparence ou le visage des hommes qui l'abordent. Seul leur argent compte. Quant à ce que vous faites avec eux, cela n'a rien à voir avec de l'intimité, ni même avec du sexe. C'est un simple exercice de contrôle…

— Je vois que vous êtes moins bête que vous le paraissez, approuva gravement Rosalie.

— Merci. C'est toujours ce que les gens disent de moi. Surtout les hommes…

— Cela ne m'étonne pas, reconnut Rosalie en souriant pour la première fois.

Ce sourire fit oublier d'un seul coup la couche de maquillage vulgaire et l'expression de dureté cynique dont elle ne se départait pas, laissant entrevoir le beau visage de cette femme qui n'avait pas encore trente ans.

— Je vais vous dire une chose, déclara-t-elle. Les hommes qui me paient ne voient en moi qu'un corps. Ils ne voient pas mon esprit. Mais j'en ai un et je sais m'en servir. Cela fait cinq ans que je suis dans la rue et je n'ai pas l'intention d'y passer cinq ans de plus.

— Alors qu'est-ce que vous comptez faire ?

— Rassembler l'argent que j'ai mis de côté et partir pour le Sud. Je vais louer une petite maison en Floride et me trouver un travail régulier. Vendeuse de vêtements, peut-être… Je m'y connais pas mal en couture. Vous savez, toutes les autres filles ont un plan de ce genre. Le problème, c'est que la plupart ne le mettent jamais à exécution parce qu'elles sont accro. Mais pas moi. Je n'ai jamais touché à la drogue et, dans un an, je quitte cette ville. Peut-être même avant, si je me trouve un régulier, comme Angie…

— Angie ? Vous parlez d'Angie Horowitz, la fille qui a été tuée ?

— Oui. Mais elle n'était pas assez prudente. Je le lui avais souvent répété…

— Mais comment peut-on être prudente lorsqu'on monte avec des inconnus ? demanda Bess.

— Il faut être prête à réagir à tout moment. Angie buvait trop. Elle se faisait offrir des verres par ses clients… Une bouteille entière parfois… Ce n'est pas prudent. Quant à ce type qu'elle avait trouvé, le riche… Eh bien, il…

— Qu'est-ce que vous fichez ici ?

Bess et Rosalie levèrent simultanément les yeux vers celui qui venait de les interrompre. C'était un homme de haute taille au visage très pâle et aux yeux bleus glacés. Ses cheveux longs étaient teints en blanc et noués en catogan. Il portait un costume italien, une chevalière en diamant et fumait un épais cigare.

— Je prenais juste un café, Bobby, répondit Rosalie en feignant une assurance qu'elle était loin de ressentir.

— Eh bien, la pause est finie ! Tu retournes immédiatement dans la rue.

— Excusez-moi, Bobby, intervint Bess.

— Quant à toi, si tu cherches du travail, c'est à moi qu'il faut t'adresser. Mais je te préviens tout de suite : je ne supporte pas les feignantes !

— Désolée, mais votre proposition ne m'intéresse pas. J'étais juste venue voir Rosalie pour discuter de deux ou trois choses…

— Rosalie ne discute pas avec n'importe qui sans mon autorisation. Alors tirez-vous en vitesse avant que je perde mon calme !

Bess se leva mais, au lieu de se diriger vers la porte du café, elle se planta résolument devant Bobby, le défiant du regard.

— C'est un endroit public ici ! s'exclama-t-elle. Et votre intervention est complètement déplacée !

Bobby ne répondit rien, prenant Rosalie par le col pour la forcer à se lever. Sans ménagement, il la poussa en direction de la sortie. Bess sentit une colère indomptable monter en elle : s'il y avait une chose qu'elle détestait par-dessus tout, c'étaient les brutes dans son genre.

— Attendez une minute ! s'écria-t-elle en l'attrapant par la manche.

Bobby se retourna brusquement et la repoussa violemment contre la table. Les autres clients du café détournèrent les yeux, estimant que cette histoire ne les regardait en rien. Se redressant, Bess se prépara à revenir à la charge. Mais, à cet instant même, la porte s'ouvrit avec fracas et Alex entra dans le bar.

— Je te conseille de la laisser tranquille, Bobby ! dit-il d'un ton menaçant.

— Eh ! protesta ce dernier avec un sourire hypocrite. Nous ne faisions que prendre un café entre amis, n'est-ce pas, Rosalie ?

— C'est vrai, acquiesça celle-ci en empochant la carte que Bess lui tendait discrètement.

Alex se tourna vers Bess qui paraissait folle de rage contre Bobby.

— Vous voulez porter plainte ? demanda-t-il.

— Non, répondit la jeune femme en s'efforçant de paraître détendue. Je crois qu'il s'agit d'un malentendu : nous ne faisions effectivement que discuter entre amis. A bientôt, Rosalie…

Celle-ci se dirigea vers la porte, soufflant au passage sa fumée de cigarette dans le visage d'Alex.

— De toute façon, leur café est dégoûtant, commenta Bobby. A la prochaine, mon chou, ajouta-t-il à l'intention de Bess.

Il sortit à son tour. Alex attendit qu'il se soit éloigné pour prendre Bess par le bras et l'escorter à l'extérieur.

— Ecoutez, fit la jeune femme avec une pointe de rancune, votre numéro de chevalier servant est parfait mais je n'avais aucun besoin d'être secourue !

— Ce dont vous avez besoin, c'est une camisole de force ! s'exclama Alex avec humeur. Montez dans la voiture, ajouta-t-il en ouvrant la portière arrière.

— Un taxi ferait aussi bien l'affaire…

Sans ménagement, il la força à monter. Résignée, elle adressa un petit sourire à Judd qui occupait le siège passager.

— Comment va Holly ? demanda-t-elle d'un ton léger.

— Très bien, merci. Elle s'est vraiment beaucoup amusée à votre soirée.

— Parfait ! Dans ce cas, je ne manquerai pas de vous inviter la prochaine fois.

Alex s'installa au volant et démarra en trombe, se faufilant entre les voitures.

— Puis-je savoir où vous me conduisez ? demanda Bess d'un ton léger. A moins qu'il ne s'agisse d'une nouvelle arrestation illégale…

— Je devrais vous conduire directement à l'hôpital psychiatrique, rétorqua Alex. Mais je me contenterai de vous ramener chez vous.

— C'est gentil.

Alex lui jeta un regard furieux dans le rétroviseur. Le visage de la jeune femme trahissait toujours la colère qu'elle avait éprouvée et son regard était aussi acéré qu'un poignard. De plus, elle arborait une moue boudeuse qui agaça prodigieusement Alex.

— Vous êtes une imbécile, McNee, déclara-t-il abruptement. Et comme la plupart des imbéciles, vous êtes dangereuse.

— Vraiment ? dit-elle en se penchant en avant. Puis-je savoir ce qui vous permet d'affirmer une telle chose ?

— Le fait que vous soyez retournée dans ce quartier où vous n'avez rien à faire, alors même que vous saviez qu'un meurtre y avait été commis !

— Et alors ?

— Alors ? Vous buvez le café avec une prostituée et prenez à partie son souteneur. Je connais bien Bobby : il ne se serait pas gêné pour vous refaire le portrait, vous savez…

— C'est mon problème !

— Et voilà, c'est justement à cause de ce genre de réactions que je vous considère comme une dangereuse imbécile.

— Alex, plaida Judd, ce n'est pas la peine de…

— Toi, reste en dehors de ça !

— Très bien, soupira son partenaire en se carrant dans son fauteuil.

— Il se trouve que j'interviewais Rosalie, reprit Bess en croisant les bras. Dans un endroit public… Vous n'aviez aucun droit de débouler comme vous l'avez fait et de réduire à néant tout mon travail d'approche.

— Si je ne l'avais pas fait, vous seriez en ce moment même à l'hôpital avec un œil au beurre noir et le nez cassé.

— Je suis parfaitement capable de me défendre toute seule, protesta Bess.

— Certainement, ironisa Alex. Il suffit de vous regarder pour comprendre que vous êtes une véritable amazone, une combattante aguerrie !

Vexée, Bess se pencha en avant et lui tira l'oreille, ce qui ne fit qu'accroître sa colère.

— Je vous promets qu'à la minute où nous descendrons de cette voiture je vais vous…

— Alex ? intervint Judd.

— Je t'ai dit de ne pas te mêler de ça !

— Je suis désolé de t'interrompre, mais tu serais probablement intéressé par ce qui se passe dans le supermarché à droite…

Alex jeta un coup d'œil dans cette direction et pesta de plus belle.

— C'est la goutte d'eau qui fait déborder le vase ! s'exclama-t-il. Judd, appelle le central !

Bess observa les deux policiers avec stupeur tandis qu'Alex se garait sur le trottoir et que Judd signalait un braquage en cours et demandait des renforts.

— Vous, vous restez dans la voiture, déclara Alex en se tournant vers elle. Sinon, je vous brise le cou !

— Ne vous en faites pas…

Avant même qu'elle ait eu le temps de finir sa phrase, Judd et Alex avaient quitté le véhicule, tirant leurs armes de service.

Bess observa attentivement le visage d'Alex qui s'était brusquement refermé : en un instant, il l'avait oubliée, se concentrant uniquement sur ce qui allait se dérouler durant les minutes qui suivraient.

Elle avait vu des dizaines d'acteurs tenter d'imiter cette expression avec plus ou moins de talent, mais peu y parvenaient réellement. La plupart d'entre eux feignaient la résolution ou la concentration alors qu'il s'agissait en fait d'une sorte de disponibilité, d'une parfaite neutralité.

Seuls les yeux d'Alex trahissaient sa concentration. Ils contenaient en germe la vie et la mort et jamais elle n'avait vu tant de violence concentrée dans un même regard.

Tandis qu'il traversait la rue, Alex s'efforçait de ne pas penser à Bess. Mais, pour la première fois depuis des années, il avait vraiment beaucoup de mal à faire le vide en lui. Pourtant, il y parvint, songeant que la vie d'innocents dépendait peut-être de lui.

Tandis qu'il approchait du magasin, il avisa les deux victimes : un homme et une femme d'une soixantaine d'années qui devaient être les propriétaires de la boutique. Les deux agresseurs étaient lourdement armés : l'un d'eux tenait un 45 mm tandis que l'autre arborait un fusil à canon scié encore plus impressionnant.

Alex fit signe à Judd de se placer sur le côté gauche de la porte tandis que lui-même se postait à droite. Il pria pour que son équipier ne perde pas son sang-froid en un tel moment mais il n'avait d'autre choix que de lui faire confiance.

Jetant un coup d'œil à l'intérieur de la boutique, il avisa la vieille dame qui pleurait et suppliait ses agresseurs tandis que son mari vidait le contenu de la caisse enregistreuse dans un sac en plastique.

L'un des deux braqueurs s'empara d'une bouteille qui se trouvait sur l'étagère à sa droite. Il la déboucha et en avala une généreuse goulée avant de la briser sur le comptoir pour menacer le vieil homme.

Alex avisa le regard de l'agresseur et comprit qu'il était drogué. Il y avait dans ses yeux une lueur de folie qui prouvait qu'il ne comptait pas s'en tenir à un simple vol à main armée.

— Nous entrons, souffla Alex à Judd. Baisse-toi et vise le type de droite.

— D'accord, acquiesça Judd, très pâle. Dis-moi quand.

— Ne tire pas tant que tu n'y es pas obligé, ajouta Alex avant de pénétrer dans le magasin. Police ! cria-t-il.

Derrière lui, il entendit les sirènes hurlantes des renforts qui arrivaient. Mais il était trop tard pour reculer. Le braqueur au fusil pointa son arme dans sa direction.

— Lâche ça ! commanda-t-il.

Mais son avertissement ne servit à rien et l'autre tira au moment même où Alex se jetait de côté. La porte de verre de la boutique vola en éclats tandis que le deuxième homme tirait à son tour, atteignant une bouteille juste au-dessus d'Alex. Judd entra alors et tira à deux reprises alors qu'Alex descendait l'homme au fusil.

Un silence oppressant suivit cette fusillade et Alex se redressa lentement, constatant que les deux hommes gisaient au sol. Le visage de Judd avait pris une teinte verdâtre.

— Tu tiens le coup ? demanda-t-il à son équipier.

— Je crois, murmura Judd en rengainant son arme de service.

Il passa nerveusement une main sur son visage, luttant visiblement contre la nausée.

— C'était la première fois, avoua-t-il d'une voix tremblante.

— Je sais. Sors.

— Je vais bien…

— Sors quand même, lui conseilla Alex en posant doucement la main sur son épaule. Et appelle une ambulance.

*
* *

— Je vous avais dit de rester dans la voiture ! s'exclama-t-il.

— C'est ce que j'ai fait…

— Alors rentrez-y.

Doucement, elle posa une main sur son bras.

— Alexi, vous aviez raison. Je vais prendre un taxi… Vous devez avoir beaucoup à faire.

— J'ai terminé, répliqua Alex en lui ouvrant la portière du côté passager. Montez.

— Et Judd ? dit-elle en s'exécutant.

— Il est reparti au commissariat pour faire son rapport.

— Ah…

Alex monta à son tour et démarra. Durant plus de cinq minutes, il resta parfaitement silencieux. Ce n'était pas la première fois qu'il devait tuer un homme, mais il avait soigneusement évité de dire à Judd que l'habitude ne rendait pas cet acte plus supportable : elle transformait juste la nausée en colère et en dégoût.

— Alors ? dit-il. Vous ne me demandez pas ce que j'ai ressenti ? Ce qui s'est passé dans ma tête ? Ce que je vais faire maintenant ?

— C'est inutile, répondit posément Bess. Je vous ai vu. Et il n'est pas difficile de savoir ce que vous allez faire ensuite.

Alex jura. Il ne s'était pas attendu à ce que Bess se montre aussi compréhensive, aussi emplie de sollicitude.

— Vous perdez une occasion unique de vous documenter, McNee, s'exclama-t-il. Je suis surpris. A moins que votre flic de pacotille n'ait jamais l'occasion d'abattre des drogués dans une boutique miteuse du centre-ville…

Bess comprit qu'il essayait délibérément de la provoquer pour trouver un exutoire à sa colère. C'était une façon comme une autre de gérer sa douleur.

— Je ne suis pas certaine que nous ayons prévu ce genre de chose, commenta-t-elle. Mais qui sait ? Je pourrais peut-être en tirer quelque chose.

— Ecoutez, déclara Alex en serrant convulsivement le volant. Je ne veux plus vous voir dans ces quartiers, d'accord ? Si vous revenez, je vous promets que je trouverai un moyen de vous boucler pour quelque temps !

— Ne me menacez pas, inspecteur. Je sais que vous avez eu une soirée difficile et je suis prête à tolérer certains écarts. Mais ne vous avisez pas de me menacer ! En fait, vous feriez mieux de vous taire.

Alex s'exécuta mais Bess pouvait toujours sentir sa colère, presque palpable. Lorsqu'il se gara enfin devant son immeuble, elle sortit sans un mot et se dirigea vers la porte d'entrée. Mais Alex la suivit et l'attrapa par le bras, la forçant à lui faire face.

L'attirant vers lui, il l'embrassa et, dans ce baiser, elle perçut toute la rage et toute la souffrance qui l'habitaient. Elle n'avait aucun moyen de le réconforter, ni même de l'atteindre. Elle n'osait pas le faire, sachant jusqu'où cela pourrait l'entraîner. Par contre, elle ne chercha pas à résister à ce baiser et s'y abandonna.

Puis, brusquement, Alex la relâcha. Jamais il n'avait eu autant envie d'elle mais il savait que le moment n'était pas encore venu. Pas tant que toute cette frustration n'aurait pas disparu…

— Tâchez de rester tranquille, McNee, déclara-t-il donc avant de faire demi-tour pour regagner sa voiture.

Bess le suivit des yeux, incapable de bouger.

4

— Si l'on envisage un meurtre, je serais plutôt en faveur du poison, remarqua Bess. C'est assez exotique.

— Je ne suis pas d'accord, protesta Lori. Un bon coup de feu en plein cœur ferait parfaitement l'affaire.

— Mais c'est trop banal ! Reed est un personnage sophistiqué et je trouve qu'un assassinat aussi vulgaire ne lui ressemble pas. J'imaginais un poison très lent : l'agonie prendrait plusieurs jours et nous aurions de quoi écrire tranquillement quelques épisodes.

— A quoi penses-tu ? A des maux de tête ? Une perte d'appétit ? Des vertiges ?

— Oui. Et des crises de frissons, acquiesça Bess.

— Je me demande si un poison de ce genre existe vraiment.

— Ça pourrait être un poison oriental... Je vais chercher ce que je peux trouver dans ce style. Reed pourrait organiser un cocktail, une grande fête pour narguer tous ceux qui jalousent sa fortune et son succès... Il est si vaniteux !

— C'est ce que j'adore chez lui, dit Lori.

— Et ce qu'adorent des millions de téléspectateurs ! poursuivit Bess. Reed est l'homme que l'on aime détester. Alors, si nous devons vraiment nous débarrasser de lui, il faut que ce soit en beauté. Ça pourrait être un coup de Jade qui ne lui a jamais pardonné la façon dont il s'est servi de sa sœur. Ou d'Elana qui redoute que Reed n'utilise tout ce qu'il possède sur Max pour le discréditer aux yeux de tous...

— Ou de Brock, intervint Lori, qui sait que, d'un seul coup de téléphone, Reed pourrait anéantir ses négociations avec Tryson et lui faire perdre une véritable fortune. Ou encore Miriam…

— Bien sûr ! Nous ne la voyons plus trop depuis quelque temps. Il est peut-être temps de remettre en scène l'ex-femme de Reed.

— Pourquoi pas ? Après tout, elle a de quoi lui en vouloir.

— Ça pourrait également être Vicky, la femme que Reed a dédaignée, ou Jeffrey, le mari cocu…

— Le problème, avec Reed, c'est que tout le monde le déteste : en fait, ça pourrait aussi bien être la gouvernante dont il a séduit la fille avant de la laisser tomber… Nous ne sommes pas obligées de choisir le coupable maintenant.

— C'est juste. Imagine la scène : une pièce obscure, on entend les rires et les conversations qui proviennent du jardin. Il y a un verre de champagne sur la table et quelqu'un que nous ne distinguons pas s'en approche. Gros plan sur le verre dans lequel une main verse quelques gouttes de liquide…

— Dans ce cas, on verra au moins s'il s'agit d'une main d'homme ou de femme…

— Le coupable pourrait porter des gants. Non, c'est inutile : de toute façon, il ne pourrait pas les garder au cours de la réception pour apporter le verre à Reed. Bon… On pourrait voir le poison juste avant la fête.

— Oui. J'imagine une belle boîte de bois exotique qu'ouvre une main gantée. A l'intérieur se trouve un flacon disposé sur un coussin de velours.

— C'est parfait ! Cette scène pourrait même revenir à plusieurs reprises au cours des épisodes précédents de façon à créer une sorte de leitmotiv qui ferait monter le suspens ! Les gens se demanderont qui projette de tuer qui et les spéculations iront bon train…

— Pendant ce temps, nous rendons Reed encore plus détestable. Imagine un peu : il intrigue contre tout le monde, s'en prend aux uns et aux autres… La tension monte graduellement jusqu'à la fête. Ce soir-là elle est à son comble…

— Excellent ! Et durant toute la soirée, Reed ne cesse de chercher querelle, ravivant de vieilles rancœurs, attisant d'anciennes blessures. A force de boire, Miriam devient hystérique. C'est la diversion parfaite pour notre meurtrier qui verse alors subrepticement son poison dans la coupe de champagne de Reed. Comme l'effet est à retardement, les premiers symptômes n'apparaîtront que plus tard. Sur le coup, Reed ne ressent qu'un brusque accès de fatigue ou un léger vertige.

— C'est parfait.

— Le temps que le poison agisse, il deviendra très difficile de déterminer où et quand il a été administré. La police aura donc beaucoup de mal à retrouver le coupable. En fait, je crois que nous venons d'inventer le crime parfait !

— Il n'y a pas de crime parfait, fit une voix derrière elles.

Les deux jeunes femmes se retournèrent et découvrirent Alex sur le seuil de la petite pièce. Comme à son habitude, il avait les mains dans les poches et souriait avec un mélange d'amusement et d'ironie.

— D'ailleurs, reprit-il, si le policier de votre série ne découvrait pas le criminel, les téléspectateurs seraient vraiment très déçus !

— Oh, mais il finira par découvrir son identité, promit Bess.

Alex hocha la tête sans quitter des yeux la jeune femme qui était confortablement installée dans son fauteuil, les pieds posés sur le bureau. Pour une fois, remarqua-t-il, elle ne portait pas de jupe mais un vieux jean élimé et un pull-over trop large.

— Est-ce que quelqu'un a appelé la police ? demanda Lori à Bess.

— Pas moi, en tout cas, rétorqua cette dernière.

— Bien, je vais vous laisser. J'ai un coup de téléphone à passer et j'irais bien jeter un coup d'œil au studio pour voir comment se déroule le tournage d'aujourd'hui. A bientôt, inspecteur.

— Au revoir, répondit sobrement Alex en s'effaçant pour laisser passer Lori.

Lorsqu'elle eut disparu, il jeta un regard autour de lui. La pièce était de la taille d'un grand placard. Au centre trônait une table encombrée de papiers divers, de classeurs et de livres en tous genres. Un ordinateur se trouvait face à Bess qui était assise sur l'un des deux sièges situés de part et d'autre du bureau. Un canapé était installé face à deux postes de télévision munis de magnétoscopes. Sur les étagères s'entassaient des dizaines de cassettes vidéo, l'intégrale des épisodes de la série.

— Drôle d'endroit, commenta Alex.

— Oui, c'est notre repaire. Mais qu'est-ce qui vous amène ici, Alexi ?

— Vous êtes là depuis longtemps ? demanda Alex sans répondre à la question.

— Depuis le début du feuilleton. Lorsque nous avons remporté un Emmy, on nous a proposé de nous installer à l'étage dans un magnifique bureau mais nous avons préféré rester ici. Je suppose que nous y avons nos habitudes… Et puis, ici, au moins, nous sommes certaines que personne ne viendra surveiller ce que nous écrivons ! Vous êtes de service ?

— Non, j'ai pris quelques heures de congé.

— C'est donc une visite à titre personnel ? s'enquit Bess.

— Oui, fit Alex en pénétrant enfin dans la pièce. En fait, je suis venu vous présenter mes excuses…

Il paraissait terriblement mal à l'aise et Bess ne put résister à l'envie d'en jouer.

— A quel propos ? demanda-t-elle malicieusement.

— Au sujet de ce que j'ai fait en vous ramenant chez vous, après le cambriolage, expliqua Alex, gêné. C'était complètement déplacé de ma part.

— Je vois. Vous parlez donc spécifiquement de ce moment et pas du reste de la journée…

— C'est exact. Je maintiens tout ce que je vous ai dit : vous n'aviez rien à faire avec Rosalie et son souteneur.

— Je préférerais que vous en restiez aux excuses, ironisa Bess.

— Eh bien… je n'aurais pas dû me décharger de mes émotions sur vous. Mais je dois reconnaître que vous n'avez pas réagi comme je m'y attendais.

— Vraiment ?

— Oui. Je pensais que vous seriez choquée et dégoûtée par ce que je venais de faire. Il faut dire que je n'ai pas l'habitude d'emmener une femme au beau milieu d'un braquage.

— Vraiment ? Et où les emmenez-vous, d'habitude ?

Alex sourit, réalisant que Bess avait une fois de plus décidé de se moquer gentiment de lui.

— Dîner au restaurant, voir un film ou une pièce de théâtre, danser en boîte de nuit ou chez moi pour faire l'amour.

— Eh bien, je suppose qu'un braquage est plus captivant que les trois premières possibilités, répondit Bess en s'approchant de lui. Quant à la dernière…

Se dressant sur la pointe des pieds, elle posa un léger baiser sur sa bouche.

— Honnêtement, conclut-elle, je ne vous en veux pas du tout pour ce que vous avez fait. Vouliez-vous me dire autre chose ?

— Je pense beaucoup à vous.

— C'est bien.

— Ça, je n'en suis pas aussi certain. Mais je me demandais si vous accepteriez de dîner avec moi. Ce serait un bon début…

— Un début pour quoi ? demanda Bess, provocante.

— Pour vous entraîner dans mon lit, répondit Alex sur le même ton.

Malgré elle, Bess sentit sa respiration se bloquer et son cœur battre la chamade. En quelques mots, il avait renversé la situation, l'avait prise à son propre jeu. Et la façon mi-décontractée mi-moqueuse dont il l'observait n'arrangeait en rien les choses.

— On peut dire que vous êtes direct, commenta-t-elle.

— Vous m'avez dit vous-même que vous étiez observatrice. Franchement, je pourrais vous envoyer des fleurs mais vous comprendriez aussi vite où je veux en venir.

— Eh bien, je vous répondrai que l'idée présente un intérêt certain mais que, dans certains domaines, je préfère prendre mon temps et me ménager des portes de sortie.

— Je peux me montrer patient. Et c'est une raison supplémentaire pour accepter ce dîner. Vous pourrez vous faire une première idée de ce que je vaux.

— D'accord. Mais n'oubliez pas que je ne vous promets rien.

— Et je ne vous demande rien. Je suis de service, ce soir. Est-ce que demain vous conviendrait ?

— Parfaitement, répondit Bess d'un ton hésitant.

— On dirait que je vous rends nerveuse.

— Pas du tout…

— Pourtant, vous n'arrêtez pas de gesticuler.

— C'est parce que j'ai du travail et que je suis pressée de m'y remettre, mentit-elle avec aplomb.

— D'accord. De toute façon, je dois rentrer au commissariat. Je passerai vous chercher vers 7 h 30. Mon beau-frère m'a recommandé un restaurant que vous aimerez beaucoup, j'en suis sûr.

— Est-ce qu'une tenue correcte est exigée ? demanda Bess.

— Non. Habillez-vous comme vous voudrez.

Alex s'interrompit, l'observant attentivement durant quelques instants :

— Vous avez vraiment un drôle de visage, remarqua-t-il enfin.

— Dites-vous qu'il s'est nettement amélioré, répondit Bess en riant. J'ai brûlé toutes les photographies antérieures à mes dix-huit ans. Par contre, je suis certaine que vous, vous avez toujours été aussi beau.

— Vous vous trompez. Mes sœurs sont belles mais mon frère et moi avons du charme, sans plus.

— Votre modestie vous honore ! Mais je suis certaine que vous avez grandi entouré de myriades de femmes qui vous adoraient. Je me demande vraiment…

Alex l'interrompit d'un baiser, sachant que c'était probablement l'unique chance de mettre un terme à la logorrhée verbale qui s'annonçait. Il sentit le frisson qui la parcourut lorsque ses lèvres touchèrent les siennes et la façon dont elle se laissa aller, s'abandonnant pleinement à lui.

Elle ne cherchait pas à faire semblant, à prétendre que le désir qu'il éprouvait pour elle était à sens unique. Il y avait dans leur étreinte quelque chose de simple et de naturel qui la rendait plus dangereuse encore.

Mais Alex exerçait un assez grand contrôle sur lui-même pour ne pas se laisser emporter plus loin qu'il ne le souhaitait. Il se laissa pourtant aller un instant à imaginer ce qui se passerait s'il décidait soudain de fermer la porte à clé et de balayer d'un revers de la main les papiers qui encombraient le bureau pour allonger Bess dessus et lui faire l'amour.

Mais, tandis que son sang paraissait se transformer en lave, il se répéta qu'il devait conserver le contrôle de lui-même, laisser le temps à la jeune femme d'accepter l'inévitable issue de la passion qui les poussait l'un vers l'autre. Alors, il pourrait se laisser aller pleinement à ce qu'il ressentait.

Après ce qui leur parut une éternité, Alex se dégagea doucement et la contempla avec émerveillement.

— Vous êtes une femme dangereuse, murmura-t-il en ukrainien. Très dangereuse…

— Qu'est-ce que cela veut dire ? demanda Bess, qui avait du mal à recouvrer ses esprits.

— Que je dois y aller, répondit Alex en s'écartant légèrement. Tâchez d'éviter la rue pendant ce temps, McNee !

Se détournant, il se dirigea vers la porte d'un pas décidé.

— Inspecteur ! l'appela Bess. Soyez prudent.

Alex hocha la tête et disparut, laissant la jeune femme seule dans la petite pièce qui lui paraissait saturée d'électricité statique. Quelques minutes plus tard, Lori la rejoignit et la trouva rêveusement assise, les yeux dans le vague.

— Tiens, je t'ai rapporté un soda, dit-elle en lui tendant une canette glacée.

Bess la remercia d'un signe de tête et Lori sourit.

— Je le savais depuis le début. Rappelle-toi, je te l'ai dit à ta soirée, lorsque j'ai vu ce garçon pour la première fois !

— Tu sais, il ne s'est rien passé entre nous, répondit Bess en buvant avidement son soda.

Elle n'avait pas réalisé jusqu'à cet instant combien elle avait la gorge sèche.

— Je pense que quelque chose va arriver, ajouta-t-elle, songeuse. Mais rien n'est fait encore…

— En tout cas, tu avais exactement le même regard lorsque tu es tombée amoureuse de Charlie. Et de Sean. Et de Miguel. Sans parler de…

— C'est bon, j'ai compris. Mais tu dois te tromper au sujet de Miguel : je n'étais pas vraiment amoureuse de lui.

— Tu ne l'as pas été longtemps, c'est vrai. En fait, cela n'a pas duré plus de quarante-huit heures. Mais je peux t'assurer que lorsqu'il t'a emmenée assister à cet opéra, tu avais exactement la même expression qu'en ce moment.

— Je pense que c'était plutôt à cause de l'opéra, répondit Bess, ironique. Nous avons vu une splendide représentation de *Carmen* et j'étais bouleversée. Quant à Alexi, je ne suis pas amoureuse de lui : je vais simplement dîner avec lui demain soir.

— C'est toujours ce que tu dis. Même avec George…

— Cela n'a rien à voir : George est la personne la plus gentille qui soit et ma liaison avec lui m'a beaucoup appris.

— En effet, d'ailleurs tu es la seule femme que je connaisse à être devenue la marraine de l'enfant de l'un de ses ex !

— Pourquoi pas ? Après tout c'est moi qui lui ai présenté Nancy.

— Avec laquelle il s'est empressé de se marier, te laissant tomber au passage.

— Il ne m'a pas laissée tomber, protesta Bess. Nous avons rompu nos fiançailles d'un commun accord…

— Ce qui est d'ailleurs une excellente chose, rétorqua Lori. George était un pleurnichard et un dépressif !

— Il avait besoin d'un soutien émotionnel, éluda Bess qui savait pourtant combien son amie avait raison.

— Et le plus drôle, c'est que vous n'avez jamais fait l'amour, tous les deux !

— Il se préservait jusqu'au mariage…

Lori lui jeta un regard moqueur et, brusquement, toutes deux éclatèrent de rire.

— Je n'aurais jamais dû te dire ça ! s'exclama Bess lorsqu'elle eut retrouvé un peu de sérieux. C'était très indiscret de ma part…

— En tout cas, ce flic ne m'a pas l'air d'être le genre d'homme à se préserver jusqu'au mariage, remarqua Lori.

— Ça c'est sûr, admit Bess qui sentit les battements de son cœur s'accélérer à cette pensée.

— Quoi qu'il arrive, reprit Lori, tâche de faire en sorte de ne pas souffrir inutilement.

— Ne t'en fais pas, répondit Bess avec une pointe de regret. Cela ne m'arrive jamais.

Bess observa attentivement le Brise-lames, le bar de Zachary Muldoon dans lequel l'avait conduite Alex. Et elle tomba aussitôt amoureuse de l'endroit. De délicieuses odeurs flottaient dans la salle du restaurant tandis que le bourdonnement des conversations se mêlait à la musique discrète du juke-box.

— Est-ce que le goût des plats est à la hauteur de leur arôme ? demanda-t-elle à Alex.

— Il est même meilleur, répondit-il en la conduisant jusqu'à la table qu'il avait réservée.

La salle était pleine et de nombreuses personnes se pressaient autour du bar. Depuis que sa sœur avait épousé Zack, Alex fréquentait régulièrement le Brise-lames et il connaissait la plupart des habitués.

— Bonsoir, Lola, dit-il à la serveuse lorsqu'elle s'approcha de leur table. Comment ça va ?

— Pas trop mal, beau gosse, répondit-elle en lui décochant l'un de ces radieux sourires dont elle avait le secret.

Elle observa alors Bess avec une attention soutenue. Alex savait que Lola éprouvait envers lui un sentiment presque maternel et qu'elle serait très curieuse de connaître un peu la femme avec laquelle il sortait. D'autant que, d'ordinaire, il venait toujours seul au bar.

— Qu'est-ce que je vous sers ? demanda-t-elle finalement à Bess.

— Un verre de tequila frappée.

Alex la regarda avec une pointe d'amusement, songeant qu'il aurait dû s'attendre à un tel choix de la part de la jeune femme.

— Je prendrai une bière. Rachel est dans le coin ?

— Elle est à l'étage. Je l'ai forcée à aller s'allonger un peu. A mon avis, un bar n'est pas l'endroit idéal pour une femme enceinte mais le patron et elle sont inséparables. Je suis certaine qu'elle finira par descendre le rejoindre un peu plus tard.

— Et qu'est-ce que Rio propose comme plat du jour, ce soir ?

— Une superbe paella. Nick a failli devenir fou lorsque Rio lui a montré la quantité de crevettes qu'il fallait éplucher !

— Ça vous tente ? demanda Alex à Bess.

— Bien sûr ! s'exclama-t-elle avec enthousiasme. Mais qui est le patron, Rio ou Nick ?

— Zack est le patron, expliqua Alex en désignant l'homme qui se trouvait derrière le bar. Rio est le cuisinier, un géant originaire de la Jamaïque qui est l'un des meilleurs chefs de cette bonne vieille ville. Quant à Nick, c'est le frère de Zack.

— Et Zack est le mari de votre sœur Rachel, n'est-ce pas ?

— Exact.

Bess hocha la tête, observant le propriétaire du bar.

— Impressionnant ! s'exclama-t-elle. Comment l'avez-vous connu ?

— Eh bien, Rachel a été l'avocat de Nick que j'avais arrêté pour tentative de cambriolage.

— Et que s'apprêtait-il à voler ? demanda Bess, pas surprise apparemment.

— Du matériel électronique. Mais on ne peut pas dire qu'il était très doué pour cela. A l'époque, il traînait avec une sorte de gang…

En fait, c'était une façon de fuir ses problèmes. Nick est le demi-frère de Zack et il était très jeune lorsque ce dernier s'est engagé dans la marine et que sa mère est décédée. Lorsque Zack a quitté l'armée, Nick s'était déjà mis dans de beaux draps…

A ce moment, Lola revint avec leurs consommations qu'elle déposa devant eux.

— Génial ! s'exclama Bess en considérant la taille imposante de son verre de tequila.

Le sourire qu'elle décocha à Lola suffit à lui assurer les faveurs de la serveuse qui regagna le bar, probablement pour faire à Zack un rapport circonstancié de la situation.

— Continuez votre histoire, encouragea Bess.

Alex porta la chope de bière à ses lèvres, se demandant ce que Lola pouvait bien dire à son beau-frère.

— Vous voulez l'entendre dans son intégralité ? demanda-t-il finalement.

— Bien sûr ! s'exclama Bess avant de répandre un peu de sel sur sa main.

Elle le lécha, avala son verre cul sec et mordit dans la rondelle de citron avec autant d'assurance qu'un bandit mexicain.

— Vous faites ça souvent ? demanda Alex en souriant.

— Oui. Mon record personnel est de dix tequilas d'affilée, mais c'était il y a quelques années et je me suis beaucoup calmée ces derniers temps. Je suppose que ce doit être l'âge. Alors ? Que s'est-il passé lorsque Zack est rentré de l'armée ?

— Eh bien, Nick était entré dans ce gang, les Cobras…

Alex entreprit de raconter l'histoire de Nick en détail et Bess se garda bien de l'interrompre, visiblement fascinée par ce qu'il lui disait.

— C'est extraordinaire, s'exclama-t-elle lorsqu'il termina son récit. Vous savez que vous avez un réel don de conteur. Vous devez avoir du sang tsigane dans les veines !

— J'en ai, confirma Alex, amusé.

Bess hocha la tête, se prenant à l'imaginer avec un anneau d'or à l'oreille et un costume traditionnel. Curieusement, cette vision n'avait rien de ridicule.

— C'est étrange, remarqua-t-elle. Vous avez un très léger accent qui surgit de temps à autre… Mais je vous avoue que l'histoire en elle-même est captivante. Et j'ai toujours aimé les fins heureuses. Hélas, dans mon métier, je n'ai pas souvent l'occasion d'en écrire : chaque fois que nous réglons un problème, nous devons en poser plusieurs autres pour relancer l'intérêt de nos spectateurs.

— C'est curieux. Je sais. Comment les gens peuvent-ils être à ce point enthousiasmés par les feuilletons dramatiques alors que la plupart aiment les fins heureuses ?

— C'est parce que les crises perpétuelles que traversent les personnages de série les rendent attachants : ce sont des versions déformées et amplifiées des problèmes que rencontrent les spectateurs dans leur vie de tous les jours. Alors ils s'identifient aux héros. La crédibilité importe peu, ensuite. Prenez Elana, par exemple : à ce jour, elle a été mariée deux fois, elle est devenue amnésique, elle a été victime d'une agression sexuelle, elle a connu deux fausses couches et une dépression, elle a été momentanément aveugle, elle a tué l'un de ses anciens amants en légitime défense, elle a surmonté une dangereuse passion pour les jeux d'argent, elle a eu deux enfants qui ont été enlevés par une infirmière psychotique et ne les a retrouvés qu'après de longues et périlleuses recherches dans les jungles d'Amérique du Sud. Evidemment, tout cela ne s'est pas produit dans cet ordre-là…

Pendant que Bess parlait, Lola était revenue avec leurs plats ainsi qu'une deuxième tournée offerte par la maison. Elle avait écouté attentivement l'exposé de la jeune femme.

— Vous regardez « Péchés secrets » ? demanda-t-elle à Bess.

— Je n'ai manqué aucun épisode, répondit celle-ci en souriant.

— Moi, je suis devenue accro lorsque j'étais à l'hôpital pour la naissance de mon dernier enfant. C'était il y a dix ans, lorsque Elana résidait au Millbrook Memorial et qu'elle était amoureuse de Jack Banner. C'était un personnage extraordinaire !

— L'un des meilleurs, reconnut Bess. Sombre et autodestructeur à souhait !

— J'ai été vraiment triste lorsqu'il est mort dans l'incendie de ce hangar. Je ne pensais pas qu'Elana s'en remettrait un jour.

— C'est une femme très forte.

— Elle n'a pas eu le choix. Sans elle, Storm ne se serait jamais remis de ses problèmes et ne serait pas l'homme qu'il est aujourd'hui !

— Vous aimez bien Storm ? demanda Bess.

— Quelle femme ne l'aimerait pas ? répondit Lola en riant. Il représente tout ce que nous attendons d'un homme : la force et la sensibilité mêlées. J'espère que Jade et lui s'en sortiront : ils méritent d'être heureux après toutes les épreuves qu'ils ont traversées. Bon, je dois vous quitter. Bon appétit !

Sur ce, elle s'éclipsa, les laissant seuls.

— Vous paraissez surpris, fit remarquer Bess.

— Eh bien, à vrai dire, je le suis. A vous entendre, on avait l'impression que ces personnages étaient réels.

— Mais ils le sont. Du moins, une heure par jour, cinq fois par semaine. Est-ce que vous ne croyez pas en Batman, Scarlett O'Hara ou Indiana Jones ?

— Non. Ils sont fictifs…

— Mais la fiction, lorsqu'elle est bien faite, devient une forme de réalité. C'est le pari de tout film de divertissement, qu'il s'agisse de télévision ou de cinéma : les événements sont faux mais les sentiments qu'ils inspirent, quant à eux, sont bien réels. Allons, ne me dites pas que vous-même vous ne vous laissez jamais aller à fantasmer un peu !

— Je ne vous le dirai pas, effectivement, répondit Alex en lui lançant un regard suggestif.

Malgré elle, Bess se sentit rougir. Pour faire diversion, elle avala son deuxième verre de tequila. Pendant ce temps, un jeune homme aux cheveux châtains s'était installé au piano et avait commencé à jouer un morceau de jazz.

— C'est Nick, précisa Alex.

— Vraiment ? Il est très doué.

— Oui. C'est lui qui a convaincu Zack d'acheter un piano pour le bar, il y a un an. Il adore jouer. Muldoon et Rachel ont même proposé de lui offrir des cours au conservatoire mais il a refusé, il prétend que le jazz ne s'apprend pas.

— Je suppose qu'il a en partie raison.

— Apparemment... En tout cas, il travaille en cuisine et sort quand l'envie lui prend, le temps de jouer quelques morceaux.

— Et je suppose qu'il fait chavirer les cœurs de toutes les femmes de l'assistance.

— Allons, protesta Alex, c'est encore un enfant...

— Vous sous-estimez la fascination qu'exerce la jeunesse sur certaines femmes, objecta Bess en souriant. Tenez, en ce moment même Jessica a une liaison avec Tod qui est de dix ans son cadet. Le courrier des fans donne leur couple gagnant à cinq contre un.

— Alors, ce repas ? demanda Zack qui les avait rejoints.

— C'est délicieux, répondit la jeune femme en lui tendant la main. Je suis Bess McNee.

— Ravi de faire votre connaissance. Ce doit être vous que Rachel a croisée au commissariat.

— Oui. J'adore votre bar. Je ne le connaissais pas mais je vous promets que je vais devenir l'une de vos habituées.

— Voilà une excellente nouvelle ! s'exclama Zack en souriant. Vous savez, Alex n'invite pas souvent de jeunes femmes ici. Certains commençaient même à se poser des questions...

— Très drôle, Muldoon, grommela Alex.

— Quelle agressivité ! Je crois qu'il m'en veut toujours de lui avoir volé sa petite sœur...

— Je pensais juste qu'elle avait meilleur goût, répliqua Alex. D'ailleurs, quand on parle du loup...

Suivant son regard, Bess aperçut Rachel qui traversait la pièce dans leur direction. Se tournant vers Zack, elle fut frappée de découvrir l'expression d'adoration qui se lisait dans ses yeux.

— Je vois ! Vous êtes tous en train de faire la fête et personne ne pense à m'inviter ! s'exclama Rachel d'un ton réprobateur.

— Assieds-toi, répondirent Zack et Alex à l'unisson.

— J'en ai assez d'être assise, répliqua la jeune femme avant de se tourner vers Bess. Ravie de vous revoir, ajouta-t-elle. Je vois que vous avez pris une paella. Elle est superbe, n'est-ce pas ?

— Oui. Alex vient de me raconter la façon dont vous avez rencontré Zack…

— Vraiment ?

— Oui. Et j'aimerais vraiment que vous me donniez votre propre version de l'histoire.

Vingt minutes plus tard, Zack et Rachel achevèrent leur récit. Alex était impressionné par le naturel avec lequel Bess avait proposé à sa sœur de s'asseoir, ce que Rachel avait fait sans regimber, à la stupeur de son mari et de son frère.

Bess avait un don pour mettre les gens à l'aise, pour les forcer à se décontracter. C'était d'autant plus remarquable qu'elle-même était d'ordinaire très extravertie et envahissante. Mais elle avait le chic pour poser les bonnes questions et pour détendre l'atmosphère par quelques plaisanteries.

Il ne fut donc aucunement surpris de la facilité avec laquelle elle parla musique avec Nick lorsqu'il vint se joindre à eux et recettes avec Rio lorsqu'elle alla personnellement le complimenter en cuisine. Lorsqu'il fut temps pour eux de partir, elle avait même convenu de déjeuner avec Rachel la semaine suivante.

— J'aime beaucoup votre famille, commenta-t-elle lorsqu'ils prirent place dans le taxi qu'ils avaient fait appeler.

— Vous n'en avez rencontré qu'une petite partie…

— Eh bien, disons que j'aime ceux que je connais. Combien y en a-t-il d'autres ?

— Il y a mes parents. J'ai aussi une autre sœur qui est mariée et a des enfants. Et un frère qui est également marié. Il a un enfant. Et vous ?

— Moi ?

— Vous avez de la famille ?

— Non, je suis fille unique. Est-ce qu'ils vivent tous à New York ?

— Tous sauf Natasha, répondit Alex en jouant avec une boucle de cheveux de Bess. Pourquoi ne parlez-vous jamais de vous ?

— Vous plaisantez ? Je n'arrête pas de parler…

— Vous posez des questions, vous parlez de vos personnages, mais jamais de vous.

Bess songea qu'il n'y avait rien d'étonnant à ce qu'Alex ait découvert ce que beaucoup de gens ne percevaient pas : après tout, il était policier et la psychologie était probablement l'une de ses spécialités.

— Nous n'avons pas eu tant de conversations que cela, remarqua-t-elle.

Elle s'aperçut alors que le visage d'Alex était très proche du sien et fut prise d'une irrésistible envie de l'embrasser. Cédant à cette impulsion, elle se pencha vers lui et posa ses lèvres sur les siennes.

La main d'Alex qui jouait dans ses cheveux se posa alors sur sa nuque tandis qu'il l'attirait contre lui. La douceur de leur baiser fut très vite remplacée par une passion beaucoup plus ardente. Bess sentit son cœur s'emballer tandis que son être tout entier réagissait à cette promesse délicieuse d'une joie encore à venir.

Puis Alex s'écarta légèrement d'elle, rompant brusquement le charme pour recouvrer le sang-froid qui menaçait de lui faire complètement défaut. Il embrassa doucement le front de la jeune femme.

— Tu es très douée pour changer de sujet, fit-il remarquer.

— Quel sujet ? demanda-t-elle.

Alex laissa glisser sa main jusqu'à la gorge de la jeune femme sur laquelle elle se posa avec légèreté. A travers sa peau, il pouvait percevoir les battements affolés de son cœur.

— C'est de toi que nous parlions, répondit-il. Et tu n'as fait qu'aiguiser ma curiosité…

— Oh, il n'y a pas grand-chose à dire, éluda la jeune femme, troublée, en s'éloignant un peu de lui. D'ailleurs, je suis arrivée.

Elle descendit du taxi tandis qu'Alex réglait la course.

— Vous n'êtes pas obligé de me raccompagner, dit-elle tandis que le taxi s'éloignait, les laissant seuls sur le trottoir désert.

— Dois-je en déduire que vous ne m'inviterez pas à monter ?

— Bonne déduction, répondit-elle en jouant nerveusement avec la lanière de son sac à main. Je pense qu'il vaut mieux que je ne le fasse pas.

Alex hocha la tête, respectant sa décision et ne cherchant même pas à insister.

— Nous devrions sortir ensemble un autre soir, suggéra-t-il pourtant.

— Avec plaisir.

— Bientôt, ajouta-t-il en s'emparant de la main de la jeune femme qu'il porta délicatement à ses lèvres.

Elle sentit une douce chaleur se répandre en elle et fut brusquement tentée de l'inviter chez elle. Elle dut faire appel à toute sa volonté pour retirer sa main.

— Bonne nuit, dit-elle.

— Bonne nuit, répondit Alex avant de l'embrasser.

Ce fut un baiser très doux et très tendre, différent de celui qu'ils avaient échangé dans le taxi. Mais Bess n'en sentit pas moins son pouls s'accélérer tandis que le temps paraissait ralentir. Enfin, Alex recula, un sourire rêveur aux lèvres.

— Bonne nuit, répéta-t-il.

Bess hocha la tête et se détourna à contrecœur pour gagner l'entrée de son immeuble. Alex la suivit des yeux jusqu'à ce qu'elle disparaisse à l'intérieur, se demandant ce que cette femme pouvait avoir de si spécial.

5

Rosalie était bien la dernière personne que Bess aurait imaginé rencontrer ce jour-là. Pourtant, elle reconnut immédiatement sa silhouette élancée parmi la foule compacte qui se pressait sur le trottoir, juste en face des studios de télévision.

Après quelques instants d'hésitation, Bess s'approcha de Rosalie en souriant.

— Vous m'attendiez ? demanda-t-elle.

— Oui.

— Vous auriez dû entrer, vous savez, dit Bess en rajustant la lanière de son sac à main.

— Ne soyez pas ridicule, répondit Rosalie comme si cette suggestion était complètement absurde.

Bess remarqua alors la trace bleutée que l'on distinguait derrière les lunettes de soleil de la jeune prostituée.

— Qu'est-ce qui vous est arrivé ? s'enquit-elle.

— C'est Bobby qui m'a fait ça. Il était furieux à cause de ce qui s'est passé l'autre soir.

— Ce type est vraiment un salaud !

— Oh, j'ai connu pire…

— Je suis vraiment désolée, ajouta Bess qui, rétrospectivement, se sentait terriblement coupable. C'est à cause de moi…

— Ce n'est la faute de personne. C'est la façon dont marchent les choses, c'est tout…

— Peut-être mais si je n'étais pas venue vous voir…

Bess soupira, songeant que la vie n'était pas un scénario : il était vain d'espérer revenir en arrière pour changer la façon dont les choses s'étaient déroulées.

— Si vous voulez aller voir la police pour porter plainte, je peux vous accompagner, suggéra-t-elle.

— Certainement pas ! s'exclama Rosalie en riant. Si je faisais une chose pareille, je récolterais bien pire qu'un œil au beurre noir, vous pouvez me croire. D'ailleurs, je doute fort qu'un flic se soucie de ce qui arrive à une prostituée. Et si vous pensez qu'il en va autrement, c'est que vous êtes aussi stupide que vous en avez l'air…

Bess songea qu'Alex s'en serait soucié mais elle se garda bien de le dire.

— Je ferai ce que vous voudrez, soupira-t-elle.

— En tout cas, je suis venue vous voir parce que vous m'avez dit que vous pourriez me payer si j'acceptais de vous parler. Un peu d'argent en plus ne me fera pas de mal. Et je suis libre, en ce moment.

— Très bien, fit Bess en réfléchissant à ce qu'il convenait de faire à présent. Combien gagnez-vous en moyenne en une nuit ?

Rosalie fut tentée de mentir mais, curieusement, elle y renonça : il y avait chez Bess une forme d'honnêteté qui incitait ses interlocuteurs à jouer franc-jeu avec elle.

— Si on enlève la commission de Bobby, je dirais dans les soixante-quinze dollars. Peut-être cent… Les affaires ne sont plus ce qu'elles étaient.

— Très bien. Je pense que nous serons mieux chez moi pour discuter. Mais nous ne trouverons jamais un taxi à cette heure. Cela vous ennuie d'y aller à pied ? Je suis à quelques pâtés de maisons d'ici.

Cette fois Rosalie éclata d'un rire franc et sonore.

— Vous savez, pour moi battre le pavé est devenu une seconde nature, répondit-elle enfin.

Elles gagnèrent donc l'appartement de la jeune femme et, lorsque celle-ci poussa la porte, Rosalie ne put retenir un sifflement admiratif.

Incapable de résister à la tentation, elle gagna la large baie vitrée d'où l'on distinguait l'East River à travers les rangées d'immeubles.

— Eh bien ! Vous ne vous refusez rien !

— Vous voulez dîner ? suggéra Bess. Je peux vous commander quelque chose. En attendant, je vais ouvrir une bouteille de vin.

Rosalie hocha la tête et prit place sur le grand canapé du salon.

— Vous gagnez vraiment assez d'argent en écrivant pour vous payer un appartement comme celui-ci ? s'exclama-t-elle, sidérée.

— Oui, répondit Bess en sélectionnant l'une des meilleures bouteilles de sa cave. Vous n'êtes pas végétarienne ?

— Soyez un peu réaliste, répliqua Rosalie. Est-ce que j'ai une tête à manger macrobiotique ?

— Très bien. Dans ce cas, je vais nous commander des steaks. Je connais un excellent restaurant qui livre à domicile.

— Je ne suis pas sûre d'avoir les moyens de me l'offrir, objecta Rosalie.

— C'est moi qui régale, répondit Bess.

Elle passa la commande et vint s'asseoir sur le canapé, en face de Rosalie à qui elle tendit un verre de vin.

— J'ai besoin d'un consultant, expliqua-t-elle après quelques instants de silence. Je suis prête à vous payer cinq cents dollars par semaine.

— Cinq cents dollars ? s'exclama Rosalie, manquant s'étrangler avec une gorgée de vin. Juste pour raconter ma vie ?

— Non, un peu plus que cela. Je veux savoir pourquoi des femmes choisissent de faire ce métier. Vous m'avez parlé d'autres prostituées que vous aviez connues. Je veux savoir ce qui les motivait, comment elles sont arrivées dans ce circuit… Je veux savoir ce qui vous fait peur et ce que vous aimez. Et je veux des réponses franches et honnêtes à toutes mes questions. Croyez-moi, si vous mentez, je m'en rendrai très vite compte.

— Vous avez vraiment besoin d'autant d'informations pour une série télévisée ? s'étonna Rosalie.

— Oui, mentit Bess.

En réalité, l'intérêt qu'elle portait à Rosalie dépassait de très loin le cadre du feuilleton : elle se sentait coupable de la correction que Bobby avait jugé bon d'infliger à sa protégée et elle entendait bien la dédommager d'une façon ou d'une autre.

— J'aurais besoin que vous me consacriez pas mal de temps, reprit-elle. Et vous devrez peut-être prendre quelques jours de vacances.

— Ce que je ferai en dehors des moments que je vous consacrerai ne regarde que moi, protesta Rosalie.

— Bien sûr… Ce que je voulais dire, c'est que si vous aviez envie de quitter la rue pour quelque temps, je pourrais vous aider à le faire. Vous pourriez même habiter ici si vous voulez…

— Pourquoi ? demanda Rosalie, méfiante.

— Pourquoi pas ? Cela ne me coûterait pas très cher.

— D'accord, répondit Rosalie après quelques instants. Je vais y réfléchir.

— Bien. Dans ce cas, nous pouvons commencer tout de suite, si vous n'y voyez pas d'inconvénient.

Bess alla chercher son calepin et son magnétophone de poche dans la commode avant de s'installer de nouveau face à Rosalie.

— Souvenez-vous que je travaille pour un feuilleton. Je serai sans doute obligée d'atténuer un peu les histoires que vous me raconterez. Je crois que je ferais bien de commencer par vous raconter la série dans les grandes lignes.

— C'est vous qui payez, répondit Rosalie.

Bess hocha la tête et commença à lui exposer la vie et les problèmes des habitants de Millbrook.

Rosalie écoutait en silence, à la fois fascinée et surprise par la complexité de l'intrigue. Lorsque l'Interphone retentit, Bess alla ouvrir tout en continuant à expliquer la trame générale.

— En gros, la personnalité de Josie est diamétralement opposée à celle de Jade : plus elle gagne en force et en assurance et plus l'autre doute et se remet en question. Et Jade ne se souvient pas de ce qu'elle fait lorsqu'elle est Josie. En fait, le gouffre ne cesse de croître entre elles…

— On dirait qu'elle a besoin d'un psychiatre, observa Rosalie.

— Oui. Et c'est pour cette raison qu'elle va aller consulter Elana, mais cela n'arrivera pas avant plusieurs épisodes. Elle apprendra alors sous hypnose que…

L'ascenseur arriva alors à l'étage et Bess se dirigea vers lui pour accueillir le livreur. Mais lorsque les portes s'ouvrirent, le sourire de la jeune femme se figea sur ses lèvres.

— Alexi…, murmura-t-elle, stupéfaite.

— Tu ne penses jamais à demander qui est là avant d'ouvrir ? demanda-t-il avant de déposer un léger baiser sur ses lèvres.

— Si… sauf lorsque j'attends quelqu'un. Mais qu'est-ce que tu fais ? ajouta-t-elle comme Alex se penchait de nouveau vers elle.

— Eh bien, j'essaie de t'embrasser…

Voyant qu'elle n'entendait pas répondre à son étreinte, il recula légèrement, se demandant qui elle attendait.

Un autre homme ? Un amant, peut-être ? Un brusque accès de jalousie s'empara de lui.

— J'aurais peut-être mieux fait de t'appeler avant de venir, murmura-t-il.

— Non… Enfin, si… Tu n'es pas de service, ce soir ?

— Pas avant plusieurs heures.

— Ah…

L'Interphone retentit de nouveau.

— Tu pourras toujours dire que je suis le plombier, remarqua Alex.

— A qui ? demanda Bess en pressant le bouton de l'Interphone.

— Au type qui ne va pas tarder à monter.

— Mais pourquoi devrais-je dire à un livreur que tu es plombier ? s'exclama-t-elle, stupéfaite.

— Un livreur ? fit Alex, aussi surpris.

Il aperçut alors du coin de l'œil un mouvement dans le salon.

— Je vois que tu as déjà de la compagnie, dit-il en s'efforçant de feindre une indifférence qu'il était loin d'éprouver.

— Oui, nous allions juste dîner, soupira Bess, résignée.

S'écartant, elle le laissa entrer dans le salon où était assise Rosalie. Immédiatement, elle les sentit tous les deux se raidir.

— Qu'est-ce qu'elle fait ici ? s'exclama Alex.

— Vous avez appelé les flics ! s'écria Rosalie.

— Bien sûr que non, protesta Bess.

Mais Rosalie s'était déjà levée et traversait la pièce en direction de l'ascenseur. Bess comprit qu'il ne lui restait que quelques secondes pour la convaincre.

— Rosalie ! dit-elle en lui prenant le bras. Je vous jure que je ne l'ai pas appelé !

— Justement, intervint Alex, pourquoi diable ne l'as-tu pas fait ?

— Parce que cette affaire ne te regarde pas, répliqua Bess. Je suis chez moi et Rosalie est mon invitée !

— Tu es encore plus stupide que je ne le pensais !

Comprenant brusquement ce qui était en train de se passer, Rosalie se détendit quelque peu.

— Vous êtes ensemble, tous les deux ? demanda-t-elle, curieuse.

— Oui, répondit Alex.

— Non, répondit simultanément Bess. Enfin… il y a un peu des deux.

De nouveau, les portes de l'ascenseur s'ouvrirent. Bess prit les plats des mains du serveur et régla l'addition tandis qu'Alex et Rosalie s'observaient avec méfiance.

— A quoi tu joues ? demanda enfin Alex.

— A rien, répondit Rosalie avec un sourire ironique. Je suis consultante : ta copine m'a engagée aujourd'hui.

— C'est Bobby qui t'a fait ça ? demanda Alex en avisant le bleu qui ornait son arcade sourcilière.

— Non, je me suis cognée à une porte de placard.

— Je n'en doute pas, soupira Alex. Fais attention la prochaine fois.

— Je ne commets jamais deux fois la même erreur, répondit Rosalie, surprise par la compassion qu'elle avait discernée dans sa voix.

— McNee, appela alors Alex, il faut que je te parle.

— Attends une minute ! protesta Bess qui réglait le coursier.

— Merci, madame, fit ce dernier. Et bon appétit…

Se détournant, il regagna l'ascenseur.

— Je crois qu'il y a assez à manger pour trois, constata la jeune femme en regagnant le salon. Mais il est hors de question que tu restes si tu continues à être aussi impoli, ajouta-t-elle à l'intention d'Alex.

— Impoli ? répéta ce dernier, stupéfait. Parce que je dis que tu es folle d'avoir invité une prostituée à dîner chez toi…

— Dehors !

— Bon sang, Bess…

— J'ai dit dehors, répéta la jeune femme, furieuse. Nous sommes sortis une fois ensemble. Cela ne te donne pas le droit de débarquer ici à l'improviste pour me dire avec qui je dois ou ne dois pas parler !

— Mais cela n'a rien à voir, protesta Alex.

— Tu as parfaitement raison : la façon dont je mène ma vie ne regarde que moi, inspecteur. J'espère que tu finiras par te mettre ça une bonne fois pour toutes dans la tête !

— Ça va, j'ai compris, rétorqua Alex, furieusement tenté de lui décocher un coup de poing en pleine mâchoire.

Au lieu de cela, il l'embrassa, presque avec rage. C'était sans doute la meilleure façon de la réduire au silence.

— Les choses changent, McNee, déclara-t-il alors, et il vaudrait mieux que tu t'y fasses.

Sur ce, il sortit, prenant soin de claquer la porte derrière lui.

— Bon sang ! s'exclama Bess en recouvrant difficilement son calme. Il a un de ces toupets ! Pour qui se prend-il ? Croit-il qu'il peut entrer et sortir d'ici à sa guise et me dicter ma conduite ? Franchement, vous avez vu ça ? ajouta-t-elle en se tournant vers Rosalie.

— Difficile d'y échapper, répondit la jeune femme, moqueuse, en croquant une frite.

— S'il croit que je vais tolérer cette attitude insupportable, il se met le doigt dans l'œil !

— Allons, il est complètement fou de vous, c'est tout…

— Quoi ?

— Mais oui ! Il se fait du souci pour vous mais ne sait pas comment vous le dire.

— J'en doute fortement. A mon avis, il a l'habitude de se faire obéir au doigt et à l'œil et il ne supporte pas que quelqu'un lui résiste.

— Honnêtement, si quelqu'un me regardait comme il vous regarde, je saurais qu'il n'y a que deux choses à faire.

— Lesquelles ?

— En profiter ou bien m'enfuir en courant.

— Mais je déteste que l'on me dicte mes actes !

— Moi, je dirai que tout dépend de qui les dicte. Franchement, s'il n'était pas flic, je le trouverais à croquer.

— En tout cas, je ne veux plus parler de lui ! déclara Bess en s'attaquant rageusement à sa salade.

— C'est vous qui payez, lui rappela Rosalie en riant.

Bess hocha la tête, réalisant qu'elle avait brusquement perdu tout appétit.

Cela faisait vingt minutes qu'il s'échinait contre le punching-ball sans parvenir à se libérer du sentiment de frustration qui l'assaillait.

En règle générale, un tel régime suffisait à le guérir d'une arrestation ratée, d'un procès perdu, d'un problème de cœur ou d'une dispute familiale.

Mais cela n'était pas assez pour se défaire de l'emprise que Bess exerçait sur lui.

— Quelle dépense d'énergie si tôt dans la journée ! fit une voix moqueuse derrière lui.

Essuyant la sueur qui perlait sur son front, Alex se retourna pour faire face à son frère qui tenait par la main son fils Griff âgé de dix mois seulement. Une fois de plus, Alex fut frappé par la ressemblance incontestable qui existait entre eux.

— Tu as réveillé ton père à l'aube, petit monstre, s'exclama Alex en embrassant son neveu.

Griff lui répondit par un babil enthousiaste au sein duquel Alex ne reconnut que le mot « maman ».

— Sydney est fatiguée, expliqua Mikhail. Elle s'est accordé une grasse matinée. Alors j'ai pensé que nous pourrions en profiter Griff et moi pour aller nous entraîner un peu.

— Eh ! Mais c'est Griff ! s'exclama alors Rocky, le propriétaire du gymnase.

Rocky était un ancien boxeur qui s'était fort intelligemment reconverti et son club était rapidement devenu l'un des plus courus de la ville. S'approchant de Griff, il le prit dans ses bras et le fit sauter en l'air à la grande joie du bambin.

— Je m'occupe de lui, déclara-t-il avec enthousiasme. Tâche de découvrir pourquoi ton frère ne cesse de venir au gymnase depuis le début de la semaine.

— Quelle commère ! commenta Alex en regardant Rocky et Griff s'éloigner. Il est pire qu'une vieille femme !

Alex se remit à taper dans le sac de sable sous le regard amusé de Mikhail.

— A propos de femme, ce ne serait pas ça, ton problème ?

— Qui a dit que j'avais un problème ? répliqua Alex.

— Allons, pourquoi les hommes vont-ils dans les gymnases si ce n'est pour évacuer les problèmes qu'ils ont avec les femmes ?

— Pour taper dans des sacs, parler mal et transpirer un bon coup.

— C'est vrai. Alors ? Cette femme ?

Alex ne répondit pas, continuant à frapper sans relâche.

— Bess, reprit Mikhail. C'est comme cela qu'elle s'appelle, n'est-ce pas ?

Alex cessa brusquement de s'entraîner et se tourna vers son frère, stupéfait.

— Comment le sais-tu ?

— C'est Rachel qui me l'a dit. Elle m'a dit aussi qu'elle était très jolie et particulièrement futée. Mais elle a ajouté qu'elle n'était pas ton type.

— Bess n'est le type de personne, répondit Alex. Elle est unique… Il n'y a qu'à regarder son visage : on a l'impression que Dieu pensait à autre chose lorsqu'il l'a créée et qu'il a mélangé les traits de cinq femmes différentes ! Ses yeux sont trop grands, son menton pointu et son nez est en biais. Elle a la peau aussi douce que celle d'un ange : chaque fois que je la touche, j'en ai l'eau à la bouche.

— Eh bien ! Il faut vraiment que je la rencontre !

— Je ne suis pas près de la revoir, répondit Alex. Je n'ai pas besoin de me compliquer la vie, en ce moment, et je crois que cette fille est à moitié folle. Cela dit, si Rachel pense qu'elle est intelligente, c'est uniquement parce qu'elle est allée à l'université.

— Oui, Rachel m'a dit qu'elle était allée à Radcliffe, acquiesça Mikhail.

— Cela ne m'étonne pas.

— Elle a aussi dit à Rachel que vous aviez eu un malentendu, tous les deux.

— Ce n'est pas un malentendu, protesta Alex. Bess est peut-être allée dans une université prestigieuse mais elle n'a pas le moindre sens commun ! Je ne veux pas m'investir dans une relation avec quelqu'un d'aussi irresponsable.

Mikhail éclata d'un rire prodigieux qui retentit longuement dans la salle de gym.

— Je n'aurais jamais cru entendre ça dans la bouche d'un homme qui est sorti avec Lug Wrench !

— Allons, cela n'a pas duré très longtemps, répondit Alex que les plaisanteries de Mikhail avaient plus contribué à détendre que ses vingt minutes de sport intense. En tout cas, je suis heureux que ma liaison avec Bess se soit terminée avant même d'avoir commencé. Nous étions trop différents…

— Tu dois avoir raison.

— Bien sûr que j'ai raison ! Nous avions des approches opposées dans quasiment tous les domaines. Je crois que Bess a un jour décidé qu'elle ne voulait rien faire comme les autres.

— Une femme compliquée…

— C'est un bel euphémisme, soupira Alex en ôtant ses gants de boxe. Parfois, elle paraît complètement détendue, comme si rien au monde ne pouvait l'affecter. A d'autres moments, elle devient complètement hystérique parce que vous avez eu le malheur de lui montrer qu'elle avait commis une erreur. Et alors, elle vous jette dehors sans ménagement.

Mikhail s'efforça de ne pas éclater de rire devant l'évident désarroi de son frère.

— Si je comprends bien, tu es beaucoup mieux sans elle…

— Exactement. Qui aurait envie de sortir avec une folle dans son genre ?

— Je me le demande.

Percevant l'ironie de son frère, Alex sourit et secoua la tête.

— Si tu savais comme j'ai envie d'elle, soupira-t-il.

— Je connais ça… Mais, dans ce cas, il est inutile de te torturer : va la trouver.

— La trouver ?

— Oui. Et remets-la à sa place.

— A sa place, acquiesça Alex. D'accord…

Sur ce, il récupéra son sac de sport et se dirigea vers la sortie.

— Eh ! appela Mikhail. Les douches sont de l'autre côté !

— J'en prendrai une au commissariat, répondit Alex. A plus tard !

— C'est ça, à plus tard, répondit son frère qui se demandait si la prochaine fois qu'il croiserait Alex, ce serait au bras de cette fille déraisonnable.

Une chose était certaine : elle avait l'air parfaite pour lui.

— Bon sang ! s'écria-t-elle en se dirigeant vers l'entrée. Qu'est-ce qui se passe ? Il y a le feu ou quoi ?

Elle ouvrit la porte et se retrouva nez à nez avec Alex.

— Ou quoi…, répondit ce dernier en souriant.

Stupéfaite, elle le contempla comme s'il s'était agi d'un revenant, ce qu'il était, en un sens.

— Comment avez-vous fait pour monter jusqu'ici ? demanda-t-elle.

— Abus de pouvoir ! J'ai montré mon badge au gardien de l'immeuble. On dirait que je vous ai réveillée, ajouta-t-il en détaillant des pieds à la tête la jeune femme qui ne portait qu'une mince chemise de nuit de soie.

— Quelle heure est-il ? demanda-t-elle en se dirigeant vers sa machine à café. Quel jour sommes-nous ?

— Nous sommes jeudi et il est à peu près 7 h 30 du matin, répondit obligeamment Alex en lui emboîtant le pas.

La cuisine était immense et d'une blancheur éclatante. Un magnifique bouquet d'orchidées trônait sur la table et Alex songea qu'il n'y avait bien que Bess pour placer des fleurs aussi belles dans un endroit pareil.

— Du matin ? demanda-t-elle.

Alex éclata de rire et la prit dans ses bras. Lorsque ses lèvres se posèrent sur celles de la jeune femme, il ne put retenir un soupir de bien-être, réalisant combien elle lui avait manqué. Il sentit le corps de Bess se raidir un instant puis elle se laissa aller contre lui, répondant avec ferveur à son baiser.

A travers le grondement du sang qui lui battait les tempes, Alex entendit la tasse que tenait la jeune femme s'écraser sur le sol et se briser.

Bess, quant à elle, se demandait si elle n'était pas encore en train de rêver. Ses rêves avaient toujours été d'un réalisme étonnant mais celui-ci dépassait ses expériences les plus intenses.

Le désir qu'elle éprouvait pour Alex la consumait tout entière, faisant disparaître tout semblant de logique.

Elle sentait la bouche brûlante d'Alex et sa langue qui agaçait doucement la sienne. Il avait un goût terriblement masculin, un goût de transpiration légèrement salé qui la bouleversait.

Et elle pouvait aussi sentir ses mains à travers le fin tissu de sa chemise de nuit et la peau de ses joues sous ses paumes.

D'une voix rauque, elle prononça son nom avant de reculer de quelques pas, tentant de recouvrer ses esprits.

— Je dois absolument me réveiller, murmura-t-elle.

— Mais tu es réveillée, dit-il.

Incapable de résister à la tentation, il posa doucement sa main sur l'un des seins de la jeune femme, frissonnant au contact de sa chair ferme et brûlante. Lentement, il caressa du bout du pouce l'un de ses tétons qui se dressa fièrement vers lui.

— Tu vois ? dit-il.

Bess dut faire un effort prodigieux pour résister à l'envie qu'elle avait de s'évanouir. Elle tenta de reculer mais, d'un geste, Alex la souleva de terre, la prenant dans ses bras. Un brusque accès de panique envahit la jeune femme.

— Alexi, non…

Il l'embrassa de nouveau, faisant mourir ses protestations sur ses lèvres. Il savait qu'en cet instant, il aurait pu obtenir d'elle tout ce qu'il désirait. Mais il ne voulait pas parvenir à ses fins de cette façon.

— Tu as renversé ta tasse et tu es pieds nus, expliqua-t-il en l'asseyant sur la table.

— Oh…, dit-elle, réalisant brusquement que le sol était effectivement couvert de morceaux de porcelaine.

— Tu as un balai ? demanda-t-il.

— Un balai ? Bien sûr… Mais pour quoi faire ? s'enquit-elle, ayant toujours le plus grand mal à recouvrer ses esprits.

— Pour que je puisse nettoyer et que tu ne te coupes pas, expliqua Alex patiemment. Reste là…

Il ouvrit quelques placards avant de découvrir ce qu'il cherchait et entreprit de balayer rapidement le sol.

— Alors ? dit-il après avoir jeté les débris de tasse à la poubelle. Je t'ai manqué ?

— Je n'ai pas pensé à toi une seule fois, répondit la jeune femme. Enfin, pas souvent…

— Pareil pour moi. Que dirais-tu d'un café ?

— Avec plaisir, répondit Bess.

Tandis qu'il leur préparait deux tasses, elle finit par reprendre un semblant de dignité.

— Tu sens aussi bon qu'un vestiaire, remarqua-t-elle lorsqu'il lui tendit sa tasse.

— Désolé, j'étais au gymnase.

Bess hocha la tête et but, toujours assise sur la table. Il était mal rasé, vêtu d'un vieux jean et d'un T-shirt frappé du sigle NYPD. Tout simplement irrésistible, songea-t-elle en souriant gaiement.

Alex lui rendit son sourire et laissa glisser le bout de ses doigts le long de la cuisse de la jeune femme. A la façon dont ses yeux s'assombrirent, il comprit combien elle réagissait à cette simple caresse.

— Cette fois, je n'ai pas l'intention de m'excuser, dit-il enfin.

— Tu le devrais, pourtant.

— Non. Je sais que j'ai eu raison d'agir comme je l'ai fait. Tu peux me faire confiance : je suis policier.

Bess aurait volontiers abandonné la partie, d'autant qu'elle s'était montrée plus que consentante quelques instants auparavant. Mais elle ne put résister à la tentation de tirer les choses au clair une fois pour toutes.

— Je tiens à ce que tu saches que je n'ai pas changé d'avis. Mes décisions n'appartiennent qu'à moi, que ce soit sur le plan personnel ou professionnel. Il m'arrive d'avoir tort ou de me tromper, mais je n'ai pas pour autant l'intention de renoncer à mon libre arbitre !

— Pas plus que je n'ai envie de te voir te faire du mal, répondit posément Alex.

— C'est très gentil à toi, Alexi, mais je crois que tu t'inquiètes pour rien. Je ne cours aucun risque.

— Ce n'est pas vrai. Tu ne sais absolument pas à quoi tu t'exposes. Oh, tu peux penser le contraire, bien sûr, mais c'est parce que tu ne vois que l'apparence des choses. Tu n'imagines même pas ce qui se produit dans la rue tous les jours et toutes les nuits !

Bess fut tentée de protester mais elle lut dans les yeux d'Alex à quel point il était sérieux.

— Peut-être as-tu raison, concéda-t-elle. Je ne vois pas ce que tu vois à longueur de temps. Peut-être n'en ai-je pas envie d'ailleurs. Mais mon amitié pour Rosalie…

— Ton *amitié* ? répéta Alex, ébahi.

— Oui. Quoi que tu en penses, je me soucie d'elle et de ce qu'elle vit. Je ne peux pas vraiment t'expliquer pourquoi, Alexi. Tu n'es pas une femme et toi non plus tu ne peux pas tout savoir… Mais je sais que je peux l'aider. Et ne me dis pas que je rêve, que je ne peux rien faire parce qu'elle a choisi de faire le trottoir. On me l'a déjà dit mais je ne peux pas me résigner à l'accepter.

— Eh bien, je dirai juste que la personne qui t'a dit cela était plus sage que toi. Franchement, j'étais loin d'imaginer que les choses étaient aussi graves. Je pensais que tu voulais juste qu'elle te donne des renseignements pour ton feuilleton.

— C'est le cas, reconnut Bess qui ne parvenait pas à oublier l'œil au beurre noir de la jeune femme. Mais ce n'est pas une raison pour que je me limite à cela. Pourquoi n'essaierais-je pas de l'aider ? Est-ce que le fait d'être policier t'a rendu si insensible que tu refuses de donner à quiconque une seconde chance ?

— Mais ce n'est pas de moi qu'il s'agit, protesta Alex.

— C'est vrai. Et tu devrais t'en souvenir plus souvent.

Alex poussa un juron puis se détourna.

— D'accord, soupira-t-il, j'ai compris. Cela ne me regarde pas. Mais je voudrais juste que tu me fasses une promesse.

— Je t'écoute.

— Ne va plus dans la rue avec elle. Et, surtout, ne t'approche pas du territoire de Bobby.

— Je te le promets, dit Bess que la pensée du souteneur effrayait encore.

— Il y a autre chose, reprit Alex. Ne la laisse jamais monter ici sans avoir vérifié qu'elle est bien seule. Tâche de la rencontrer à ton bureau ou dans un endroit public.

— Mais, Alexi…

— S'il te plaît, Bess.

La jeune femme resta quelques instants silencieuse, réalisant combien il avait dû lui en coûter de la supplier de la sorte.

— D'accord, acquiesça-t-elle enfin avant de sauter de la table. Tu veux une crêpe ?

— Avec plaisir.

Bess alla chercher deux pâtisseries et récupéra du beurre et de la confiture dans le réfrigérateur.

— Il y a quelque chose que je dois te dire, reprit-elle.

— J'espère qu'il y en a plus d'une.

— Pardon ? demanda-t-elle, ne comprenant pas ce qu'il voulait dire par là.

— Je veux dire qu'il y a bien des choses que je voudrais savoir à ton sujet, reprit Alex. En fait, je veux tout savoir sur toi. Ensuite, j'aurai l'esprit plus tranquille et nous pourrons faire l'amour jusqu'à en oublier qui nous sommes.

— Je vois, murmura Bess, le cœur battant. Quoi qu'il en soit, pour le moment, je voulais juste te parler d'Angie Horowitz.

Immédiatement, le sourire d'Alex disparut et il se fit très attentif.

— Qu'est-ce que tu as appris à son sujet ?

— Pas grand-chose, mais je me suis dit que je devais te faire part de ce que Rosalie m'a dit à son sujet. Voilà… Elle m'a confié qu'elle avait trouvé un nouveau client régulier. Il l'avait engagée plusieurs fois en lui laissant de généreux pourboires. Il la traitait bien et lui faisait de beaux cadeaux : il lui a même offert un pendentif en or représentant un cœur avec une fissure au milieu.

Alex resta parfaitement impassible. Pourtant, Bess venait de lui révéler un indice : Angie avait effectivement été retrouvée avec une chaîne en or autour du cou, tout comme la prostituée qui avait été tuée avant elle. Mais on n'avait pas retrouvé le pendentif qui y était attaché. Ce détail avait été soigneusement dissimulé à la presse et Rosalie n'avait pu l'apprendre par ce biais.

— Elle le portait tout le temps, reprit Bess. Rosalie m'a également appris que Mary Rodell en avait un identique avant de se faire tuer.

— C'est tout ? demanda Alex.

Bess hocha la tête, déçue par son manque d'enthousiasme.

— Il y a juste un autre détail : Angie a dit que l'homme s'appelait Jack, que c'était un véritable gentleman et qu'il était particulièrement bien doté par la nature.

— Je vois.

— Il avait aussi une cicatrice.

— De quel genre ?

— Je ne sais pas. Une cicatrice sur la hanche. Angie a dit à Rosalie qu'il s'était énervé lorsqu'elle lui avait demandé d'où elle provenait. C'est tout ce que je sais, mais je suis convaincue que ce type a un lien avec les meurtres.

— En tout cas, on ne perdra rien à vérifier de ce côté, acquiesça Alex. C'est peut-être une fausse piste mais je ferai quelques recherches. En attendant, ne dis pas à Rosalie que tu m'as répété ce qu'elle t'avait dit. Elle t'en voudrait sûrement.

— Je ne suis pas complètement stupide, inspecteur, répliqua Bess. Rosalie a beau penser que tu as un joli postérieur, elle ne s'en méfie pas moins de toi et de la police en général.

— Je ne sais pas si j'ai vraiment envie que tu discutes de mon anatomie avec une…

— Une amie, le reprit Bess. Mais ne t'en fais pas : ce n'est pas la seule avec qui je parle de toi. J'ai déjeuné avec ta sœur qui m'a dit que tu avais très mauvais caractère.

— Oui, c'est ce que j'ai entendu dire. Quant à moi, j'ai appris que tu étais allée à Radcliffe.

— Et ?

— Et rien… Ça te dirait de venir danser avec moi ?

— Ce soir ?

— Non, demain. Je suis de service, ce soir.

— D'accord, acquiesça Bess en songeant qu'elle devrait annuler son dîner avec Strater. Tenue sexy ou normale ?

— Sexy, bien sûr !

— Très bien. Tu n'as qu'à passer me prendre vers…

Jetant un coup d'œil à la pendule, elle poussa un juron sonore.

— Bon sang ! s'exclama-t-elle. Je vais être en retard. Et Lori m'a dit que je lui devrais vingt dollars si je l'étais une fois de plus ce mois-ci ! C'est ta faute. Va-t'en et laisse-moi m'habiller en vitesse.

— Au point où tu en es, tu peux te permettre un peu plus de retard, objecta Alex en lui jetant un regard provocant.

— Pas question ! Allez, file !

— Allons, plaida-t-il, autant rentabiliser ces vingt dollars…

— Je ne sais pas où je trouve la force de résister à une proposition formulée de façon aussi romantique, répondit Bess en le poussant résolument vers la sortie.

— Très bien. Puisque tu veux quelque chose de romantique, je te promets que demain tu seras servie !

6

Après avoir passé la majeure partie de la matinée au tribunal, Alex rentra au commissariat où il trouva Judd attablé devant une montagne de paperasses à remplir.

— Le patron veut te voir, lui dit son coéquipier dès qu'il l'aperçut.

— Très bien, fit Alex en se débarrassant de sa cravate.

S'installant à son bureau, il prit la pile de messages qui lui étaient adressés.

— Je crois qu'il voulait dire tout de suite, précisa Judd.

— D'accord, soupira Alex.

En passant derrière son partenaire, il avisa le rapport que ce dernier était en train de taper.

— Appréhender prend deux *p*, précisa-t-il en souriant.

— Tu es sûr ?

— Certain.

Sur ce, il gagna à grands pas le bureau du capitaine Trilwalter qui se trouvait au fond de la salle.

— Entrez ! cria ce dernier lorsqu'il eut frappé.

Alex s'exécuta et Trilwalter leva les yeux du monceau de documents qu'il était en train d'étudier. S'il arrivait régulièrement à Alex de se plaindre du nombre de tâches administratives auxquelles il devait faire face, il devait bien s'avouer battu.

Sur le bureau de Trilwalter s'amoncelait une quantité impressionnante de dossiers, de fichiers, de rapports et de duplicatas de correspondances qui renforçaient l'apparence de gratte-papier du capitaine. Ce dernier commençait à perdre ses cheveux et portait une paire de lunettes en demi-lune, ce qui faisait penser à la plupart de ses interlocuteurs qu'il n'avait rien d'un homme de terrain.

Mais Alex le connaissait depuis trop longtemps pour se fier à ces apparences trompeuses. Trilwalter avait gagné ses galons dans la rue et y serait probablement encore sans cette balle qui lui avait perforé le poumon gauche.

— Vous vouliez me voir, capitaine ?

— Bonjour, Stanislaski, dit Trilwalter en lui indiquant un siège vide.

Se renversant en arrière, il observa Alex d'un air suspicieux.

— Est-ce que vous allez me dire ce que signifie cette histoire de soap-opera ? demanda-t-il enfin.

— Pardon ?

— Je viens d'avoir un appel du maire, précisa Trilwalter.

— Le maire vous a appelé au sujet d'un soap-opera ? demanda Alex prudemment.

— Cela a l'air de vous surprendre, inspecteur.

Trilwalter se fendit d'un sourire qui n'était pas entièrement dénué d'un certain humour.

— Eh bien, comme cela, nous sommes deux ! Est-ce que le nom de McNee vous dirait quelque chose, par hasard ?

— Mon Dieu, murmura Alex, envisageant déjà le pire.

— Ah ! Je vois que vous êtes en terrain connu.

— Oui, monsieur. Mlle McNee et moi avons une liaison, en quelque sorte, répondit Alex qui aurait aimé pouvoir étrangler Bess de ses mains.

— Je ne suis pas intéressé outre mesure par vos activités extra-professionnelles, précisa Trilwalter. Du moins, pas tant qu'elles ne finissent pas par arriver dans mon bureau…

— C'est-à-dire que je l'ai arrêtée parce que…

— Arrêtée ? répéta Trilwalter en interrompant Alex d'un geste.

Cérémonieusement, il ôta ses lunettes qu'il entreprit de nettoyer, signe chez lui d'une certaine exaspération.

— Je ne suis pas sûr de vouloir entrer dans les détails, reprit-il. En fait, je suis même certain de ne rien vouloir savoir.

Malgré lui, Alex commençait à trouver cette situation des plus amusantes.

— A vrai dire, votre réaction est symptomatique d'un homme ayant eu affaire à Bess de près ou de loin, commenta-t-il en souriant.

— Elle est écrivain, n'est-ce pas ?

— Oui, monsieur. Elle écrit les scénarios de « Péchés secrets ».

— « Péchés secrets » ? répéta Trilwalter, désabusé. Eh bien, il semblerait que notre maire bien-aimé soit un grand fan de ce feuilleton. Pire encore, c'est l'un des vieux amis de cette Bess McNee.

Alex s'abstint prudemment de tout commentaire et observa Trilwalter tandis que celui-ci allait se verser un verre d'eau qu'il but d'un seul trait.

— Le maire a insisté pour que Bess McNee soit autorisée à passer une journée à vos côtés pendant que vous serez en service.

Cette fois, Alex ne parvint pas à retenir un juron sonore qui avait plus sa place dans les vestiaires d'une salle de sport que dans le bureau de Trilwalter. Mais ce dernier se contenta de hocher la tête.

— C'est exactement mon sentiment, Stanislaski. Mais depuis que je suis à ce poste, j'ai appris que pour des raisons politiques certaines décisions ne devaient pas être remises en cause. Celle-ci en fait partie.

— Capitaine, c'est impossible ! Nous sommes sur le point de résoudre l'affaire du cambriolage sur Lexington. J'ai une nouvelle piste à explorer dans celle des meurtres de prostituées et quelqu'un vient de m'appeler pour me dire qu'il savait quelque chose au sujet de ce cadavre retrouvé sur la 23e Rue ! Comment suis-je censé me charger de tout cela si, en plus, je dois jouer les baby-sitters pour un auteur en mal d'inspiration ?

— Ne m'avez-vous pas dit que vous aviez une liaison avec cette femme ? observa Trilwalter, surpris par sa ferveur.

Alex ouvrit la bouche pour répondre puis la referma aussitôt : comment aurait-il pu expliquer les contradictions de Bess ?

— Si, en quelque sorte, répondit-il enfin. D'ailleurs, je lui ai déjà promis de lui parler du métier de policier en général. Je ne comptais évidemment pas entrer dans le détail des affaires que nous traitons. Mais cela devrait lui suffire ! Je ne peux pas prendre le risque qu'elle se fasse tuer au cours d'une opération...

— Eh bien, vous vous concentrerez sur les tâches administratives, répondit posément Trilwalter. Cela évitera qu'une telle chose ne se produise. Mlle McNee doit venir lundi.

— Capitaine...

— Vous pouvez disposer, inspecteur. Et faites en sorte que cette fille ne s'attire pas d'ennuis.

Résigné, Alex regagna son bureau. Judd ne tarda pas à le rejoindre avec deux cafés.

— Un problème ? demanda-t-il, avisant la mine d'enterrement de son équipier.

— Les femmes..., soupira Alex.

Judd comprit qu'il tenait enfin l'occasion de confier à Alex ce qu'il avait appris.

— A propos de femmes, est-ce que tu savais que Bess avait été fiancée à L.D. Strater ?

— Hein ?

— Oui. Une des collègues de Holly est au courant de tous les potins mondains de la ville. Elle dévore la presse à scandale et a raconté à Holly que Strater et Bess avaient eu une liaison, il y a quelques mois.

— Vraiment ? fit Alex qui se rappela brusquement la façon dont tous deux dansaient à la fête de Bess.

Strater et elle semblaient très proches et il l'avait même embrassée. Voilà donc qui expliquait...

— Leur couple n'a pas duré très longtemps. Une tempête dans un verre d'eau, en quelque sorte, précisa Judd. Par contre, avant, elle était fiancée à Charles Stutman.

— Qui ça ? demanda Alex qui sentait une profonde dépression l'envahir.

— Tu sais bien, l'auteur de cette comédie musicale à succès : « De la poussière à la poussière ». Holly en est fan et elle se demandait si Bess ne pourrait pas nous avoir deux places.

Alex grogna, encaissant cette nouvelle révélation avec un fatalisme teinté de désespoir.

— Et puis, il y a eu George Calloway, poursuivit Judd, impitoyable. Tu sais, le fils de l'éditeur… C'était il y a trois ans mais il en a épousé une autre.

— Je vois que Bess ne perd pas son temps.

— C'est certain. Et elle ne fréquente que le gratin. Ce n'est pas surprenant d'ailleurs, puisqu'elle est la fille de Roger K. McNee, le concepteur d'appareils photo et de caméras.

— D'appareils photo ? répéta Alex, interdit. Tu parles des appareils McNee-Holden ?

— Exactement. Le premier que j'ai acheté était un Holden 500. Et, encore aujourd'hui, c'est toujours leurs pellicules que j'utilise. Comme tous les services de police, d'ailleurs. Enfin bref, si tu en as l'occasion, n'oublie pas de poser la question à Bess au sujet de ces places de théâtre. Cela ferait vraiment plaisir à Holly.

Alex hocha la tête mécaniquement. Les noms que Judd venait de lui assener tournoyaient dans son esprit. Mais le plus stupéfiant avait été d'apprendre que le père de Bess n'était autre que l'un des cofondateurs de Holden. Alex possédait un appareil photo de cette marque prestigieuse et avait dû leur acheter des centaines de pellicules au cours de ces dernières années.

Tous les services de police utilisaient leur matériel et il était prêt à parier que c'était aussi le cas de la NASA. Et cela signifiait que Bess devait être riche à millions.

Ramassant les messages qui lui étaient destinés, Alex s'efforça de chasser cette idée de son esprit. Après tout, se dit-il, cela ne changeait rien. Sauf que ce n'était pas elle qui le lui avait dit… Pourquoi ? Craignait-elle qu'il ne s'intéresse à elle que pour son argent ?

Etait-ce ce qu'avaient cherché ses amants précédents ? se demanda-t-il brusquement.

Cela non plus ne le concernait pas, bien sûr. Eût-elle été mariée trois fois que cela ne l'aurait pas regardé. Après tout, il lui avait juste proposé de l'emmener danser, pas de l'épouser...

Pourtant, en dépit de ces pensées saines et rationnelles, il fallut bien du temps à Alex pour parvenir à se concentrer suffisamment pour s'attaquer au travail qui l'attendait.

A 8 heures précises, l'Interphone retentit et elle s'empara de son sac à main pour aller répondre.

— Attends-moi, je descends ! s'exclama-t-elle joyeusement avant d'appeler l'ascenseur.

Parvenue en bas de l'immeuble, elle trouva Alex qui faisait les cent pas sur le trottoir, vêtu d'un pantalon de toile beige clair et d'une chemise bleue. Par contre, il avait gardé son éternel blouson d'aviateur qui paraissait faire partie intégrante de son être.

— Salut ! dit-elle gaiement en déposant un léger baiser sur ses lèvres. Alors ? Où allons-nous ?

— Dans le centre, répondit-il évasivement en la prenant par le bras.

Ils se dirigèrent vers la station de taxi la plus proche et montèrent dans l'un des véhicules qui y stationnaient.

Quelques minutes plus tard, ils descendirent devant le Starlight, l'une des boîtes de nuit les plus en vogue du moment. Les disc-jockeys les plus prestigieux s'y succédaient, en faisant l'un des lieux les plus célèbres du monde de la nuit.

Une file interminable attendait patiemment d'être introduite dans le saint des saints, mais Alex se dirigea directement vers le videur qu'il connaissait et qui les fit entrer immédiatement.

— Comment as-tu fait ça ? s'étonna Bess.

— C'est un ancien flic. Je le connais depuis des années...

Se frayant un chemin à travers la foule compacte qui se pressait autour de la piste de danse, ils gagnèrent le bar et demandèrent une table. En attendant, Alex commanda une vodka frappée.

— Je vais en prendre une aussi, déclara Bess en jetant un regard réjoui autour d'elle.

Les multiples haut-parleurs disposés dans la salle crachaient par rafales une techno rythmée qui paraissait rendre la foule des danseurs hystérique.

— Je suis déjà venue ici, expliqua Bess. C'est l'une de mes discothèques favorites !

— Cela ne m'étonne pas, répondit Alex en se demandant qui l'avait accompagnée la dernière fois.

Puis il se répéta que cela ne le concernait pas. Mais en vain…

— Ce n'est pourtant pas le genre d'endroit que doit fréquenter Strater…

— L.D. ? s'exclama-t-elle en riant. Non, certainement pas… Mais moi, j'adore regarder les gens danser. Je crois que les boîtes de nuit sont l'une des rares institutions de ce pays où l'exhibitionnisme est légal. Regarde ce type, là-bas, ajouta-t-elle en désignant un homme qui ondulait du bassin devant deux jeunes femmes blondes. Il pratique la version urbaine de la parade du mâle commune à tous les mammifères…

— Est-ce que tu allais souvent danser avec Stutman ? insista Alex, incapable de contenir sa curiosité.

— Charlie ? répondit-elle en avalant une gorgée de vodka. Non, pas vraiment. Il préférait fréquenter l'un de ces clubs enfumés où l'on écoute de la musique ésotérique et obsédante en buvant de la bière. C'est un fan de free jazz…

Tandis qu'elle continuait de scruter la foule qui se pressait autour d'eux, Bess repéra un homme aux cheveux longs vêtu d'un pantalon de cuir qui la fit vaguement penser à Jim Morrison. Ce dernier lui sourit et commença à se diriger vers elle. Mais, en chemin, il réalisa brusquement qu'Alex l'accompagnait. Avisant l'expression farouche qui se peignait sur le visage de ce dernier, il fit demi-tour et disparut de nouveau dans la foule.

— Eh bien ! On peut dire que tu l'as remis à sa place, commenta Bess en riant. Est-ce un talent naturel ou quelque chose que tu as appris ?

Alex haussa les épaules et posa son verre sur le bar.

— Allons danser, suggéra-t-il.

Bess vida sa vodka d'un trait et se laissa entraîner en direction de la piste. Là, il la prit dans ses bras et ils commencèrent à onduler l'un contre l'autre en accord parfait avec la musique.

— Je vois que tu es un danseur accompli, observa la jeune femme en entourant sa nuque de ses bras.

— Je t'avais promis de me montrer plus romantique, répondit Alex avant de poser ses lèvres sur sa joue qu'il caressa doucement, la faisant frémir tout entière.

— Apparemment, tu sais tenir tes promesses, murmura-t-elle d'une voix un peu rauque.

— Mais je ne sais pas si j'ai vraiment ma chance, soupira Alex. Je ne suis qu'un flic, pas un auteur brillant ni un magnat de la finance...

— Pourquoi dis-tu ça ? demanda-t-elle, surprise.

— Eh bien, j'ai appris que tu avais été fiancée...

— Et alors ?

— Rien. Je me demandais juste quand tu te déciderais à m'en parler... Je me demandais aussi quand tu me dirais que ton père dirige l'un des plus gros conglomérats du monde. Idem pour les coups de téléphone que le maire passe à mon supérieur hiérarchique...

Il continuait à danser comme si de rien n'était, mais Bess pouvait sentir la colère qui émanait de lui et se reflétait dans ses yeux.

— Tu veux que je réponde à toutes ces questions en même temps ou à une seule à la fois ?

Alex était agacé de la décontraction dont elle faisait preuve et qui ne faisait qu'accroître son ressentiment.

— Commençons par cette histoire avec le maire. Tu n'avais pas le droit de faire une chose pareille !

— Ce n'est pas moi qui lui ai demandé d'appeler, Alexi, répondit-elle calmement. Nous étions juste en train de dîner ensemble lorsque...

— Tu dînes souvent avec lui ?

— Oui. C'est un vieil ami de ma famille, soupira-t-elle. Je lui ai expliqué combien tu m'avais aidée et combien j'étais fascinée par ton métier. Alors, il a décidé d'appeler ton supérieur, mais je t'assure que je n'étais même pas au courant. Il ne me l'a dit qu'après avoir passé ce coup de téléphone... J'avoue que j'étais ravie, mais je me doutais que tu ne le prendrais pas bien. Je suis désolée.

— Ça me fait une belle jambe, répliqua vertement Alex.

— Ecoute, mon travail est aussi important à mes yeux que le tien. Si tu y tiens vraiment, je peux m'arranger pour qu'un autre policier soit chargé de me servir de guide, lundi.

— Pas question ! Si tu tiens absolument à cette absurdité, je préfère te tenir à l'œil.

— Bien. Excuse-moi...

Se dégageant doucement de l'étreinte d'Alex, Bess traversa la pièce et gagna les toilettes. La musique assourdie formait un contrepoint à la colère qui bouillonnait en elle et elle fit les cent pas, sans se soucier des regards curieux des deux femmes qui se remaquillaient devant la glace. Il ne servait à rien de perdre son sang-froid, se répéta-t-elle. Si elle voulait garder une chance de revoir Alex, il fallait s'efforcer de rester calme et de répondre à ses questions.

Lorsqu'elle fut convaincue de pouvoir le faire, elle revint dans la salle principale où Alex l'attendait. Lui prenant le bras, il l'entraîna jusqu'à la table qu'on leur avait affectée et où ils pourraient discuter sans avoir à crier.

— Je pense que nous devrions partir, déclara-t-elle. Cela ne sert à rien de rester ici tant que tu es en colère contre moi.

— Assieds-toi.

Elle haussa les épaules et s'exécuta.

— Quand pensais-tu me parler de ta famille ? demanda Alex en prenant place en face d'elle.

— Je ne sais pas. Honnêtement, je ne vois pas en quoi cela nous concerne tous les deux. Et puis, ce n'est que la deuxième fois que nous sortons ensemble.

— Tu sais très bien qu'il y a plus entre nous que ces deux soirées, répondit Alex d'un ton exaspéré.

— D'accord, soupira-t-elle, je le reconnais…

Elle prit le verre qu'Alex avait commandé pour elle et en avala une gorgée avant de le reposer sur la petite table.

— Mais la question n'est pas là, reprit-elle. Tu te conduis comme si je t'avais délibérément caché quelque chose, mais ce n'est pas le cas.

— Très bien. Alors raconte-moi…

— Quoi ? Tu veux dire que tu ne sais pas déjà tout ce qu'il y a à savoir ?

Alex s'abstint de répondre mais, dans ses yeux, elle lut qu'elle l'avait blessé.

— Très bien, inspecteur… Je vais tout te dire, puisque cela paraît tant t'intéresser. Ma famille a fondé en 1973 la compagnie McNee-Holden qui était spécialisée dans la conception et la fabrication d'appareils photo. Depuis, l'activité s'est diversifiée et l'entreprise fabrique des caméras de cinéma et de télévision ainsi que celles qui équipent les satellites de surveillance militaire. Veux-tu que je t'envoie un prospectus ?

— Arrête…

— Non, je ne fais que commencer, répliqua-t-elle vivement. Mon père dirige la compagnie et ma mère s'est spécialisée dans les œuvres de charité. Je suis leur fille unique et je suis venue sur le tard. Mon père s'appelle Roger et il est fan de polo, sport qu'il pratique chaque fois qu'il jouit d'un peu de temps libre. Ma mère se nomme Susan — et ne t'avise pas de l'appeler Sue ou Susie. C'est une joueuse de bridge hors pair et elle dispute de nombreux tournois de haut niveau. Que veux-tu savoir d'autre ?

— Bon sang, Bess, plaida Alex qui commençait à se sentir vaguement mal à l'aise. Ce n'est pas un interrogatoire…

— Vraiment ? Ce n'est pas ce que j'avais compris. Mais je vais m'efforcer de te faciliter les choses, Alexi. Je suis née à New York et j'ai passé la plus grande partie de mon enfance à Long Island. Une nounou anglaise s'occupait de moi et je l'aimais énormément. J'ai ensuite été interne, ce que je détestais. Mais cela laissait plus de temps à mes parents pour s'occuper d'eux-mêmes. Nous ne sommes pas très proches, eux et moi. Evidemment, il nous est arrivé de voyager ensemble mais, la plupart du temps, ils préféraient me laisser à la garde de domestiques…

— Bess…

— Attends une minute ! protesta-t-elle. Je ne suis pas en train de me plaindre. Mes parents ont toujours veillé à ce que je ne manque de rien et je n'étais pas malheureuse. En fait, comme je ne me sentais pas beaucoup de points communs avec eux, j'étais même ravie qu'ils me laissent tranquille. Aujourd'hui, je ne raconte pas à qui veut l'entendre que je suis la fille de Roger McNee. Mais je ne le cache pas non plus. Si j'avais voulu le faire, j'aurais changé de nom. C'est un fait, un point c'est tout.

Alex lui prit doucement la main, lui parlant d'une voix calme et emplie de gentillesse que la jeune femme trouva proprement irrésistible.

— Bess, je voulais juste savoir qui tu étais. J'éprouve pour toi certains sentiments et il m'importe de te connaître vraiment.

Il sentit la main de Bess se détendre dans la sienne et comprit qu'il venait de remporter une première victoire. Pourtant, l'expression de la jeune femme trahissait toujours la colère qu'elle venait d'éprouver.

— Je comprends. Tu penses que l'origine et la famille de quelqu'un font partie intégrante de sa personnalité parce que c'est le cas pour toi. Mais je ne vois pas les choses de la même façon.

— Pourtant, on ne peut jamais renier ses origines…

— C'est vrai. Mais il est plus important à mes yeux de savoir ce qu'est une personne que d'où elle vient. Que faisait ton père ?

— Il était charpentier.

— Alors pourquoi es-tu policier ?

— Parce que c'est ce que je voulais faire, répondit-il. Très bien, je suppose que tu as raison… Et je suis désolé de t'avoir poussée dans tes retranchements de cette façon. J'ai juste été surpris d'apprendre toutes ces choses par Judd et non par toi.

— Judd ? répéta Bess, surprise.

— Oui. Il tient ces informations d'une collègue de Holly qui dévore la presse à scandale.

— Tu vois ? La vie est un soap-opera...

— La tienne, en tout cas. Trois fiancés, n'est-ce pas un peu beaucoup ?

— Eh bien, tout dépend de la façon dont on les compte, répondit Bess en souriant. Je n'ai jamais été fiancée à L.D., par exemple. Il m'a bien offert une bague mais nous n'avons jamais parlé mariage.

— Tu veux me faire croire que l'un des dix hommes les plus riches de ce pays t'offre une bague mais qu'il n'a pas l'intention de t'épouser ?

— Il y a peut-être songé... Mais il ne s'est pas déclaré officiellement. Quant à cette bague... L.D. est quelqu'un de très généreux. Il peut paraître un peu pompeux quand on le connaît mal, mais qui ne le serait pas avec la cour de profiteurs qu'il traîne derrière lui ? Dis, tu penses que nous pourrions avoir des chips ?

Alex fit signe à l'un des serveurs et commanda des chips et deux autres verres.

— Et toi ? demanda-t-il en se tournant de nouveau vers Bess. Tu voulais l'épouser ?

— Cela ne m'a jamais traversé l'esprit, avoua-t-elle. Franchement, je ne crois pas que je supporterais très longtemps de vivre dans le monde de L.D. Quant à lui, il me trouve distrayante et anticonventionnelle. Je l'amuse parce qu'il n'a pas souvent l'occasion de rencontrer des gens comme moi dans l'univers qu'il fréquente. Etre un chef d'entreprise de cette envergure ne doit pas être drôle tous les jours, tu sais...

— Si tu le dis.

— Bref, reprit-elle en riant, je crois que je ne suis pas la femme qui lui convient.

La serveuse revint avec leurs boissons et un panier de chips sur lesquelles Bess se jeta avec appétit.

— J'ai été amoureuse de lui durant quelques semaines mais, franchement, on ne peut pas dire que cela ait été l'histoire d'amour du siècle.

— Et l'autre, l'écrivain ?

— Charlie ? Là, j'étais vraiment mordue. Il émane de lui une créativité et une inventivité de chaque instant. Et il s'intéresse vraiment aux gens, à leurs émotions, à leurs motivations. En fait, je crois que c'est l'une des rares personnes que j'aie jamais rencontrées dont je puisse dire qu'il n'y a pas trace de méchanceté en elles. Charlie est bon, irrémédiablement bon. Trop bon pour moi, en fait…

Elle avala une nouvelle poignée de chips.

— Tu sais, je suis le genre de femme qui finance Greenpeace ou Amnesty International. Mais lui, il n'hésite pas à prendre l'avion pour l'Alaska afin de participer au nettoyage des plages souillées par le pétrole. Il s'engage à fond pour ce genre de causes. Et c'est pour cette raison que Gabrielle est parfaite pour lui.

— Gabrielle ?

— Sa femme. Ils se sont rencontrés à une conférence sur les baleines en péril et ils sont mariés depuis deux ans, à présent.

— Tu veux dire que tu as été fiancée à un homme marié ? s'exclama Alex, incrédule.

— Bien sûr que non ! protesta-t-elle. Il s'est marié après nos fiançailles. Enfin, après les avoir rompues. Charlie ne tromperait jamais Gabrielle : je te l'ai dit, il est trop bon pour envisager une telle chose.

— Je vois. Et George ? Tu es sortie avec lui avant de sortir avec Starter ?

— Non. C'était avant de rencontrer Charlie et après avoir quitté Troy…

— Troy ? Il y en a eu un autre ?

— Oh ? Tu n'étais pas au courant. Je suppose que c'est logique… Troy et moi étions à l'université ensemble. Et nous n'avons pas été fiancés très longtemps. Juste quelques semaines. Franchement, cela ne compte pas vraiment…

— Pas vraiment, soupira Alex, passablement interloqué.

— Pour en revenir à George, j'ai commis une erreur…

— Parce que tes trois autres fiançailles n'étaient pas des erreurs ? s'étonna Alex.

— Non. Je les classerais plutôt dans la catégorie des expériences instructives. Mais George… Enfin, j'ai peut-être été un peu dure avec lui et je m'en veux à présent. Je suis sortie avec lui parce qu'il me faisait pitié. Nous n'étions pas faits l'un pour l'autre et je suis ravie qu'il ait épousé Nancy.

— Dis, est-ce que se fiancer ne serait pas une sorte de hobby pour toi ?

— Pas du tout. Les gens organisent leurs hobbies alors que je ne choisis pas de tomber amoureuse. Cela arrive, c'est tout… C'est plaisant et, contrairement à la plupart des gens, je ne souffre pas lorsque cela se termine. Je ne suis pas comme Vicky qui passe d'un homme à l'autre parce qu'elle a besoin de sentir l'emprise qu'elle exerce sur eux. Quant à moi, ce n'est pas le caractère sexuel de ces liaisons qui m'importe. Je suis beaucoup plus fascinée par la façon dont fonctionnent les gens avec lesquels je suis fiancée.

— Et ceux avec lesquels tu sors ? demanda malicieusement Alex.

— Eh bien… Chaque situation obéit aux règles qui lui sont propres. Je ne connais pas encore celles qui régissent la nôtre.

— Je dirais qu'il y a de fortes chances pour que cela devienne sérieux.

— C'est effectivement une possibilité, reconnut-elle.

— Assez, en tout cas, pour que je te demande si tu vois quelqu'un d'autre en ce moment.

Bess comprit qu'Alex avait raison : elle se connaissait trop bien pour ne pas réaliser qu'elle était en train de tomber amoureuse de lui.

— Est-ce que tu me demandes si tel est le cas ou bien est-ce que tu me demandes de ne pas le faire ? demanda-t-elle.

Alex hésita : pour lui, tomber amoureux n'était pas un processus facile et sans douleur. Il se savait au bord d'un gouffre dont il ignorait encore la profondeur et dans lequel il risquait de basculer à chaque instant.

— Je te demande de ne pas le faire, répondit-il, la gorge serrée par l'émotion. Et je te promets de ne pas le faire non plus. En fait, avoua-t-il, je crois que j'en serais tout bonnement incapable…

— Tant mieux, dit-elle en se penchant vers lui pour l'embrasser.

Alex lui rendit ce baiser avec passion, caressant doucement la joue de la jeune femme tandis que leurs bouches se mêlaient intimement. Il réalisa combien cette délicieuse sensation était déjà familière, combien il en était dépendant et cela lui fit peur.

Finalement, il se redressa et prit Bess par la main, l'aidant à se relever.

— Nous sommes venus pour danser, dit-il en souriant.

— C'est ce qui était prévu, effectivement, admit-elle.

Elle se tut et le contempla avec une fascination non dissimulée, prenant la mesure des sentiments qu'elle éprouvait à son égard.

— Qu'y a-t-il ? demanda Alex.

— Rien. Je te regarde… Je veux m'assurer que tu n'es plus furieux contre moi.

— Je ne le suis plus, répondit-il en déposant un léger baiser sur le bout de son nez.

Bess hocha la tête, sachant qu'il lui disait la vérité. Pourtant, il y avait un reflet sombre dans ses yeux qu'elle ne parvenait pas à identifier.

— Mon second prénom est Louisa, dit-elle brusquement.

— Ah ? dit-il, un peu surpris par cette déclaration inattendue.

— Je passe en revue tout ce que je ne t'ai pas encore dit et qui pourrait te faire changer d'avis, expliqua-t-elle joyeusement. Tu sais, je n'ai rien à cacher…

Alex l'attira contre lui, plongeant son visage dans les cheveux soyeux de la jeune femme. Comment parvenait-elle à le mettre dans un tel état ?

— Je sais tout ce que j'avais besoin de savoir, lui assura-t-il. Quant aux règles du jeu, il va falloir que nous les déterminions ensemble. Et le plus tôt sera le mieux.

— D'accord, répondit-elle sans trop savoir ce qui la retenait encore de s'abandonner pleinement.

Il aurait été si facile de quitter la boîte de nuit et de le suivre chez lui. Ils auraient alors pu laisser libre cours à cette passion qui les dévorait tous deux et dont elle sentait les vagues brûlantes parcourir son corps en cet instant même.

Mais, pour la première fois de sa vie, elle avait peur. Etait-ce de ne pas être à la hauteur ? Etait-ce de ce qu'elle pourrait découvrir sur elle-même en cédant à Alex ? Cela importait peu, au fond. Mieux valait continuer à laisser leur relation s'épanouir sans brûler les étapes.

Lorsque le moment serait venu, elle s'offrirait à lui sans retenue et ils partageraient un moment merveilleux.

— Viens, inspecteur, s'exclama-t-elle en riant. Voyons si tu es à la hauteur sur une piste de danse…

7

Alex relut le rapport d'autopsie concernant une sombre affaire de meurtre doublé d'un suicide, tentant vainement d'ignorer la présence de Bess qui se trouvait à quelques mètres de lui. Elle était assise à sa droite, prenant des notes dans un vieux calepin qui avait dû connaître des jours meilleurs.

Bess avait apparemment décidé de respecter ses engagements : il lui arrivait de marmonner quelques phrases pour elle-même par intermittence mais elle évitait soigneusement de le déranger.

Elle avait bien essayé de lui poser quelques questions mais, devant son peu d'enthousiasme à y répondre, elle avait jugé préférable de s'adresser à Judd. Ce dernier se faisait un plaisir de lui répondre, lui expliquant par le menu la façon dont ils menaient une enquête.

Pour une fois, avait remarqué Alex, elle avait même renoncé à porter l'une des tenues provocantes qu'elle affectionnait, choisissant un pantalon brun qui dissimulait ses jambes superbes et une veste assortie qui lui donnait l'air respectable.

Malgré ces précautions pourtant, sa simple présence suffisait à perturber Alex qui avait le plus grand mal à en faire abstraction. Tout son être réagissait à la proximité de la jeune femme.

Il sentait son parfum, léger et aérien mais qui ne cessait cependant de l'obséder, s'imposant à ses sens en alerte et contrastant avec l'odeur habituelle de tabac froid et de café qui régnait dans le commissariat. Il percevait aussi ses moindres mouvements. Il entendait sa respiration régulière et les paroles étouffées qu'elle murmurait de temps à autre.

En fait, tous ses sens étaient en alerte et son imagination traîtresse reconstruisait ce qu'ils n'étaient pas capables de sentir. Sans même avoir à la regarder, il imaginait l'expression de ses beaux yeux verts, la façon dont elle penchait la tête, dont elle prenait des notes, dont elle souriait lorsqu'une nouvelle idée lui traversait l'esprit…

Elle avait beau se montrer très coopérative, cela ne changeait rien au fond du problème : sa simple présence l'empêchait de se concentrer sur le travail qu'il avait à faire. Comment aurait-il pu lire un rapport d'autopsie à quelques mètres seulement de la personne dont il était en train de tomber amoureux ?

Elle aimait aussi la façon dont il bougeait ses épaules lorsqu'il se détendait, faisant rouler ses muscles sous le fin tissu de sa chemise. Dans ces moments-là, elle avait terriblement envie de se lever pour aller poser un petit baiser dans son cou — et, accessoirement, lire par-dessus son épaule le document sur lequel il travaillait…

Mais elle s'efforçait de maîtriser son inaltérable curiosité et de se concentrer sur son propre travail.

Au bout d'un moment, elle se leva et alla chercher deux cafés à la machine qui trônait au fond de la grande pièce, s'attirant au passage un certain nombre de regards étonnés ou admiratifs. Elle revint alors vers le bureau d'Alex et déposa l'une des tasses en plastique devant lui.

— Tiens, on dirait que tu en as bien besoin.

— Merci, répondit-il, reconnaissant.

Il réalisa qu'elle lui avait pris un café crème sans sucre, se souvenant de ses préférences en la matière. Avait-elle donc une mémoire aussi précise des détails ou devait-il y voir un signe d'intérêt particulier ?

— Tu dois t'ennuyer, dit-il.

— Pourquoi ? demanda-t-elle, s'asseyant sur le bord de son bureau, ravie de cette chance inespérée de discuter un peu avec lui.

— Eh bien, il ne se passe pas grand-chose, répondit Alex en désignant la pile de documents qui s'entassaient devant lui. Si tu montres ton flic imaginaire en train de se débattre dans la paperasse, tes téléspectateurs risquent de s'ennuyer à mourir.

— Pas forcément. Nous voulons présenter les différents aspects de son travail. Et il est intéressant de voir avec quelle facilité tu arrives à te concentrer malgré le chaos qui règne ici !

— Quel chaos ? demanda Alex en fronçant les sourcils.

Bess sourit, réalisant qu'il ne se rendait même plus compte de l'effervescence ininterrompue qui régnait en ces lieux ni du bourdonnement incessant des conversations, des interrogatoires, des briefings et débriefings. Il n'avait sans doute pas prêté la moindre attention à la dizaine de petits drames qui s'étaient joués dans cette salle depuis qu'elle était arrivée et qu'elle-même avait observés avec attention.

— Tu n'as pas vu ce dealer, tout à l'heure ? demanda-t-elle, curieuse. Un type très maigre qui portait une veste en cuir et s'était aspergé de parfum ?

— Ce devait être Pasquale. Que s'est-il passé ?

— Tu l'as vu ?

— Non. Je l'ai senti…

— Il y a aussi eu ce commerçant coréen qui est venu porter plainte parce que sa boutique avait été attaquée. Il était si secoué qu'il n'arrivait plus à trouver ses mots et il a fallu faire venir un interprète.

— Euh… Ce sont des choses qui arrivent, répondit évasivement Alex, se demandant où elle voulait en venir.

— Ensuite, il y a eu cette femme que son petit ami avait battue. Elle avait des bleus impressionnants mais refusait de porter plainte. Elle l'a défendu bec et ongles. Et puis, l'un des inspecteurs s'est disputé avec sa femme au téléphone. Il avait oublié leur anniversaire de mariage…

— Ce doit être Rogers. Il n'arrête pas de se disputer avec elle. Mais je ne vois vraiment pas ce que tout cela a de si fascinant.

— C'est une question d'atmosphère, expliqua la jeune femme. Tu fais partie de cet endroit et tu n'y prêtes plus attention mais, d'un point de vue extérieur, c'est passionnant. En fait, chacune des personnes qui travaille ici parvient à s'abstraire du chaos ambiant. Chacun a sa propre méthode : Judd, par exemple, classe méticuleusement ses dossiers et s'organise un petit univers ordonné. Ce n'est pas ce que tu fais, mais j'ai remarqué que tu paraissais trouver chaque fois les papiers que tu cherchais.

— Bon sang, je déteste que l'on m'observe quand je travaille, grommela Alex.

— Je sais, répondit Bess en souriant.

Elle se pencha un peu plus vers lui et, dans ses yeux, il lut un certain amusement qui se doublait d'une pointe non dissimulée de désir. C'était un cocktail d'émotions étonnant… et érotique.

— Je te trouve très sexy quand tu es agacé, déclara-t-elle avec aplomb. Il y a une drôle de lueur dans ton regard, quelque chose de dangereux et d'excitant à la fois…

— Ça suffit, McNee ! s'exclama-t-il, aussi énervé que troublé par son petit jeu de séduction.

— J'aime aussi l'intensité que l'on perçoit dans ta voix lorsque tu parles au téléphone et que quelqu'un te transmet des informations importantes.

— Je ne vois pas comment tu peux savoir de quoi je parlais. J'aurais tout aussi bien pu appeler la boutique de nettoyage à sec…

— J'en doute. Par contre, je voulais savoir quelque chose : est-ce que ma présence ici t'agace ou te gêne ?

— Les deux, répondit Alex.

— C'est bien ce que je pensais, soupira-t-elle.

Elle passa un doigt sous la sangle de son holster. L'arme que portait Alex ne lui faisait pas peur. Au contraire, elle brûlait même de curiosité de l'essayer pour se faire une idée de ce que l'on pouvait ressentir lorsque l'on était forcé de s'en servir.

— Tu sais que tu ne m'as même pas embrassée.

— Il est hors de question que je le fasse ici.

— Pourquoi pas ? demanda-t-elle d'un air de défi.

— Parce que la prochaine fois que je t'embrasserai, répondit-il en posant la main sur sa gorge qu'il caressa doucement, j'espère que nous serons seuls. Parce que je compte bien le faire jusqu'à ce que nous n'en puissions plus et que nous perdions complètement le contrôle de nous-mêmes. Alors nous ferons l'amour comme je le désire depuis si longtemps.

Bess resta muette, stupéfiée par l'intensité qu'elle lisait dans son regard. Brusquement, elle se demanda si c'était cela qu'elle attendait, elle aussi. Si elle devait se fier à la sensation de brûlure délicieuse sur sa chair, là où était posée la main d'Alex, la réponse à cette question ne faisait aucun doute.

Mais il y avait aussi en elle une peur très ancienne qui la retenait, l'empêchait de s'abandonner complètement à ce désir qui la rongeait.

— Alors, McNee ? fit Alex, percevant son trouble. Qui est nerveux, à présent ?

— Nous sommes supposés travailler, l'un et l'autre, répondit-elle. Pas jouer à nous mettre mal à l'aise…

— Peut-être ferions-nous effectivement mieux d'attendre la fin de mon service pour le faire, acquiesça Alex.

— Stanislaski, fit alors une voix derrière eux.

— Capitaine, répondit ce dernier en retirant prestement sa main du cou de la jeune femme.

— Je suis désolé d'interrompre votre conversation, mais j'attends impatiemment votre rapport !

— Le voici, répondit obligeamment Alex en le lui tendant.

Pendant ce temps, Bess serra la main de Trilwalter.

— Capitaine, je suis ravie de vous rencontrer, lui dit-elle en souriant cordialement. Je suis Bess McNee. Je tenais à vous remercier pour avoir accepté de m'accueillir dans ce commissariat.

— Ah, vous êtes l'écrivain ! répondit-il avec une pointe de condescendance. La fille des soap-operas…

— C'est exact, répondit Bess sans se départir de son sourire charmeur. Et je me demandais si vous accepteriez de me consacrer quelques minutes. Je sais que vous devez être un homme très occupé et je vous promets que cela ne prendra pas longtemps.

Trilwalter hésita : il n'avait visiblement aucune envie de perdre son temps avec elle mais il avait passé suffisamment d'années à ce poste pour savoir que, dans un cas semblable, un minimum de diplomatie s'imposait.

— Très bien, soupira-t-il. Venez dans mon bureau, nous y serons plus au calme.

— Je vous remercie, répondit la jeune femme avant de le suivre, décochant au passage un clin d'œil à Alex.

— Je te souhaite bien du plaisir, commenta ce dernier pour lui-même tandis qu'elle s'éloignait.

Il connaissait assez bien Trilwalter pour savoir que ce dernier ne manquerait pas de lui faire comprendre à demi-mot ce qu'il pensait de sa présence en ces lieux.

Se penchant de nouveau sur son travail, il reprit la lecture interrompue du rapport d'autopsie. Quelques minutes plus tard, à sa grande surprise, il vit Bess et son supérieur ressortir en riant comme de vieux amis.

— Elle est bien bonne, celle-là, commenta Trilwalter. Je m'en souviendrai…

— Oui, mais ne dites surtout pas au maire qui vous a raconté ça, répondit la jeune femme.

— Ne vous en faites pas, respecter la confidentialité de ses sources est l'un des premiers devoirs d'un policier.

Tous deux revinrent jusqu'au bureau d'Alex qui était partagé entre une admiration sincère et un agacement grandissant : personne n'avait encore réussi à gagner la faveur de Trilwalter en si peu de temps.

— Inspecteur, dit ce dernier, prenez bien soin de Mlle McNee et faites en sorte qu'elle ait accès à toutes les informations dont elle pourrait avoir besoin.

— Bien, monsieur, soupira Alex. Je vous assure que telle était bien mon intention…

— Merci pour tout, Donald, fit alors Bess en serrant la main de Trilwalter.

— Tout le plaisir fut pour moi…

— Donald ? répéta Alex, sidéré, dès que son supérieur fut hors de portée de voix.

— C'est comme cela qu'il s'appelle, fit Bess en haussant les épaules.

— Merci, je sais. Ce que j'aimerais savoir, par contre, c'est ce que tu as bien pu lui faire pour qu'il t'ait autant à la bonne !

— Nous avons discuté, c'est tout...

Du coin de l'œil, Alex vit plusieurs policiers échanger des billets. La plupart avaient parié que la jeune femme se ferait proprement étriller par Trilwalter qui ne manquerait pas de lui dire ce qu'il pensait de son intrusion. Alex lui-même devait à présent vingt dollars à Judd.

— Bon, soupira-t-il, assieds-toi. Je dois me remettre au travail.

— Bien sûr...

Avant même qu'elle n'ait repris sa place, le téléphone sonna et Alex décrocha.

— Stanislaski, j'écoute...

Il sortit un calepin et commença à prendre des notes.

— Oui, je sais, dit-il. Mais cela dépend de ce que valent ces informations... D'accord, je crois que nous devrions en parler... Je serai là dans dix minutes.

Il raccrocha et s'empara de sa veste.

— Que se passe-t-il ? demanda Bess.

— Je dois aller voir quelqu'un, répondit-il. Judd, tu viens ?

— J'arrive.

Alex se dirigea vers la sortie sans ajouter un mot et Judd lui emboîta le pas. Après un instant d'hésitation, la jeune femme les suivit et attrapa Alex par la manche.

— Je viens avec vous, déclara-t-elle.

— Il n'en est pas question ! répondit-il fermement en tentant vainement de se dégager.

Mais la jeune femme n'était visiblement pas prête à se laisser éconduire aussi facilement.

— Cela fait partie de notre accord, insista-t-elle.

— Je n'ai conclu aucun accord. On m'a imposé ta présence.

— Mais ton supérieur t'a explicitement demandé de me laisser faire ce que je voulais. Alors je te suis, que tu le veuilles ou non !

— Très bien, soupira Alex, comprenant qu'il était inutile d'en débattre. J'accepte que tu nous accompagnes à une condition : que tu restes dans la voiture ! Je refuse de prendre le risque de perdre l'un de mes informateurs.

— Tu veux que je conduise ? suggéra Judd tandis que tous trois se dirigeaient vers le garage.

— Non, répondit Alex d'un ton agacé.

Judd jeta un regard complice à Bess et ouvrit l'une des portières arrière pour qu'elle puisse monter dans la voiture.

— Où allons-nous ? demanda-t-elle, curieuse.

— Nous allons discuter avec l'un des types les plus détestables de cette ville, répondit Alex.

— Voilà qui me semble fascinant, fit la jeune femme, s'attirant l'un de ces regards noirs qu'elle aimait tant.

Bess sortit sa trousse de maquillage et entreprit d'appliquer une généreuse couche de rouge à lèvres et d'eye-liner. Elle attacha alors ses cheveux et vérifia l'effet général dans le rétroviseur.

— Mais qu'est-ce que tu fais ? demanda Alex.

— Je me déguise, expliqua-t-elle. Mieux vaut se mettre au diapason du quartier...

Il se contenta de hausser les épaules et de marmonner un commentaire inaudible. Il aurait préféré entrer discrètement dans le repaire de Boomer mais voilà qu'il était coincé avec une hystérique qui trouvait cette petite virée très amusante.

Observant le parking qui se trouvait en face de la boutique, Alex s'aperçut qu'il était quasiment désert. Cela n'avait d'ailleurs rien d'étonnant : c'était le genre d'endroit où l'on ne pouvait garer sa voiture sans craindre de ne retrouver qu'un enjoliveur.

Alex étouffa un juron, réalisant qu'il ne pouvait laisser Bess seule dans un tel lieu. En quelques minutes, elle se ferait repérer par tous les drogués du quartier et elle passerait certainement un très mauvais moment.

— Ecoute-moi, dit-il en se tournant vers elle. Tu resteras près de moi et tu garderas le silence. Je ne veux entendre aucune de tes questions et aucun de tes commentaires habituels.

— D'accord, mais où… ?

— J'ai dit : pas de question, l'interrompit Alex en quittant la voiture.

Contournant le véhicule, il ouvrit la portière de la jeune femme et la prit par le bras, l'escortant jusqu'au trottoir le plus proche.

— Il est si romantique, commenta Bess à l'intention de Judd.

— Tais-toi, McNee ! s'exclama Alex en l'entraînant jusqu'à la porte d'une sorte de magasin miteux qu'il poussa.

Il fallut plusieurs secondes à la jeune femme pour s'habituer à la pénombre qui régnait à l'intérieur. Les étagères étaient encombrées d'objets divers : des postes de radio, du matériel de cuisine, un tuba, quelques guitares électriques… Le comptoir était séparé du reste de la pièce par une vitre blindée crasseuse.

— Un receleur ? souffla Bess, dévorée par la curiosité.

— Silence, répliqua Alex. Et pas de commentaires sur le cadre ou l'atmosphère.

Mais Bess avait déjà sorti son carnet de notes et commençait à griffonner quelques remarques.

— Faites ce que vous avez à faire, dit-elle aux deux policiers. Je me ferai toute petite et vous ne remarquerez même pas que je suis là.

Alex ferma les yeux, incrédule : comment pouvait-elle espérer se montrer discrète avec cette coupe de cheveux à cinquante dollars et le parfum hors de prix qu'elle portait ? Mais il était trop tard pour remédier à cela, à présent. Mieux valait effectivement agir comme si de rien n'était…

— Stanislaski ? fit alors une voix venue du fond de la boutique.

Alex se retourna brusquement. Le dénommé Boomer ressemblait plus à un rat qu'à un être humain, songea-t-il en avisant la chemise à la couleur incertaine et les cheveux gras du personnage.

— Qu'est-ce que tu as pour moi ? demanda Alex sans prendre la peine de se livrer aux salutations d'usage.

— Quelque chose de juteux. Mais tu sais qu'un citoyen honnête comme moi a des fins de mois difficiles. Bien sûr, je me fais un devoir de coopérer avec les forces de l'ordre mais…

— Ne me fais pas rire ! rétorqua Alex. Je connais les prix que tu pratiques et je doute que tu sois à plaindre.

Boomer éclata de rire et désigna Judd d'un mouvement de tête.

— C'est un bleu ? demanda-t-il.

— Plus maintenant…

Boomer avisa alors Bess qui passait en revue ses étalages.

— On dirait que j'ai une cliente, commenta-t-il. Attendez-moi une minute…

— Elle est avec moi, répliqua Alex.

D'un regard acéré, il coupa court à toute question importune.

— Ne fais pas attention à elle, reprit-il.

Boomer avait déjà repéré les bijoux de prix que portait la jeune femme et ne put retenir un soupir de déception.

— C'est toi le patron, Stanislaski… Mais je ne sais pas si ce que j'ai à te dire la concerne.

— Arrête ton char, Boomer ! Si tu continues à te moquer de moi, je vais me sentir obligé de venir inspecter le contenu de ton arrière-boutique et je suis convaincu que nous trouverons cela aussi désagréable l'un que l'autre.

— Allons, il n'y a rien derrière… Juste quelques articles en stock.

Boomer sourit, sachant que les menaces d'Alex étaient vaines. Bien sûr, il connaissait la haine du policier à son égard. Mais tous deux avaient une sorte de contrat tacite qui, jusqu'alors, s'était avéré aussi profitable pour l'un que pour l'autre. Et il était peu probable qu'Alex mette fin à cette entente, si répugnante qu'elle lui parût.

— Je sais quelque chose au sujet des filles qui se sont fait charcuter, reprit Boomer.

Alex resta imperturbable, ne trahissant rien de son intérêt, sachant que Boomer épiait la moindre de ses réactions.

— Quel genre de chose ? demanda-t-il.

Boomer se contenta de sourire et de frotter son pouce contre son index. Alex hocha la tête et sortit de sa poche un billet de vingt dollars dont l'autre s'empara aussitôt.

— J'en veux vingt de plus si ce que j'ai à te dire t'intéresse.

— Je t'écoute.

— Bien… On dit dans la rue que le type que tu recherches est de la haute et qu'il s'appelle Jack.

— Ça, je le sais déjà.

— Eh ! Je m'échauffe, c'est tout ! Bon… La première qui s'est fait découper était l'une des filles de Big Ed. Je l'ai reconnue en voyant sa photo dans le journal.

— Viens-en au fait.

— D'accord, soupira Boomer. Il déteste faire la conversation, ajouta-t-il à l'intention de Judd. En tout cas, reprit-il en se tournant de nouveau vers Alex, j'ai appris que ces filles étaient toutes les deux en possession d'un certain bijou.

— Tu es bien informé, dit Alex.

— Cela fait partie de mon boulot. Mais le plus intéressant reste à venir : une jeune femme est passée me voir, hier. Elle voulait vendre ceci…

Ouvrant un tiroir, Boomer en tira une chaîne en or au bout de laquelle pendait un petit pendentif représentant un cœur fendu en son milieu. Alex tendit la main pour s'en emparer mais Boomer secoua la tête.

— Ça m'a coûté vingt dollars, protesta-t-il.

Alex tira un nouveau billet de sa poche.

— Et ma marge ? s'exclama Boomer. J'ai quand même le droit de faire un peu de profit sur les articles que je vends…

— Si tu continues, tu auras le droit à un voyage gratuit au commissariat où tu répondras bien sagement à toutes mes questions, répliqua sèchement Alex.

Boomer haussa les épaules et prit le billet.

— Elle était très jeune, poursuivit-il. Dix-huit ans, vingt tout au plus. Blonde, les yeux bleus, plutôt jolie… Elle avait une marque de naissance ici, ajouta-t-il en désignant son sourcil gauche.

— Elle t'a donné une adresse ?

— Eh bien… Je ne sais pas si je peux trahir le secret professionnel.

— Vingt de plus pour cette adresse, Boomer.

Ce dernier hocha la tête et empocha un nouveau billet avant de dicter au policier l'adresse d'un petit hôtel de passe à quelques pâtés de maisons de là.

— Elle m'a dit qu'elle s'appelait Crystal LaRue mais ce devait être un pseudonyme…

— Nous allons le vérifier tout de suite, répondit Alex en se dirigeant vers la porte.

Judd le suivit mais Bess paraissait absorbée dans la contemplation d'une lampe en bronze en forme de cheval cabré.

— Allons-y, lui dit Alex.

— Attends une minute… Combien coûte-t-elle ? ajouta-t-elle en se tournant vers Boomer.

— Eh bien, pour vous…

— Oublie ça ! l'interrompit Alex.

— Mais je veux l'acheter, protesta Bess.

— Elle est affreuse !

— Justement, soupira-t-elle.

Mais elle ne chercha pas à discuter : la lampe importait moins que les informations qu'elle avait pu collecter en écoutant la conversation d'Alex et de Boomer. Remontant à l'arrière de la voiture, elle rédigea ses impressions :

« Boutique sordide et encombrée d'objets divers, bons pour la casse pour la plupart. Excellent endroit pour trouver des accessoires. Le propriétaire est une véritable ordure. Alexi a mené la conversation de main de maître. Il paraît dégoûté par ce Boomer mais sait que ce dernier constitue une source d'informations précieuse. »

Alors qu'elle finissait d'écrire, Alex se gara le long du trottoir.

— Mêmes règles que tout à l'heure, lui dit-il tandis que tous trois descendaient de voiture.

— Pas de problème, promit-elle en observant l'hôtel de passe miteux devant lequel ils se trouvaient. C'est là qu'elle vit ?

— Qui ça ?

— Eh bien, la fille dont tu parlais avec Boomer ?

— Oui. Mais tâche de tenir ta langue.

— Eh, pas besoin d'être impoli ! Mais pour te montrer que je ne t'en veux pas, je vous invite tous les deux à déjeuner lorsque nous aurons fini, d'accord ?

— Avec plaisir, s'exclama Judd.

— Tu te laisses mener par le bout du nez, l'avertit Alex.

— Et alors ? protesta Judd. Il faut bien manger, non ?

Alex ne répondit pas. L'idée d'emmener Bess dans un lieu tel que celui-ci ne lui souriait guère. Pourtant, elle paraissait plus curieuse qu'effrayée par la crasse, l'odeur fétide et les rêves brisés qui paraissaient imprégner l'endroit.

— Connaissez-vous Crystal LaRue ? demanda-t-il au concierge de l'hôtel qui s'arracha à contrecœur à l'émission de télévision qu'il était en train de regarder.

— Je ne demande jamais de noms, répondit-il en écrasant sa cigarette sans filtre.

Alex sortit son badge et le lui tendit.

— C'est une prostituée… Blonde, environ dix-huit ans, plutôt jolie, avec un grain de beauté sous le sourcil gauche…

— Je ne demande pas la profession de mes clients non plus, répondit le concierge, nerveux. Mais je vois de qui vous voulez parler : elle habite au 212.

— Elle est là ?

— Je ne l'ai pas vue sortir.

Alex hocha la tête et entreprit de gravir l'escalier dont les murs étaient couverts de graffitis divers. L'isolation sonore était quasi inexistante et l'on entendait tout ce qui se passait dans les chambres : disputes, râles de plaisir, pleurs se mêlaient en un brouhaha déprimant.

Sur le palier du deuxième étage se trouvait une poubelle qui n'avait pas dû être vidée depuis plus d'une semaine et dégageait une odeur pestilentielle. Sans y prêter attention, Alex se dirigea vers la porte 212 et frappa.

— Crystal LaRue ? appela-t-il.

Ne percevant aucune réponse, il activa la poignée et constata que la porte n'était pas fermée.

— C'est louche, murmura Judd.

Alex hocha la tête et tira son arme de service, imité par son partenaire.

— Reste en arrière ! commanda-t-il à Bess.

La jeune femme ne se fit pas prier et regarda Alex pousser la porte. Ce qu'elle entrevit dans l'embrasure lui arracha un cri rapidement étouffé : sur le lit couvert de sang gisait une forme sans vie, nue et lacérée des pieds à la tête. Une odeur douceâtre de sang et de corps en décomposition la fit hoqueter.

Elle avait souvent parlé de mort violente. Elle avait décrit des scènes telles que celle-ci dans le moindre détail. Mais rien ne l'avait préparée à l'horreur qu'elle éprouvait en cet instant.

Jusqu'alors, elle n'avait jamais envisagé qu'un être humain puisse être transformé en une telle chose.

De très loin, elle entendit Alex jurer plusieurs fois mais elle ne parvenait pas à détacher ses yeux du corps mutilé. Brusquement, le policier se plaça entre elle et la chambre, l'arrachant à cette contemplation morbide. Posant les mains sur ses épaules, il la força à le regarder en face.

— Je veux que tu descendes, ordonna-t-il d'une voix qui n'admettait pas de réplique.

— Quoi ? dit-elle, émergeant d'une sorte de transe.

Alex serra les dents : Bess était blanche comme un linge, sa peau était glacée et elle tremblait convulsivement sans même s'en apercevoir.

— Va au rez-de-chaussée, reprit-il doucement. Est-ce que tu as compris ?

— Oui, murmura-t-elle. Oui, d'accord…

— Reste en bas et ne parle à personne. Ne dis rien tant que Judd et moi ne serons pas redescendus, d'accord ?

— Elle était si jeune, balbutia Bess en luttant de toutes ses forces contre la nausée qui l'avait brusquement envahie.

Avisant le regard inquiet d'Alex, elle se ressaisit un peu.

— Ne t'en fais pas pour moi, lui dit-elle. Je vais bien…

Alex hocha la tête et la regarda se diriger vers le rez-de-chaussée.

— Elle n'aurait jamais dû voir ça, remarqua Judd.

— Personne ne devrait voir une telle chose, répondit Alex d'un air sombre avant de pénétrer dans la chambre.

Elle fut tentée de partir mais décida finalement d'attendre Alex. Elle savait qu'il devait lui en vouloir pour lui avoir forcé la main. Il aurait sans doute préféré qu'elle n'assiste pas à cette scène macabre.

Lorsqu'il descendit enfin, elle le suivit en silence jusqu'à sa voiture. Il ne dit pas un mot et tous trois regagnèrent le commissariat où la jeune femme reprit la place qu'elle avait occupée durant toute la matinée.

Les heures lui parurent des siècles. Pour le déjeuner, elle sortit leur chercher des sandwichs qu'ils mangèrent sans cesser de travailler. Ensuite, Alex se rendit dans l'une des salles de réunion pour discuter des avancées de l'enquête. Bess avait le plus grand mal à détacher les yeux du tableau blanc sur lequel étaient épinglées les photographies des victimes mutilées.

Ils retournèrent alors chez Boomer qu'Alex et Judd interrogèrent longuement avant de retourner à l'hôtel où ils s'entretinrent avec le réceptionniste et plusieurs clients présents. Toutes ces démarches ne leur apprirent que très peu de chose.

Le vrai nom de Crystal LaRue était Kathy Segal et elle était originaire du Wisconsin. Alex se chargea donc de retrouver et de prévenir ses parents : apparemment, ceux-ci se souciaient fort peu du destin de leur fille qu'ils considéraient déjà comme morte depuis qu'elle s'était enfuie de chez eux.

Bess fut particulièrement choquée par cette indifférence, réalisant à quel point cette fille avait dû se sentir seule. Personne ne la regretterait lorsqu'une autre locataire prendrait sa place dans la petite chambre. En fait, peut-être même que personne ne se rendrait compte qu'elle avait disparu…

Alex, quant à lui, ne pouvait pas parler à Bess. Il en était tout simplement incapable. Jusqu'à ce jour, il n'avait partagé cette partie de sa vie avec aucune personne qui soit vraiment proche de lui. Bien sûr, il lui arrivait de discuter de certaines affaires avec sa sœur Rachel, mais c'était dans l'enceinte réconfortante du commissariat ou du tribunal. Pas sur le terrain…

Alex s'était toujours efforcé de garder pour lui ce qu'il vivait dans le contexte de son travail, souhaitant épargner à ses proches l'intarissable récit des horreurs qu'il côtoyait tous les jours.

A présent, Bess y avait été confrontée directement et il revoyait encore l'expression d'effroi et d'incompréhension qui s'était peinte sur son visage lorsqu'elle avait entrevu le cadavre de cette pauvre fille. Il aurait dû la protéger, la forcer à l'attendre dans la voiture. Mais, sur le coup, il n'y avait pas pensé, trop impatient de découvrir le fin mot de cette histoire.

En devenant policier, Alex avait juré de protéger et de servir et voilà qu'il n'était pas parvenu à préserver la femme qu'il aimait. Car cela ne faisait plus aucun doute : il aimait Bess. Et c'était lui qui l'avait amenée à se confronter directement avec l'horreur absolue, la mort dans ce qu'elle avait de plus atroce et de plus inadmissible.

Il s'abstint donc de prononcer le moindre mot, craignant qu'une simple phrase suffise à faire remonter toute la violence des sentiments contradictoires qui l'habitaient. En silence, ils travaillèrent jusqu'à la fin de la journée. Puis Alex raccompagna la jeune femme à son appartement.

Lorsqu'elle lui proposa de monter avec elle, il accepta, comprenant que, d'une façon ou d'une autre, il devait lui dire ce qu'il avait sur le cœur. Mais ce ne fut que lorsqu'ils pénétrèrent dans le salon de Bess qu'il trouva le courage de lui parler.

— J'espère que cela t'a suffi ? demanda-t-il d'une voix où couvait une colère rentrée.

Mais Bess n'avait aucune envie de se battre contre lui. Elle n'avait pas encore digéré toute l'horreur de ce qu'elle avait vu ce jour-là et avait besoin de temps pour apprivoiser la souffrance et l'incompréhension qu'elle avait éprouvées.

— Laisse-moi nous préparer un verre, dit-elle d'une voix conciliante.

— Je suppose que tu as toutes les notes dont tu avais besoin, reprit Alex, glacial. Tu pourras sans doute utiliser ce petit fait divers pour divertir tes téléspectateurs.

— Je suis désolée, Alexi, soupira-t-elle, la gorge serrée par l'émotion. Je vais nous servir un verre de cognac.

Sans attendre sa réponse, elle alla chercher la bouteille et deux verres qu'elle remplit généreusement.

— Je ne sais pas quoi dire, reprit-elle après avoir avalé une première gorgée qui la réconforta un peu. Je regrette d'avoir choisi précisément ce jour-ci et de t'avoir rendu les choses plus difficiles encore…

Alex comprit qu'elle était vraiment navrée mais cela ne changeait rien à la culpabilité qui l'assaillait.

— Tu n'avais rien à faire dans cette histoire, déclara-t-il. Tu n'aurais jamais dû voir ce que tu as vu.

Bess posa son verre à côté de celui d'Alex qu'il n'avait pas touché.

— Toi non plus, tu ne devrais pas voir de telles choses, répondit-elle doucement.

— C'est mon métier, protesta-t-il.

— Je sais, dit-elle en lui caressant tendrement la joue.

Alex attrapa son poignet et se détourna.

— Je ne veux pas que tu sois mêlée à cette partie de ma vie, poursuivit-il.

— C'est quelque chose que je ne peux pas te promettre, répondit Bess en nouant ses bras autour de la taille d'Alex.

Posant sa joue contre son épaule, elle soupira.

— En tout cas pas si quelque chose doit se passer entre nous, reprit-elle.

— C'est justement parce que je veux que quelque chose se passe entre nous que je ne peux pas le supporter, objecta-t-il.

— Alexi… Si tu espères que la femme qui partagera ta vie se contentera de rester à distance et de vivre dans une bulle, loin de la réalité, alors je ne suis pas celle qui te convient. Ton travail fait partie de toi, de ce que tu es…

Elle posa doucement ses mains sur les joues d'Alex, le regardant droit dans les yeux.

— Tu veux que je te dise que j'ai été horrifiée par ce que j'ai vu dans cette chambre ? Eh bien, c'est le cas. J'ai été dégoûtée par la cruauté de cet homme et par ce prodigieux gâchis.

— Je n'aurais pas dû te laisser venir, insista Alex. Cette partie de ma vie n'a rien à voir avec toi…

— C'est faux, protesta-t-elle avec fermeté. Ce n'est pas parce que j'écris des soap-operas que je ne m'intéresse pas à ce qui se passe dans la vie réelle. Je sais que des choses atroces se produisent tous les jours mais je ne les laisse pas ruiner mon existence. Je sais que ce que nous avons vécu aujourd'hui, tu le vivras peut-être encore demain. Ce sera peut-être même pire encore. Je sais aussi qu'à chaque fois que tu pars travailler, il y a un risque pour que je ne te revoie plus jamais. Mais je ne veux pas non plus que cela m'obsède. Parce que je sais que cela fait partie de toi et que je ne voudrais pour rien au monde que tu changes.

Pendant un long moment, Alex se contenta de la regarder fixement. Dans ses yeux, elle voyait se succéder mille sentiments contradictoires.

— Je ne sais pas quoi te dire, soupira-t-il enfin, réalisant son impuissance à formuler ses propres pensées.

— Tu n'as rien à dire du tout, répondit-elle simplement.

Se penchant vers lui, elle l'embrassa, éveillant en lui un désir incoercible. Il aurait voulu se perdre en elle jusqu'à ce que tout le reste disparaisse, jusqu'à ce que le monde entier et son cortège d'horreurs s'effacent autour d'eux.

— Nous n'avons pas encore défini les règles du jeu, remarqua-t-il en se dégageant doucement.

— Nous avons tout le temps de le faire…

— Bess… Si tu savais combien j'ai besoin de toi. Je crois que je deviendrais fou si tu n'étais pas là…

— Mais je suis là, répondit-elle en souriant.

— Je t'aime, Bess, murmura Alex en passant la main dans ses cheveux soyeux.

La jeune femme sentit son cœur s'emballer. Jamais elle n'avait éprouvé une telle sensation : c'était comme si quelque chose venait brusquement de se dénouer en elle.

— Alexi…, commença-t-elle.

— Ne dis rien, l'interrompit-il avant de l'embrasser de nouveau. Laisse-moi juste te prouver à quel point j'ai besoin de toi…

8

Bess connaissait tout de l'amour. Elle avait lu mille poésies, dévoré des centaines de romans, regardé des dizaines de films qui ne parlaient que de cela. Elle avait même écrit des scènes traitant de tous les visages que pouvait revêtir ce sentiment : passion, tendresse, perversion, jeu sexuel, complicité, romance…

Mais rien ne l'avait préparée à ce qu'elle ressentait aujourd'hui. Rien de ce qu'elle avait connu, aucune de ses liaisons, aucune des déclarations qu'on avait pu lui faire ne lui avait permis d'entrevoir ce que signifiait vraiment ce terme.

Comment aurait-elle pu décrire une sensation qu'elle-même avait du mal à définir ? Et à quoi servaient les mots lorsque la réalité de son désir se faisait si pressante ?

Alex la souleva brusquement de terre et se dirigea vers la chambre de la jeune femme. Celle-ci était traversée par mille impressions contradictoires. En elle, l'angoisse le disputait au besoin, la peur à l'espoir, l'exaltation à la douleur.

Peut-être aurait-elle pu trouver un sens à tout cela si les baisers d'Alex ne s'étaient pas faits si pressants sur ses lèvres.

Lorsqu'ils arrivèrent enfin dans la chambre, il la déposa précautionneusement sur le lit sans cesser de l'embrasser. Bess tendit les mains et défit le blouson de cuir qui la gênait, révélant son holster. Elle put alors étreindre ces épaules dont elle avait si souvent rêvé.

Ce n'était pas la première fois qu'elle s'apprêtait à s'offrir à un homme, mais ce qu'elle éprouvait en cet instant ne ressemblait en rien à ce qu'elle avait connu dans le passé. Jamais elle ne s'était sentie aussi vulnérable. Jamais son corps n'avait réagi de façon aussi instantanée. Jamais son cœur n'avait battu aussi fort…

Elle avait l'impression d'être redevenue une vierge effarouchée, partagée entre la joie et l'appréhension.

Alex, quant à lui, n'était plus très sûr d'être éveillé : il se croyait propulsé dans l'un des rêves qui revenaient le hanter chaque nuit. Comme pour s'assurer de la réalité du miracle qui était en train d'advenir, il laissa ses mains glisser le long du corps de la jeune femme, la sentant frémir sous ses doigts.

Dans sa gorge, il percevait de petits gémissements d'impatience qui accentuèrent encore la faim qu'il avait d'elle. Désireux de prolonger cette extase improbable, il s'écarta un peu d'elle, la contemplant avec une ferveur presque religieuse.

— Tu es si belle, murmura-t-il, incrédule.

— Moi qui croyais que tu n'étais pas romantique, répondit-elle en souriant.

— Disons que cela m'arrive… de temps en temps.

Se redressant à demi, Bess prit son visage entre ses mains et l'embrassa avant de laisser ses lèvres glisser le long de sa joue, jusqu'au lobe de son oreille qu'elle mordilla doucement.

— Si tu continues, la prévint-il, je ne sais pas si je vais rester romantique très longtemps.

En guise de réponse, elle l'agaça de sa langue, lui arrachant un profond frisson de bien-être, et entreprit de déboutonner sa chemise.

— Eh ! protesta-t-il en riant. Tu vas nous faire tomber du lit…

— J'ai l'habitude, répondit-elle. Cela m'arrivait tout le temps quand j'étais enfant.

— C'est comme cela que tu t'es cassé le nez ?

— Non. Mais je me suis fêlé une dent, une fois.

— Me voilà prévenu. Je me montrerai aussi prudent que possible.

— Pas trop quand même, protesta-t-elle avec un sourire enjôleur. Je suis prête à courir le risque.

— Laisse-moi au moins me débarrasser de mon arme, dit-il en détachant le holster qu'il posa au pied du lit.

Revenant vers elle, il entreprit alors de défaire les boutons de son chemisier, révélant sa poitrine encore dissimulée par le tissu soyeux de son soutien-gorge.

— Tu trembles, constata-t-il en souriant.

— Je sais.

— Est-ce que tu as peur de moi ?

Bess hésita, l'observant gravement.

— Pas de toi, avoua-t-elle. Enfin, peut-être un peu… Mais j'ai surtout peur de ce que nous allons faire. Je sais que c'est idiot…

— Non, ce n'est pas idiot, répondit-il gentiment. J'aime ça.

— Ça tombe bien parce que je ne crois pas que je pourrais m'arrêter de trembler, lui dit-elle en riant.

— Nous allons y aller pas à pas, d'accord ? Rien ne presse.

Très doucement, Alex laissa courir ses doigts sur la peau brûlante de la jeune femme, y dessinant d'étranges arabesques qui lui arrachèrent des soupirs de contentement.

— Alexi…, murmura-t-elle d'une voix rêveuse.

— J'ai passé tant de temps à imaginer à quoi tu pouvais ressembler, murmura-t-il sur le même ton. Jamais je n'avais cru que tu serais si parfaite.

Il laissa ses mains descendre le long des hanches puis remonta de nouveau pour agacer le haut de ses seins, suivant la ligne de démarcation de son soutien-gorge.

— Je pourrais rester des heures à te regarder, dit-il d'une voix que le désir rendait rauque. Je veux te voir tout entière…

Il retira alors lentement le pantalon que portait Bess, révélant ses cuisses au galbe parfait qu'il effleura, sentant leur chaleur et leur douceur aviver en lui l'envie qu'il avait de la posséder. Le corps de Bess frissonna une fois encore et les yeux d'Alex se firent plus sombres.

— Tout entière, répéta-t-il à mi-voix.

Bess était incapable de bouger. Son sang lui semblait s'être changé en lave brûlante qui échauffait sa peau, accélérait les battements de son cœur, anéantissait la force de ses muscles engourdis.

Mais Alex prenait tout son temps, se contentant d'éveiller par petites touches le besoin grandissant qu'elle éprouvait. Il la caressait avec une infinie légèreté, passant d'un membre à l'autre, ne négligeant rien jusqu'à ce qu'elle se consume d'une fièvre inextinguible.

Durant tout ce temps, il ne la quittait pas des yeux, observant chacune de ses réactions, se guidant au son des soupirs de plaisir qu'il lui arrachait.

— Tu vas me rendre folle, murmura-t-elle d'une voix mal assurée.

— C'est bien mon intention, reconnut-il.

Elle leva la main vers lui mais il attrapa son poignet au vol et plaça sa paume sur son propre corps pour qu'elle puisse sentir à quel point il réagissait à cette exploration. Elle perçut les frissons qui couraient au plus profond de sa chair et les battements affolés de son cœur.

Puis Alex se pencha vers elle et l'embrassa de nouveau. Doucement tout d'abord puis avec une passion grandissante. Inexorablement, il balayait ses dernières défenses, les barrières fragiles de la timidité et de la crainte, lui imposant la réalité incontestable du désir qui l'habitait.

Puis il plaça les mains de la jeune femme sur le premier bouton de sa chemise qu'elle entreprit de défaire, révélant son torse puissant et son ventre plat. S'écartant légèrement pour se débarrasser du vêtement inutile, il la laissa le contempler et elle put admirer sa force tandis qu'il se débarrassait de ses chaussures et de son jean.

Enfin, il s'allongea contre elle et ils roulèrent sur le lit, enlacés, se dévorant de baisers passionnés. Alex luttait contre son instinct le plus élémentaire, repoussant à force de volonté l'envie qu'il avait d'entrer en elle, de la posséder.

Il voulait plus que cela.

Ravalant la soif qu'il avait d'elle, il la couvrit de baisers, parcourant son corps de ses lèvres pour y allumer un brasier qui les consumerait tous deux.

Bess découvrit toute la tendresse qui habitait Alex. Elle savait qu'il pouvait se montrer sauvage et impitoyable. Elle savait qu'il pouvait tuer et l'avait déjà fait. Elle savait qu'il était animé d'une détermination indomptable.

Mais, en cet instant, il ne voulait qu'offrir. Ignorant ses propres envies, il donnait sans compter, n'attendant rien d'autre en retour que le plaisir qu'il lui procurait.

Si elle avait douté de ses paroles, il lui prouvait par ses gestes à quel point il l'aimait, à quel point il tenait à elle.

Cette certitude dissipa toutes les craintes qu'elle avait et elle entreprit de lui rendre chacune de ses attentions avec une avidité qui la stupéfia. Pendant une éternité, ils échangèrent mille caresses, découvrant les secrets de leur être, partageant une intimité que ni l'un ni l'autre n'avaient jamais connue.

Alex, comprenant que la reddition de Bess était totale, dégrafa son soutien-gorge, découvrant sa poitrine magnifique que gonflait le désir. Lorsque ses lèvres se posèrent sur l'un de ses seins, Bess s'arqua, poussant un feulement rauque. Agrippant la nuque d'Alex, elle le pressa contre elle et s'offrit à lui sans rémission.

Bess sentit l'une de ses mains glisser le long de son ventre pour se poser sous l'ultime rempart de sa pudeur. Elle sentit ses doigts glisser en elle et une vague de plaisir déferla dans son esprit saturé de sensations.

Le monde parut se dissoudre dans une brume de feu tandis qu'elle sombrait dans un maelström de bonheur sauvage qui paraissait résonner en elle à l'infini. Arc-boutée sur le lit, elle s'ouvrit pour mieux sentir la délicieuse violence de ces caresses.

Jamais elle n'avait éprouvé cela. Jamais au cours de ses étreintes passées, elle ne s'était sentie aussi vulnérable, aussi malléable, aussi heureuse. Elle sanglotait de joie et d'incrédulité, se tordant sur les draps défaits, s'abandonnant encore et encore aux spasmes qui la terrassaient.

Alex la contemplait, tremblant, fasciné par la façon dont elle répondait à ses attentions. Finalement, incapable de contenir l'urgence de son propre désir, il retira les derniers sous-vêtements qui s'interposaient encore entre eux et s'allongea sur elle, plongeant lentement dans sa chair moite et soyeuse.

Il sentit les cuisses de la jeune femme se nouer autour de ses hanches tandis que ses gestes se faisaient toujours plus rapides, les entraînant vers un monde inconnu où tous deux ne faisaient plus qu'un.

Les cris de Bess faisaient écho aux siens, leurs lèvres se mêlaient tandis qu'ils roulaient sur le lit, incapables de se rassasier l'un de l'autre, redoublant d'ardeur et s'élevant toujours plus haut.

Puis, alors que tous deux titubaient, enlacés, au bord du gouffre de la folie, ils furent brusquement terrassés par une extase que nul mot n'aurait pu approcher.

— Est-ce que tu me le diras encore ? demanda-t-elle brusquement.

— Quoi ?

— Ce que toute femme rêve d'entendre, répondit Bess, la gorge serrée par l'émotion.

— Je t'aime, murmura-t-il.

Elle s'apprêtait à lui répondre mais il posa doucement sa main sur sa bouche. Il ne voulait pas qu'elle prononce de telles paroles aussi légèrement qu'elle l'avait fait par le passé.

— Même après ce qui vient de se passer, tu refuses que je te rende ton amour ? demanda-t-elle, blessée.

Au contraire, songea Alex, c'était ce qu'il souhaitait le plus au monde. Mais comment lui faire comprendre qu'il espérait être beaucoup plus que l'un de ses multiples fiancés de passage ?

— Laissons les choses aller à leur rythme, répondit-il enfin. En attendant, réponds à une question qui me tarabuste depuis que je t'ai rencontrée. Est-ce que tu t'es vraiment cassé le nez ?

— Oui, répondit-elle. En me battant…

— J'aurais dû m'en douter.

Bess sourit, songeant qu'elle aurait tout le temps de lui démontrer la nature des sentiments qu'elle éprouvait à son égard.

— J'avais douze ans et je me suis battue avec mes camarades de classe, à la pension où mes parents m'avaient envoyée. Elles n'arrêtaient pas de se moquer de moi, répétant que j'étais trop maigre, que j'avais une drôle de tête…

— Moi j'aime beaucoup ta tête. Et je ne te trouve pas trop maigre…

— C'est parce que tu ne m'as pas connue lorsque j'avais douze ans. Et, à cet âge, le simple fait d'être différent fait de toi une cible…

— Je sais.

— Vraiment ?

— Oui. Je n'ai appris à parler anglais qu'à l'âge de cinq ans. Et avant que les affaires de mon père ne démarrent vraiment, nous avons vécu des temps difficiles. D'autant que les citoyens d'origine soviétique n'étaient pas particulièrement bien vus, à l'époque.

— C'est vrai. Cela n'a pas dû être très facile pour toi de t'intégrer.

— Eh bien… J'avais ma famille et nous nous épaulions les uns les autres. Le plus difficile, c'était à l'école : je me faisais insulter et je me battais tout le temps. D'ailleurs, les autres enfants n'étaient pas les seuls responsables : leurs parents voyaient d'un très mauvais œil leur progéniture fréquenter les rejetons d'une famille russe. Bien sûr, je ne cessais d'expliquer que j'étais ukrainien et que nous n'appréciions pas plus les Russes que les Américains. Mais ce genre de subtilité leur échappait complètement. Ce n'est qu'après avoir distribué quelques crochets du gauche que je me suis fait une réputation de dur. Alors, j'ai commencé à m'intégrer un peu mieux.

— Dans quel quartier habitiez-vous ?

— A Brooklyn. Mes parents vivent toujours dans la même maison.

Alex s'interrompit brusquement et sourit :

— Voilà que tu recommences ! s'exclama-t-il. Je te parlais de ton nez et tu réussis à détourner la conversation pour me faire parler de moi !

— Mais c'est un sujet captivant, répondit-elle.

— Sans doute… Revenons-en plutôt à cette bagarre.

— Eh bien… il y avait quelques filles qui étaient véritablement les reines de la pension. Belles, toujours habillées à la mode, riches et de bonnes familles, elles incarnaient l'idéal de toutes les autres. Moi, j'étais complètement marginale et elles m'avaient choisie comme souffre-douleur.

— Pourtant, toi aussi tu étais riche et de bonne famille, objecta Alex.

— C'est vrai, mais j'avais le malheur d'être la première de ma classe et d'être complètement nulle en ce qui concernait les relations humaines.

— J'ai du mal à le croire.

— Que j'étais inadaptée ou que j'étais brillante ?

— A t'entendre parler avec tout le monde à longueur de journée, on a du mal à imaginer que tu jouais les autistes en classe, répondit Alex.

— C'est pourtant ce que je faisais. A l'époque, je m'intéressais beaucoup plus aux livres qu'aux gens. Je passais mes journées plongée dans mes bouquins et je n'avais aucun talent pour les conversations superficielles. En plus, j'étais déjà très têtue et j'avais décidé que tout ce qui était important pour mes camarades devait nécessairement être inintéressant. Alors, les autres filles ne cessaient de m'affubler de surnoms stupides…

— Et cette bagarre ?

— Eh bien, nous avions un examen d'histoire. Il y avait cette fille très admirée du collège, Dawn Gallagher, très jolie avec de longs cheveux blonds et des yeux bleus à vous faire chavirer…

— La reine de la promotion, en quelque sorte.

— Exactement. Le problème, c'est qu'elle ne travaillait pas assez et qu'elle ne cessait d'accumuler les mauvaises notes en histoire. Sachant que moi, j'avais révisé, elle m'a demandé de lui passer ma copie.

— Et tu as refusé ?

— Oui. Cette fille avait fait de ma vie un véritable enfer et je n'avais aucune envie de tricher pour lui rendre service. Ce qui fait qu'elle a lamentablement échoué à l'examen et que ses parents ont été convoqués par le directeur pour discuter de ses résultats médiocres. Par la suite, Dawn est devenue vraiment insupportable : elle s'introduisait dans ma chambre pour casser mes objets préférés, elle déchirait mes livres, elle m'accusait de tous les maux… Un jour, sur le terrain de basket…

— Tu as joué au basket ? s'étonna Alex.

— J'étais capitaine de l'équipe. Et ce jour-là, elle m'a fait un croche-pied en plein milieu du match. En plus, elle avait convaincu ses amies de l'équipe adverse de me bourrer de coups de coude et j'avais des bleus partout.

— Je vois que ces pensions sont des endroits tout à fait charmants, commenta Alex, moqueur.

— C'est vrai que cela paraît assez insignifiant, aujourd'hui, mais, à l'époque, c'était tout notre univers. Bref, après ce match, j'ai décidé que j'avais trop longtemps supporté les brimades de Dawn. J'ai réalisé que, si je ne réagissais pas, elle continuerait ce petit jeu jusqu'à la fin de notre scolarité. Alors je l'ai attendue à la sortie d'un cours de physique et je me suis mise à l'insulter copieusement, lui expliquant qu'elle n'avait pas le droit de me traiter de cette façon. Nous avons commencé à nous tirer les cheveux et à nous donner des coups de pied sous le regard fasciné de nos condisciples. Et puis Dawn m'a brusquement décoché un coup de poing dans le nez alors que je ne m'y attendais pas du tout. Je saignais, mais je ne m'en rendais même pas compte tellement elle avait réussi à me rendre furieuse.

— Et tu lui as cassé la figure ?

— Oui. Il a fallu que trois autres élèves interviennent pour nous séparer. Entre-temps, Dawn avait perdu une dent, s'était fendu la lèvre et avait hérité d'un magnifique œil au beurre noir.

— Mon Dieu !

— Je te l'ai dit : j'étais furieuse et je n'arrivais plus à me contrôler. Sur le coup, je crois que j'aurais pu la tuer… Mais rassure-toi, j'ai compris depuis que je devais faire très attention à garder la tête froide en toutes circonstances.

— Je me méfierai tout de même, répondit Alex en souriant, surpris de découvrir la violence qui habitait la jeune femme. Je suppose que cet épisode a eu de fâcheuses conséquences…

— Oui. Nous avons été renvoyées toutes les deux. Mes parents étaient horrifiés par mon attitude et ils m'ont privée de vacances avant de m'envoyer dans une autre pension.

— Et les choses se sont-elles mieux passées ensuite ?

— Oui. J'ai pu tout recommencer à zéro et m'imposer pour ce que j'étais. J'étais toujours aussi laide mais, au moins, je l'assumais.

— En tout cas, je t'assure qu'aujourd'hui ce problème est résolu, déclara Alex en posant ses mains de chaque côté de son visage. Tu es une femme magnifique, McNee.

— Tu n'es pas très objectif, répondit-elle d'un ton léger.

— Vraiment ? Dans ce cas, comment expliques-tu que je n'arrive pas à penser à qui que ce soit d'autre que toi depuis que je t'ai rencontrée ?

— Parce que je suis originale, intrigante…

— Tu es splendide, protesta-t-il. Tu as une peau d'ivoire, une chevelure de feu et des yeux de jade. Et une myriade de pépites d'or constellent ton visage, ajouta-t-il en caressant doucement ses taches de rousseur.

— Tu sais que je suis déjà dans ton lit, Alexi. Ce n'est pas la peine d'en rajouter.

Elle avait parlé d'un ton badin mais sa gorge était serrée par une étrange émotion. D'expérience, elle savait que certains hommes la trouvaient jolie, attirante. Mais c'était la première fois qu'on lui disait à quel point elle était belle.

— Merci quand même pour le compliment, reprit-elle en souriant. Mais je crois que quelqu'un a dit que les gestes valaient mieux que les mots…

— Si tu insistes, répondit Alex en se penchant vers elle.

— Oh, oui, j'insiste, murmura-t-elle tandis que ses lèvres se rapprochaient des siennes.

— Ne t'en fais pas, soupira Lori. De toute façon, j'étais en retard, moi aussi.

— Toi ? s'exclama Bess, incrédule. Que se passe-t-il ?

Posant son sac à main sur la chaise la plus proche, elle observa son amie qui arborait une mine d'enterrement.

— Que se passe-t-il ? demanda-t-elle, pleine de sollicitude.

— Rien du tout, marmonna Lori en sirotant sa tasse de café d'un air sombre. J'ai juste rencontré Steven en venant ici…

— Et il t'a dit quelque chose de désagréable ?

— Il a dit qu'il m'aimait, répondit Lori en luttant contre la tristesse qui l'assaillait. Ce type est un véritable salaud !

Bess passa un bras autour des épaules de la jeune femme.

— Je sais que ce n'est pas ce que tu veux entendre, dit-elle, mais je crois qu'il le pense vraiment.

— Il ne sait pas lui-même ce qu'il pense, protesta Lori, furieuse. Mais je ne le laisserai pas me refaire du mal. Il me donne de faux espoirs, il me promet la lune, puis il recule quand il sent qu'il va être obligé de s'engager. Son problème, c'est qu'il vit dans un monde aussi fictif que celui de son personnage…

— Et toi ? demanda Bess, heureuse que son amie se confie enfin à elle.

— J'ai les pieds sur terre : je sais que la vie, c'est avant tout du travail et des responsabilités.

— Voilà qui n'a rien d'exaltant !

— Eh bien, c'est peut-être parce que je suis ennuyeuse.

— Bien sûr que non ! protesta Bess. Tu as peur de prendre des risques, c'est certain. Mais tu n'es pas du tout ennuyeuse. Et je sais qu'au fond tu attends plus de la vie que tu ne veux bien le dire.

— Qu'est-ce qui te fait croire cela ?

— Le fait que le travail et les responsabilités sont des choses importantes, mais qu'elles ne peuvent remplacer les sentiments. Je sais que tu es amoureuse de Steven.

— Peut-être. Mais c'est un problème que je compte régler toute seule.

— Et tu as tort. C'est aussi celui de Steven. Il t'aime, lui aussi, et il est malheureux de devoir vivre sans toi.

— Franchement, Bess, j'en doute. C'est lui qui a rompu parce qu'il ne voulait pas s'engager, parce qu'il avait peur des responsabilités.

— Et il s'est trompé. Mais je suis prête à parier tout ce que j'ai qu'il en a pris conscience depuis. Pourquoi refuses-tu de lui parler ?

— Parce que je ne suis pas certaine de pouvoir le faire, répondit Lori. Il m'a fait beaucoup trop de mal !

— Et tu ne crois pas justement que c'est lorsqu'on souffre qu'on réalise à quel point on tient à quelqu'un ?

— Peut-être que si, reconnut Lori, une pâle lueur d'espoir dans les yeux. Tu crois vraiment qu'il souffre, lui aussi ?

— J'en suis certaine, Lori. Mais il faut que vous parliez, tous les deux. C'est le seul moyen pour toi de savoir où il en est.

— Tu as peut-être raison… Mais je suis désolée de te faire partager mes états d'âme de cette façon.

— Eh ! Les amies sont faites pour ça…

— En attendant, nous ferions bien de nous remettre au travail.

— Pas de problème. J'ai réfléchi à cette scène entre Jade et Storm. Je pense qu'il faut ajouter une connotation sexuelle… On doit sentir à quel point ils sont attirés l'un par l'autre.

— D'accord. Cela rendra la situation un peu plus intéressante. Mais tu ne m'as toujours pas dit pourquoi tu étais en retard, cette fois.

— Cela n'a pas d'importance. Concentrons-nous sur cette scène. Jade et Storm se croisent par hasard au poste de police. Ils échangent un long regard et…

— Bess, si tu ne me dis pas pourquoi tu étais en retard, je n'arriverai pas à me concentrer, déclara Lori en riant. Cela ne te ressemble pas de me cacher des choses…

— D'accord, soupira la jeune femme qui mourait d'envie de tout lui raconter. J'étais en retard, ce matin, parce que j'ai passé la nuit avec Alexi. Oh, Lori… Si tu savais ! Je ne me suis jamais sentie aussi bien avec un homme !

Lori ne répondit pas, se contentant d'observer Bess avec une curiosité non déguisée.

— Mon Dieu ! murmura-t-elle enfin. Cette fois, on dirait bien que tu le penses vraiment.

— Oui. Il est si différent ! Cela me fait presque peur. Parfois, lorsque je l'observe, j'ai l'impression de ne plus pouvoir respirer. J'ai peur qu'il me regarde et réalise qu'il est en train de commettre une terrible erreur. Moi qui croyais que l'amour était quelque chose de facile et de naturel…

— Tu te trompais, Bess, répondit Lori. Tu t'es toujours trompée à ce sujet. L'amour est quelque chose de difficile, de terrifiant et de douloureux.

— Quand je pense à lui, j'ai le cœur qui se serre…

— Je sais.

— Et j'ai l'estomac noué lorsqu'il me touche. Mais une seconde plus tard, je suis tellement heureuse que c'en est presque insupportable. La nuit dernière… Enfin, je n'avais jamais connu de telles sensations… Et, ce matin, lorsque je me suis réveillée auprès de lui, je ne savais plus si je voulais crier de joie ou fondre en larmes.

— Eh bien, Bess, cette fois, on dirait que tu es vraiment tombée amoureuse.

— C'est ce que je crois, reconnut la jeune femme avec un sourire radieux. Mais pourquoi ne m'as-tu jamais dit l'impression que cela faisait ?

— Je crois que c'est quelque chose que l'on ne peut pas expliquer, répondit gravement Lori. Mais comment réagit Alex ?

— Il m'a dit qu'il m'aimait. Il m'a regardée droit dans les yeux et il me l'a dit, mais…

— Mais ?

— Il ne veut pas que je lui dise ce que je ressens, moi. Je crois qu'il n'a pas confiance en mes sentiments. Il croit que je le considère comme les autres hommes avant lui. Je ne peux pas lui en vouloir, d'ailleurs. Mais ce n'est pas vrai et j'aimerais tellement qu'il le sache !

— Il lui suffira de te regarder pour le comprendre.

— Je ne crois pas. Je crois que c'est à moi de lui prouver que je l'aime.

— Mon Dieu ! Je ne croyais pas vivre assez vieille pour voir ça… Mais puisque tu veux lui prouver tes sentiments, je te retourne ton conseil : tu n'as qu'à lui parler.

— J'ai voulu le faire mais il refuse de m'entendre. Il préfère ne pas accélérer les choses.

— Et toi ? Qu'est-ce que tu veux vraiment ?

— Je veux qu'il soit heureux, répondit Bess en riant. Je sais que ce genre de déclaration doit me faire passer pour une idiote, mais c'est vraiment ce que je veux.

— Je ne crois pas que tu sois idiote. Du moins pas plus que n'importe quelle femme amoureuse.

— Et selon toi, est-ce que les choses s'arrangent par la suite ?

— Disons que l'on devient moins bête et encore plus fou, répondit Lori en souriant.

— Voilà une bonne nouvelle ! En attendant, je suis bien décidée à lui prouver mes sentiments… Mais il y a autre chose.

— Quoi donc ?

— Alexi m'a invitée à dîner avec sa famille, dimanche.

— Il te présente à sa mère ? s'exclama Lori en riant.

— Et à son père, ses frères, ses sœurs, ses nièces et ses neveux… Ils organisent un grand repas en famille deux fois par mois.

— Visiblement, cet homme est fou de toi.

— Je sais, soupira Bess. Sa famille est très importante pour lui : il suffit de l'entendre en parler pour s'en rendre compte. Et je veux les rencontrer. Mais qu'est-ce que je ferai si eux ne m'aiment pas ?

— Si tu te conduis comme tu le fais d'ordinaire, je ne me fais aucun souci : ils seront fous de toi.

— Mais…

— Arrête, Bess ! Cesse de te tourmenter inutilement. Et si tu tiens vraiment à le faire, fais-en profiter nos téléspectateurs en incluant tes névroses personnelles dans les relations entre Jade et Storm.

— D'accord, c'est probablement la meilleure chose à faire. D'autant que nous devons finir cette scène avant le déjeuner. Rosalie doit passer en début d'après-midi pour discuter avec nous de son métier de prostituée.

— Tu es certaine que c'est une bonne idée ? Je ne te cache pas que cette fille me rend un peu nerveuse.

— Ne t'en fais pas. Elle peut paraître dure quand on ne la connaît pas, mais je pense qu'elle a vraiment un bon fond.

— Encore une manifestation de ton éternel optimisme…

Mais Bess s'était déjà détournée pour se concentrer sur l'écran d'ordinateur encore vierge.

— Bien… Storm et Jade se rencontrent donc par hasard au poste de police…

9

— A ce moment-là, poursuivit Bess tout en zigzaguant au milieu de la circulation, Jade se tourne vers Storm, désespérée, et elle lui dit : « Ce que l'on désire n'est pas toujours ce qu'il y a de mieux pour nous. » Fin, musique, générique…

— Ne crois pas que je ne sois pas fasciné par les aventures des habitants d'Holbrook…

— Millbrook !

— Oui… Mais je préférerais que tu te concentres sur la route : je ne tiens pas à écoper d'une contravention. Cela ne serait pas de très bon goût dans ma profession…

— Mais je ne vais pas vite, protesta Bess.

Jetant un coup d'œil au compteur, elle sourit.

— Enfin… pas trop vite, corrigea-t-elle.

Alex secoua la tête, amusé : elle conduisait sa voiture décapotable avec la même nervosité qu'un pilote de course, considérant visiblement les autres véhicules comme des concurrents qu'il importait à tout prix de dépasser.

— Pourquoi ne peux-tu pas rester sur une file ? demanda-t-il.

— Parce que c'est beaucoup moins drôle. Je ne conduis pas souvent mais j'adore ça !

— Cela ne me surprend pas, observa Alex en contemplant les cheveux de la jeune femme qui volaient au vent.

— La dernière fois que j'ai pris la voiture, c'était pour aller à Long Island avec L.D. Quand il a vu ma façon de conduire, il a décidé qu'il ne monterait plus jamais avec moi. Ensuite, nous avons toujours pris sa voiture...

Elle s'interrompit brusquement et jeta un regard gêné à Alex.

— Je suis désolée, murmura-t-elle.

— Pourquoi ?

— Parce que j'ai parlé de L.D...

— Je n'ai rien dit, observa Alex en haussant les épaules.

Mais ses yeux démentaient son apparente décontraction : ils étaient brusquement devenus froids et distants. Serrant convulsivement le volant, la jeune femme se maudit pour n'avoir pas réfléchi avant de parler.

— C'est juste un ami, expliqua-t-elle. Il n'a jamais rien été d'autre à vrai dire, même quand nous sortions ensemble.

— Je ne t'ai rien demandé, protesta Alex.

— Eh bien, tu le devrais peut-être ! Parfois, tu me poses des milliers de questions sur moi et parfois tu refuses d'entendre ce que j'ai à te dire. Je pense...

— Moi je pense que tu roules trop vite, l'interrompit Alex en caressant tendrement sa joue. Tu devrais te détendre un peu, d'accord ?

— D'accord. Mais j'aimerais bien que nous discutions de tout cela, un jour.

— Un jour, répéta Alex d'un ton évasif.

En réalité, il n'avait aucune envie d'entendre la jeune femme lui parler de ses relations amoureuses passées. Il ne voulait même pas y penser. Surtout maintenant qu'il était certain d'aimer Bess...

Il commençait à la connaître un peu mieux et tout ce qu'il découvrait contribuait à approfondir les sentiments qu'elle lui inspirait.

Il savait à présent combien il lui fallait de temps pour se réveiller le matin. Il savait ce qu'elle aimait prendre au petit déjeuner. Il savait qu'elle raffolait de douches interminables et brûlantes. Il savait quelle crème pour le corps elle utilisait. Il savait qu'elle perdait sans cesse ses affaires et qu'elle ne comptait jamais la monnaie qu'on lui rendait. Il savait qu'elle donnait toujours des pourboires royaux sans même s'en rendre compte...

Curieusement, ces petits détails avaient pris à ses yeux une importance immense. Il chérissait ces habitudes et ces petits défauts qui la rendaient plus irrésistible encore.

— Tourne à droite à la prochaine ! lança-t-il soudain.

Bess ne se fit pas prier, changeant brusquement de file et coupant au passage la route à un autre automobiliste qui klaxonna, furieux. Bess lui adressa un petit geste amical de la main.

— Je ne pense pas que ses intentions étaient amicales, dit Alex ironiquement.

— Je sais. Mais ce n'est pas une raison pour que je réagisse comme lui !

— Certains considèrent que les queues-de-poisson sont impolies, objecta son compagnon.

— Mais non, voyons, cela fait partie du jeu !

Alex secoua la tête, désespéré. Il se contenta par la suite de lui indiquer la route à suivre et ils parvinrent miraculeusement à destination sans se faire arrêter par les patrouilles routières.

— C'est un joli quartier, déclara la jeune femme tandis qu'ils sortaient de voiture.

De fait, la plupart des maisons avaient été récemment repeintes. Toutes possédaient de jolis jardins où poussaient des arbres et des massifs de fleurs. Sur les trottoirs, des enfants faisaient du skateboard, du vélo ou du patin à roulettes.

Certains d'entre eux hélèrent Alex et un groupe d'adolescents poussa quelques sifflements admiratifs en voyant Bess.

— Est-ce que toi aussi tu sifflais les filles, lorsque tu étais jeune ? demanda-t-elle, amusée.

— Bien sûr…

Il prit Bess par le bras et avança avec elle vers la maison de ses parents. Alors qu'il s'apprêtait à sonner, la porte s'ouvrit, laissant apparaître Mikhail qui tenait son fils Griff dans les bras.

— Tu es en retard, une fois de plus, remarqua-t-il. Vous devez être Bess ?

— Oui, enchantée, répondit celle-ci en tendant la main à Mikhail.

Griff s'était penché vers son oncle pour l'embrasser et, sans hésiter, il se tourna ensuite vers Bess qui déposa deux baisers sonores sur ses joues rebondies.

— Griff aime les jolies femmes, expliqua Mikhail en souriant. Je pense qu'il tient cela de son oncle…

— Ne commence pas, marmonna ce dernier, gêné.

Mikhail ne parut pas l'entendre, observant attentivement Bess.

— Tu as meilleur goût qu'avant, on dirait, dit-il en ukrainien. Cette fille vaut bien quelques suées au gymnase.

— Si jamais tu lui parles de ça, je te promets que je te brise le cou, répondit Alex dans la même langue.

Son frère lui décocha un sourire moqueur et Bess réalisa combien la ressemblance entre eux était frappante. Il émanait des deux hommes la même impression de force teintée de quelque chose de plus sombre.

— Qu'est-ce que vous racontez ? demanda la jeune femme, curieuse.

— Excusez nos manières déplorables, répondit Mikhail. Je complimentais mon frère sur ses goûts. Mais entrez, tous les deux. Je vous rejoindrai plus tard : Griff a envie que je le présente aux enfants qui jouent dans la rue.

— Comment va Sydney ? s'enquit Alex.

— Bien, mais elle est un peu fatiguée.

— Elle travaille trop.

— C'est vrai. Et le fait qu'elle est enceinte n'arrange pas les choses !

— Quoi ? Encore ?

— Oui. Nous voulons une grande famille. Je ne voudrais pas que Griff prenne des habitudes de fils unique !

— C'est génial, Mikhail ! Félicitations…

Son frère hocha la tête et son sourire s'épanouit encore un peu plus. Puis il se détourna et se dirigea vers un groupe d'enfants qui jouaient non loin de là.

— Mon Dieu ! murmura Alex, toujours sous le coup de la surprise. J'avais déjà du mal à assimiler le fait qu'il était père et voilà qu'il remet ça !

Bess sourit, réalisant que la tension qui l'avait habitée jusqu'alors s'était brusquement dissipée.

— Allez, viens, oncle Alex, dit-elle en se moquant gentiment de lui. Je veux rencontrer les autres...

— Je te préviens, ils sont bruyants.

— Ce n'est pas moi qui le leur reprocherai.

— Et leur curiosité est insatiable !

— Je commence à comprendre pourquoi je te plais...

Alex s'arrêta brusquement et prit les mains de la jeune femme entre les siennes. C'était un moment très important pour lui : jamais encore il n'avait présenté l'une de ses petites amies à sa famille.

— Je t'aime, Bess, dit-il gravement.

Elle tenta de lui répondre mais il scella ses lèvres d'un baiser avant de l'entraîner à l'intérieur.

— Alors, comme cela, vous écrivez des scénarios pour la télévision ? dit Zack. C'est bien : cela prouve que vous êtes intelligente.

— Je fais de mon mieux, répondit la jeune femme.

— Si j'en crois ce que m'a dit Rachel, reprit le beau-frère d'Alex, vous êtes trop modeste. D'ailleurs, elle a même regardé votre feuilleton.

— Vraiment ?

— Oui, répondit Rachel. Après vous avoir rencontrée, j'ai enregistré quelques épisodes pour me faire une idée. Puis j'ai cédé à Zack qui insistait pour que je prenne un congé maternité et j'avoue que je suis devenue accro ! Je ne suis pas certaine d'avoir compris exactement qui est qui mais je dois reconnaître que la série est très bien ficelée. D'ailleurs, Nick est devenu l'un de vos fans, lui aussi.

— Je ne faisais que te tenir compagnie, protesta le jeune homme.

Il n'avait peut-être plus besoin de prouver sa virilité en s'engageant dans des gangs comme les Cobras, mais il n'était pas encore prêt à admettre qu'il aimait un soap-opera comme « Péchés secrets ».

— Je ne regardais pas vraiment, poursuivit-il en haussant les épaules. Sauf les actrices, ajouta-t-il en souriant.

— C'est ce qu'ils disent tous, rétorqua Bess en éclatant de rire.

Elle songea que Nick lui-même avait le profil du parfait acteur : sa jeunesse et son charisme auraient fait merveille dans une série télévisée. D'autant qu'on sentait en lui un mélange fascinant d'assurance et de vulnérabilité.

— Et quelle est celle que tu préfères, Nick ? demanda-t-elle, curieuse. Lu Anne, l'ingénue trop sensible qui souffre en silence ou Brooke qui utilise ses pouvoirs de séduction pour manipuler et détruire tous les hommes qui ont le malheur de croiser sa route ?

Nick hésita quelques instants avant de répondre.

— Je crois que c'est Jade, dit-il enfin. J'ai toujours eu un faible pour les femmes mûres.

— Moi aussi, j'ai regardé votre feuilleton, déclara Nadia. Je l'adore.

— Je dois reconnaître que Vicky n'est pas désagréable à regarder, concéda Zack à son tour.

— Cela ne m'étonne pas de toi ! s'exclama Rachel, moqueuse. Les hommes ont toujours un faible pour ce genre de filles. Et toi, Alex ? Tu es accro aussi ?

— Non, reconnut-il. Mais McNee me tient au courant de tout ce qui se passe dans le petit monde merveilleux de Millbrook.

— Vous devez avoir du mal à tenir la cadence, observa Sydney qui s'était étendue sur le canapé.

— C'est vrai. Mais j'aime bien travailler dans l'urgence.

— Et comment avez-vous rencontré Alexi ? s'enquit Yuri.

— Il m'a arrêtée.

Un long silence suivit cette déclaration alors qu'Alex lançait un regard assassin à la jeune femme. Puis tous éclatèrent de rire, accompagnés par les aboiements du chien qui tenait à participer à l'hilarité générale.

— Est-ce que j'ai raté quelque chose ? demanda alors Mikhail qui venait d'entrer avec Griff.

— Non, répondit Rachel. Mais tu arrives à temps : je crois que nous allons bien nous amuser. Allez-y, Bess, racontez-nous ce qui s'est passé.

La jeune femme ne se fit pas prier et entreprit de narrer le récit de sa rencontre rocambolesque avec Alex. Ce dernier l'interrompit une bonne dizaine de fois pour ajouter un détail ou corriger l'une de ses affirmations. Toute la famille les écoutait, fascinée.

— Il vous a mise en cellule et vous sortez quand même avec lui ! s'exclama Mikhail, sidéré.

— Eh bien, répondit Bess en souriant, je dois dire que je le trouvais plutôt mignon…

— C'est ce que disent toutes les filles ! s'exclama fièrement Yuri.

— Merci papa, répliqua Alex, gêné.

— J'étais comme lui, à son âge, soupira Yuri. C'est comme cela que j'ai séduit Nadia.

— Quel menteur ! s'exclama celle-ci. C'est moi qui ai dû faire les premiers pas ! Tu étais tellement lent à te décider que je n'ai pas eu le choix. Je t'ai fait la cour.

— C'est vrai, reconnut Yuri en riant. Je n'arrivais plus à me débarrasser d'elle. Mais comme il n'y avait pas de plus jolie fille au village, j'avoue que je n'ai pas résisté très longtemps.

— Je suis tombée amoureuse de lui parce que je le trouvais timide et charmant, expliqua Nadia. Mais je n'ai pas tardé à me rendre compte qu'il était loin d'être timide. Comme mes fils, d'ailleurs…

— A quoi bon perdre son temps ? demanda Alex en riant.

Sur ce, il se pencha vers Bess et, prenant son visage entre ses mains, il l'embrassa. Ce n'était pas un petit baiser tendre mais quelque chose de plus intime, de plus passionné qui fit frémir la jeune femme des pieds à la tête.

Mais Bess ne savait pas ce que ce geste représentait aux yeux d'Alex et de sa famille : c'était la première fois qu'il embrassait une femme dans cette maison, devant ses proches. Ce faisant, il leur indiquait qu'elle était celle qu'il avait choisie.

Une salve d'applaudissements suivit leur baiser et Bess se sentit brusquement terriblement gênée.

— C'est vrai qu'Alex n'est pas timide, remarqua-t-elle avec un pâle sourire.

Ravalant des larmes d'émotion, Nadia leva son verre en un toast muet, comprenant parfaitement le sens de ce que son fils venait de faire. Le dernier de ses enfants avait donné son cœur et Bess appartenait désormais à la famille.

— Bienvenue ! s'exclama la vieille dame.

— Merci, murmura Bess, comprenant que quelque chose venait de se produire qui lui avait échappé.

Tous les autres levèrent leur verre et burent avant de se remettre à deviser gaiement, au grand soulagement de la jeune femme.

Celle-ci en profita pour les observer attentivement, réalisant qu'il lui serait très facile de s'intégrer au milieu de ces gens, de les aimer. Tous étaient simples, ouverts et parfaitement à l'aise les uns avec les autres. Jamais elle n'avait vu ses parents converser avec autant de légèreté et de bonne humeur. Jamais ils n'avaient montré tant d'affection vis-à-vis de leurs enfants et de leurs proches.

Etait-ce cela qui lui avait manqué pendant de si longues années ? Etait-ce pour cela qu'elle avait eu autant de mal à s'épanouir, étant enfant ? Et cela expliquait-il le besoin insatiable qu'elle avait d'aller vers les autres aujourd'hui ?

Cela importait peu, au fond : ce qu'elle avait eu et ce qui lui avait manqué avait forgé sa personnalité et elle ne regrettait pas d'être devenue la femme qu'elle était. Bien sûr, elle aurait été ravie, à présent, d'avoir une famille telle que celle-ci. Ce devait être un gage de stabilité, une source inépuisable de réconfort et d'amour.

Brusquement, Bess réalisa que Mikhail l'observait attentivement.

— Vous recommencez, observa-t-elle en souriant.

— C'est parce que j'aimerais beaucoup sculpter votre visage.

— Pardon ?

— Vous avez des traits fascinants, déclara-t-il en lui prenant la main, comme si c'était la chose la plus naturelle du monde. Je crois que de l'acajou conviendrait parfaitement.

Du bout des doigts, il fit pivoter doucement la tête de la jeune femme d'un côté puis de l'autre.

— Vous plaisantez ? demanda-t-elle finalement.

— Mikhail ne plaisante jamais quand il s'agit de son travail, répondit Sydney. Je suis même surprise qu'il ait attendu aussi longtemps pour vous demander de poser pour lui !

— De poser pour… Attendez, vous êtes le fameux Stanislaski ?

Mikhail hocha la tête.

— C'est idiot… Je n'avais pas fait le rapprochement. J'admire beaucoup votre travail, vous savez. Si j'en avais les moyens, j'aurais déjà acquis l'une de vos œuvres. Mais les trois quarts du temps elles sont déjà achetées avant même d'être exposées.

— Si vous acceptez de poser pour moi, je vous offrirai la sculpture en échange, proposa Mikhail.

— Voilà une offre que l'on ne peut refuser !

— Très bien ! s'exclama Mikhail, ravi, avant de se tourner vers son frère. Ton amie est vraiment très belle.

— C'est vrai, reconnut Alex en souriant. Pourtant, elle ne ressemble pas du tout à Sydney.

— C'est parce qu'il y a de nombreuses formes de beauté. Mais toutes concourent à rendre ce monde plus exaltant. Que diriez-vous de passer à mon atelier la semaine prochaine ? ajouta Mikhail à l'intention de Bess.

— Je vous préviens, intervint Sydney, il est inutile de résister : d'une façon ou d'une autre, il finira toujours par vous convaincre.

A l'autre bout de la table, Nadia poussa soudain une exclamation de stupeur et tous se tournèrent vers elle.

— A quel intervalle ? demanda-t-elle alors à Rachel qui faisait la grimace.

— Huit à dix minutes. Mais elles sont encore légères…

— Ne me dis pas que tu as des contractions ? s'exclama Zack, sidéré.

— Si, répondit sa femme avec un sourire un peu crispé. Mais ne t'en fais pas, tu as probablement encore le temps de reprendre un morceau de dessert.

— Elle est sur le point d'accoucher ! s'exclama Zack, prenant les autres à témoin.

— Mais nous ne sommes pas prêts du tout ! protesta Nick, tout aussi paniqué. Je n'ai même pas le numéro du médecin avec moi…

— Maman l'a, le rassura Rachel, amusée. Détends-toi, Muldoon, ce n'est pas encore pour tout de suite…

— Je ne veux pas prendre le risque. Il faut que nous allions à l'hôpital… N'est-ce pas, Nadia ?

— Cela vaudrait peut-être mieux, acquiesça la vieille dame.

— Mais, maman…

Nadia interrompit sa fille en ukrainien, lui expliquant que si elle refusait, son mari risquait de faire une attaque. Tous ceux qui comprenaient la langue éclatèrent de rire au grand dam des autres.

— Je ferais mieux d'appeler une ambulance, déclara alors Alex.

— Arrête de jouer les flics ! protesta Rachel. Je ne suis pas blessée, j'ai juste des contractions.

— Je vais la conduire à l'hôpital, déclara Yuri. Nous y serons rapidement.

— Je peux m'en occuper, protesta Mikhail. Après tout, j'ai l'habitude…

— Moins que moi, rétorqua son père. Je te rappelle que j'ai eu quatre enfants…

Les hommes commencèrent à débattre dans les deux langues de ce qu'il convenait de faire tandis que Nadia gagnait la cuisine pour appeler l'obstétricien de sa fille. Nick paraissait complètement dépassé par la situation et ne cessait de bavarder pour se donner une contenance.

— Tu veux de l'eau, ma chérie ? demanda alors Zack ajoutant immédiatement en voyant sa femme sursauter : Encore une contraction ? Mais cela ne fait même pas dix minutes...

— Tu me serres trop fort, protesta Rachel en essayant vainement de retirer sa main qu'il pressait dans la sienne.

— Ça suffit ! s'exclama alors Sydney, faisant preuve à son habitude du pouvoir de décision qui avait fait d'elle une femme d'affaires hors pair. Alex, monte à l'étage et va chercher des coussins pour ta sœur. Yuri, approche la voiture de l'entrée. Nick, Mikhail et Griff, vous filez chez vous récupérer ce dont Rachel aura besoin. Nous nous retrouverons tous à l'hôpital.

— Mais comment est-ce que vous irez, vous ?

— J'ai une voiture, répondit Bess, fascinée par le drame familial qui se déroulait devant ses yeux.

— Parfait ! s'exclama Sydney. Bien... Zack et Nadia partiront avec Yuri et Rachel. Moi, j'accompagnerai Alex et Bess.

— Je suis désolée de vous causer tout ce tracas, s'excusa Rachel dont les contractions se faisaient de plus en plus rapprochées.

— Pas de problème ! répondit la jeune femme.

Elle s'abstint à contrecœur de lui demander comment elle se sentait et quel effet cela faisait d'être sur le point d'accoucher. Le moment était mal choisi pour satisfaire son insatiable curiosité.

— J'ai appelé le médecin et Natasha, déclara alors Nadia qui revenait de la cuisine. Elle arrive avec sa famille dès que possible.

— Dans ce cas, tout est prêt, conclut Zack, très pâle. Nous ferions mieux d'y aller en vitesse...

Alex et Sydney se dirigèrent aussitôt vers la chambre de Rachel mais Bess hésita.

— Je ne voudrais pas m'imposer, expliqua-t-elle à Nadia.

— Allons, vous êtes de la famille maintenant. Vous pouvez venir. A moins que les accouchements ne vous fassent peur…

— Non, je ne crois pas… J'en ai déjà décrit plusieurs, vous savez.

— Est-ce que tu as fait des recherches à ce sujet ? demanda Alex, amusé.

— Oui. J'ai convaincu un obstétricien de me laisser assister à plusieurs accouchements, avec le consentement des mères, bien sûr. Et toi ? Tu y as déjà assisté ?

— Euh, non… J'ai vu quelques vidéos lorsque j'étais à l'académie de police. Ils voulaient que nous sachions comment réagir au cas où nous nous retrouverions confrontés à ce genre de situation. Mais ça ne m'est jamais arrivé.

— Tu verras, c'est extraordinaire. Je te tiendrai la main au cas où tu risquerais de t'évanouir.

Tous entrèrent donc dans la chambre de Rachel où ils entreprirent de passer le temps, en se racontant force anecdotes et plaisanteries et en réconfortant Zack qui semblait bien plus inquiet que sa propre femme. Quelques minutes plus tard, Nick les rejoignit avec les affaires de Rachel. Il était accompagné de Rio qui avait insisté pour prendre part à ce grand moment.

— Alors ? demanda Alex à Bess tandis que tous deux étaient allés chercher des cafés pour les autres. Que penses-tu de toute cette aventure ?

— Je n'ai jamais vu une famille comme la tienne, répondit la jeune femme en souriant. Mes parents auraient été choqués à l'idée d'assister à un tel moment.

— Mais c'est un peu notre bébé à tous, répondit Alex, étonné.

— C'est exactement ce que je veux dire, acquiesça Bess. Vous êtes si unis…

— En tout cas, je suis heureux que tu sois là, déclara gravement Alex.

A ce moment, Yuri les rejoignit, un large sourire aux lèvres.

— Maintenant, tous mes enfants ont des enfants sauf toi, dit-il en assenant une claque dans le dos de son fils. J'espère que tu vas t'y mettre bientôt…

Bess éclata de rire et Alex lança à son père un regard de reproche.

— Ne t'en fais pas, papa, lui dit-il en ukrainien, lorsque je déciderai de faire un bébé, je te préviendrai.

— Comment ça « quand tu décideras » ? C'est elle la femme de ta vie, non ?

— Oui.

— Alors ?

— J'ai mes raisons pour attendre.

Yuri hocha tristement la tête mais, dans ses yeux, brillait une lueur amusée.

— Comment se fait-il que tous mes enfants soient si têtus ?

— Et comment se fait-il que mon père soit si curieux ?

Yuri éclata de rire et embrassa Alex sur les deux joues.

— Va te promener avec ton amie et vole-lui quelques baisers. Il vous reste encore un peu de temps avant que le bébé ne vienne au monde.

— C'est une excellente idée, approuva Alex.

Se levant, il tendit la main à Bess :

— Viens, lui dit-il, allons prendre l'air.

— Alexi, murmura Bess tandis qu'ils se dirigeaient vers la sortie, n'en veux pas trop à ton père : il n'avait pas l'intention de t'embarrasser.

— Ne t'en fais pas, j'ai l'habitude. Papa dit toujours ce qu'il pense sans réfléchir…

— De quoi avez-vous parlé ensuite ?

— C'est un secret. Et j'espère que tu n'as pas l'intention d'apprendre l'ukrainien !

— Mais c'est…

— … impoli ? suggéra-t-il avec un sourire ironique. Je sais.

Ils sortirent sur le vaste parking où Alex entreprit de mettre le conseil de son père à exécution. Il fit montre de tant de passion que, lorsqu'ils réintégrèrent enfin l'enceinte de l'hôpital, le cœur de Bess battait à tout rompre tandis que ses jambes lui semblaient s'être brusquement changées en coton.

Dans la salle d'attente réservée aux fumeurs, ils retrouvèrent Nick qui enchaînait cigarette sur cigarette et paraissait aussi stressé que s'il attendait la naissance de son propre enfant.

— Comment ça va ? lui demanda Alex, amusé.

— Cela dure depuis une éternité ! soupira Nick en tirant nerveusement sur sa cigarette. Il a suffi de deux heures à Sydney pour accoucher de Griff. Rachel est tellement tendue qu'elle m'a fichu dehors et a refusé que je la filme. Comment se fait-il que les médecins n'interviennent pas ?

— Je ne connais pas grand-chose aux accouchements, mais je suppose que les enfants viennent au monde lorsqu'ils sont prêts, répondit Alex.

— D'ailleurs, il n'y a pas de quoi s'inquiéter : Rachel n'a eu les premières contractions qu'il y a six heures, tenta de le rassurer Bess, touchée par son désarroi.

— J'ai l'impression que cela fait six jours, remarqua Zack qui venait de les rejoindre.

Il prit la cigarette des mains de Nick et en tira une profonde bouffée.

— Elle ne cesse de m'insulter, reprit-il. Et maintenant que je comprends quelques mots d'ukrainien, je sais que cela n'a rien de flatteur !

— C'est bon signe, lui assura Bess. Cela veut dire que les contractions deviennent plus intenses et que le bébé arrive.

— Elle n'arrête pas de harceler le médecin, soupira Zack en rendant à Nick sa cigarette.

Les portes de l'ascenseur s'ouvrirent alors, révélant une jeune femme qui se précipita dans leur direction.

— Natasha ! s'exclama Alex.

Tous deux se jetèrent dans les bras l'un de l'autre. La jeune femme paraissait à la fois anxieuse et ravie de retrouver sa famille.

— Comment va Rachel ? demanda-t-elle aussitôt.

— Elle insulte le médecin et n'arrête pas de frapper Zack.

— Ah, c'est bon signe ! Salut, Nick, ajouta-t-elle en embrassant le jeune homme. Ne fais pas cette mine d'enterrement. Ton neveu ou ta nièce va bientôt arriver. Spencer est en train de se garer et il ne va pas tarder à arriver avec les enfants. Nous voulions les laisser à Shepherdstown mais ils ont insisté pour venir voir leurs cousins. Freddie a hâte de te revoir.

— Comment va-t-elle ? demanda Nick que cette nouvelle paraissait ravir.

— Très bien ! Elle est plus grande que moi à présent, tu sais... Dis-moi, Alex, est-ce que je peux voir Rachel ?

— Je t'emmène près d'elle tout de suite. Mais je tiens d'abord à te présenter Bess McNee.

— Bess ? s'exclama Natasha en tendant la main à la jeune femme. Je suis ravie de faire enfin votre connaissance.

Bess sourit et lui rendit son salut, réalisant que toute la famille paraissait avoir déjà entendu parler d'elle.

— Moi de même. Je m'en serais voulu de ne pas connaître tous les membres de votre fascinante famille !

Natasha éclata de rire puis secoua la tête.

— Rachel m'a prévenue que j'allais beaucoup vous aimer et j'espère que nous aurons le temps de faire plus ample connaissance avant que je ne reparte pour la Virginie.

— Ce sera un plaisir pour moi. Mais je crois que votre sœur vous attend. Nick ? Que dirais-tu d'aller chercher des sandwichs à la cafétéria pour tout le monde ?

Finalement, Bess revint vers Alex qui paraissait à présent aussi nerveux que le reste de sa famille.

— Ce ne devrait plus être long, à présent, dit-elle d'un ton rassurant.

— C'est ce qu'ils disent depuis plus d'une heure !

Bess le prit dans ses bras et se serra contre lui, sentant la tension qui l'habitait.

— Ne t'en fais pas : le moniteur indique que les battements de cœur sont très réguliers et rapides. Ce doit être une fille.

— Comment sais-tu toutes ces choses ? s'étonna Alex.

— J'ai fait des études là-dessus, répondit-elle. En fait, j'ai assisté à la naissance de douze bébés en tout, dont deux jumeaux.

— En tout cas, tu parais épuisée, McNee. Tu aurais dû rentrer chez toi…

— Sûrement pas ! C'est bien trop passionnant.

— Tu sais, je te suis reconnaissant pour tout ce que tu as fait pour nous, aujourd'hui. Je te dois une fière chandelle.

— Je me contenterai d'une rétribution en nature, répondit Bess en tendant ses lèvres vers lui.

Tandis qu'ils s'embrassaient tendrement, Mikhail sauta sur ses pieds pour aller à la rencontre de sa mère qui venait de sortir de la chambre de Rachel.

— Notre famille compte un nouveau membre ! s'exclama la vieille dame, un sourire radieux brillant au milieu de ses larmes.

Yuri la serra contre lui, visiblement ravi.

— Fille ou garçon ? demandèrent Nick et Alex d'une même voix.

— Vous verrez. Ils sont en train de laver le bébé et ils vont l'amener d'un instant à l'autre.

— Rachel se repose, ajouta Yuri en écrasant une larme d'émotion. Vous pourrez aller l'embrasser bientôt…

La famille tout entière se massa devant la porte de la pouponnière, attendant avec impatience de découvrir le nouveau-né.

— Je suis tonton ! dit Nick incrédule à Freddie qui se trouvait à son côté. Ah ! voilà Zack !

De fait, son frère venait de sortir de la nursery, le bébé emmailloté dans les bras. Son visage rayonnait de bonheur et de fierté et il tendit l'enfant vers eux.

— C'est une fille, constata Alex en serrant Bess contre lui. Elle est magnifique.

— Bon Dieu ! s'exclama Nick comme s'il ne parvenait pas vraiment à y croire. Bon Dieu de bon Dieu…

Se tournant vers Freddie, il vit qu'elle pleurait et essuya une larme qui coulait sur l'une de ses joues.

— Tu pleures ? demanda-t-il, alarmé.

— Ils sont si mignons, soupira la jeune fille en tournant son regard émerveillé vers Nick.

Ce dernier se perdit dans ces yeux magnifiques, réalisant brusquement à quel point sa cousine par alliance était belle.

— Oui, dit-il, gêné. C'est fantastique… Euh… Je crois que je n'ai pas de mouchoir…

— Ce n'est pas grave, répondit Freddie en lui souriant. Est-ce que tu voudras des enfants, un jour ? ajouta-t-elle avec une candeur désarmante.

— Des enfants ? répéta Nick, incrédule. Non…

Incapable de supporter la déception qu'il lut dans le regard de Freddie, il détourna les yeux.

— Pas question, ajouta-t-il d'un ton qui trahissait ses propres doutes.

— Moi, j'en veux, dit-elle fermement en le prenant par le bras.

Elle posa sa tête contre son épaule et Nick se demanda brusquement s'il devait s'enfuir en courant ou céder sans rémission à la douceur de ce geste.

Autour d'eux, tous les couples s'étaient enlacés, comme rapprochés par le miracle de cette naissance.

— Je suis béni ! s'exclama joyeusement Yuri en prenant Bess dans ses bras.

Il l'entraîna dans une valse folle tout autour de la salle d'attente puis la souleva de terre tandis qu'elle éclatait de rire.

— J'ai deux petits-fils et trois petites-filles, déclara-t-il enfin. N'est-ce pas merveilleux ?

— Ça l'est, en effet, confirma Bess, touchée.

Elle posa deux baisers sonores sur ses joues ridées.

— Félicitations, grand-père.

— C'est un grand jour ! s'écria Yuri au comble de l'allégresse. Prenez un cigare !

10

Rosalie s'estimait suffisamment bonne psychologue pour dire que Bess était une femme très étrange. Pourtant, elle ne cessait de venir la voir. Bien sûr, c'était en partie pour l'argent : petit à petit, elle mettait de côté la somme dont elle aurait un jour besoin pour prendre sa retraite et partir dans le Sud.

Mais il y avait plus que cela. Sinon pourquoi restait-elle si souvent avec Bess et Lori après ses « consultations » ? Elle se sentait très excitée à l'idée de coopérer, même très indirectement, à la création de « Péchés secrets » dont elle avait déjà regardé avec intérêt un certain nombre d'épisodes.

Enfin, force était de reconnaître que Bess lui était sympathique. Elle appréciait même de plus en plus sa compagnie. Car Bess avait de la classe. C'était un trait de caractère subtil et difficile à identifier, quelque chose qui, au fond, n'avait pas grand-chose à voir avec les antécédents familiaux ou la condition sociale.

Bien sûr, Rosalie avait découvert que Bess venait d'un milieu très aisé et que sa famille était immensément riche. Elle savait que la jeune femme n'avait fréquenté que d'excellentes écoles et qu'elle était allée à l'université. Mais cela n'expliquait ni la grâce ni la compassion qu'elle ajoutait aux qualités qu'elle avait acquises par ailleurs.

Ce jour-là, Rosalie était venue comme à son habitude discuter avec les deux auteurs mais, au lieu de repartir, elle était restée avec Bess pendant que celle-ci rédigeait les dialogues prévus pour le lendemain. Rosalie avait remarqué à plusieurs reprises que, malgré son apparente décontraction, la jeune femme était un véritable bourreau de travail.

En fait, elle travaillait même beaucoup plus que Rosalie et la plupart de ses collègues. Cette comparaison n'était peut-être pas si déplacée que cela, d'ailleurs : tandis que Rosalie vendait son corps, Bess vendait son esprit. C'était une chose dont elles avaient parlé toutes deux à de nombreuses reprises.

Ces discussions avaient même été une véritable révélation pour Rosalie que ni son métier ni son origine sociale ne prédestinaient aux grands débats philosophiques. Mais Bess avait l'art de s'adapter à ses interlocuteurs et elles avaient plusieurs fois devisé durant des heures de choses et d'autres.

En fait, se disait Rosalie, qu'elle le veuille ou non, Bess était devenue une amie avec laquelle elle pouvait partager ce qu'elle ressentait en toute confiance, sans craindre d'être jugée.

— Jusqu'à quand dois-tu travailler ? demanda-t-elle à la jeune femme qui tapait avec ardeur sur le clavier de l'ordinateur.

— Oh, je n'en ai plus pour très longtemps. Je termine la scène de séduction entre Brock et Jessica. Je viens d'avoir une idée géniale que je tiens absolument à ajouter au script. Les acteurs seront furieux d'avoir plus de texte que prévu, mais je crois que ça vaut vraiment le coup. D'ailleurs, s'ils ne sont pas contents, ils n'ont qu'à changer de métier…

Rosalie, pensive, tira une bouffée de sa cigarette.

— A quelle heure es-tu arrivée, ce matin ?

— Eh bien… vers 9 h 30, répondit Bess. J'étais un peu en retard, ajouta-t-elle en souriant au souvenir de son réveil auprès d'Alex.

— Et il est près de 7 heures, constata Rosalie en jetant un coup d'œil à sa montre. Dans ma profession, c'est le double du temps de travail maximum.

— Oui mais moi, je suis assise, répondit Bess en massant sa nuque ankylosée. Au fait, tu as faim ? Tu veux que nous commandions quelque chose ?

— Non merci, répondit Rosalie. Moi aussi il va falloir que je parte bosser !

— Allons, tu pourrais bien prendre une nuit de congé, objecta Bess sans cesser de taper son texte. Tu ne veux pas que nous allions voir un film, toutes les deux ?

— Je croyais que tu avais renoncé à changer mon mode de vie ? demanda Rosalie d'un ton ironique.

— J'ai menti, répondit Bess du tac au tac.

Elle s'était pourtant efforcée de ne pas influencer la jeune prostituée, ne voulant pas paraître condescendante ou trop pressante. Mais, malgré ses efforts, elle ne parvenait pas à rester indifférente au sort de la jeune femme.

— Je me fais beaucoup de souci pour toi, expliqua-t-elle. Surtout depuis le dernier meurtre.

Rosalie lui lança un regard surpris : cela faisait de nombreuses années que personne ne s'était inquiété pour elle et cette révélation inattendue avait quelque chose de touchant.

— Je t'ai déjà dit que je savais me défendre, répondit-elle, luttant contre cette émotion imprévue.

— Oui mais…

— Il n'y a pas de mais, répondit Rosalie en sortant de son sac un couteau à cran d'arrêt qui s'ouvrit, révélant une lame d'acier bleuté à l'allure menaçante. Je sais parfaitement me servir de ce truc et je t'assure que je ne conseille à personne d'essayer de m'avoir !

Bess la regarda avec un mélange de fascination et de stupeur : cette arme avait quelque chose de redoutable, comme si elle incarnait l'idée même de la mort.

— Je peux ? demanda la jeune femme en tendant la main.

Avec un haussement d'épaules, Rosalie lui tendit le couteau en le tenant par le manche.

— Fais attention, il est plus aiguisé qu'il n'y paraît, prévint-elle.

Bess manipula précautionneusement l'instrument, se demandant si Jade pouvait porter une telle arme. Qui sait ? Josie pourrait le découvrir dans l'un de ses sacs à main, couvert de sang, et se demander avec angoisse comment il avait atterri là. Mieux encore, elle pourrait le retrouver dans son attaché-case…

— Est-ce que tu as déjà eu à t'en servir ? demanda Bess, curieuse.

— Pas encore, répondit Rosalie en tendant la main pour récupérer le couteau.

Elle actionna le cran de sécurité et la lame rentra dans le manche avec un claquement sec. Le rangeant dans son sac, elle en sortit un petit flacon de parfum dont elle s'aspergea généreusement. Une odeur de rose envahit la pièce.

— Encore quelques mois et j'aurai assez d'argent de côté pour me tirer. Je passerai l'hiver sous le soleil de Floride pendant que vous affronterez les tempêtes de neige.

Se levant, Rosalie tira sur son haut très court, révélant la naissance de ses seins.

— A plus ! s'exclama-t-elle.

— Attends une minute, fit Bess avant d'aller chercher un magnétophone miniature. Si cela ne te dérange pas, j'aimerais bien que tu l'utilises de temps en temps pour capter des ambiances, des bribes de conversation, ce genre de choses…

— C'est toi le patron, répondit Rosalie en souriant.

— Fais attention à toi, lui dit Bess tandis qu'elle se dirigeait vers la porte.

— Je fais toujours attention, répondit Rosalie.

Sur ce, elle se dirigea à grands pas vers l'ascenseur, un large sourire aux lèvres. Une idée hilarante lui était venue : au lieu de se contenter de ce que Bess lui avait demandé, Rosalie avait décidé d'enregistrer l'intégralité d'une de ses passes, juste pour voir quelle serait la réaction de sa bienfaitrice.

Mais alors qu'elle se réjouissait d'avance de ce tour pendable, elle avisa Alex qui venait à sa rencontre, se dirigeant vers le bureau de Bess. Immédiatement, son sourire disparut et une expression de méfiance le remplaça.

— Tiens, Rosalie, fit Alex qui ne se sentait pas mieux disposé qu'elle à son égard. Les affaires marchent bien ?

— Je n'ai pas à me plaindre.

Rosalie fit mine de poursuivre son chemin mais Alex s'interposa, lui barrant la route.

— Que sais-tu de Crystal LaRue ? demanda-t-il.

— Je sais qu'elle est morte.

— Et avant cela ?

— Rien, répondit Rosalie.

Elle aurait donné cette réponse même si Crystal avait été l'une de ses meilleures amies. De toute façon, c'était la stricte vérité.

— Je ne l'ai jamais rencontrée, reprit-elle. Elle était nouvelle et n'avait pas encore de mac.

— C'est ce que l'on m'a dit, opina Alex. Pourtant, on dit que Bobby avait l'intention de la chaperonner.

— On dirait qu'il les prend de plus en plus jeunes, ironisa Rosalie.

Malgré lui, Alex tiqua : Crystal n'avait que dix-sept ans lorsqu'elle avait été tuée et c'était moins une prostituée professionnelle qu'une jeune fille paumée qui aurait pu se réinsérer. Mais elle n'en aurait plus jamais l'occasion...

— Est-ce que Bobby la menaçait ? Est-ce qu'il exerçait des pressions sur elle ? demanda-t-il néanmoins.

— Aucune idée.

— Tu en es certaine ?

— Ecoute-moi, le flic : ces temps-ci, je me suis efforcée d'éviter Bobby. Alors je ne vois pas comment je saurais ce qu'il a ou n'a pas fait, d'accord ?

Alex hocha la tête et contempla le bleu qui commençait à se résorber sur le visage de la jeune femme.

— En tout cas, il me semble que Bess te paie suffisamment pour que tu restes loin d'elle et que tu ne la mêles pas à toute cette saloperie !

— Ça, c'est mon affaire.

— C'est aussi la sienne. Si Bobby découvre que tu arrondis tes fins de mois grâce à elle, il essaiera de le lui faire payer très cher et, alors, je serai obligé de le tuer.

Alex avait parlé d'une voix glaciale et, dans ses yeux, Rosalie lut qu'il disait la vérité. Malgré elle, elle fut impressionnée.

— Tu ne crois tout de même pas que je vendrais Bess ? s'exclama-t-elle, blessée qu'il puisse seulement le penser. Je lui dois trop pour cela !

— Tu lui dois quoi, au juste ?

— Elle est la seule personne qui me respecte, répondit Rosalie. Elle m'a invitée chez elle, nous avons mangé ensemble, elle m'a même proposé de dormir dans son appartement si je voulais. Oh, rassure-toi, j'ai refusé ! Contrairement à ce que tu pourrais croire, je ne la considère pas comme l'un de mes clients ! Elle me paie mais elle me traite d'égale à égale et c'est au moins aussi important que l'argent.

— Je comprends, soupira Alex, frappé par la véhémence dont avait fait preuve Rosalie. Peut-être a-t-elle raison d'agir ainsi… Mais je ne veux pas qu'elle ait à en souffrir.

— Moi non plus, répondit Rosalie. Et j'ai quelque chose à te dire également : elle paraît très amoureuse de toi, alors je te conseille de bien la traiter et de ne pas la décevoir. Sinon, c'est toi qui auras affaire à moi.

Alex sourit à Rosalie, touché par cette recommandation totalement inattendue.

— Je te promets que je ne la laisserai pas tomber, répondit-il solennellement.

Rosalie hocha la tête, songeant pour la première fois de sa vie que tous les flics n'étaient peut-être pas aussi mauvais qu'elle le pensait.

— Je crois que je commence à comprendre pourquoi elle est si mordue, avoua-t-elle en se dirigeant vers l'ascenseur. Alors fais en sorte qu'elle le reste !

Comme Bess, Alex fut tenté de la dissuader de retourner dans la rue mais, contrairement à la jeune femme, il savait que c'était sans espoir.

— A un de ces jours, lui dit-il avant de se détourner pour rejoindre la femme qu'il aimait.

Il la trouva assise devant son ordinateur. Ses doigts se mouvaient avec la rapidité de l'éclair, transformant en mots les images qui surgissaient de son imagination bouillonnante. Ses yeux étaient perdus, très loin de cet endroit. Certainement à Millbrook, songea-t-il avec une pointe d'amusement.

Mais le retour sur terre risquait d'être désagréable à en juger par la façon dont elle se tenait, les jambes repliées sous elle, la tête penchée en avant. Elle risquait d'hériter de quelques courbatures et d'un bon torticolis.

L'observant en silence, Alex remarqua qu'elle portait une jupe très courte qui révélait ses cuisses parfaites. Le chemisier rose qu'elle avait choisi aurait dû jurer avec la couleur de ses cheveux mais ce n'était pas le cas. Les manches en étaient roulées, laissant apparaître les avant-bras de la jeune femme.

Une dizaine de bracelets dorés tintinnabulaient à chacun de ses poignets mais elle ne paraissait pas s'en rendre compte, trop absorbée par sa création. Elle portait aussi une bague fantaisie et de grands anneaux aux oreilles qui lui donnaient un air un peu gitan.

Cette vision était l'une des plus délicieuses qu'ait jamais vues Alex. Il aurait pu rester là des heures à l'observer si le désir qu'il avait d'elle ne l'avait pas tiraillé aussi cruellement.

Il se demanda comment il parviendrait à vivre sans elle si elle décidait brusquement de le quitter. D'avance, il savait qu'un vide immense l'habiterait alors, que rien ni personne ne pourrait combler.

Il savait que cela finirait par arriver : c'est ce qu'elle avait fait par le passé alors que, de son propre aveu, elle aimait les hommes avec lesquels elle avait temporairement partagé sa vie.

Mais qu'y pouvait-il ? Il ne pouvait ni l'enfermer ni la supplier de rester avec lui. La Bess qu'il aimait n'aurait jamais cédé à de telles pressions et il n'aurait fait que précipiter leur rupture.

Pourquoi diable n'était-il pas tombé amoureux de quelqu'un de plus simple, de moins fantasque ? Quelqu'un qui se serait contenté de l'attendre patiemment à la maison sans qu'il ait à craindre pour sa vie à chaque instant ? Quelqu'un qui aurait été capable de s'occuper de la famille qu'il désirait avoir ?

Avec Bess, rien n'était jamais simple. Elle ne se contenterait certainement pas de rester chez elle toute la journée et le forcerait toujours à parler de ce qu'il faisait, de ce qu'il vivait durant ses interminables journées de travail. Et elle n'accepterait pas une version expurgée, trop désireuse de tout partager avec lui.

Quant aux enfants, rien ne laissait supposer qu'elle en veuille. En fait, il ne savait même pas si elle envisageait de se marier un jour…

A la vérité, être amoureux d'elle tenait du supplice de Tantale : il ne cessait d'imaginer ce que pourrait être leur vie, mais n'avait aucune prise sur la façon de réaliser ses rêves. Elle lui faisait plus peur que n'importe lequel des voyous qu'il lui avait été donné d'arrêter et il la considérait comme plus dangereuse qu'une arme à feu pointée sur lui.

Car avec elle, ce n'était pas pour sa vie qu'il avait peur mais pour son cœur : d'un mot, elle pouvait à tout moment le réduire en cendres.

Il avait donc décidé de s'armer de patience, d'attendre le moment où elle serait tellement habituée à lui qu'elle ne songerait plus à le quitter. Ce n'était peut-être pas très héroïque mais, étant donné les circonstances, c'était probablement l'option la moins dangereuse.

Tandis qu'il réfléchissait de la sorte, Bess cessa brusquement d'écrire et se massa la nuque. Ce geste fit remonter son chemisier, révélant ses hanches et faisant croître le désir qui habitait Alex. Elle sauvegarda son texte et lança l'imprimante.

Alex referma alors la porte derrière lui, prenant soin de tourner le verrou. S'approchant d'elle à pas de loup, il posa doucement ses mains sur ses épaules, la faisant sursauter.

— Alexi ! s'exclama-t-elle. Tu m'as fait peur…

Elle tenta de se lever mais ce simple geste lui arracha une grimace de douleur et elle massa ses jambes ankylosées.

— Personne ne t'a appris à t'asseoir ? demanda Alex en souriant. Si tu continues, tu risques de finir ta vie dans un fauteuil roulant.

— En fait, je comptais me faire couler un bain brûlant et y rester deux ou trois jours d'affilée, répondit-elle.

— Où est Lori ?

— Elle ne se sentait pas très bien et je lui ai dit que nous n'avions qu'à prendre notre après-midi. Mais, finalement, je suis revenue ici pour corriger deux ou trois choses sur le script de demain. Et toi ? Je croyais que tu devais travailler tard ?

— La piste que nous suivions s'est révélée être une impasse. Nous allons devoir chercher d'où provient le collier en forme de cœur mais nous ne pouvons le faire que de jour.

— Comment comptez-vous vous y prendre ? demanda-t-elle, curieuse.

— Nous ferons le tour des joailleries en espérant que le modèle n'est pas trop courant.

— Tu crois que ce bijou a une signification particulière pour le tueur ?

— Certainement... Une femme lui a peut-être brisé le cœur autrefois et, maintenant, il cherche à se venger d'elle à travers ces meurtres. Les profileurs pensent que notre homme est impuissant et qu'il doit avoir recours à des prostituées pour éveiller son propre désir. Il les désire mais il les hait parce qu'elles s'offrent au premier venu. Le fait qu'il leur fasse la cour et leur offre des cadeaux prouve que...

Alex s'interrompit brusquement tandis que Bess tendait la main vers son carnet de notes.

— Dis donc, McNee, ce sont des informations confidentielles que je te livre ! Je ne tiens pas à les retrouver dans le prochain épisode de « Péchés secrets » ! D'ailleurs, je me demande pourquoi je te parle de cela alors qu'il y a moins d'une minute, je ne pensais qu'à faire l'amour avec toi.

Bess reposa son calepin à contrecœur.

— J'aime t'entendre parler de ton travail, dit-elle simplement. En fait, je crois que j'aime tout simplement t'entendre parler, quel que soit le sujet.

— Et tu es diablement convaincante... Je te confie des choses que je ne devrais même pas mentionner. Franchement, je crois que tu es beaucoup trop curieuse, Bess.

— Allons, c'est comme cela que tu m'aimes, protesta-t-elle en riant. Et je ne compte pas m'amender de peur que tu changes d'avis.

— Je te regardais pendant que tu travaillais, avoua alors Alex.

A ces mots, Bess fut parcourue d'un délicieux frisson. Elle devinait le désir qui habitait Alex et qui décuplait celui qu'elle éprouvait pour lui.

— Vraiment ? dit-elle.

— Oui. Et je réfléchissais...

Il posa doucement ses mains sur les épaules de la jeune femme et les caressa avant de descendre le long de ses bras, faisant naître mille frissons délicieux sur sa peau.

— Peut-être devrais-je dire que je rêvais, reprit-il.

— De quoi ? demanda-t-elle d'une voix tremblante.

— De ce que j'aimerais te faire, répondit-il en la repoussant doucement contre le bureau.

Ses mains remontèrent le long de son ventre jusqu'à sa poitrine qu'il commença à masser délicatement du bout des doigts, lui arrachant un profond soupir. Ses gestes étaient lents et délicats et il contrôlait de main de maître l'envie grandissante qu'elle avait de lui, l'accroissant à chaque instant jusqu'à ce qu'elle devienne tout bonnement intolérable.

La bouche sèche et le cœur battant à tout rompre, elle le regarda détacher un à un les boutons de son chemisier. Puis il se pencha vers elle et sa bouche se posa au creux de sa gorge. Se renversant en arrière, elle s'offrit à son exploration et il descendit lentement le long de son sein droit.

— Qu'est-ce que tu fais ? murmura-t-elle d'une voix qui se voulait réprobatrice mais qui trahissait le plaisir qui montait en elle.

— Je te regardais, souffla Alex contre sa peau nue. Et je te désirais... Tu te souviens de la première fois que je suis venu ici ?

— Oui, articula-t-elle, haletante, tandis qu'il commençait à embrasser ses tétons à travers le fin tissu du soutien-gorge.

— Je vais te montrer ce que j'aurais aimé te faire alors…

Se redressant brusquement, il la souleva de terre et l'allongea sur le bureau, repoussant le clavier de l'ordinateur et les papiers qui l'encombraient.

Cette fois, Alex n'avait plus rien de l'amant doux et tendre qui lui avait fait l'amour la nuit précédente. Ses yeux avaient quelque chose de presque cruel et ses mains se faisaient brutales. Il était redevenu le guerrier qu'elle avait entrevu, le jour du braquage de l'épicerie.

Il était là pour prendre son dû, qu'elle soit consentante ou non. Pour la première fois, elle perçut le côté sombre de sa personnalité, celui qu'il s'efforçait de dominer dans sa vie de tous les jours.

Mais, curieusement, cette cruauté ne faisait qu'accroître son propre désir : il y avait dans leur étreinte quelque chose de primitif, de primal, qui éveillait en elle une réponse aussi vieille que l'humanité elle-même.

Alex plongea ses mains dans ses cheveux qu'il agrippa, la clouant sur le bureau. Son corps était aussi solide qu'un rocher, mais elle sentait bouillonner en lui une passion brûlante comme la lave d'un volcan.

Sa bouche cherchait la sienne avec une avidité sauvage tandis que ses mains descendaient le long de ses flancs pour ouvrir la fermeture de sa jupe. Celle-ci tomba lentement aux pieds de la jeune femme mais Alex était déjà en train de déboutonner son chemisier.

Il avait faim de sa chair, il voulait la goûter et il lui ôta son soutien-gorge sans ménagement. Un frémissement fait de peur mêlée d'envie courut le long de la colonne vertébrale de Bess. Elle se sentait plus exposée qu'elle ne l'avait jamais été, abandonnée à la furie de cet homme.

Alex lui avait déjà offert tout ce dont elle avait rêvé mais, cette fois, il paraissait décidé à aller plus loin encore.

L'imprimante cessa brusquement de cliqueter et, dans le silence revenu, on n'entendit plus que leurs halètements impatients. Bess sentait son cœur battre à tout rompre et elle se demanda brusquement s'il n'allait pas éclater.

Puis Alex l'embrassa de nouveau et elle sentit monter en eux un grondement qui se mêla sur leurs lèvres. La lumière crue des néons parut exploser en une myriade d'étoiles tandis qu'elle commençait à gémir.

— Chaque fois que je te regarde, je crois que je vais mourir, murmura Alex d'une voix basse et très rauque. Je n'arrive pas à m'échapper, à oublier… Dis mon nom, Bess !

— Alexi, chuchota-t-elle avant de sentir ses lèvres s'écraser de nouveau contre les siennes. Alexi, répéta-t-elle, j'ai envie de toi…

Comme si ses propres paroles avaient libéré la bête qui sommeillait en elle, ses mains se firent pressantes, courant sur le corps d'Alex, agrippant sa chair, l'attirant plus près encore. Mille explosions agitaient son corps de spasmes délicieux, se fondant en un maelström de sensations qu'elle ne pouvait contrôler. Jamais elle ne s'était donnée de cette façon, renonçant à toute maîtrise, à toute fierté.

Alex lui arracha ses sous-vêtements et elle fut bientôt nue contre lui. Mais cela ne suffisait pas et elle entreprit de le débarrasser de sa chemise avant de déboucler la ceinture de son jean. Lorsqu'il fut dénudé à son tour, les caresses de la jeune femme se firent plus audacieuses et Alex s'abandonna un temps au plaisir qu'elle lui donnait.

Il sentait les mains de la jeune femme entre ses jambes, ses dents qui mordaient sans pitié son épaule, lui arrachant des soupirs de douleur et de bonheur mêlés. Des idées insensées se bousculaient dans son esprit enfiévré, des mots qu'il aurait voulu dire mais ne pouvait formuler, des sensations inconnues d'une intensité presque effrayante.

Il lutta pour reprendre son souffle, pour conserver un semblant de contrôle. Puis, incapable de supporter la puissance de ce qu'il ressentait, il repoussa violemment la jeune femme en arrière, la forçant à s'allonger sur le bureau.

Le cœur battant, il resta quelques instants immobile, buvant Bess du regard. Ses yeux avaient un éclat sauvage. Sa peau d'albâtre était rougie par endroits et on y voyait les marques de ses dents qui dessinaient d'étranges couronnes bleutées.

Cette vision, loin de l'effrayer, accrut encore le besoin qu'il avait de la posséder tout entière, de la marquer de façon indélébile de son sceau. Elle devait être sienne.

Bess vit Alex passer la main dans ses cheveux alors qu'il la contemplait avec une passion presque palpable. L'espace d'un instant, il lui apparut comme un lutteur aux muscles souples et au regard intrépide qui se préparait au combat. La puissance qui émanait de lui était terrifiante.

Puis il sourit et l'impression se dissipa aussi rapidement qu'elle était apparue.

— Personne d'autre ne te fera ressentir cela, murmura-t-il d'une voix sourde.

Son accent s'était fait plus marqué et Bess frissonna, incapable de répondre.

— Personne ne te touchera comme moi, poursuivit-il comme s'il prononçait les paroles d'un rituel connu de lui seul. Personne ne te possédera sauf moi.

— Alexi…, souffla-t-elle, fascinée.

Mais il secoua la tête, sentant le cœur de la jeune femme battre la chamade sous ses doigts.

— Tu es à moi, maintenant, ajouta-t-il. Toi tout entière !

Le visage de Bess trahissait un mélange d'excitation et de peur. Il voulait la choquer, détruire tout ce qui les éloignait encore l'un de l'autre pour ne faire plus qu'un avec elle. Agrippant ses hanches, il l'attira vers lui.

— Accroche-toi à moi ! s'exclama-t-il.

Incapable de lui résister, la jeune femme saisit ses bras constellés de sueur. Elle sentait le pouvoir qui émanait de lui : sa volonté indomptable s'imposait à elle, la façonnait. Sans même s'en rendre compte, elle noua ses jambes autour de ses hanches et l'attira en elle, le sentant pénétrer lentement au cœur de son être.

Le corps de Bess s'arqua contre la surface froide et dure du bureau tandis qu'elle criait son plaisir. Puis elle sentit le poids d'Alex qui se penchait sur elle, entrant plus loin encore.

Il commença à bouger et son bassin se mit à onduler, suivant le rythme frénétique de leur étreinte. Leurs bouches se mêlaient avec passion tandis que leurs corps semblaient rebondir de plus en plus vite l'un contre l'autre, fusionnant en une danse qui les emmenait toujours plus loin.

Alex ne voyait plus rien, ne sentait plus rien d'autre que Bess : il n'y avait plus qu'elle et le besoin qu'il avait d'elle. Il voulait qu'elle soit à lui. Il voulait être à elle. Et le reste n'avait plus d'importance. Les yeux fixés sur le visage de la jeune femme, il se nourrissait du plaisir sans cesse renouvelé qu'il y voyait naître.

Puis il perdit toute raison. Ses gestes se firent plus violents encore. Il la souleva du bureau, renversant les crayons qui s'y trouvaient, faisant voler les documents qui y étaient éparpillés, manquant renverser l'écran de l'ordinateur.

Debout, les cuisses de la jeune femme nouées autour de ses hanches, il se noyait dans son regard vert qui paraissait voilé. Elle gémissait encore et encore, incapable de mettre fin à cette torture délicieuse qui ravageait leurs sens.

Il n'y avait plus d'amour en cet instant : juste la fureur primale de deux êtres séparés qui cherchaient à ne faire qu'un.

Bess avait depuis longtemps renoncé à garder la maîtrise de son corps qui paraissait se mouvoir en vertu d'une volonté propre. Autour d'elle éclataient des arcs-en-ciel scintillants, des prismes de couleurs inconnues qui l'aveuglaient.

Elle croyait distinguer un étrange halo autour de la tête d'Alex et elle eut brusquement le sentiment qu'il était un ange des ténèbres descendu jusqu'à elle. Ses yeux étaient sombres, trahissant une incompréhensible concentration mêlée d'abandon.

Elle y lisait aussi un désir immense qui nourrissait le sien, renouvelait à chaque instant le miracle de leur étreinte.

Très loin d'elle, elle l'entendait murmurer dans une langue inconnue mais elle n'avait pas besoin de la comprendre : elle lisait sur son visage le sens de ses paroles.

Puis il n'y eut plus que leurs souffles rauques, leurs halètements presque animaux, le bruit que faisaient leurs corps chaque fois qu'ils se fondaient l'un dans l'autre et l'odeur entêtante de la passion.

Soudain, une lueur blanche explosa devant les yeux de Bess tandis que le plaisir déferlait en elle comme une vague, emportant tout son être sur son passage. Elle sentit le torse d'Alex se raidir sous ses doigts lorsqu'il explosa à son tour, s'abandonnant à la joie sauvage et pure qu'ils partageaient en cet instant.

Leurs cris se mêlèrent et ils retombèrent tous deux sur le bureau en un entrelacs de membres frémissants.

Elle émit alors une sorte de gémissement étranglé et Alex sentit une immense culpabilité l'envahir. La prenant dans ses bras, il la berça doucement contre lui, caressant tendrement ses cheveux, ses épaules et son dos.

— *Milaya,* murmura-t-il, je suis désolé de t'avoir fait du mal. Ne pleure pas…

— Je ne pleure pas, articula Bess, les yeux emplis de larmes.

Elle couvrit son visage de petits baisers aussi légers que des ailes de papillon.

— Dis-moi que tu m'aimes, le supplia-t-elle. S'il te plaît, dis-le-moi…

— Je t'aime, Bess, répondit-il, la gorge serrée par l'émotion débordante qu'il éprouvait. Tu sais que je t'aime.

— Moi aussi je t'aime, répondit-elle en l'embrassant de plus belle. Il faut que tu le croies, Alexi.

Ce dernier ne répondit pas, le cœur écartelé par cet aveu dont il ne savait que penser. Il la serra un peu plus fort contre lui et elle pressa son visage contre son épaule.

— Même maintenant, tu ne me fais pas confiance, soupira-t-elle, désespérée. Que puis-je faire de plus ?

— Je te crois, répondit-il sans pourtant en être entièrement convaincu. Tu m'appartiens. De cela, je suis sûr…

— Tu es tout ce dont j'ai toujours rêvé, reprit Bess en se détendant un peu.

— Alors ne pleure plus, d'accord ?

— D'accord…

Il lui souleva doucement le menton et la regarda droit dans les yeux.

— Est-ce que je t'ai fait mal ?

— Un peu, répondit-elle en souriant.

— Mais tu ne m'en veux pas ?

— Pourquoi ?

— C'était un peu… brutal. Tu as dû me prendre pour un fou.

— C'était merveilleux, répondit-elle.

— Vraiment ? demanda Alex qui sentait sa culpabilité se changer en fierté.

— J'ai eu l'impression d'être prise par un barbare, répondit-elle en riant. Je ne comprenais rien à ce que tu me disais, mais c'était très excitant. Presque effrayant, en un sens… Mais c'est sans aucun doute l'expérience érotique la plus intense de ma vie !

— Mais… tu pleurais…

— Alexi, je ne pleurais pas parce que tu étais violent. Je pleurais parce que jamais je n'avais eu l'impression d'être désirée à ce point.

— Tu sais pourtant bien que je ne peux pas te résister, répondit-il en souriant. Mais je n'en reste pas moins désolé d'avoir été aussi brutal.

— Crois-moi, ce n'est pas moi qui t'en voudrai. Du moins, étant donné les circonstances… Par contre, je ne sais pas comment je vais pouvoir travailler dans cette pièce au cours des jours à venir.

— Qui sait ? Peut-être cela te donnera-t-il des idées ?

— Peut-être, admit-elle.

Puis elle regarda Alex avec une étrange lueur dans les yeux.

— Dis-moi, en tant que policier, je suppose que tu es soumis à un entraînement physique intensif.

— Euh… oui…

— Cela a dû développer tes pouvoirs de récupération.

— Certainement, répondit Alex qui commençait à voir où elle voulait en venir.

— Très bien, dit-elle en laissant ses mains descendre le long de son torse.

— McNee, tu es sûre que nous ne ferions pas mieux de trouver un lit avant de continuer ce genre de chose ?

Se penchant vers lui, elle posa ses lèvres sur les siennes et l'embrassa avec passion tandis que ses doigts descendaient plus bas encore.

— Est-ce que cette réponse vous convient, inspecteur ? murmura-t-elle contre ses lèvres.

11

— Je n'arrive pas à croire que tu veuilles passer ton samedi matin dans un club de gym ! s'exclama Alex tandis qu'ils gravissaient l'escalier qui menait au club de Rocky. Cela ne te ressemble pas…

— C'est seulement parce que c'est ton club de gym, répondit-elle avant de déposer un petit baiser sur ses lèvres.

Les derniers jours s'étaient déroulés pour eux dans une ambiance de lune de miel. Bien sûr, tous deux avaient travaillé une bonne partie de la journée mais, le reste du temps, ils ne s'étaient pas quittés, vivant alternativement chez Alex et chez elle et profitant avec une avidité insatiable de chaque instant passé ensemble.

— D'ailleurs, je te rappelle que moi aussi je fais de la gymnastique, reprit-elle.

— Ce n'est pas de la gym ! protesta Alex, scandalisé. C'est de la danse… D'ailleurs, ton club n'a rien à voir avec le mien : ici tu ne trouveras ni musique douce, ni éclairages élégants, ni miroirs le long des murs.

Bess s'apprêtait à lui répondre lorsqu'ils pénétrèrent dans le club. Et elle comprit alors ce qu'Alex avait voulu dire. Elle avait brusquement l'impression de se retrouver dans un cercle de boxe des années cinquante, comme ceux que l'on voyait dans les films de gangsters.

Le sol de la salle était recouvert d'un plancher lacéré sur lequel il était probablement impossible de marcher pieds nus sans attraper des dizaines d'échardes. Des tuyaux couraient au plafond et le long des murs, faisant ressembler l'endroit à un hangar désaffecté.

Un ring de boxe qui avait dû connaître des jours meilleurs trônait au milieu de la pièce. Là, deux hommes sautillaient en s'observant, attendant visiblement le meilleur moment pour se sauter dessus et s'écharper. Autour d'eux étaient disposés des bancs de musculation et des sacs de sable.

Une sorte de géant au torse dénudé s'escrimait contre l'un d'eux comme s'il avait décidé de parvenir à le crever. Les autres occupants — tous des hommes — s'entraînaient chacun de son côté, ahanant et soufflant au gré de leurs efforts. Une odeur de moisissure et de sueur planait sur l'ensemble.

Effectivement, personne ici ne se souciait de miroirs ni de lumières raffinées. Et la musique était fournie par un poste qui crachait à plein volume des morceaux de rap et de rock hargneux. Ce n'était pas non plus ici que Bess trouverait une barre d'exercice.

— Alors ? demanda Alex, un sourire malicieux aux lèvres. Tu es toujours motivée ?

Se tournant vers lui, Bess lui adressa crânement un sourire de défi.

— On s'y met ? demanda-t-elle.

Cette fois, ce fut lui qui la regarda avec stupeur tandis qu'elle se débarrassait de son pull-over, révélant un haut de gymnastique moulant vert aux rayures violettes. Mais le pire était à venir : sous son pantalon, elle portait un minishort à l'extrême limite de la décence.

— Bon sang, Bess ! Rhabille-toi ! s'exclama-t-il, horrifié. Tu ne peux pas rester ici vêtue de cette façon !

— Pourquoi ? C'est illégal ? demanda-t-elle, provocante.

Sur ce, elle se pencha pour ranger ses vêtements dans son sac de gym. Dans le gymnase, plusieurs hommes abandonnèrent leurs activités et la plupart se mirent à pousser des sifflements admiratifs.

Alex se demanda si tout cela n'allait pas tourner à l'émeute.

— Mets au moins quelque chose de décent si tu ne veux pas que j'aie à tuer quelqu'un pour défendre ta vertu, souffla-t-il à Bess qui éclata de rire.

— Moi, je trouve qu'ils ont l'air inoffensif, répondit-elle joyeusement en nouant ses cheveux en queue-de-cheval. De toute façon, je suis venue pour m'entraîner, pas pour leur conter fleurette.

— McNee, je crois que…

Mais Alex n'eut pas le temps de finir sa phrase : la jeune femme s'était déjà éloignée en direction de l'un des hommes présents. Immédiatement, ce dernier, qui devait mesurer près de deux mètres et peser dans les quatre-vingt-dix kilos, devint aussi timide qu'un adolescent.

Poussant un profond soupir, Alex comprit qu'il aurait dû se douter que Bess ne reculerait pas devant un tel défi. D'ailleurs, il ne tarda pas à constater qu'elle le relevait avec son talent habituel.

Les sifflements et les allusions déplacées ne tardèrent pas à se changer en éclats de rire. Puis tous les hommes se disputèrent pour expliquer à la jeune femme le mode d'emploi de l'équipement disponible.

Au bout d'une heure, elle appelait chacun par son prénom, connaissait la petite histoire de la moitié des membres du club, avait consolé l'un d'eux d'un récent chagrin d'amour et s'était attiré les bonnes grâces de tous.

Finalement, elle demanda à Alex de lui enseigner les rudiments de la boxe.

— Tu es certaine que c'est une bonne idée ? demanda-t-il, dubitatif. Tu as déjà le nez cassé…

— Je ne compte pas partir d'ici sans avoir essayé, répondit-elle d'un ton décidé.

Ils allèrent trouver Rocky qui leur fournit des gants. Il aida la jeune femme à les enfiler et à les attacher avant de lui passer le casque de protection réglementaire.

— Méfiez-vous de son gauche, conseilla-t-il à la jeune femme. Ce petit a du ressort. Je crois qu'il aurait pu devenir un très bon boxeur s'il n'avait pas préféré entrer dans la police.

— Mais je suis rapide, répondit-elle avec assurance. Il ne me touchera même pas.

Deux de ses plus fervents admirateurs écartèrent les cordes du ring pour qu'elle puisse y monter.

— Est-ce que nous ne sommes pas censés porter ces drôles de dentiers ? demanda-t-elle à Alex.

Celui-ci éclata de rire, touché par son inaltérable enthousiasme, et il l'embrassa tendrement sous les vivats de l'assistance.

— Je ne crois pas que ce soit nécessaire, répondit-il. Je n'ai pas l'intention de te frapper vraiment. Bien, lève les bras…

Bess s'exécuta et tous les hommes présents éclatèrent de rire.

— Ce n'est pas une arrestation, McNee, soupira Alex. Mets-toi en garde…

Il lui montra comment s'y prendre.

— Bon, lève bien ta gauche… Tu vois, si je t'attaque d'un crochet, tu n'as qu'à écarter mon bras comme cela. Très bien !

— Et après, je peux feinter avec ma droite ? suggéra-t-elle, joignant le geste à la parole.

— Pourquoi pas ? concéda Alex. Maintenant essaie de me toucher au menton. Vas-y, n'aie pas peur !

Elle lui envoya une droite mal assurée qu'il repoussa sans problème.

— Tu te bats comme une fille, protesta Alex. Il faut que tu frappes plus fort. Tu n'as qu'à imaginer que je suis Dawn Gallagher.

Cette fois, Bess lui décocha un coup de poing foudroyant qu'il bloqua une fois encore.

— Comment as-tu fait ça ? s'étonna-t-elle, impressionnée.

Elle le frappa de nouveau et il para l'attaque avec la même facilité.

— Bien, maintenant, il faut que tu tournes autour de moi, lui conseilla Alex. Cela te permettra de trouver une ouverture pour frapper.

Bess ne se fit pas prier et entreprit de se déplacer, profitant des failles que lui présentait Alex pour frapper.

— Je suis impressionné, admit-il enfin. Laisse-moi te montrer quelques trucs…

Il commença à lui exposer les rudiments de son art. Bess était vraiment très douée et lui-même prenait beaucoup de plaisir à cet entraînement.

Les autres membres du club encourageaient la jeune femme, imités par Rocky.

— Hé, Bess ! s'exclama ce dernier avec enthousiasme. Tu sais qu'il reste de la place dans mon équipe de poids légers !

Bess éclata de rire et tenta de porter un coup à l'abdomen d'Alex. Il esquiva et frappa doucement en direction de son menton. Elle para très habilement.

— Tu sais que tu es très mignon en short, commenta-t-elle à voix basse.

— N'essaie pas de me déconcentrer ! protesta-t-il.

— En tout cas, toi, tu me déconcentres, répondit-elle d'un ton langoureux.

En riant, elle fit brusquement un pas de côté avant de propulser son poing dans la mâchoire d'Alex qui, complètement pris au dépourvu, encaissa cette droite fracassante avec un grognement de douleur. Sans trop savoir comment, il se retrouva assis sur le ring tandis que des vivats éclataient dans toute la pièce.

— Alexi ! s'exclama la jeune femme alarmée en se précipitant vers lui. Je suis désolée ! Je ne t'ai pas fait mal ?

Alex avait dit qu'il était prêt à lui donner personnellement quelques cours de perfectionnement, ce qu'elle avait accepté avec reconnaissance.

— Tu m'avais dit de ne pas retenir mes coups, plaida-t-elle une fois encore.

Il hocha la tête, se demandant comment il allait expliquer à ses collègues le bleu qui ne tarderait pas à se former sur sa mâchoire.

— Je sais parfaitement ce que j'ai dit, soupira-t-il. Mais on ne peut rien contre la chance du débutant.

— Ce n'était pas de la chance, protesta-t-elle. Même Rocky a admis que j'étais douée !

— Ne commence pas à te vanter, McNee, sinon j'exige une revanche.

— Quand tu veux, déclara-t-elle en l'embrassant affectueusement, conquise une fois de plus par son charme irrésistible.

— Dans ce cas…

Mais Alex n'eut pas le temps de poursuivre : une sonnerie retentit, venue de l'intérieur de son sac de sport.

— Je suis désolé, dit-il en allant récupérer son téléphone portable.

— Ce n'est pas grave, répondit-elle, faisant contre mauvaise fortune bon cœur.

Elle l'observa attentivement tandis qu'il discutait avec son correspondant, le visage brusquement très grave. Aux quelques commentaires qu'il fit, elle comprit que leur pique-nique au parc et leur après-midi de shopping étaient annulés.

— Tu as remis ton masque de flic, dit-elle lorsqu'il raccrocha. Est-ce que tu dois aller au commissariat ?

— Oui, acquiesça-t-il sans oser lui avouer qu'une nouvelle victime venait d'être découverte. Cela risque de prendre un certain temps. Je suis navré, Bess.

— Ne t'en fais pas, je comprends, répondit-elle gentiment. Cela fait partie de ta vie…

Alex prit la main de la jeune femme qu'il porta à ses lèvres. Il fut tenté de lui dire une fois de plus qu'il l'aimait mais y renonça, sachant qu'elle lui aurait répondu la même chose. Ce qui le mettait chaque fois mal à l'aise et réveillait ses doutes et ses incertitudes.

— Je te promets que c'est à charge de revanche, dit-il en souriant.

— Ecoute, voilà ce que je te propose : je vais continuer un peu à m'entraîner et, ensuite, je passerai au marché. Je nous préparerai un bon petit dîner, quelque chose que l'on puisse réchauffer sans problème. Tu n'auras qu'à passer chez moi quand tu auras fini.

— Tu as vraiment l'intention de cuisiner ? demanda Alex, visiblement dubitatif.

— Eh, je ne suis pas si mauvaise que cela ! protesta la jeune femme. Je te rappelle que, si j'ai fait brûler les pommes de terre, la dernière fois, c'était parce que tu n'arrêtais pas de me… distraire.

— D'accord, d'accord ! s'exclama Alex, conciliant. J'essaierai de t'appeler pour te dire à quelle heure je pense finir.

— Fais-le seulement si tu as le temps !

— Très bien, dit-il avant de l'embrasser tendrement.

Se détournant, il gagna la porte du gymnase, déjà absorbé par son travail. Bess le suivit des yeux, avec l'impression étrange d'être brusquement devenue une femme de policier.

— Chaque fois que je pars faire du shopping, je n'arrive plus à m'arrêter, dit Bess en embrassant Rachel. Vous avez une mine superbe, ajouta-t-elle, difficile d'imaginer que vous venez juste de mettre un enfant au monde…

— Oh, nous sommes solides, dans la famille, répondit Rachel en l'aidant à se défaire de ses paquets.

— Celui-ci est pour vous, déclara la jeune femme en lui tendant une boîte de chocolats de deux kilos.

— Ça alors ! s'exclama Rachel, surprise. Je crois que vous n'allez pas tarder à devenir ma meilleure amie !

— J'ai aussi apporté un petit quelque chose pour le bébé, ajouta Bess en sortant une boîte blanche sur laquelle étaient dessinés des ballons multicolores et qui était fermée par un gros ruban rouge. Je sais que c'est la tradition et, franchement, je n'ai pas pu résister.

— C'est adorable, Bess, s'exclama Rachel. Mais il ne fallait pas… Alex et vous avez déjà acheté un magnifique dragon en peluche à Brenna.

— Oui mais ce cadeau-là est spécial : c'est un cadeau de fille…

Curieuse, Rachel détacha le ruban qui fermait la boîte et, écartant le papier de soie qui se trouvait à l'intérieur, elle découvrit une sorte de robe de bal miniature pleine de volants et de dentelle.

— Mon Dieu ! s'exclama Rachel, admirative. Elle est splendide…

— Lorsque je l'ai vue dans ce magasin, j'ai craqué, avoua Bess en souriant. Je me suis dit que, dans quelques années, elle insisterait sûrement pour porter des jeans déchirés et des bottes de moto. Alors c'est peut-être la dernière chance que vous avez de l'habiller en princesse…

— C'est vrai, concéda Rachel avec un sourire complice. Mais en quoi est-elle faite ? demanda-t-elle en tâtant le tissu délicat et très doux.

— En organdi blanc. C'est une mousseline de coton. Et il y en a six couches…

— J'ai hâte de la lui essayer.

— Tiens, une visiteuse, constata Mikhail qui venait d'émerger de l'une des chambres, portant sa nièce dans ses bras. Bonjour, Bess !

— Tu avais promis de ne pas réveiller Brenna, protesta Rachel qui s'était néanmoins rapprochée pour prendre sa fille contre elle.

— Elle commençait à pleurer, protesta Mikhail. Enfin, un tout petit peu… Mais que vois-je ? Une boîte de chocolats géante ?

— Ils sont à moi ! s'exclama Rachel, faussement menaçante. Si tu en prends plus d'un, je te brise les doigts !

— Elle a toujours été aussi égoïste, soupira Mikhail d'un air tragique à l'intention de Bess. Mais dites-moi : où est Alex ?

— Il a été appelé d'urgence.

— Très bien ! Dans ce cas, vous allez vous asseoir et j'en profiterai pour faire le croquis de votre visage.

— Maintenant ? s'exclama Bess, gênée. Mais je ne suis pas du tout préparée…

— Cela n'a aucune importance, répondit-il. Je ne veux croquer que votre visage.

Parfaitement à l'aise, il ouvrit l'un des tiroirs de la commode et en sortit un carnet et un crayon.

— Je ferai peut-être votre corps un autre jour. Il en vaut la peine…

— Euh… merci, répondit Bess en riant, conquise une fois de plus par les façons simples et directes de la famille d'Alex. Je suis flattée…

— Il n'y a pas de quoi, répondit doctement Mikhail. Vous n'avez choisi ni votre corps ni votre visage. Venez…

Passablement interdite, Bess suivit l'artiste jusque dans le salon où il la fit asseoir sur une chaise, devant la fenêtre. Lui-même se plaça sur le côté et se prépara à dessiner.

— Oh, Rachel, demanda-t-il, est-ce que je peux avoir cette boisson que tu m'avais promise ?

— Pas de problème, répondit sa sœur. Bess, est-ce que je peux vous apporter quelque chose ?

— N'importe quoi du moment que c'est frais ! Et… je me demandais si je pouvais prendre Brenna…

— Bien sûr ! s'exclama Rachel en déposant précautionneusement sa fille dans les bras de la jeune femme. Elle ne pleure quasiment jamais et je commence à penser que ses yeux resteront bleus, comme ceux de Zack.

— Elle est vraiment très belle, s'exclama Bess en posant doucement ses lèvres sur le front de l'enfant qui se mit à jouer avec l'une de ses boucles de cheveux. Comme tous les membres de votre famille, d'ailleurs.

— Rachel, tu es juste devant Bess. Comment veux-tu que je la dessine ? protesta Mikhail.

Après lui avoir décoché une insulte en ukrainien, sa sœur se dirigea vers la cuisine en riant.

— Cause toujours ! marmonna son frère. Vous pouvez parler, si vous voulez, ajouta-t-il à l'intention de Bess.

— C'est ce que je fais de mieux, répondit-elle en souriant sans quitter Brenna des yeux. Où sont Sydney et Griff ?

— Griff a un rhume et Sydney s'occupe de lui. Alors j'en ai profité pour rendre visite à Brenna… Rachel est ravie d'avoir un peu de compagnie parce que Nick et Zack passent la majeure partie de leur temps libre à superviser les travaux dans leur nouvel appartement.

— Ah, oui, Alexi m'a appris qu'ils allaient déménager, dit Bess.

— Nous avons besoin de plus d'espace, expliqua Rachel en posant deux verres de jus d'orange sur la table basse.

Elle reprit sa fille dans ses bras.

— Nous étions censés emménager le mois dernier mais, comme d'habitude, les travaux ont pris du retard. En tout cas, cet endroit me manquera… Quant à Nick, il a décidé de vivre seul. Je suppose que cela lui fera le plus grand bien…

— J'ai l'impression qu'il est aussi amoureux de vous que Freddie l'est de lui, remarqua Bess.

Rachel la regarda avec stupeur, interloquée par ce commentaire aussi direct que judicieux.

— Alex m'avait prévenue que vous étiez perspicace, s'exclama-t-elle, incrédule. Mais je ne pensais pas que c'était à ce point !

— Disons que cela fait partie de mon métier, répondit modestement Bess.

— Et vous ? Est-ce que vous êtes amoureuse de mon frère ?

— Oh, oui ! s'exclama Bess avec une ferveur qui la fit aussitôt rougir. Mais lui pense que c'est une simple passade et que je suis trop volage pour l'aimer vraiment. Pourtant ce n'est pas vrai… En tout cas, pas cette fois.

— Pourquoi croirait-il une chose pareille, alors ?

— Eh bien… j'ai commis quelques erreurs par le passé. Mais ce que je ressens pour lui n'a rien à voir…

Rachel jeta un coup d'œil à Mikhail et Bess devina combien ce simple échange dépassait les mots.

— J'avoue que je vous envie, vous et votre sœur Natasha. Vous avez des enfants magnifiques, un travail captivant et une vie de couple apparemment aussi passionnée que si vous veniez de vous rencontrer.

— Vous aimeriez fonder une famille ?

— Je crois que oui. Je n'en ai jamais eu et, en voyant la vôtre, je me suis dit que ce devait être quelque chose de formidable.

Rachel hésita mais, finalement, l'avocate prit le dessus en elle et elle continua à poser les questions qui lui brûlaient les lèvres.

— Cela ne vous dérange pas qu'Alex soit flic ?

— Pas du tout. Pourquoi cela serait-il un problème ? Bien sûr, je me fais du souci pour lui : je sais qu'il prend des risques. Mais cela fait partie de sa personnalité, je suppose. Et je ne voudrais pour rien au monde qu'il soit différent…

— Pourtant, il vous fait souffrir, remarqua Mikhail.

— Ce n'est pas vrai, protesta Bess.

— Je le vois dans vos yeux, protesta-t-il.

Malgré elle, la jeune femme rougit et il songea brusquement qu'elle était vraiment très belle. Alex avait trouvé la perle rare…

— C'est juste parce qu'il refuse de me faire confiance, répondit-elle enfin. Il doute de mes sentiments ou plutôt de leur profondeur…

— Cela ne m'étonne pas : c'est une véritable déformation chez lui. Il doute de tout et suspecte toujours les mobiles des gens. Et le fait de devenir policier n'a pas arrangé les choses. Mais je vais lui parler…

— Ne faites pas ça ! protesta la jeune femme. Il nous en voudrait à tous les deux. Vous imaginez les dégâts que vous feriez sur sa sacro-sainte fierté masculine slave. Je crois que je vais m'efforcer de le convaincre toute seule. D'ailleurs, je commence dès ce soir en lui préparant un bon dîner. Je pensais même appeler votre mère pour lui demander quel est son plat préféré. Vous croyez que cela l'ennuierait ?

— Pas du tout ! répondit Mikhail, elle sera ravie…

Rachel sourit, sachant déjà que, dès que leur mère aurait raccroché, elle s'empresserait de se lancer dans la préparation du mariage d'Alex.

En pénétrant dans le salon, Alex constata que la télévision était restée allumée. Sur l'écran, une femme s'enfuyait en hurlant sur une plage en noir et blanc, poursuivie par ce qui devait être une tribu de cannibales.

Se débarrassant de sa veste, Alex éteignit le poste et vit alors Bess étendue sur le canapé, dormant à poings fermés. Ainsi, se dit-il avec émotion, elle l'avait attendu.

A pas de loup, il s'approcha d'elle et la contempla, sentant son cœur se serrer. Pendant des années, il était rentré chaque soir dans son appartement désert sans que personne guette son arrivée avec impatience.

Tendrement, il s'agenouilla près de la jeune femme et écarta une mèche de cheveux qui retombait devant ses yeux clos. Puis il posa un léger baiser sur sa joue et elle se réveilla, poussant un petit soupir de contentement.

— Je vais te porter jusqu'à ton lit, lui dit-il gentiment. Rendors-toi.

Mais Bess se redressa, et se frotta le visage pour dissiper les dernières brumes du sommeil.

— Quelle heure est-il ? demanda-t-elle d'une voix incertaine.

— Il est tard. Tu aurais dû te coucher…

Bess secoua la tête.

— Je t'attendais, lui dit-elle. Mais le film était tellement mauvais que je n'ai pas pu résister, ajouta-t-elle en riant comme une enfant.

Elle déposa un petit baiser sur les lèvres d'Alex.

— On dirait que la journée a été longue, inspecteur, remarqua-t-elle.

— On peut le dire, soupira-t-il, hésitant à lui révéler le secret qui le consumait.

— Est-ce que tu as eu le temps de manger quelque chose ? demanda-t-elle en se redressant.

— J'ai dû me contenter d'un sandwich. J'ai essayé de t'appeler mais…

— … tu es tombé sur le répondeur, acheva-t-elle. C'est parce que je me suis aperçue que je n'avais plus de paprika et que je suis descendue en chercher.

— Alors tu as vraiment cuisiné ? murmura-t-il avec un pâle sourire.

Cette idée le touchait profondément mais avivait également la culpabilité qui le torturait.

— J'avoue que je me suis surprise moi-même, répondit Bess en riant. Ta mère m'a donné une recette hongroise de boulettes de poulet…

— Du *csirke paprikas* ? s'exclama-t-il, sidéré.

C'était l'un de ses plats préférés et, en temps normal, sa seule mention aurait suffi à le faire saliver.

— Mais cela a dû te prendre une éternité ! ajouta-t-il.

— J'ai vécu une véritable aventure culinaire, reconnut-elle. Et je pense que ma femme de ménage me rendra son tablier lundi en voyant l'état de la cuisine.

Elle caressa tendrement la joue d'Alex, fascinée par le contact de sa barbe naissante.

— Mais ne t'en fais pas, le rassura-t-elle, nous n'aurons qu'à réchauffer ce plat pour le déjeuner de demain. Et si tu te sens vraiment coupable, tu n'as qu'à te faire pardonner en m'emmenant au lit…

A la grande surprise de Bess, au lieu de la prendre au mot comme il l'aurait fait d'ordinaire, Alex serra les dents et s'écarta d'elle. Il commença à faire les cent pas dans le salon.

— Il faut que nous parlions, dit-il, semblant articuler avec difficulté.

— Très bien, concéda-t-elle, le cœur battant.

Le ton qu'il avait employé ne présageait rien de bon et elle se demanda avec angoisse ce qu'il s'apprêtait à lui révéler.

Alex hésita quelques instants puis décida qu'il valait mieux servir un verre de cognac à la jeune femme avant de commencer à parler. Qui sait ? Cela faciliterait peut-être un peu les choses… Il se dirigea donc vers le bar et sortit la bouteille avant de lui remplir un verre.

Bess le regarda faire, se demandant avec terreur s'il n'avait pas changé d'avis à son sujet et s'il n'allait pas lui annoncer qu'il voulait rompre. Brusquement, elle réalisa que c'était ce qu'elle redoutait le plus au monde.

— C'est si grave que cela ? demanda-t-elle d'une voix tremblante lorsqu'il lui tendit le verre.

— Oui, répondit-il gravement. Bois…

— Ce n'est pas la peine, soupira-t-elle, brisée. Je te promets que je ne te ferai pas une scène…

— Bois quand même, *milaya*.

Elle ferma les yeux et s'exécuta, songeant qu'il n'aurait pas fait preuve de tant de tendresse s'il s'était vraiment apprêté à mettre fin à leur liaison.

— Je t'écoute, dit-elle enfin, sentant le liquide brûlant réchauffer légèrement son corps glacé.

— Il y a eu un autre meurtre, hier soir, commença Alex.

Instantanément, le souvenir du corps de Crystal s'imposa à Bess qui frémit.

— Mon Dieu, souffla-t-elle.

— Le concierge de l'hôtel l'a trouvée ce matin, reprit-il. Il ne l'avait pas vue ressortir et il s'inquiétait pour sa commission habituelle.

Alex s'aperçut qu'il était en train de tergiverser, comme s'il cherchait à éviter d'en venir à l'essentiel. Mais c'était plus fort que lui.

— Elle avait utilisé cette chambre trois fois, cette nuit-là. Le concierge a entrevu son dernier client et nous sommes en train de lui faire faire un portrait-robot…

— C'est une bonne nouvelle, remarqua Bess. Cette fois, vous allez le coincer !

— C'est possible, en effet. L'homme n'a reconnu aucun des portraits de criminels que nous lui avons montrés, mais nous pourrons publier le portrait-robot. De plus, nous avons des échantillons de sang, cette fois. Il sera donc possible de tester l'ADN…

— Alors il est perdu.

— Oui. Mais il faut espérer qu'il n'aura pas le temps de commettre un autre meurtre d'ici là.

Alex prit une profonde inspiration puis se jeta à l'eau.

— Bess… La fille qui a été tuée, ce soir… c'était Rosalie.

La jeune femme ne dit rien, se contentant de le fixer avec une expression vide, comme si elle était incapable d'assimiler cette révélation. Le sang paraissait s'être retiré de son visage et il craignit un instant qu'elle ne s'évanouisse.

— Non, murmura-t-elle enfin. Ce n'est pas possible... Ils ont dû se tromper... Je l'ai vue, il y a tout juste deux jours...

— Ce n'est pas une erreur, répondit Alex, s'efforçant d'énoncer les faits aussi froidement qu'il le pouvait de peur de craquer. Je l'ai identifiée moi-même. Nous avons vérifié ses empreintes digitales. Et il y a le témoignage du réceptionniste. C'était bien Rosalie, Bess.

La jeune femme émit un gémissement sourd et noua ses bras autour de son propre corps. Elle commença à se balancer d'avant en arrière comme pour se bercer.

— Non, souffla-t-elle. Non, non, non...

Alex voulut s'approcher d'elle mais elle le repoussa d'un geste. Se levant d'un bond, elle s'éloigna de lui, sentant une rage incoercible l'envahir tout entière.

— Ce n'est pas juste ! s'exclama-t-elle. Elle n'aurait pas dû mourir ! Pas comme ça...

— Ce n'est jamais juste, objecta Alex.

Incapable de supporter le détachement qu'elle percevait dans sa voix, Bess lui fit face, sentant son angoisse et sa colère se transformer en haine.

— Je vois, cracha-t-elle, furieuse. Pour toi, ce n'était qu'une pute parmi d'autres. Une fille sans importance. Pas de quoi se sentir concerné, n'est-ce pas ? Comment peux-tu être aussi insensible ?

— Je n'ai pas dit..., commença Alex.

— Si ! s'exclama-t-elle avec violence. Tu m'as dit que tu devais être détaché !

— C'est vrai.

— Tu m'as dit que je devais la laisser tomber, que je n'avais aucune chance de la tirer de la rue. Tu m'as dit que c'était une perte de temps et d'énergie ! Et je suppose que ce qui s'est passé hier prouve que tu avais raison...

Alex encaissa le coup sans réagir. Qu'aurait-il pu faire d'autre en la voyant souffrir de cette façon ?

— Bess, assieds-toi, lui dit-il d'un ton conciliant. Tu te fais du mal…

Bess secoua la tête, tremblant de la tête aux pieds. Elle aurait voulu briser quelque chose mais rien n'était assez précieux.

— Mais j'ai mal ! s'écria-t-elle. Rosalie était mon amie. Ce n'était pas l'un de tes informateurs ! C'était un être humain, quelqu'un que j'avais appris à respecter et à comprendre. Quelqu'un qui rêvait de partir en Floride pour y couler des jours heureux ! Elle n'aurait pas dû mourir de cette façon…

— J'aimerais pouvoir y changer quelque chose, soupira Alex. Je te jure que j'aurais donné n'importe quoi pour que ce ne soit pas elle.

Incapable de maîtriser la rage et la frustration qu'il sentait monter en lui, il décocha un violent coup de pied dans la table basse. Le verre de cognac se renversa, éclatant en mille morceaux.

— Que crois-tu que j'ai ressenti lorsque je suis entré dans cette chambre miteuse et que je l'ai trouvée dans cet état ? Je n'arrête pas de me répéter que c'est ma faute, que je n'ai pas été capable d'arrêter ce type avant qu'il la tue ! Quoi que tu en penses, je considérais Rosalie comme un être humain ! Et je savais qu'elle était ton amie !

Un silence de plomb suivit cette sortie tandis qu'Alex et Bess se mesuraient du regard. Puis la jeune femme éclata en sanglots.

— Je suis désolée, balbutia-t-elle. Je suis désolée, Alexi…

— Pourquoi ? Je sais que tu pensais ce que tu as dit… Et peut-être avais-tu raison.

— Ce n'est pas vrai. Tu as essayé de me protéger…

Bess comprenait à présent ce qu'il avait voulu faire : ne tenant aucun compte de son propre épuisement, de son propre dégoût, il avait tenté de la préserver, d'atténuer autant qu'il le pouvait l'impact de cette révélation. Parce qu'il l'aimait…

— Prends-moi dans tes bras, supplia-t-elle.

Durant quelques instants, Alex demeura immobile et elle craignit qu'il ne refuse. Mais, finalement, il s'approcha d'elle et l'étreignit. Pourtant, elle sentait toujours la tension qui l'habitait.

— Je ne voulais pas te faire du mal, souffla-t-elle tandis qu'il caressait doucement ses cheveux. Je voulais que tu me dises que c'était un mensonge, que tu t'étais trompé, que c'était une mauvaise plaisanterie…

Elle s'interrompit, étouffant un nouveau sanglot.

— Elle était mon amie, répéta-t-elle. Elle comptait pour moi…

Alex ferma les yeux, se rappelant brusquement sa dernière rencontre avec Rosalie. Les paroles de la prostituée lui revinrent alors : « Elle est la seule personne qui me respecte. »

— Je sais, murmura-t-il. Et je sais que tu comptais beaucoup pour elle…

— Il faut que tu attrapes ce salaud, déclara Bess d'un ton où perçait une haine profonde.

— Nous l'attraperons, promit Alex. Et il finira ses jours en prison où il ne pourra plus faire de mal à personne.

Pendant quelques instants, tous deux restèrent silencieux. Alex berçait doucement Bess dont les larmes continuaient de couler.

— Elle avait une arme, dit-il enfin.

— Oui, un couteau à cran d'arrêt. Elle me l'avait montré.

— Elle s'en est servie… Je ne sais pas à quel point elle a blessé le tueur mais elle s'est battue comme une lionne. Tout est enregistré.

— Enregistré ? s'étonna Bess. Tu veux dire que vous avez retrouvé mon magnétophone ?

— Oui. Apparemment, il n'a pas pris la peine de fouiller ses affaires. Si cela peut t'aider, ce sera probablement un indice décisif et une preuve à charge…

— Alors, tu as tout entendu ? demanda Bess, incapable de maîtriser un frémissement d'horreur.

— Oui. Tout y était, depuis la façon dont il l'a abordée jusqu'à… la fin… Mais ne me pose pas plus de questions, Bess. Même si j'étais capable de te rapporter ce que j'ai entendu, je ne le ferais pas…

— Je ne te demande rien, répondit-elle. Je ne veux pas savoir.

— Bien… Je n'ai que quelques heures de sommeil devant moi. Il faut que je me lève à l'aube demain. Préfères-tu que je reste ici ce soir ou que je rentre chez moi ?

Dans sa voix, Bess perçut la souffrance qui l'habitait et comprit combien elle l'avait blessé. Se serrant un peu plus contre lui, elle posa doucement sa tête contre son épaule.

— Je veux que tu restes, Alexi. Ce soir et tous les autres soirs. Je crois que je ne pourrai plus jamais rester seule…

Tandis qu'elle se remettait à pleurer, incapable de retenir les larmes qui menaçaient de l'étouffer, Alex la souleva pour l'emporter jusqu'à la chambre.

12

Les mains de Judd étaient crispées sur le volant de la voiture tandis qu'Alex et lui remontaient la XXVIe Avenue. Cette fois, il n'était pas nerveux. Au contraire, même, il sentait une certaine impatience bouillonner en lui.

L'idée d'arrêter Wilson J. Tremayne III, le petit-fils d'un sénateur, pour un quadruple meurtre lui paraissait particulièrement exaltante.

Cette fois, ils le tenaient : ils possédaient un portrait-robot, un échantillon sanguin et une empreinte vocale. Depuis l'assassinat de Rosalie, tout était allé très vite. C'était Trilwalter qui avait reconnu leur suspect.

Leur supérieur avait longuement contemplé l'esquisse de son visage avant de demander à Alex de consulter les archives des journaux pour s'assurer qu'il ne se trompait pas. Alex avait réussi à retrouver un cliché du sénateur avec sa famille qui ne laissait aucun doute.

Etant donné le profil de l'accusé, Alex avait alors décidé de prendre toutes les précautions possibles et il s'était rendu dans les locaux d'une des chaînes de télévision régionales. Il y avait déniché une bande datant de la campagne électorale où l'on voyait Tremayne en train d'animer une réunion de soutien pour son grand-père.

En comparant sa voix à celle de la bande enregistrée, ils avaient acquis la certitude qu'aucune erreur n'était possible.

A la pensée de cette cassette, Judd ne put retenir un frisson : l'écouter avait été l'une des expériences les plus éprouvantes de son existence.

— Tu penses que les Yankees ont une chance cette année ? demanda-t-il à Alex pour se changer les idées.

Alex n'eut même pas à tourner la tête pour percevoir l'excitation qui habitait son partenaire.

— N'oublie pas que, quand un flic touche au but, il a tendance à baisser sa garde et à commettre des erreurs, dit-il gravement. Il oublie de lire ses droits à l'accusé, commet des dizaines de fautes de procédure et, quelques mois plus tard, celui-ci est libéré avec les plus plates excuses du tribunal.

— Je sais, soupira Judd.

— Tu en es sûr ? demanda Alex tandis que son coéquipier se garait devant la maison magnifique qu'habitait Tremayne.

C'était une bâtisse gothique aux fenêtres étroites, ornée de plusieurs terrasses et de sculptures menaçantes. Tremayne vivait dans un loft immense au dernier étage et bénéficiait d'une vue privilégiée sur Central Park.

Qui aurait pu penser qu'un homme aussi distingué que lui était en réalité un tueur sadique qui écumait les bas-fonds de la ville ?

— Ne fais jamais d'une affaire une histoire personnelle, reprit Alex lorsqu'ils descendirent de voiture. C'est la règle numéro cinq.

— Je suis sûr que tu as autant envie que moi de coincer ce salopard, objecta Judd qui commençait à connaître son partenaire sur le bout des doigts.

Alex fixa sur lui un regard où couvait une rage froide et meurtrière. Mais Judd ne perçut ni exaltation ni satisfaction dans ses yeux.

— C'est vrai, dit-il d'une voix glaciale. Alors, allons le coffrer.

Ils montrèrent leurs badges au concierge de l'immeuble et s'engouffrèrent dans l'ascenseur où se trouvait déjà une vieille dame et son caniche nain. Alex remarqua aussitôt que la cabine était munie d'une caméra de sécurité.

C'était une bonne chose : le procureur adjoint pourrait demander à visionner les cassettes des nuits où les meurtres avaient été commis. On y verrait Tremayne entrer et sortir à des heures suspectes. Et si les heures figuraient sur les bandes, cette preuve risquait de devenir accablante.

La vieille dame descendit au quatrième étage et les deux policiers poursuivirent jusqu'au huitième. Là, ils se dirigèrent vers l'appartement B. A travers la porte épaisse, Alex reconnut la célèbre aria de *Aïda*.

Lui-même n'était pas très fan d'opéra mais c'était un air qu'il aimait beaucoup et il se demanda brusquement si le plaisir qu'il avait à l'entendre ne serait pas désormais gâché par cet épisode déplaisant.

Tremayne vint ouvrir à la deuxième sonnerie et Alex le reconnut immédiatement : il avait lu suffisamment d'articles et vu assez de vidéos pour se faire une idée très précise du caractère de cet homme. Il connaissait également sa voix, riche et ample lorsqu'il était en campagne mais aiguë et hystérique lorsqu'il était sur le point de tuer.

L'homme était habillé d'une magnifique robe de chambre de velours bleu qui soulignait son regard intense. Il continua à s'essuyer les cheveux d'une main tout en observant ses visiteurs avec une évidente surprise.

— Vous êtes bien Wilson J. Tremayne ? demanda Alex.

— C'est exact, répondit celui-ci en leur décochant un sourire hésitant. Par contre, j'ai bien peur de ne pas vous connaître…

— C'est exact, monsieur, répondit Alex en montrant son badge. Je suis l'inspecteur Stanislaski et voici l'inspecteur Malloy.

— Vous êtes de la police ? demanda Tremayne d'une voix où ne perçait pas le moindre signe d'angoisse ou de culpabilité.

Pourtant, l'espace d'un instant, Alex avait aperçu une lueur de méfiance dans ses yeux.

— Ne me dites pas que ma secrétaire a encore oublié de régler mes contraventions, reprit Tremayne avec un sourire d'excuse.

— Je crois que vous feriez mieux de vous habiller, monsieur, répondit Alex en rangeant son insigne. Nous aimerions que vous nous accompagniez.

Du coin de l'œil, il vit la main de leur interlocuteur se refermer sur la poignée si fort que ses jointures blanchirent.

— J'ai bien peur que cela me soit impossible, répondit Tremayne du même ton décontracté. J'ai rendez-vous pour le dîner.

— Vous feriez mieux d'annuler. Je pense que cela va prendre un certain temps.

— Inspecteur… ?

— Stanislaski.

— Inspecteur Stanislaski, savez-vous qui je suis ?

— Je sais exactement qui vous êtes… Jack, répondit Alex d'un ton glacial.

Une lueur d'angoisse passa dans le regard de Tremayne.

— Nous aimerions vous poser quelques questions concernant votre emploi du temps à l'heure de la mort de quatre jeunes femmes : Mary Rodell, Angie Horowitz, Crystal LaRue et Rosalie Hood. Vous êtes libre de contacter votre avocat avant de répondre, évidemment.

— C'est absurde ! s'exclama Tremayne.

Au moment précis où il allait claquer la porte, Alex plaça son pied dans l'embrasure, l'empêchant de le faire.

— Si vous refusez de coopérer, nous serons forcés de vous emmener de force, déclara-t-il posément.

Cette fois, une panique évidente s'empara de Tremayne qui fit volte-face et s'apprêta à fuir. Alex savait qu'il n'avait nulle part où aller mais il ne put résister à la tentation et se jeta sur lui, le plaquant violemment contre le mur du couloir.

Prenant l'homme par le revers de sa robe de chambre, il aperçut alors la chaîne en or qui pendait autour de son cou : c'était le même cœur brisé que celui qu'il avait offert aux prostituées. Encore une preuve de sa culpabilité…

Il vit également le pansement récent que l'autre portait au niveau de l'abdomen, souvenir de la résistance acharnée et tragique de Rosalie.

— Donnez-moi une bonne raison de vous faire du mal, fit Alex, menaçant. Une seule bonne raison…

— Vous n'avez pas le droit ! s'exclama Tremayne. J'appellerai mon grand-père et il vous fera virer !

Alex leva le poing dans l'intention de lui faire ravaler ses paroles mais Judd s'interposa.

— Règle numéro cinq, Stanislaski, lui souffla-t-il simplement.

Alex hocha la tête et décocha un pâle sourire à son partenaire.

— Règle numéro cinq, répéta-t-il. Va chercher un pantalon pour notre ami pendant que je lui lis ses droits…

Alex avait été tenté d'appeler Bess du commissariat, mais il avait décidé en fin de compte de le lui dire de vive voix. Au passage, il avait acheté un magnifique bouquet de lis blancs. C'était moins pour lui faire plaisir que pour se ménager des circonstances favorables.

Car, en la rejoignant, il avait une autre idée en tête. Une idée qui prenait la forme d'une petite boîte confortablement logée dans la poche de sa veste en cuir. C'était sans doute un curieux moment pour faire une demande en mariage mais peut-être que s'il s'y prenait bien, elle n'aurait pas le temps de changer d'avis.

Après tout, elle croyait l'aimer et, une fois qu'ils seraient mariés devant la loi et les hommes, il parviendrait bien à s'assurer que tel était le cas…

Lorsque les portes de l'ascenseur s'ouvrirent sur le hall, il hésita quelques instants devant sa porte. Comment allait-il s'y prendre ? Devait-il mettre de la musique douce ? S'agenouiller comme on le faisait autrefois ?

Le pire, c'est qu'elle avait vécu des scènes semblables à plusieurs reprises et qu'il souhaitait éviter que sa déclaration ne ressemble à celle de l'un de ses ex. Pour cela, mieux valait faire ce qu'il savait le mieux : agir à l'instinct…

Radieux, il ouvrit la porte et pénétra dans l'appartement. Ce qu'il vit alors lui fit l'effet d'une balle de revolver en plein cœur. Le sang déserta aussitôt son visage et il sentit ses jambes se changer en coton.

La jeune femme se tenait au beau milieu du salon, dans les bras d'un autre homme. Leurs lèvres venaient à peine de se séparer. Lorsque Bess entendit le cri étouffé d'Alex, elle se tourna dans sa direction et le charmant sourire qu'elle arborait se figea brusquement sur son visage.

— Alexi, murmura-t-elle d'une voix mal assurée.

— Je crois que j'aurais mieux fait de frapper, murmura celui-ci.

— Bien sûr que non, répondit nerveusement Bess. Charlie, je te présente Alexi.

— Nous nous sommes rencontrés au cours de ta fête, répondit l'homme qui paraissait ne pas avoir conscience de la tension qui régnait dans la pièce. Je suis ravi de vous revoir…

Alex posa son bouquet de fleurs sur le meuble le plus proche.

— Pas autant que moi, répondit-il d'un ton glacial.

— Eh bien… je pense que je vais y aller, fit Charlie qui commençait à comprendre que quelque chose ne tournait pas rond.

Se penchant en avant, il posa un nouveau baiser sur les lèvres de Bess.

— Tu promets de ne pas me laisser tomber, n'est-ce pas ?

— Bien sûr, répondit-elle en se forçant à lui rendre son sourire. Tu sais que je suis ravie pour toi, Charlie. Je te rappelle très bientôt…

Après avoir adressé un petit signe de tête à Alex, Charlie quitta l'appartement.

Dans le silence étouffant qui suivit, Alex perçut enfin la musique qui émanait de la chaîne stéréo : une suite romantique pour flûtes et violons… Sur la table basse, il remarqua deux verres de vin blanc à peine entamés.

— Je crois que je te dois une explication, commença la jeune femme d'une voix terriblement embarrassée.

Elle s'interrompit, devinant la rage froide qui avait envahi Alex.

— Mais je pense que tu ne me croiras pas…

— Le moins que l'on puisse dire, c'est que tu ne perds pas de temps, remarqua Alex.

— C'est ce que tu crois ?

— A moins que tu n'aies jamais cessé de le fréquenter depuis le début…

— Comment peux-tu dire une chose pareille ? s'exclama Bess, furieuse.

— Que veux-tu que je te dise ? répliqua Alex, prenant soin de garder ses distances. La situation est claire. Je rentre et je te trouve avec un autre homme. Vous avez ouvert une bonne bouteille de vin et mis de la musique douce…

Il prit une profonde inspiration, regrettant brusquement de ne pas avoir été tué par une balle avant d'entrer dans cette pièce. Jamais il n'avait autant souffert d'une trahison. Jamais il n'avait senti son cœur déchiré de la sorte. Pourtant il trouva la force d'ajouter :

— Tu me prends pour un imbécile.

— Bien sûr que non, protesta Bess, rageuse. C'est moi qui ai été idiote d'inviter mon amant ici alors que tu risquais de nous découvrir…

L'ironie mordante qu'Alex perçut dans la voix de la jeune femme le fit brusquement douter.

— Tu veux dire que tu n'as pas couché avec lui ? demanda-t-il brusquement.

— Si, j'ai couché avec lui. Et nous sommes encore très proches lui et moi. Mais pas comme tu le crois. Je n'ai jamais pensé à un autre homme depuis que nous sommes ensemble, toi et moi. Mais je suppose que les preuves sont contre moi, inspecteur…

Bess se sentit brusquement vidée. Elle avait passé la matinée à superviser les funérailles de Rosalie auxquelles elle était d'ailleurs la seule à assister. Elle avait préféré ne pas en parler à Alex de peur qu'il ne lui dise que c'était une idée absurde. Mais, à présent, elle avait besoin du réconfort que lui seul pouvait lui apporter.

Dire qu'il avait fallu qu'il rentre juste à ce moment-là ! A présent, elle risquait de le perdre à jamais.

— Tu l'as laissé t'embrasser, reprit Alex, accusateur.

— Oui, soupira-t-elle. C'est exact. Mais il n'est pas le seul homme à m'avoir embrassée. Et je crois que c'est plutôt cela, ton problème. Tu n'étais pas vierge non plus lorsque nous sommes sortis ensemble, Alex. Je n'ai jamais espéré que tu l'étais et je ne t'ai jamais reproché de ne pas l'être.

— Il y a une différence entre une vierge et une catin !

Alex s'interrompit brusquement, réalisant qu'il était allé trop loin. Immédiatement, il fut tenté de retirer ses paroles, de s'excuser platement, de la supplier de ne pas tenir compte de ce qu'il venait de dire. Mais il lut dans les yeux de la jeune femme qu'il était trop tard pour cela.

— Je crois que tu ferais mieux de partir, articula-t-elle avec difficulté.

— Nous n'en avons pas fini.

— Je crois que si, au contraire. Je ne veux plus te voir. Et sache que même les putains comme moi ont le privilège de choisir leurs clients.

— Bess, ce n'est pas ce que je voulais dire, murmura Alex, très pâle. Mais je ne comprends pas…

— Non, l'interrompit-elle avec brusquerie. Tu ne comprends pas. Tu n'as jamais voulu comprendre ! Tu n'as jamais accepté ne serait-ce que d'entendre ce que je ressentais pour toi. A présent, mets-toi bien dans la tête que tout est fini et que je ne veux plus te voir !

— Je refuse de partir, s'écria Alex luttant contre l'impression atroce de vertige qui s'était emparée de lui.

— Si tu ne pars pas tout de suite, j'appelle la sécurité. J'appellerai aussi le commissaire et le maire, s'il le faut, pour m'assurer que tu ne t'approcheras plus jamais de moi !

— Tu pourrais appeler Dieu lui-même. Il ne pourrait pas m'empêcher de te voir.

— Alors écoute ceci, lui dit-elle, tentant de dominer la crise de larmes qu'elle sentait monter : je ne t'aime pas. Je ne te désire plus. Je n'ai pas besoin de toi. Nous nous sommes bien amusés durant ces dernières semaines mais c'est terminé à présent.

Elle se détourna brusquement pour ne plus voir la douleur que trahissait le regard d'Alex. Elle se demanda avec un étrange mélange d'angoisse et d'espoir s'il allait la suivre mais elle ne tarda pas à comprendre qu'il n'en ferait rien.

Ce qu'ils s'étaient dit avait été trop violent, trop irrémédiable pour qu'ils puissent revenir en arrière. Elle entendit claquer la porte d'entrée et ce ne fut qu'alors qu'elle s'autorisa à s'effondrer à même le sol pour se mettre à sangloter convulsivement.

— J'ai pris un mois de congé sabbatique, expliqua Alex d'une voix que l'alcool rendait pâteuse.

Tendant la main, il se servit un nouveau verre de vodka.

— Et en plus, tu bois seul au beau milieu de la journée, ajouta Mikhail en jetant un coup d'œil réprobateur à la bouteille à moitié vide.

— Tu n'as qu'à te joindre à moi, suggéra Alex en désignant d'un geste vague la cuisine dans laquelle s'empilait une masse impressionnante de vaisselle sale. Il reste peut-être un verre propre quelque part.

Mikhail alla en nettoyer un et revint se servir un verre de vodka.

— Qu'est-ce qui t'arrive ? demanda-t-il enfin.

— Je célèbre mes premières vacances depuis des mois, répondit Alex en portant un semblant de toast.

Il avala la vodka cul sec et sentit la douce chaleur qu'il connaissait bien se répandre en lui, anesthésiant momentanément sa souffrance.

— En fait, reprit-il, j'ai arrêté le méchant… Et j'ai perdu la fille. Ma vie est un véritable film de série B !

— Tu t'es disputé avec Bess ? demanda Mikhail qui s'en doutait depuis le début.

— Disputé ? répéta Alex en ricanant. Je ne sais pas si c'est le terme exact. Disons que je l'ai trouvée en compagnie d'un autre homme.

— C'est impossible, déclara posément Mikhail.

— Hélas non, répondit tristement Alex. Je suis entré chez elle par surprise et je l'ai trouvée en train d'embrasser ce type avec lequel elle avait été fiancée. Je ne sais pas si je te l'ai dit, d'ailleurs, mais se fiancer est son sport favori.

Mikhail secoua la tête, se souvenant de ce que lui avait dit Bess quelques jours plus tôt. Décidément, quelque chose clochait dans cette histoire.

— Tu l'as tué ? demanda-t-il.

— Je ne peux pas dire que je n'y ai pas pensé, reconnut Alex en se servant un autre verre. Mais je suis flic… Et, d'ailleurs, ce n'est pas vraiment la faute de ce pauvre type si Bess est une mangeuse d'hommes.

— Que t'a-t-elle dit ?

— Rien. Elle s'est énervée, c'est tout.

Alex reposa son verre pour se masser le visage.

— Parce que tu l'as accusée sans attendre qu'elle te donne des explications ? insista Mikhail.

— Je ne l'ai pas accusée, protesta Alex. Il ne servait à rien de le faire puisque je venais de la prendre sur le fait. Elle s'est emportée et moi aussi. Mais cela n'a pas vraiment d'importance : le pire, c'est qu'elle a avoué qu'elle ne m'aimait pas de toute façon.

— Alors, elle a menti, déclara Mikhail en attrapant le poignet d'Alex au moment où celui-ci allait boire de nouveau. Il y a quelques jours, elle est venue voir Rachel à l'improviste. J'étais chez elle et je lui ai demandé de poser pour moi. Nous avons un peu discuté et elle m'a dit qu'elle t'aimait. D'ailleurs, il n'y a qu'à voir l'expression de ses yeux quand elle parle de toi…

— Soit, concéda Alex. Mais cela ne prouve rien. Cette fille tombe amoureuse tout le temps…

— Il y a plusieurs façons d'être amoureux, lui rappela Mikhail. Combien de fois as-tu aimé quelqu'un ?

— C'est la première fois.

— La première fois que tu aimes vraiment. Mais combien de fois as-tu été amoureux ?

— C'était différent, protesta Alex.

— Je vois, dit son frère. Laisse-moi résumer la situation : toi, tu as le droit de tomber amoureux plusieurs fois, de te rendre compte de tes erreurs et de découvrir enfin la personne que tu aimes réellement. Mais Bess, elle, est censée trouver du premier coup ?

— Ce n'est pas ça…

Alex jura, n'ayant aucune envie d'entrer dans ce genre de débat. D'ailleurs, sa tête le faisait beaucoup trop souffrir pour cela.

— Je suis jaloux, admit-il enfin. J'ai tout de même le droit...

— Oui. Et tu as aussi le droit de te conduire comme un imbécile.

Mikhail resta quelques instants silencieux, se demandant comment aider son frère à sortir de l'impasse.

— Est-ce que tu l'aimes ? demanda-t-il enfin.

— Bien sûr que oui ! s'exclama Alex. J'allais la demander en mariage. Je voulais l'épouser... J'avais même la bague et un stupide bouquet de lis. Je crevais de trouille à l'idée qu'elle dise oui et plus encore à l'idée qu'elle dise non... Mais, pendant ce temps, elle était en train d'embrasser quelqu'un d'autre.

— Tu aurais peut-être dû lui demander pourquoi.

— Parce que tu l'aurais fait, toi ? répliqua Alex avec un sourire moqueur.

— Oui. J'aurais commencé par casser les deux bras et les deux jambes à ce type et, ensuite, j'aurais posé la question. Mais c'est ma façon de voir les choses... Je sais que tu as toujours été plus impulsif.

— Peut-être que nous devrions le retrouver et aller lui casser la figure, comme au bon vieux temps, suggéra Alex apparemment réjoui par cette perspective.

— J'ai une autre idée, répondit Mikhail en prenant son frère par la main pour l'aider à se redresser.

— Où allons-nous ? maugréa Alex.

— Dans la salle de bains. Une douche glacée te remettra les idées en place.

— D'accord. Mais je ne vois pas ce que ça changera.

— Au moins, tu seras en état d'aller voir la femme que tu aimes et de lui demander à genoux de te pardonner.

— Mais je ne veux pas qu'elle me pardonne ! s'exclama Alex, furieux.

— Mais si. Tu ne le sais pas encore mais c'est ce qui est le mieux pour toi. D'ailleurs, il faut que tu en prennes l'habitude avant de te marier. Je t'assure que c'est très utile !

— Vraiment ? demanda Alex tandis que son frère ouvrait la porte de la salle de bains et le propulsait tout habillé dans la cabine de douche. Je serais curieux de te voir faire ça avec Sydney...

— Rêve toujours, répondit Mikhail en ouvrant le robinet d'eau froide au maximum.

Alex hurla de rage et commença à l'insulter allègrement.

— Tu vois ! Ça va déjà mieux, lui lança son frère avec un sourire moqueur.

— Espèce de salaud ! s'exclama Alex en attrapant son frère par le col de sa chemise pour l'attirer avec lui sous le jet glacé.

Tous deux luttèrent quelque temps, trempés des pieds à la tête, avant de décider d'un commun accord de fermer le robinet. Ils explosèrent alors d'un fou rire inextinguible.

Se préparant à l'inévitable confrontation, Alex poussa la porte. Mais, à sa grande déception, seule Lori se trouvait dans le bureau.

— Je n'aurai pas les dernières modifications avant 6 heures, dit-elle sans même se retourner.

Elle était en train de taper frénétiquement sur le clavier de son ordinateur, une expression très concentrée sur le visage. Puis elle jeta un coup d'œil au nouvel arrivant et, instantanément, son regard se durcit.

— Qu'est-ce que vous venez faire ici ? lança-t-elle.

— J'ai besoin de voir Bess.

— Eh bien, vous n'avez vraiment pas de chance ! répliqua sèchement Lori. Elle n'est pas là.

— Où puis-je la trouver ?

— Nulle part, répondit la jeune femme.

— Je veux savoir où elle est, insista Alex.

Brusquement, elle se leva et s'avança vers lui, menaçante.

— Dans ce cas, vous feriez peut-être bien de vous asseoir. J'ai deux ou trois choses à vous dire.

Elle le poussa violemment en direction d'une chaise libre et Alex se laissa faire sans lui opposer la moindre résistance.

— Est-ce que vous savez le mal que vous lui avez fait ? s'exclama alors Lori, hors d'elle. C'est comme si vous lui aviez arraché le cœur pour le découper en petits morceaux !

— Le mal que je lui ai fait ? répéta Alex, blessé. Je vous signale que c'est moi qui l'ai trouvée en train d'embrasser un auteur de seconde zone dans son salon !

— Vous ne comprenez donc rien ?

— Ça doit être ça. Alors, expliquez-moi.

— Bon sang, vous ne la connaissez même pas. Sinon, vous vous rendriez compte de la chance que vous avez ! Bess est la fille la plus généreuse, la plus aimante et la plus désintéressée que je connaisse. Elle aurait fait n'importe quoi pour vous. N'importe quoi !

Lori s'interrompit un instant pour recouvrer un peu de sérénité. Nerveusement, elle commença à faire les cent pas devant la chaise sur laquelle elle avait poussé Alex.

— J'étais si heureuse pour elle quand elle m'a raconté votre histoire ! Je voyais bien à quel point elle était amoureuse de vous. *Vraiment* amoureuse. Cette fois, elle ne se contentait pas de vous prendre sous son aile le temps de trouver quelqu'un qui vous convienne…

— Pardon ?

— Que croyez-vous donc qu'elle ait fait avec tous les hommes qui sont tombés amoureux d'elle ? répondit Lori. Elle se convainquait elle-même qu'elle les aimait aussi et écoutait tous leurs problèmes comme une vraie mère poule. Puis elle les poussait gentiment dans les bras d'une femme dont elle pensait qu'elle serait parfaite pour eux. Et le plus drôle, c'est qu'elle voyait juste, la plupart du temps…

— Mais elle a failli se marier, protesta Alex.

— Elle n'a jamais failli se marier, croyez-moi. Pas une seule fois… Chaque fois qu'elle disait oui, c'est parce qu'elle ne pouvait pas supporter de faire du mal à son soupirant. Mais, ensuite, elle commençait à avoir tellement peur qu'elle n'avait de cesse qu'elle ne lui ait trouvé quelqu'un d'autre.

— Quelqu'un d'autre ? Mais pourquoi ?

— Parce que Bess est peut-être loyale et désintéressée mais elle n'est pas stupide : elle savait au fond d'elle-même qu'elle n'était pas amoureuse. En fait, tout ce mécanisme était peut-être en grande partie inconscient. Mais j'en ai été témoin suffisamment souvent pour comprendre qu'il y avait là un schéma bien établi…

Lori s'arrêta brusquement, foudroyant Alex du regard.

— Mais avec vous, rien n'a été pareil. Elle vous aimait, elle avait besoin de vous. Je l'ai même vue verser des larmes parce que vous doutiez de ses sentiments. Jamais elle n'avait pleuré à cause d'un homme auparavant. Elle se contentait de devenir leur meilleure amie et même celle de leur nouvelle petite amie. Un processus indolore dans lequel tout le monde trouvait son compte. Mais depuis qu'elle vous a perdu, elle est désespérée…

Alex sentit une brusque nausée l'envahir, réalisant combien il s'était trompé sur Bess. Mikhail avait raison : c'est en rampant qu'il devrait revenir vers elle s'il voulait espérer qu'elle lui pardonne.

— Dites-moi où elle est, je vous en prie, souffla-t-il.

— Pourquoi ferais-je une telle chose ? répliqua Lori.

— Parce que je l'aime.

La jeune femme fut tentée de le gifler, mais quelque chose dans le regard d'Alex l'arrêta. La douleur qui s'y reflétait était la même que celle qu'elle avait lue dans celui de Bess.

— Charlie était juste…

— Ne dites rien, l'interrompit-il. Cela n'a aucune importance.

Ce qui comptait, songea-t-il, c'était la confiance qu'il devait à Bess. Et il était grand temps d'en faire preuve.

— Je n'ai pas besoin de savoir, reprit-il. J'ai juste besoin d'elle.

Lori passa une main dans ses cheveux et aperçut alors la bague que Steven lui avait offerte en la demandant en mariage. Bess l'avait poussée à accepter et à surmonter ses doutes parce que, disait-elle, il fallait toujours laisser une chance à l'amour. Peut-être était-il temps aujourd'hui de lui rendre le même service…

— Je vous préviens, Alex : si vous lui faites encore le moindre mal…

— Plus jamais, répondit-il avec fougue.

Mais il s'interrompit et secoua la tête.

— Je ne veux pas lui faire de mal, Lori. Il m'arrivera peut-être de la faire souffrir de nouveau mais je ferai tout pour l'éviter.

La jeune femme le regarda gravement et soupira.

— Je lui ai conseillé de rentrer chez elle, dit-elle enfin. Elle n'était pas en état de travailler.

— *Dyakuyu.*

— Pardon ?

— Merci, Lori.

L'odeur entêtante des lis emplissait à présent tout son appartement, menaçant de la rendre folle.

Elle avait bien pensé à prendre des vacances, à partir n'importe où pour fuir cette ville et tenter de faire le point. Mais elle ne pouvait laisser Lori seule alors que les épisodes à venir seraient capitaux et que son amie avait un mariage à organiser.

Pourtant, pour la première fois de sa vie, les problèmes des personnages de Millbrook lui paraissaient bien superficiels comparés aux siens. Et le pire, c'est que rien de ce qu'elle pourrait écrire ne la sortirait de ce mauvais pas.

Errant dans sa cuisine, Bess essaya de se convaincre qu'elle devait préparer quelque chose à manger. Mais l'odeur des lis ne cessait de la ramener à Alex.

Comment pouvait-il encore la faire souffrir à ce point alors qu'ils avaient rompu ? Etait-ce parce que, pour une fois, elle avait réellement été amoureuse ? Si tel était le cas, il aurait peut-être mieux valu qu'elle ne connaisse jamais ce sentiment.

Car elle ne retrouverait pas d'homme comme lui et serait condamnée à se morfondre à jamais au souvenir de cet unique amour.

Au moins saurait-elle de quoi elle parlait la prochaine fois qu'elle écrirait une scène traitant d'un chagrin d'amour…

Renonçant brusquement à manger, la jeune femme décida d'aller se coucher : demain serait un autre jour et, qui sait, elle trouverait peut-être le courage de surmonter sa souffrance.

Mais, alors qu'elle émergeait de la cuisine, elle manqua s'évanouir de saisissement. Alex se tenait près de la console sur laquelle il avait posé les lis. Il les contemplait pensivement mais, lorsqu'il la vit entrer, son regard se posa sur elle sans qu'elle puisse déchiffrer son expression.

— Que fais-tu ici ? demanda-t-elle d'une voix que la douleur rendait coupante et sèche.

— J'avais gardé la clé, commença-t-il en l'observant.

Il remarqua ses yeux rougis par les larmes et les cernes qui soulignaient son regard affolé, témoignant des nuits sans sommeil qu'elle avait dû passer. Immédiatement, il sentit monter en lui une immense culpabilité.

— Il était inutile de les rapporter toi-même, dit-elle en tentant vainement de feindre le détachement. Tu aurais pu te contenter de les renvoyer par la poste. Mais merci quand même.

Elle essaya de sourire mais dut se contenter d'un rictus nerveux.

— Bien, je suis désolée mais je suis pressée. J'allais justement me changer pour sortir.

— Tu n'as jamais été capable de me regarder en face lorsque tu mentais, répondit Alex d'une voix très douce.

Il se rappela alors la façon dont les yeux de la jeune femme avaient évité les siens, lorsqu'elle lui avait déclaré ne pas l'aimer. Comment avait-il pu être aussi aveugle ?

— Qu'est-ce que tu veux, Alex ? demanda-t-elle, désespérée.

— Beaucoup de choses, soupira-t-il. Peut-être même trop de choses… Mais, avant tout, je veux que tu me pardonnes.

— Laisse-moi tranquille ! s'écria-t-elle.

— *Milaya,* je t'en prie…, murmura Alex en se rapprochant d'elle.

— Non ! protesta-t-elle en reculant prestement.

Alex parut hésiter puis ses bras retombèrent le long de son corps tandis qu'il poussait un profond soupir.

— Je ne te toucherai pas, promit-il d'une voix calme. Mais laisse-moi au moins te dire pourquoi je suis venu.

— Il n'y a plus rien à dire, répondit-elle d'une voix tremblante. Tu m'as clairement expliqué ce que tu pensais de moi.

— La seule chose que j'ai faite, c'est agir comme un idiot et te faire du mal, répliqua-t-il.

— Oui, tu m'as fait du mal, approuva-t-elle en tremblant de tous ses membres. Mais pas seulement ce jour-là... Tu m'as blessée chaque fois que tu refusais que je te dise à quel point je t'aimais. Je me répétais que cela n'avait pas d'importance, que tu finirais par le comprendre par toi-même. Je pensais que tu le lirais dans mes yeux ou dans mes gestes... Je savais que tu m'aimais et que tu avais besoin de moi. C'était la première fois de ma vie que cela m'arrivait...

— Bess...

— Attends ! Mes parents n'avaient pas besoin de moi. Je les ai entendus plusieurs fois se demander d'où je venais, comme si j'étais arrivée dans leur famille par erreur...

Alex commença brusquement à discerner les blessures qu'il avait contribué à rouvrir. Mais il ne dit rien, songeant qu'elle avait peut-être besoin de regarder en face ses propres sentiments, de les accepter. Après tout, Lori lui avait laissé entendre qu'elle avait passé sa vie à les ignorer pour ne penser qu'aux autres.

— J'ai réglé ça avec moi-même, reprit-elle fièrement. Qu'aurais-je pu faire d'autre ? Après tout, ce n'était pas vraiment leur faute. A leur façon, ils étaient plus parfaits que je ne le serai jamais pour eux. Ou pour toi, d'ailleurs...

— Crois-tu vraiment que c'est ce que je veux ? demanda Alex, la gorge serrée. Que tu sois parfaite ?

— Je ne sais pas ce que tu veux, Alex, avoua-t-elle. Je sais juste que l'histoire recommence sans cesse. En entrant en pension, j'ai fui mes parents. Mais toutes les filles étaient plus jolies, plus dociles que moi. Une fois encore, personne ne voulait de moi : j'étais la brebis galeuse, celle que l'on rejette. Alors j'ai compris qu'il ne servait à rien de lutter : certaines personnes finissaient par m'accepter telle que j'étais… J'ai même réussi à me faire des amis. Mais je n'ai jamais aimé avant de te connaître.

— Bess, ne crois pas que les choses soient différentes pour moi : tu es la première femme que j'ai aimée. Et je t'aime encore… Il faut que tu me laisses une seconde chance.

— Cela ne servirait à rien, répondit la jeune femme en essuyant ses larmes du revers de la main. Je pensais que cela marcherait entre nous : je le voulais de tout mon cœur. J'étais sûre que l'amour que nous éprouvions l'un pour l'autre suffirait. Mais ce n'est pas vrai. Sans espoir et sans confiance, nous n'avions aucune chance.

Bess avait parlé d'une voix calme et mesurée et Alex sentit une violente panique l'envahir : pour la première fois depuis le début de leur conversation, il se demanda s'il n'était pas trop tard, s'il n'avait pas définitivement laissé passer la plus belle opportunité de sa vie…

— Est-ce que tu veux que je rampe devant toi ? demanda-t-il en posant ses mains sur les épaules de la jeune femme pour l'empêcher de s'éloigner de lui. Si c'est le cas, je le ferai ! Je refuse que tu me rejettes simplement parce que j'ai été stupide et parce que j'ai eu peur.

Bess réprima à grand-peine un sourire, se demandant si c'était là l'attitude d'un homme prêt à ramper : les yeux d'Alex paraissaient jeter des éclairs et sa voix avait quelque chose de presque menaçant.

— Qu'est-ce qui me dit que tu ne prendras pas de nouveau peur, la prochaine fois que tu me verras embrasser un vieil ami ? demanda-t-elle pourtant, sans parvenir à se défaire de sa méfiance.

— Eh bien…, hésita Alex en la relâchant pour faire les cent pas. J'essaierai de… Enfin…

Il se tut un instant, la regardant droit dans les yeux.

— Je tuerai le prochain qui osera te toucher ! s'écria-t-il enfin.

— Dans ce cas, New York sera rempli de cadavres… Je ne peux pas changer complètement pour toi, Alexi. De même que je ne te demanderai jamais de changer pour moi.

— Tu as raison, soupira Alex en se frottant le visage comme pour chasser un mauvais rêve. Je sais qu'un baiser entre amis ne compte pas vraiment. Je ne suis pas si stupide, Bess… Mais, l'autre soir, lorsque je suis entré…

— Tu as immédiatement cru que je te trompais, compléta-t-elle.

— Je ne sais pas… Peut-être, avoua-t-il. Tout ce que je sais, c'est que lorsque je t'ai vue, je me suis senti trahi. C'est peut-être ridicule mais je n'ai pas réfléchi. Pourtant, je suis policier : je sais que les suppositions ne valent rien, que les apparences sont souvent trompeuses, qu'un même fait peut avoir des centaines d'explications… Mais j'étais incapable de raisonner.

Il soupira, lui jetant un regard où perçaient tous ses regrets.

— Je ne cherche pas à me justifier, reprit-il. Mais j'étais épuisé par la tension nerveuse de ces derniers jours. Je venais d'arrêter Tremayne et j'avais absolument envie de t'en parler. Parce que j'avais décidé une bonne fois pour toutes de ne plus séparer artificiellement ma vie personnelle de ma vie professionnelle… Et puis, je savais que tu étais allée à ces funérailles sans moi et je me sentais coupable de ne pas avoir insisté pour t'accompagner.

— Je ne savais pas que tu étais au courant, remarqua Bess, surprise.

— Tu laisses toujours des bouts de papier traîner un peu partout dans la maison, expliqua-t-il avec un pâle sourire. Des listes de courses, des bouts de dialogues, des rendez-vous… J'ai vu celui que tu avais écrit au sujet des fleurs pour le cimetière… Franchement, si l'enquête ne s'était pas accélérée de cette façon, je pense que j'aurais demandé à venir avec toi.

— Il était plus important pour moi que tu arrêtes cet homme, répondit doucement Bess.

— Mais je n'étais pas près de toi, soupira Alex. Alors que j'en avais envie… Et quand je suis rentré ici, je voulais…

Il s'interrompit, réalisant que le moment était mal choisi pour lui parler de ses projets de mariage.

— Enfin, j'étais tourmenté par de nombreuses questions. Et j'avoue que j'ai réagi de façon complètement disproportionnée. Je m'en excuserai autant de fois que tu le jugeras nécessaire mais j'aimerais que tu m'écoutes…

— Ce n'est pas grave, répondit Bess en lui prenant doucement la main. C'est juste idiot et triste. Sais-tu pourquoi Charlie était là ?

— Je n'ai pas besoin de le savoir, déclara Alex en la regardant bien en face. Tu n'as pas à te justifier.

— Je préférerais tout de même mettre les choses au clair, répondit-elle posément. J'étais bien trop en colère pour le faire auparavant… Charlie est venu me voir pour m'annoncer que Gabrielle était enceinte. Il était aussi joyeux qu'un enfant qui vient de recevoir un cadeau de Noël et il tenait absolument à partager cette nouvelle avec une amie. Et il m'a demandé d'être marraine du bébé, même s'il ne naîtra pas avant sept mois…

— Tu aurais dû me frapper, Bess, soupira Alex en posant ses mains de chaque côté du visage de la jeune femme. J'ai été stupide…

Se penchant vers elle, il posa doucement ses lèvres sur les siennes. Immédiatement, il fut traversé par un éclair de désir incoercible et son baiser se fit plus passionné. La serrant contre lui presque à l'étouffer, il continua à l'embrasser avec fougue jusqu'à ce qu'il la sente fondre en larmes une fois encore.

— Bess, je t'en prie, ne pleure pas, murmura-t-il en la pressant tendrement contre lui. Tu vas me briser le cœur…

— Je ne voulais pas que tu reviennes, articula-t-elle entre deux sanglots. Je ne voulais plus ressentir cela…

Alex ferma les yeux, encaissant le coup. Il n'avait que ce qu'il méritait.

— Tu as eu raison de me quitter, murmura-t-il. Mais je veux avoir une chance de te prouver que tu aurais raison de m'accepter de nouveau.

Il caressa doucement les cheveux de la jeune femme.

— Tu es si douée pour écouter les gens, ajouta-t-il. Alors laisse-moi te parler…

— Il est inutile de t'excuser une fois de plus, répondit-elle, réalisant combien elle l'aimait. Et il est inutile que je te laisse revenir car tu as toujours été là, poursuivit-elle en posant la main sur son cœur.

Alex sentit une immense émotion l'envahir : elle l'aimait ! Ils s'étaient disputés, déchirés mais elle l'aimait toujours.

— C'est si facile ? demanda-t-il, incrédule.

— Ce n'est pas facile, répondit-elle, sachant que ce ne le serait jamais. Mais c'est comme ça.

Elle lui sourit à travers ses larmes et porta sa main à ses lèvres.

— Oublions cela, dit-elle. Je suis très douée pour les nouveaux débuts…

— Non, Bess, protesta Alex en lui prenant la main pour l'entraîner jusqu'au canapé où ils s'assirent. Je ne veux pas d'un nouveau départ : notre premier me convenait parfaitement. Tu m'as expliqué ce que tu pensais alors je vais faire la même chose…

Il se tut, cherchant par où il pouvait commencer.

— J'avais peur de te croire, avoua-t-il. Jamais aucune femme n'avait été aussi importante pour moi. J'avais envie de passer ma vie entière avec toi. Mais je craignais que tu refuses, que tu te détournes de moi.

— Je comprends, soupira Bess. J'ai passé ma vie à avoir peur de m'engager… Mais c'est parce que je savais au fond de moi que je n'avais pas encore trouvé l'homme de ma vie.

— Mais, cette fois, tu as gardé les lis, remarqua Alex en souriant.

— J'ai essayé de les jeter, avoua-t-elle. Mais je n'y suis pas arrivée.

— Tu sais, j'avais acheté autre chose ce jour-là, reprit Alex en sortant la petite boîte de sa poche.

Il sentit la main de la jeune femme trembler dans la sienne tandis qu'elle fixait l'écrin avec un mélange d'exaltation et d'angoisse dans le regard.

— J'espère que celle-ci ne sera pas trop voyante, ajouta-t-il en souriant.

— Je… je peux la voir ?

Alex ouvrit la boîte, révélant un anneau d'or constellé de petites pierres multicolores : une améthyste violette, un péridot vert, une topaze bleue et une citrine jaune.

— Je sais qu'elle n'est pas très conventionnelle, reconnut Alex, mais quand je l'ai vue, j'ai pensé qu'elle te ressemblait. Et je voulais quelque chose que personne d'autre n'aurait pensé à t'offrir…

— Je crois que personne n'aurait osé, répondit la jeune femme d'une voix un peu rauque.

— Si tu ne l'aimes pas, nous pouvons en choisir une autre.

Bess sentit de nouvelles larmes monter en elle. Mais, cette fois, ce n'étaient pas des larmes de tristesse et de souffrance : elles étaient bonnes et douces.

— Elle est magnifique, murmura-t-elle, émue. Tu l'avais apportée, l'autre soir ? Lorsque tu m'as vue avec Charlie ?

Alex hocha la tête et elle caressa sa joue, comprenant brusquement ce qu'il avait dû ressentir alors.

— Je suis surprise que tu ne nous aies pas abattus tous les deux avec ton arme de service, lui dit-elle. Si j'avais écrit le scénario, c'est une scène que je n'aurais pas manquée.

— Alors, tu me pardonnes ?

— Il est impossible de ne pas laisser une seconde chance à un homme qui connaît si bien mes goûts, répondit-elle simplement.

— Tu sais, je l'avais achetée il y a plus d'une semaine… Mais il était plus difficile de te l'offrir que de faire face à deux drogués munis de pistolets-mitrailleurs. Puis je me suis dit qu'en profitant de l'effet de surprise, je te convaincrais peut-être de m'épouser.

Il referma la boîte et Bess ne put retenir un petit cri de déception et d'angoisse mêlées qui l'encouragea à poursuivre.

— C'était stupide, reconnut-il. Cela prouvait seulement que je n'avais pas confiance en toi… Je suis désolé.

— Mais… Je… Enfin, ce n'est pas si grave…

— Bien sûr que si, insista-t-il. C'était calculateur et mesquin alors qu'une demande en mariage devrait être romantique… Alors j'ai décidé de te faire ma proposition lorsque nous serions vraiment prêts tous les deux.

— Je ne comprends pas…, murmura Bess, effondrée.

— Je ne voudrais pas abuser de cette situation. Je sais que tu es vulnérable en ce moment. Alors je vais te laisser un peu de temps…

Bess dut faire appel à toute sa volonté pour ne pas hurler et le frapper. Puis, brusquement, Alex sourit et rouvrit la boîte.

— C'est bon, déclara-t-il. Je pense que nous sommes prêts.

Avant qu'elle soit revenue de sa stupeur, il se mit à genoux devant elle.

— Mais qu'est-ce que tu fais ? s'exclama-t-elle en riant.

— Je fais ma demande en mariage, répondit-il d'un ton solennel.

Voyant qu'elle riait de plus belle, il hésita.

— Ne me dis pas que tu as encore changé d'avis !

— Pas du tout, le rassura-t-elle. Mais tu n'as pas besoin de te mettre à genoux. Assieds-toi à côté de moi et regarde-moi dans les yeux.

— D'accord, soupira Alex qui renonça au petit discours qu'il avait soigneusement répété.

Il reprit sa place au côté de la jeune femme.

— Je t'écoute, lui dit-elle.

— Ne me bouscule pas ! protesta-t-il. Je veux d'abord que tu me dises ce que tu ressens vraiment pour moi.

— Je t'aime, Alexi, lui dit-elle en souriant, consciente que, pour la première fois, il accepterait ses paroles pour ce qu'elles étaient. Et je t'aimerai toute ma vie.

Otant la bague de son écrin de velours, Alex la passa au doigt de la jeune femme avant d'embrasser sa main.

— Je veux que tu sois ma nouvelle famille, déclara-t-il.

Elle ouvrit la bouche pour lui répondre mais il secoua la tête.

— Non, laisse-moi finir. Je veux que ce moment soit vraiment romantique et…

— C'était parfait, lui dit-elle. Ne change rien. Jamais…

— Mais alors, dis-moi oui, bon sang !

Bess éclata de rire avant de l'embrasser avec passion.

— Oui, répondit-elle. Mille fois oui !

DANS LA MÊME COLLECTION

Par ordre alphabétique d'auteur

MARY LYNN BAXTER *La femme secrète*
MARY LYNN BAXTER *Un été dans le Mississippi*

JENNIFER BLAKE *Une liaison scandaleuse*

BARBARA BRETTON *Le lien brisé*

MEGAN BROWNLEY *La maison des brumes*

CANDACE CAMP *Le bal de l'orchidée*
CANDACE CAMP *Le manoir des secrets*
CANDACE CAMP *Le château des ombres*
CANDACE CAMP *La maison des masques*

MARY CANON *L'honneur des O'Donnell*

ELAINE COFFMAN *Le seigneur des Highlands*
ELAINE COFFMAN *La dame des Hautes-Terres*

JACKIE COLLINS *Le voile des illusions*

PATRICIA COUGHLIN *Le secret d'une vie*

MARGOT DALTON *Une femme sans passé*

EMMA DARCY *Souviens-toi de cet été*

WINSLOW ELIOT *L'innocence du mal*

SALLY FAIRCHILD *L'héritière sans passé*

ELIZABETH FLOCK *Moi & Emma*

GINNA GRAY *Le voile du secret*

KATHRYN HARVEY *La clé du passé*

FIONA HOOD-STEWART *Les années volées*
FIONA HOOD-STEWART *A l'ombre des magnolias*
FIONA HOOD-STEWART *Le testament des Carstairs*

RONA JAFFE *Le destin de Rose Smith Carson*

PENNY JORDAN *Silver*
PENNY JORDAN *L'amour blessé*
PENNY JORDAN *L'honneur des Crighton*
PENNY JORDAN *L'héritage*
PENNY JORDAN *Le choix d'une vie*
PENNY JORDAN *Maintenant ou jamais*
PENNY JORDAN *Les secrets de Brighton House*
PENNY JORDAN *La femme bafouée*
PENNY JORDAN *De mémoire de femme*

HELEN KIRKMAN *Esclave et prince*

... / ...

DANS LA MÊME COLLECTION

Par ordre alphabétique d'auteur

DALLAS SCHULZE	*Un amour interdit*
DALLAS SCHULZE	*Les vendanges du cœur*
JUNE FLAUM SINGER	*Une mystérieuse passagère*
ERICA SPINDLER	*L'ombre pourpre*
ERICA SPINDLER	*Le fruit défendu*
ERICA SPINDLER	*Trahison*
ERICA SPINDLER	*Le venin*
ERICA SPINDLER	*Parfum de Louisiane*
CHARLOTTE VALE ALLEN	*Le destin d'une autre*
CHARLOTTE VALE ALLEN	*L'enfance volée*
CHARLOTTE VALE ALLEN	*L'enfant de l'aube*
LAURA VAN WORMER	*Intimes révélations*
SUSAN WIGGS	*Un printemps en Virginie*
SUSAN WIGGS	*Les amants de l'été*
BRONWYN WILLIAMS	*L'île aux tempêtes*
SHERRYL WOODS	*Refuge à Trinity*
SHERRYL WOODS	*Le testament du cœur*
KAREN YOUNG	*Le passé meurtri*
KAREN YOUNG	*Le fils du destin*

* *titres réunis dans un volume double*

7 TITRES À PARAÎTRE EN DÉCEMBRE 2007